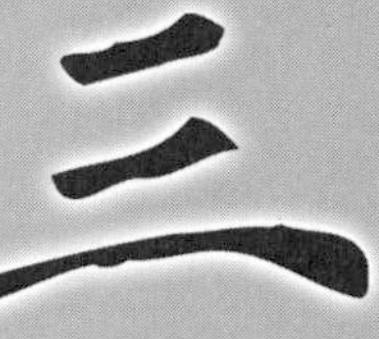

三門街

清・無名氏 撰

嚴文儒 校注

三民書局

國家圖書館出版品預行編目資料

三門街／清・無名氏撰;嚴文儒校注.——初版一刷.——臺北市：三民，2007
面；　公分.——(中國古典名著)

ISBN 978-957-14-4572-4　(平裝)

857.44　　95021636

撰　者	清・無名氏
校注者	嚴文儒
責任編輯	王愛華
美術設計	郭雅萍
發行人	劉振強
著作財產權人	三民書局股份有限公司
發行所	三民書局股份有限公司 地址　臺北市復興北路386號 電話　(02)25006600 郵撥帳號　0009998-5
門市部	(復北店) 臺北市復興北路386號 (重南店) 臺北市重慶南路一段61號
出版日期	初版一刷　2007年8月
編　號	S 856930
定　價	新臺幣210元

行政院新聞局登記證局版臺業字第〇二〇〇號

ISBN　978-957-14-4572-4　(平裝)

http://www.sanmin.com.tw　三民網路書店

三門街　總目

引言

嚴文儒

三門街，一百二十回，四十餘萬言，作者不詳。但從書中多次引用吳中方言，如稱大人物為「大老倌」、稱醫生為「郎中」、稱妻子與人私通，丈夫為「戴綠頭巾」等，且在描述中對吳中地理風俗相當熟悉，或可說明作者當是吳地人氏，或是長期生活在吳地的人士。

三門街成書年代亦不詳。但據書中避「玄」字等清諱及多處引用清代典章制度說事，如第四十九回有「九門提督」之說。九門提督是清代步軍統領之別稱。掌管京師正陽、崇文、宣武、安定、德勝、東直、西直、朝陽、阜成九門內外的守衛巡警等職，以皇帝親信的滿族大臣兼任。考明史・職官志二，明代京城沒有設立「九門提督」之職，僅設「五城兵馬指揮司」，各設指揮一人，負責京城的捕盜、治安等事宜。故而「九門提督」當是清代特有的官職。再如第一一六回稱「又不是發配到黑龍江去」。按明代管轄不及黑龍江，故而犯人不可能發配去黑龍江。而清代犯人常有發配去寧古塔的。寧古塔在今黑龍江寧安縣西。據上所述，可以說明作者熟悉清代官場生活，故而不知不覺中便流露出來。既然作者是清代人，那麼此書成於清代當無可疑。

三門街把故事的發生安排在明代中葉武宗時期。明武宗是明代歷史上一位頗有爭議的皇帝。他不理朝政，卻喜歡淫樂嬉戲，到處遊玩，並自封為「威武大將軍」，貽笑後世；他信用宦官劉瑾、谷大用和奸臣江彬，致使奸邪當道，殘害忠良，民不聊生，國勢危急。在這樣的歷史背景下，小說將奸臣誤國害民，忠良匡扶社稷，忠奸勢不兩立的殊死鬥爭安排為本書的主線便有了可信的歷史場景。

故事從定居杭州一條街上的忠臣兵部尚書李府、吏部天官徐府和奸相史府三家起始和展開。奸相史洪基與宦官劉瑾密謀，勾結外藩，企圖策動叛亂，陰謀篡位。在陰謀破滅後，他們又投敵賣國，引狼入室，挑起戰亂，殘害百姓。而以李府之子李廣及易裝改姓的女英雄楚雲為首，聚集了一批抱有忠君報國之志的江湖義士，內除奸黨，平定叛亂；外抗強敵，收復失地。懲治了奸黨，保衛了國家社稷。

小說的另一條主線是小說主人公李廣與楚雲的曲折愛情故事。李廣與楚雲原是一對髫齡議婚的未婚夫妻，因為楚雲自幼被人拐賣，流落他鄉。幸遇熱心人收留，楚雲才得以免於遭到更悲慘的下場。然而她卻從此改名換姓，收起紅裝，改換男裝，變成一位鬚眉男子，所以幾年後與李廣相逢而不能相識。這以後兩人並肩除奸黨、平外患、挽國難，同被武宗封為親王，功成業就。李廣的苦苦思戀，卻一直沒有得到楚雲的回報。直至楚雲的親哥哥識破她的行藏，楚雲本是女兒身的消息才漸漸為人所知。李廣持之以恆的追求，終於感動了楚雲；楚雲也放下了王爺架子，脫下王袍換紅裝，還其女兒面目，與李廣結成良緣。

小說將忠良與奸邪間的生死搏鬥和李廣、楚雲等小說主人公間的兒女之情作為故事發展的主線，國家安危與兒女私情這兩條主線互相交織糾纏，並頭發展，這不僅使故事情節更加顯得錯綜複雜，引人入勝，尤其難得的是把安邦衛國之志，作為兒女情愛的前提，這就極大地提升了小說的內在思想含量，使得小說具有積極健康的一面。但小說同時也流露了封建文人的世俗追求：如大丈夫處世當建功立業、拜官封爵，揚名天下、流芳百世，三妻四妾、共享榮華；女子當遵循三從四德、從一而終的封建禮教，不能有自己的追求。雖說今人看來書中的說教未免顯得陳腐，然而作者是數百年前的人物，不以今人眼光去苛責古人，個中道理，讀者自然明白。

小說定名為三門街，是因為本書所敘述的忠良與奸黨之間的鬥爭、兒女姻緣的曲折糾葛、家族宗黨的盛衰變遷等故事，都是從共居杭州城一條街上的忠奸三家緣起、展開和結局的。一街三門，忠奸夾雜，故而以此為書名。

小說在創作手法上借鑒了水滸傳、封神演義、隋唐演義等明清著名小說，無論是從結構安排，還是人物塑造等方面都留下了摹仿的痕跡。三門街不能躋身於明清著名小說之列，自有其本身藝術成就的不足。

三門街清代以來刊本罕見，除有坊間印本行世外，幾乎沒有其他刻本問世。一九八六年，浙江古籍出版社出版了標點本，距今也幾近二十年，世上亦已罕見。此次校點注釋，以清代坊刻本為底本，糾正了原書的一些明顯錯誤；對書中提及的名物典章制度及一些難解的詞語典故，略加注釋，以方便讀者閱讀。如有不到之處，還望讀者不吝賜正。

回目

第一回　杭州城英雄落難　招商店小姐賣身

話說大明正德年間，宦官劉瑾❶擅權攬政，與當朝右相史洪基❷狼狽為奸，屈害了多少忠良，讒殺了無數文武。在朝各官，無不側目切恨，只因當今偏信，各官無奈他何。只有個首相范其鸞❸，是前代的忠臣，為人百般不阿，敢言直諫，不避權奸。那劉閹❹、史洪基等人，尚有三分懼怕，不敢與范老丞相為難，卻是暗地裡百般讒譖，所幸正德皇帝❺知道范老丞相是個正直忠臣，置之不問。劉閹等無可奈何，總想范老丞相不在朝廷，他們就可毫無避忌了；雖然如此，他們卻只顧目前竊權恃寵，不慮將來，所以那些被害之家，無日不切齒痛恨。因此就出了許多英雄俠女、義士壯夫，雖不免顛沛流離，卻日日

❶ 劉瑾：明宦官。興平（今陝西興平）人，本姓談。明武宗正德時掌司禮監，在東廠、西廠外，加設內行廠。鎮壓異己，斥逐大臣，奪民間土地，增設皇莊至三百餘處。正德五年（西元一五一〇年）宦官張永告他圖謀反叛，被殺。

❷ 史洪基：查明史宰輔年表，無此人，當是小說家塑造的人物。

❸ 范其鸞：查明史宰輔年表，無此人，當是小說家塑造的人物。

❹ 劉閹：即劉瑾。因宦官又稱為閹人，故有此稱呼。

❺ 正德皇帝：即明武宗朱厚照。年號正德，故稱。在位期間，信用宦官劉瑾、谷大用和將領江彬等，淫樂嬉遊，曾自封「威武大將軍」，行為荒唐。

在那裡習練武藝，報仇雪恨。這也是當今皇上的福氣，大明江山不該送在這兩個奸臣手內。任他們用盡心機，把正德皇帝騙到他處，謀害了聖主，他們便思量篡登大寶❻。該應事機不密，就有那一起英雄俠女、義士壯夫前去救駕。他兩個奸賊，知事不妙，復又逃到外國，慫恿外邦狼主❼，犯境中原，只以為大明江山經此一鬧，必然冰消瓦解。那裡知道有這般英雄俠女、義士壯夫保定了大明江山，興兵去平蠻國，及至平蠻之後，追本窮源，責問外邦狼主為何興兵犯境，那時才知道是他兩個奸賊慫恿起來。因此就勒令南蠻國主交出他兩個奸賊，正了國法，算是他兩個用盡半世心機，只落得身首異處，萬年遺臭。倒是那被害之家，出了那一班好子孫，保著大明江山，興兵代主上報了仇，而且有此一番殺賊的功勞，誅奸的勛績，反得封妻蔭子❽，千古流芳。所以俗語說得好：「害人不落己，不如不害人。」此就是這部書自始至終的大關節。閑話休表。如今且說一位落難的英雄。這英雄祖籍河北滄州❾人氏，綽號「鴛鴦臉」，姓洪名錦，生得熊腰虎背，力敵千人，武藝精通，為人正直。母親杜氏，還有一胞妹名喚錦雲，卻生得貌如天仙，風流端莊。他父親名喚良棟，曾任三邊總鎮❿，只因觸犯劉闇奸賊，謊奏他剋扣軍糧，

❻ 大寶：指皇帝之位。語出易繫辭下：「聖人之大寶曰位。」

❼ 狼主：古時少數民族對本族君主或首領的稱呼。多見於小說、戲曲等俗文作品。

❽ 蔭子：封建時代子孫以先代官爵而受封之稱。

❾ 滄州：今河北滄州。

❿ 三邊總鎮：三邊，明榆林、寧夏、甘肅三鎮的合稱。總鎮，又稱總兵。明總兵官本為差遣的名稱，無品級，無定員，遇有戰事，總兵佩將印出兵，事畢繳還，後漸成常駐武官。清代總兵為綠營兵高級武官，受提督節制，掌理本鎮軍務。

潛謀造反，斬首問罪，抄沒家財。真個是血海冤仇，無門可訴。洪錦沒法只得將親屍收拾起來，暫把棺柩寄在寺內，變賣些破爛物件，帶著母親杜氏，胞妹錦雲，暫歸鄉里。一路上餐風宿露，說不盡那萬種淒涼。這日到了杭州，卻又盤川⑪用盡，真是禍不單行，杜氏夫人沿路上受了些風霜，染成一病。洪錦只得尋了客店，暫且住下，等待母親病好，再作商量。不料一病在床，日漸沉重，房飯錢已經無著，那裡還有錢去請醫生。洪錦獨自坐在那裡，短嘆長吁，一籌莫展。幸虧這店主人毛小山為人慷慨，見洪錦吁嘆不已，便前來問道：「客官為何如此愁悶？就是你老太太偶爾患病，也是年災月晦，但須個醫生前來看診，服兩帖藥味，就可痊愈了。何必如此愁悶！」洪錦聞言，不覺滴了幾點英雄眼淚，因即答道：「賢東有所不知，俺家的苦衷，一言難盡！」毛小山道：「客官有何委曲，不妨向某一言，有甚商量，某還可以代為作主。」洪錦見毛小山是個慷慨之輩，因道：「俺的先父曾任三邊總鎮，只因為奸賊所害，不但父親遭了誅戮，而且抄沒家財。只落得母妹三人，無法可施，有冤難報，只好暫歸鄉里。不期走到貴地，盤川用盡，老母又染下病來。承賢東垂問，叫我請個醫生，給俺老母看視。俺豈不知藥到病除，爭奈我房飯之資尚且不知所出，那裡還有錢去請醫生？總是俺生不逢時，遭此大難，窮途落魄，母病在床，怎叫我不生愁悶呢？」毛小山聽說，甚是嘆息，當下便道：「客官休要煩悶，若說房飯錢無著，我這裡斷不索取，不要說十日八日，就是一月半月，也不算什麼。但是回去家鄉，路途遙遠，若無盤費，怎麼去得呢？而況老太太又臥病在床，醫藥之資，是萬不可少的，這便如何是好？我倒有一計在此，但說出來，恐怕客官動怒，因此不敢便言。」洪錦道：「但有妙計不妨說來，大家商量。」毛小山道：「客

⑪盤川：亦稱盤纏。旅費。

官不必動怒，可則行，不可則止。事到如此，不過欲借此為引線，可以稍得盤川。因敝處有一英雄姓李名廣，人叫他『賽孟嘗』⓬，其人慷慨好施，扶危濟困，而且平生正直，無一點邪曲之心。真個四海聞名，誰人不曉，人稱他為李善人。客官就可將令妹帶往他處，說明了情形，姑捨將令妹暫押與彼。他見客官如此，必不將令妹留下，借此可使他接濟銀錢，既可為醫藥之資，又可為返里之費，一舉兩得，尚望客官斟酌。」毛小山話猶未了，只見洪錦虎眉倒豎，豹眼圓睜，一聲大喝道：「呔！好大膽的妄言匹夫！你敢說什麼叫俺變賣妹子，俺雖落魄至此，也是官宦之家，何能作此無恥之事？你再多言，莫怪俺拳頭下不容情了！」毛小山見洪錦發怒，只嚇得噤口不言，站定一旁只是發怔。洪錦怒猶未息，那知洪錦雲已聽得分明，趕著掩面含羞走出房來，低聲說道：「兄長不必發怒，妹子已竊聽多時了。店主人之言，甚是有理。既然有此慷慨英雄，兄長且同妹子前去一趟，非是妹子忍心作無恥之事，爭奈母親臥病在床，醫藥之資毫無所出，與其坐以待斃，不若且碰機會，或者那英雄果真慷慨，濟困扶危，俺此一去，他必然慨助銀兩，使我回來。母親的醫藥費固已有資，回里的盤川，亦可著落。萬一那姓李的名不副實，妹子到了那裡自有主張，兄長卻不可拘執，誤怪店主人一片好心。而況古來賣身葬父，董永⓭至今猶稱為孝子。彼雖男子，妹係女流，彼為葬父賣身，我為救母而設，事雖不同，其情則一。若得李君慨然相

⓬ 賽孟嘗：孟嘗，指孟嘗君。戰國時齊貴族。姓田名文，承繼其父靖郭君田嬰的封爵，為薛公。以好客著稱，門下食客至數千人。「賽孟嘗」的意思是好客賽過孟嘗君。

⓭ 董永：文學故事人物。傳董永因無力葬父，賣身為奴，後與天上的織女結為夫婦。織女十天內織錦百匹，使他得以償債贖身；織畢，遂淩空而去。其事始見於三國魏曹植靈芝篇，搜神記卷一也有記載。

助，妹子雖擔著個賣身之名，其實還有個孝字藏在裡面，只要那姓李的果真慷慨，此去定不妨事的。兄長可問店主人的實，究竟那姓李的人可真名實相副麼？」毛小山在旁說道：「小姐實在是明白極了，李廣委實慷慨好施，揮金如土，某斷不撒謊。若有半句虛言，好在某這小店搬不了，某也走不了，聽憑如何責罰，某都甘願。」洪錦道：「這李家住在那裡，離此有多少路呢？」毛小山道：「就在狀元橋三門街，離此不過二里多路。」洪錦聽說，只得長嘆一聲，自己說道：「俺洪錦為何時運不濟，一至於此，實在慚愧呀！」洪錦雲道：「兄長你不必悲傷，或者此去便可得些機會，也未可知。趁此母親睡熟時候，俺與兄長去去就回，不可耽擱了，恐怕母親醒來知道，就不肯讓我們去了。」洪錦無奈，只得答應。錦雲悄悄進房，換了一件乾淨的舊衣衫，又將髮根掠掠，出了房門，來託女店主道：「費大娘的心，我母親少時醒來，倘若要茶要水，望大娘照拂，只說我到後面有事去了。」洪錦也託毛小山轉請女東家照拂，於是兄妹二人走了出去，毛小山又跑至門口，叮嚀洪錦道：「少爺可要記明白了，是狀元橋三門街東首一個牆門，上有『狀元府』三字匾額，便是兵部李府。這街內有三家鄉宦⑭，所以叫作三門街，那第一家才是李家，卻不可走錯了。少爺切記，切記！」洪錦答應，帶著妹子望狀元橋而來。可憐一位如花似玉的千金小姐，只因母病在床，無錢醫治，無奈拋頭露面，前去賣身。又兼洪錦他生得醜惡，那臉上半邊紅半邊青，身長八尺，豹頭環眼，闊口濃眉，與他妹子錦雲真有天淵之別。因此街坊上的人見了，都有些疑惑，怎麼這麼一個凶惡的大漢，帶領著這樣一個如花似玉的美人，其中定有緣故。洪錦雲走了一會，實在不能行走，只得喊道：「妹子走不動了。」洪錦聽說，便前來扶著他妹子，一面指著前面說道：

⑭ 鄉宦：退休居住鄉里的官宦。

「妹子，你看那裡有座板橋，你且走到橋上在那裡稍坐片時，待俺問明路徑再走。」錦雲沒法，只得靠著哥哥走上板橋，坐下來歇息。洪錦四面一看，見是三岔路，正在疑惑去走那條，瞥見前面走來一人，手捧磁盆，內盛豆腐，低著頭向前慢行。洪錦不問情由，大踏步上前一聲喝道：「呔！俺且問你，到李府走那條路去？」那人被他一喝，已是嚇了一跳，再抬頭一看，只嚇得膽落魂飛，手一鬆，噹啷一聲，將那豆腐磁盆跌落在地，打得粉碎。只因途人膽小，壯士心粗，有分教：

英雄誤聽小人言，　美人錯投奸相府。

欲知後事如何，且看下回分解。

第二回　因嚇致恨巧賺❶英雄　以假作真誤投相府

話說洪錦因問路徑將途人嚇得膽落魂飛，連手內捧的盛豆腐的磁盆都跌落在地，打得粉碎。那人戰兢兢的爬了起來，望著洪錦哀哀說道：「溫元帥菩薩❷！小人並不曾得罪你老人家，為什麼顯聖起來？」洪錦聽說，又好笑又好氣，復又喝道：「你不得混說，俺不是什麼溫元帥顯聖，俺是問你這三岔路口，那條路是通賽孟嘗李善人家的？」那人聽說，這才明白，也不答話，即連聲說道：「晦氣，晦氣！」抽身就走。洪錦大怒，搶一步將那人肩膊一扭，拖轉回來。他被洪錦一把抓了，已是痛得要落眼淚，洪錦還是喝道：「我問你路徑，你為什麼不告訴我，就要跑去了，你到底可說不可說？」那人見此情形，怕要受打，趕著說道：「英雄且請放手，小人願說，但不知問的是那一家？」洪錦道：「你聽真了，俺問的便是賽孟嘗李府。」那人正欲回答，忽見板橋上坐著一個美人，便暗自說道：「他去找那李廣家，定是以此為名去騙銀兩，且待我哄他一哄，誰人叫他這樣行凶。」主意想定，帶笑說道：「你老人家是問李家的住處？那李家由此一直走過東邊狀元橋，有一甕門❸，磨磚上刻著『三門街』三個大字，西首第

❶ 賺：誆騙。

❷ 溫元帥菩薩：漢族民間信仰的驅瘟大神，流行於浙江地區。

❸ 甕門：甕城的門。甕城，大城門外的月城。

一牆門便是李府。你老人家好記著去罷！」說罷，兩腳如飛跑轉去了。一面跑著又一面說道：「今日運氣大壞，遇見這個問路的欺人太甚。我叫你吃些苦楚，明處不投，去投了史家，叫史公子看見你這個美人，留下去給他做姬妾；你如不行，須吃他一頓毒打，稍出心中忿恨。」看官，你道這史家是何等人呢？原來這三門街只有三家居住，東首第一家便是兵部尚書武狀元李府，所以那牆門匾額上是「狀元府」三字。李公早已去世，夫人王氏年方三十九歲，所生一位公子便是小孟嘗李廣，綽號玉面虎，表字國卿，乳名寧馨，年才二九。中間一家是吏部天官❹徐府，徐公也是去世多年，夫人祝氏，年才三十八歲，與李夫人自幼結為姐妹，他倆家有便門相通。祝氏夫人所生兩子，長名文炳，表字捷之，綽號好好先生，年方十七；次名文亮，表字敏之，綽號玉美人，年方十五。卻與李公子情同骨肉，兩家便如一家。那西首第一家，是當朝右相史洪基的住宅，門牆上卻豎著「文狀元」的匾額。這史洪基帶同姬妾在朝為官，家中只留著一個老母，並他已死的夫人所生一男一女。女名錦屏，年方三五，繼於宦官劉瑾壽春王為義女，因此合家呼為郡主❺。卻生得美貌無比，文武雙全，乃是蓬萊島❻何仙姑❼的徒弟。隨身四名丫鬟，名叫煙柳、如霜、軟翠、輕紅，也有些武藝。公子名逵，卻與那妹大不相同，不但文不識丁，武無縛雞之力；而且生得形容醜陋，十樣不全。各事卻要依著老子的威權，無惡不作，家中廣養教師❽打手。兩

❹ 天官：官名。「天官冢宰」的簡稱。周禮六官，稱冢宰為天官，為百官之長。後世亦以天官為吏部的通稱。

❺ 郡主：唐宋時太子諸王之女稱郡主。明清時親王之女稱郡主。

❻ 蓬萊島：古代傳說東海中有蓬萊、方丈、瀛洲三山，為神仙所居。

❼ 何仙姑：傳說中的八仙之一。相傳是唐代廣州增城女子，住雲母溪。年十四五歲時，食雲母粉而成仙。

個打手頭目：一喚張千斤，一名李八百。還有一個篾片⑨，叫做萬事通，為人奸詐，詭計多端，與史逵朝夕相依，助紂為虐⑩，這就是史家的始末根由，這且不表。且說洪錦自問了那人路徑，他便信以為真，帶著妹子緩行慢走，不到兩刻，果見橋邊有一甕城，上嵌著「三門街」磨磚三個大字。兩人穿街走過，見並排三個大門，走至西首第一家，洪錦就低聲叫他妹子，權在照壁⑪間暫坐片刻。洪錦雲答應。洪錦便移步向前，暗自嘆道：「俺洪錦今日實是慚愧極了！當年隨父坐鎮邊關，那樣赫赫威風，而今何在？真如一場春夢！弄得仰面求人。」一路嘆來，不覺已到。抬頭一看，見門樓上果有「狀元府」三字匾額，門內兩旁朱紅凳上，坐下幾多惡僕豪奴，一個個皆是挺腰凸肚，白眼觀天。事到其間，無可奈何，只得下氣低聲，走進門內道：「門上那位爺們在此給俺回一聲，就說河北滄州人氏姓洪名錦的，因母病旅店，無力回鄉，願將胞妹賣與府上以作盤川。不知尊處可是李善人的府第麼？」那一個家奴正欲呼喝，說此間是右相史府。合該有事，內中有個惡僕，最是尖刁，瞥眼見門外照壁牆下坐著一個美女，心下明白，立刻分開眾人，大聲說道：「兄弟們不要囉唕，俺這裡正是李府。那牆邊坐著的可是你的妹子麼？」洪錦答道：「正是俺的胞妹。」那惡僕說道：「你且等著，待俺進去回稟公子，看你的造化何如；如若不成，可不要怪我。」洪錦忙道：「費心了！」那惡僕飛身進去。且說史逵終日無事，這日正與篾片萬事

⑧ 教師：此處指練武的教師爺，常充當打手。

⑨ 篾片：舊指豪門富家幫閑的清客。儒林外史第五十二回：「(毛二胡子) 原有二千銀子的本錢，後來鑽到胡三公子家做篾片，又賺了他兩千銀子。」

⑩ 助紂為虐：比喻幫助惡人做壞事。紂，殷商最後一個君主，向來被認為是古代的暴君。

⑪ 照壁：舊時築於豪宅、寺廟前的牆壁。與正門相對，作遮蔽、裝飾之用，多飾有圖案、文字。

通在廳上閑話，只見擺尾搖頭向萬事通笑著說道：「老萬，我少爺叫你替吾覓兩個美色女子，為什麼不見覓來？實是可惡已極！」萬事通也笑回道：「門下是每日各處尋訪，不曾遇見一個，還望少爺忍耐些時，包在門下身上，覓一個天上有、地下無的美人，前來孝敬。」二人正在談得高興，忽見家人史福走到面前，低聲說道：「奴才適在門房，忽然來了一個河北滄州姓洪的，帶了一個妹子，來找東鄰李家公子，說是因他母親病在客店，少了盤費，願將胞妹賣在他門下。奴才看見他妹子生得甚是美貌，真如仙子臨凡，奴才就冒了李家姓名，將他謊騙下來，特來稟知少爺。可要把他領進來給少爺觀看？」史逵聽說，喜不勝言，便吃舌咿呀，喊道：「史福，你可將那女子速速喚來我看，如果真是美貌，少爺定然重重有賞。」史福答應，飛跑出去，喊道：「姓洪的，俺給你回稟過了。俺家公子叫你妹子跟俺進去，看過明白，方好周濟。」洪錦聞言頗為疑惑，暗自說道：「莫不是李廣恐怕我說謊前來騙他，務要看見本人方可周濟，不然，何必定要妹子進去呢？」心中想罷，便叫錦雲跟了進去。洪錦雲沒法，只得隨著惡僕，掩面含羞，跟了進去。史福將洪錦雲帶至廳上。史逵一見，直喜得手舞足蹈，險些兒跌了下來。洪錦雲見史逵那種光景，心中就有些疑惑，人稱賽孟嘗李廣文武全才，英雄一表，怎麼這個十不全的模樣呢？正自猜疑，史福在旁說道：「姑娘你見了公子，也得要行個禮兒才是！」洪錦雲含羞忍辱，低聲說道：「難女錦雲萬福[12]了。」史逵聽了他的聲音，真似嚦嚦鶯聲，柔而且脆，只樂得他連話都說不出來。篋片萬事通搶著說道：「史福，你帶姑娘往後堂見老太太去。」一面說著，就送目與史福，史福會意，當將錦雲帶了出來，卻不送往後堂，把他送入暗書房去了。按下不表。且說史逵又望著萬事通說道：「剛

[12] 萬福：唐宋時婦女相見行禮，多口稱「萬福」；後亦以稱婦女所行的敬禮。

才這個女子妙是妙極了，但此事如何辦法？」萬事通道：「這有什麼商量，但須賞他十兩紋銀⑬，勒令他寫了賣契⑭；若不行，即便喝令打手，將那姓洪的打了出去，還怕那姓洪的怎樣奈何麼？」史達大喜，連稱「妙極」！當下差人去喊史福，叫他兌銀十兩。一面傳齊教習⑮，一同前去，勒令那姓洪的寫了賣契，再將銀子交把與他；他若不行，即將他亂棒打出。史福當下封了銀子，來到門口。洪錦見妹子未曾出來，心下大驚，趕上前來問道：「總管，俺妹子為什麼不出來？」史福道：「你敢是發痴麼？你本來說把妹子賣在我家。現在俺家老太太看了你妹子甚是喜悅，將他留下了。這十兩銀子是賞與你，給你妹子的身價，你趕緊將賣契寫來，讓我呈送進去！」洪錦一聽，驚得如痴如醉，暗道：「完了，這總是毛小山害我！」復又想道：「且待我哄他一哄。」因向史福說道：「總管，俺還有一句話，只因俺賣妹子，俺老母尚未知道。此刻想來，實是不合，須得稟知老母一聲，還請你將妹子送出，待俺稟過母親，再行送來。」史福聞言大怒，喝道：「爾等可知此是何地？怎能容爾翻覆無常！實告訴你，你妹俺家少爺留下做如夫人⑯，你若能識時務，將賣契寫就，或者俺少爺認作為親戚，將來還有一碗飯吃；如若不然，須吃一頓好打！」洪錦聞言，不覺火起無明，舉起拳便打。畢竟洪錦雲如何出來，且看下回分解。

⑬ 紋銀：清代通行的一種標準銀兩。成色最佳。以大條銀或碎銀鑄成，形似馬蹄，表面有皺紋，故稱「紋銀」或「馬蹄銀」。俗稱寶紋、足紋。此小說託名明代，實際成書於清季，此即一證。

⑭ 賣契：賣身的契約。

⑮ 教習：原為學官名。此處指教練武藝的教頭。

⑯ 如夫人：妾的別稱。也稱如君。左傳僖公十七年：「齊侯好內，多內寵，內嬖如夫人者六人。」原意謂同於夫人。後即以稱別人之妾。

第三回 以訛傳訛錯罵李廣 將計就計毒打教頭

話說洪錦見史福勒令他寫賣身契紙，又說了許多不遜的話，洪錦不覺無明火起，大喝道：「好大膽的狗頭！爾敢仗勢欺人，明欺俺他鄉異客，可知道俺滄州洪錦不是無能之輩，俺眼睛裡認得你這奴才，俺拳頭上認不得你這奴才！爾將俺妹子快送出來，萬事全休，若有半字遲疑，你不要怪我洪錦將你這奴才打個半死！」史福亦大怒道：「這地方你不得在此撒野！若再不快滾出去，可不要怪俺爺爺給你的無趣了！」洪錦聞言，只氣得怒髮衝冠，舉起拳頭，一聲大喝道：「好膽大的奴才！不要走，照打。」說著劈面打來。史福躲閃不及，正打中面門❶之上，只聽得「啊呀」一聲，跌倒在地。史福便大聲嚷道：「教師們還不動手打這殺才！」眾教習一聞此言，個個挺腰抹袖，齊奔洪錦打去。洪錦大喝一聲：「來得好！」飛身跳出門外，當街站定，眾教習一擁齊上。那洪錦抖擻威風，雙拳並舉，兩腳齊飛，將一眾教師們打得個東倒西歪，落花流水。眾教習見不是對手，呼兄喊弟，各自飛逃，口中還說：「好厲害的漢子！快些關上大門，不要讓他打進來呀。」說著一溜煙逃入門內，登時關上大門。洪錦一見，更加大怒，一面打門，一面喝道：「李廣你這畜生！速速將俺妹子送出，如若不然，你雖關了牢門，俺便將你這牢門打落，與你說話。你還稱蓋世英雄，為什麼強搶良家女子？如此仗勢，真比禽獸不如，王法全無，

❶ 面門：指臉的中央部分。

天理何在？」此時街坊已圍聚了許多閑人，但聞洪錦所言，卻沒有一個敢說他是錯投史姓的。洪錦正在跳罵李廣，忽聞馬蹄聲響，見那些閑人閃在兩旁，同聲說道：「少爺回來了！」洪錦回頭一看，但見頭一匹是白馬，朱纓金轡，馬上坐著一人，頭戴茜色❷將巾抹額❸，中嵌一粒明珠，身穿大紅箭袖❹攢❺雲罩袍，腰束淡黃色絲縧，粉底❻烏靴，斜踏葵花寶鐙；白面朱唇，蛾眉鳳目；一雙俊眼，兩道修眉，腰下懸著一把寶劍，左手扯定轡勒，右手懸掛絲鞭。第二匹是桃花色駿馬，金轡寶鐙，上坐一人，頭戴儒巾，中嵌一塊雪白光明羊脂玉，身穿儒服；腰束沉香色絲縧，玉面珠唇，蛾眉鳳眼。第三匹也是白馬，朱纓金轡，馬上坐著一個少年郎君，頭戴一頂束髮金冠，身穿一件楊妃色❼繡雲直襖，鼻如懸膽❽，唇若塗朱，兩道秀眉，一雙秀眼，輕挽著紫絨絲繮。洪錦看罷，暗自稱羨道：「三人實在一表非俗，但不知他姓甚名誰？」正在疑思，那知頭一匹馬上的英雄，早已聽聞洪錦在那裡敲門痛罵李廣，當下勒住絲繮，喝令書童上前去問。書童答應，走到洪錦跟前高聲問道：「你這漢子為什麼在此跳罵？俺家少爺喚

---

❷茜色：茜草根可以作大紅色染料，此處即指大紅色。

❸抹額：束在額上的巾。

❹箭袖：古代射士穿的衣服。袖端上半長，可以蓋住手，下半短，便於射箭，稱為箭袖。

❺攢：聚集。

❻粉底：白色的鞋底。粉，白色。如粉墨，即傅面所用的白粉和畫眉所用的黛墨。

❼楊妃色：亦稱「妃色」。即淡紅色。較深的叫緋色。

❽懸膽：懸掛著的膽囊。常用以比喻人鼻形美好。紅樓夢第二十五回：「那和尚是怎樣的模樣？但見：鼻如懸膽兩眉長，目似明星有寶光。」

你哩！」洪錦聞言，趕著走到馬前施了一禮，先將姓名住址及落難情形說了一遍，然後才將賣妹子的苦衷細說出來，因道：「俺洪錦只說李廣是個四海英雄，那裡知道他有名無實，竟是個見色欺心的殺才！」話猶未了，只見那一個少年書生腐儒騰騰的搶著說道：「好漢，方才可是在這個門裡麼？」洪錦道：「正是這個門裡，你不見他還閉著門麼？他家丁要俺妹子的，就是李廣這個殺才！」此話才說完，但見馬上那個英雄，滿面怒色，跳下馬來，望著洪錦道：「仁兄未免錯怪我也！小弟才是玉面虎李廣。這個門裡卻是當朝右相史洪基的宅子。這史公子平時專門仗他老子的權勢，強搶民間女子。況且今日是仁兄將令妹送上他門，他見仁兄道出賤名，他便將計就計欺騙。仁兄且不必錯怪小弟，只怪仁兄未曾訪問清楚，以致誤投史門。但是仁兄不必著急，小弟當代你向他理說，叫他好好送出令妹便了。倘若不然，好在兄也非無能之輩，小弟定助一臂之力，不怕他不送出令妹來。」此時馬上兩書生亦跳下馬來，與洪錦通名道姓。原來那兩個書生，就是徐家兄弟。當下徐文亮就對洪錦指著李廣說道：「我這位大哥是一榜解元❾，委實是文武全才，而且專濟人急，何能作出姓史的那樣事來？」李廣此時越想越怒，「好史逵賊子！膽敢冒我大名，今日安能饒你！」說著，便命書僮前去打門。那書僮答應，便即前去叩門，口中說道：「東鄰李公子特來拜訪，快開門來！」那史家守門的一聞此話，只嚇得魂飛魄散，趕著入內去報。史逵一見家奴來說，也是魂散魄搖，當與萬事通道：「哎呀！老老萬，這這事是怎麼好？」史逵本來吃舌❿，因此一嚇，更加格格說個不清。萬事通笑道：「門下卻有個主意，但不知少爺是要做第一等大老官⓫，還

❾ 解元：唐制，舉進士者皆由地方解送入試，故相沿稱鄉試第一名為解元。

❿ 吃舌：口吃。

是要做第二等大老官？」史逵道：「老老萬，這這話是是怎麼講？」萬事通道：「如做第二等大老官，即刻將女子放出，開門送還與他；如做第一等大老官，便將合宅教師打手傳齊，請李廣進來，一齊打上前去。諒李廣一人如何抵敵，管教他叩頭伏罪而後已！」史逵聽說，連道：「此計妙妙極極極！我我便做第第一等大老官。」當下即傳齊教習打手，埋伏大廳之上，一面教請李廣。家奴答應，即刻出來開了門，說道：「李少爺，我家少爺有請。」李廣聞言，便對洪錦道：「仁兄可隨小弟一齊進去，討還令妹。」洪錦答應。當下徐文亮一手扯住李廣道：「大哥不可粗心，此是萬不可進去的。他的奸計甚多，一定有了預備，何能自投羅網！」李廣道：「二弟且不必怕，不要說他一個史逵，就便千軍萬馬，何足懼哉！」說罷，將文亮推開，帶著洪錦一齊進去，才走進大門，那些豪奴便將大門緊閉。徐氏兄弟只嚇得心驚膽落，詩禮滔滔的說道：「啊呀，豈有此理！白日關門打人，這樣不知禮教，可惡之極！可惡之極！」且說李廣與洪錦到了史家廳上，四面一看，早知動靜，便冷笑一聲，對洪錦說道：「如此光景，果不出徐家兄弟所料。」話猶未完，早見屏後轉出多人。為首張千斤挺著胸膛大踏步，舉起雙拳，直撲洪錦；接著李八百也奮勇來撲李廣。李廣說聲：「來得好！」便將腳步立定，等李八百來得切近，右腿一起，認定李八百腰下掃去。李八百見來勢甚猛，趕著向旁邊一讓。不料李廣身軀便捷，見他讓過飛腿，遂將一拳打去，李八百再讓不過，正中胸膛，站立不穩，噗咚一聲，跌倒在地。李廣搶上一步，一抬腿將李八百的右腳踏住，再用力往下一踩。那八百只叫得一聲！「痛殺我也！」已是昏過去，倒在地上。那邊洪錦見張千斤迎面撲來，他更不慌不忙，趁著張千斤立腳未穩，便從斜刺裡飛起一拳，認定他肋下打進，

⑪ 大老官：吳下俗語。意思是有魄力、有擔當的人物。

張千斤說聲「不好」！趕著要讓，洪錦那裡肯放他過去，遂即右腿飛起，用了個枯樹盤根的架式，一腿飛去，張千斤又倒了下來。洪錦趕上前去，按定張千斤身軀，舉起雙拳，如雨點般，渾身上下，打個不住。張千斤動彈不得，磕頭地下，只是喊叫「饒命」！此時眾打手見教習頭目被他二人打敗，大家如狼如虎，一齊擁來！洪、李二人便撇了張千斤、李八百，大吼一聲，回身便向眾人亂打。真個是雙拳起處，碰著的鼻腫頭青；兩腿飛來，遇著了筋酥骨折。這兩個人，一個似歸山猛虎，一個如出海狂蛟⑫，直打得史家眾打手東倒西歪，南奔北竄，受傷的倒有八九，完全的卻無二三。那個還敢上前，只愁少生了兩腿。李廣、洪錦二人呵呵大笑。畢竟後事如何，且看下回分解。

⑫ 狂蛟：狂性大發的蛟龍。蛟，古代傳說中的動物，龍的一種。民間相傳能發洪水。

第四回　醜公子求歡被辱　莽丈夫任俠遭擒

卻說李廣、洪錦將眾教習打手人等，打了個落花流水，那個再敢上前。只聽二人大聲喝道：「你等這一起沒用的東西，經不起俺少爺們三拳兩腳，就打得不能動彈了。叫兩個有本事的出來，再讓俺少爺們打個暢快！」怒罵了一回，並無一人答應。這且按下慢表。再說萬事通在書房內正與史逵指手畫腳，說個不了，忽見家奴來報，說：「外面教師打手，全被那姓洪的與李家公子打敗，受傷的實在不少！」萬事通一聽不覺大驚，當下就與史逵說道：「此事甚為不妙，少爺可趕往後書房與那美女成起親來，等到木已成舟，再出來與他們理論，看他又怎麼奈何？」史逵大喜，即刻叫人攙扶起來。且說洪錦雲自送入暗書房內，並未見著什麼老太太、老夫人，已知落了圈套。因自嘆道：「天何待我刻薄，我父親既遭誅戮，母親又臥病旅舍，只說假賣身軀，得些周濟，好醫治母病，那裡知道毛小山毒設惡計，李廣徒有虛名，將我陷害此間，不知如何發落？我母親尚不知道，倘若醒來問知底細，豈不要立刻急死！我哥哥在外面又不知如何廝鬧？我死無足惜，只恨無濟於事，空落個賣身之名。倘若被他霸占，強行汙辱我清白身體，又有何面目見我娘兄？蒼天呀，蒼天！父母生我長到一十六歲，那知今日陷了羅網，怎生是好？也罷，不如尋個自盡，還留個清白身體。」說了便將束腰絲帶解下來，正欲懸梁❶，忽又想道：「我又

❶ 懸梁：上吊自盡。

痴了！此時一死，豈不要把我母親哥哥急煞？而況我哥哥亦非無能之輩，定要設法救我，我且等待半日，再作主意便了。」正在凝思，忽見雙扉❷半啟，走進一個人來，兩個家丁，攙扶而進。那家丁將他送進，轉身退了出去。只見他撫牆摸壁，滿口咿唔道：「洪小姐！吾吾來來與你你成親了。」洪小姐一看他那種模樣，心下只道：「人說李廣蓋世英雄，自然是堂堂丈夫，怎麼這樣唔唔吃舌，分明是八不就十不全，連路都不能行走，還稱什麼英雄？」自己將主意立定，且待他來，我便如此如此，有何不可。只見史逵走至錦雲跟前，笑嘻嘻的要來摟抱。錦雲不覺柳眉倒豎，杏眼圓睜，一聲喝道：「大膽狂徒，敢來亂犯！」說著一抬手，照著史逵下腮打去，正中史逵左腮，只聽得咕咚一聲，史逵受痛不住，跌倒在地，知這一掌已將史逵下腮打落。只聽得大叫一聲：「痛死我也！」外面家丁趕著推門走進一看：「哎呀，少爺跌倒了。為甚這般光景？」再一細看，見下腮已經脫落。眾家丁急忙將他扶起，撮上下腮。史逵叫家丁去拿錦雲，忽見小廝飛跑進來，慌慌張張說道：「少爺快進上房去罷！李公子與那姓洪的要打進來了！」眾家丁聞言，趕著拖拉著史逵擁了進去。洪錦雲聞言，暗想：「怎麼我哥哥與李公子打了進來？難道這個人不是李廣，卻又是何人呢？」不言洪錦雲心中疑惑。再說徐氏兄弟在那門外「之乎者也」的左一句「豈有此理」，右一句「可惡之至」，更帶上個「荒乎其唐」，在那裡咬文嚼字，正急得毫無理會。那街坊上的人也看得好笑。忽見那邊來了一個粗豪大漢，但見頭戴元巾❸，緊束著鐵箍一道，黑漆漆的面孔，一雙怪目，兩道濃眉，獅子鼻，瓢兒嘴，兩個招風大耳；身穿藍布大衫，內襯緊身密口短襖，後背著一

---

❷ 扉：指房門。

❸ 元巾：即玄色的頭巾。元，本作「玄」，清代避聖祖（玄曄）諱，改「玄」作「元」。

個大花衣包，腰下插兩柄板斧，手中拿著一個賣藥葫蘆牌。你道這人是誰？原來姓胡名逵，綽號煙葫蘆，祖籍山西太原人氏。此人生得性情暴烈，武藝高強，專門任俠好義。一向在外賣藥，順道杭州，聞得李廣是個英雄，特地前來探訪。走此經過，看見人聲嘈雜，他便立住足問明原故，只躁得他怪目圓睜，濃眉倒豎，大聲喊道：「好賊子！白日關門仗勢行凶，那裡容得他這樣欺人！待俺爺爺前去與他見個高下。」說著便將包袱解下，掀去外衣，交給徐氏兄弟，提了板斧，飛身跳上高牆，不問情由，不辨方向，復跳了下去。那知誤入花園，四面一看，並不見有人廝殺，只聽得丁丁東東的聲音。胡逵聽了片刻，也不知道是什麼東西，但曉得好聽，原來史錦屏在花園內亭子上撫琴。胡逵見沒有一個人影兒，他便大聲喊道：「好大膽的賊子史逵，膽敢哄騙良家女子，白日關門打人，俺爺爺在此，速速出來會俺！若再遲延，俺就要殺進去了！」說著分開板斧，便先在花園內將那花木砍折了許多。史錦屏正在彈琴，忽聽有人亂喝亂罵，即刻招呼如霜出去觀看：是個黑面大漢，提著板斧，東衝西奔，聲聲卻罵著史逵。如霜便喝道：「黑漢，爾是何人？撞至花園，作何勾當？」胡逵聽說，見是個使女，也便高聲喝道：「爾速叫你家賊子史逵前來會俺，你這小東西經不起俺爺爺一斧，速去速去！」如霜不知就裡，只得回見錦屏說了一遍。錦屏聽說，急急出來，一見胡逵，倒是個英雄好漢。但見他聲聲要還李廣，只不知是什麼緣故？即喝令四個女婢：「將那黑面擒來，待我問他細底。」煙柳、如霜、輕紅、軟翠一聲答應，立刻脫去外衣，將湘裙④拽起，走上前來，齊聲喝道：「呔，黑漢，俺家郡主在此，休得胡言。」胡逵一抬頭，看見了多少婢女，也就大聲笑道：「俺只道李廣被賊子史逵關門來打，原來將他藏在裡面招親，好是好極了！但

④湘裙：湘地絲織品製成的女裙。湘地，今湖南。

一個人怎禁得這許多老婆，不要送了性命呀！」那四個婢女一聞此言，只羞得滿面通紅，登時一齊大怒，捲袖掄拳，向著胡逵打來。胡逵也就丟了雙斧，復笑說道：「俺不知道閨中女子也會耍拳，速來速來，俺與你們比個高下。」說猶未了，那四個婢女已經上來，胡逵即便招架。那四個婢女，雖然勇猛，那裏能比胡逵力大無窮，直打得香汗淋漓，腰肢亂擺。史錦屏在亭子上看得真切，見四婢一齊敗下，心上大驚，復又大怒，喊道：「爾等且退，待俺來擒他。」說著便脫去外衣，一聳身飛了出來。胡逵一看，但見他身穿五彩團花密扣緊身短襖，腰束著杏黃色排鬚束腰❺，簇簇新大紅紮腳繡褲，筆直的一雙三寸金蓮，櫻口桃腮，柳眉杏眼，真個是如花似玉，貌若天仙。胡逵看罷，不覺大聲讚道：「好一個天仙女子下了凡塵！」復又罵道：「好史逵賊子！你敢設此美人計去賺李廣麼？」史錦屏聞言，羞得他滿面通紅，一聲怒喝：「該死的匹夫！好大膽的黑漢，今已死在目前，還要亂言亂語。」說著飛起雙拳，直向胡逵打去。胡逵趕急招架。那知史錦屏拳法高妙，胡逵雖然勇猛，力大無窮，卻不能還他一著。胡逵知道不是對手，快抽個空，拾起板斧，一轉身便向錦屏砍來。錦屏趕著閃開身體，卻好如霜已送過一桿梨花槍來，錦屏接在手中，用手一擺，只見碗大的花頭，向胡逵刺到。胡逵用雙斧架住，一來一往，真個是槍如龍戲水，斧如虎翻身。兩個鬥了有數十個回合，畢竟史錦屏是仙傳的槍法，其中奧妙無窮，看看抵敵不住，已殺得黑汗直淋，虛氣亂喘，正欲逃走，卻被錦屏斜刺一槍，胡逵望後一退，不料被石子一絆，站立不住，栽倒下來，雙斧拋落在地。史錦屏搶上一步，飛起金蓮，將他踏住，喝令左右：「捆綁起來！拖到百花亭細細拷問。」畢竟胡逵如何解脫，且看下回分解。

❺ 束腰：腰帶。

第五回　李孟嘗仗義鬧相府　史太郡謝罪責孫兒

話說胡逵被史錦屏捉住，拖上百花亭細問就裡。胡逵便將洪錦如何因母病落難，如何羨慕李廣，洪錦雲如何賣身望助盤費，如何誤投被史逵假冒留下不放，如何李廣前來要人，如何關門毒打李廣，如何抱不平前來相救的話，說了一遍。史錦屏聽說，暗自嘆道：「哥哥如此行為，將來作何了局？況且他生得滿身殘疾，自己尚不知死活，偏要假冒人家姓名，謊騙人家女子，怎叫李廣能忍呢？」心中想罷，便令婢女將胡逵放在一旁，等待問明情由，再為定奪。婢女答應，便將胡逵拖出亭外。錦屏便喝令婢女往外堂打聽。暫且不表。再說李廣同洪錦將眾教習、打手打得落花流水，東竄西奔，再沒有人出來抵敵。他二人在廳上喊了一會，不見一人應聲，當下二人更加著惱，便將廳上所有陳設的物件，乒乒乓乓，打得個冰消瓦碎。洪錦口口聲聲：「還出妹子！若再延遲，不送出來，俺便要將這牢房打毀，打得他一片平陽❶，看你將俺妹子藏在何處？」李廣亦大罵：「史逵賊子！膽敢冒我大名，騙人家女子，該當何罪？還不速送出來謝罪！若不送出洪家小姐，決不干休！」兩個人在廳上打一陣，罵一陣，喊一陣，卻驚動了史逵祖母劉氏太郡夫人。這劉氏素來慈善，常恨孫子作事胡為，屢戒不改，也是恨不可言。這日正在堂前默誦經卷❷，忽見丫鬟容顏失色，跑至面前說道：「啊呀！太郡夫人，不好了！公子又藏下一個姓

❶ 平陽：指把房屋拆毀成平地。

❷ 經卷：指佛經。

洪的美女，不知怎樣觸怒了東鄰李公子，帶了個鴛鴦臉的漢子，好不害怕，一同打了進來。家裡眾教習、打手都被他兩個人打敗，廳上的物件全行打毀，看看要打進內堂來了！」劉氏聞說，這一驚非同小可，即刻站起身來，口中怨道：「又是我這個不肖的孫子，作出這等無理無法的事！他只知倚仗父勢，那知李公子是個最知道理，任俠仗義，揮金如土，慷慨好施，四海聞名的英雄義士，他豈肯無事生非，還帶著鴛鴦臉的漢子打到我家來呢？」一面罵道，一面怨恨：「現在那女子藏在那裡呢？」當有書僮稟道：「現在暗書房內。」劉氏聞言，立刻攙扶著僕婦前往暗書房。進得門來，只見洪錦雲獨自坐著兩淚交流，劉氏一見果然見他生得如花似玉，是一個絕色美貌女子，暗暗稱讚不已。當下僕婦等即上前喊道：「洪小姐，吾家太郡夫人特來到此看你，你有什麼委曲，可對太郡夫人說明，他老人家最是慈良的。」洪錦雲抬頭一看，是個白髮婆婆，滿面慈祥氣色，當即站起身來，走到劉氏跟前，深深一拜，說道：「難女萬福了。」劉氏趕著用手拉起，叫他坐下，有什麼委曲，慢慢的細談。洪錦雲與劉氏一同坐定，劉氏便問道：「小姐祖居何地？家中尚有何人？因何落難到此？被何人騙至此處？不妨細細說明，有老身給你作主。」洪錦雲見問，當即揩乾眼淚，緩緩答道：「難女是河北滄州人氏，父親曾坐鎮邊關，因為奸臣所害，父親毒遭慘死，家財抄沒。因與母親、哥哥回歸鄉里，路過杭州，脫了盤費，不料母親又病在客店。因聞李廣是任俠好義的英雄，難女同哥哥商量，意欲借賣身為名，望他慨助銀兩，一來為母親治病，二來借作盤川好回鄉里。不料這李廣是有名無實，人面獸心的人，將難女陷入在此，威迫胡為，因此難女情急，將他打落下腮，推倒在地。老夫人明見，難女也是官家子女，豈肯以清白身體，作此無恥之事！只為母病在床，無錢醫治，不得已出此下策，還求老夫人慈祥開發，送出難女，俾得骨肉相逢，就感恩不盡了；如若不然，與其被李廣汙辱，不若就死在老夫人面前，尚可明一明難女的清白身體！」說罷，痛哭不已。劉氏聞言，讚嘆不已道：「好個堅貞美女！」因道：「小姐放心，不要傷感，老身當送小姐去見令兄。但此中舛錯荒唐，老身亦不忍細說，等小姐見了令兄，那時自然明白。」說罷，便令僕婦扶了洪錦雲走出書房，去到大廳，不一會已到。只聽得廳上敲臺拍桌大鬧不休，劉氏趕著喝令僕婦到外間通報。僕婦等轉出圍屏，只見李廣、洪錦大聲喝道：「爾這些婦女出來作甚？可喚爾主人出來，會俺見個高下。」僕婦聽說道：「公子爺息怒！俺家太郡夫人出來了。」說著劉氏已轉出屏後。李廣一見是個白首皤皤❸、六十開外的老夫人，正欲上前喝問，只見史太郡說道：「二位公子息怒！總是我那不肖孫兒的不是，但不知那位是李家公子？」李廣見史太郡年高德重，也不敢怠慢，當下躬身答道：「我便是賽孟嘗李廣，太夫人有何見教？」此時洪錦怒猶未息，因大聲喊道：「李大哥，不要與這婦人辯論，但叫他速將俺妹子送出，再叫那史逵出來謝罪，俺便萬事全休，如若不然，還是打了進去。」史太郡聽說，也趕著答道：「公子爺務請息怒！令妹即刻送出，不肖孫兒也應該出來謝罪。」話猶未了，那屏後已轉出兩三個僕婦，攙扶洪錦雲出來。兄妹一見，彼此傷感，只見錦雲哭道：「哥哥呀！你妹子幾乎不得相見。若非太夫人大德救出我來，你妹子已準備一死了。最恨李廣這奸賊，他枉稱蓋世英雄，分明是人面獸心，倚勢欺人，真真是畜類不如！」錦雲話猶未了，洪錦當下喝道：「妹子休得胡說！是兄錯誤，不能錯怪好人。若非李公子前來，妹子尚不能相見。」因將史逵冒名頂替的話說了一遍，又指著李廣說道：「妹子，這位英雄才是小孟嘗李公子呢！」洪錦雲這才明白，將李廣望了一眼，暗道：「果然人品軒昂，

❸ 皤皤：髮白貌。形容年老。漢書敘傳下：「營平皤皤，立功立論。」顏師古注：「皤皤，白髮貌也。」

不愧英雄兩字！那逼迫我的那個賊子，分明是朽木身材，如何比得這等人物。」李廣此時也將錦雲瞧了一眼，暗自羨道：「果然如花似玉，貌若仙人，怎怪史逵不為心動！」不說兩人暗自羨慕。且說史太郡見他們話已說明，復又帶笑說道：「兩位公子不必動怒，總是老身不肖的孫子假冒李公子大名，胡為胡作，連累洪公子、小姐受驚。今請二位公子及小姐看老身薄面，既往不咎，老身即令不肖的畜生出來謝罪便了。」李廣道：「太夫人既如此說，我等謹遵太夫人之命便了。」史太郡立刻差人往書房去喚史逵來。僕婦跑進向史逵說道：「少爺，太夫人呼喚，請少爺趕緊出去，太夫人在廳上立等呢。」史逵聽說，不覺大驚，忙呼萬事通道：「老萬，此事怎好？我連走路還要人攙扶，此一去怎受得住李、洪二人那般英雄，眼見得殘生要送在目前了。」萬事通道：「少爺不必驚恐，既是太夫人前來呼喚，太夫人自然不能使少爺吃虧；就是李、洪二人雖然勇猛可怕，現有太夫人在那裡，諒他二人也不敢難為少爺。儘管放心出去，不過要受些太夫人責罰，這是躲不了的。」史逵道：「就便被我祖母痛罵一頓，或被他二人辱罵，我也受得住，好在罵我是不傷皮骨的，只怕他二人你一拳他一腳，我就立刻要送命了。」萬事通道：「少爺只管放心，必不至於如此。」史逵答應，扶著家丁，歪斜著腳步，一高一下，走了出來。才到廳前，史太郡便大聲罵道：「該死畜生！爾不看自己已不成人形，還要作種種罪孽，還不給我跪下，替李大哥與洪大哥叩頭伏罪。」史逵不敢開口，站立一旁。李廣見他那十不全❹模樣，實是好笑，正要向他說話，忽見那洪錦走上前來，一把將他抓過，向地下一摜。史逵大叫一聲：「痛死我也！」欲知史逵性命如何，且看下回分解。

❹ 十不全：指長相醜陋。

第六回　郡主知情莽夫遇救　英雄聚首母女重逢

話說洪錦將史逵抓過來，摜在地下，史逵大叫「痛殺我也」，洪錦還要上前揮拳亂打。史太郡在旁只嚇得膽落魂飛，趕著叫道：「洪公子請息雷霆，老身叫這小畜生給公子叩頭謝罪便了。」李廣也便勸道：「洪兄，原不怪你動怒，只怪史世兄作事大為荒唐，既冒吾名，又騙令妹，還要倚勢欺人，喝令打手鬭門相打。若非我等稍有些本領，今天定然要吃虧了。史世兄你是相門之子，這種事雖平等百姓都不敢作亂，而況出自足下！非是我前來冒昧，以後還勸你要痛改前非才好！」說著就將洪錦拉了過來，史太郡亦喝令史逵叩頭謝罪。可憐史逵腿腳不便，卻又怕打，不敢違拗，費了半刻事，好容易才跪下來，望著李廣、洪錦二人面前磕頭伏罪，才算沒事。史太郡又罵了史逵兩句，史逵站立一旁，唯唯聽命。洪錦雲又走過來，轉謝太郡相救之恩。史太郡正將錦雲扶起，忽見丫鬟稟道：「花園內被郡主捉住一個黑漢，問他為何到此，他說來助李家公子的，郡主特遣婢女前來探問。」史太郡當即問道：「李公子，這是何人？」李廣聞言，頗為疑惑，只得隨口應道：「是我的至好朋友，其人性情粗暴，卻是爽直無比。今因我困在府上，他便來打抱不平，誤入花園。被令孫小姐擒住。尚望太夫人將他放出。」太郡聞言，即令來婢去與郡主說明，立即將那英雄放出。丫鬟聞言，飛跑進去，與郡主說明一切。史錦屏道：「既是李公子的朋友，應該放他去，爾等即去解了繩索，叫他出去便了。」煙柳、如霜等四婢走到胡逵面前，正欲與他解去繩索，只聽胡逵大聲喊道：「好厲害的女子呀！將俺綁得如此結實，如再不放俺，俺便要說出不好聽的話了。」煙柳等齊聲喝道：「無知匹夫，還亂口胡言，我等已奉了太郡夫人之命了，因看李公子面上，饒恕你了。快到前廳叩頭謝罪去罷！」說畢將繩索解開。胡逵站起來，尋了那斧，一溜煙向前廳跑去。將到廳上，便一路大聲喊了出來，高叫：「賽孟嘗李廣在那裡？俺煙葫蘆胡逵幾乎為你將性命送在那胭脂老虎手內！」李廣這才知道他叫做胡逵，當即走上前去，拱手笑道：「小弟李廣在此恭候多時了！」一面說，一面看他面貌，雖然黑如鍋底，卻生得七尺彪形，頗有英雄氣概，甚是暗讚。胡逵就此與李廣見了禮，又與洪錦通了姓名，還要說史逵混賬，卻好李廣開口說道：「我們也好去了。二位仁兄請到寒舍酌杯水酒罷。」洪錦聞言，即扶了妹子，不辭而別。胡逵亦隨後就走。李廣還同史太郡說了聲「吵鬧」！史太郡也道了怠慢、包涵。喝令家丁速速開門伺候，這才李公子、洪錦等一齊走了出去。走至門外，見了徐氏兄弟，說明一切。徐氏兄弟大喜，便一同去到李家。剛至門前，只見眾家丁齊立門外，同聲說道：「好了！好了！少爺回來了。」說著一齊迎接出來，走至李廣跟前，大家說起：「剛才見少爺進去史府，又見史家關上大門，奴才們好生擔憂，卻又不敢去稟主母，怕太太受驚。」李廣點頭道好。即令書僮道：「你快進去通報，請太太率領婢女出來迎接洪小姐。」書僮飛奔跑進去，李廣便讓胡逵、洪錦及徐氏兄弟到了廳堂上，大家重新見禮，分賓主坐定。後堂李夫人正與徐夫人在那裡閑話，一見書僮來報，聽說救了難女，李夫人又問明各節，即刻同徐夫人帶領婢女迎接出來，一見錦雲雖然是荊釵布裙❶，卻生得端正伶俐，李夫人同徐夫人不覺同聲讚嘆。當即喝道：「婢女將洪小姐攙扶進去。」錦雲到了後堂，站立腳步，低聲問道：「那位是李夫人？」當有婢女指著李夫人道：「這就是我家太太。」

---

❶ 荊釵布裙：以荊枝當髮釵，用粗布製衣裙，為貧家婦女的裝束。此指衣著儉樸。

又指徐夫人道：「這就是西鄉徐府太太。」洪錦雲聽說，先拜謝了李夫人，復又給徐夫人行禮。二位夫人還禮已畢，便請錦雲坐下，婢女送上香茶。洪錦雲開口謝道：「難女自拼一死，何幸得遇公子相救，脫離羅網，又何幸得仰慈顏，此恩此德，不知如何報答。」李夫人道：「危而不持，顛而不扶，尚算什麼為人之道呢？況且這些些小事，小姐又何足掛齒。但是小姐有何貴幹前來敝地呢？」錦雲聞言，不覺雙淚齊下，因道：「難女苦衷，言之實深慚愧！」李夫人說：「但說何妨。」洪錦雲便將如何父親被害，如何回鄉道經杭州脫了盤川，母親病在客店，如何店主設計假名賣身，望助盤費，如何誤投門戶，陷入羅網，絮絮叨叨，前後說了一遍。二位夫人聽說這許多委曲，也陪他出了許多眼淚。復又讚嘆說道：「貌美心堅，盡孝全節。」誇獎不已。當下又勸道：「小姐不須悲泣，既是令堂❷臥病旅舍，在那裡究竟不便，莫如接至舍下，俟其病體痊愈，再作商量。就是小姐在客店內，也有許多不便，將令堂接來，一來小姐可以親侍湯藥，二來舍下僕婢眾多，呼喚尤屬靈便。」說著就命僕婦到廳上向李廣說道：「太太現要差人打轎去接洪太太來此暫住，但不知那客店在那裡？請少爺問聲洪公子，好差人押轎前去。」那僕婦一面問話，一面看見洪錦、胡逵二人那種模樣，幾乎嚇煞。李廣當即問洪錦道：「家母欲接令堂太太來此養病，尊寓究在何處？望洪兄說明，好差人押轎去接。」洪錦見問，推辭謝道：「已蒙大德，何敢再使家母前來打擾，是萬分不能的。」李廣道：「洪兄，我輩英雄作事，總宜爽直為佳，切不可作兒女子之態。令堂臥病客店，甚屬不便，理應接來醫治痊愈，再作商議，這又何必推辭！」洪錦道：「既蒙大德，即當遵命。但須小弟親自去接，家母方可見允。」李廣道：「洪兄親去，這就更加妥當了。」洪

❷ 令堂：稱對方母親的敬詞。

錦當即暫別眾人，押著轎子前往客店，不一會已到客店門首，只見毛小山在那裡站著，趕著上前問道：「洪小君回來了，怎麼不見令妹？」說著甚是驚訝。洪錦見問，便道：「一言難盡，請至裡面再說罷。」毛小山又道：「這頂轎子是那裡來的？」洪錦道：「是李家打來的。」因轉問毛小山道：「俺母親曾醒來麼？」毛小山道：「老太太剛才醒來。」洪錦聞言，即便拉著毛小山一路走，一路將前情說了一遍。毛小山聽說，卻是又驚又喜。洪錦到了房中，見著杜氏夫人，又將洪錦雲賣身遇救，及李家打轎來接的話，又細細說了一遍。杜氏夫人卻是又驚又喜。此時這毛大娘早知道，趕著跨進房來，幫同杜氏夫人穿了衣服，又打面水，給他淨面，梳洗已畢。杜氏夫人又謝了毛大娘照應，洪錦也去謝了毛小山。毛大娘又將杜氏夫人攙上轎，然後洪錦押著轎子，去到李家，不一會已到。當由李夫人、徐夫人、洪錦雲並丫鬟使女，一齊迎至廳上。洪錦雲並丫鬟使女扶著下轎，更有婢女護擁著到了後堂，略通姓名，謝了兩句，因他是個病人，忙著使女打掃淨室，鋪設床帳，先請洪夫人安歇，一切禮文，俟夫人痊愈後再為敘談。一會子床帳鋪設全備，即請洪夫人先去安歇。當由錦雲服侍在側，李夫人又拿出一套新鮮衣服，並梳妝鏡臺各物，叫丫鬟送與錦雲更換梳洗。洪錦雲不敢有屈美意，只得梳洗起來，換了衣裳，果然人須衣裝馬要鞍裝，頓時洪錦雲又另是一番景象。連那丫鬟婢女在旁觀看，連聲喝彩道：「好一個千金小姐，真是天仙一般。」洪夫人臥在床上看見，也覺與剛才兩個模樣。當即令他速至中堂❸拜謝李、徐二位夫人、公子。洪錦雲答應，即刻出堂拜謝。李、徐二位夫人一見洪錦雲那種美貌，真是誇讚不已。錦雲拜謝已畢，便邀請李廣相見，拜謝大恩。欲知李廣相見如何，且看下回分解。

---

❸ 中堂：住宅中的廳堂。

第七回　顧兒思媳決計議婚　核實存名尚義居心

話說洪錦雲梳洗已畢，改換服式，出來拜見過徐、李二位夫人，站立一旁，便請李廣拜謝。此時李廣正在外面廳上與洪錦、胡逵及徐氏兄弟飲酒，高談闊論，頗為莫逆❶。忽見丫鬟奉了夫人之命，走到廳上，向著李廣說道：「少爺，夫人立等少爺進去說話。」李廣一聽，即與眾人說道：「家母呼喚，失陪少時，請先飲，一刻就出來奉陪。」大家說了一聲：「且請自便。」李廣起身，到了後堂，只見自己母親及徐家嬸母，俱站在那裡，洪錦雲也站立畫欄旁側。李廣趨步入內，向李夫人道：「母親呼喚孩兒，有何見諭？」李夫人道：「並非為娘呼喚，實因洪小姐欲給你相見，說的什麼要拜謝，為娘已代你堅辭，爭奈洪小姐執意不允，為娘的又不好卻洪小姐盛情，因此才喚你進來。」李廣正欲回答，只見洪錦雲已襝衽❷拜道：「家母臥病在床，不能出謝，先命難女拜謝搭救之恩。」說著已拜了下去。李廣一面回拜，一面答道：「這點小事，何足言謝，豈敢克當。務請以後切勿掛齒。」那邊李夫人已命丫鬟將洪錦雲扶

❶ 莫逆：語出莊子大宗師：「(子桑戶、孟子反、子琴張)三人相視而笑，莫逆於心，遂相與為友。」意謂彼此心意相通，無所違逆。後因稱情投意合、友誼深厚為「莫逆」。

❷ 襝衽：猶斂袂，整一整衣袖。襝通「斂」。國策楚策一：「一國之眾，見君莫不斂衽而拜，撫委而服。」元代以後稱女子的禮拜為「斂衽」。

起，李廣站立起來偷眼觀瞧，心下大驚，暗道：「前在史家看見他鬢鬢蓬鬆，淚痕滿面，雖然生得不俗，終不免帶著風塵，有憔悴可憐之狀；現在不過略加修飾，如臨風拜舞，恍若天仙下降，自佼佼不群❸。吾不信閨房中有此奇貌，真是令人可敬！」頻頻注目了一回，只得告別出去。洪錦雲即由李夫人與徐夫人款待酒宴，晚膳已罷，李夫人又與徐夫人陪著錦雲到洪夫人房中看視。洪夫人正在那裡暗說道：「我母女今日落難窮途，不料有這樣一位高義公子相救，使我一家骨肉，安然無恙。此恩此德，不知何日才可報答？」一面暗想，一面流淚，只見洪錦雲走到床前，低低的喚了一聲：「娘，曾睡著麼？李夫人、徐夫人來了。」洪夫人一聽，趕著要坐起來，李夫人與徐夫人在旁看見，也趕著向前攔道：「夫人請自安臥，萬萬不可勞動。」洪夫人還要起坐，倒是錦雲說道：「二位夫人既是這麼說，娘就不要起來，遵二位夫人的命。等娘過一兩日好了，再給二位夫人拜謝罷。」李夫人聽了錦雲這兩句話，覺得又是爽快，又是近情近理，心下實在舒服得很。因道：「還是小姐說得是，夫人萬萬不可起來。」又問道：「夫人這一會可想什麼東西吃？如要什麼，只管呼喚他們使女，叫他們就取，不要有些兒客氣。」洪夫人聽說，就伸出手來將李夫人一把拉住，請他坐下，李夫人即坐在床沿上。洪夫人道：「夫人，我這個落難的人，蒙公子將我女兒救出，已是感恩不盡，又蒙夫人將難婦接到府上，並待我兒女如此恩義，難婦不知何日才可以報答夫人公子的大恩？我想今生是不能夠了，只好來生變作犬馬相報罷！」李夫人道：「這點小事，夫人未免言重了。而況公子在英年中，未可限量，惟願早早出仕❹，立功皇家，將來夫人的厚福正

❸ 佼佼不群：美好出眾，不同一般。

❹ 出仕：出來做官。

長呢！不必憂慮，請自安歇。妹子明日再來看視罷。」說著起身告別。洪夫人又謝了一回，命錦雲送出房外。李夫人與徐夫人回至內室，彼此坐下。只見徐夫人向李夫人說道：「姐姐，妹妹有句話問你：可曾留意，洪小姐拜謝侄兒的時候，你可曾看見你家令郎那雙眼睛，不住的向洪小姐偷看，呆視了好一會才出去。據妹的愚見，吾恐三生❺有約，說不定有此巧合姻緣。吾想侄兒年已不小，也該婚配；洪府雖然中落，也是個官宦之家，而且洪小姐生得那樣娉婷❻，恐怕世界上也是數一無二。兩家門當戶對，妹想多事，討杯喜酒吃吃，給我侄兒與洪小姐說合起來，不知我姐意下如何？」李夫人聞說，嘆口氣道：「賢妹呀！愚姐豈無此意，不知寧馨兒❼小時候有一段不了之事。先夫昔日在京城作官的時節，與雲學士最為要好。這年先夫奉旨外任，元宵這日，雲夫人帶了他幼女鞶娘到來給愚姐送行。愚姐見那鞶娘生得伶俐娉婷，甚為誇讚。當時雲夫人也喜寧馨兒好玩，就在酒席筵前婚議定了。實指望等先夫外任期滿回京復命的時候，再為行聘。及任滿又奉旨改任他處，不必進京。後來雲學士又回歸鄉里，先夫又不幸身亡，路遠迢迢，兩地絕無音信。但雖然如此，現在若再給寧馨兒婚配下來，萬一雲府知道，豈不要費唇舌麼？卻是李家又只有一脈，又不能不早給他完婚，賢妹思量可有什麼良策？倘得洪小姐作了媳婦，愚姐實是如心如願了！」徐夫人聽說笑道：「吾姐此事無煩憂慮，既是當年並無六禮❽，此時重配，卻

---

❺ 三生：即「三世」。本佛教用語。指前生、今生、來生。亦指過去世、現在世、未來世。

❻ 娉婷：美好貌。白居易昭君怨詩：「明妃風貌最娉婷。」

❼ 寧馨兒：晉宋時俗語，猶今語這樣的孩子。南史宋前廢帝紀：「太后疾篤，遣呼帝，帝曰：『病人間多鬼可畏，那可往？』太后怒，語侍者曰：『將刀來，破我腹，那得生寧馨兒！』」後來多用於褒義。

怕誰來？但不知侄兒可曾知道此事？」李夫人道：「寧馨兒卻不知道。但有一件，不知洪小姐曾否許人？若已經許字，這還是個空言。怎麼著先透一句，不要將話白說了才好。」只見一個婢女在旁邊說道：「婢女方才服侍洪夫人，閑談中問及小姐姻事，據洪夫人說尚未字人❾。」李夫人聽說道：「此話可是實在麼？」那丫鬟說道：「婢子何敢說謊，委實洪夫人說的。」李夫人大喜，當即囑託了徐夫人得便即說，徐夫人也就答應。才告別仍回西宅去了。李廣等人在外面飲酒，直到二鼓將盡，大家皆歡暢無比。於是又結拜了兄弟，徐氏兄弟方回去西宅，洪錦、胡逵也去安歇。李廣復至內堂，見夫人請安。此時李夫人坐在房內，若有所思之狀，李廣一見便問道：「母親，為時已不早了，可請安歇罷。為何獨自坐著，有什麼煩悶呢？」李夫人道：「為娘卻有一件心事，正欲與吾兒商議。我見洪家小姐甚是端方窈窕，意欲與我兒婚配，作為媳婦，為娘卻也可得個人服事服事，也可為李家早早傳宗接代。不知我兒可能如我的願麼？」李廣聞言，心下大驚，趕著答道：「母親的意思孩兒豈敢不遵，但這件事有關名義，孩兒是斷不可行。而況賢淑女子，眼下盡有，何必要在此落難的人呢？母親請罷此議，萬萬不可存這個心。恐怕將來被人知道，孩兒就無面目見人了。」李夫人一聽，不由的心中大怒，喝道：「你這不肖兒，你那裡為什麼名義，不過因他是個落難的女子，不肯順從為娘的心願，分明是愛富嫌貧，說什麼有關名義？為娘的主意已定，爾敢再有何言？」李廣見夫人動怒，復改容笑道：「母親且請息怒，孩兒實非嫌貧愛富，

---

❽ 六禮：中國古代婚姻成立的手續。即納采（送禮求婚）、問名（詢問女方名字和出生日期）、納吉（送禮訂婚）、納徵（送聘禮）、請期（議定婚期）、親迎（新郎親自迎娶）。

❾ 字人：禮記曲禮上：「男子二十，冠而字……女子許嫁，笄而字。」因亦稱女子許嫁為字。如：待字；字人。

委實名分攸關⑩，況且此時通城無不知孩兒與史家大鬧，為的是代抱不平。若作這件事來，不但被人唾罵，就是史家也不肯干休。尚望母親三思才好！」李夫人道：「為娘的雖有此意，也不是叫你現在就定花燭，不過先行定下，隨後再行完娶。你就絮絮叨叨，說出這一篇大道理來，為娘的誰耐煩聽這些話，快些出去罷！」李廣沒法，只得退了出去，心中好不憂悶。一宿無話，次日李廣梳洗已畢，進入內堂，給夫人請安，李夫人早已梳洗清楚，坐在房內。李廣上前請了安，見夫人不似昨晚那種情形，也未提起議婚的言語，李廣也就不敢再問及。坐了一會，只見書僮前來報道說：「徐府兩位少爺來了。」李廣聞報，當即告退出來。卻好洪錦、胡逵也都梳洗已畢，仍就大家暢談歡敘。李夫人見兒子進來未曾說起昨晚之事，心中甚是疑惑，便著侍兒去請徐夫人過來說話。一會子徐夫人已到，相見已畢，丫鬟送上茶，李夫人便將昨晚與李廣說的話，及李廣顧名思義，他立意堅辭不行的話，細細告訴徐夫人一遍，道：「如此堅執，便如何是好？吾恐此事不能成了。」徐夫人笑道：「這有何難！」欲知徐夫人想出什麼主意來，且看下回分解。

⑩ 攸關：所關係的。攸，語助詞。

第八回　感高義暗結朱陳　動歸心遽回鄉里

話說李夫人將李廣不肯議婚洪錦雲的話，告訴徐夫人一遍，覺得頗為憂慮。當下徐夫人聽說，遂欣欣然笑道：「賢姐，這有何難？吾只笑你做娘的不曉得兒子的心跡，他豈不知佳人難再得，但礙著名義攸關，如何肯作這無名之事？依愚妹的主見，莫若暗暗定下，等到明春叫侄兒前去招贅，這是面面妥當，有何不可？」李夫人聽說，大喜道：「真是賢妹多才，愚姐實不曾想到。今既如此，且待洪夫人病愈即煩賢妹去說便了。」當下無話。又約過二十日，洪夫人的病已經痊愈，精神亦復康健起來。李夫人就備了酒席，給他洗塵慰勞，席間賓主無非說些感謝謙遜的話。這也不必細表。這日歡飲而散，次日徐夫人又暗暗的備了一桌，卻不曾與李夫人知道，單著了一個婢女來請，也未曾同請洪錦雲。夫人不知就裡，見徐夫人著人來請，只得隨了過去。徐夫人迎接出來，一齊進入內堂，獻茶已罷，徐夫人便開口說道：「今請夫人到此，係奉李家姐姐差使，有句冒昧的話，要與夫人商量，不知肯容納否？」洪夫人道：「既蒙夫人見教，請即示知，洗耳恭聽。」徐夫人道：「只因李家姐姐羨慕令愛端莊嬌媚，賢淑可人，又聞尚未字人，擬請愚妹作一氤氳使者❶，與李家賢侄配匹良緣，愚妹也得叨些喜酒。但是言多冒昧，不知

---

❶ 氤氳使者：亦稱「氤氳大使」。傳說中掌婚姻的神。宋陶穀清異錄仙宗：「世人陰陽之契，有繾綣司總統，其長官號氤氳大使，諸夙緣冥數當合者，須鴛鴦牒下乃成。」

夫人尚可允從麼？」洪夫人笑道：「承夫人指教，敢不應承。但是大恩未報，何敢以辱女相攀？李公子又一表堂堂，豈少此賢良匹配？而況先夫被辱，家道蕭條，又不敢以寒門❷高攀朱第❸，還請夫人善為辭謝。」徐夫人道：「夫人不必謙遜，若因李家賢侄人才鄙陋，不堪與令愛匹配良緣，愚妹卻也不敢勉強；若說夫人因家道中落，不便仰攀，這是夫人過謙之語。而況李家姐姐極慕令愛賢淑，且夫人本是宦門大族，即使家道中落，也只為運蹇時乖，這又算得什麼？在愚妹看來，李家賢侄雖不能稱他是人才出眾，也還一表堂堂，以令愛那種賢淑，與李廣侄匹配，團團一對，可稱雙美。況且兩家皆係門當戶對，還請夫人三思！如蒙見允，李賢侄前尚不可道破，因恐被他知道，他怕人言可畏，損壞了他的英名。等到來春，令他親自造府入贅❹，成就百年大事。但不知夫人以為何如？」洪夫人聽說了這樣一番話，也就不再推辭，只得說了一句：「寒門舉止，未免高攀了。」徐夫人見洪夫人已允，即刻叫婢女將李夫人請了過來，一見面便即說道：「令郎姻事，已蒙洪夫人不棄，慨允了！」李夫人一聽此言，便笑逐顏開，說道：「此是洪夫人見愛，賢妹的大力，小兒的造化，不過未免高攀了。」說罷，當即在鬢邊拔下一枝紫金釵，遞給洪夫人道：「暫為聘禮，俟明春再備花紅❺，囑小兒親往入贅。所有不周之處，還望親家

---

❷ 寒門：家境比較貧寒。或舊時常用為自稱家的謙詞。

❸ 朱第：即朱門。古代王侯貴族的住宅大門漆成紅色以示尊異，故以「朱門」為貴族邸第的代稱。唐杜甫自京赴奉先縣詠懷五百字：「朱門酒肉臭，路有凍死骨。」

❹ 入贅：舊時稱男子就婚於女家並成為女方家庭的成員為「入贅」。

❺ 花紅：舊指有關婚姻等喜慶事的禮物。

太太包涵。」洪夫人接過金釵，彼此又相謝了一回，這才坐下。徐夫人一面命人擺酒，一面差人去請洪小姐過來同飲。一會子洪錦雲過來，酒席已經擺好，當下徐夫人讓洪夫人首座，李夫人對陪，洪錦雲坐了上橫頭，徐夫人坐了主位。三位夫人，一位小姐，真是情投意合，談笑歡聚。唯有李夫人歡喜中更有一層加倍愛惜洪小姐的意思。只見他與洪夫人、徐夫人說兩句話，就轉過臉來看看洪小姐，又頻頻的揀他自己投口合味的菜，揀了許多，送到洪小姐面前，還只讓他不要客氣，盡催著多吃些兒，恨不得要去餵他才好。徐夫人看見，只是抿著嘴好笑，把個洪錦雲反弄得臉上過意不去，心上疑惑起來。可見人家父母疼愛兒媳，是從天性中發出來的，自己那種光景倒也不自覺，倒是徐夫人看著實在有些難受，卻又不好難他，只得催著使女趕緊上完了菜。大家用飯已畢，散了席，洪夫人與小姐又向徐夫人道了叨擾，這才各散。按下不表。且說胡逵在李廣府中住了有半月之久，這日便辭李廣道：「小弟意欲明日回鄉，尚有要事，不能長久耽擱，待至明冬，再行前來與老伯母祝壽。」李廣道：「相逢未久，何必急急辭歸？請再住少時，回歸故里，有何不可。」胡逵道：「實有要事不能久留，好在明冬再行前來，即可相會了。」那李廣堅留不住，只得贈了川資，當日設筵餞別。次日胡逵拜別動身，回山西去了。只因胡逵一走，卻觸動了洪錦一片鄉心，因也與李廣告別道：「小弟一家在此打擾多時，不勝感愧。今弟亦欲帶領家母、舍妹回轉家鄉，後會有期，當再酬大德便了。」李廣道：「吾與賢弟義氣相投，不必說伯母、令妹在此少時，就便以此為家，有何不可！何必言一去字。」洪錦道：「非是小弟不樂久居，但是弟與家母、舍妹在府多時，恐史逵那廝因此生疑，又造出許多閑話，那時有汙清名，反為不美。大哥難道忘了麼？」李廣聞言猛然驚悟道：「既如此，則不敢久留，請再稍待三日，任賢弟榮歸便了。」洪錦當即答應，又將洪夫人去請出來告訴回家之意，李廣也去訴了母親，又去賬房內稱了三百兩銀子，贈與洪錦作盤費，李夫人又送了許多物件與洪夫人、小姐。洪夫人母子堅辭至再，只得收了。李廣又命人預先雇了船隻，到了第二日，前後設宴款待送別。這日雖是暢敘，究不免有些黯然消魂的意思。李夫人見著洪錦雲戀戀不捨，酒席間不知諄囑了多少的話。第三日是徐府給洪夫人母子餞別，也是前後設了酒席，席中徐夫人又將前言與洪夫人暗暗說道：「前日承賢姐所允之事，務望不可忘卻，屆時當令他前來。」李夫人也道：「此事本係高攀，休忘前言，實為萬幸。」洪夫人道：「謹遵台命，何敢或忘。」此時洪錦雲聽他們三個人一問一答，真是葫蘆裡摸天❻，不知所以，唯有暗自疑惑而已。少刻席散，徐夫人又贈了許多物件，到了次日一早，李廣便命人喊來挑夫轎子，抬了箱籠物件。洪夫人、小姐與李夫人、徐夫人洒淚告別，徐、李二夫人親送上轎，望著轎子出了門才轉回去。李廣便與徐氏兄弟相送洪錦，直至城外下了船，然後才握手告別。洪錦見李廣及徐氏兄弟回去，即命船戶掛帆解纜，直望滄州開行。船中無事，洪夫人就將李夫人求親的話告知洪錦道：「為娘的已經應允了，明年春間他親到滄州來招贅。」洪錦聞言大喜，便說道：「此種大恩，孩兒正慮不知何以報答，今既與他結為姻戚，是極妙了！而況妹子匹配與他，也算不辱沒我家門第。」洪錦雲此時在旁邊，這才明白，卻是又羞又喜，低首無言。心中暗道：「怪不得那日席上李夫人那種光景，就是他前日的厚贈，與徐夫人語帶雙關，原來其中有這些緣故。想我母親既將我許與李家公子，不必說門當戶對，就是他那一表人材，出落得堂堂出眾，也算奴終身有靠了。」想至此不覺更加羞態，只得低垂粉頸❼，手理羅衫❽，靠著篷窗遠看水色。正是一家骨肉欣喜還鄉，以為

---

❻ 葫蘆裡摸天：意謂摸不著頭腦。

風送一帆，直至滄州，安然無恙了。那知洪錦遭時未遇，到了維揚❾又鬧出一場大禍，險些兒將性命送在揚州❿。此是後話，暫且不表。再說史逵那日被李廣大鬧相府，討出洪錦雲，史逵又被洪錦丟在地下，身受微傷，心中好不懊惱。只切齒恨著李廣多事，卻又無法可想，只得暫且忍氣，將傷養好，再作商量。過了半月，傷已全好，又想起前事，因與萬事通道：「可恨小李那廝，怎麼設個法兒出了我這場悶氣？」萬事通道：「少君⓫且自寬心，門下早已設想在此。不過聊施小計，管叫他性命難存。」畢竟萬事通想出什麼計策去害李廣性命，且看下回分解。

❼ 粉頸：指少女膚白的頭頸。

❽ 羅衫：絲織衣衫。唐韋應物白沙亭逢吳叟歌：「龍池宮裏上皇時，羅衫寶帶香風吹。」

❾ 維揚：舊揚州府別稱。明初曾置維揚府，後改揚州府。

❿ 揚州：舊指揚州府。今江蘇省揚州市。

⓫ 少君：原指年幼之君主。左傳哀公六年：「少君不可以訪，是以求長君。」此以稱主人的意思。

第九回　史相府設計害英雄　玉皇閣乘醉捉妖魅

話說萬事通因史逵切恨李廣打破他的好事，要設計害他，以消心中悶氣。萬事通就想了一條計來，因與史逵說道：「少君，門下卻有一個借刀殺人的妙策。此地湧金門外西湖旁邊，有一伏魔庵，地方卻極幽雅。庵後有個玉皇閣，那閣上有個妖怪非常厲害，到了半夜就出來吃人。庵內和尚，不知請了多少有法術的人去捉妖怪，總未將他捉住；現在庵內到了日落的時候，眾和尚就不敢出來。門下想要害李廣，必須借這個地方去害他。少君停一二日，可先親往他家去拜，就說前去謝罪，然後再去請他，彼此來往熟了，便約他至伏魔庵觀看西湖風景，將他誘至那裡，再用言語激他，叫他自投羅網，前去捉妖，必為妖魔所害。那時少君的氣也可消了，前仇也可報了。我又不落害人之名，他又送了性命，豈不面面俱到？」史逵聽罷，搖頭拍手，連稱妙計道：「我就依你這樣辦法便了。」隔了一日，就與萬事通去拜。李廣這日午後正在書房悶坐，因洪錦去後甚是無聊。忽然書僮拿著兩封簡帖❶走進來回道：「西鄰史公子與萬事通前來拜訪，說是有話同少爺說，務請少爺相見。」李廣聞報，心中暗道：「這可奇怪，我與史逵向來不曾來往，他今日前來拜我，難道被我打出交情來了不成？」因叫書僮出去相請，書僮便答應出來，將史逵、萬事通二人請至廳上。李廣迎接出來，彼此行了禮，分賓主坐下，書僮獻上茶。史逵開口說道：

❶ 簡帖：書柬。宋蘇軾與張元明書：「適在院中，得王郎簡帖如此，今封呈，切告輟忙一往。」

「那日小弟無知，貪戀美色，假冒大名，聚眾行凶，有累我兄氣惱，諸承訓誨，銘感難忘！本擬早日趨前負荊請罪❷，爭奈小弟日來為賤恙所累，不便出門，今奉家祖母之命，特來拜謝。還望吾兄不咎既往，大度包容，小弟以後當時常領教。」李廣見他來意甚殷，便趕著讓道：「吾兄說那裡話來，舊事久已丟開，令祖母也未免過於客氣，就是小弟在前日誤鬧華堂，也是一時氣憤，不免多多得罪，還望吾兄於令祖母太老夫人前謝罪才好！」史逵道：「此皆是小弟自取之咎，於吾兄何尤，以後當彼此永釋前嫌，小弟就感謝不盡了！」李廣道：「難得吾兄見義勇為，知過必改，實是欽佩。」當即留史逵便酌，史逵也不推辭。於是三人淺斟低酌，直飲至月上花梢，史逵與萬事通才告別回去。李廣也送至門外方回。當下進了內室，李夫人一見，便道：「史逵與萬事通今日為何到此？吾兒又為什麼留他們飲酒？史逵不過是個無用公子，倒也不必防他，那萬事通卻刁詐異常，切不可與他親近。」李廣便將史逵親來謝罪的話，說了一遍。李夫人道：「或者他經了一番羞辱，自己知道愧悔，痛改前非，也未可料。既然如此，我兒就不可卻他了。」李廣唯唯答應，停了一刻，告別出來。次日史逵即備了一簡帖，著人來請李廣飲酒。李廣又去稟了夫人，李夫人道：「既然他來請你，這是禮尚往來，我兒倒不可卻他盛意，就去走一遭，早些回來便了。」李廣當即辭別夫人，帶了小使，竟往史家赴宴。這日史逵、萬事通尤加謙遜，直飲到杯盤狼藉，月影橫窗，才各散席。自此之後，你來我往，也不止一次。光陰迅速，離李廣大鬧相府之日，

---

❷ 負荊請罪：戰國時，廉頗為趙國大將，藺相如後來居上，廉頗不服，欲羞辱藺，藺為了趙國的利益，處處退讓。「廉頗聞之，肉袒負荊，因賓客至藺相如門謝罪。」兩人遂為刎頸之交。事見史記廉頗藺相如列傳。負荊，背負荊條，謂願受杖。後以「負荊請罪」為向人賠禮道歉之典。

已是整整一月。這日史逵又想起前事，因與萬事通道：「老萬，你可曾記得前月今朝是小李大鬧相府之日，此仇究竟何日可報呢？」萬事通道：「今日便可安排，只須如此如此，可使他性命難保了。」史逵大喜，一面使人去伏魔庵預備酒席，一面與萬事通親赴李府，恰好李廣正在書房與徐氏兄弟講經史，一見史逵、萬事通前來，當即起身迎接。史逵、萬事通又與徐氏兄弟通了姓名，大家坐下，書僮獻過茶，史逵便道：「小弟因今日天氣清和，特地前來奉約吾兄，往西湖一遊，領略湖光山色，不知吾兄尚可屈駕麼？」李廣道：「當得奉陪。」史逵又道：「二位徐兄若不以小弟愚蠢，一往同遊，更是萬幸！但不知二位徐兄尚肯引小弟為伍麼？」徐氏兄弟見他來意甚殷，又聞李廣說他已知悔過，當下亦復欣然答應。李廣便命人備了三匹駿馬，一齊出了書房，上得馬來，直望西湖而去。到了西湖，果然見山色湖光，甚為悅目，又且時值暮春天氣，花紅柳綠，頗有可觀。先在沿湖觀賞了一會，史逵便請他到伏魔庵小坐。李廣等進得庵來，卻又是紺宇❸雕牆，茂林修竹❹，實是幽雅僻靜，李廣、徐氏兄弟，頗為欣悅。到了方丈❺，當有住持僧迎入，獻上茶，通了姓名。此時日已晌午，史逵即令擺酒，住持僧答應，當即幫著招呼，將酒擺上，史逵便邀李廣等入座。真是山珍海味，說不盡美味佳肴，五個人遞盞傳杯，歡呼暢飲，吃了好一會，依然日未銜山，史逵便暗自著急道：「看看酒席已完，他們就要回去，怎麼能夠等到天黑叫他捉妖呢？」萬事通見他那種侷促不安的情形，已料到他心中的話，便帶笑說道：「吾看各位少君雖

❸ 紺宇：即「紺園」。佛寺的別稱。宋歐陽脩〈廣愛寺〉詩：「都人布金地，紺宇巋然存。」

❹ 修竹：長長的竹子。唐杜甫〈佳人〉詩：「天寒翠袖薄，日暮倚修竹。」

❺ 方丈：佛教名詞。此處指佛寺的長老或住持所居之處。

是暢飲，但吃這悶酒，殊覺無味，或者各賦一詩，或是行兩條令，藉助酒興如何呢？」李廣當下說道：「這倒頗有興致，我們就行個擊鼓催花的令罷！」萬事通聽了便說道：「還是李少君豪興勃勃，真不愧為才子英雄；違令者當罰三大觴！」眾人答應，即刻折了一枝碧桃花，又去大殿上搬了一面鼓來，萬事通就將花遞給李廣道：「就從李少君起周圍一轉，花在誰人的手上，那鼓聲停了，便飲酒一杯，違者罰依前數。」於是就命住持僧起鼓，李廣將花傳來，遂團團的送了一會，恰好萬事通將花接過，那邊鼓聲停住。萬事通飲了一杯，那邊鼓聲又起，由是傳遞了十數遍，大家各不相偏，所飲的酒也不相上下，此時已日過花梢，將近夕陽西下。萬事通便開口說道：「各位少君，且再飲一杯，也好進城去了。」李廣不知是計，便欣然說道：「為時尚早，此時斷不會關門，我輩酒興正濃，何可就走，再飲少時，卻又何妨。」只見那住持僧上前說道：「非是小僧相促，諸位公子那有所不知，只因小庵後面玉皇閣上，近年出了妖怪，日落之後，便要出來吃人，小僧也曾請人捉拿，爭奈妖怪厲害非常，雖廣有神通的法師，皆捉他不住，因此小庵一到日落，便各處關了門，不敢出來。諸位公子那還是聽萬先生的話，早些進城最好。」徐氏兄弟一聽此言，便促李廣道：「大哥既是如此，我們只宜早走為是，何必在此擔驚呢？」李廣奮然說道：「賢弟，你們忒也膽小，諒此小小妖魔，卻有俺在此，還怕他吃了你們不成！」萬事通聽著此言，便趁勢用話激道：「李少君倒也不可小覷，聞說那妖魔委實非常厲害呢！」徐氏兄弟也竭力勸阻，叫他早些進城。史逵也道：「吾尚不知此地有怪，早知如此，我們也不來了。」因道：「李大哥，我們還是走罷。」李廣聽言，好生不服，便道：「諸君害怕，請即先回。我今夜便去捉妖，看他怎樣奈何我？並非我李廣口出狂言，雖在千軍萬馬之中，我也分毫不怕，諒此小小怪物，又何足懼哉！李某若不將妖怪捉住，暫不進城！諸君且請先回，不要有累懼怕。」徐氏兄弟道：「大哥既不進城，弟等安能獨往？」史逵也假自說道：「李兄既負此豪氣，小弟等焉敢失陪，相與靜候，大力捉妖便了。」話休煩絮。到了二更將盡，李廣乘著酒興，便去玉皇閣準備捉拿妖怪。等了一會，毫無動靜，李廣便伏在神案上面，假寐片時。才要睡著，忽聽起一陣狂風，只吹得毛髮皆豎，李廣從夢中驚醒，說聲「不好」！便跳起來四面一看，只見從窗外跳進一物，手執鋼叉，望著李廣撲來。不知李廣性命如何，且看下回分解。

第十回 李廣降妖得鎧甲 洪錦被盜劫箱籠

話說李廣在玉皇閣伏案假寐，約至三更光景，忽聽風聲起處，只颳得飛沙走石，毛骨悚然。李廣從夢中驚醒，舉目觀看，但見從窗外跳進一物，頭如斗大，眼似銅鈴，口如血盆，牙如利劍，披著一頭落亂紅髮，卻勒著一道束髮金箍，手執鋼叉，狀貌猙獰，飛舞跳躍，直望李廣撲來。李廣一見，按定心神，手持寶劍，等那妖魔來得切近，大喝一聲道：「何物狂妖，敢來作祟！不要走，吃我一劍。」說著便劈面砍去，那妖怪也大怒，只見他兩眼圓睜，一聲大吼，便舞動兩股鋼叉，迎面刺來。李廣舉劍相迎，當頭便斬。那妖怪將身一轉，跳到旁邊大聲說道：「好李廣，俺與你並沒冤仇，為什麼無端占我安身之處？平時任你作威作福，今日有俺在此，管教你斷送殘生！」李廣聞言，心中暗道：「可煞奇怪，怎麼妖魔也會說起人話？而且曉得我名字，莫非不是妖怪，或是史逵那廝暗暗使人把我算計？我且不管他，俺只憑這龍泉寶劍❶除他便了。」一面想罷，當即飛起寶劍，便望著妖魔砍去；那妖魔舉起鋼叉，急架相迎。劍往叉來，約鬥了一個時辰，李廣畢竟非妖魔對手，只殺得氣喘吁吁，渾身是汗，意欲逃走，卻又無處

---

❶ 龍泉寶劍：寶劍名。相傳晉代張華見斗、牛二星之間有紫氣，後使人於豐城獄中掘地得二劍，一曰龍泉，一曰太阿。龍泉，亦稱「龍淵」。唐人避高祖諱，改稱龍淵曰龍泉。亦指產於浙江龍游縣的寶劍，以鋒利著稱。此處李廣以龍泉寶劍來比喻自己寶劍的鋒利。

可逃，心下一急，忽被蒲團❷絆住，跌落在樓板上面。那妖怪一見大喜，便撲上前來，張開血盆大口，要來吃李廣。才至面前，忽見李廣從頭頂上放出一道紅光，那妖怪一看，回身就走。你道這紅光是那裡來的？原來李廣是上界武曲星❸臨凡，將來有一番偌大的事業，這個妖怪如何能傷害他？李廣被蒲團絆倒在地，他又見那怪撲來，心下一急，這道紅光便從泥丸宮❹放出來，就將妖魔嚇退。此時李廣見妖怪從樓窗中跳出去，他也一翻身爬起來，提著寶劍，也從樓窗上平跳下去，追趕妖魔。追了一會，趕到一所空院，只見那妖魔掉轉臉來，望著李廣一聲吼，直向柳樹叢中跑去。李廣也趕了過來，趕到切近，但見那妖怪一翻身跳入柳蔭下那口枯井裡去了。李廣一見，大聲喝道：「原來你的巢穴在此，你會下去，俺豈不會下去捉你？」說著正要望下跳，忽聽背後有人喊道：「武曲星君，休得孟浪❺！速速轉來。」

李廣聞言，頗為詫異，掉轉臉來，只見一人道家裝束，倒是骨秀神奇，具著仙家氣概。李廣看罷喝道：「你是何人？難道是那妖怪化身麼？俺姓李名叫李廣，俺又不是姓武。名叫武曲星，卻是何人？速速明言！可知我這寶劍厲害麼？」那人聞言，躬身笑道：「星官❻休怒，聽我一言，這井中並非是妖，乃是星官的盔甲，君如不信，請自觀之便了。」說著將大袖向井中一拂，望下面說道：「柳仙何在？速將武

---

❷ 蒲團：信仰佛教、道教的人，在打坐和跪拜時，多用蒲草編成的團形墊具，稱「蒲團」。

❸ 武曲星：星名。舊時迷信說法，人間諸事均有天上星宿分別執掌。武曲星主管武事。

❹ 泥丸宮：道教謂「泥丸九真皆有房」，腦神名精根，字泥丸，其神所居之處為泥丸宮。後亦泛稱人頭。

❺ 孟浪：魯莽。

❻ 星官：星神。

曲星盔甲交明，便可回山繳令，勿得有誤！」話猶未了，只聽井中一聲答應，登時送出一個衣包。李廣一見，復又喝道：「妖來也！」提起寶劍便要去砍。那人趕著攔道：「星君不必動手，此實非妖，那包內係星君鎧甲。」只見柳仙恭恭敬敬，將衣包送了過來，李廣接過問道：「但是這盔甲何人送我？尚望言明。」那人道：「這柳仙是奉純陽祖師❼之命特將盔甲送君，將來建立功勞，同保大明天下。我還有一個手卷❽送你，如遇英雄豪傑、俠客劍仙，這手卷中現出真容者，便可與他結為兄弟，日後同立奇功。富貴功名，俱在卷內，仙機卻不可泄漏，君須好自為之。還有一言，史劉二姓，時存奸計，欲害星君，今日之事，即為他年的引線，現在須避其鋒，將來便可在他二人身上建功立業。此去揚州不遠，可往那裡會合奇緣，不可自誤。切記！切記！」說著將手卷送過來交與李廣，李廣接在手中一看，卻不甚大，只有五寸長短，上面有黃綾裹就，裝潢精緻，實為可觀。當即存在袖中，復與那人斂容說道：「今承見教，想是一個仙翁了，但不知尊姓大名，尚乞見教。」只見那仙翁答道：「我非旁人，乃西方太白金星是也。」李廣聞言，趕著倒身下拜，叩頭謝罪，說：「肉眼不識星君菈此，多多得罪得罪，尚望寬容！」太白金星笑道：「不知不罪。方才所言，君須切記，不可忘卻。後會有期，就此去也。」說罷大袖一拂，飄然而去。李廣上前正欲挽留，被柳仙一推，跌倒在地，開眼看時，卻仍然臥在樓上。仔細想來，卻是一夢，再望旁邊一看，果見一個包袱擺在那裡，又向袖子裡一摸，那手卷卻放在袖內，心中驚喜非常。

❼ 純陽祖師：傳說中神仙呂洞賓的別號。亦稱「純陽子」。相傳為唐末人，名巖，舉進士不第，後隱居終南山，不知所終。

❽ 手卷：只能捲舒而不能懸掛的橫幅書畫長卷。

再看案上殘燭猶明，他遂即爬了起來，走到案前，就著殘燭餘光，將袖內手卷取出打開觀看，但見上面現出五個人來：第一個粉面朱唇，戎裝戎服，就是自己；第二個儒巾儒服，分明是好好先生徐文炳；挨肩站著一人，是文炳胞兄文亮，滿臉的儒雅風流，卻也是戎裝戎服。李廣心中疑惑：他本是儒生，怎麼扮作武家裝束，難道他日後還要棄文就武麼？第三、第四便是鴛鴦臉洪錦，煙葫蘆胡逵，底下就不見形跡了。李廣好生歡喜，趕著捲起來，仍然放在袖內。此時天尚未明，就伏在案上假寐片刻，等到天明，再行下樓。再說徐氏兄弟在方丈裡面坐聽了一夜，擔著無限的驚憂，直到天明，見李廣仍未下樓，心下好生著急。那史逵、萬事通二人到了天明，見李廣並未出來，心中卻是大喜，以為李廣必為妖魔所害。四個人存著兩樣心，正在那裡一則以喜，一則以懼，忽見李廣從從容容，一手提劍，一手提包，走了進來。那徐氏兄弟見了，自然轉憂為喜，那史逵、萬事通二人不但是轉喜為憂，並且嚇得魂飛魄散！李廣進了方丈，徐氏兄弟便問他妖魔情形，曾否捉住？李廣便將夜中光景、妖怪模樣，說了一遍。因道：「你們當著他真是妖怪麼？原來他特地送盔甲與我的，這包袱內就是我的盔甲。」那史逵、萬事通聽了此話，連臉都嚇白了，趕著上前去說道：「佩服吾兄真好膽大，此妖一除，不但吾兄得一副盔甲，就是庵內也除一害。」李廣聽說，望著史逵冷笑一聲說：「史世兄以後打聽得那裡有妖，多舉荐兩次，好讓小弟捉個快暢，多得兩副盔甲，小弟卻不怕他害我。世兄記清了，不要忘卻。」兩句話，把個史逵、萬事通說得頓口無言，站立一旁發怔，臉上卻是嚇得變了色。李廣看著實是好笑，因拉著徐氏兄弟道：「俺們走罷！」又與史逵說道：「改日遇有捉妖的所在，我們再會，昨天多擾了。」說罷，提了包袱，與徐氏兄弟出了庵門，上馬進城回府。到了自家府內，家中小使紛紛出來說道：「公子爺昨天那裡去的，老夫人等了一夜，速速進去見了老夫人，讓他老人家好放心罷。」李廣趕著進去，見了李夫人，恰好徐夫人也因兒子未回，過來訪問。李廣便上前都請了安，又將玉皇閣捉妖得鎧，遇著太白金星，叫他與徐氏兄弟同到維揚的話，細細說了一遍。李、徐二位夫人才把心放了下來。接著徐氏兄弟知道母親在此，也就進來請過安，同李廣齊至書房，互相議論道：「此一番足使史逵那廝膽碎了。」三人歡喜無限。由此就準備整頓行裝，去往揚州遊覽。過了有十日的光景，三人便辭別了，各帶書僮，揚州去了。不在話下。史逵自李廣出了庵門，過了一會，驚疑始定，只得同萬事通回轉家中，這也不必細表。再說洪錦帶著母親、妹子，由杭州開船，望滄州進發，這日船過維揚，船泊下來。洪錦便叫船戶上岸打了些酒，獨自開懷暢飲，吃得酩酊大醉。也是洪錦遭時未遇，只因酒醉，又鬧出一件事來。原來有個鑽艙❾的惡賊，姓牛名洪，渾名黑夜鼠，專在水面上鑽艙打劫。這夜偏生來到洪錦船上，見船上上下人等睡得肅靜，牛洪心中大喜，登時將悶香❿燒起，匿足潛踪，鑽入艙內，傾箱倒籠，將所有的衣服銀兩，偷得個乾乾淨淨，只留些隨身衣服鋪蓋而已。此時無一人知覺，等到天明，船戶起來預備開船，只見艙門大開，趕著將洪錦喚醒說道：「艙中失竊了，客官速速起來。」洪錦聞言，趕著起來一看：所有箱籠物件都偷完了。此時洪夫人也起來，見那箱籠內衣服銀兩全行失去，這一急，推開篷窗望河裡便跳。欲知洪夫人性命如何，且看下回分解。

❾ 鑽艙：指專門鑽入他人船艙行竊的盜賊。

❿ 悶香：即迷魂香。聞了這種香氣，會使人昏迷不醒。

第十一回　縣令糊塗諱言盜賊　英雄困厄怒殺土豪

話說洪錦被鑽艙賊牛洪竊去箱籠內銀兩衣服。次日天明，經船戶喊醒，洪錦一見，大驚失色。洪夫人更加著急，因哭道：「這怎樣好！在杭州被難，還虧李公子仗義疏財，贈了川資，使我們還轉鄉里；現在又遭賊盜偷去銀兩，那裡還有個李公子那樣好人，眼看得一家三口死在目前，我還有什麼指望！不如死了乾淨。」說著，開了篷窗，望河裡便跳。洪錦雲趕著上前一把扯住，也哭著勸道：「娘何必這樣著急呢？失了銀兩物件，也可追得回來。現在可趕緊尋了客店，一面住下，一面寫了失單❶，叫哥哥進城去報與地方官知道，請他捉賊追贓，總有一個水落石出。娘拼著一死，就算抵了失去的銀兩不成？況且娘這一死，哥哥豈不急煞，女兒又靠何人？娘試想想看，女兒的話是不是？」洪夫人聽說，才算稍好。洪錦即趕著叫船戶找了客店，同母親、妹子到客店內暫住下來。當下就向店主人借了一支筆，開具了失單，又問明了店主，江都縣❷衙門的路徑。這店主人姓費，排行第五，人都叫他費五，卻生得刁詐萬分。今見洪錦被竊，要去縣裡報案，只疑惑他與縣裡有些交情，因此頗為殷勤，明白的說好路徑。洪錦藏好失單，直望江都縣而去，逢人便問，一會子已到縣衙，卻好江都縣值升堂理事。你道這江都縣姓甚名誰？

❶ 失單：被竊、被劫或失落的財物的清單。

❷ 江都縣：在江蘇省中部、長江北岸。今屬江蘇省揚州市。

看官聽我講來，便可知道。這江都縣姓胡單名一個圖字，他本是捐納❸出身，全仗著鑽狗洞、舔屁眼，巴結大老官，這才謀得這個江都縣缺。到任已有一年，一概公事民情全不理問，只曉得要錢，惟恨錢眼小，錢眼大些，他便鑽了進去。卻又糊塗非常，無論是何案件，只要有錢到手，他也不管人家冤枉，他便硬斷下來，實做成個有錢則生，無錢得死。本地紳士，也曾告發他數次，爭奈他在上司面前，將民間弄來的錢，全送在那裡，因此告他不動。也合該洪錦倒運被竊，還遇著這位糊塗官。當時洪錦見胡知縣坐在堂上，他便在公案前跪下，先將被竊情形申訴一遍，然後將失單呈上。只見胡知縣坐在堂上，把眉頭一皺，望下說道：「呔！好沒來由，爾可知此地自從本縣到任以來，從未有個賊盜，你今前來報竊，就是要訛詐本縣麼？本縣是一清如水，沒有給你訛詐的道理！」洪錦聞言，暗道：「那有這樣糊塗人能做知縣，實是可笑！」因道：「縣太爺不要動怒，俺是官家子弟，從來不曾聽說在地方官面前報竊，就是要訛詐地方官的。難道沒有被竊，還來撒謊麼？」胡知縣聽說，又道：「據你這等說法，不是訛詐本縣，那一定是被賊偷了。既然如此，本縣問你，這個賊姓甚名誰？你可將他交來，本縣代你重辦！」洪錦聞言，真個急煞，暗想：「天下那裡有這等糊塗蛋也配做官，俺洪錦真是遭時不遇了。」因又辯道：「俺若知賊之姓名，我自會將他懲辦，何必交把與你？我且問你：既為一縣的父母官，也是朝廷一個七品官，怎麼這等不明道理？譬如縣太爺做了過客，途中被劫去銀兩，我做本處的知縣，你將竊案來報，我回你這等語，你還是將賊人送來與我，請我代辦；還是要我給你出差捕獲竊賊追贓呢？縣太爺請說

---

❸ 捐納：平民百姓靠向朝廷捐款可以取得官職。此項制度始於秦始皇。以後歷代封建政府常因籌餉、賑災、備邊或興辦工程等事，用捐納作為取得經費的來源。

罷！」胡知縣被洪錦問了這番話，卻是無言可答，只得老羞成怒，將驚堂木一拍，大聲喝道：「好大膽的狂徒！膽敢辯駁本縣，速替我趕出去！」此時值堂書吏④，見他鬧得不成事體，因上前說道：「稟太爺，這捕賊追贓是太爺分內的責任，若說要失主交出名姓，獲拿到案，那還要太爺做什麼呢？況且太爺為民父母，民間有了盜賊，必然百姓受害；太爺能出差捉住了重辦起來，也是太爺勤慎從公，為民除害。等到太爺任滿之後，那些百姓大感太爺的恩德，也還要公送萬民傘⑤幾把，德政牌⑥幾扇，萬民衣⑦等；設若太爺升了他處，萬一有個參處⑧，還可以將這公送的萬民傘衣拿去抵銷，這何等光輝，何等體面！倘連這小小的竊案，不但不給人家出差捕獲，還要叫失主指出名姓，這句話將來傳說開來，太爺想想看，那個聲兒好不好呢？據我書辦的愚見，太爺是要准他捕獲的。」胡知縣聽說，捻著鬚沉吟良久，才望值堂書差說道：「此案是要本縣給他出差捕獲，不應該叫他指出姓名，交出賊人，既如此說，那就是本縣代他標差，叫他好好的下去候著。」洪錦這才退出，回到客寓將以上的話，對著母親、妹子說了一遍。洪夫人、小姐聽說，又是好笑，又是好氣。於是住在客寓，等縣裡捕賊追贓。隔二日，便去縣裡催一次。連催了七八次，足足等了一個多月，那裡捉到個賊，追到個贓？看看房飯無資，日食難度，加之店主人

④ 值堂書吏：在大堂上值班的書吏。書吏，各官署的吏員都稱作書吏。為雇員性質，承辦例行公事。

⑤ 萬民傘：舊時鄉紳百姓為頌揚地方官的德政而贈送的傘。傘上綴有許多小綢條，上面書寫贈送人的名氏。

⑥ 德政牌：又稱「德政碑」。舊時地方百姓為頌揚官吏政績而立的碑石。唐白居易青石詩：「不願作官家道傍德政碑，不鐫實錄鐫虛辭。」

⑦ 萬民衣：舊時鄉紳百姓為頌揚地方官的德政而贈送的衣服。與萬民傘相近。

⑧ 參處：指官員遭到參奏彈劾。

費五又是刁惡之輩，見了洪錦那等光景，房飯錢更是日不能少的。始則被費五逼不過，還拿些舊衣服去典當裡質變些錢，以抵房飯，久後連衣服都當盡了。洪錦實在愁悶，又無處向人告貸，只是短嘆長吁，愁眉不展。這日正是悶極了，便出了店門，隨步走上街頭，沿途去逛。恰好走到教場❾，但聞人聲鼎沸，熱鬧非常，四面一瞧，有玩雜耍的，也有變戲法的，也有擺書場演說盲詞❿的，還有賣水果、下餛飩，賣許多食物的，多多少少，皆在那裡借以混錢。洪錦看罷，猛然觸起一樁心事，暗道：「俺洪錦顛沛流離至於此極，與其坐困客店，日食不敷，何不在此想一變通辦法，混幾個錢貼補，有何不可？」心中想罷，便向眾人拱手，拱了手，帶笑說道：「在下姓洪，本是滄州人氏，只因帶了母親、妹子回籍，道經貴地，夜遇鑽艙惡賊，竊去銀兩。雖曾經告官報案，求代捕賊追贓，爭奈一月餘，人贓未獲，俺母親、妹子現住招商客店，房飯難措。俺借貴地打兩套拳法，借個光，望諸位仁兄公子，隨意兒援個手，幫助幫助！」話才說完，那些看客多已團團的圍了一轉。當下洪錦便使開架落打起來，只見他三上四下左五右六，先打了一套，然後又將那雪花蓋頂，枯樹盤根，獨虎歸山，雙龍出水，各種架式，真正耍得風雨不透。只見他兩隻拳頭，或上或下，或左或右，將他身子多遮蓋起來，看不清楚了。那些看的人，誰不喝彩，都道：「好拳法！」因此丟錢的卻也不少，一霎時地下已堆了許多。洪錦看見，心中暗道：「照此辦法，我母妹三人也可度日了。」遂彎著腰將錢拾起來，收在腰內，復來再耍。才把落架⓫擺開，只

❾ 教場：舊時操練和檢閱軍隊的場地。宋史禮志：「高宗幸大教場，次幸白石教場閱兵。」

❿ 盲詞：舊時一種民間的說唱文學。演唱者多盲人，故稱。

⓫ 落架：打拳時起手的架式。

見人叢中走進二人，但見他腰佩寶劍，暴眼濃眉，凜凜身軀，堂堂一表，是個武生打扮。還跟著一個小使，站在背後，他卻叉手而立，側目而觀。洪錦見了，以為他是個作家⓬，便抖擻精神，又耍了一套。那裡曉得武生未來之先，那把錢的人倒實在不少，自從他進來了，卻沒有一個人把錢。你道這是為何呢？原來這武生姓馬名鷩，是本縣一個武舉⓭，為人兇橫異常。江湖上賣藝的人，若來經營，必要先送個帖子到他那裡，每日還要些錢，他方許在教場內營生。倘不如此，就是有人把錢⓮，給他看見了，不但不許賣藝的在此，還要與那把錢的淘氣。因此看的人見他來了，就沒有一個把錢的。洪錦那裡知道？一套拳耍過，正要忙向眾人去討，只見那馬鷩大聲喝道：「你是何人？敢在此地賣弄武藝，可知俺那裡還未掛號，何能容你在此逞能！」洪錦聞言也怒道：「你這廝如此言語，未免欺人太過，俺賣俺的拳，卻干你甚來？」馬鷩聞言，更是大怒，喝道：「好大膽的狂奴，此地沒有你站的地步，你等耀武揚威，向誰說過？」說著，就將腰間佩的寶劍抽出，向洪錦砍來。洪錦一見大怒，說道：「反了！皇帝家地方，怎能容你這廝擅自作威福！」說著，一個進步，搶到馬鷩跟前，一抬手將馬鷩的寶劍奪了過來，趁勢就是一腿，馬鷩躲讓不及，當時跌落塵埃，洪錦舉劍就砍。畢竟馬鷩生死如何，且看下回分解。

⓬ 作家：行家。

⓭ 武舉：武舉人的簡稱。明清時鄉試武科考中者稱武舉人。

⓮ 把錢：給錢。

第十二回　惹飛災洪錦下死牢　設毒計費五賣孤女

話說洪錦將馬鷩打倒在地，搶一步，按住馬鷩，手起劍落，頓時將馬鷩砍死。那些看的人一齊喊道：「殺死人了！」馬鷩的小使便走上前來，扯住洪錦，不肯放手。洪錦叉手站立，怒聲說道：「諸位勿怕！洪錦也是個堂堂的丈夫。俺既然將頑徒殺死，俺還跑了不成？一人作事一人當。但請你們眾位將我領到公堂，俺去首告❶便了；若還眾口喧囂，不要怪俺目中無人，揮劍亂砍。」那些眾人中有那怕事的，早已溜之大吉。那好事的，就開口說道：「一人作事一人當，才算是個好漢。既如此說，我們就帶著你到縣裡去，讓你首告。」此時本坊地保❷曉得出了命案，也趕著前來拘拿兇手。一聽洪錦要去縣裡首告，他便邀了證人，同著洪錦一齊去到江都縣衙。當時胡知縣一聞此言，直嚇得魂飛天外，即刻升堂傳拿兇手。那知洪錦已站在堂上，便將始末根由，說了一遍，直供不諱。胡知縣又傳了伺候，去教場相驗。少刻到了教場，只見馬鷩的家屬環跪地上，叩求伸冤。胡知縣准了狀詞，又喝令仵作❸相驗。少時據報，

❶ 首告：自首、告發。

❷ 地保：清代地方上為官府辦差的人。大約相當於秦漢時的亭長、隋唐的里正、宋的保正。

❸ 仵作：舊時官署中檢驗死傷的吏役。略相當於後世的法醫。清會典刑部：「凡鬥毆傷重不能動履之人，不得扛抬赴驗，該管官即帶領仵作親往驗看。」

委實被劍砍死。胡知縣填了屍格❹，當即命屍親收殮，他便打道回衙。又將見證傳上堂去，問了一遍，直供不諱，卻與洪錦首告口供大致相符。胡知縣一面命將洪錦先行收監，一面辦文書通詳上憲❺，專待上司回文，便好按律治罪。按下慢表。且說洪夫人與小姐坐在客店，日已向午，不見洪錦回來，正在懸望，忽見費五匆匆的進來，望著洪夫人說道：「禍事不小！你家兒子在教場裡打賣拳法，不知為甚事，將本地一個武舉馬鶩殺死。現在你家兒子已被縣裡收入監了，眼見得要抵償不能活命了。」洪夫人與小姐一聽此言，只嚇得膽碎魂消，面如土色，不覺放聲大哭道：「蒼天呀！為什麼我洪氏一門盡遭奇禍？在杭州的時候，幸虧李公子搭救，助贈川資。實指望從此回鄉，安然無事。又誰知半途遇賊，偷去了衣服銀兩，只落得坐困招商，日食難度。為何我這老不死的苦命，眼見了許多奇禍飛災？今日這逆子又殺死馬鶩，收入監獄，叫我這母女兩個怎生是好呢？」絮絮叨叨，敲胸拍桌，哭了一會。費五在旁見此光景，陡然想出一條毒計。便假惺惺的向前說道：「老夫人與小姐在此哭也無益，終要想個法兒，救出你家令郎才好呀！」洪夫人道：「店主人，我這一個老婦人，叫我有什麼法想呢？」費五道：「我倒有個法兒在此：我們這鈔關城外范家莊，是當朝宰相范其鸞相爺的住宅。他雖然不在家中，他家內卻有子侄。他家那些公子專肯濟困扶危，又與本城地方官都有往來。我明日送你到他莊上，你見了他家公子們哀求一番，請他設個法兒，救你的兒子，他家公子必肯答應。只要他答應下來，你兒子不怕不救出來的。」洪夫人聽了這話，便將眼淚拭了拭，先向費五謝道：「多承店東關切。」便問洪小姐道：「你看如何呢？」

❹ 屍格：驗屍單格。也稱驗狀、屍單。即驗屍單。

❺ 上憲：指上司。

那洪錦雲道：「店東的關切，卻是極妙。雖然范丞相是當朝的良相，爭奈何我哥哥是親自持劍殺人，即使范丞相專肯濟困扶危，恐怕也不能將有作無，去救哥哥性命。在兒的意見，還要另尋別計才好。」洪夫人道：「我兒照你這樣說，也甚有理，但是有什麼妙計呢？」洪錦雲只得含羞說道：「依女兒主見，除非去到杭州，再找李公子，請他內中設法，他斷不能推諉；或者使用銀錢，將哥哥贖出，也未可料。」費五在旁聽說，不等洪夫人開口，便急急的說道：「小姐你這話說得太輕了。此是人命重案，只要上司回文❻一到，即刻就要按律治罪的。若等你們去到杭州再使銀錢，將上下衙門買囑，恐怕那時你哥哥已身首異處了。俺費五卻無他意，不過大家要好，替夫人籌劃這條計策。至於聽不聽，全憑夫人之意便了。兒子是夫人的，我費五何能勉強你前去，我這要把話說到了，也算對得起你們母女。」洪夫人聞言，也覺盡情盡理。當時沒法，只得答應明早同去。費五見洪夫人應允，心中暗喜，即刻出來，暗暗與他妻子刁氏說明就裡，又將如何用計，才可將他的女兒騙了出來，一一與刁氏言明。刁氏也是歡喜無限。這一夜，洪夫人與小姐那裡是人過的日子，真是萬箭穿心，一夜不曾合眼，母女兩個只對著哭。到天明，母女兩個當即起來，洪小姐出來打了面水。刁氏也跟著進去，幫著洪夫人胡亂梳起頭來，換了衣服，催著夫人前去。洪夫人也為救子心重，連點心都沒吃，就吩咐了女兒一聲：「為娘的去走一趟，看是何如，再作計議。」又囑託刁氏照應著女兒。洪小姐見母親急於要去，也不便深勸，只得哭著說道：「娘此去如可行，便早早回來，免得孩兒盼望。」洪夫人答應，當即出了店門，同著費五一齊前去。走出鈔關城，實在是不能走了，只得在沿河旁邊柳蔭下面一塊大石頭上坐下來，暫歇片刻再走。那知費五這個殺才，

❻ 回文：指上司的批復。

就趁此時要送洪夫人的性命。只見他先望河中一看，覺得那滾滾清波，實是有趣，當下心中暗喜。又望了望前後無人，便向洪夫人佯指說道：「那裡來的這陣烏鴉？」洪夫人不知他有心相害，便即回頭一看。那費五就給他個冷不提防，手一抬，便將洪夫人推入河裡去了。費五見洪夫人已經落水，便趕著一口氣跑回店中，對著洪錦雲說：「小姐！真是禍不單行，你家老夫人走到城外，不知怎的跌了下來，當時就昏了過去。我只得請了個村媼在那裡看著，因此急急回來告訴小姐知道，須得快去一看，好作主意。」洪錦雲也不知費五有計，只嚇得膽落魂消，不問根由，扶著刁氏，也不管拋頭露面，偕著費五趕著出城去。可憐他三寸金蓮，怎生走法，只得慢慢的挨著走了。費五此時又假意說道：「小姐你這樣走法，走得何時才得出城？不如我給你喊頂轎子，請小姐坐了，讓他抬著好去得快。」洪錦雲那知費五暗算，當即答應。費五便喊了一頂轎子，洪小姐上了轎，費五將轎簾放下，轎夫抬上肩飛奔而去。你道費五將洪錦雲騙往那裡去了？原來離揚州六十里儀徵❼城外有個財主，曾經做過教諭❽，姓王名清。他因夫人崔氏不能生育，便想買個妾生育子息。這日費五夫婦帶同轎夫，一直將洪錦雲抬至王清家內，賣了一千兩銀子。他夫婦二人也不回揚州，就帶著一千兩銀子，逃往他方去了。那知王清一見洪錦雲生得千嬌百媚，當日就要與他成親。多虧崔氏夫人賢德，見洪錦雲一副大家舉止，不似小戶人家的女兒，便問了洪錦雲的家世。洪錦雲便一一告訴明白。崔氏夫人大為嘆息，便立意不准王清沾染，又將洪錦雲認為己女，使

---

❼ 儀徵：縣名。在江蘇省中部偏西、長江北岸。鄰接安徽省。今屬江蘇省揚州市。

❽ 教諭：學官名。宋代在京師設立的小學和武學中始置教諭。元明清縣學皆置教諭，掌文廟祭祀、教育所屬生員。

王清斷了想頭。爭奈王清是個好色之徒，又化去千兩身價，心中實是不甘，時刻想來茍合，所幸素來懼內，只要崔夫人一聲斷喝，他就再也不敢抬頭。因此洪錦雲才得保全了名節❾。這日崔夫人偶爾外出，洪錦雲獨坐房內，王清打聽得夫人不在家，便急急走了進來。洪錦雲一見，已嚇得魂不附體。只見王清笑嘻嘻的走上前來，向著洪錦雲調戲。洪錦雲始則曉以大義，繼則動以危詞❿。那知王清慾火如焚，便趕上前來擁抱。畢竟洪錦雲怎樣保持名節，如何處置王清，欲知後事如何，且看下回分解。

❾ 名節：名譽和節操。歐陽脩朋黨論：「所守者道義，所行者忠信，所惜者名節。」

❿ 危詞：危急之詞。即恐嚇之詞。

第十三回　隨波逐浪老母重生　劫獄反監英雄遇救

話說王清知道夫人崔氏出外，便來調戲錦雲。正欲上前摟抱。合該錦雲不被他汙辱，恰值崔氏回來，聽得房中有戲謔❶之聲，又聽得有拒絕之聲，崔氏說聲：「不好，又是那老不知廉恥的進房調戲那女子了！」一面想，一面大踏步搶了進房，只見王清嘻皮笑臉，向著洪錦雲百般戲謔，心中已是怒不可遏。洪錦雲正在沒法，已急得兩淚交流，拼命拒絕，瞥見崔氏進來，如遇天神相救的一樣，趕著大聲喊道：「娘！快來叫義父出去，女兒實在怕他極了！」崔氏聽說，潑聲罵道：「你這老豬狗！老殺才！天下那裡有你這等老不知廉恥的老東西，我不過才出去一會兒，你就變了樣子了！」罵聲未完，王清已垂頭喪氣，一溜煙滾了出去。崔氏夫人怒猶未息，還是洪錦雲勸了兩句，才算不罵。因此崔氏知道將洪錦雲留在家中，終非久全之計。就在對門另覓了一所淨宅，瞞著王清，將錦雲送往那裡居住。又派了兩個使女前去服事，每日三餐，由本宅送過來，一面給他各處探聽他母兄的信息。由此洪錦雲才得安身，暫且住下。這且慢表。再說洪夫人自從被費五推落河內，可憐隨波逐浪，順水淌至一處，也是他命不該絕，得遇救星，偏偏碰在一隻船的舵上。船上坐著一位英雄，正在那裡無事，斜靠篷窗，閑看煙波風景。忽聽水中有呼救之聲，再望水內細看，見船舵上絆著一人，當時即叫舟人去救。船中水手聽說，立刻下水撈

❶ 戲謔：開玩笑調戲。

救起來，放在艙外。那英雄出艙觀看，見是一個半老婦人，趕著叫舟人快煮了薑湯，頻頻灌下。一會兒，洪夫人蘇醒過來，睜開二目，見身在船中，因嘆了一聲，說道：「我這已死的難婦，蒙那一位仁人君子救了我這苦命殘生？」那英雄聽得親切，知洪夫人已然蘇醒，立刻叫舟人請進中艙，細問他如何落水？洪夫人走入艙內，那英雄見他身上衣服俱是水淋淋，不住的滴水。又喊船家道：「你趕緊將你家眷的衣服取兩件出來，帶這老太太去換，該多少錢，俺償你便了。」那船家即將洪夫人帶至後艙，換了衣服，這才出來拜謝。洪夫人拜謝已畢，坐在一旁。但見那位英雄生得頂平額闊，齒白唇紅，一道八字眉，兩隻秋波眼，戴一頂素白將巾，穿一件白羅繡裰❷，真是堂堂一表，美貌郎君。洪夫人看罷，暗暗稱羨。只見那英雄問道：「你這夫人為何落水？是那裡人氏？」洪夫人見問，便二目流淚，哽咽著將以上情形細細說了一遍。那英雄慌忙立起，深深一揖，說道：「小侄有眼無珠，多多得罪！既據伯母說來如此，這洪錦兄竟是一位英雄，能除民害，令人生敬。伯母但請放心，小侄當竭力救他便了。」洪夫人也就問道：「公子尊姓大名，祖居何地？」那英雄答道：「小侄也與洪錦兄同是天涯淪落之人，祖籍河南人氏，姓傅名喚璧方。因小侄喜穿白袍，人家就喚我為小羅成❸。先父曾作山東登州知府❹。只為奸臣所害，

❷ 白羅繡裰：白色繡花絲綢便服。裰，此處指直裰，古人在家所穿著的便服。

❸ 羅成：清代小說隋唐演義中人物，以長相俊美，武功高妙著稱。

❹ 登州知府：登州，府名。位於山東半島東端。轄境當於今招遠、萊陽、海陽等縣。知府，官名。宋代於升府之處，命朝臣出充長官，稱為知（主持）某府事，簡稱知府。明代始以知府為正式名稱，管轄州縣，為府一級的行政長官。

慘遭落職，一病身亡，先母前年已經去世。小侄因此忿恨，就與兩個中表兄弟：一喚鑽天龍左龍，一喚鑽地虎左虎，俱有萬夫不當之勇，在清江❺登雲山立了山寨，暫時託足。等到奸臣去位，我等再去為官。現在去到揚州，只因打聽得江都縣是個貪官，要去打劫他倉庫，去做山寨的糧餉。伯母但請放心，小侄等此去正好將洪錦兄救出，給我們做個幫手。以後伯母就請進山寨，暫且栖身，隨後再作計議。」正說話間，忽見岸上跳下兩個人來，一個淡紅面龐，一個焦黃面孔，一樣的包巾❻箭服❼，進入艙中，便問傅璧方道：「這位婦人是那裡來的？」傅璧方便將始末來由說了一遍，當命他給洪夫人行禮。那兩個不敢怠慢，即與洪夫人行起禮來。洪夫人趕緊扶起，問了姓名，原來就是左龍、左虎。傅璧方又將去救洪錦的話，告訴左氏兄弟。左龍、左虎當下大喜道：「如此極妙！但事不宜遲，即須點起嘍兵，改扮行裝，混入城去，以便行事。」傅璧方道：「甚合吾意。」當下就裝束起來，點了五百嘍囉，先行分頭暗進城去，都在縣衙左右埋伏，但見頭門火起，便一齊殺進。小嘍囉答應下船先去。傅璧方等三人也辭別洪夫人，要換小船而去。洪夫人復又囑道：「三位公子，俟將吾兒救出，務請順至費五店內，將我女兒救回，老身再為拜謝！」傅璧方等答應，又招呼船戶：先行開往壁虎橋一帶僻靜地方相等。諸事已備，即刻跳下小船，飛划前去。船到南門城外，傅璧方等三人棄舟登岸，又叫小船開往便益門相等。原來這些船，都是登雲山自造的。吩咐已畢，此時將近黃昏，他三人就混入南門僻靜地方，尋了一個飯店，飽餐了飯

❺ 清江：今江蘇省清江市。
❻ 包巾：古代用紗布等製成的一種便帽。亦指一般裹頭用的紡織物。
❼ 箭服：也稱箭箙。古時用來盛放弓箭的用具。宋陸游蘭亭道上詩之四：「箭箙弓弢小獵回，壯心自笑未低催。」

食，然後走到縣衙左右一帶探望。但見那五百嘍囉分散各處，彼此遞了暗號，大家知道。傅璧方等又悄悄的混進頭門，伏在黑暗處所，挨到二更將盡，大家就預備起來。又停了一回，只聽大堂上鼓打三更。傅璧方等即掀去了外衣，拔出腰刀，就在頭門裡先放起一把火，登時烈焰騰空，火光直透。外面的嘍囉看見火起處，一個個手持兵刃涌殺進來。傅璧方等三人即刻奔到監院❽，當先掀開監門大聲喊道：「洪錦兄何在？俺等在此特來搭救於你！」此時洪錦正在那裡愁悶，想著母、妹不知現在如何，忽聽有人喊他，「前來搭救」，知道是反監劫獄了。登時應聲答道：「洪錦在此，那位英雄前來相救？」傅璧方一見，搶步上前，只見洪錦將身一聳，所有的刑具，全落在一旁。璧方隨即遞了一把朴刀過去，洪錦接在手中，大聲喝道：「有那好漢願出去的，跟著我們同行便了。」一聲未完，真個是一呼百諾，只聽得那些死囚們齊聲嚷道：「俺等皆願隨英雄出去。」說著，只聽得嗝噔嗝噔的聲響，大家都將刑具掙斷，一擁出來。此時小嘍囉也來得不少，就將兵刃又遞許多把與眾人。大家出得監來，又在監門口放起一把火，然後才殺至大堂，一路殺入後宅，眾口同聲：「不殺盡胡圖縣官一家老少，斷不罷休！」此時衙門內，上至幕友，下至差役，哪一個不嚇得膽落魂飛！只恨父母少生了兩隻腿，跑得不快！卻又嚇慌了，明明的向西跑，他反望東奔，連方向都辨不明白了。傅璧方、洪錦、左氏兄弟，一直殺至後宅，尋到胡知縣房內，但見胡知縣正同著兩個愛妾在那裡捆縛細軟，預備從後門逃走。洪錦首先跨進門，大聲喝道：「該死的狗官，你可認得一月前來報竊案的洪錦麼？你平日貪贓枉法，剝削民脂，今日可饒不得你了！」說著，一伸手將胡知縣抓過來，胡知縣尚要哀求，已被洪錦手起刀落，殺死在地。傅璧方、左龍、左虎見洪錦

❽ 監院：原是佛教名詞。指佛寺中主持寺務之僧。地位僅次於方丈。此指監獄。

已將胡知縣殺死，即刻分頭搜尋他的老小妻妾，一齊殺得乾乾淨淨。然後將倉庫打開，取了銀子，並細軟物件，各人帶了藏在身旁，又在各處放起火來，才與眾嘍囉等殺出去。此時參將⑨城守千把⑩各官，俱已聞報，一面飛傳各城門嚴加把守，不許放走一人，一面傳齊兵丁，點起燈球火把，飛身上馬，前來捉拿劫獄的強人。及至到時，見江都縣已燒得烈焰騰空，紅光照地。城守各官又命人一面救火，一面分頭追趕兜拿。那知傅璧方等殺出衙門，即同洪錦到費五店中去救洪錦雲。比及到時，見費五店內已搬得空空如也。只得回轉頭來直望東門殺出城去。走未多遠，但見燈球火把，照耀得如同白晝，知是官兵到來了。大家便衝殺上去，官兵亦猛力相迎。畢竟眾英雄能否殺退官兵，安然出城，回歸登雲山大寨，且看下回分解。

⑨ 參將：官名。明代鎮守邊區的統兵官，無定員，位次於總兵、副總兵，分守各路。

⑩ 千把：官名。即千總、把總。明代駐守京師的京營兵分為三大營，設千總、把總等領兵官。

第十四回　莽頭陀❶酒樓遇豪傑　奸賊子河岸奪嬌娃❷

話說傅璧方、洪錦、左龍、左虎，帶領著五百嘍囉等眾，正要望東門殺出，忽見迎面來了官兵，大家一見，便一齊衝殺過去。官兵雖迎殺將來，終非對手，直殺得東奔西走，甲卸盔歪。城守千把各官俱各身帶重傷，不能抵敵。洪錦等且戰且走，到了東門，只見城門緊閉，不能出城。洪錦便舉刀將城上的鐵鎖砍落，開了城門，大家一哄出去，順著河岸，尋到小船，各人跳上小船，掛起風帆，如飛而去。行到壁虎橋左近，天尚未亮，當時就到大船邊。傅璧方等四人跳上大船，一面命小船速趕上去，一面將大船解了纜，也扯起風帆，望清江進發。這時洪錦見了母親，說不盡那悲歡離合，洪夫人見他女兒未來，便問洪錦道：「你妹子何故不將他帶來？」洪錦不敢隱瞞，便道：「費五已去，並不見妹子現在何方？想係為費五那廝拐騙。」洪夫人聽說，大哭起來，好容易被傅璧方等勸了一會，還允各處找尋，洪夫人才算不哭。不一日，船到清江，捨舟登岸，進入登雲山大寨，大家安歇住下，慢慢的打聽洪錦雲下落。那江都城內自洪錦等去後，六街三市，還閉了兩天門。揚州府也不敢隱瞞，只得申詳上憲，將一段偌大的重案，全推在已死的江都縣胡圖身上，總說胡圖為官貪劣，不順民情，諱言盜賊，致有此變。又行了

❶ 頭陀：佛教名詞。後也用以稱呼行腳乞討的僧人。

❷ 嬌娃：美女。

一角❸例文通捕的文書。過了些時，上憲批下來，撤任的撤任，記過的記過，也就含糊了卻一件大事。這也不必細表。再說李廣自從玉皇閣降妖，得了鎧甲，過了兩日，便與徐氏兄弟同往揚州，在路非止一日。這日到了鎮江❹，卻值端陽令節❺，鎮江大鬧龍舟。他三人便捨舟登岸，尋了客寓住了下來，一來要遊覽江山勝景，二來要看龍舟佳會。等過了端午節，再行渡江。到了端陽令節，果然見江面上有數十隻龍舟，皆是彩畫鮮明，旗分五色，往來飛舞，鑼鼓喧闐。那岸上的遊人，說不盡綠女紅男，爭先快睹，真個是即時行樂，娛目騁懷。李廣等看了一回，便走到沿江一座酒樓，欲上樓飲酒。這樓造得金碧輝煌，要算鎮江第一。李廣抬頭一看，見樓上橫著一方金漆匾額，上寫著五個堆金大字，是「江天一覽樓」。三人便走上樓來，當有酒保迎著招呼坐位，李廣就揀了一個座頭，正對著金焦兩山❻，三人同坐下來。旁邊酒保將酒菜問明，然後退下。李廣等就靠著曲欄杆上，仰看山光，俯瞰江景，覺得頗為爽快。一會子酒保將酒菜擺了上來，三人入坐，小飲起來。正飲之時，猛見迎面桌上坐著一個頭陀，但見他亂蓬蓬一頭黑髮，直披到眉毛上，束著一道紫金箍，有個月牙兒在腦門按定，一雙怪目，兩道濃眉，大鼻梁黑口，身穿一件老布緇衣❼，下拖著兩隻大袖，滿臉的英雄氣概，一身的壯士形態，低著頭在那裡狼吞虎嚥。

---

❸ 角：古代量器。後亦稱一封文書為一角文書。

❹ 鎮江：府名。今江蘇省鎮江市。

❺ 端陽令節：端陽，即端午。陰曆五月初五，民俗節日。令節，佳節。

❻ 金焦兩山：指鎮江城裡的金山、焦山二山，是鎮江的名勝之地。金山，在鎮江市西北。古有獲苻、伏牛、浮玉等名，唐時裴頭陀獲金於江邊，因改名。焦山，在鎮江市東北。傳東漢末焦光隱居於此，因而得名。

❼ 緇衣：僧人尼姑的服裝。

只聽得一會兒添酒，一會兒添菜，把個酒保喊得忙碌異常。李廣看見，不覺羨慕之至。正在凝神觀看，忽見那頭陀抬起頭來，見著李廣等三人看他，他便橫目大怒，一聲怪叫：「呔！你這個人看著酒家❽作甚？難道酒家不是人麼？你等再不掉過頭去，盡看酒家，可莫怪酒家要行粗鹵，將你這一對眼珠兒挖了出來！」李廣見說，也就怒道：「你這和尚，怎麼這等粗鹵，你不看俺，怎知道俺看你來？俺也不准你看！」李廣話未畢，只見那和尚立起身來，重重怒道：「酒家只不許你看！倘若再有說，看酒家打了你的嘴巴，才知道酒家的厲害。」李廣大怒，正欲回答，只見徐文亮一旁笑道：「和尚，你既自負，必然是個英雄豪傑，你可知還有個四海聞名的大英雄麼？」那和尚不聽猶可，這一聽不由得無名火起，走出位來，大聲喝道：「呔！你這小子胎毛未乾，乳牙未換，膽敢欺壓酒家麼？若問四海聞名，天下第一的英雄，除非是杭州武陵賽孟嘗李廣，他才算得個大大的英雄。」文亮一笑，正要回答，旁邊徐文炳搶著說道：「和尚，你既知賽孟嘗是當今第一英雄，你曾見過這個人麼？」那頭陀道：「酒家雖未見其人，卻是聞名已久，酒家正要去到杭州訪他。」徐文炳道：「你若是有心要見此人，倒也不必去往杭州，只要你把言語放和平了，即刻就可見面。」說著便指向李廣說道：「和尚，這位英雄就是杭州稱為賽孟嘗便是。」和尚聞言，便將李廣上下一看，復更怒道：「酒家說你這小子年幼無知，那裡有個大英雄是這等書生打扮？分明是你花言巧語，來欺壓酒家，俺也不同你辯白了，叫你這小子知道酒家的厲害！」說著，跳出位來，便對著徐文炳一掌打去。李廣一見，也趕著站起身來，等那和尚的手來得切近，便一抬手說道：「不要動！」就在那和尚胳膊拐上用手一捏，只見和尚那隻手收不轉來，伸不出去，筆直的橫

❽ 洒家：宋元時關西一帶男子的自稱。代詞。猶「咱」。

在那裡。那和尚大為吃驚，復轉怒為笑道：「難道君家果然是賽孟嘗李廣麼？」李廣也笑道：「誰騙你來！」那和尚趕著謝道：「算我有眼無珠，語多冒昧，尚望寬容！」李廣亦笑道：「不知不罪。」說著，又在那和尚胳膊上點了一下，那和尚的手登時縮轉回去。李廣便拉他入了座，彼此通了名姓。原來這和尚也是山西人氏，法號廣明，綽號鐵頭和尚。因在寺中闖下禍，被他師父逐出，無處投靠，聞李廣的聲名，便思去投李廣。此時廣明說出緣由，李廣便引他為知己。大家暢飲已畢，算過酒錢，就一路仍回客寓。次日，又一同出來觀看龍舟，熱鬧異常。到了江邊，但聞鐘鼓聲喧，旌旗奪目，沿江一帶，多泊著畫船遊艇。船上的遊人士女齊推開了篷窗⑨，注目觀看。李廣看得高興，也就喚了一隻遊艇，傍在柳蔭之下，觀看龍舟。正看得高興非常，忽聽鄰舟上哭聲震地，那龍舟上面鼓也不打，鑼也不敲，岸上遊人紛紛亂跑。李廣甚為不解，再對鄰舟上看去，但見一群打手，搶著一個美貌女子，由船上往岸上拖去；又見一個半老婦人，扯著女子衣襟，號啕痛哭，抵死不放。又見那眾打手你一拳我一拳，將那半老婦人打開，扶著女子，跳上岸飛奔；又見那半老婦人捨舟登岸，哭哭啼啼，隨後趕去；又見那眾打手扶著女子，走到一個八尺身軀，滿臉兒橫肉的那個人面前，說了兩句話，只見那人指手畫腳了一回，那眾打手便扶著女子上了馬，直向東北方跑去。那人亦上馬去了。又見那半老婦人追趕不上，哭哭啼啼的走了回來，走到江邊，頓足搥胸，痛哭不已，便思跳水自盡。那李廣看到此時，再不能忍，只得大聲喊道：「休要自尋短見，俺有話問你！」一面說，一面即命船家將船盪了過去，隨即跳到岸上，向那婦人問道：「這被搶的可是令愛麼？」那婦人道：「正是小女。」李廣道：「還不曾請問尊姓，這搶令愛的究是何人？」

⑨篷窗：猶船窗。

那婦人道：「老身姓錢，就是本地人氏，祖居城內，先夫曾作過雲南知縣，已經去世。所生一女，名喚瓊珠，薄薄的有些姿色。也是婦人不好，不該將小女帶出來觀龍舟，忽然平地風波，遇著惡賊劉彪，將小女搶去。老身從此無靠，何必再生，不如尋個自盡，倒覺乾淨！」李廣道：「夫人且不必悲傷，令愛雖被搶去，俺自有法將他救回便了。」畢竟劉彪究是何人，李廣如何設法將錢瓊珠救出，且看下回分解。

第十五回　行幻術戲語畫梁間　救佳人隱身奸賊府

話說李廣將錢夫人勸回，未尋自盡。當下李廣即代他開發了船錢，一齊送錢夫人回府，商量去救瓊珠。你道那搶錢瓊珠的劉彪，究是個何人，膽敢如此兇橫，白日強搶民間女子麼？看官有所不知，這劉彪原是內官❶劉瑾的義子，他又襲了爵職，人都稱他為「千歲」，綽號叫「花花千歲」。他便仗著劉瑾的勢，就無惡不作起來。家中養著四個教習：楊珍、馬玉、刁龍、鄂虎，並打手百十名，專在外面窮凶極惡。這日，他也是出去觀龍舟，忽然看見錢瓊珠美貌，便喝令眾打手強搶回去，也是錢瓊珠合該有此一場驚恐。閑話休表，且說李廣、徐氏兄弟並廣明和尚四人一同到了錢府，大家便商議起來，如何設法去救。李廣正在那裡議道：「據我的意思，就此改換行裝，暗地裡潛入他家，著一個去救小姐，一個準備抵敵。徐氏二兄弟不會武的，廣明和尚去擋劉賊的打手，我便去救佳人，但是劉賊房屋深廣，卻不知他藏在何處？可是有些費事。」正說之間，只聽中間梁上有人說道：「要救錢小姐，必須請我老五去，你們這些法兒都不好。但叫李大哥認我作老五，我便將錢小姐救出來。如若不認，你等再也救不出去的。」李廣聞言，吃了一驚，以為必是狐仙之類，即仰起頭向上望去，那裡見個形影。李廣便拔出寶劍，大怒喝道：「畢竟是妖是鬼，看俺飛劍斬汝，汝敢戲弄俺麼？」那梁上又道：「既不是妖，又不是鬼，李大

❶ 內官：宦官；太監。

哥不要動怒，非區區老五，錢小姐斷救不出。」說著，只聽一聲響，從梁上落下一人，非僧非道，儒雅風流，不過十五六歲模樣。徐氏兄弟一見，只嚇得無處躲藏。李廣大怒，立刻提起寶劍，向那人砍去。那知這一劍，分明是在那人身上，忽然不見那人，但聽庭柱中有人說道：「李大哥何必動怒！我老五實在不是鬼，更不是妖，我卻是東方老祖❷的徒弟，自幼在東山學得五遁三除❸的術藝。今奉老祖之命，特地前來會晤李大哥，搭救錢小姐。我本金陵人氏，姓張名穀，綽號叫半枝梅。尚望大哥認為兄弟之行，我張穀必有以報。」說罷，又現出身形。李廣又驚又喜，只見張穀雙膝跪下，向李廣說道：「多有得罪，務乞寬容！」李廣大喜，當即扶起，又令與徐氏兄弟、廣明等通了名姓，就認他排行第五。於是大家坐下，李廣便問道：「既是五弟說有法去救錢小姐，但不知有何妙法，乞道其詳。」張穀道：「此事甚易，小弟帶有一個乾坤寶袋，不必說錢小姐一人，便有幾百幾千，也裝得下去。小弟但將乾坤袋帶去，將錢小姐裝了回來，不費一刀，不用一劍，也不須與那劉賊廝殺，自能將錢小姐安安穩穩帶了回來。大哥，你看此法好也不好？」那李廣聞言大喜，當即叫人去到後堂，告知錢老夫人。錢家的僕婦，早已知道有此奇異，報了進去。一會子錢夫人出來，李廣便令張穀去見。那知錢夫人一見張穀，已經跪了下去道：「天仙降臨，必然救得小姐，務望施恩，感謝不盡！」張穀趕著將錢夫人扶起，也便回道：「我並非天仙下降，不過聊知法術，奉命下山。但是要救令愛，必至黃昏時分，方可前去。夫人儘管放心，那時包

---

❷ 東方老祖：道教神仙。

❸ 五遁三除：五遁，道教聲稱仙人有五種借物遁形的方術。其法分別是：金遁，木遁，水遁，火遁，土遁。見其物則可隱身。惟土遁最捷，蓋無處無土也。三除，道教法術。

將令愛救回，與夫人團聚便了。」錢夫人又謝了一回，這才進去。當下即命人擺出酒來，與眾英雄暢飲。直至夕陽西下，將近黃昏，方才散席。張毅此時也便要前去劉莊。李廣又囑咐道：「我弟前去，但將錢小姐救回，切不可傷他家人口。要知暗地傷人，非是英雄本分。倘使他果真混賬，必須明正其罪，才是我輩所為。」張毅答應稱是。看看已月上花梢，張毅便告辭眾人，登時不知去向，眾人大異。一會子張毅已至劉宅，隱著身軀，到了銀安殿❹上，只見猜拳行令，燈燭輝煌，正面坐著劉彪，兩旁皆是些教師門客，好不得意。張毅看見那等光景，便要上前一劍揮劉彪為兩段。後又一想：我斬劉彪，如殺螻蟻，原是極易之事，但大丈夫所為，須要光明正大，而且大哥再三叮囑，何可忘背前言，我但救人便了。心中想罷，復縮出來。只見朝西有一迴廊，轉過迴廊，但聽小使家僮，低聲正論劉彪的惡事，這個說道：「你可知道方才搶那女子，已將西樓改作了洞房，今晚就要與他成親。」那個說道：「恐怕不能到手，我方才走那書房門首經過，但聽見裡面有許多嬤嬤❺在那裡勸那女子。可憐那女子不但不受勸，反而敲臺拍桌，鬧個不休，聲稱拼著一死。我見他外面雖然美貌，卻是個九烈三貞。小千歲雖欲硬行，恐怕逼著人家死而後已，他又怎麼能到手呢？而況如此行為，終久必有報應。」張毅聽罷，甚是欽佩錢小姐貞烈。便一直向西而去，轉了兩個彎，但見一座高樓，外面排著一條朱紅欄杆，樓上點得燈燭輝煌，隱隱有啼泣之聲。他便隱身進內，果然見那錢小姐生得千嬌百媚，雖然此刻淚流滿面，慘淡不堪，卻另外更有一種嬌弱不勝，可憐的狀貌。又見一群丫鬟僮僕，也有持鏡匣的，也有捧面水的，也有捧著簇新的衣

❹ 銀安殿：民間俗稱親王府的殿堂。與皇帝的金鑾殿相對。

❺ 嬤嬤：老年女子。

衫，站在旁邊，你一言我一語，都勸著說道：「小姐不要啼哭了，外面小千歲酒席已要散了，一會子就要進來。時候已經不早了，請小姐趕緊梳了妝，換兩件大紅衣服，等著小千歲進來之後，就成了洞房花燭。今日是小姐，明日就居然是一位王妃了！穿著鳳冠霞帔，玉帶圍腰，使婢呼奴，誰敢不奉承，小姐那時豈不榮耀？如果思念老太太，這也不難，便將他老人家接過來一同住，就是小千歲也一定是願從的。小姐趕快些兒罷！不要哭壞了身軀，反自吃苦。」話猶未了，只見錢瓊珠柳眉倒豎，杏眼圓睜，一聲怒喝道：「呸！誰要爾等來勸，爾等皆是助紂為虐，不顧廉恥的東西，快快給我滾開。可知我身可殺而不可辱。」說著，便一把從丫鬟手內奪過一面鏡臺，向地下一擲，只聽得噹啷一聲響，已將鏡臺摔得粉碎。那些丫鬟僕婦，只嚇得如醉如痴。內中有個僕婦換轉面來，飛快下樓一直跑至外面，向劉彪跪倒，口中說道：「僕婦們在樓上再三勸那美女梳妝換服，用些飲食，好等千歲進房。爭奈那女子再勸不醒，直是啼哭不住，不但水米不沾，反將鏡臺擲碎。非是僕婦們不肯盡心，實在那女子勸不轉來，特地稟知千歲求恩定奪。」只見劉彪聽罷，喝一聲道：「爾等實是無用之輩，不說爾等言語無能，反說那美女勸說不醒。天下那有這等痴女子，見著如此洞天福地，反哭不笑的道理？人家初進門，總有些怕羞，爾等如果殷勤相勸，斷沒有勸他不轉的，快滾下去罷！」那僕婦原來是想討好，那裡知道受了一頓辱罵，只得垂頭喪氣走了下去。劉彪也就出了位，匆匆的向西樓走來。走到樓中，但見錢瓊珠鬢鬌❻蓬鬆，淚痕滿面，斜坐在樓上，敲臺拍桌，亂罵不休。劉彪正欲上前殷勤慰問，錢瓊珠早見劉彪進內，立刻抬起身軀，哭了一聲說：「我的親娘呀！你女兒大不該有違閨訓，出門去看龍舟，冶容招災，倒落奸人之手內。此刻

❻ 鬢鬌：鬢，古代婦女的環形髮髻。鬌，指臉旁靠近耳朵的頭髮。此處指頭髮。

是你女兒畢命的時候了。你女兒死後，雖在陰曹地府，也不容這惡賊偷生，定要追去他的性命的。我的親娘呀！你女兒去了，你只當沒有生個薄命的女兒，不要想了罷！」說著，看定迎面粉牆，一頭撞了上去。畢竟錢瓊珠生死如何，且聽下回分解。

第十六回　移花接木小姐無踪　怪狀奇形王妃變相

話說錢瓊珠見劉彪進了房欲行霸道，他便拼著一死，保全自己貞節，即一頭對定白粉牆撞去。此時張穀在暗中看得真切，暗道：「這樣貞烈女子，實是可敬！我此時再不救他，等待何時？」說著，就隱在粉牆上面，見錢瓊珠一頭撞來，趕著展開乾坤袋，向錢瓊珠套下，立刻將他裝入裡面去了。後又想道：「我把錢小姐救了，我何不將他戲耍一回？」四面一看，見有個粗蠢婢女站在那迎面，立刻將他推入羅幃❶，將帳子放下，一面將燈吹熄。那劉彪此時是神魂恍惚，暗道：「我方才見那女子去撞粉牆，怎麼忽然不見？」正在疑惑，忽聽帳鉤一聲響亮，又見燈光全行滅去。他又說道：「是了，這是那女子故作羞態，點著燈不好意思，所以將燈吹滅，他即入羅幃去了。」於是便走上前來，要上床去。張穀復又一想：我將這婢女推入床上，萬一他還是個處女，豈不是救了一個，又叫他死了一個，卻是何必呢？莫若將他老婆推入，任他怎樣的汙辱，再用點法術，叫他老婆變個樣兒，使他嚇一嚇，有何不可？主意已定，一面用了定身法，將劉彪定在那裡，將那婢女復推出來，送他至樓下。然後到劉彪老婆房內，將他老婆推出來，送入羅幃，又對著他老婆念了一遍咒，這才將劉彪解了定身法。那劉彪便各處捉摸，張穀又裝著女子喉嚨，在帳內喊道：「小千歲，奴在此等著，你儘管在那裏捉摸做什麼？快來罷！不要辜負了良

❶羅幃：即羅帷。用絲綢做成的帷帳。

宵！」劉彪聽見帳子裡喊他，真是喜從天降，便走上前來摸住帳門，向裡面說道：「我的心肝美人，我知道你等久了，你且稍等一等，等我脫了衣服，我就來同你共度良宵！但是這漆黑的怎麼好呢？我看還是將燈燭點起來，明明白白的好得多了；好在房裡現在除去你我，沒有一個人在此，還怕什麼羞呢？」只聽帳子裡又道：「我從前見房內許多丫鬟僕婦，怪難為情的，因此將燈滅了。這時兒既沒有人，你就將燈點起來了，讓你明明白白的見著我，也不負你的一片愛慕之心。」劉彪大喜，忙忙的去尋火點燈，此時張穀安排停當，便將錢小姐背在肩後，出了劉宅，直向錢家轉去。再說李廣等張穀去後，大家便望穿了眼睛在那裡等，直等至時已三鼓❷，總不見張穀回來，心中好不疑惑。裡面錢夫人又著丫鬟僕婦出來探問，大家無不盼望！忽見廳中出現一個人來，再一細問，卻是張穀。眾人齊聲問道：「錢小姐現在那裡，可救回來麼？」張穀笑道：「眾兄何太心急，救雖救回，實在費心力。比那紅線盜盒❸，更難十倍！」說著，就將乾坤袋放下，只見一道金光，將大家眼睛射定；忽見金交椅上斜坐著一個女郎，雲鬢蓬鬆，形容瘦頓❹，原來就是錢小姐。大家好不歡喜！立刻飭令錢府家丁，進去通報。錢夫人聞言，更是歡喜無限，大踏步蹌出來，走到廳前，一見女兒斜坐在那邊椅上，形容瘦頓，弱不禁風，不覺聲淚俱

❷ 三鼓：即三更。半夜時分。

❸ 紅線盜盒：唐代傳奇故事。紅線，傳說中唐代女俠。原係潞州節度使薛嵩的青衣，後掌箋表，號內記室。時魏博節度使田承嗣將併潞州。薛嵩日夜憂悶，計無所出。紅線乃夜到魏郡，入田承嗣寢所，盜床頭金盒歸，以示儆戒。薛嵩復寫信給田承嗣，把金盒還給他。田承嗣於是遣使來謝罪，願結姻親。紅線也辭去，不知所終。見唐袁郊甘澤謠紅線。

❹ 瘦頓：即萎頓。疲困；沒有精神。

下，趕著進前，喚了一聲：「我的兒呀！為娘的想得你好苦！」說著，就把錢小姐抱住。錢小姐此時仍然恍惚，忽一聽他母親叫喚，才醒過來，也哭了一聲：「我的親娘呀！你的女兒還是夢中相會，怎麼到了我自己家中呢？」錢夫人道：「我的兒不要疑惑，這正是自己家內。」錢小姐道：「娘呀！女兒記得在劉賊家內，那劉賊才走進房門，女兒便向粉牆上撞去拼著一死，不知怎的恍恍惚惚就回來了。這究是什麼緣故？難道是被風颳回家麼？」錢夫人道：「兒呀！你卻不是被風颳來，卻是遇著個神仙將你救回的。」廣明聽了半回，再也忍不住不說了。遂搶著說道：「呀！錢小姐，你卻不是被風颳來，卻是被個賊將你裝在袋內盜回來的。」李廣聽說，忙著喝道：「匹夫何太無禮，人家母女正在傷情，你偏要說這些鬼話，還不住嘴麼？」廣明被喝，只得忍住話不敢開口。李廣就向錢夫人道：「小姐今已回來，夫人可將小姐帶進裡面，讓他歇息歇息，定定神去罷。我們在此打擾，就此也要告別回寓了。」錢小姐此時已經明白，凝眸一顧，果是廳上坐著眾英雄，卻不知是那一位到劉家去救他回來的。正要動問，恰好錢夫人叫他去謝張穀，小姐這才曉得。未曾上前拜謝，先行偷眼一瞧，果見他俊俏風流，煞是可羨可敬！當下即立定身軀，遠遠的拜了下去。張穀一旁回禮已畢。錢夫人又叫拜謝眾人，李廣等再三攔阻，錢夫人只得自己拜了下去，慌得李廣等回禮不迭。錢夫人拜謝已畢，當命侍女將小姐扶進後堂。大家也就相辭回寓，早有錢府的家人，執燈相送。李廣忽然又停住腳步，命錢府家丁，請錢夫人出來說話。家丁領命進去，夫人出來道：「公子爺有何吩咐？」李廣道：「方才細想令愛雖已救回，此間萬不能住了。將來那個惡賊，未必訪不出來，倘若知道，定有一番糾纏。某意寒舍雖不寬大，但是夫人母女尚可安身，而況寒舍除家母一人，並無閑雜人等。不若請夫人同著小姐，一齊搬往杭州寒舍住下，暫避那惡賊的兇暴，隨後再作商量。某係直言，萬望夫人切不可推辭，又不可謙讓。不然某等行踪無定，何能在此保護？尚望夫人三思！」錢夫人聽了這話，心中雖是感激，卻又有些疑惑，只得半推半說，謙讓了一回。李廣知道他的用意，說道：「夫人不可疑惑，某等明日就要渡江去往揚州。尚有些小事，當留下一個老僕，再寫一封書信，稟知家母，就叫老僕送夫人、小姐到杭，沿途自有照應，夫人盡可放心。」錢夫人聽了這話，才算解了疑惑，當即答應。又千謝萬謝了一回。李廣這才告別回寓。到了寓所，將以上各節，告訴了老僕李忠。那李忠道：「少爺這件事，卻是有始有終。救人須要到底，老僕明日就過去，幫他料理清楚，趕緊動身，以免再費唇舌。沿路照應，老僕自當格外小心，少爺倒不要煩得。但是少爺到了揚州，須常常寫信回去，叫老夫人好放心。錢夫人、小姐一到杭州，老僕也有信來稟知一切。少爺的事辦畢之後，即可早早回杭，免得老夫人在家盼望。」李廣點首道：「是。」當下李忠退出，大家就也安歇。過了兩日，李廣諸人等錢夫人動了身，才渡江到揚。錢夫人到了杭州，自有李夫人款待，不必細表。再說劉彪聽見帳子裡面有人喚他去睡，他又尋了火種去點燈，一霎時將燈點好，照得房內四壁皆明。他便卸去衣服，一面去掀帳子，一面口中說道：「我的美人心肝，我來同你共度良宵！」說著，將帳門掀開，只見迎面坐著一個披頭散髮的婦人，漆黑的一副面孔，圓睜著兩隻怪眼，只望他招手。那種怪形奇狀，便如母夜叉❺相似，好不可怕！劉彪看此形狀，便大喊一聲：「有鬼！」即刻魂飛魄散，跌倒塵埃。這一聲叫，已驚動了房外的僕婦丫鬟，趕著推開房門，一齊入內觀看。只見劉彪倒在地上，口裡流出白沫，

❺ 母夜叉：比喻兇悍的婦女。夜叉，佛經中一種形象醜惡的鬼，勇健暴惡，能食人，後受佛之教化而成為護法之神，列為天龍八部眾之一。

已是嚇昏過去。再望帳子裡一看，見那個披頭散髮的婦人還坐在那裡，那些丫鬟僕婦沒有一個敢上前去。遂一齊跑到外面，喊了兩個有膽的家丁進來，先將劉彪扶坐起來，又煮了些薑湯灌下，慢慢的才蘇醒來。然後那兩個有膽的家丁，帶著僕婦，走近床沿前，拖那個奇形怪狀的婦人。眾僕婦仗著膽，才要上前去拖，只見那婦人一聲大喝道：「該死的奴才，爾等擅自闖入裡面作什麼來？快說明白，誰的主使？」眾家丁僕婦只聽那婦女聲音，不是旁人，而是王妃，一個個更加嚇得魂飛魄散。畢竟後事如何，且聽下回分解。

第十七回　玉面虎熱鬧招英館　武潘安幸遇美郎君

話說劉彪嚇倒在地，經家丁僕婦將他灌醒過來，便去拖那床上的婦人。只聽那婦人一聲大喝，聽他聲音，不是旁人，正是劉彪原配王氏夫人。家丁僕婦，更加嚇得魂飛魄散，走頭無路。此時劉彪已明白過來，也就上前問道：「你究竟是何人？為何弄得如此模樣？」王氏亦答道：「妾身如何在此？」劉彪再近前一看，實係自家妻子，並非方才所見的那種怪狀奇形。劉彪自覺慚愧，只得將以上情形，就說了一遍。王氏忿恨不已。當下劉彪也是無可如何，只得勉強留著王氏在此歇下。那夜王氏就哭諫了一夜，勸他痛改前非；怎奈劉彪本性難移，依然是怙惡不悛。這也不必細表。再說李廣等五人到了揚州，先在客棧住下，當即叫人喊了兩個房產官牙❶來，叫他覓一所寬大的房屋，亭臺園榭，都要齊全。官牙答應了，過了兩日，房牙來說天寧門內彌陀庵，有一所前後五進，外有花園，大門在彩衣巷，是個極熱鬧的處所，地面整齊，房屋很高大，花園雅致。李廣聽說，便同著房牙❷前去觀看。但見臨街一座磨磚雕花門牆，一對栐榔❸紋石鼓，兩扇黑漆的大門，內裡裝著八尺長白粉油漆屏六扇。走進屏門，左右三開間，

❶官牙：舊時經官府指派的牙商。即官府指定的仲介。

❷房牙：房屋買賣仲介人。

❸栐榔：即檳榔。棕櫚科。常綠喬木。羽狀複葉，產於熱帶。果長橢圓形，橙紅色。可供食用，亦可藥用。

兩處門旁，當中一方青石板砌就的院落。迎面又是一座磨磚雕花門牆，進入裡面，便是一順五間楠木大廳，搭著一道捲棚❹。廳後一帶冰梅六曲屏風，又是一方青石砌就的院落。轉過屏風，迎面便是二廳，也是一順五間，極其寬敞。二廳以後，一直到底，都是五開間，四面串樓❺，三進住宅。二廳東壁，開了個磨磚砌就的六角門，那邊就是花園。穿過角門，一條鵝卵石疊成卍字回文的曲徑，兩旁皆列著卍字紅欄。穿過石徑，但見蒼松翠竹，綠沉沉一帶碧蔭，中夾玲瓏石❻堆就的小山。西山有一方池，池中有座小橋，下面碧水漣漪，養了許多金魚，在那蓮葉東西❼往來游戲。走過小橋，一順五開間，周身楠木雕花的桂花廳，四面種有百十棵桂樹。桂花廳西角，便是一座六角亭，亭下栽了幾枝芭蕉，數株垂柳。轉過六角亭，有一道短短圍牆，中間開了個小門，門頭上橫著一方小額，上寫著「曲徑通幽」四字。進入小門，便是萬岫❽堆青，千峰疊翠，皆是玲瓏石堆就的假山，曲折迴環，頗為幽僻。中間又有一條曲徑，在北首開了一條梅花式門牆，上面也有三個字的匾額，卻是「梅花嶺」。四圍種著四百株紅綠梅花，嶺上有一座小小花廳，皆是玻璃嵌就的格窗。李廣細看畢，頗為合意。當時即講明價錢，共是一萬二千兩紋銀，李廣即付交定銀。次日即行立了賣契，當時賣主、房牙畫押已畢，李廣便將房價兌清。又雇了

❹ 捲棚：即捲棚頂。中國傳統建築雙坡屋頂形式之一。特點是兩坡相交處成弧形的曲面，無明顯屋脊。

❺ 串樓：院落內的房屋由樓道相通，稱串樓。

❻ 玲瓏石：明澈清透的石頭。

❼ 蓮葉東西：語出漢代古詩江南。全文為：「江南可采蓮，蓮葉何田田，魚戲蓮葉間。魚戲蓮葉東，魚戲蓮葉西，魚戲蓮葉南，魚戲蓮葉北。」

❽ 岫：峰巒。

幾個粗人充當園丁，進去打掃收拾好。約有十日，李廣等便將行李搬進，安然住下。又命人買了許多桌椅條臺，古玩書畫，安置各處。又做了一塊黑漆大匾額，上寫著「招英館」三個大金字，橫在大門上面。兩旁掛著一副對聯，上首是「願天下英雄到此飛觴醉月」，下首是「舉人間豪傑來茲把袂論交」。又雇了許多有名的庖人⑨，及照應周到的堂倌酒保，就託廣明管事，擇日開張。到了開張這日，掛燈結彩，甚為熱鬧。那些來吃酒的人，真個是座上客常滿，樽中酒不空！生意又極其興旺，李廣甚為得意。正是樂極生悲！忽見有個書僮，前來將洪錦殺死人命，打下死牢，後來有登雲山強寇反監劫獄，救出洪錦，殺傷官兵不知其數的話告知李廣。李廣聞言，大驚失色，不免由此煩悶起來，眾弟兄也不好相勸。光陰迅速，又是七月初旬，這日午後，徐氏兄弟、張穀、廣明等，約李廣去遊平山⑩，賞覽風景。又聽得各處宣傳，史錦屏奉旨揚州擺擂，就在平山堂⑪下擺設擂臺。借此替李廣解悶，李廣也就答應，一同出城，到了那裡。但見擂臺尚未竣工，許多泥木工人，在那裡頗為忙碌。李廣等看了一會，便步上平山，各處遊玩。正走到桂花廳上，猛然見廳內坐著一個美貌郎君，年約十七八歲，頭戴一頂洒翠色金白銀抹額，身穿湖色杭羅⑫長袍，嬌滴滴的水綠絲縧。腰間佩著一方龍泉寶劍，腳踏粉底烏靴，兩道柳眉，一雙杏

⑨ 庖人：廚師。

⑩ 平山：揚州市西北風景遊覽區。

⑪ 平山堂：在江蘇省揚州市西北蜀崗法淨寺（古大明寺遺址）內。北宋慶曆年間郡守歐陽脩修建，清康熙時重修，與寺內六一祠、天下第五泉、平遠樓等同為著名遊覽地。

⑫ 杭羅：杭州產的一種絲織物。以合股絲織成。質地較薄，手感滑爽。花紋美觀雅致，兼又透氣。

眼，真正嬌姿欲滴，說什麼顧曲周郎，媚態難描，不亞似悲秋宋玉。李廣凝眸觀看，已不覺魄蕩魂搖。心中暗道：「天下那有這樣美的男子，徐家二弟生得十分嫵媚，這個人還比他嫵媚萬分！」正在凝神，廣明在旁看見他那種模樣，便帶笑喊道：「李大哥為何這樣出神！敢是有什麼設想？」李廣被廣明一句話，這才驚悟過來。正欲轉身向旁處走去，忽見那美郎君立起身來，走至面前，深深一揖道：「君家莫非就是杭州賽孟嘗李大哥麼？」李廣聞言，趕著回了一揖，答道：「小弟賤名，吾兄何由得知？但不知足下尊姓大名，居住何處？」那美郎君說道：「小弟姓楚名雲，表字犟玉，江寧人氏，綽號武潘安⑬。因久仰吾兄大名，賤性又極好廣交天下豪傑。爭奈家慈⑭管束太緊，等閑不許外遊。今因鎮江大鬧龍舟，好容易求了家慈，借看龍舟為名，滿擬便道奉訪，那裡知道走至棲霞⑮，忽染小病。及至病愈，到了鎮江，已過龍舟勝會。小弟即擬買舟南下，幸遇逆旅⑯主人，說及吾兄已往揚州，小弟便追踪而至。又聞史錦屏奉旨揚州擺擂，在平山堂下建造擂臺。小弟今日無事閑遊，半為遊覽平山，半為探訪足下。以為吾兄一代豪傑，聞此名勝，必定常臨。又兼擺設擂臺，吾兄亦當常常惠玉趾。方才吾兄走進，英敏氣概便自不同，小弟就有些疑惑。繼聞此位大和尚呼喚，小弟因思再無別人了。因此斗膽上前謬認知己，實在

⑬ 潘安：即潘岳。西晉文學家。字安仁，滎陽中牟（今河南省中部）人。官至給事黃門侍郎。諂事權貴賈謐，後為趙王（司馬倫）及孫秀所殺。以美貌著稱。

⑭ 家慈：家母。

⑮ 棲霞：即棲霞山。一稱攝山。在江蘇省南京市東北約二十公里。多楓樹。有棲霞寺、千佛巖、舍利塔等名勝古跡。

⑯ 逆旅：客舍。逆，迎；迎止賓客之處。猶後來的旅館。

冒昧之至，尚乞寬容！雖然如此，小弟一片至誠，才得有此幸遇，也算是三生有約的。」李廣正欲答言，忽聽徐文亮一聲答道：「好一個三生有約呀！」楚雲聽了這句話，不覺兩頰漲紅，羞態不已。看官，你道這是為何呢？原來楚雲並非姓楚，他本姓姓雲，祖籍淮安⑰，小字顰娘。他父親單名一個政字，是個翰林學士，已經去世。母親范氏，就是當時范丞相其鸞的胞妹，還有個胞兄名叫璧人，生得也與他一樣。只因他方十歲，由乳母帶出門玩耍，奶公⑱見他身上裝束齊整，就要騙他的物件，苦於無從下手。恰好乳母向鄰家閑話，把他交給奶公，那知奶公就將他身上所有的穿戴金銀物件全行取下，將他抛入河中。回來告知乳母，說是被人拐去，乳母也無法，只得回去稟知主母。雲夫人當即飭人四處尋找，毫無踪跡。他卻並未身死，自奶公將他抛入河中，好似有人輕輕托出，耳畔還說他終身應配孟嘗君。正在昏迷之間，卻遇見一隻大號的官船，將他救起。那官船上的主人，卻是江寧⑲人氏，姓楚，久官思歸，卻又膝下無兒，雖有兩位如君⑳，總不生育，便抱了一個養子作為親生。那裡知道那養子一病身亡，正在悲慟之際，忽然救了一個小孩，已是歡喜無限。又因他一位極得寵的女姬，要瞞著老頭兒將無作有，說是救起來的是個極體面的男孩。這位楚老先生就也千信萬信，從此便當作他是個兒子。及至回到江寧，那位女姬又給他買了個女婢，叫做伴蘭，也是男孩裝束。還請了個教讀先生，教他們書史。楚家雖有人知道，只因

⑰ 淮安：今江蘇省淮安市。
⑱ 奶公：即乳母的丈夫。
⑲ 江寧：今江蘇省南京市。
⑳ 如君：小妾。

事關重大，不敢聲張。這一日顰娘偶至花園閑遊，忽來一位蓬萊仙姑，教了許多武藝。還說他日後官居極品，母女定然重逢。又吩咐他終身定然配與人中之虎，他因此緊記在心。後來聞說杭州李廣綽號玉面虎，又叫賽孟嘗，他想起前言，便時刻想要去探訪，爭奈未得其便。今日忽然幸遇，豈有不樂之理？因此無意中說出一句三生有約的話來。不料徐文亮復說了一遍，觸動了他的心事，遂害起羞來。畢竟楚雲以後如何，且看下回分解。

第十八回　武潘安謔戲莽和尚　煙葫蘆預定母夜叉

話說李廣在平山堂巧遇楚雲，彼此欣慕，自不必說，惟有楚雲心下暗喜。當下李廣即邀同楚雲一路前往招英館安住。楚雲也便欣然帶了小使伴蘭，先與李廣等一齊先到招英館，然後再各回寓，撮好行李。當日即大排筵宴，真個是美盡東南。酒酣之際，李廣見楚雲粉面微酡，紅潮暈頰，不覺神搖魄蕩，止不住注目凝神。楚雲本不勝酒力，今日偶逢興會，又值意中人，心事一齊並集，也不覺興致勃然。只見臉暈紅霞，眼含秋水，大有楊太真❶在沉香亭夜宴❷的光景。也就兩隻眼睛不住的向李廣溜去，兩個人你盼我顧，皆弄得情不自持。座中卻疑了廣明、張穀、徐氏兄弟諸人，於是齊聲笑道：「今日大哥可謂酒逢知己千杯少，你看他只戀住意中人面目，我們皆變成置若罔聞了。」李廣、楚雲被他們一說，才覺有些害臊起來。還是李廣首先說道：「諸位賢弟，那得口出亂言？要知知己難逢，盛筵不再，古人皆是如

---

❶ 楊太真：即楊貴妃。唐蒲州永樂（今山西永濟）人。名玉環。曉音律。初為玄宗子壽王瑁妃。後入宮得玄宗寵愛，封為貴妃。天寶十四年（西元七五五年）安祿山叛亂。她被縊死在馬嵬驛。

❷ 沉香亭夜宴：沉香亭，唐時宮中亭名。唐玄宗曾在此夜宴。宋樂史楊太真外傳：「開元中，禁中種芍藥，即今之牡丹也。得數本紅紫淺紅通白者，上因移植於興慶池東，沉香亭前……上曰：『賞名花，封妃子，焉用舊樂詞為？』遂命李龜年持金花箋，宣賜翰林李白立進清平調辭三章。」

此。而況我當日初遇賢弟時候，又何嘗不是今日的光景呢？」徐文亮道：「大哥你不要說『知己難逢』這兩句話，小弟卻要給你改了兩句：『知己易逢，美人難得。』楚雲之美，也可謂絕世無雙了，大哥何得假『知己難逢，盛筵不再』這兩句話搪塞。」此時楚雲已被他們說得面紅過耳，羞不可言。正要發揮眾人，只見廣明說道：「徐二弟，你這句話卻說得不好，俺不怪大哥別事，只得大哥見識不好。一見人家武裝紮束，不管人家果有本領，他就羨慕不已。論楚雲的貌自是風流俊俏，迥異你我；若論武藝，恐怕他這嬌小身軀，未必能持長槍大戟。」楚雲聽罷，便說道：「哥哥，想楚雲年幼力薄，知識毫無，從今以後，還望諸位仁兄指教才好。」說著，便走到廣明旁邊，笑容滿面，伸出玉手，輕輕的將一個莽頭陀提至半空，說了一聲「尚望指教」，復將廣明在空中一轉。廣明用力欲想掙脫，再掙不開，只嚇得魄散魂消，大聲喊道：「這可不是耍的，快放了俺罷。」座上的人，且驚且笑，同聲說道：「這可不怪楚雲冒昧，只怪你目下無人，自討其辱。試問你以後再語言粗鹵麼？」廣明趕著說道：「俺知罪，從今以後，再不敢語言粗鹵，只學文炳賢弟那種文縐縐的樣子便了。你可快放俺下來罷！」眾人大笑不止。楚雲當下也就將他放下，復嬌滴滴的說了一聲：「得罪。」把這廣明氣得如醉如痴，坐在旁邊，一言不發。李廣見廣明受了這番挫辱，恐他面子上下不來，只得用別話遮掩過去。於是大家復又暢飲起來。李廣見楚雲具此武藝，同他談論些兵機，只見楚雲將那孫武子❸兵書及六韜❹三略❺，一件件說了出來，真個是

---

❸ 孫武子：即孫武。春秋時兵家。字長卿，齊國人。曾以兵法十三篇見吳王闔閭，被任為將，率吳軍攻破楚國。著作有孫子兵法，為中國最早、最傑出的兵書。

❹ 六韜：中國古代兵書。傳為周代呂望（姜太公）作。後人研究，有人認為是戰國時作品。現存六卷，即文韜、

口若懸河，溪流不絕。復又講論些品竹彈絲，書畫琴棋，把徐氏兄弟直聽得樂不可耐，手舞足蹈，狂跳起來。李廣是更加佩服，更加羡慕。直飲到月上花梢，方各罷席。李廣進了房，暗將那手卷拿出來掀開一看，只見張穀已現出身形，毫無差錯。下面又立著一人，卻是楚雲，月媚花嬌，身材無二，惟有上身皆是武藝打扮，腰間卻繫著一條湖色羅裙，一對金蓮半隱半現。李廣看畢，實在詫異。因暗想道：「我看他那種嬌媚，實係女子情形，斷無男子有如此嫵媚得動人之態。若果真是個英雄女子，我李廣不知可有此福分，能消受這美人麼？」英雄獨自狐疑，心神俱醉。復又想道：「我李廣如何這等痴想，天下男子比女子美貌的，不知凡幾，就便他下繫羅裙，或亦別有用意，何可妄測天機？」便按定心神，收了手卷，這才去睡。次日大家起來，依然暢飲。恰好招英館的生意又極其茂盛，所有賬目等事，皆歸廣明、張穀兩人承管，倒也毫無舛錯。李廣由此終日皆同著楚雲、徐氏兄弟，不是品竹彈絲，便是飲酒圍棋，再不然與楚雲講論兵法，實在頗不寂寞。按下不表。

再說煙葫蘆胡逵，自從杭州回去山西，已有數月。這日聞得史錦屏奉旨在揚州擺擂，招集天下英雄，他便技癢起來，打了包袱，拿了板斧，帶了些盤川，直奔揚州而去。曉行夜宿，不止一日。這日到了徐州❻地界一座山岡，名喚甘家寨，山上有兩個強盜，一男一女，卻是兄妹二人。寨主淨山鬼甘寧，有萬夫不當之勇；乃妹叫做十二姑，綽號叫做母夜叉，也是渾身武藝。他家先代做過武官，因為奸臣所害，

武韜、龍韜、虎韜、豹韜、犬韜。

❺ 三略：一名黃石公三略。中國古代兵書。傳為漢初黃石公作。全書分為上略、中略、下略三卷。

❻ 徐州：今江蘇省徐州市。

因此占了這座山寨，奉母到山，在此落草，專劫奪貪官汙吏的財物。寨中聚集有二三百小嘍囉，每日在山下巡緝。忽見胡逵走至山下，那些小嘍囉便跑下山去搶奪胡逵物件。被胡逵殺了一陣，嘍兵大敗而回，報與寨主知曉。十二姑一聽便大怒起來，喝道：「孩子們引路，等姑娘下山，要那廝的狗命。」說著手提鋼叉便下山去。到了岡子口，只見胡逵在那裡跳罵，十二姑一聲大喝道：「山下那廝聽著，快留下買路錢來，若有半字不肯，你可認得姑娘母夜叉麼？」胡逵聞聲抬頭一看，只見他滿蓬蓬一頭黃髮，瓜皮臉兩道掃帚眉，一雙大紅鑲邊銅鈴眼，大鼻孔朝天，闊口厚嘴唇，生成了滿口黃牙，實在名實相符。身穿一件大紅繡花衫的戰襖，手持著一股雪白鑌鐵點鋼叉。胡逵看罷，十分大笑，喝道：「何物醜鬼，你敢與爺爺比試麼？俺看你生得雖醜，究竟是個女兒家，不如快快回山，免得在爺爺前出醜！」十二姑大怒，只氣得他瓜皮臉上泛了一層朱砂顏色，復喝一聲：「大膽的肥羊❼，敢藐視姑娘麼？」說著，大踏步兒跳下岡，手舉鋼叉，迎面就向胡逵即刺。胡逵即取雙斧相迎。二人一來一往，約鬥了十數個回合，不分勝負。正在酣戰之際，忽聽甘寧在山岡上面大聲喊道：「山下英雄，且請住手，俺有話講。」胡逵一聽，便停住了雙斧。十二姑也停住了叉。此時甘寧已飛至岡下，便望著胡逵說道：「多多冒昧，萬望寬恕！」胡逵也就答應，彼此通名報姓。就由甘寧邀請上山飲酒，胡逵也不推卻，就與甘寧同入大寨。當即擺酒對飲，酒至半酣，只見走出一個老婦，向甘寧說道：「你妹子年紀不小了，又生得那種醜相。我看廳上那個人，倒也生得與你妹子一樣，又聽得你妹子說道本領甚好。為娘的意思，要把他招作女婿，我既了一件心事，你妹子也可終身有靠了。不知你意下如何？」甘寧道：「好是甚好，但不知妹子肯嫁

❼ 肥羊：古時強盜土匪稱有油水的旅客為肥羊。

他否？」他母親道：「只要那姓胡的答應，你妹子有什麼不肯呢？」甘寧出來便將這事與胡達說道：「若仁兄不嫌舍妹貌陋，願令他親執箕帚❽。」胡達笑道：「既蒙見愛，敢不允從！但是小弟的面龐，也與令妹一樣，不知令妹尚可將就麼？」甘寧道：「如蒙見允，請以一言為定便了。」於是就請甘夫人出來相見，認了岳母，當晚又重整筵宴，盡歡而散。次日便論起揚州擺擂一事，要約甘寧同行。甘寧亦欣然願去，當下就收拾包裹，辭別夫人，一齊下山，甘夫人又囑咐一番，叫兒子、女婿等擂臺已畢，即須早回山。胡達、甘寧唯唯答應，背了包裹下山，二人甚為喜悅。到了山下，見遠遠的有一人迎了上來。欲知此是何人，且看下回分解。

❽ 執箕帚：做洒掃一類的事情。指做妻妾之意。

第十九回　胡逵大鬧招英館　錦屏擺擂平山堂

話說胡逵、甘寧下得山來，迎面見來了一人，胡逵便大笑迎去，口中說道：「多年的好朋友，難得在此相會，真是奇遇！」只見那人聽見胡逵聲音，也就趕著走過來，與胡逵執手道故，親熱非常。胡逵又叫他與甘寧見過禮，大家歡喜無限。你道這人是誰？原來這人姓鄭名喚九州，綽號九條龍，是胡逵的同學好友，也聽見說是揚州擺擂，要去顯顯武藝，不期巧遇胡逵。於是甘寧又將他邀到山上，盤桓了一月，這才三人一同前去。在路上不止一日行程，這日到了揚州，出了東門，一直過去，恰好走至招英館門首。他三人看見是個大酒館，便走至裡面，只見鬧哄哄的滿堂賓客，堂倌酒保忙個不了，三人便揀了張座頭坐下。胡逵首先呼喚酒保擺酒，喊了半會，只聽有人答應，並不見有什麼酒菜擺上來。胡逵不覺大怒，將桌子一拍，大聲喝道：「你這酒保，何太欺人！俺喚了半會，終不見有什麼菜一壺酒拿來，人家在那裡大嚼大喝，我在這裡空坐，你等欺外鄉人也不是這等混賬。」說著便一手將一只桌子翻了下去。那些酒保吃了一驚，趕著上前說道：「客人不要動怒，非是我們有意欺人，實在生意太好，忙不開了。招呼不到，還望客人將就些才好。」胡逵一聽更覺大怒，不由無明火起，大罵一聲：「放你娘的狗屁，好雜種，你分明欺俺是外鄉人，說什麼招呼不到？」一面說，一面舉起手來，向著酒保一掌打去，那酒保站立不住，跌倒下來。此時廣明正在櫃頭裡面收管賬目，一抬頭見酒保被黑漢打倒在地，他便大喊一聲：「好大膽的匹夫，敢在此撒野！」說著，將手在櫃上一按，身子一聳，平空出來，舉拳頭直向胡逵打去。胡逵便說一聲：「來得好！」兩個莽夫登時就交起手來。張穀立在一邊只是好笑。那些滿堂的酒客，只嚇得躲的躲，跑的跑。那廳堂上面，只見桌凳如飛，椅臺亂倒，只打得乒乒乓乓一片聲響。早有人報到後面。此時李廣等正在那裡閑談，忽見有人來報，楚雲登時大怒道：「何物狂奴，敢在此撒野！」說著，便整了整衣服，即時與李廣同走出來。二人走到外廳，李廣一見，哈哈大笑道：「原來是他！」趕著不住的搖手喊道：「你們不可如此莽撞。」那胡逵、廣明也齊道：「大哥幫我。」楚雲見此早明白了。只見李廣搶步上前，將胡逵一把扯住，說道：「吾弟為何到此？」胡逵便將來由說了一遍，李廣大喜。胡逵又叫鄭九州、甘寧一齊過來相見。李廣也就叫廣明、張穀同至後面，一齊暢飲。大家答應，彼此又各通姓名，互相見禮已畢，這才到花園裡，大家痛飲。因此胡逵、廣明真個是打出來的交情，比旁人更加親密。話不煩絮。這日已是初十，離打擂的日期只隔五日，早有探馬飛報進城，說臺主史郡主的船已到碼頭，府縣各官皆紛紛出城迎接。揚州城內無論大小街巷，皆知道八月十五日開擂。招英館的眾英雄，得這個確信，個個摩拳擦掌，好不歡喜。當時楚雲便對大家說道：「諸位仁兄賢弟，等到那日，且看我將那錦屏打下擂臺，叫他在廣眾之中，先出一出醜，他才不敢小覷天下英雄了。」李廣便道：「不可，錦屏雖屬奸臣之女，為人卻與他老子大不相同，而況奉旨而來，係屬大公之事。吾與你預先約定，不必輕上擂臺。」楚雲笑道：「吾兄言之差矣！小弟不為此而來，難道是看那臺下光景麼？況且小弟未必就能勝他，吾兄何必先定了這個憐香惜玉的深情！」李廣道：「賢弟有所不知，吾叫賢弟不必上臺，還是為著賢弟，萬一上了臺，被他打下，這賢弟英名從此丟盡了。不若不上臺去，正所謂欲蓋彌彰，賢弟以為何如？」楚雲聽說，深為佩服。這日中秋已屆，大家一早起來，一個個紮束停當，用了早膳，一齊出城，直向平山堂去。一會子已到，但見那擂臺高聳雲霄，四面圍著亞字欄杆，上面滿掛燈彩，臺中列著一扇屏風，左右皆有門出入，當中設有一張海梅擱几❶，上列著白玉花瓶，大理石插瓶，瓶內插一束金桂。兩旁掛衣架，中間一排花梨❷交椅❸，裡面還有三間更衣房。也算結構得頗為雅致。臺口上面橫著一塊金字匾額，上寫著「廣攬英雄」四個大字，兩旁掛一副對聯，上聯是「威可南山除虎豹」，下聯是「勇能北海捉蛟龍」。擂臺四面皆有兵丁保護。那些做買賣的也是亂哄哄的齊集在此，更有數十處茶棚，專為遊人歇腳之所，實在非常鬧熱。李廣等正在各處觀看，忽聽鑼鼓響處，人語喧嘩，皆道郡主來了。大家舉瞥眼一看，只見一排執事，分列兩排，府縣在前引路，史錦屏身騎駿馬，兩旁簇擁著四個丫鬟。大家舉目齊看，但見他頭戴紫金冠，斜插著兩支雉尾，粉額朱顴，柳眉杏眼，櫻桃口，雪白銀牙，耳掛一對八寶珠環，低垂肩下。身穿大紅湖縐平金疊翠罩袍，內襯楊妃色湖縐繡花密扣緊身短襖，緊束著一條淡黃結線排緣，低垂在襠下。腰下佩一口鴛鴦寶劍，下穿一條品藍素緞平金百褶裙，內襯著湖色縐紗洒花紮腳褲，窄窄的一對金蓮❹，恰恰只有三寸，腳尖兒微踏葵花寶鐙。白馬雕鞍，金轡勒、紫絨絲韁，坐在

❶ 擱几：即條几。長條形的桌子，用以擱置物件。

❷ 花梨：即花櫚木。質堅，紋理細密。是一種名貴木材。宋晁補之七述：「木則花梨美樅，梲柏香檀，陽平陰秘，外澤中堅。」

❸ 交椅：即古代的胡床，也叫「交床」。一種可以摺疊的輕便坐具。世說新語自新：「(戴)淵在岸上，據胡床指麾左右，皆得其宜。」

❹ 金蓮：指舊時女子纏過的小腳。南史齊東昏侯記：「鑿金為蓮華以帖地，令潘妃行其上，曰：『此步步生蓮

馬上，真個是萬種風流，千方媚態，說不盡那種光景。當下眾人看罷，倒也不曾留意，惟有那徐文亮一見，不覺魂消，真個是呆若木雞。心中暗想：可惜為奸相之女，雖不能與他良緣匹配，也可與他在擂臺上比一比高低，就可微親芳澤。今日相逢，恨當年未曾習武，不然關雎❺能詠，成就了宜室宜家❻，不是一件極美的美事？復又想道：「只恨我徐文亮一見面，只是漠不相關，總成個爾為爾，我為我。」一個人在那裡注目凝神，萬轉千回的亂想。楚雲一旁看見，便轉回身拉著李廣，輕輕說道：「你看徐家二弟，已是要痴了模樣，在那裡瞧著錦屏，只管的凝神注目，敢是要著魔了。」李廣聽說，即掉轉臉來一看，果然不錯，便笑喚道：「二弟你呆看什麼？」連喚了數聲，徐文亮還是出神，並不聽見。李廣復走上前，將他肩頭一拍道：「二弟！你究竟在這裡呆看什麼？連喊你幾聲，你終不答我一句，可不是要著了魔呀！」文亮此時好似從夢中驚醒，只羞得滿面通紅，一言不發，低著頭在那裡整理衣襟。李廣與楚雲看他這樣，也煞是好笑，正要喚他到茶棚裡去坐，只見臺下遊人紛紛讓開，府縣首先下轎，接著四個丫鬟一齊下馬，分列兩旁，在臺下站定。然後錦屏的馬也到，當即下了馬，有家丁牽去。只見他聳身軀上了擂臺，接著四個丫鬟一齊上臺，分列兩旁。府縣由著扶梯步上耳臺坐下。史錦屏在臺上略坐片刻，

❺ 關雎：詩周南篇名，為詩經全書首篇。也是十五國風的第一篇。現代研究者或以為是寫上層社會男女戀愛的作品。

❻ 宜室宜家：語出詩周南桃夭：「桃之夭夭，灼灼其華。之子于歸，宜其室家。」宋代朱熹詩集傳：「宜者，和順之意。室者，夫婦所居；家，謂一門之內。」後因以比喻家庭和順，夫婦和睦。

華也。』」後因稱。

吃了一杯茶，便去更衣。一會子出來，身上的外罩已經脫去，又把頭上雉尾冠卸下，卻紮著一條玉色羅巾，兩旁打了個鴛鴦結，鬢邊斜插著一朵妃色絨花，八幅湘妃裙倒扎在腰下，硬錚錚兩隻金蓮，大紅繡花鞋，緊縛著一雙蔥綠緞屜兜跟帶。轉移蓮步，慢擺柳腰，走到臺前，朱唇一啟，嬌滴滴一聲說道：「奴家史錦屏，奉旨到揚擺擂，要挑選天下出色英雄去佐聖上。如有精通拳棒、武藝超群者，可請上臺來與奴家比試。」史錦屏話才說完，只聽臺下接應一聲：「俺來也。」一個箭步躍上臺去。畢竟此人是誰，可打得過錦屏郡主否，且看下回分解。

第二十回　史錦屏獨敗眾英雄　俏張郎巧戲嬌郡主

話說錦屏向臺下招呼才畢，只聽一人應聲而至，說道：「俺來也。」一聳身軀，跳至臺上。大家舉頭相看，是一個粗莽頭陀。李廣一見跌足不已，恨恨說道：「這個粗莽匹夫，件件都是他出人頭地，也不管事情輕重，他便要走在人前。」正在暗恨，只聽見臺上嬌聲喚道：「來者可通下名來！」李廣向臺上觀看，只見廣明兩眼圓睜，大聲喝道：「你這女子有何武藝，膽敢口出大言，藐視天下豪傑，爾可知蓋世英雄洒家廣明麼？」史錦屏見廣明口出狂言，也不生嗔，便抬起玉手向廣明打去。廣明即刻招架，史錦屏收回一拳，廣明搶進一步，史錦屏一退身軀，向東邊一轉，趁著廣明尚未轉身，飛起金蓮，向廣明當胸一挑，道一聲「著！」廣明躲讓不及，早被錦屏一隻腳將廣明挑入半空，登時跌下臺來，只跌得頭破血出。臺下眾人齊聲喝彩，李廣恨恨不已。嘈嚷之聲未絕，只見胡逵無明火起，大喝一聲，跳上擂臺，並不通名，舉拳便打。史錦屏一見，哈哈大笑，說一聲：「該死匹夫，前者俺郡主看東鄰李公子面上，將爾放出，爾不知自羞，還敢前來與我比試嗎？」說著，也飛起拳頭向胡逵打去。兩個人相鬥不到三合，只見史錦屏故意望後一退，胡逵急搶上前，史錦屏復向旁邊一閃，胡逵用力過猛，望前只一傾，那兩隻腳便立不穩。李廣看見，說聲「不好！」話猶未畢，只見史錦屏毫不介意，趁不穩的時候，便飛起一腿，將胡逵打落臺下，跌落塵埃。臺下的人復又齊聲喝彩。胡逵好不羞辱，才爬起來，只見臺上又跳上兩人，原來就是鄭九州、甘寧。二人到了臺上，通過姓名，便一齊交起手來。史錦屏毫不介意，不慌不忙，打了這個，迎了那個，一拳一腳，次第施行。鄭九州、甘寧雖猛勇過人，終難敵嬌羞郡主，不上六七合，被史錦屏一個一個打落下來。這臺下喝彩之聲，似如千軍萬馬，喧嘩不已。李廣只是暗恨，楚雲也自無言。徐氏兄弟直急得兩手頻搓，口中亂說道：「慚愧！」惟有張穀抿著嘴暗笑不止。大家各存意見，煞是可觀。又見那邊茶棚內跳上一起人來。通過名姓，史錦屏便回身向交椅上坐下，就命煙柳、如霜、輕紅、軟翠四個婢女上前比試。只見那四個婢女，花枝招展一般，拳腳並施，盤旋飛舞，不上一會，那邊一起人，也被打下臺來。史錦屏好不樂意！但見他趾高氣揚，滿面的喜色，復又向臺下說道：「有本領的英雄，可再請幾位上來比試比試。」話言未了，只見張穀整了一整方巾❶，又拂了一拂大袖，慢慢的走到臺前，低聲緩語，向臺上說道：「你們把扶梯放下來，讓我同郡主比試。」臺下那些看的人，見他那種模樣，齊聲笑道：「這個人想在發痴，分明是一位秀才，他也要來與他比試？那些英雄好漢，上了臺不到十合，都被郡主打敗下去，他一個怯弱書生，不是自討苦吃麼？」張穀任人嘲笑，也不開口，只催著臺上快放扶梯。臺上人見著，也是好笑。史錦屏雖不開口，也暗暗的稱奇，見他盡催，只得放下扶梯。他便循著扶梯搖搖擺擺，一步一步，走上臺去。史錦屏看了實是可笑。張穀走到臺上，兩手一拱，向著史錦屏說道：「區區❷姓張名穀，綽號半枝梅，卻與尊號一枝花實相符合。今年才交十五歲，粗知拳棍，卻是弱不禁風。因見他們與郡主打得頗為熱鬧，區區高興，也思與郡主玩耍一番。但要郡主拳腳

❶ 方巾：明代的一種頭巾。處士及儒生所用。三才圖會衣服：「方巾，此即古所謂角巾也……相傳國初服也。」

❷ 區區：自稱的謙辭。

上讓我三分，縱有些兒不到之處，還要郡主包涵一二。」史錦屏一見說，又好氣，又好笑，只得說：「既上來無須多言，我與你比試便了。」張穀又笑道：「區區還有一言，要先說明，我與你還是先打拳還是先踢腳？還是拳腳並起，尚望明示。」史錦屏實在耐煩不得，只說道：「聽你便了。」張穀笑道：「我們先由上而下打一套拳，然後再倒行逆施，使一回腳，末後再拳足交加亂打一頓，但萬萬不可認真，不過玩耍而已。」史錦屏那裡耐煩得住，便喝一聲道：「著！」輕抬玉手一拳打來。張穀也不回手，舞開大袖躲了過去。史錦屏掉轉身軀，復又打到。這一個纖腰宛轉，恍如垂柳搖風；那一個大袖飄揚，渾似梨花舞雪。史錦屏雖稱猛勇，怎禁得目亂眼花；小張郎慣使尖刁，卻勝他心高氣傲。躥跳迸縱，飛舞盤旋，竟把史錦屏攪得眼花繚亂，捉摸不定。張穀又故意賣個破綻，讓史錦屏好去打他，他便好趁此歇息。史錦屏打了半會，好容易得了他一個破綻，便搶進一步，一伸手將張穀抓住向臺下一擲，喝聲去罷，手便一鬆，把張穀拋下臺去。那些看的人正要喝彩，忽不見了張穀的影形。史錦屏看得真切，分明擲下臺去，怎樣落地蹤滅？正在狐疑，忽聽臺上頂板上有人說道：「呀！郡主耍我，我在這裡呢！」史錦屏聞言，好不詫異！便仰著頭四面苦找，只聽聲音，卻不見人在那裡。忽見梁上坐著一人，手執摺扇，慢慢的搖著說道：「郡主休怒，區區因打了半會，氣力實在有些來不得了，因此上來稍息片刻，定定神，喘喘氣，再與郡主玩耍一回。郡主也可坐歇一回，等一刻再比高低。好在時候還早，不必著急，慢慢的我總陪你玩耍便了。」史錦屏也覺無法，只得坐下來歇息片刻，卻是滿腹狐疑，暗道：「這個東西，究竟是人是鬼，在這裡混鬧。」坐下來不到一刻，喘息才定，只見張穀從梁上飄然落下，舉起拳頭，劈面向史錦屏打來。錦屏一見，立刻站起還一拳打去，忽然張穀又不知去向。錦屏掉轉身軀，正要去找，張穀又在後面喊了一聲：「照打。」史錦屏復轉過來，還是不見，只聽得東邊臺角裡喊道：「郡主，我在這裡。」史錦屏即向臺角邊，果然見他輕輕搖著摺扇，笑嘻嘻的望著他點頭。錦屏一見，只急得杏眼圓睜，柳眉倒豎，恨一聲切齒說道：「我不將你這小孩兒打下，也不算郡主的手段高強。」說著，急急的使了個燕子穿簾的架落❸，如旋風一般，穿了過去，居心這一次總要將他抓住。那裡知道張穀尖刁萬狀，等史錦屏來得切近，即便將身往上一縮，史錦屏攏了一個空，險些兒栽倒在地。他又在半空中，用手在史錦屏頭上拍了一下，說道：「好桂花油香味。」話說未完，復又現出形來，站在擂臺當中，哈哈大笑。把個史錦屏竟弄得個神魂顛倒，不知道是鬼是神？身上一件熟羅密扣繡花緊身❹，把這香汗濕透了半截。史錦屏還要過來與他爭鬥，又見張穀春風滿面叉手開言：「郡主，今日天晚了，區區也要回去了，明日再會罷。你消閑罷。」說著，一隱身軀登時不見，他已跳在臺下，復仰起頭來笑道：「今日少陪，明日再會罷。」還是搖搖擺擺飄著大袖，從人叢中鑽了出去，與李廣等一同回去了。史錦屏心中好不煩惱，暗想：史錦屏奉旨到此，原是招集英雄，若每日遇見這樣非妖非怪的人，前來混鬧，我史錦屏如何復旨呢？呆想了一會，卻是沒法，只得下臺，率領四婢女上馬回去。臺下看的人並府縣等眾，也就一哄而散。畢竟後事如何，且看下回分解。

❸ 架落：猶架式。姿勢；姿態。

❹ 緊身：指瘦而緊的貼身上衣。

第二十一回　逞歸鞭驚艷薛蘿村　思美色挑釁蓬萊館

話說張穀在擂臺上鬼混了一陣，把史錦屏弄得沒法，他便下了擂臺，與李廣等一同進城，好不得意。惟有廣明、胡逵兩個最是氣惱，加之徐文亮還向胡逵戲道：「你本來不知進退，前在他家已經嘗過他的厲害，不虧我大哥，你怎麼能夠出來？今日見了他，也該想著前情，就要退避三舍❶，你還不自量力，偏要與他爭鬥，無怪他把你抛下臺來，出這一場羞辱！你看蟬玉就依著大哥話，他只袖手旁觀，既不貽笑於人，又不空拳費力，何等不好。」這一番說得胡逵怒氣衝冠，大聲喝道：「你們不要戲弄俺，看俺與他去拼命，總要將那賤東西捉住，打成肉醬，方泄我兩番之恨！」說著，提了板斧就要走。李廣一見，趕著攔道：「我說你總是個莽夫，你就便此時去尋他，又怎麼能將他捉住。」說著便喝一聲：「還不給我坐下。」胡逵沒法，只得丟了板斧，重坐下來，暗自發恨。話分兩頭。今再說一位英雄，此人姓桑名黛，綽號俏哪吒❷，蘇州人氏，家住閶門❸外，離城三里。他父親曾任河南總鎮❹，三年前已經去世，

❶ 退避三舍：語出左傳僖公二十三年。三十里為舍。比喻對人讓步，不敢與爭。

❷ 哪吒：西遊記、封神演義中人物。西遊記說他是玉帝部下托塔天王李靖的第三個兒子，形狀似少年，而神通廣大，曾參與討伐孫悟空。按：佛教經籍載有護法神那吒，梵文全名那羅鳩婆。相傳為毗沙門天王第三子。佛所行讚第一生品：「毗沙門天王，生那羅鳩婆，一切諸天眾，皆悉大歡喜。」北方毗沙門天王隨軍護法儀

母親因痛夫情切，也就相繼而亡。他有個胞姐名秀英，嫁與本地薜蘿村一個秀才，姓蔣名逵。這蔣逵還有兄弟名喚蔣豹，綽號粉金剛，生得英勇非常，卻與桑黛武藝不相上下，而且與這桑黛最為相契。一家和睦，真個是兄寬弟讓，夫唱婦隨。家道雖不饒餘，卻也很過得去。這桑黛卻廣有田產，又開了一座蓬萊酒菜館，家內收住數十個門徒，終日耍棒舞槍，練習武藝，專門疏財仗義，濟困扶危。這一日聞說揚州史錦屏奉旨擺擂，招集天下英雄。此刻將蓬萊館暫行閉歇，待打個擂臺之後，回來再開。他又到薜蘿村蔣家去約蔣豹同往，帶著看胞姐秀英。及至到了蔣家見了他姐姐，聽說蔣豹已經前去，他姐夫又不在家中，進城有事，桑黛未免掃興，只得與姐姐談了一會，仍舊自行回去，以便料理行裝。他姐姐見兄弟來往匆匆，也就不留他耽擱，便送出了大門，看著桑黛上馬而去，他就在莊前看看村景。那知就因此惹出一場大禍。桑秀英正在那裡觀看野景，忽聽鸞鈴聲響，遠遠的飛了一騎馬來，桑秀英抬頭一看，見馬上坐著一個年少郎君，正欲回身，只見那馬已將到面前。那馬上郎君，一見桑秀英那種美貌，當即勒馬注目而視。桑秀英不覺紅飛兩頰，一低頭便緩步進入莊門。你道那馬上的卻是何人？他也是蘇州人氏，家住城裡，姓張名喚志白，是個第一貪花好色之徒。他還有個胞兄名喚志紅，也是胡為不法。這日張志白因到虎丘❺閑耍，從薜蘿村經過，忽然見桑秀英站在莊上，那種風流嬝娜❻，嫵媚動人，卻是帶雨海

軌：「爾時那吒太子……白佛言：『我護持佛法。』」哪吒這一人物當即由此演化而成。

❸閶門：城門名。在江蘇省蘇州市城西。古時閶門高樓閣道，雄偉壯麗。唐代閶門一帶是十分繁華的地方。唐杜甫壯遊詩：「嵯峨閶門北，清廟映迴塘。」

❹總鎮：總兵。受提督節制，掌理本鎮軍務。

棠❼，嬌顏欲滴。他便在馬上驚道：「不意此地有此佳麗！」便勒住馬注目而視，等到桑秀英進入莊門，他才策馬而去；卻是神魂不定，總念著方才看見的那個美人。因在馬上向他的家丁問道：「可曉得方才那個女子，是那家的麼？」他家丁說道：「那女子是蓬萊館桑黛的胞姐，就嫁與這莊上蔣秀才為妻。」張志白聽說，便吃驚想道：「既是蔣秀才之妻，又是桑黛之姐，任他美貌不能搶回城中；若說桑黛那廝也不是好惹的，卻也是個赫赫有名的英雄。」復又問家丁道：「爾等怎知他是桑黛的胞姐呢？」那家丁回道：「奴才們知道這蔣秀才並無姐妹，前三年曾聞與桑黛胞姐結下親，去年春節間過門的，因此才知道定然是桑黛的胞姐。」張志白聞得此言，頓把邪心拋去。那裡曉得他復又一想，我若不將那美婦搶到城中，我必然要害相思，殘生送去。何必長他人之氣，滅自己威風，我也武藝精通，何不去到蓬萊館，先將桑黛打敗，叫他叩頭伏罪，知道我的厲害！我然後再將他姐姐占住，他定不敢與我爭鬥。就便那蔣姓與我說話，一個怯弱書生，又鬧出什麼大事來？只須給他用強，他便甘受其辱。自思了一會，以為大得其計，便匆匆的騎著馬一直去到蓬萊館。不一會已至，大家下馬，再一看蓬萊館的門雖然開著，卻已卸去招牌。張志白暗道：「這是何故？且不管他好歹，我是前來尋氣的。」便昂然直入，走到堂中，南面坐下，立刻大聲呼道：「酒保在那裡，為何見我前來，全不招呼？快拿酒來與大爺痛飲。」酒保聞言，趕著上前屈著腰說道：「大爺吃酒，我們這館內主人，因有要事出門，將館閉了，不賣酒肴，請大爺換

❺ 虎丘：在江蘇省蘇州市西北。相傳吳王闔閭葬此。是蘇州有名的風景勝地。
❻ 嬝娜：形容女子體態輕盈柔美。
❼ 帶雨海棠：比喻嬌柔美麗。

一家去罷。」張志白聞言，將桌一拍喝道：「胡說！你這館內分明開著門，怎麼不賣酒肴與大爺吃？」酒保又道：「大爺請看，門雖開著，招牌是不曾掛。館內的酒肴，是一概不曾預備，那裡有得賣吃？大爺要吃，我們也變不出來，還請大爺換一家，等我們主人出門回來，開了門，再請大爺過來飲酒罷。今天實對不起！莫怪！」張志白那裡肯聽，還是敲臺拍凳，大聲喊道：「你家不賣，我偏要你賣；若再不肯，你可叫你家那桑黛小子出來會我，認一認張志白大爺。」酒保聽說，暗道：「這不是來吃酒，分明是來淘氣的。」就說道：「大爺既要會我家主人，請大爺等一會兒，我請他去。」說著，匆匆跑了進去，向桑黛說道：「大爺，外面現在來了個人，喚著什麼張志白，硬要飲酒。我們已回他不賣，請他另換一家，敷衍了半會，他只是強買，口口聲聲要請大爺出去會他。分明前來淘氣的，特告與大爺知道。」桑黛聞言大怒道：「那裡來的野種，敢到此恃蠻，等我出去。」說著登時走了出來。才到屏門，直聽張志白在外面罵道：「桑小子！是好漢快快出來會我；若是遲延，我可就要打進來了。」話猶未了，桑黛即搶至堂外，大喝一聲：「何物狂奴！敢在此撒野，好雜種，可認得俏哪吒桑黛麼？」張志白抬頭一看，果然與那婦人面貌相似，因此又想起看見的那個婦人，把相打的心，拋在九霄雲外，只顧站在那裡注目凝視，向桑黛覷看。桑黛看他如此光景，更加大怒，喝道：「好雜種！你方才口出狂言，為什麼見了我一言不發？敢是要描了我的形像帶回去，當作祖宗供奉麼？」張志白聞言，便大笑說道：「我正為你形像俏俊，不亞月裡嫦娥，要帶你回去做個寵妾！」桑黛聞言，臉一紅，也不答話，揮拳就打，張志白急架相迎。一來一往，不到十餘個回合，桑黛靴尖一起，認定張志白襠下踢來；張志白趕著身子一旋，趁著一旋風腿，向桑黛說聲：「來得好！」桑黛一看，擺了水中撈月的架式，等他的腿來得切近，一伸手便將張志白右腿抓住，罵一聲：「好雜種，去罷！」只聽咕咚一聲，張志白已摜倒在地，桑黛復搶一步踏住，登時舉起拳頭，如雨點一般，由上至下，密排了一頓，口中還高聲說道：「無知的雜種，可認得桑黛英雄麼？」張志白被桑黛這一頓拳足交加，只打得筋酥骨折，再忍不住，只得「噯呀」了二聲，苦苦說道：「算我有眼無珠，不識英雄，從今以後，當甘拜下風，還望寬恕一遭，我張志白定然感激不已！」桑黛見他求饒，不覺哈哈大笑，說道：「你既求饒，可便宜你了，去罷！」說著，登時住了手走過一旁，張志白趕著爬起來，抱頭鼠竄而去。畢竟後事如何，且看下回分解。

第二十二回　思報復二打蓬萊館　求結納急走蒲家林

話說張志白被桑黛一頓拳足，打得寸骨寸傷，只得哀求著討饒，桑黛放了他去，張志白抱頭鼠竄。出得門來，見手下家丁一個都不知去向，原來眾家丁皆被桑黛的門徒打得逃散大吉。張志白只得牽過馬來，跨上馬狼狽而去。桑黛見張志白已去，回至書房，便與眾門徒說道：「那廝雖然被我打敗，聞說他甚是頑皮，定然不肯甘心，過兩日傷好了，他還是要來報復，我們倒是防備他些才好。我本來說明日動身，有此一舉，倒要稍停數日，等等動靜。」眾門徒答應：「是。」不說桑黛預先防備。再說張志白狼狽回家，他哥哥一見他那種光景，頭青眼腫，步履維艱，趕著問道：「兄弟為何今日回來這般狼狽，吃了什麼人的虧了？」張志白見問，便將以上情形說了一遍。張志紅不聽猶可，只一聽不覺無明火起，怒髮衝冠，大喝一聲，罵道：「好大膽無知的桑黛，爾敢橫行，將我兄弟打得如此模樣，我看你有多大本領。若不給你些厲害，也顯不得我張氏弟兄赫赫有名。」回轉頭來，又與志白道：「兄弟你可耐心養息，等候傷痕全好，為兄的與你一同前去，總要將他報復過來，才顯得我張氏兄弟不是無能之輩！」張志白答應，志紅猶恨恨不已。光陰迅速，不覺又已經旬❶，張志白傷痕已好了。這日張志紅思報前仇，便傳一班教習及打手，各帶棒棍，同著兄弟志白騎了馬，帶領眾人，復奔蓬萊館而來。到了蓬萊館，也不通

❶ 經旬：十餘天。

報，張氏兄弟一齊便跳下馬來，帶領眾打手一哄而進。那桑黛的家丁，見了這樣光景，知道是前來報復，趕著飛奔進內報知桑黛。桑黛聞言，即與眾門徒說道：「果不出我所料，這廝今日復來，必然拼力猛鬥，諸位可也要猛勇上前，不能見弱與他才好。」大家齊聲答應。只見一個個摩拳擦掌，抖擻精神，只待交手。桑黛也將上衣束了一束緊，提了一根齊眉棍❷，帶領眾門徒一擁而來。桑黛大聲罵道：「無恥匹夫，狂妄的小子，前日已領過爺爺的厲害，還敢再來，可知今日不能寬恕你了！」張志白聞言好不羞辱，也不答話，便喝令教習打手，一擁搶上，將桑黛團團圍住，棍棒齊施。桑黛說聲「來得好」，急忙舉起齊眉棍，一路打去。任他教習打手再多些，那裡是桑黛的對手，更兼那些門徒沒有怯弱之輩，只打得張氏兄弟心驚膽落，眾教習打手氣喘吁吁。但見一棍去，碰著的面腫眼青，一棍來，掃著的骨折筋酥。張氏兄弟一個頭上著了一棍，一個腿上著了一棍，兩個人都是血流不止，不敢戀戰，匆匆的逃走出門。那些眾教習打手見主人已先逃走，還在這裡做什麼呢？也就一哄而散。桑黛大笑不止，高聲笑道：「這樣無能，也要前來報復，可不是自討苦吃麼？」說著，同眾門徒走了進去，那一番得意自不必說。且說張志紅兄弟大敗而回，相對吁嗟，切齒痛恨，只見張志紅說道：「阿弟要報桑黛的仇，除非去結納兩個人，任他兇狂，不怕他不敗。」志白問道：「這兩個人卻是誰呢？」志紅說道：「離此不遠，約有四十餘里，太湖旁邊有座山莊，叫作蒲家林。林內有座大寨，叫作蒲家寨，卻是兄弟三個，專門劫掠為生，與太湖內的強人是通同一氣。那長名叫蒲龍，次名蒲虎，三名蒲球，皆生得武勇。惟有蒲球，更加勇猛，手下聚著三四百嘍兵，遠近莫不聞風懼怕！我等可將桑黛胞姐那種的美貌畫個小照，再用珍珠綢緞去到那裡獻

❷ 齊眉棍：一種兵器。是與人的眉毛一般高的長棍子。

把與他，就說桑黛口出狂言，藐視山寨，聲稱要來剿滅，因此將他的胞姐圖像獻與大王，出寨去打蓬萊館，帶回美人。蒲龍等一聽此言，必然答應，不是可報此仇麼？」志白一聽大喜！即刻措辦起來，不過三五日各樣齊備，就命家丁挑了禮物，一同望蒲家林而來。到了那裡，果見一座山林，綠沉沉四圍樹木，中間隱隱有所高大房屋。張志紅兄弟二人正望前走，忽見林內走出一隊嘍囉❸，一見來人哈哈大笑，高聲喝道：「來此丟下買路錢來，放你過去，你倘有半字不肯，看！」說著，拔刀來一齊跳出。那張志紅趕著勒馬說道：「林內聽著，我等並非過路客商，是特地前來與你寨主獻寶，可速回寨稟知，好帶我等進去獻納。」那眾嘍囉聽說，頗為疑慮，大家議道：「那裡有這等痴人，情願獻納物件，恐怕其中有詐！」遂齊聲喝道：「爾等休得胡言，俺已知道爾等是奸細，快將金銀丟下，若再多言，定不饒你。」張志紅復又說道：「我等實在前來獻納。若說我等是奸細，豈有手無寸鐵之理？」眾嘍囉聽說，又復走到跟前看了一遍，這才飛跑進去，稟報到了聚雄堂上。那蒲龍等正在那裡飲酒，忽見嘍囉進來，跪下稟道：「啟大王知道，今有林外客商一伙經過，帶著物件不少，小的們便上前去搶，那知不是客商，只聽他那為首的騎在馬上說道：『是特此前來獻寶，叫小的們進來通報，好帶他們相見。小的們恐怕是奸細，一再重看，見他們手無寸鐵，實係獻寶前來，因此報與大王知曉。」蒲龍、蒲虎尚未回答，只見蒲球大喜，說道：「那一伙人既然如此，即叫他們進來相見，我等只須預備著，恐怕有甚詐便了。」小嘍囉答應，即刻出了聚雄堂，跳出林外，高聲喝道：「來者聽著，俺大王有令，著爾等即速進內相見，不可遲延。」張氏兄弟一聞此言，俱各大喜，立刻跳下馬來，帶著家丁，將所有金珠緞匹，一齊搬進去。來至大寨門

❸ 嘍囉：指山寨盜賊的手下。

口，只見兩旁擺著許多刀槍劍戟，好不驚人。他二人走至廳前，趕著跪下，不敢抬頭。只聽上面問道：「爾等因何前來獻寶，莫非其中存著奸詐？快快從實說來，若有半字隱瞞，推出寨門斬首號令。」張志紅兄弟二人，便趕著回道：「我等只因蓬萊館桑黛欺人自負，便去相打，第一次打敗而回，心不能甘，第二次又去報復，明知必敗，卻假借大王聲威前去嚇他們，料他聞得大王名字，必然恐怕。那裡知道那廝膽大已極，他說無名草寇，有何能為？我若不赴廣陵❹去打擂臺，定然率領門徒，擺平山寨。」話猶未了，只見蒲家兄弟大聲怒道：「好小子桑黛！俺與你毫無嫌隙，各不相侵，何得自恃勇強欺弱我等。你有多大本領，敢出如此狂言？俺不與你拼個高低，也不算俺們的厲害！」說罷即扶起張志紅兄弟，又請他入座飲酒。張志紅兄弟就命家丁將金珠彩緞一齊獻上，蒲龍等也就一件件看畢，收納起來。末後看到一幅圖畫，只見上面有個佳人，真如天仙一般。因問道：「這是什麼用意？」張志紅道：「這個美貌無比的佳人，便是桑黛的胞姐，叫做桑秀英，已經嫁了一個姓蔣的秀才，離蓬萊館不遠，喚作薛蘿村。卻生得美貌無比，天下難有，要第二個再像那種模樣是沒有了。」蒲龍聞言大喜，便對蒲球說道：「三弟，這件事須你前去一走。」欲知三打蓬萊館，畢竟桑黛勝負如何，且看下回分解。

❹ 廣陵：地名。今江蘇省揚州市。

第二十三回　報前仇三打蓬萊館　爭美色大鬧聚雄堂

話說蒲球帶了眾嘍兵，直奔蓬萊館而去，走了半日已到。此時桑黛已將眾門徒散去，正在料理行裝，準備到揚州打擂。忽聽門外人聲鼎沸，一片喊救之聲，即刻叫家丁出外觀看。家丁答應，才走出來，只見一個書僮，匆匆的走進說道：「啟大爺知道，今日蒲家林強盜帶領嘍兵，持著刀槍劍戟，蜂擁殺來，口口聲聲說是大爺欺人太甚，在背地裡罵道，他們現在打至廳前，請大爺速速作主。」桑黛聞言，吃驚不小，暗道：「我與蒲家林強寇兩不相涉，為何說我欺人太甚？這光景大約是姓張的到那裡挑唆出來，暗地報復前仇，亦未可料。」一面想著，一面脫去外衣，提了一根方天畫戟❶，即刻到了廳前，大聲喝道：「好大膽的強寇，我與你今日無仇，往日無冤，你做你的強寇，我開我的酒館，為何殺奔前來？你既到此尋死，可莫怪我桑黛不輕饒恕！」蒲球一見也大聲喝道：「你就是桑黛小子麼？爾為何暗地罵人，欲掃平俺爺爺的大寨，今日特來取你的狗命。」桑黛聞言，料是張氏兄弟的鬼話，卻也不肯甘心稍讓，也就喝道：「就便罵爾這狗盜，爾又有奈我何？」說著，就手一戟刺來，蒲球舞動雙錘，急急招架。那些眾嘍囉，見他們已經交手，便一擁上前團團圍住，把個桑黛困在垓心。桑黛毫不懼怯，抖擻雄威，架開刀，撥過槍，擋住棒，挑過劍，只見他一支畫戟，變成了八面威風，隔架遮攔，風雨不透，有時還得著空刺人一戟。那蒲球的雙錘，也是十分驍勇，一著都不肯讓。兩個人鬥在一起，只殺得綠苔無神，青

---

❶ 方天畫戟：亦稱「方天戟」。古代兵器之一。

草欲淚。桑黛一人雖然勇猛，究竟是寡不敵眾，看看抵敵不住，只覺得兩臂酸麻，腰肢疼痛。心中暗想：「我若再不殺出重圍，必然送卻性命了，何必乃爾。」遂大吼一聲，只見他畫戟一揮，好似片片梨花，紛紛瑞雪，一齊落下，眾嘍囉一聲嘈嚷，疊疊的向兩邊一分。桑黛趁此之時，即奮勇殺出門，借著蒲球的馬，跨上雕鞍，加上一鞭，兩腳一夾，如風馳電掣般跑去。眾嘍兵尚欲追趕，蒲球大聲喊道：「自古道窮寇莫追，由他去罷。俺們且將他的家私，擄掠回莊，作為供用。」眾嘍兵答應，即刻齊來，將所有金珠細軟，搜括殆盡。蒲球當下又復傳令，順道薛蘿村搶掠美婦桑秀英。眾嘍兵好不高興，即刻蜂擁前去。將近黃昏時，已到薛蘿村上，大家胡哨❷一聲，直擁上前，劈開窗門，蒲球首先進去。那些莊丁，見著許多強寇殺來，那裡還敢阻擋，躲的躲，跑的跑，走個乾淨。直到內宅細廳，房內尚有讀書的聲音。

原來蔣逵還在燈下讀書，桑秀英一旁刺繡。蒲球一見，不問青紅皂白，便大踏步搶進房去，大吼一聲：「爾等不許走，要走就是一刀。」蔣逵、桑秀英只嚇得亂抖，跪在地下，哀求說道：「望大王寬恕，我等是寒士，沒有金銀財寶，請到別家去罷！」蒲球喝道：「毋得多言。」一面說著，一面命嘍兵：「將他二人，好好縛在馬上帶回大寨。」嘍兵答應，登時將蔣逵夫婦兩個，扶出門外，向馬上縛好。蒲球又搜括了些細軟，又擄了兩個僕婦，一齊帶至馬上，連夜的回奔蒲家林而去。不到天明，已至莊上。早有小嘍囉飛報進去，蒲龍、蒲虎聞報大喜，正欲出來觀看，蒲球已走到廳中，大略說了一遍。又見小嘍囉將蔣逵、桑秀英雙雙扶至。只見蔣逵夫婦兩個一齊跪下，哀哀泣道：「求大王饒命。」蒲龍、蒲虎一見桑秀英那般美貌，欣然笑道：「果與畫中人無異。」當命嘍兵送歸後寨，把蔣逵安放一處，叫他在寨中

❷ 胡哨：也作「唿哨」。用手指放在嘴裡吹出的高尖音，多用作共同行動或召集伙伴的信號。

司管賬目。又將擄來那兩個僕婦，也送至後寨，叫他好好伏侍小姐。吩咐已畢，登時命人擺酒。此時張志紅兄弟又至廳前，一齊叩謝，說道：「蒙大王略施虎威，使愚兄弟的前仇，一時報復過了。」蒲龍當下笑道：「沒有你獻圖畫，怎麼有這美人到手，俺也要謝你的大力。」於是就在聚雄堂上大排酒筵，命張志紅兄弟也一齊入座，開懷暢飲。又命將蔣逵喚至，對他說道：「爾在此不須驚恐，好好住下，給你司賬錢糧倉庫，俺死也不薄待於你！若三心二意，可不要怪俺一刀，送了你的性命！」可憐蔣逵那裡還敢開口，只見珠淚滔滔，站立不動。蒲龍並命嘍兵將他安置，給他的酒食。蒲龍、蒲虎等五人便大飲起來了。飲至半酣，忽見蒲球說道：「大哥！小弟將那美人帶來，自然是與小弟做了弟媳。今日是個良辰吉日，晚間就可去結絲蘿❸。」蒲龍聞言，冷笑一聲，說道：「三弟你如何太不知自量？你可知道國有大臣，家有長子，那美女雖然是你帶回，還該讓與哥哥才是道理，怎麼你倒要先占起來？真是個年少無知，不曉禮體了。」蒲球聞言，也含怒說道：「大哥何出此言？雖說國有大臣，家有長子，那美人畢竟是小弟帶來。難道我費盡虎狼之力，不能自得，倒要送把你，這可不是個笑話！而況你坐在寨中，一刀一槍總不曾殺過，倒要得現成美人，天下有這個道理沒有？你還說我不知自量，我看你才不知自量呢！我又不是奪的你的，怎麼叫做不知禮體？」蒲龍聞言，便大怒喝道：「好大膽的逆弟，你敢違背兄長？那美人雖是你帶回，難道不應該孝敬哥哥？你倒反要強占，那裡連這長幼尊卑全然不曉；那美人俺是要定了，你若敢再多言，可莫怪哥哥打你這逆弟。」蒲球不覺重重大怒，立刻站起身來，喝一聲：「好不

❸ 絲蘿：古詩十九首：「與君為新婚，兔絲附女蘿。」兔絲和女蘿都是蔓生植物，糾結一起，不易分開。後因用「絲蘿」比喻婚姻。

知恥的東西，你還自命哥哥，我若不看同胞的分上、手足❹的道理，將你這無恥東西，一刀揮為兩段，看你又其奈我何？」蒲龍更覺大怒，也站起來喝道：「好逆種！看哥哥能打得你麼？」說著，就一掌打來，蒲球那裡肯讓，登時踢翻座位，跳出來也就一拳向蒲龍打去，蒲龍讓過拳頭，趁勢就一腿打到，蒲球一聲怪叫：「來得好！」說著就往後一退。蒲龍一腿打空，便望前一傾，蒲球看得真切，就搶進一步，舉起拳頭，正要望蒲龍頂門❺打下，只見蒲虎趕上前來，將蒲球的手腕忙托住道：「休得無禮！」乘勢一轉身，望當中站定，將他們二人分開，趕著說道：「兄弟不必爭鬥，我有一言，最為公平，你等坐下，聽我說來。」於是蒲龍、蒲球復勸入座。那蒲虎說道：「兄弟三人，美人卻只一個，若大哥要去，俺與三弟落空，若三弟要去，俺又與大哥落空，終不成將那美人分成幾處麼？那美人雖是可愛，我等好好的手足，卻不可為他傷了手足之情。俺思得一法，從今日起，便往各處找尋，倘再搶得兩個回來，各人分一個，一齊花燭，豈不大妙？現在大哥三弟，皆無須爭執，誰敢不依著，當按令正法！俺還有一說，必須同設重誓，以防私自竊去。」蒲龍聽說，首先答應，蒲球沒法，亦只得允從。當下三人即發下重誓，重新入座飲酒。這也是秀英不該遭他們汙辱，故有此兄弟一番爭鬥，暫且不表。再說桑秀英正在後寨啼哭不已，要在那裡尋死覓活，忽聽外面小嘍囉說道：「美人不要哭了，大王爺在廳上發過誓了，要等再搶兩個來，一齊洞房花燭呢！」桑秀英聞言，芳心才算略定，由此每日坐困愁城，指望兄弟桑黛前來搭救。畢竟桑秀英何時才出牢籠，且看下回分解。

❹ 手足：比喻同胞兄弟。

❺ 頂門：頭頂。

第二十四回　避強人暫落慈雲院　訪美女獨上晉家莊

話說桑黛自從上馬飛奔的走了三五里外，時已是日落，再向前走，便無從投宿，因想此地有個尼庵，叫做慈雲院。這庵內尼僧，桑黛是常常布施他錢的，不如暫到庵中借宿一宵，明日回去再作商議。主意已定，轉過松林，即向慈雲院而去。不到半里，已至庵門，桑黛跳下馬來，便去敲門，裡面有人答應。只見雙扉啟處，有個老尼提著燈光，近前向桑黛臉上一照，說道：「我道是誰，原來是桑爺到此。但不知桑爺在深更半夜，到此何為？」桑黛說道：「且進去再說。」老尼讓桑黛進入庵內，又將那匹馬牽了進去，老尼隨手將門關上，這才來到庵堂，一見桑黛形色倉皇，氣喘不定，趕著問道：「桑爺是從那裡來？為何這般狼狽？」桑黛便將以上情形說了一遍。那老尼念了一聲「阿彌陀佛」，說道：「這樣兇橫！天老爺也不能讓他過去。」說罷，便去廚房內燒了一壺茶來，又去打了一盆面水，送與桑黛洗臉。桑黛便洗了臉，吃了一碗茶，坐在那裡略定片刻。那老尼又去做了兩碗蔬菜，煮了些黃米飯擺出來。桑黛此時腹中飢餓，頗為得濟，便吃兩碗擋擋飢。佛婆收了菜飯，又打了一盆面水，桑黛復洗了臉，然後又倒了一杯茶吃下，恰好老尼走來說道：「桑爺辛苦了，請至客房裡安歇。」桑黛便去安歇，一宿無話。次早起來梳洗才畢，只聽叩門聲喧，佛婆前去開門，只聽門外有人問道：「此處可有個桑大爺來麼？」桑黛聞言，即跑出去，原來是家內的僕人，便問道：「爾來做什麼？」那家人道：「啟爺，正是禍不單行，家內被強盜打掃一空，也不談了。今早天明，姑爺家內有人送信前來，說：姑爺和姑奶昨夜三更時分，被強盜一齊擄去，特來報信。以為我們這裡沒事，那裡曉得我們這裡也是如此！家人特尋到此，報爺知道。」桑黛聞言，這一驚非同小可，當下說道：「這可怎麼好？」老尼見此光景，即上前說道：「桑爺不必著急，好設法去救姑爺、小姐。」桑黛想了半會，因暗想道：「要去救我胞姐和姐夫，除非趕往揚州打了擂臺，約些朋友前去，才可濟事，不然還是寡不敵眾。」主意想定，即叫家丁回去，向各欠戶先將所欠銀兩討取一半，限明日送來，備作路費，前往揚州使用。家丁答應回去了。次日即送了二千銀子來。桑黛包了包裹，收拾齊整，擬第二日動身。到了晚間，獨自在兩廊上閑步，忽見對面廊房內現出燈光隱隱，有婦人啼哭。桑黛聽了一刻，好生詫異！即將老尼喊來問道：「那房內藏著何人？為什麼在那房裡啼哭？」老尼見問，便先嘆了一聲，然後說道：「這人姓駱，是淮安人氏，他老爺在日曾作知府，膝下無兒，只生一女，名喚秋霞，生得頗為美貌。因搬老爺棺柩回籍，路過此地，駱太太同著小姐到此燒香。不料把香燒畢，著佛婆送他回船，只見棺柩攞在岸上，船已不知去向，卻被他家人船戶將所有行裝物件全行拐去。佛婆回來告訴老尼，因此將他母女接在庵中，又把棺柩抬來，寄存外堂。後來與駱夫人閑談起來，他說有個胞侄名喚駱熙，綽號分牛虎，是個蓋世英雄，有一身武藝，要寫封信與他，叫他來接。在此住了許多日子，倒也安閑無事。不料又惹出一件禍來，離此地二里，有個晉家莊，那晉家頗為豪富，老安人❶所生子女二人，子喚游龍，不事生業，一味胡行，女名驚鴻。這驚鴻小姐，貌如天仙，

❶ 安人：宋徽宗時所定命婦封號，在宜人之下，自朝奉郎以上至朝散大夫之妻封之。明清則為六品官之妻的封號。

前日曾同著晉老安人到此燒香，遇見秋霞小姐，二人一見，即情投意合。後聞駱夫人說出前情，晉安人便命他小姐與駱小姐結拜了姐妹，臨走時還說遲兩三日接他去莊上盤桓盤桓❷。隔了兩日，使了兩個丫鬟，一個小使，帶著一乘轎子，前來說道：「奉驚鴻小姐之命，來接駱小姐去。」當下駱夫人就允了，那知一去之後，到晚並未回來。彼時尚不見疑，以為是晉小姐留住。次日即著佛婆❸去接，那知晉家門口人說：「不曾有個駱小姐來，他家也不曾有人去接什麼姓駱的。」佛婆即叫他家門口的人，到裡面詢問，他們家門口的人，反把佛婆罵了一頓。佛婆沒法，只得回來說明各節。駱夫人聽說，就頗為疑惑，便親自前去會晉安人詢問，便可知道底細。及至到了晉家，那晉家門口的人，還是如此，不但不許駱夫人去會晉安人，把駱夫人痛罵一頓。駱夫人只得回來，幾次痛哭，欲尋自盡，老尼再三相勸，才算不曾尋死。現在想是又想起他女兒來，在那裡啼哭。」桑黛聽說，嘆息不已，心中暗道：「這分牛虎也還赫赫有名，我何不明日去到晉家莊，將他小姐要回，送至淮安❹，他必感我救他嬸母、妹子之恩，我請他助我去滅強寇，他必然應允。何不就這樣辦法。」主意想定，即叫老尼去請駱夫人相見。老尼聽說，便去對房內同駱夫人說明原因。駱夫人大喜，即刻出來與桑黛見過禮，一見桑黛那種美貌，已愛慕不已。桑黛請駱夫人坐下，便道：「夫人只管放心，明日桑某當去晉家莊向他理論，叫他送出令愛便了。但有一層，不得不與夫人說明，桑某必須認夫人為姨母，前去才好措詞。」駱夫人連稱極好，復又謙讓了一

❷ 盤桓：逗留。此處指小住幾天。

❸ 佛婆：尼庵裡使喚的老婆子。

❹ 淮安：今江蘇省淮安市。

回。說：「夫人不必客氣，此不過權宜之計，只要將令愛討回便了。」駱夫人應允，復又謝了一回，站起身來，仍回房去。桑黛訪了他踪跡，因即換了衣服，又佩上寶劍，跨上馬，直望晉家莊去。你道駱秋霞怎麼被晉游龍騙去呢？只因為母親自那日在庵內見了秋霞，回去與他女兒驚鴻閑談中，只是讚嘆秋霞美貌，卻被游龍聽見。游龍又因自己的老婆性情強橫，頗有雌威，因思另納一妾。一聞此言，便與他門客❺張春儀商量。張春儀就出了這個主意，叫他瞞著母親妹子，只著丫鬟小使去到庵中，假稱安人之命，將駱秋霞接至家中，置放暗室，等他老婆回母家時候，便去與駱秋霞成親。又招呼了門口的人，如有人來接駱家小姐，一概回他不知，也不准與老安人、小姐知道。因此門口的人奉了主人之命，才敢如此。

桑黛到了晉家門口下了馬，進內便與門口人說道：「你進去稟知你主人，就說是蓬萊館桑黛特地來拜，有要事來談，總要相會。」那門房一聞此言，暗道：「他家前日招了大禍，為何今日前來，有什麼要事呢？」只得進去稟報。恰好游龍正在書房與門客張春儀閑話，一聽此言，便與張春儀說道：「桑黛如何這等荒唐，我平日與他並無往來，為何到此，稱有要話面說？」張春儀道：「少君！你可知他來意麼？或者與那駱家有什麼瓜葛，他前來討取，也未可知？但他既來，卻不可不會，看他如何說項。須如此如此，包管他墮我術中。」晉游龍大喜，立刻命人相請。桑黛走到廳上，游龍已出來迎接，含笑說道：「久慕大名，迎拜來遲，亦望恕罪。」彼此又行了禮，分賓主坐下，家丁獻上茶來。桑黛便道：「有請！小弟有件疑事，特來奉問。只因前日令堂太太著人到慈雲院，去接駱家舍表妹，當日未回，次日佛婆到府來接，不料門公❻聲稱，並無駱小姐到此。及至家姨母親自造府會令堂太太，又被尊府門公阻攔。家姨

❺ 門客：門下客；食客。

母只得將前情說明，不料貴門公反說家姨母訛詐。小弟因此前來奉問，到底怎麼一回事？小弟的賤姓，吾兄諒已深知，還得請教是何道理？」說著便發起怒來。游龍趕著陪笑說道：「吾兄且請息怒，聽小弟一言。前者佛婆來接，是舍妹不放令表妹去，故囑家人們如此回復。至第二次令姨母前來，可怪那一起混帳的東西，未曾進來通報，不但家母不知，連小弟也不知影響。既吾兄親自前來，小弟當囑舍妹將令表妹送回便了。」桑黛道：「如此則感激之至。」說罷，就催他送出來。游龍道：「吾兄初次惠臨，弟已招呼聊備水酒，萬勿客氣。」桑黛推辭不過，只得答應。當下即擺出酒席來，請桑黛坐了首席，晉游龍、張春儀殷勤相勸，將桑黛灌得大醉。登時即命莊丁，將桑黛拖倒在地，捆綁起來，先背打一頓，桑黛驚醒，自知中計，大罵不住。游龍又令人將他抬到後面，把他燒死。不知桑黛如何，且看下回分解。

❻ 門公：看門人。

第二十五回　小丫鬟巧救俏郎君　醋大娘毒打蠢公子

話說桑黛被游龍捆縛起來、喝令家丁抬到花園空房內，準備三更時分，架起乾柴烈火將他燒死。合該有救，忽然驚鴻小姐跟前有個婢女，名喚素琴，與小姐如同姐妹，向中堂❶廊下經過，只聽兩個小童低言悄語，說桑黛的事。素琴一聽，暗道：「這桑黛，我的父親受他的恩惠不少，怎得設個法兒，救他才是。」眉頭一皺，計上心來，急急忙忙跑到樓上，在驚鴻小姐前告訴了一遍。晉驚鴻聞言，吃驚不小，因道：「哥哥作事，未免太覺糊塗，怎麼把駱家義妹騙了來家，又要害什麼姓桑的，這可怎麼好？不然直截了當告訴母親，又值母親病在那裡，此事如何設法是好？」素琴在旁說道：「小姐不必著急，婢子卻有個法兒，先將桑黛救出，明日小姐親到書房，去救駱家小姐。」晉驚鴻生性本來懦弱，也不問他如何救法，聽了這話，便即答應。素琴那敢怠慢，即刻到了花園那間空房，只見房門鎖著，還有人在那裡看守。素琴一看，又生一計，復又到樓上取了火種，走到柴門內引著火，登時烈焰沖天。素琴即躲在黑暗之處，只見眾人都去救火，連那看守空房的兩個人，都去救火去了。他便走到空房外面，用石塊將鐵鎖打落，推進房門，見桑黛被捆在那裡，他即趕上前去，便解開繩索，叫他越牆而走。怎奈桑黛兩腿打傷，不能行動，素琴又急急的拖了桑黛就走。桑黛見有人救，此時也不辨皂白，就跟著素琴一直來到樓

❶ 中堂：猶中庭。

下。素琴把桑黛藏好，便上樓告訴小姐。晉驚鴻一聽此言，吃驚不小，因道：「你為何不把他放了出去，反將他帶到樓下，這怎麼藏得住呢？」素琴道：「也曾叫他跳牆出去，怎奈他兩腿被大爺打傷，不能行動。婢子也知樓下藏身不住，只得望小姐大發慈悲，將他帶至樓上來，寄在婢子房內，暫住一夜，明日設法將他放走便了。」驚鴻沒法，只得允從。素琴即下樓，將桑黛領上，藏在自己房內。此時外面火已救熄，那兩個看守的人，仍回空房前看守，只見門已大開，鎖落在地上，再進房一看，已不見了桑黛，趕著去報。游龍一聽大怒，立刻同著張春儀過來看視。春儀看了一遍，向游龍說道：「此人斷不會自行逃走，這卻是府上有人放起火來，用了調虎離山之計，暗將他救去。必得要各處去搜一搜。」游龍依言，立刻帶領家丁，前後搜了一遍，幸喜不曾搜到樓上，卻不曾搜出，只得悶悶回去仍到書房。到了半夜，各處都關了門，素琴便到房內去看桑黛。此時桑黛驚魂已定，一見素琴進來，不覺暗自讚道：「好個俊俏婢女，雖是青衣❷一派，卻生得面貌絕倫。」不免心為一動，復悔悟道：「人家救我，何能稍存邪心！」趕緊按定心神，站起來正色說道：「多蒙姐姐恩救，不知姐姐姓甚名誰？此處卻是何地？」素琴見問，便將他父親曾受恩惠，及聽見小僮私語的話說了一遍。又告訴他此是小姐的繡閣。桑黛聞言，吃驚不小。因又正色說道：「小姐現在那裡？」素琴道：「正樓就是小姐的住處，此是我的住房。」桑黛道：「如此，姐姐今夜睡在那裡呢？」素琴道：「我便去與小姐同宿。」桑黛道：「小姐那裡我也要進去謝他一謝，不知姐姐意下如何？」素琴道：「容我先去一言。」說著轉身到了正樓，即與驚鴻說道：「小婢剛才去看桑黛，見他貌雖風流，卻是居心不苟，與婢子談了半會，雖未必目不邪視，實在正色正言，他還

❷ 青衣：古時地位低下者所穿的服裝。婢女亦多穿青衣，後因用為婢女的代稱。

說要前來拜謝小姐搭救容納之恩。又有要話與小姐面談，不知小姐尚肯見否？」小姐道：「男女授受不親，他雖正色端方，究竟事屬嫌疑，還是不見為上，讓他再住一夜，明日設法放他出去便了。」素琴道：「小姐之言，雖甚有理，以婢子看來，見與不見，都是一樣。小姐雖存著避嫌疑的心，要知此人雖在婢子房中，卻是在小姐樓上一般，不知者自然毫無議論，萬一稍少泄漏，小姐雖西江水不能濯也。即使見了，只要無人泄漏，彼此毫無邪念，亦無妨礙。婢子不過因他是一片至誠，出於天性，不能不代為轉達。」驚鴻聞言，沉吟了一回，也不答應，卻也不推辭。素琴看此光景，知道已經暗允，即轉身出去，不一會，將桑黛帶進說道：「這就是我家小姐。」桑黛先偷偷一看，果然生得美貌無比，便遠遠的深深一揖，低聲謝道：「蒙小姐相救之恩，某當銘感不已！但今朝事涉嫌疑，也是權宜之法。惟恐孤男寡女，萬一泄漏，某死不足惜，特恐有礙小姐清名。某思一法，既不能使素姐與小姐同宿，有攪清夢，又不能使桑某安然去歇息，莫若桑黛仍在廂樓，效古人秉燭達旦❸，請素姐與小姐也自挑燈不寐，所謂各明心跡！萬一事出意外，究竟可對神明，不知小姐意下如何？」晉驚鴻聽桑黛說了這番話，又見他那種美貌，實在暗羨不已，當即答應，謝道：「桑君既如此用心，奴當銘感不已。惟恨家兄做事，殊屬荒唐，想來定遭報應不爽。君請自便，奴明日便當設法救君，君若離此，就無危險了。」桑黛復又謝了一聲，即刻退出，回到廂樓，將房門閉上，果真效那秉燭達旦去了。晉驚鴻與素琴兩人，也居然不去安睡，便挑燈夜話！那驚鴻說道：「那桑公子明日如何設法放他出去呢？」素琴道：「小姐不須煩慮，婢子已思得一法在此，明日可將殷小姐接來，再將桑公子扮著丫鬟模樣，送與殷小姐，就說新買來的，因大爺看他生得體面，

❸ 秉燭達旦：點著蠟燭直到天亮。

要他作妾。奈大奶奶素來強暴，恐怕不容，徒然帶累他受罪，莫若送把與他。殷小姐必然答應了。等殷小姐帶回，叫桑公子就在半路逃走，豈不是好？」驚鴻說道：「此計雖好，特恐桑公子不肯易弁而釵❹，卻又如何是好呢？」素琴道：「小姐更不須慮此，婢子叫他首肯便了。但有一件，駱小姐明日一早，小姐可就要親自去救他，帶至上房，與老安人、大奶奶說明，還要將駱夫人接來，以杜後患！若將駱小姐仍然送回庵內，大爺必定還要設計圖謀，那便救如不救。」驚鴻道：「此話甚合我意！我明早先將駱小姐救出，你便設法將公子改扮起來，將殷小姐接來，趕緊叫他跟去，讓他半途逃走，免得藏在這裡，事多嫌疑。」一夜無話，看看已到天明，素琴便先到桑黛那裡看看，見他房門仍未開，即上前敲開房門，便將夜間與小姐議論的主意告訴一遍。桑黛聽說要他男扮女裝，他始則不肯答應，繼而被素琴再三相勸，也覺沒法，只得應允。又復恨道：「只恨我這兩條腿被游龍這小子打傷，不能行動，帶累我要易弁而釵。等我出了此門，若不前來報復，誓不為人。」素琴也不多問，見他已經答應，又替他帶上了門，仍到小姐正樓房內。與小姐梳洗已畢，一同下樓，走到書房去救駱小姐。此時駱秋霞一見義妹前來，好生歡喜！彼此就說了許多慚愧感謝的話。這也不必細表。便一同去到上房。卻好晉老安人病體已痊，在那裡與媳婦正用點心，一見駱秋霞好生詫異，又見雲鬢蓬鬆，淚痕滿面，因問道：「如何這般光景？」晉小姐即將前話說了一遍，駱秋霞又哭訴了一番。晉安人與醋大娘子聽了這些言語，幾乎氣煞，即刻將游龍喊來，老安人先罵了一頓，游龍不敢開口，站在一旁。醋大娘子因在婆婆面前，不敢施展雌威，便借事將游龍喚到自己房內，立刻將門閉上，取出一根皮鞭，不問青紅皂白，將游龍按翻在地，褪下褲子，在他雪白

❹ 易弁而釵：指男扮女裝。弁，男子戴的帽子。釵，女子用的髮釵。

的屁股上，狠狠的打了有幾十下；只打得游龍一迭連聲口稱：「望娘子寬饒一遭，下次再也不敢。」醋大娘此時已氣得不能開口，只得坐下來喘喘氣，稍息一會再說。不知醋大娘如何釋去雌威，且看下回分解。

第二十六回　桃僵李代設想非常　倚玉偎香坐懷不亂

話說醋大娘將游龍打了一頓，坐在那裡一面歇息，一面罵道：「你這無恥的賊，家裡現放著美貌的妻子，任你朝歡暮樂，你還不知足，還要在外面招引遊蜂浪蝶。近來膽更大了，竟要瞞著我，將人家宦家❶小姐騙來，要將他作妾，把我全不作人，全忘了夫妻齊眉❷一事。你可該死不該死？該打不該打？」罵著又站起，游龍真是急煞！只得跪在地下，連連的磕頭，口中說道：「萬望娘子饒我初次，我下回再不敢如此胡為。再照此胡為，不把娘子放在心裡，任憑娘子從重責罰，我都情願認罪。」醋大娘冷笑一聲，說道：「還說什麼下次，今日已是胡為，我只問你今日。下次如果敢再如此，再說下次的話。」游龍又再三哀求說道：「可憐我屁股已打得痛極了，要曉得我的皮肉就是娘子心上的肉，若果真將我打傷，我代娘子想不免也有些肉疼，還是饒了罷。」醋大娘道：「虧你有這副面孔哀求，打罪可饒，罰罪難免。今日罰你在迴廊上，罰跪一枝香，倘再求饒，定再重打。」游龍沒法，只得忍氣吞聲，向迴廊下筆直的跪在那裡。此時家丁、僕婦、丫頭全行知道，大家笑個不住。惟有素琴走到游龍跟前，向他羞道：「大爺你昔日英雄，而今尚在麼？」游龍聽見，真要氣死。素琴說罷，跑向後面告知眾人。晉老安人聽說，

❶ 宦家：官宦人家。

❷ 夫妻齊眉：典出「舉案齊眉」。指夫婦相親相愛。

又氣又恨，驚鴻小姐也是又氣又好笑。大家正在嘈雜，忽聽外面報道：「駱夫人來了！」晉老安人聽說，即與大娘子、小姐及駱小姐，一齊迎接出來，駱夫人一見秋霞，止不住淚流滿面。駱秋霞走上前去說道：「娘啊！女兒今得與母親見面，皆是義姐、義母相救之力，不然竟被狂徒汙辱，女兒也只有一死而已。」當下駱夫人即與晉老安人及晉小姐再三致謝。晉老安人只是慚愧說道：「這總是不肖畜生！有累小姐受苦，老身實在慚愧無地，還求太太包涵。」駱夫人又謝了一回，才進去同到後堂，走至廊下，瞥見游龍跪在那裡。駱夫人問道：「此是誰人？為何跪在這裡？」晉安人搶住說道：「這個就是不肖子，被我媳婦罰他跪下，叫他不可再行胡為。」駱夫人聽說，也只得做個面子，求晉安人放了。游龍聽見好生慚愧。只聽晉安人與醋大娘喝道：「蒙駱家伯母說情，還不給我爬起來謝謝！」游龍實在難受，欲待不肯，既難違母親之命，又迫於老婆之威，只得走到駱夫人面前拜了下去，駱夫人將他扶起。醋大娘還叫他過去在駱秋霞面前磕頭，駱小姐聽說，已與晉小姐走遠了。駱夫人攔住說：「只有一句話，公子以後可不能這樣胡為了！」游龍此時恨不得能有個地洞鑽了下去，當下一溜煙跑開去了。駱夫人進內，自有老安人款待，不必細表。再說，素琴抽了空，即往殷家去接殷小姐。你道這殷小姐是何人也？是官宦門第，先代曾任封疆❸，早經去世。韓氏夫人所生一子一女，子名霞仙，是翰林院❹，帶著少夫人在京供職。女名麗仙，這韓氏夫人帶在身邊，守田園之樂。殷麗仙生得美貌絕倫，與晉驚鴻最為知己，素琴到了殷家，一直入內。殷小姐見了素琴，問道：「你家小姐近來好麼？」素琴答道：「我家小姐正是記念著老夫人

❸ 封疆：指封疆大吏。

❹ 翰林院：此指翰林學士。官名。負責起草詔書及應承皇帝的各種文字。

與小姐，叫婢子過來給老夫人與小姐請安，還要請小姐即刻到我家去。我家小姐與小姐有要緊話說，請小姐切不可推辭。」殷小姐聞言，即稟知殷老夫人，當時坐了轎子，來到晉家，走後園門而進。晉驚鴻接著請到樓上，便向他說道：「今請吾妹前來，非為別事，只因愚姐前日買了一婢女，喚蘇沁香，我哥哥見了要他作妾，怎奈我嫂嫂妒心太甚，吾妹是久經曉得的。若使送把哥哥，我嫂必然難容，反叫那婢女受罪。因此要將他送給賢妹，又怕哥哥曉得不行，故請賢妹前來，就將他帶了回去。」殷小姐滿口答應。他姐妹二人談心的時候，素琴已將桑黛裝扮起來，只聽驚鴻叫道：「素琴現在那裡？可把沁香帶來。」素琴答應，即刻將桑黛帶至。桑黛偷眼一看，暗自吃驚道：「我桑黛何以遇到這些磨難，昨晚見了驚鴻，已是心神搖蕩，好容易百般按捺，才算沒事。那裡曉得今日又見了這一位，較驚鴻尤加十倍，我桑黛若有這日，定將這兩個美女娶了回去。」一面暗想，一面跪了下去。先對殷麗仙見過禮，又至驚鴻跟前謝過。此時晉小姐看看好生不忍，含淚說道：「只因我哥哥不容，把你送給殷小姐，你好生跟他去罷。」桑黛聽說，也暗裡藏著話說道：「小姐，我感你相救之恩！今日雖跟了殷小姐去，總刻刻把小姐放在心上。若得寸進，定圖良報，終身不敢相忘！」晉小姐聽了，也知道他話中有話。當時雖礙羞面，卻是深為心許。自己暗道：聽他的話，有求婚之意，我若得匹配此人，也算終身有靠了。也是暗暗允道：「難得你終身不忘！我隨後再來看你，今日你跟殷小姐去罷。」桑黛聞言，心中大喜。彼此皆暗暗定下終身，殷小姐卻毫不知覺，惟有素琴聽說，心中明白。當時將一個小衣包遞給桑黛，說道：「這是你的東西，拿了去。」桑黛接在手中。殷小姐也就告別，晉小姐也不相留，素琴送至園門，悄悄的與桑黛說了一聲道：「桑公子，你不可忘了小姐臨別的那句話。」桑黛道：「若有負心，神明不佑！還請姐姐在小姐前，將我桑黛的心表明才好。至於姐姐的大德，等小姐事畢之後，我若有負，也是神明不佑！卻要圖個切己的報答。」素琴聞言，心中雖是大喜，外面卻紅了一紅臉，輕輕的啐了一聲，罵了一聲油嘴，又回頭望他一笑。桑黛才跟著殷麗仙的轎子去了，素琴也就關了園門上樓去。再說，桑黛跟著轎子走到半路，一彎腰向轎子裡去拿衣包，打算逃走，衣包卻在殷麗仙跟來的小丫頭手上，桑黛沒法，只得跟著到了殷家。殷小姐又稟明了夫人，然後服侍小姐進了房，這才走近前行禮。殷夫人一見甚喜，因問道：「你姓甚名誰？家住那裡？為什麼賣身？」桑黛道：「姓蘇，家住西莊，父親是本學秀才，單生婢子一人，不幸母親三歲病故，父親視如珍寶，也曾讀書，一切針線從未習過。不料父親一病身亡，棺殮無資只得學那賣身葬父，因賣到晉家服侍小姐。不意晉家公子見婢子薄有姿色，便要給他抱衾拂裯。又嫌小主母妒心太重，因此晉小姐恐怕被他糟蹋，所以才把婢子送給小姐的。」殷夫人一聽，便道：「原來你也是書香門第，還是個孝女，若將你作為婢女，豈不是屈了你，便如何是好？蘇小姐你史書既通，音律可知一二麼？」桑黛道：「婢子也曾學過，但不精工。」原來殷小姐酷嗜彈琴，聽桑黛說知音律，又問道：「你會撫琴麼？」桑黛道：「略知一二。」殷小姐即命人將琴攜出，叫他去撫。桑黛也不推辭，但說了一聲：「還望小姐指教。」即刻理了絲桐，撫了一曲是「平沙落雁」。真是宮商❺合拍，挑剔精工。殷小姐大喜，即與夫人說道：「女兒意欲與他結拜姐妹，作為房中良友，不知母親意下如何？」殷夫人喜歡道：「當得當得！甚合吾意。」當時殷小姐即與桑黛結拜姐妹。桑黛長麗仙，便以姐姐呼之。既拜之後，又叫家人丫鬟僕婦，群呼蘇小姐。這日晚間，殷麗仙即與桑黛同宿。那知桑黛這一夜心猿意馬，好生難耐。禁不

❺ 宮商：五音中的宮音與商音。此指音律合拍。

得殷小姐與他引為知己，同衾並枕，把這桑黛弄得真個銷魂。又加以殷小姐那種俊俏風流，比晉驚鴻尤加十倍。兩個人睡在一頭，殷小姐說話之中，那一陣陣的口脂香，真把個桑黛引得個禁捺不住。又見他玉峰❻高聳，真個是新剝雞頭❼。桑黛見這樣光景，任他魯男子❽再世，柳下惠❾復生，也不能禁捺，此心又引逗起來。復又想道：「我若亂了他，不但無以對神明，又何以對待晉小姐？」雖如此想，卻是春心已動，何能即刻禁止？不得已便翻過身去，背著殷小姐將自己手指放入口內，咬了幾口，才算將這一點春心按捺下去。那知殷小姐不知就裡，復又說道：「姐姐你為什麼不回臉兒來？」這一句話，又將桑黛的心挑動。畢竟後事如何，且看下回分解。

❻ 玉峰：指乳房。

❼ 雞頭：本植物名，即芡實。此指少女的乳頭。

❽ 魯男子：詩小雅巷伯：「哆兮侈兮，成是南箕」。毛傳：「魯人有男子獨處於室，鄰之釐婦又獨處於室，夜，暴風雨至而室壞，婦人趨而托之，男子閉戶而不納。」後因稱不好女色的人為「魯男子」。

❾ 柳下惠：春秋魯國大夫。為人正直，以坐懷不亂著稱。

第二十七回　識破行藏盟山誓海　相逢邂逅握手談心

話說桑黛與殷小姐並頭而臥，引動春心，實在按捺不住，不得已轉背而睡，將自己的手指放在口內，咬了幾口，才算將一點春心牢牢捺住。那裡曉得殷小姐不知就裡，復喚他道：「姐姐你怎不回過臉兒來？」桑黛忽一聞此言，又不覺神魂飄蕩，只得咬著指頭假裝睡熟，一任殷小姐盡推盡喊，只是不應。殷小姐沒法，只得罵了一聲：「痴丫頭，偏自這樣濃睡，好不悶殺人也！」轉過臉去睡了。桑黛見他睡去，暗裡想道：「我桑黛也是個風流孽種，只不肯有負神明，欺我暗室，今日卻把我弄得好苦呀！」此時已將三鼓，再聽一聽殷小姐已經睡熟，他悄悄的爬起來，就將桌上燈光又挑明亮，便取了自己衣包，脫去身上衣服，換了包內長襖，又將一雙八寸長滿幫花的大腳女鞋脫下來，換上了自己的快靴，望著殷小姐說道：「小姐，我桑黛別你去了也！等日後立功就業，薄有微名，定當覓倩❶冰人❷，求為佳偶；若小姐有良配，只算我桑黛無福消受。總然今晚雖蒙小姐錯愛，同衾並枕，卻不敢有負神明，渺渺寸心，惟天可表。」正在那裡祝告，忽然見殷小姐翻轉臉來一看，不見了床頭人，再向床外一看，只見一個武裝美男子站在床前。殷小姐吃驚不小，登時坐起來問道：「你是何人？敢來此地？」桑黛見說，即刻跪下哀

❶ 倩：請；央求。

❷ 冰人：媒人。

求道：「小姐見憐，乞容一稟，某並非蘇家女子，實係蓬萊館俏哪吒桑黛。只因游龍在慈雲院騙去駱家小姐，某代抱不平，前去問討，不期誤中游龍之計，將某鎖在空房，欲將火焚。幸虧素琴婢女巧救出來，藏入晉小姐內房，復設計男扮女裝，假稱送給小姐；本擬半途逃脫，都因某衣包在小姐所帶婢女手上，未便脫逃。只得跟著回家，以為到了府上，不過列為青衣❸，得便仍可逃脫。那期錯蒙辱愛，結為姐妹行，又許同入牙床❹，同衾並枕，某自知有罪，惟礙於嫌疑，不敢胡言。雖小姐一再接談，某只隱忍苦挨，不敢有欺暗室。即在晉小姐妝樓，一夜也是秉燭達旦，斷不敢乘人不覺，玷人芳名。如果稍有虧心，某當死於刀箭之下。還有一說：小姐明見，某若有邪念，何必急急潛逃？而且小姐已經睡熟，又何必低低告別，正為來時光明，去時必要磊落，算是頂天立地的奇男子，不欺暗室的大丈夫。倘要見色即迷，汙人名節，那種行徑狗彘不如。尚望小姐不可張聲，某即此去矣！倘有後會，定圖良報！」殷麗仙小姐見他這一番磊落光明，心中雖暗恨晉小姐作事糊塗，卻羨慕他言語溫柔，見色不亂，真個是美男子大丈夫。因道：「君家雖如此光明，但有一件，女子之身，是何等貴重，如今雖君不欺暗室，奴亦深信不疑，究不免白璧無瑕，已汙了一點了。奴不恨旁人，只恨晉家姐太是胡鬧，奴家惟有一死自表，以報君家不欺暗室之心便了。」說著，就要向粉牆上撞去。桑黛趕即上前攔住道：「小姐萬萬不可如此！小姐白圭之身，並未有微瑕之玷，好在對天可表。某斗膽還有一說：若不棄微賤，願以白頭相訂。俟某得有微功，當倩冰人登門叩求，某斷不敢有負初心。但不知小姐尊意如何？」殷小姐道：「奴豈無心，惟恐君家有

❸ 青衣：古時地位低下者所穿的服裝。婢女亦多穿青衣，後因用為婢女的代稱。

❹ 牙床：指精美之床。

棄耳。倘能始終如一，奴便亦不敢負了今言，而況今夜……」說至此，就不說了。只見他兩頰飛紅，雙淚俱下。桑黛已知其意，趕著說道：「卿卿之意，如見肺肝！卿既有心，僕豈忍相負？」說著，就跪下去發誓道：「我桑黛以虎口餘生，得荷玉人垂愛，雖同衾半夜，未負神明。即破行藏，願訂白頭之約。倘有異志，不死於刀劍，即死於水火。皇天后土，實為憑之。」麗仙見他發出重誓，不免一寸芳心，頓生憐惜，趕著跪下來用手將桑黛扶起，掩住其口道：「只要情堅，何須立誓。君既如此，奴也不效兒女之態，即以君之所誓，為奴所誓，倘有異志，有如君言。」桑黛大喜，二人復站起來。麗仙小姐尚有依依惜別之意，那桑黛便斬釘截鐵說道：「斗轉星移，毋能久待；一言為定，幸保千金之體。僕去矣。」說著，將樓窗一開，一個箭步，穿出窗外，登時就不見形影。殷小姐立在窗口望了半會，只得關上樓窗，仍然上床去睡。此時那裡睡得著，一味的想桑黛何等正大，如何溫柔，如何見色不迷，如何不欺暗室，胡思亂想，直到天明方才睡去。一覺醒來，已是日上三竿，便趕緊起來去稟知母親說：「蘇沁香不知何時逃走。」殷夫人也只得嘆息而已。話分兩頭，桑黛出了門，即大踏步向慈雲院而來，走到天明已到，便去敲門，進入裡面，老尼與眾家丁趕上前來問道：「大爺，這兩日你在何處？為何總不回來？」桑黛便將以上的話說了一遍，大家這才明白。桑黛又叫人取了三十兩銀子，給與老尼。便攜著包裹，帶了一個家丁，走到碼頭，雇了船隻，跳下船即刻解纜直望揚州而去。這日舟泊丹陽❺，桑黛正在那裡玩賞明月，忽聽得鄰舟有呻吟之聲，桑黛便命家丁去鄰舟訪問。一會子家丁來說：「是個姓蔣的，因往揚州看打擂臺，不期途中患瘧，現在正發寒熱，故而呻吟。」桑黛聞言，暗道：「莫不是蔣豹麼？」當下又叫

❺丹陽：今江蘇省丹陽市。

家丁去問，可是由蘇州來的？家丁前去，後又來說道：「正是姑爺的兄弟。」桑黛聽說，即刻到了鄰舟，走入後艙，大聲叫道：「蔣豹賢弟，愚兄桑黛在此。」蔣豹聞言，即刻伸出頭來一看，便氣喘吁吁的問道：「吾兄何日到此，家中兄嫂尚安？」桑黛聞此，不覺雙淚俱下，便道：「賢弟請自養病，等你病好，再為細談。」蔣豹見桑黛那種光景，頗為詫異。因道：「吾兄有話但說無妨，這樣含糊，豈不要把小弟急煞！」桑黛便將三打蓬萊館，蒲球劫去蔣逵夫婦的話說了一遍。蔣豹大叫一聲：「小弟與這賤賊誓不兩立！」就這一急，出了一身大汗，登時瘧退病除，坐了起來，陡長精神。復向桑黛說道：「如今只得到了揚州，等擂臺已畢，能夠交結幾位英雄，一同前去掃平山寨，以報前仇。但不知吾兄之意，尚以為然否？」桑黛道：「賢弟之言，正合吾意。」一宿無話，次日天明，即開船進發。恰好遇到順風，不過一日，即抵揚州鈔關門❻外。登時開發了船錢，立刻上岸，一同進城，尋了客店，住了一宿。次日往平山堂而去。走到那裡，果見擂臺高聳，各處茶棚林立，遊人實在不少。桑黛就在西首揀了一個茶棚，與蔣豹坐下。猛然見對面茶棚內一起坐著八人，卻個個生得一表非俗，內中有個極為美貌，雖然武士打扮，卻如美女一般。桑黛的一雙眼睛，便不住的向那人顧盼有間。那知廣明瞥眼看見，忽大聲喝道：「你這西棚內的二人，為什麼只向俺們棚內觀看？難道俺們有異相❼不成？若再看時，洒家將你這兩個眼睛兒挖去。」蔣豹一聽也大怒，喝道：「好無禮匹夫，無端破口傷人，你不看我，怎知道我來看你？你是好漢，過來會我，見過高低。」胡逵聽見，先跳出棚來，直奔蔣豹打去。蔣豹也跳至棚外，忙著捲袖。李

❻ 鈔關門：在揚州南門，是水陸要衝。

❼ 異相：指不同尋常的相貌。

廣一見，立即趕到棚外，大喝一聲：「胡達匹夫，休得無禮。」一面說，一面走到西棚內，望桑黛、蔣豹拱了一拱手，笑道：「二位仁兄請了，且請息怒。還未識尊姓大名。」桑黛即時還禮，笑答道：「小弟姓桑名黛，綽號俏哪吒，這是舍親粉金剛蔣豹，但不知仁兄尊姓大名？」李廣道：「小弟便是李廣，久仰蓬萊館大名，何幸得遇在此。」桑黛見是李廣，當即深深一揖道：「久仰吾兄大名，屢欲趨教，恨未得便，今幸邂逅相遇，大幸大幸。」於是李廣便將桑黛、蔣豹邀至東首棚內，大家通了姓名，好不歡迎。正在暢敘，忽聽廣明喝一聲道：「那南棚內放著一張鐵弓，卻是何故？」大家回頭一看，果然放著一張鐵弓，存在那裡，中間坐著一位英雄。畢竟如何，且看下回分解。

第二十八回　開鐵弓幸遇分牛虎　談往事議打蒲家林

話說桑黛、蔣豹見了李廣等，正在茶棚內敘談，忽聽廣明說那南棚內架著一張弓在那裡，不知何故？大家正掉頭去望，但見廣明已至南棚。只見棚內坐著一人，豹目濃眉，大鼻梁闊口，昂然獨坐。桌上擺列著一堆花銀❶，旁邊放著一張鐵胎弓。廣明正疑惑，即上前喝問道：「你這人為何在此賣弓？又堆著許多花銀，卻是何故？」那人見問，答道：「俺非賣弓，你不曾見俺桌上堆著許多花銀？能有人將此弓拉開，即將花銀送給與他，作為花紅彩贈❷。」廣明一聽大喜，口中說道：「這小小弓兒，有甚希罕？待我給你扯開來，花紅取去買酒吃。」說著，便走來拿弓，只見那大漢說著：「慢著，俺有話講。你若將這弓拉開，俺自將這花銀奉贈你；若拉不開，須吃我三拳。你盡聽到，依得麼？」廣明道：「使得。」那大漢道：「不要後悔。」廣明道：「大丈夫一言既出，駟馬難追，那有後悔的道理。」說著，就捲起衣袖，走近前將弓攜在手內，以為一張小小弓兒，有什麼難扯。那裡知道，用盡平生之力，連得吃奶的力氣都使出來，何曾扯開半分，只掙得來他一副黑的面皮，加了些色，竟變成一付紫檀色。只得將弓丟

❶ 花銀：通常指成色較純的銀子。明王佐新增格古要論銀：「銀出閩、浙、兩廣、雲南、貴州、交趾等處山中，足色成錠者，面有金花，次者綠花，又次者黑花，故謂之花銀。」

❷ 花紅彩贈：賞金；獎金。

下，便思撤步就走。只見那大漢一笑，順手將他大袖扯住說道：「有言在前，何得就走？」廣明沒法，只得伏在桌面前說道：「請打便了。」那大漢也不推讓，舉起那斗大的拳頭，認定廣明背上打下，只聽「噗咚」一聲，只打得廣明兩眼飛金，心中冒火，耳內亂響。欲思討饒，實在不好出口；欲想大呼，又礙著眾人難以為情。恰好胡逵在對棚內看見，大喝一聲道：「好匹夫，不得無禮！膽敢打俺的朋友。」說著跳出來，便思去打。李廣等聞言，也就一齊出來，去到那南棚。胡逵已在那裡，與那大漢胡鬧。李廣將他喝住，那大漢也將廣明放下，李廣便上前問道：「仁兄，為何與俺友胡鬧？」那大漢便說明原委。李廣便笑一笑，順手將那鐵胎弓取在手中，也不捲袖，輕輕的扯開一拉，只見那張弓並非像鐵做的，好似棉花胎做的一樣，毫不著力，拉了個月滿樣兒，臉上亦毫不變色。大家喝彩，說道：「好氣力！」李廣復用手向弓背上一撅，聽得一聲響，那張鐵胎弓折為兩段，拋在地下。四周看的人無不喝彩。那大漢也嚇得神色俱變，心下大驚，趕著上前說了一聲：「失敬！」復又深深作了一揖，問道：「請問兄長貴姓大名，尊居何處？有此神力，使小弟敢不佩服！」李廣也謙讓說道：「豈敢豈敢！小弟姓李名廣，祖居杭州。」那大漢道：「莫非三門街小孟嘗君麼？」李廣躬身答道：「正是。但未識兄長何處知俺賤名，也未請教姓氏。」那大漢道：「小弟是久仰極了！若問賤姓，祖籍淮安，姓駱名熙，綽號分牛虎。」李廣也笑道：「久仰大名，難得巧遇，大幸大幸。」此時桑黛知遇見駱熙，更是大喜，卻不便明言其事。於是大家又各通姓名，連擂臺也不看打了，便一齊約入城內招英館去。到了館中，立刻命人大擺筵宴。李廣大喜，復又命人重排香案，大家結拜起來。本日酒宴之中，桑黛便將蒲球三打蓬萊館，並劫我姐夫蔣逵、胞姐秀英之話，說了一遍。蔣豹也將兄嫂被劫、誓報前仇的話，說了一遍。當桑黛與蔣豹正欲求請李廣等幫助報仇，只見胡逵大叫一聲：「氣煞我也。好大膽的草寇，膽敢如此，俺等當助一臂之力，定然掃平山寨，復得蓬萊館，不然誓不為人。」此時李廣也對桑黛、蔣豹二人說道：「兩位賢弟，不要煩悶。蒲球那廝，愚兄等當助賢弟，定將那一伙草寇剿滅淨盡，以復前仇便了。」桑黛、蔣豹當即致謝不已。桑黛又將慈雲院巧遇駱夫人，晉家莊搭救駱小姐的始終根由細細告訴了駱熙。只氣得駱熙咬牙切齒，大罵不已。因向桑黛謝道：「若不虧賢弟相救，使愚兄家孀舍妹竟有不測之處，此種大恩，實是含感不盡！」桑黛又再三謙遜，座中諸人也多稱讚桑黛見義勇為，實是任俠好義。桑黛又與眾人謙遜，大家好不快樂，於是就痛飲起來，直飲到月上花梢始各散席。俱吃得酩酊大醉，各自安歇不提。一宿無話，次日桑黛與蔣豹兩人自備筵資，瞞著李廣等，備了兩桌盛席，聊做東道。到了午間，即擺了出來，桑黛與蔣豹對大家說道：「弟等今日聊備小酌，一來為進見之敬，二來請諸位兄長賢弟暢敘一番，以助剿滅草寇之力。」說罷，又向大家一揖。李廣與眾人齊聲說道：「這也太覺客氣，某等既為異姓兄弟，便如同姓一樣，患難自當共之，豈有見難不助之理？一俟整頓齊備，即便起行剿滅草寇便了。以後萬勿客氣！」桑黛、蔣豹又謝了一回，這才入席，大家暢飲起來。飲酒中間，各人又談了許多兵法武藝，真個是情投意合，樂不可言。席散之後，大家就預備整頓行裝。不到二日，已預備妥當，即命人雇了船隻，招英館所有賬目一切，即招呼管賬的妥為照料。隔了一日，大家即上船，直望蘇州而去。有話即長，無話即短，在路行程非止十日，已至閶門。桑黛先到慈雲院說明一切，那老尼便合掌賀道：「這才是大官人吉人天相。」說著，便將各欠戶陸續還來的銀兩一齊搬出來。桑黛謝了老尼，即要往蓬萊館去。老尼在旁說道：「大官人，蓬萊館是去不得了，現在已被那蒲家林強盜占去，他在那裡開張了，大官人如果再去，必然又要惹出飛災，不若還在老尼庵內住下罷！」桑黛道：「雖承老師父美意，怎奈我兄弟甚多，這庵內如何能打攪你呢？」老尼道：「不妨！盡可請來，只是小庵褊窄些。」桑黛大喜，即回至船上，告訴眾人，先在庵內暫住，大家答應。桑黛即開發了船錢，於是大家一齊上岸。廣明首先進門，一見老尼迎接出來，他便大笑一聲，指著老尼說道：「你分明與我一樣的和尚，你為何這樣斯文？」老尼見說，忙合掌說道：「阿彌陀佛，師父不要見笑，老尼是二僧❸，不是大僧。」廣明復又大笑起來，高聲說道：「難得難得，俺廣明是個男僧，你是個女僧，難得男僧遇女僧，莫非大幸？」那老尼聽了此話，只羞得臉紅過耳，萬分難受。此時李廣已然進來，見廣明正在那裡眉飛色舞，與那老尼胡說，忙大喝一聲道：「該死的匹夫，又在此胡說，還不與我滾開。」廣明正說得高興，忽被李廣一喝，登時低了頭走了進去。大家也一同進了客堂坐下。老尼忙令佛婆各人面前獻了茶。桑黛便將蓬萊館被蒲球占去，現在那裡開張說明了。李廣聞言大怒，立刻起身來說道：「事不宜遲，就此時去打。」廣明聽說，大笑一聲，說道：「妙極妙極，就此打上前去，打得他落花流水，看那廝還有什麼法兒，再占蓬萊館。」李廣復又喝道：「今天去打蒲球，不要你這莽頭陀前去。」廣明聽說不許他去，即刻跪了下去，哀求說道：「好哥哥，你帶兄弟去走一趟，兄弟都聽哥哥的管束，再也不敢粗莽了。」李廣方才點首。又留徐氏兄弟在庵內等待。大家即刻動身，不一會已到。只見館內人聲嘈雜，酒保跑得紛紛的，在那裡招呼酒客。李廣進內，分了兩張桌子坐下，登時酒保送上酒菜。李廣等先吃一飽，在後向酒保問道：「你家主人桑黛往那裡去了？」那酒保答道：「客官只管飲酒，不可多言。」李廣冷笑一聲，將手中酒杯一擲，怒道：「呔！酒保你可將那該

❸ 二僧：尼姑的謙稱。

死的蒲球喚出來，就說杭州賽孟嘗李廣在此，要與他見過高低。」此時大家一齊在那裡摩拳擦掌，準備相打的光景。酒保見神色不對，立刻向後面去喊蒲球。欲知蒲球是否出來，且看下回分解。

第二十九回　報前仇恢復蓬萊館　仗大義剿滅蒲家林

話說酒保見不是路徑，即刻跑到後面去報。蒲球一聞此言，心中吃驚不小，只得勉強出來，走到屏後一看，只見廳上那些英雄，有的是白面朱唇，有的是紅顏黑臉。一個個皆在那裡摩拳擦掌，準備相打的模樣。蒲球明知不是對手，卻不能不充作好漢，便大喝一聲，跳至外面，高聲怒道：「何處野客，敢來撒野！」李廣猛抬頭見了蒲球站在廳中，也就立起身來，應聲說道：「俺問你，此館本姓桑，四海聞名，爾有多大的膽量，敢來強占產業，劫去伊姐？若能速速滾開，讓退舊主，將伊姐姐送出，或可寬免你一死；倘再執迷不悟，你可知道賽孟嘗李廣斷不干休麼？」蒲球聞言，遂勉強說道：「俺便占了桑小子的產業，搶去他的胞姐，你便怎樣？」一面說，一面那雙腳便思向外行走。李廣喝一聲：「好大膽的狗強盜，望那裡走？看打。」說著，便向蒲球打來。這邊甘寧、鄭九州，那邊楚雲、張穀一齊擁上，大家拔出劍來，望下亂砍。蒲球一面招架，一面急急走。早被楚雲搶上一步，腳尖一挑，已將蒲球踢倒塵埃。桑黛走進門內，登時拔出寶劍，向蒲球頭上揮來。但見一陣寒光，人頭落地，眾酒客一見，大家早已逃走。那些嘍囉立刻擁上三五十名，前來爭打。又被眾英雄殺了一陣，不能抵敵，死的死，逃的逃，走個乾淨，堂中卻堆著許多屍骸。桑黛一面叫人從速打掃，一面叫人到縣裡報案。不上一會，縣裡已到，先踏勘了一遍，然後由桑黛申訴一切，並將蔣逵夫婦被劫一事，也陳訴明白。那知縣甚是歡喜，當下讚道：「蒲家林盜賊橫行，官兵累捕未獲，難得李少君❶仗義滅賊，某當申詳各憲❷，請添兵相助。」李廣當即上前與那知縣行了一禮，說道：「晚生冒昧無知，尚望勿罪。若如老父台所云『申詳各憲，請添兵相助』，這一番周折，那無知草寇，早已聞風逃脫了。好歹晚生兄弟眾多，似無庸請添兵相助。某等當即進剿，請老父母同往一行如何？」知縣說道：「既承李少君仗義，無須添兵，某當遵命，俟報捷之後，某再申請上憲便了。至欲某同行，某實案牘煩多，萬難同往；即便同往，還須稟知上憲，尚有此周折，恐多不便，還是請少君與諸位偏勞，某當靜候捷音便了。」李廣當下答應，知縣起身回去。桑黛又差人將眾門徒喊到，又抬了許多兵刃，聽各人揀用。大家裝束停當，即刻出了蓬萊館，上馬望蒲家林而去，不到半日已到。那蒲龍、蒲虎已經得信，早預備在那裡準備拒敵。眾嘍囉一見，即刻報進了寨內。蒲龍即命蒲虎帶領三百嘍囉，衝出林外，大聲喝道：「何處雜種？膽敢殺死俺家兄弟，俺爺爺正欲興兵前去，報仇雪恨，爾等來得正好，不要走，看爺爺的刀罷！」說著一馬衝出，急舉鋼刀，向李廣殺來。旁邊惱了楚雲，把馬一拍，飛出陣去，手執銀槍，向鋼刀上一迎，噹的一聲，撥開鋼刀，蒲虎只覺得兩手酸麻，暗道：「看他不出，分明是個怯弱女子，再不料有此厲害。」此時二馬過門，蒲虎撥轉馬頭，正欲趁勢來殺，楚雲實在眼快，他那桿爛銀槍已刺了進來。蒲虎趕急招架，一來一往，約有七八個回合，蒲虎已抵敵不住，直殺得他汗流浹背，氣喘吁吁急思逃走。爭奈楚雲槍法厲害，把個蒲虎裹住在那裡，無空可逃，一槍正中咽喉，挑於馬下。桑黛便趕上前一刀，割了首級，眾嘍囉一見，即擁上前亂砍亂殺，眾英

---

❶ 少君：舊時對別人兒子的敬稱。
❷ 各憲：指各上級部門。

雄揮動兵刃，只殺得眾嘍囉血濺荒郊，只得拋戈棄甲，急急奔回大寨，報與蒲龍知道。蒲龍一聞此言，吃驚不小，暗道：「這回卻難住在此地了。」復又一想：「現在後寨還放著一個在那裡，俺何不前去與他樂一樂，就是死了，也是甘心。」主意已定，即刻到了後寨，推開房門，揮開二個僕婦，復將門閉上。但見桑秀英斜臥床上，在那裡流淚。桑秀英見蒲龍進來，只嚇得心驚膽碎，趕著坐起。又聽蒲龍進前說道：「美人不要流淚了，俺與你敘一敘鸞交鳳友❸，萬望美人可憐，俺相思已久，今日才得空前來。」桑小姐聽了，雖然怒氣填胸，卻是一言不答。蒲龍正在那裡百般調戲，忽聽門外有叩門聲音，蒲龍喝問道：「誰在外面叩門？」那兩個僕婦說道：「我們並不曾敲門，便是我們聽見，好似有人在那裡面的。」你道這叩門的是誰？就是張穀。因李廣等殺退眾嘍囉，搶進大寨，卻不見了蒲龍，一面各處搜尋，一面叫張穀去探桑小姐的消息。恐怕被強盜汙辱，所以藏在房內，一見蒲龍前去調戲，他便去房外叩門去驚蒲龍。及至蒲龍聞聽僕婦所言，心中不免驚恐，因低低說道：「如此見鬼，雖俺兩個兄弟已經死了，還要與俺爭風。」不料張穀去探桑小姐，看得清楚，也暗自笑道：「該死的強徒，他死在頭上，還在這裡做著風流事呢！」正自暗道，只見蒲龍搶上前去，將桑秀英摟抱起來，向床上一按，欲要行強。可憐桑秀英只嚇得三魂已少了二魂，七魄只留一魄，因大罵不止。張穀看見，此時不救，尚待何時？立刻拔出佩劍，向蒲龍頸上揮去，瞥眼間頭已落下，一腔熱血濺得桑秀英滿臉。桑秀英一見，更覺魂不附體。張穀恐怕他嚇死，趕著說道：「小姐莫怕，我乃奉令弟之命，前來殺這強徒，救出小姐。我是受仙人異術，用了隱身法殺他。」桑小姐聞言，才算心定，即展開秋波❹一看，果見一個年少郎君，站在床前，桑小

❸ 鸞交鳳友：指男女發生性關係。

姐一見，驚喜交集。張穀提著人頭，一隱身登時出了房門，走到大寨，告知李廣。大家聞言，好不歡喜。桑黛立刻謝了張穀，便急急跑到後面。見了胞姐，桑秀英一見是自己兄弟，不覺放聲大哭。桑黛也不免流淚，因道：「姐姐無須悲痛了，此時強徒已經殺盡，你在此稍待，可囑老媽打了面水，將臉上血跡洗去，定定神罷。」桑秀英道：「兄弟，你可知你姐夫現在那裡？曾將他救出去麼？」桑黛道：「姐姐請放心，兄弟的那班朋友，已在那裡各處尋找呢。」正自說著，已見僕婦將蔣逵、蔣豹帶了進來。此時夫婦叔嫂一見面，便大家哭個不住。還是桑黛說道：「不必哭了，好在強盜已經殺死，骨肉倒又團圓，還哭什麼。倒是要到廳上，去謝謝大家兄弟才是道理。」蔣逵說道：「賢弟之言甚是有理。」於是一同前去。你道蔣逵誰救出呢？也是張穀在耳房❺內救出的。蔣逵等到了廳上，桑黛即領著他從李廣起，挨次道謝。蔣豹又與大家拜謝了一回。桑黛還欲拜謝，李廣等再三攔阻，桑黛只得說了一聲「遵命」，站在一旁。李廣便與蔣逵說道：「蔣兄你可不必在此周旋，可去裡面請尊嫂梳洗，吾兄可各處去認家產。」又囑桑黛認明自己的東西，「其餘一概不可亂動，愚兄自有道理。」桑黛、蔣逵答應前去。李廣又把眾嘍囉一齊喊來，勸了他們一番，叫他們從今以後，務要各歸正業，不可再行胡為。又招呼他們且在這裡等待一日，等地方官來過，各給銀兩，讓你們還鄉。眾嘍囉叩頭感謝。又命人飛報府縣，請他們前來踏勘❻。此時桑小姐梳洗已畢，李廣即命人去喚了小轎，並囑蔣豹先送桑小姐及僕婦回莊。到了次日。府縣前來

❹ 秋波：指眼睛。
❺ 耳房：正房或廂房兩側連著的小房。言其在門內左右如人的兩耳。
❻ 踏勘：實地考察。

踏勘，將所有財產自蔣逵、桑黛各自認去外，又當官各給嘍囉十兩銀子，資遣還鄉，其餘概行入官充為善舉。蒲龍等首級由地方官帶去懸竿示眾，並由地方官喝令本坊地保掩埋屍骸，然後焚了大寨，大家才回蓬萊館去。欲知後事如何，且看下回分解。

第三十回　桑黛誠心求美女　張穀幻術盜佳人

話說李廣等掃平蒲家林，一同回至蓬萊館安歇一夜。次日，府縣便奉了上憲之命，令府縣前來致謝李廣，並勸他出仕❶。李廣再三揖謝，府縣又說了許多冠冕堂皇的話，才辭別李廣而去。這日桑黛就備了兩桌酒，又把徐氏兄弟、蔣逵、蔣豹約來一同暢飲。飲酒中間，駱熙便說起要與桑黛去到晉家莊省視嬸母。此時卻觸動了桑黛一件心事，當下就與李廣說道：「小弟有件心事要稟明大哥，求大哥作主，可是小弟又礙難開口。」李廣道：「大丈夫事無不可對人言，只要正大光明，但說無妨，又何不可？」桑黛便紅了臉，將那日被困晉家莊，如何巧遇素琴相救，如何藏入小姐房中，住了一宿，如何秉燭達旦，如何臨別贈言，兩情相許的話，說了一遍。李廣聞言笑道：「原來賢弟尚有這段佳話，也可謂出了好心有好報了。你去救駱小姐，偏自己得了一個美女，豈不大妙！可是一件，你說秉燭達旦，愚兄斷不相信。賢弟如此風流，而且兩美相陪，縱使柳下惠復生、魯男子再世，亦斷不得如此拘執。而況賢弟風流俊俏，兼而有之，對此名花，能毋心動？」徐文亮便搶口說道：「楚峽巫山❷，吾知其早入襄王之夢❸了。還

❶ 出仕：出來做官。

❷ 楚峽巫山：戰國楚宋玉高唐賦記楚襄王遊雲夢臺館，有夢與巫山神女相會的故事，後遂以「楚峽巫山」稱男女幽會之事。

說什麼秉燭達旦，誰受你騙來？」張穀也就笑道：「裴航甘霖❹，君家早乞雲英，但不知個中滋味，究竟如何？尚望告知一二，使小弟異日得遇此境，也可效尤。」桑黛被他說得兩頰飛紅，帶愧說道：「委實未曾胡行，倘欺暗室，神明不佑。」李廣道：「若果真未入楚襄王高唐之夢，這卻可敬了！」桑黛急著發誓道：「倘有虛言，神必不佑。」李廣道：「如此說來，我明日與駱賢弟一同前往晉家莊，代你求婚便了。賢弟要一同前往。」桑黛答應，一宿無話。次日李廣帶領駱熙、桑黛到了晉家莊，一齊下馬，只見晉家門口，掛燈結彩，頗為熱鬧。那莊丁一見桑黛，又見隨著兩人，大吃一驚，暗道：「怎麼他又來了？」李廣便向著那莊丁說道：「管家！你府上今日有什麼喜事？請你在你家主人前通報一聲，就說杭州李廣，帶著蓬萊館桑黛及淮安駱熙特來奉謁，有要事面說。還請你到內堂通知駱夫人，就說他胞侄前來省視。」那莊丁回道：「今日府裡小姐行盤❺，聘與對家富豪趙家，現在堂上賓客眾多，請諸位改日再來罷！」李廣一聞此言，便蹙著雙眉，目視桑黛。桑黛也覺無限愁悶，駱熙在旁大怒，說道：「便是你家小姐行盤，俺要進去見我家嬸母，你敢不進去通報麼？」那家丁一見，暗道不妙，趕著說道：「既

❸ 襄王之夢：傳說楚王遊高唐，夢見巫山神女「願荐枕席」，「王因幸之」。神女化雲化雨於陽臺。見戰國楚宋玉高唐賦序、神女賦序。後遂以「襄王夢」為男女歡合之典。按，遊高唐，夢神女者，當為楚懷王，非襄王。自古以來，襄王枉受其名。參閱宋沈括夢溪筆談辯證。

❹ 裴航甘霖：唐裴鉶作傳奇，說唐長慶間秀才裴航下第，途經藍橋驛，渴甚，有一織麻老嫗的孫女雲英以水漿飲之，甘如玉液。雲英絕美，航欲娶以為婦，嫗告之須用玉杵臼為聘。後航果求得玉杵臼，遂娶雲英，兩人並於婚後入玉峰洞為仙。蓋據傳說虛構而成。後人詩文中常用此為典故。

❺ 行盤：舊俗，結婚前男家往女家致送彩禮。

然眾位定要進去，小人進去通報便了。」那家丁轉身便望裡去，駱熙等也就跟了進去，走至廳上，果見肆筵設席，款待大媒。那莊丁才走至游龍跟前，正要稟報，只聽駱熙一聲大喝：「誰是游龍？快來會俺。」游龍掉轉頭一看，見有桑黛在旁，大驚失色，即思逃走。駱熙走上前大喝一聲：「無恥賊子！膽敢賺我妹子，計害桑黛，你可認得分牛虎駱熙麼？」說著一伸手將游龍提過來，順便一腳，踢翻了酒席，掉轉又是一腳，把那趙家行盤的彩緞花紅禮物等件，都打翻在地。張春儀卻是媒人，一見如此，趕著帶領趙家莊丁人眾，急急的飛奔。晉家的莊丁也就急急的跑入後堂稟報。駱熙正把游龍按翻在地，舉拳要打，忽聽屏後大聲喝道：「侄兒不得無禮。」駱熙聽知嬸母，才將游龍鬆下手來，即刻轉到駱夫人面前請了安。駱夫人說道：「侄兒既來固是極好，雖然怪游龍胡為，若不是被家丁拐去行裝，也不至於如此，萬望賢侄饒了他罷。而況承此地安人、小姐相待極優，也可算將功補過。倒是這個桑公子，賢侄卻不可忘了他的大恩！」此時桑黛趕著趨步上前，口稱伯母道：「小侄有何德能，敢蒙掛齒。」駱夫人見了甚是大喜，又再三相謝。駱熙又將李廣引至面前，與駱夫人相見已畢。駱熙便悄悄的與駱夫人說明桑黛求親的話。駱夫人搖著頭，也低低說道：「此時已不行了，他家小姐已經由箴片❻張春儀做媒，字與對莊趙宅，安人並不願意，只是游龍已經答應，無可挽回。只可憐小姐聽了此言，連日在那裡終日啼哭。聽說趙家這個新姑爺，也與游龍相仿佛，所以大非小姐之願。還聽說小姐不願嫁他，拚著一死，以了殘生。」駱熙羨慕不已。又問道：「妹子近來尚好？」駱夫人道：「自從被他家小姐接入內室，又承安人相待甚厚，你妹子終日皆與他家小姐一起，倒也兩心相合，頗說得來。」駱熙大喜。當下又道：「嬸母，侄兒

---

❻ 箴片：參見第九頁注❾。

要去了，稍停數日，便來接你老人家同妹子回淮安家去。」說著，就與李廣、桑黛告辭，匆匆而去。駱熙就在馬上，將駱夫人所說晉小姐的那番話，告知李廣。桑黛在旁聽說，又是讚嘆，又是暗恨游龍，李廣並不開口。三人到了蓬萊館，大家一見，便問求親之意如何。李廣先對眾人說了一遍，大家也是不樂。只見張穀笑道：「你若求我，包你成功。」一句話把李廣提醒，便道：「既是如此說法，就煩你將他盜來，我自另有主意。」張穀道：「人家不求我，何故大哥要代他說什麼呢？」桑黛聽說，即含羞走到張穀跟前，深深一揖道：「倘得珠還合浦❼，愚兄銘感不已！」張穀聽說，又將手在他臉上羞了兩下，把桑黛的臉羞得飛紅。李廣當即說道：「桑黛賢弟既然求你，你卻不可推辭，趕緊去罷！」張穀答應一聲，登時不見。桑黛好生詫異，追問其故，方才明白。張穀到了晉家，隱身走至後堂，正要去盜小姐，只聽見裡面哭聲震地，晉老安人在那裡罵張春儀、游龍。再一細聽，原來李廣等走後，張春儀到了趙家，說明一切，即叫趙家來了許多人，將晉小姐登時搶去。張穀聽說，即刻到了趙家，只見堂前燈燭輝煌，許多親友在那裡飲酒，又見趙德口口聲聲，誇讚首座那個人的妙計。張穀看見，就知那首座的就是張春儀了，便到他跟前，正要與他戲弄，只見對面一個人敬了一杯酒，遞給新郎手中。張穀就跑過來，將他手腕一擊，噹的一聲，酒杯落地，打得粉碎。趙德立起身來說道：「醉了，諸君請多飲一杯，小弟要告別了。」說著便望後走，張穀就此跟了進去。一會子到了洞房，趙德卻甚是得意，只見晉小姐啼哭不止，

❼ 珠還合浦：即「合浦還珠」。比喻人去復歸或物歸原主。後漢書循吏傳孟嘗：「(合浦)郡不產穀實，而海出珠寶，與交阯比境。……先時宰守並多貪穢，詭人采求，不知紀極。珠遂漸徙於交阯郡界。於是行旅不至，人物無資，貧者餓死於道。孟嘗革易前弊，求民病利。曾未踰歲，去珠復還。百姓反業。商賈流通。」

一見趙德進內，便想要自盡。張穀看見，實在羨慕，因急將乾坤袋放開，將小姐裝入袋內。趙德正要前來勸慰晉小姐不哭，忽然連個人影兒都不見了，好生詫異。忽聽得頂板上說道：「趙德聽著，俺乃月下老人❽，晉驚鴻與爾無緣，不堪匹配，吾神已將他帶往仙山去了，你速將他的年庚❾送還晉宅，倘執迷不悟，吾神即刻將你狗頭砍落下來。」趙德聽說，真個嚇死，趕忙跪下哀求道：「願遵法旨，明日即送還庚帖❿。」張穀便來到廳上，只見大家還在那裡飲酒，他便將廳上的板凳拖著在廳上亂跑。大家一看，甚為詫異，不見有人，如何自己會跑？大家正在驚慌，忽見板凳又爬上廳柱，如飛的一般直上到梁上，掛在那裡。張春儀也是咄咄稱怪，口中說道：「難道這裡有了妖怪？」一言未定，只覺得背後有人推他，他便坐立不住，直望前跑，如旋風一般，兩腿如飛，毫不由己，自東到西，由南到北，將三間大廳跑得團團亂轉，面上汗如雨下。大家看見齊聲說道：「張先生，你這樣亂跑，難道瘋了不曾？」張春儀答應：「我那裡要跑，分明有人推我，不由我自主了。」張穀也覺得頑皮，復又想道：「一不做二不休，爽性叫他們大家跑得個落花流水。」心中想罷，便向眾人念了一遍咒，只見眾人也行動起來，便如穿花燈相

❽ 月下老人：神話傳說中主管婚姻之神。李復言續幽怪錄載：唐韋固，少孤，旅次宋城，遇異人，倚囊坐，向月檢書。固問，答曰：「天下之婚牘耳。」「固問囊中何物，曰：『赤繩子，以繫夫婦之足，雖仇敵之家，貧賤懸隔，天涯從宦，吳楚異鄉，此繩一繫，終不可逭。』」後因稱主管男女婚姻之神為「月下老人」，簡作「月老」。亦為媒人的代稱。

❾ 年庚：一個人出生的年、月、日、時，用八字表示，謂之「年庚」。故有時「年庚」和「八字」也作同義語。迷信者認為根據年庚，可以推算人們的命運好壞。

❿ 庚帖：舊俗訂婚時，男女雙方互換的帖子，上寫姓名、生辰八字、籍貫、祖宗三代等。也叫八字帖。

似，在那裡廳上，跑得個不息不休。只聽一口同聲說道：「不能跑了，再跑腿要斷了！」畢竟這些人跑到幾時，且看下回分解。

第三十一回　玉面虎作伐求淑女　小神仙賣卜相英雄

話說張穀在趙家莊，將眾賓客及張春儀用了幻術❶，使他們在廳上團團亂跑，只聽大家齊聲哀求道：「是何處神仙相戲？弟子們實在跑不動了，再跑腿要斷了，求神仙饒了罷！」張穀在暗中聽說，真正實在好笑，當下念了咒語，將眾人止住腳步。惟有張春儀不使他就停止，還在那裡飛奔。只見他奔得面如土色，張著嘴喘氣，臉上的汗珠都有黃豆大，直滾下來。又跑了一會，忽見他一聲大喊道：「痛煞我也！」大家向他一看，只見他兩隻耳朵不知去向，血淋淋流血兩頰，原來被張穀割去。眾人吃驚不小，再一看視，但見張春儀那酒杯中，一雙血淋淋的耳朵浸在酒內。大家一見，立刻一齊掩著耳朵飛奔出門。此時張春儀昏暈在地，當下有趙家的家丁，將他扶起，送他回家。張穀此時也就帶著晉小姐而去，忽然心中想道：「我何不如此如此，較為光明。」心中想定，即將晉小姐仍送回莊。進得門來，仍聽老安人在那裡哭罵，他便在暗中高聲說道：「下面聽著，不要哭罵，吾乃月下老人是也！晉驚鴻與趙德本無緣分，總是游龍誤聽張春儀之言。今已將張春儀在趙家處治，晉驚鴻已帶回，應與桑黛匹配良緣，隨後尚有夫人之分。爾家宜善保護，一面使駱姓為媒，不可再誤！吾神再飭令桑黛轉請杭州李廣前來作伐❷。趙德

❶ 幻術：指方士、術士用來眩惑人的法術。

❷ 作伐：做媒。

定於明日將庚帖送還，晉驚鴻交付於爾。吾神去也！」說著，將晉小姐放出。晉老安人聽見半空中有人說話，正在疑惑，忽見驚鴻已坐在樓上，形容委頓，憔悴堪憐。晉安人即跑至面前，將驚鴻抱住，喊了一聲：「我的兒，總是你不肖的哥哥誤你。今日蒙神人指示，說你應配桑黛，但不知桑黛究是何人？還叫我請姓駱為媒，莫非駱太太認得那個桑黛麼？」晉小姐雖然委頓不堪，心中極為明白，睜開眼睛一看，是他母親在面前與他訴說，心下大喜，只得假裝不知道：「母親，你女兒莫不是夢中相見麼？」晉老安人道：「我兒，你不要疑惑，你是月下老人將你送回，說你應配桑黛，還叫我請姓駱的為媒。我想這姓駱的只有駱夫人，難道他與桑黛有什麼瓜葛？」當下即叫人將駱夫人請來，說明原委。駱夫人大喜道：「這桑黛是老身的親戚，明日可叫舍侄與他說知，使他登門來求親，只叫舍侄做冰人便了。老夫人不知，這桑黛果是一表非凡，令愛匹配與他，真是天然生成的一對玉人。真是可賀可喜！」晉安人聞說，便大喜起來，就命人將小姐送回臥房，好生安歇。此時晉小姐這一樂，自不必說。且說張穀回到蓬萊館，先把戲弄張春儀的話說了一遍，大家笑得心痛；復將晉小姐送回晉家，並在晉家假託月下老人指示的話，也說了一遍，李廣大加讚賞。桑黛一聽此言，便望張穀深深一揖，謝了下去，於是大家又與桑黛調笑一番，不必細說。當晚開懷暢飲，直至半夜，方各散席安睡。次日一早，李廣具了衣冠，帶同駱熙、桑黛到了晉家。晉家那管門的一見，暗道：「怎麼這三個人今日又來？」正自疑惑，李廣即向他說道：「管家，你進去稟知老安人，就說杭州李廣，特又帶領桑黛、駱熙前來，有要緊話說。請汝家老安人及你家小主人出來會俺。」那管門的一面答應，轉身進內，一面暗道：「昨日他三個前來相打了一頓，今日又來，要見主人，還要叫稟知老太太，究竟這裡是何緣故？」想著，已到了內室，即將李廣的話稟明晉老安人。當下老安人一聽，笑逐顏開，一面叫人去請駱太太，一面叫人去喚游龍到廳上會客，又叫看門的，好生看待客人，不可怠慢。那管門答應，卻是滿腹狐疑，走出來即請李廣三人到廳上坐下。一會子游龍已出來相陪，家人獻上茶，李廣正與游龍說道：「昨日造府，駱賢弟殊多粗莽，尚望勿罪；今日前來，一為登門謝罪，一為令妹姻事。昨夜小弟特奉月下老人指示，說令妹終身應配桑黛賢弟，吾兄誤信張春儀之言，許字趙德，未免大錯。已經將令妹送回，囑令小弟前來作伐，並帶同桑黛登門求婚，不知吾兄尚以神言為然否？小弟是遵奉月下老人法旨，特地前來。吾兄可稟知令堂，小弟當靜候行止。」游龍聽說，覺得慚愧，若待不允，自己妹子果是不知昨夜怎樣從半空中有人送回，而況今日趙家已將庚帖還來，並言張春儀被割去雙耳，毫無一點虛假；若待應允，桑黛又是仇人，如何是好？正在疑惑，忽聽屏後喝道：「不肖畜生！總是你的種種胡為，害你妹子拋頭露面，不是神人相救，險些兒誤了他終身。昨夜月下老人已指示為娘，你妹子應配桑黛，並叫為娘請李公子作伐，為娘已答應月下老人了。今日李公子又奉神人指示，同駱公子與你面談，爾還狐疑什麼？女兒卻是我生的，要由我作主，那由你不肯的道理？還不給我應允！」游龍聽罷，只得帶愧向李廣說道：「既承辱命，當遵台命便了。」駱夫人在屏後，又向駱熙說道：「侄兒，李賢侄即作男媒，你便作為晉府女媒罷。」駱熙答應。李廣又命桑黛與游龍行過禮道：「昨是仇讎，今為姻親了。可喜！可喜！」桑黛、游龍二人好生羞愧。李廣又與游龍道：「既蒙允諾，今日匆匆，後日即當行盤，求賜庚帖。」游龍也即答應。李廣等告別，游龍相送出門，大家一揖而別。李廣等回至蓬萊館，與眾兄弟說了一遍，大家又向桑黛取笑一番。此時桑黛雖面帶羞慚，卻是心滿意足。到了第三日行了盤，駱熙便雇了船去接嬸母妹子；又到慈雲院搬取叔父靈柩，並賞了老尼五十兩銀子；又將孀母送回淮安，約期來年到杭州與李廣相會。途中又巧遇騙拐行裝的惡僕駱元，將他送官懲辦，所有失去財物，仍然收回，然後徑往淮南而去。不必細表。李廣等眾人也就收拾行裝，仍到揚州去看打擂。話休煩絮。到了揚州，將招英館賬目大略清理了兩日，即一同出城，到平山堂去看打擂。大家坐在茶棚，互相閑話，胡逵、廣明卻久坐不住，便各處閑遊。走至擂臺北首，見布棚下坐著一個先生，頭戴道巾❸，身穿鶴氅❹，唇紅齒白，清秀絕倫，旁邊掛著一塊招牌，上寫「相命如神」四個大字。廣明便走上前說道：「先生，給咱家先相一相，看先生的相法真也可不真。」只見那先生笑道：「和尚，你不須相得，我知道你名喚廣明。」當下廣明便吃驚道：「先生，你為何知道我的名字？」那先生道：「你不知過去未來，還算得什麼相命？」胡逵也擠上來說道：「先生，你再給俺相相看。」那先生道：「你也不須相得。我知道你住山西，姓胡名逵，綽號煙葫蘆，近來添了一件心事，終日裡記念著甘家十二姑。」那相面的一席話，把個胡逵、廣明嚇得只是伸舌，掉轉身飛跑到李廣面前，說道：「大哥，那邊來了個神仙。」就把上項話說了一遍。李廣聽說，便出了茶棚，走到那裡。那先生一見李廣，便站起身，笑迎出來道：「李孟嘗，在下是久仰了！幾時由杭州到此地？」李廣大驚道：「先生相命如神，真是名不負實，敢屈大駕至敝寓一敘如何？」那先生道：「當得！領教。」說著收了招牌，便同李廣就走，李廣又把眾兄弟一齊邀約進城。一會子，到了招英館，李廣便與那先生施禮已畢，分賓主坐下，家人獻上茶。李廣便道：「還未請教道號仙鄉？」那先生道：「貧道姓蕭，法名子世，綽號小神仙，家住天台❺雁蕩❻

❸ 道巾：道士的軟帽。

❹ 鶴氅：鳥羽所製的裘。世說新語企羨：「嘗見王恭乘高輿，被鶴氅裘。」後來也專稱道服。

之間。曾從終南❼赤松子❽遊，因此稍知過去未來之事。今特奉吾師之命，前來拜訪的。」李廣聞言大喜，說道：「某何幸今日得遇神仙，便請先生代某仔細一看。」畢竟蕭子世說出什麼話來，且看下回分解。

❺天台：縣名。在浙江省東部、靈江支流上游。

❻雁蕩：山名。在浙江省東南部。舊傳山頂有蕩，秋雁歸時多宿此，故名，簡稱雁山。

❼終南：山名。秦嶺主峰之一。在陝西省西安市南。一稱南山。即狹義的秦嶺。相傳道教全真道北五祖中的呂洞賓、劉海蟾曾修道於此。

❽赤松子：中國古代神話中的仙人。相傳為神農時雨師，一說為帝嚳之師。後為道教所信奉。漢書張良傳：「願棄人間事，從赤松子遊耳。」

第三十二回　略說姻緣半明半暗　試觀動靜疑假疑真

話說李廣向蕭子世說道：「就煩先生代某等細相一回，看某終身如何結局？」蕭子世道：「君家何必要相，為人正直，日後登壇拜帥，晉爵封王，富貴雙全，是天下第一。閨中內助，卻是兩個齊眉。但有這個二夫人出身奇怪，與君家同一封王晉爵，血戰沙場，是個千古無雙、巾幗鬚眉女子。不過是目下稍有災難，卻毫不妨事。」李廣聽了，頗為疑惑。楚雲在旁聽說此話，直嚇得頭不敢抬，斜坐在樓上，低垂粉頸，暗道：「這人莫非果真神仙降世麼？」只聽徐文炳上來說道：「你這先生未免相人不當，我李大哥如何肯納如君？請先生給我一相，看看我還有什麼災星？」蕭子世又將他一看，便蹙著眉道：「徐兄，相你終身，他日文章自可大魁天下，惟現在印堂❶暗滯，謹防月內有縲絏之災❷。所幸吉星照臨，尚可逢凶化吉，倒也不須驚恐。」文炳聽說，便退下來，好生憂慮。只見文亮說道：「哥哥毋須驚恐，江湖術士，未必句句皆靈，只可『姑妄言之，姑妄聽之』而已。」蕭子世便道：「二先生不可如此說法，令兄固有災難，便是尊駕，不日也要受一大驚。謹防夜半西風，黃河天上，但是遇難呈祥，逢凶化吉，

---

❶ 印堂：舊時相面的人稱額部兩眉之間為「印堂」。

❷ 縲絏之災：牢獄之災。縲絏，捆綁犯人的繩索。引申為牢獄。論語公冶長：「子謂公冶長可妻也。雖在縲絏之中，非其罪也。」

一旦仙緣巧遇，便可就武棄文，而且有一個絕妙紅妝，與君偕老。君雖不信，請留為後驗何如？」文亮那裡肯信，只笑了一聲，退了下來。只見張穀笑嘻嘻地走上前來，說道：「先生，你相我何如？」蕭子世便攜了張穀的手，說道：「你是東方老祖的門徒，與我也算師兄師弟，吾師與尊師時常會晤，怎麼師弟倒認不得愚兄了？只可惜凡心太重，不能上入仙班。惟羨你子貴妻榮，盡多樂事。」張穀聞言，一面伸舌，一面說道：「你這人鬼話連篇，實在有趣。」此時桑黛也走上來，請他細看。蕭子世一見，便大笑道：「此弁而釵者，何必相？但是既來，不得不奉送兩句。君家祖籍蘇州，綽號俏哪吒，為人疏財仗義，磊落光明，雖曾易弁而釵，亦屬出於無奈。所幸溫柔鄉裡，美女同居，暗室不欺，寸心可表，將來官居極品，倒也不甚奇怪。為是命帶桃花，艷福極大，閨中內助，卻有四美齊眉；他日血戰沙場，還有一人相愛，雖如此說，不過徒有虛名。膝下桂子❸森森，比在座諸位都要加倍，可羨！可羨！」桑黛相畢，接著甘寧、蔣豹、鄭九州一齊都來。蕭子世一一相畢，皆是封官的封官，顯位的顯位。胡逵、廣明又上前重相，蕭子世向胡逵說道：「君已相過，何必重言？」胡逵道：「咱的終身，先生並未說起。」蕭子世道：「君家勿慮，也是官居顯位。」復向廣明說道：「你日後尚可勉成正果。」大家互相佩服。李廣一回頭，見楚雲坐在那裡，粉頸低垂，一言不發，便上前說道：「因甚沉吟不語，何不去蕭先生一相呢？」桑黛聽說，上前來將楚雲推道：「快去，快去！」楚雲沒法，只得去相。到了蕭子世面前，說道：「先生相我不可多言，賤性最不耐煩聽羅嗦❹話的。」蕭子世道：「尊相甚不易相，不必說君家不

❸ 桂子：即桂子蘭孫。對人子孫的美稱。明湯顯祖紫簫記就婚：「作夫妻天長地遠，還願取桂子蘭孫滿玉田。」

❹ 羅嗦：即囉嗦。

願多言，即使要言，貧道也不敢直說。」張穀帶笑說道：「先生不敢直言，這個人莫非短壽不成？可請先生只相他日後官居何職？他居住何處，姓甚名誰？」蕭子世笑道：「若問他官居何職，貧道也難就斷，可問李孟嘗便知。雖然位居極品，可惜終為他人。若問他居址姓名祖居，必然近水，姓字一時頗不易辨，日後方可得知，此便是他終身因果。貧道話盡於此，其他固無言可說，卻也不便說了。」楚雲聽說，羞顏欲絕，回身便走。李廣目視了一番，心中更加疑惑，想道：「蕭子世相我等皆是直截了當，何以相他一種語言半明半暗？怎麼說他的功名須問我？好不奇怪！」復又想到：「曾記那手卷面上他的形容，雖然簪帙包巾，卻是羅裙低繫，難道他果真是個巾幗英雄麼？且等我今晚試他一試，倘果真是個女子，再作計議便了。」想罷，便命擺酒相留。蕭子世再三推辭，說道：「貧道另有他事，萬難相陪同飲，好在相會日子甚長，改日再為領教罷。」說罷辭別眾人，飄然而去。大家也就入席痛飲起來。座中無非議論蕭子世相法如神，互相佩服，獨有楚雲一言不答，李廣頗覺疑心。一會子席散，李廣便假裝醉態，走至楚雲面前，攜著楚雲的手便走到房內，與楚雲並肩坐下，說道：「賢弟，愚兄醉了，今日思與賢弟抵足而眠，不知可以否？」一面說話，那二隻眼睛只管向著楚雲笑嘻嘻的，見他眉彎柳葉，臉泛桃花，越看越是生疑。楚雲見李廣目不轉睛的呆視，暗道：「他平時為人正直，從未戲語嘲人，現在這般光景，全非昔日情形，言語之間，半帶嘲笑，若是此君私心頓起，這綠窗人靜，叫我怎能逃脫？」心中想罷，即向李廣說道：「吾兄雖醉，為何將我兩隻手牽牢？你鬆開些，請自安歇去罷。」說著，一抬頭便立起身來。不料自己的羅衣又壓在李廣身下，只急得他兩頰飛紅，不勝羞愧。李廣復又笑道：「良友抵足，乃古人常事。況愚兄與賢弟交非泛泛，一向心心相印，與他人正自不同，即使抵足而眠，也不算什麼要緊，為何賢弟這般羞愧？倒叫愚兄煞是可疑。賢弟雖相拒甚堅，愚兄卻相求頗切。今者已將半夜，愚兄實醉不能支，即煩賢弟伴我一眠，聊慰錦衾角枕❺。」說著便來代楚雲寬衣解扣。此時楚雲嚇得魂飛天外，魄散九霄，暗道：「不好！」即忙擺脫身軀，背向銀燈，斜靠在碧紗窗畔。李廣見此光景，暗道：「這模樣兒分明是個嬌女子、美佳人。」一陣猜謎，復趕上前搭著楚雲香肩，斜著頭、眯著眼，低聲說道：「問卿卿何事背燈斜立，敢是羞郎麼？」楚雲聽說，掉轉臉來，正色說道：「兄長，平日你那般磊落，今晚你這樣疏狂，即酒深何至於此？試問你：卿為那個？郎為何人？戲語無端，仔細想來，枉與你神前發誓了！而況賤性雖父母不願同眠，君何不體量人情乃爾！」李廣仍自笑道：「你這話可不冤煞人麼！你說我戲語嘲人，我何嘗有甚戲語？若謂不願同榻，經權❻宜自變通，有經無權，真是一個迂腐酸儒，不是你我輩所宜。還望賢弟權宜一宿，聊慰渴懷，何如？」楚雲聞言，暗道：「這人今日頗有用意，存心殊屬不良，這便如何是好？」一面想，一面說道：「兄長既逼人太甚，小弟也不敢與你糾纏，我只好退避三舍，俟兄明日酒醒，再與你評論。」說著，掉轉身望門外就走。李廣趕著上前將房門攔住，說道：「賢弟勿急，請復坐下，愚兄尚有一言，萬望容納。」楚雲帶怒說道：「有話便請快說，可實在耐煩不得了！」李廣道：「且請坐下，何必站著腳疼呢？」楚雲道：「你由我去，你又何由知我腳疼？這可不是笑話！」李廣道：「愚兄不過為你賢弟設想，尊足不怕疼，只算愚兄過慮便了。」楚雲道：「既有話

❺ 錦衾角枕：形容奢華。典出詩經唐風葛生：「角枕粲兮，錦衾爛兮。」錦衾，綢緞做的被子。角枕，用獸角作裝飾的枕頭。

❻ 經權：常道與變通。唐柳宗元斷刑論下：「經也者，常也；權也者，達經者也。皆仁智之事也。」

還不請講麼？」李廣道：「賢弟曾記日間蕭子世相面之時，說賢弟的功名，須問愚兄，仔細想來，頗深疑惑。君有功名，自是賢弟自立，問我何來？又說夫貴妻榮，效那女子妻隨夫貴，這也罷了。所最可疑的，他相你言詞恍惚，你看他羞愧難禁，莫非他說桑黛易弁而釵，賢弟正是個易釵而弁麼？若果如此，不妨對愚兄明言，愚兄自有主張，斷不肯有負神明、顯欺暗室。」說罷，又目視楚雲不已。楚雲被李廣這一席話，幾乎又嚇去三魂七魄。復一凝思，趕將心神安定。見他柳眉倒豎，杏眼圓睜，惡狠狠說出幾句話來。畢竟所說何言，且看下回分解。

第三十三回 因兄念母楚雲墜樓 別友省親文亮落水

話說楚雲被李廣道破行藏❶，胡纏了一晚，楚雲沒法，只得怒道：「我且問你，當日設誓拜盟，我等皆以你為德隆義重，故此甘拜下風。今乃以弟堂堂六尺之軀，反疑為巾幗裙釵之想，則是兄外具尊嚴之貌，內藏挾邪之心，不以我為盟弟，直以我為玩具了。兄既不以我為弟，我又何敢仰攀？即請以今宵悔卻前誓，也算我楚雲眼珠未具，誤認奸人。不必說我楚雲係頂冠束帶的奇男，即使巾幗裙釵，又干你甚事？怎容得你胡言亂語，視弁而釵。但是我楚雲被你嘲笑，不過怪當初毫無見識，從此悔卻前誓，也恐怕你難免被人唾罵，永墮聲名。」說罷，怒沖沖站起來便走。李廣聽了這番話，只羞得他兩頰飛紅，惶愧不已。趕著上前深深一揖，謝罪說道：「賢弟請息雷霆。只怪愚兄飲酒過多，不知自禁，因此胡言亂語，尚望格外原容。倘照賢弟翻悔前盟，教我李廣又何顏去見天下豪傑？萬望勿罪，幸免一遭！」說罷，復又一揖。楚雲又趕著說道：「算了罷，總不怪兄，只怪弟毫無見識。今日冒昧得罪了你，改日我再給你賠罪便了。我還問你：那蕭子世所說的話，他豈無因亂道？若謂小弟功名須問兄長，兄試細想，非兄提拔小弟，又有誰來提拔我來？兄不詳審於此，而反說起疑心，可不笑話！」李廣當即堆笑說道：「愚兄領教。賢弟若再怒不可遏，愚兄就要下跪求饒了。」楚雲忍不住笑起來，便啐一聲道：「誰耐煩

❶ 行藏：論語述而：「用之則行，舍之則藏。」後因以「行藏」指出處或行止。

你這樣嬉皮笑臉！請安歇去罷，不必歪纏，我也要去了。」說著，楚雲出來，回到自己房內安歇。這一夜可不曾合眼，思前慮後，總以此地不便久居。今雖被我遮掩過去，難保日後識破行藏。又想起自己生母，不免流了許多眼淚，直到天明，才算睡了片刻。一會兒復又起來，大家到了外廳，李廣與楚雲彼此見面，俱有些羞愧之態。眾兄弟看見頗為疑惑，卻也不便去問，只得暗地裡互相猜論一番。到了晌午時候，只見張穀匆匆從外面進來，望著楚雲招呼說道：「快來快來！外面有一飲酒少年，活似你的模樣，不過嬌媚差遜你幾分。倘許久不見你的面，必然誤認他為吾兄了。」楚雲尚未回答，李廣即道：「你何不將他請進來敘談敘談。」張穀聞言，飛身出外，即刻帶一人進來。大家一看，但見頭戴洒金抹額，身穿水綠繡花羅衣，腳踏烏靴，腰懸寶劍，約有十八九歲年紀，楚楚身材，亭亭儀表，面似桃花帶雨，眉如柳葉含煙，唇似塗朱，鼻如懸膽，真個與楚雲一樣無二。大家看見，固已驚訝不已，惟有楚雲一陣心酸，幾乎落下淚來，暗自吃驚，說道：「這不是我胞兄璧人麼？」正自暗想，只見那人走進來，說道：「誰是賽孟嘗李仁兄？小弟這旁有禮了。」李廣躬身答道：「豈敢豈敢！小弟便是。」說著，也就回了禮。當下問道：「仁兄仙鄉何處？貴姓大名？尚乞賜教。」那人答道：「祖籍淮安，姓雲名喚璧人，先父曾為學士，現尚有家母在堂。」話猶未完，只見楚雲在前問道：「雲兄尊府可是山陽❷，尊父可是單名一個政字？令堂是否與范相兄妹麼？」璧人見問，吃驚道：「吾兄何由得知？小弟尚未請教尊姓大號。」楚雲道：「小弟姓楚名雲，只因尊翁與先父最為莫逆❸；但是尊翁尚在壯年，吾兄何云業已去世呢？」

---

❷ 山陽：舊縣名。在今江蘇省淮安市。

❸ 莫逆：莊子大宗師：「（子桑戶、孟子反、子琴張）三人相視而笑，莫逆於心，遂相與為友。」意為彼此心意

璧人道：「承兄見問，敢不奉告。因小弟胞妹小字韡娘，彼時才交十歲，為乳母帶出玩耍，不意被拐，不知去向，先父慟女情切，因此憂悶成疾，不久便去世了。現在家母因思想舍妹，不時臥病。弟雖不才，也曾折過桂枝❹。現聞揚州擺設擂臺，特奉母命到此尋訪舍妹消息，不意得遇足下，真所謂他鄉遇故知了。」楚雲聽說，登時顏色頓改，面目殊非，痛徹心腸，只不敢滂滂淚下，只得將頭一抬，說道：「『鄉書不可寄，秋雁又南飛』。你看這一陣雁呀！」說著，掉轉身來，走上樓去。雲璧人見了楚雲也是疑惑，道：「此君活似我那胞妹的模樣，難道天下同形同相的，竟有這般酷肖？」一面暗想，一面便與諸人通名道姓，坐在那裡閑談。楚雲上得樓來，便斜倚在碧欄杆畔，暗自垂淚道：「蒼天呀，我韡玉如何這般苦命！謂他人父，謂他人母，反將自己生父，因我這苦命而亡，生母又因我常病。急應買棹❺回長安去認生身之母，又只為功名未立，大志未伸，終使我抱恨終天，何時才可省親養志？」前思後想，不覺將烏靴一跌，大叫一聲。那知折斷欄杆，從樓上直跌下來。恰好李廣從此經過，猛見一團玉雪，如石家姬墜樓❻一般。李廣說聲「不好」，搶上前來，從半空中接住，趁勢在地上一坐，楚雲滾入李廣懷內。眾人正是吃驚，前來圍著，只見楚雲秋波微閉，氣噎喉間，真個楚楚堪憐，有弱不禁風之狀。李廣低聲喚道：

相通，無所違逆。後因稱情投意合，友誼深厚為「莫逆」。

❹ 折過桂枝：即折桂。比喻科舉及第。

❺ 棹：亦作「櫂」。借指船。唐徐彥伯采蓮曲：「春歌弄明月，歸櫂落花前。」買棹，雇船。

❻ 石家姬墜樓：西晉石崇愛妾綠珠善吹笛。趙王倫專權時，倫黨孫秀曾指名向石崇索取，為石崇所拒。後石崇被逮，綠珠墜樓自殺。

「蟬卿醒來，為何跌得如此？」喊了一聲，慢慢的轉了一口氣，才微啟星眸❼，四下一顧，只見身在李廣懷內，只急得他又羞又恨，一抬身立起身軀，便向李廣深深一揖，口中謝道：「方才弟目送鴻雁，幾乎墜樓而死；若非兄長相接，早已是粉身碎骨了！」李廣道：「賢弟不必說客氣話，請去歇息歇息，睡一會兒罷。」楚雲只得重上樓來睡下。此時一心一意決作歸計，稍避嫌疑，再作計議。當時命伴蘭取了一杯茶，接在手中喝了一口。外面李廣等人，又上樓來看了一回，雲壁人也在其內。楚雲見了壁人，不覺又流下淚來，趕著用話將他們支下樓去。李廣等人下得樓來，酒席已經擺出，便讓壁人首坐，彼此開懷暢飲。忽見蕭子世又走了進來，大家又讓他入了席，一齊飲酒。李廣便將雲壁人訪妹情形說了一遍，又請他給壁人相一相終身。蕭子世道：「雲兄令妹，總有相逢之日，但是緣分未到，雖覿面相逢，還是失之交臂。惟羨令妹是千古無雙巾幗中一個完人，便是足下功名，也須令妹保護。若問妻財子祿，君家後福甚長，舉案齊眉，不止一位；芝蘭繞膝，也是玉樹成行。不過君素情痴，閨中燕婉，較人更甚。現在雖奉母命尋訪阿妹，卻有一件，那瑤枝玉珮，兩美斷不能並時取諸懷。貧道之言，可與尊意相合否？」雲壁人聽說，只嚇得毛髮悚然，深深謝道：「極承指教，情真語確，佩服之至！先生真不愧為神仙。」一會散席，大家又上樓去看楚雲。只見他因此一跌，便害起病來，由此一旬，病中終日只引雲壁人為知己。看看已好，這日徐氏兄弟忽接杭州家丁送來一封家信，因他母親臥病在床，囑令兩兄弟歸省❽。徐氏兄弟吃驚不小，當與李廣言明，即欲歸省。李廣亦不便阻卻，即趕緊雇定船隻，以便啟行。此時楚雲

❼ 星眸：眼睛。
❽ 歸省：回家鄉探親。

也觸動歸思，也與李廣說：「向請以明年元宵❾為期，屆期當復重來晤會。」又約雲壁人同往，一覽秦淮❿風景，壁人欣然允諾。李廣再三難留，只得聽其所之，備筵餞行而已。楚雲料理已畢，這日便與壁人同伴，辭別李廣等人而去。揖別之時，不免依依不捨。李廣即說道：「賢弟此去，明歲元宵當拭目而待，幸毋愆期⓫，致使愚兄望穿秋水。」楚雲道：「如期而至，定不爽約⓬便了。」接著徐氏兄弟也來告辭，當下蕭子世即付了一個錦囊與文炳，叮囑說道：「賢弟在後三日悲苦之際，將此拆開一看，便知明白。再，令堂病愈之後，賢弟須防水賊。切記！切記！」文炳尚欲問明，蕭子世道：「天機不可泄漏，臨時自有驗應。但須小心，自可逢凶化吉。」文炳答應，於是同著兄弟，別了眾人，上船而去。大家不免臨別嘆息一番，不必細表。再說徐氏兄弟帶著書僮小福祿上得船來，開船進發，這日行至丹陽湖面已經傍晚。泊了船，二人談論些母親病勢。到了二鼓，文亮到船頭去解小溺，忽然狂風大作，浪湧船傾，文亮站立不住，登時滾入波中。畢竟文亮性命如何，且看下回分解。

❾ 元宵：農曆正月十五日叫上元節，這天晚上叫「元宵」。

❿ 秦淮：指秦淮河。代指南京。

⓫ 愆期：失期；過期。

⓬ 爽約：失約。

第三十四回　換參苓文炳延奇禍　告御狀福祿趕前程

話說徐文亮被風浪捲入波中，登時舟子、家丁大聲喊救，徐文炳只急得痛哭，連話都說不出來。還是舟子趕著跳下水去，打撈了一會，只不見踪跡，只得仍然上船。此時徐文炳也是沒法，便將蕭子世所贈錦囊拆開一看，見上面寫著四句：「風波絕險丹陽路，蓬島安居不是災。記取明年擂臺下，棄文就武去重來。」文炳看罷，心才稍安，卻不免半信半疑。你道徐文亮落水之後，究竟生死如何？原來終南山呂祖❶將他救去，帶至山中，親教兵法，明年先到揚州打擂，匹配良緣；後來血戰沙場，匡扶聖主。此是後話，不必煩絮。徐文炳看畢錦囊，不免疑信參半，然亦沒法，只得待至天明，催著開船，趕往杭州進發。不數日已至家中，先至上房，看了母親的病勢，覺得頗為沉重。徐夫人見兒子回來，心下似覺稍安，便攜著文炳的手說道：「我兒你回來了，娘望得好苦呀！」文炳道：「母親不必煩神，好在兒現已回來，請個醫生看視看視，服兩帖藥就可好了。」徐夫人又問道：「你兄弟怎麼不來見我？」文炳聽說，不覺流下淚來，卻又不敢隱瞞，便將落水及蕭子世所贈錦囊內中的話說了一遍。徐夫人這一聽，便大哭一聲，登時昏暈過去。徐文炳吃驚不小，一面在旁邊呼喚，一面著人將李夫人請來，又叫家丁趕快去請

❶ 呂祖：即呂洞賓。俗傳八仙之一。號純陽子。曾隱居終南山等地修道。自稱回道人。通稱呂祖。道教全真道尊為北五祖之一。

醫生來看。一會子李夫人過來，又幫徐文炳呼喚了片刻，徐夫人才算醒來，還是喊著兒子，不住聲的哭。李夫人一面勸慰，一面痛罵李廣，好容易勸了一會，才住了聲不哭。此時醫生業已到來，文炳便讓醫生進房看脈。一會子將脈看過，那醫生說道：「太夫人之病，皆由思慮而成，並無外感等症，但須清補平和，宣通理氣，兩三帖藥便可痊愈。俟痊愈之後，平時再為清補便了。」說罷，開了一個藥方。徐文炳接過來一看，覺得平和得很，當下即著人去配。一面將醫生送出，又至房內與夫人說了一會，總勸著母親不必煩慮，二弟必然無礙，終得回來。徐夫人也是沒法，只得姑作此想，留為後驗。不一刻藥已配回，文炳親自煎好，送與夫人服下。那夜倒頗安靜，次日就覺得稍好。又把那先生請來複診一回，又加減了兩味藥。由此不到十日，已經全好，但是氣體尚虛，尚須清補。復又將那先生請到，斟酌了一個盡善盡美的參苓補氣湯。徐文炳即取了藥方，便到街坊親自兌換參苓。那裡知道即此一去，又惹出一場大禍來。

也是他合該有難，走過一家門首，不提防那家忽然開門，從裡面潑出一盆水來，正潑到文炳身上，將文炳衣服直潑得濕淋淋全身盡透。文炳掉轉頭來一看，見門首站著一個婦人，他便望著婦人怒望了一眼，並不與他較量，提著衣服就要走了。倒是那婦人過意不去，忙趕出來謝罪，說道：「奴家實在無意，萬望勿怒！方才卻是面水，並不汙濁，但是將公子衣服潑濕，街上如何可行？若請到奴家少坐片刻，待奴給公子烘乾了好走。」徐文炳聽說覺得有理，便走了進去。那婦人便請他坐下，脫去濕衣，當時端過一個火盆，就坐在旁邊，一面烘衣，一面與文炳閑話。徐文炳見他雖是小家碧玉，倒也生得楚楚可憐，也就望了他兩眼，陪他閑話了兩句。那婦人誤會了意，以為徐文炳是個多情公子，便細問他的身家。徐文炳卻毫無此心，也就答了他一遍。那婦人當下便喜歡說道：「原來是徐府大公子，奴家真真失敬。若問奴家姓氏，母家姓梅，夫家姓黃。只可恨丈夫黃貴，終日賭博，不事生理，累得奴家柴米不全，衣衫典盡！」說著，就流下淚來。徐文炳不免又動了點憐惜心。梅氏望著他飄了兩眼，若以眉目送情，文炳也毫不介意。一會兒衣服烘乾，文炳即穿了衣服，起身要走。梅氏忙笑道：「公子爺何不再坐片刻呢？」徐文炳也就隨口答了一句：「現在我有事，等我換過參苓，傍晚回去再來你家罷。」說著，他出門去了。

那知梅氏聽了這話，以為文炳有心相約，遂大喜不已。掉轉臉來，忽見桌上遺下一柄摺扇，便取在手中，打開一看，見是紙染泥金❷，芳香撲鼻，上寫著絕妙的小楷，款號題得分明。梅氏看了更加歡喜，以為徐文炳故留此扇，晚間必來，便將泥金扇攜入房中，一歪身靠在床上，胡思亂想。不一會黃貴回來，一進門便聲聲說道：「好輸！好輸！」梅氏一聽此言，就將他罵了一頓。黃貴也不知羞恥，還是上前說道：「好娘子，我腹中可餓的了不得了，有什麼東西拿出來吃罷！」梅氏道：「我卻沒有東西供給你，若要我供給周全，我卻有個計策在此，你如依了，便一身吃著不盡。」黃貴道：「娘子既有好計，只要使我吃著得快活，都是依的。」梅氏聽說，便將約定徐文炳的話，告訴了一番。黃貴一聽，也就大笑說道：「原來如此！計策卻是好的，不過叫我戴上綠頭巾❸，將自己的老婆送給別人玩耍，未免可惜。」梅氏道：「我不勉強你，若不肯，可是我不供給你，還要你供應我；不然，我們就兩分開，各顧各。」黃貴聽說，復又笑道：「娘子，我也硬不起了，只好由著你去作，我落得吃著些罷！」梅氏大喜，就走到房內，又取出二百文錢來交給黃貴，說道：「這二百錢，你去作賭本，今夜可不要回來。」黃貴接過錢來

❷ 泥金：顏料名。用金箔和膠水製成的金色顏料，應用於書畫、髹漆等方面，有青赤二種。

❸ 綠頭巾：古時以綠色巾為賤服。元明時規定娼家男子戴綠頭巾。舊因稱妻有外遇為戴綠頭巾。

笑道：「今夜讓你另接新人，我明早回來，你將金銀多多的把❹我便了。」說著，攜了錢出門而去。梅氏吃了晚飯，收拾清楚，便在那裡倚門而待，專等徐文炳到來。那裡曉得徐文炳換了參苓徑回家去了。到了次日，黃貴一早回來，推開大門走入房內。這一見吃驚不小，原來梅氏已被人殺死，血淋淋身首異處，拋在床上。黃貴當時就喚了四鄰，又喊了地保，一同來到錢塘縣衙報案。錢塘縣見是人命重案，立刻升堂，帶上黃貴訊問。黃貴便將潑水前情申訴一遍，又道：「太爺的明見，此必徐公子見色圖奸，硬強不遂，致小的妻子梅氏被殺身亡，叩求太爺伸雪。」錢塘縣准了狀詞，即刻傳齊書差仵作，親詣相驗，仵作喝報：「委係被刀殺死，凶器雖無，搜得摺扇一柄呈閱。」錢塘縣將摺扇取過，打開一看，卻係徐文炳名號，當即藏入袖內，遂命黃貴自行收屍。錢塘縣回衙，立將徐文炳傳來訊了一堂。徐文炳雖再三申訴，爭奈錢塘縣執定摺扇為憑，毫不細心體察，便將徐文炳屈打成招，革去功名❺，先行寄監。一面錄了口供，申詳了上憲。此時自有徐家僕役飛奔回去，告訴徐老夫人。徐夫人聞言，只嚇得魂飛魄散，昏暈在地。所幸李夫人與錢小姐、錢夫人再三勸轉過來。大家商議，一面使了僕人，帶了銀兩，先往獄內打點，叫獄役妥為照應；一面使人到揚州去喊李廣。不一日，派到揚州去喊李廣的家丁回來，稱說李廣大病不能起身。徐夫人因為痛子情深，李夫人又弄出一件心事。大眾商議，又去府裡告了一狀。府裡又抱定據縣申詳，案無遁飾，不准。此時徐夫人真個急煞，又把舊病急反起來，臥在床上，只是痛哭不已。李夫人雖懷著心事，只得勉強勸慰，那裡勸得醒。此時卻出了一個驚天動地出色的人來。徐夫人正

❹ 把：給。

❺ 功名：科舉時代稱科第為功名。

在痛哭，只見書僮小福祿匆匆進房，向床前跪倒，對徐夫人說道：「小主人無辜遭屈，老主母痛子情深，奴才卻思得一計，上可給小主人伸冤，下可為奴才報德。萬望夫人不可攔阻。奴才是出至誠，只要小主人的冤伸了，奴才雖萬死不避。」徐夫人聽說，便道：「你這小小孩子懂得什麼，便思代少爺伸冤，豈不是胡說！」福祿道：「奴才雖小，感恩不忘，奴才定要給小主人伸冤的。」徐夫人道：「你怎麼知道伸冤理屈？而況府裡已駁了下來，只可等待李公子回來，再作計議。」福祿道：「若等李公子病好回來，恐怕小主人命已難保了。奴才一定明日起程，前往京城去告御狀。」徐夫人聞言，幾乎嚇死。畢竟徐夫人行止何如，且看下回分解。

第三十五回　飛鳳山白艷紅招婿　聚虎堂小福祿逃婚

話說徐夫人聽了小福祿要往京城去告御狀，登時幾乎嚇死，當下流淚說道：「可敬你這孩子，雖是一片義膽忠肝，爭奈叩閽❶一事如何使得？不必說天子不准，性命難保，即使蒙聖上憐佑，這千里迢迢，你如何獨自去得？還有一說，我的兒子已是遭屈，眼見得抵命身亡，怎麼又能叫你這十五歲的孩童再死於無辜！這是斷斷去不得的。」小福祿復又說道：「夫人容稟：奴才不去，小主人斷不能生；奴才若去，小主人或可不死。若謂天威咫尺，只要奴才誠心，定可蒙天保佑。倘蒙聖上憐憫奴才情急，准了狀詞，必然派了欽差，與奴才前來查辦。那時小主人不但奇冤立破，就是奴才，也落得個救主的聲名。至於千里迢迢，奴才是不畏艱險。而況此去皆是康莊大路，別人可走，豈奴才不能獨行？只求夫人多賞些盤川❷，到那裡便於使用就是了。萬望夫人恩准。若夫人還是這般執意，奴才就在夫人面前了此殘生便了。」就請一言，奴才的生死便決於頃刻。」徐夫人聽了這番言語，淚如雨下，復又說道：「難得你義膽忠肝，一心救主，只是我捨不得你前去。好孩子，你不要急，等請李夫人來，再定行止何如？」當下將李夫人請來，告知一切。李夫人一聽，大加讚賞，便道：「義妹，既是福祿具此誠心，就讓他去一趟，或可蒙天

❶ 叩閽：舊稱吏民因冤屈等直接向朝廷申訴。叩，敲。閽，宮門。

❷ 盤川：旅費。

保佑救出大侄也未可知？日後再行另眼看待便了。」徐夫人道：「如果福祿此去將吾兒救回，說什麼另眼看待，便就叫他做我的兒子便了！」福祿見夫人准他前去，好不歡喜，當時就站起來出了大門，便去監裡告訴了文炳。彼此又傷感了一番，也不必細說。當晚徐夫人就取一百兩黃金、一百兩花銀交給福祿。福祿即收藏停當，次日就辭別夫人，上馬而去。一路上飢餐渴飲，夜宿曉行，已有二十餘日。那日到了北通州地界，忽見前面有座高山，甚是險峻，正在凝神觀看，忽聽馬前「噗噗」兩聲，從半空中落下兩個婢女，小福祿嚇了一跳。再一細看，那兩個婢女皆一樣的裝束，手執寶劍，向福祿嬌聲說道：「俺等奉小姐之命，特地請你上山，有話面說。」小福祿正要訴說，只見那兩個婢女不由分說，即將小福祿的馬牽住，只往山上行來。福祿暗道：「這兩個究是何人？為什麼這般光景，這等兇勇？若說他是強盜，又極其美貌，不似強盜行為；說他小姐請我，我也不認得他的小姐，卻是何故？」正在胡思亂想，已到了大寨，那兩個婢女將福祿拖下馬來，叫他跪倒。福祿沒法，只得跪下。抬頭一看，見寨上坐著一位佳人，頭戴珠冠，身穿金蟒水紅繡襖，內襯魚鱗金葉鎧甲，玲瓏玉帶低圍著一搦柳腰，杏眼柳眉，朱唇玉齒，真個花容絕代，玉面驚人。福祿看罷，不知所以。只聽上面問道：「你這孩子姓甚名誰？住居何處？經過山前欲往何處？從實說來，少有支吾，看刀伺候！」又見那兩個婢女叉著手立在兩旁，應聲喝道：「孩子，小姐問你話，你快講罷！」福祿聞言，不敢直說，只得假辭說道：「我姓徐名喚文炳，家住杭州，父親曾做大官，現已去世，只有母親祝氏，尚在高堂。此來係趕功名，前往北闈❸鄉試❹，不幸客

❸ 北闈：明代禮部會試考房，稱禮闈。洪熙元年（西元一四二五年），南人北人分房取中，名額有定，謂之南闈、北闈。宣德、正統間，又分南、北、中闈。又北京的順天鄉試貢院，亦稱「北闈」；南京的應天鄉試貢院，

店小僕身亡，匹馬單身回歸鄉里，走此經過。不知小姐遣令婢令我到此意欲何為？又令我跪在塵埃，實在不知何故，難道要劫我財物麼？」那女子聽說，趕著命人設坐，叫將福祿拉起，扶坐椅上。那女子開口說道：「徐公子有所不知，奴本非強盜，先父曾做總兵，只因劉瑾擅權，擾亂國政，先父為他所害，我母女藏身無地，帶了這飛雲、掣電兩個婢女逃往他鄉。路過飛雲山前，巧逢草寇，被奴與小婢將草寇殺退，他便請我為尊。奴亦因無處棲枝，便借此為權宜之計，只待除了奸賊，雪恨伸冤，那時再棄暗投明，匡扶聖主。山林之地，奴豈甘埋沒終身？奴姓白名喚艷紅，自號為雲中鳳是也。公子勿驚，請少待尚有話說。」說罷，便命人收拾書房，請小福祿進去安歇。當下白艷紅就進入後堂去了。外面眾嘍囉立刻打掃書房，將福祿請入裡面，殷勤款待。小福祿被白艷紅這一陣鬧法，更加不知所以，只得一人坐在房內亂想胡思。不到一刻，只見那兩個婢女復又進來說道：「徐公子，夫人有請。」小福祿聽說，還只得跟將進去。到了後院，只見堂中端坐一人，體態端正，舉止不俗，真是夫人模樣。福祿便思跪下行禮，那夫人趕快帶笑讓坐，請他坐在一旁。有人獻上茶來，夫人凝神注目，將福祿看了一遍，心下十分讚賞，因道：「老身家世已經小女言明，我母女匿跡山林，不過權宜之計。小女年經二八，尚未及許人，今因公子名門，意欲招為坦腹❺。原知仰攀高第，慚愧難禁，仔細思量，先夫也作總兵，似尚門庭相對。尚

亦稱「南闈」。見明史選舉志二。

❹ 鄉試：明清兩代每三年一次在各省省城（包括京城）舉行的考試。考中的稱為舉人。

❺ 坦腹：典出世說新語。世說新語雅量：「郗太傅在京口，遣門生與王丞相書求女婿。丞相語郗信：『君往東廂，任意選之。』門生歸，白郗曰：『王家諸郎，亦皆可嘉，聞來覓婿，或自矜持，唯有一郎在東床上，坦

望勿卻，即許良緣，此為老身幸事。」小福祿聽了這話，不禁愈覺為難，暗自思量，若不應允，必定為刀下之鬼，不若權且允下，俟主冤報後，即將此女與公子匹配，也不算有辱了門第。心中想罷，即斂容說道：「承夫人辱愛，敢不允從！特恐有辱門楣，實深慚愧。」說著，便拜了下去。白夫人一聞此言，滿心歡喜，登時將他扶起，立刻命人預備喜筵，當晚成就花燭。小福祿聽說此話，只嚇得膽落魂消，復又開言說道：「岳母在上，小婿還有一言奉告，家母現尚在堂，不告而婚，於理似有未合，容俟小婿回杭後，稟知家母，當遣媒妁前來迎親。今日就一語為憑，花燭良辰，且待異日。」夫人笑道：「公子毋須推辭，誠如君言，分明是脫身之計。天緣良合，何必耽遲？是今日成就的好。」說著，又命丫鬟速備香湯，給姑爺沐浴。兩旁答應，即刻擁上前來，將福祿帶至書房，叫他沐浴。一會子又送了一套新衣出來，著嘍囉送至書房，催他更換。小福祿沒法，只得換了起來，有人陪著他坐在那裡，把個小福祿只羞得面紅過耳，只低著頭，一言不發。光陰易去，早又是夕陽西下，明月東升，只聽得一片笙歌，簇擁著新人進了內堂，登時交拜天地，送入洞房。小福祿暗自凝思，今晚如何是好？猛抬頭見房中案上擺列著許多令旗令箭，眉頭一皺，計上心來，暗道：「我何不如此如此，借此脫身呢？」此時房中已擺了酒席，當有僕婦請新人交杯。小福祿也不推辭，便坐下來，手執金杯，躬身送至艷紅面前，說道：「感岳母匹配良緣，惟愁薄命書生，無福消受，請卿飲此杯中酒，共遂鸞鳳並枕歡。」說罷，丫鬟代接過去，送到白艷紅口邊，只見他面泛桃花，一飲而盡。小福祿又勸兩杯，白艷紅難卻盛意，只好全行飲盡。白小姐

腹臥，如不聞。」郗公云：「正此好！」訪之，乃是逸少，因嫁女與焉。」後稱人婿為「令坦」或「東床」，本此。

本無酒量，就此三杯，業已不覺玉山傾頹❻。只見他二目迷離，溫柔鄉風味未嘗，黑甜鄉❼早經領略了。當下僕婢即就地代他卸去衣冠，扶入繡幃安臥。小福祿一見，好生歡喜，便命人到書房將衣包取來，即刻揮出婢女將門閉上。又看了一看，白艷紅已睡熟，他便脫去衣冠，換上自己衣服，又在桌上取了筆硯，寫了一封辭別書信，內中辨明他出身，係為主鳴冤，叩閽告狀，主冤未白，何敢私婚的話，細細寫在上面，即放在燈光之下。又將包裹紮束起來，便至令箭架上取上一支令箭，聽了外面已敲三鼓，便輕輕的開了房門。望外一看，但見人跡雖無，燈光猶熾，真個是提心吊膽，悄悄的走出後堂，到了聚虎廳前，所幸並無一人知覺。福祿好生歡喜，放著膽向外走去。正走之間，忽聽巡邏兵卒一聲喝道：「來者是誰？」攔住去路。畢竟福祿能否逃出此山，且看下回分解。

❻ 玉山傾頹：指喝醉酒躺倒。
❼ 黑甜鄉：指夢鄉。

第三十六回　小福祿飛鳳山定婚　白艷紅范相府留東

話說福祿逃出聚虎廳，只聽巡兵一聲喊道：「來者是誰？」攔住去路。福祿吃了一驚，當即應聲答道：「是我。」巡兵提著燈籠，上前一照，趕著垂手而立，躬身問道：「姑爺往那裡去？有何公幹？」福祿道：「我奉了小姐之命，派我前來巡查，恐怕爾等因酒誤事，故此發出令箭，趕緊代我備匹馬來。」小嘍囉不敢怠慢，登時把馬備到。出了寨門，相扶上馬，小嘍囉跟在後面，一會子行到山坡。福祿將馬勒住，便望小嘍囉說道：「這令箭交把與你，爾可代我往各處一查，免得我衝風冒霜，速去速來，我在此等你。」小嘍囉答應，接了令箭，掉轉身便去各處查察。福祿看小嘍囉走得已遠，他便把馬加上一鞭，如飛而去。這且慢表。再說白艷紅飲酒不多，並未大醉，一會子酒氣解散，便覺身體微涼，即揉開倦眼，向床外一觀，已不見徐家公子。知道中計，趕緊爬坐起來，又下了牙床，走到案前。但看一幅花箋❶上，寫了許多行楷，就在燈下一看，只氣得白艷紅蛾眉倒豎，兩淚交流，罵了一聲：「薄倖郎騙得奴家好苦！」說著，就順手取了一柄寶劍，走出房門，喊醒了飛雲、掣電，但道一聲：「速跟我去！」飛雲、掣電不知就裡，只得跟著他出了後堂。只見他三人兩足一蹬，便飛入空中，真如電掣風馳，直望山下追去。到了半路，遠遠的見一人騎在馬上，前走飛奔。白艷紅本是個劍俠，飛雲、掣電兩個婢女也與白艷紅武藝

❶ 花箋：印花的信箋。

不相上下，只聽白艷紅說道：「那前面騎馬的不是他麼？俺們快趕去！」飛雲、掣電一聲答應，即刻追趕下去，一霎時已至前面，從半空中落下來，一聲喝道：「徐文炳向那裡走，敢私自逃麼？」說著，將手中寶劍，即望福祿面上一晃。那福祿正自加鞭飛跑，忽聽迎面一聲大喝，已是吃驚不小，接著見劍光一晃，只嚇得膽落魂飛。再一細看，不是旁人，還是白艷紅與飛雲、掣電。但見他身穿大紅繡花金鑲密扣緊身短襖，下穿水綠紮腳罩褲；飛雲、掣電身穿一件元色湖縐白繡花密扣緊身短襖，下穿水綠繡花紮腳罩褲，皆是一臉的怒色。福祿看罷，趕急跳下馬來，向白艷紅跟前跪下，口中哀求道：「小姐容稟：念福祿原是徐家小使，只因主冤未白，情急叩閽，恐說真情，難保性命，因此假冒公子之名。不期蒙夫人之恩，欲招為婿，那時又不敢推卻，只得勉強應承，以為待白主冤，回到杭州，說明此事，即請公子備禮迎娶，兩全其美。那知夫人錯愛，當日即命入洞房，福祿即已假冒於前，何敢僭越於後？而且福祿既以小姐暗訂公子，是小姐即為福祿的主母，以家奴暗盜主母，神明必不能容。因此福祿不敢欺心，故於臨逃前特寫書箋，表明初志，冀仰小姐明察，格外垂憐！那期難荷矜憐，復勞芳駕。在小姐原難割愛，在福祿敢擅高攀？尚望矜憐，俾全名節。」說罷，便叩下頭去。白艷紅本是一團怒氣，恨不得將福祿一劍揮為兩段，及至聽了這一番，不覺可敬可憐，因即將他扶起，含淚說道：「君家此言差矣。奴奉母命與君訂結絲蘿，並未與文炳覿面。況女子守從一之義，君雖為主，奴敢忘君？即使為徐氏書僮，係天緣配合，諒三生❷早定，豈可由人？請君上馬歸山，成就百年好事。」福祿道：「僕為下賤，卿為名姝，

❷三生：即三生石。傳說唐朝李源與惠林寺和尚圓觀友善，兩人同遊三峽時，見婦人汲水，圓觀對李源說：「其中孕婦姓王者，是某託身之所。」更約十二年後中秋夜，相會於杭州天竺外。這天夜裡圓觀果然去世，而孕

以閥閱❸配高門，方稱敵匹，烏鴉小鳥，豈敢群入鳳凰？況我公子才貌雙全，絕非凡品，尚乞俯憐素志，放我到京，代白奇冤，雖粉骨難忘大德。」白艷紅道：「郎君何太拘執，奴不過為遵母命，管什麼公子、書僮。從一而終，古之大義，奴雖命薄，豈敢效世俗兒女子之態，有所嫌怨嗎？若謂君代主鳴冤，亦復出於至誠，義膽忠肝，實深欽佩，奴又豈敢以閨房燕好而忘公？只須定我一言，奴便終身淡守；如仍拘守，是君不屑與奴家為匹，奴又何面目偷生乎？請以三尺龍泉❹相從地下。」說著，便拔出寶劍，就要自刎。福祿慌忙跪下說道：「既承見愛，敢再固辭？只可惜彩鳳隨鴉，我福祿實自慚愧耳！即請一言為定，永矢不忘便了。」白艷紅大喜，復又說道：「既蒙許諾，仍請上山一敘，妾有要言相贈。」福祿道：「小姐如有見教，即請明示，某心急如焚，不能再流連時日了。」白艷紅道：「妾所云有言奉告者，乃為徐公子之事。妾雖不才，願成君志，思欲與君同往一行，沿途固可保護，且可使那朝中正直的大臣預先知道。不然郎君前去叩閽，不但不能保其必准，還恐有意外之虞。所以妾要請郎君再回山一敘，將徐公子如何冤屈，備細說明，妾便為郎君暗助了。」福祿聽說，半信半疑，即使不答應他，也斷不能走，而況我已許他終身，他定然絕無壞意，或者他能暗助，也未可知。當下即答應上山，白艷紅便請他上馬。

婦產。後李源如期赴約。聞牧童歌竹枝詞：「三生石上舊精魂，賞月吟風不要論。慚愧情人遠相訪，此身雖異性長存。」李源因此知道牧童就是圓觀的後身。後人附會謂杭州天竺寺後山的三生石，即李源和圓觀相會之處。詩文中常用為前因宿緣的典實。

❸ 閥閱：古代仕宦人家大門外的左右柱，常用來榜貼功狀。玉篇門部：「在左曰閥，在右曰閱。」徐灝說文解字注箋：「唐宋以後遂於門外作二柱，謂之烏頭閥閱。」因稱仕宦人家為「閥閱」。

❹ 三尺龍泉：指寶劍。

正在說話之間，只見燈球火把，由山上滾滾下來，小福祿一見，吃驚不小。白艷紅道：「郎君勿恐，此是妾飭飛雲上山報信，叫嘍囉輩迎接前來。」小福祿轉身一看，飛雲已不在旁邊，心下更加詫異，暗道：「他三人莫非劍俠一流人物麼？」正暗想間，那些嘍囉已打著燈火，到了面前，又備了一匹馬與白艷紅騎上。於是並馬同行，再到山寨，一齊進入後堂。白艷紅又將原委稟知老母，白夫人也很讚嘆。當下白艷紅即令福祿在內書房安歇，他自仍歸臥房。次日起來，當著白夫人問明徐文炳如何被屈的話，福祿又細說了一遍。白艷紅即將同去京中，暗助叩閽一事，又稟知白夫人，白夫人也就答應。於是就同福祿一起下山。此時已交臘月❺，不日已到京中。進得城來，白艷紅便向福祿說道：「郎君前去尋找客寓，妾不便與你同行，等你尋得寓所，妾至夜半當到客寓去宿便了。」福祿答應，便去尋了客店住下不表。白艷紅別了福祿，就各處打聽朝中誰是忠臣，誰能在聖上駕前敢言直諫。探聽了半日，已知范其鸞是個不避嫌怨的忠直大臣，連聖上還懼怯他三分。又打聽聖上何日出朝，好去迎鑾告狀。晚間便瞞著人到客店住宿。這日打聽得正德皇帝新正❻初五日出朝行郊天大禮❼。白艷紅回客店，便將此話告訴福祿，叫他預備起來。到了除夕這日，白艷紅就寫了一封簡帖帶在身邊，等到二鼓將盡，他便使出飛檐走壁的工夫，潛入范其鸞府內。只見范丞相與夫人、小姐正在後堂飲酒，椒花獻歲，爆竹迎年，好不快樂。白艷紅便將身子一縮，使了個燕子穿簾的架式，飛身進入堂中。范相正端著酒杯，才要來飲，只見一陣風將燭光

❺ 臘月：農曆十二月。
❻ 新正：新年正月。
❼ 郊天大禮：由皇帝主持的祭祀上天的儀式。

一晃，酒席筵前已留下一封簡帖。范相大吃一驚，便道：「這簡帖從那裡而來？其中必有緣故。」再望四處看視，連個影兒都沒有。范相便將簡帖取在手中，拆開來一看，但見上面寫著：「郊天禮畢，義僕叩閽；正直相臣，留心察閱。勿使抱屈，海底沉冤。辜負書生，僥倖官吏。」八句。范相看畢，不覺皺眉說道：「這事如何處置？」夫人在旁問道：「老爺看那簡帖，寫著是何言語？」范相道：「民間有了一件大冤，說有個義僕要來叩閽告狀，叫卑人留心查察，不要負了那叩閽的義僕。我看這事好不明白，叩閽告狀，亦屬常事，怎麼偏教我留心？而且這簡帖是何人轉來？倒使卑人裁決不下。」范夫人道：「民間有屈，義僕伸冤，此亦千古有關名教❽之事。老爺隨駕之時，如遇叩閽之人，便代留心罷了。」范相點首。此時白艷紅並未就走，卻伏在屋檐上細聽，聞得范夫人說了此話，范相未曾辯駁，知道范相已是心允，好生歡喜。即便離了范府，回到客寓，告訴福祿，彼此好生歡喜。畢竟福祿叩閽如何，且聽下回分解。

❽ 名教：指以正名定分為主的封建禮教。

第三十七回　小福祿叩閽告狀　范丞相奉旨訪查

話說白艷紅將簡帖留在相府，范丞相已經心許。白艷紅伏在瓦櫳❶，迎面聽得真切，即回至客店，告知福祿。福祿便當下即起了狀詞底稿，反復看了幾遍，處處斟酌盡善，然後恭楷謄清，收藏已畢，不在話下。光陰迅速，這日已是新春。天尚未明，福祿就起來，吃了早點，白艷紅也早梳洗已畢，分別到街上等候。到了巳牌❷時分，忽一匹流星馬飛奔而來，沿街喊道：「萬歲駕已回朝，爾等百姓，即速跪迎聖駕。」只見兩旁鋪戶家家排出香案，攜老扶幼，跪在兩旁。真是雞犬不驚，人聲寂靜，好不嚴肅。不到一刻，但見龍旗鳳幟、金瓜❸鉞斧❹，錦衣太監、御林軍、護駕侍衛、王侯世爵等眾，有騎馬的，有步行的，一隊隊在前先走；接著十六名帶刀侍衛，一個個皆是虎背熊腰，大踏步兩旁隨駕；又見一排細樂❺，十六對提鑼❻，聲韻鏗鏘，香煙裊裊；以後便是那一柄曲柄黃羅繡龍傘蓋，下面便是萬歲的聖

❶ 瓦櫳：即「瓦隴」。亦作「瓦壟」。屋頂上用瓦鋪成的凸凹相間的行列。

❷ 巳牌：指巳時。即上午九時至十一時。

❸ 金瓜：古代衛士的一種兵器，棒端呈瓜形，銅製，金色。後成為皇帝儀仗。元張昱輦下曲之十九：「衛士金瓜雙引導，百司擁醉早朝回。」

❹ 鉞斧：圓刃大刀。古代衛士的一種兵杖。後成為皇帝儀仗。

❺ 細樂：指管弦之樂。與鑼鼓等音響大的音樂相對而言。

駕。左輔右弼，兩位丞相騎在馬上隨行；又有八個帶刀侍衛，扶持龍輿❼緩緩前進。福祿跪在人叢中，見聖駕已近，便將御狀頂在頭上，跪倒當街，福祿一聲叫道：「求萬歲伸冤呀！」一聲未完，兩旁的百姓個個驚恐，隨鑾文武也盡驚心。此時早有武士手執金瓜，便思擊下。范丞相心中明白，趕即下馬止住。正德皇帝龍顏大怒，啟口說道：「這小小孩童，膽敢當街沖犯聖駕，著令武士即刻擊死。」范相趕即跪倒，俯伏聖駕前，口稱萬歲，奏道：「微臣有奏。」天子說道：「卿有何言，可即奏上。」范相道：「臣思螻蟻尚且貪生，豈有小小孩童不思活命，敢來沖犯聖駕，自來尋死之理？據他口稱冤枉，想必定有奇冤，情急到此，請萬歲暫釋龍怒，容臣將他頭上頂的狀詞先取來看過，究竟所告何人，是何冤枉？再行帶回朝門，嚴加訊問，以正國法，而凜天威。」當下天子准奏。范相立起便將小福祿的御狀接過手中，大略看了一遍，復又至聖駕前跪奏道：「臣查看狀詞係書僮代主鳴冤一案，求陛下將該犯暫交武士帶轉朝門，再行嚴訊。」天子准奏。即刻一班武士走上前來，將福祿帶去。聖駕還朝升殿，文武朝參已畢，天子便向范相說道：「卿可將叩閽狀詞呈來與朕觀看。」范相隨即呈上。天子看了一遍，龍眉一皺，復向范相說道：「據狀內稱，屢經上控，均遭駁斥。該撫已經不准，自必案無遁飾，乃膽敢叩閽，希圖僥倖，其中情節，顯係有人從中唆使；即著令卿家帶回，嚴加審問，是否有人唆使等情，據實復奏。」范相領旨，值殿官又將御狀擲下。范相取了狀詞，謝恩退下，聖駕還宮。且說范相將福祿帶回相府，當即傳齊差役，立刻坐堂。福祿跪在下面。范相問道：「爾既代主鳴冤，爾主究竟有何冤枉，可從實招來。

❻ 提鑼：打擊樂器。形狀如平而淺的銅盤，提在手中用槌敲打。

❼ 龍輿：皇帝乘坐的車輛。

倘有半字虛言，立刻提刑處罰。」小福祿見問，便磕了個頭，爬進一步，抬起頭來回道：「相爺在上：小人主人是個黌門❽秀士、懦弱書生，平時只知讀書，那有黑夜持刀前去殺人之理？縣太爺只執一己之見，以為有摺扇可憑，便自嚴刑拷掠。可憐小主人是個公子，那裡受得住那樣刑法，只得屈打成招。相爺明見：小主人即使持刀殺人，應該檢出凶器，既無凶器，何能便以摺扇為憑？因此屢經上控，冀伸冤枉，爭奈上司皆是據縣稟詳，不肯提訊，屢控屢駁。不得已，小人情急，與老主母說明，趕到京城來告御狀，明知叩閽罪該萬死，但是小主人既遭奇冤，老主母又臥病在床，與其小主人冤不能伸，坐以待斃，不若小奴才冒死伸雪，或可仰動天顏。小人實是情急叩閽，並無虛語；若蒙相爺見憐，使小主人奇冤得白，小人雖千刀萬剮，亦所甘心。」說罷，磕頭不已。范相又道：「爾說實係真情，並無半句虛語，本閣且問你，這狀詞是何人所繕？」福祿道：「是小人自己所繕。」范相喝道：「胡說！爾說無半句虛言，即此就是亂說。爾為書僮，何得會寫此字？顯係欺蒙！從實招來，究竟何人代繕？」福祿道：「委實小人親筆自寫。只因小人隨著小主人日在書房，承小主人時常教訓，因此粗知文墨。」范相道：「既如此說，爾可將狀內原文親背上來。」福祿答應，即跪在下面，朗朗的背誦一遍。范相在上，聽見他背得一字不錯，已是可羨。復又說道：「爾既說這狀詞是爾親筆繕就，爾可將方才供詞，一一清寫上來。」福祿道：「求相爺賜給紙筆。」當有伺候人將紙筆給他，福祿便伏在地上繕寫起來。不一刻已謄清楚，呈送上去。范相看那字跡，竟是簪花❾品格，清秀絕倫，好生欣羨。暗道：「不料小小書僮，有此膽量，

❽ 黌門：學宮之門。借指學宮、學校。

❾ 簪花：即「簪花格」。張彥遠法書要錄卷二載南朝梁袁昂古今書評：「衛恆書如插花美女，舞笑鏡臺。」後稱

有此才學，有此忠義，真真難得！」暗自說罷，便著人仍然帶下，候復奏領旨便了。此時白艷紅也在相府，不過無人看見，他是伏在堂上瓦櫳上面竊聽，知道福祿並未吃苦，范相又未深究，但道「候復奏領旨」，心中好不歡喜。即刻飛身出去，專等范相復奏之後，看究竟聖意如何，再行回山。且說范相退堂進入內室，就將以上情形與夫人說知。夫人也自讚嘆。范相道：「可恨我年逾五十，尚無子嗣，若得有此一子，可慰我兩人心願。」因此不免相嘆一番。范相進入書房，隨即具了表章，以便明日復奏。次日五鼓起來，就換了朝服，入朝復奏。到了朝房⑩，文武百官齊來相問叩閽一事，范相略說大概。只聽淨鞭⑪三響，天子臨朝，文武百官皆趨詣金階，三呼已畢，分班站立。當有值殿官喊道：「百官有事呈奏，無事退朝。」范相便趨步出班，跪下奏道：「臣昨日親奉諭旨，承審叩閽一案，現已審明，特具表恭呈御覽。」天子閱奏，即命值殿官將表章呈上。龍目觀看已畢，道：「據卿所奏，那叩閽的小孩子實是義僕，該犯徐文炳，只為有司不明，不能悉心推究，難免毫無冤屈；雖經上控，又係照詳批斥，一味含糊。據此奏陳，必須徹底根究，方可明白。即著卿前往訪查，務使民可伸冤，官知所儆。」說著，提起御筆，就在表章上面寫道：「據奏已覽，即著該大學士范其鸞，即日前赴杭州訪查明白，以申國法，而恤民情。福祿叩閽，例應治罪，姑念忠心為主，著從寬免究，仍著該大學士帶同前往杭州，歸案審問，以彰國法，

書法娟秀工整者為簪花格。

⑩ 朝房：古代百官上朝前休息的地方。

⑪ 淨鞭：古代帝王的一種儀仗，帝王駕臨時，鳴之令人肅靜。又稱靜鞭。用黃絲做成，鞭梢塗蠟，打在地上發出響聲。宣和遺事前集：「月朔朝諸侯，淨鞭三下響，文武兩班齊。」

而重政刑。欽此。」御批已畢，當即發下，范相亦即退朝，回至相府，當與夫人說明，親赴杭州查訪。即日料理清楚，次日又上朝陛辭。諸事已畢，即帶了福祿書僮及范保、范洪兩個家丁，四人一齊出京，水陸並進。這日到了淮安，本擬親到胞妹雲府一行，因聖旨在身，不敢廢公就私，只得著范保去到雲府走了一趟。當即開船進發，不一日已到鎮江。范相忽然想起劉瑾義子劉彪，在鎮江無惡不作，因要順便私訪一次。主意已定，即命將船泊下，又招呼隨從船戶不許聲張。當下范相換了一身衣服，頭戴九梁巾⑫，身穿藕色道袍，繫一條秋葵色絲縧，手搖白紙摺扇，裝作江湖術士的模樣，又命范洪、范保扮著青衣，遠遠跟著他。范相裝扮已畢，便同范保、范洪一齊上岸，各處走了一會，但見人煙稠密，街市繁華。剛走到北固山⑬下，忽見樹頭鴉雀驚飛起來，一片煙塵，從山後突起。范相暗想：是誰在那裡打圍？轉過山坡，果見擺設著一帶圍場⑭，勇士多人，各執兵刃，往來馳騁，甚是威雄。又見圍場當中，一匹金鞍白馬上坐一人，身長八尺左右，頭戴金盔，身披金甲，濃眉豹眼，闊口方腮，斜挽雕弓，輕推羽箭。范相一旁觀看，暗道：「此人甚是威風，不知是何姓氏？」正自凝神觀望，忽見那人回頭一顧，見圍場外立著一個術士，炯炯雙眼看著自己，不禁大怒，一聲喝道：「好大膽的術士，敢看孤家，孩子們給俺抓了！」當有眾勇士答應一聲，一齊上前，將范相抓去。畢竟此人是誰，丞相如何解脫，且看下回分解。

⑫ 九梁巾：即「九梁朝冠」。九梁，朝冠上裝飾的九條橫脊。梁，指朝冠上的橫脊，梁數多少，因官品之高下而定。宋孟元老東京夢華錄車駕宿大慶殿：「宰執親王，加貂蟬籠巾九梁，從官七梁，餘六梁至二梁有差。」

⑬ 北固山：「固」亦作「顧」。在江蘇省鎮江市北。有南、中、北三峰。北峰三面臨江，形勢險要，故稱「北固」。南宋建炎四年（西元一一三〇年）韓世忠曾在此截擊金兀朮。山上有甘露寺、鐵塔等名勝。

⑭ 圍場：指供王公貴族打獵的場地。

第三十八回　劉家莊英雄雙救難　杭州城宰相雪奇冤

話說范相被那人抓了去，那人喝道：「可知壽春王世子小千歲花花太歲在此，你膽敢偷覷千歲大駕麼？」范相聞言，好生快樂，暗道：「原來此子便是劉彪。」當下低聲下氣說道：「王爺在上，冒犯虎威，誠知有罪，還望千歲念我讀書人罷。」只見劉彪一聲冷笑道：「好大膽的術士，見了孤家，還這樣放肆，連跪也不跪！」便喚從人將他帶回去，問他細底。范保、范洪正欲開言，范相趕快丟了眼色，二人便不開口，站在一旁。只見范相被眾人簇擁著一齊帶去，范保、范洪也就跟了去。到了劉家莊，范相已是擁入裡面，范保、范洪只得在他門口探聽。劉彪回到府中坐定，便教豪奴惡僕，將術士帶上。只聽一聲喧喊：「術士帶到。」范相此時雖然是當朝首相，也不免心驚，不得已隨著眾人來至廳上，只見劉彪惡狠狠怒道：「爾這術士，從何到此，膽敢偷看孤家！罪該萬死，還敢任意放肆，連跪也不跪。好個大膽的狂徒！還不跪下，給孤家實說！」范相沒法，只得跪下說道：「王爺容稟：術士因善風鑒❶，偶見王爺龍姿鳳表，貴不可言，他年定可安邦定國，不覺暗自讚羨。冒犯虎威，萬乞寬恕！」那知劉彪性喜驕盈，一聽范相如此說法，便自樂不可支，即著范相起來，含笑說道：「足下既知風鑒，便請代孤家細細一相，到底終身如何？」范相亦含笑說道：「王爺一身富貴，自不必說，不但此刻身為王世子，他

❶ 風鑒：相面術。

年還可威鎮朝廷。」正自加意奉承，忽見旁邊轉過一個家丁，走上前來向范相說道：「范大人，你老是欽差大員，為甚微服來此，卻是何故？」范相聞言，吃驚不小，忙著說道：「尊管何言？某本為術士，何敢冒充宰相？尊駕莫非錯認了。」那家丁道：「范大人此話怎講？我在京隨侍俺家主爺的時候，范大人是常見面的，那有錯認之理？今范大人可不要瞞了。」劉彪聽說，拍案怒道：「好匹夫！你奉旨到杭州訪案，怎到鎮江？為甚改裝易服？孤有何事怕爾訪查？即使孤家不法，聖主尚不過問，何況你來！」當即喝令拿下。眾家奴稟啟道：「王爺，這欽差大臣不便私刑拷問，且恐泄漏風聲，反為不妙，不若將他送入石室，了其殘生便了。」劉彪答應。眾豪奴當將范相拿下，送往石室，范相大罵不止。你道這石室如何厲害？原來在花園以內，四圍用石板蓋成，一線亮光都不能透進，內有暗門關上，雖外面觀看，並不知內有石室。另有一道石牆，牆上有古錢式的孔眼，倘開此門，用手在錢眼內一按，那門自開。劉彪造此石室，遇有搶來不從的婦女及拂意之人，便將他推入此內，飲食絕了七日之後，將屍拖出掩埋別處。如此狠毒。范相到了石室之中，不免長吁短嘆，暫且不表。且說范保聽得此消息，只嚇得膽落魂飛，趕著跑開，私相計議前去稟報官府。兩兄弟沒命飛奔趕往前去，不提防迎面飛來兩匹怒馬，上坐兩位英雄，揚鞭高喊，叫他們閃讓。他兩人那裡聽見，只顧向前飛奔，馬上英雄見此光景，知道有了急事，趕著要勒住馬，讓他們過去。那知馬溜了繮，再勒不住，便將他二人衝倒在地，幸虧不曾踏傷。那兩位英雄，復趕著兜轉馬頭跳下馬來，將范保二人扶起問道：「你們二位有何急事，如此形色倉皇？可告訴我們知道，如果力有可行，尚可助一臂之力。」范保二人將那兩位英雄一看，知道是兩個正派人，便道：「使「我等有緊急要事。既承二位詢問，此地不便陳說，敢請到酒店一敘何如？」那英雄聽說，當道：「使得。」即刻帶了馬匹，一齊到了客店，范保就將以上情節細細說了一遍。那兩位英雄只氣得怒髮衝冠，睚眦❷欲裂，說道：「尊駕報官有何用處？且待黃昏以後，俺兄弟潛入劉彪家內，將相爺救出便了。」范保二人聞言，當即稱謝不已。復說道：「請二位英雄留下尊姓大名，候相爺回來知道。」那位英雄道：「俺是淮安駱熙，他是俺的表弟姓木名林，綽號木重瞳。俺等同往揚州去會李廣，也是你家相爺命不該絕，遇見我等二人。你等放心，今夜包管救出你家相爺便了。」范保二人又再三致謝，於是開懷暢飲。直飲到黃昏已後，駱熙與木林皆脫去外衣，駱熙手持銅錘，木林手執鐵鐧，走到窗前，一聳身軀，登時不見。飛奔來到劉家莊上，聳身上屋，恰好跳入花園。只聽更鑼響處，走過兩個更夫，駱熙、木林即跳上前，一人抓住一個，將兵器一晃，一聲喝道：「要喊，俺就送你性命！俺且問你，那個范丞相現藏那裡？」更夫戰戰兢兢的回道：「范丞相在那西邊石室之內。」駱熙、木林大喜，當即一錘一鐧將兩個更夫打死。他二人便順著路徑尋去，走到那裡，只聽矮屋內鼻息如雷。二人向前踢開屋門，只聽裡面問道：「是誰？」他二人應聲答道：「是俺。」大踏步已搶進屋，便從床上將人拖起，恰好一人拖了一個，舉起錘鐧，喝一聲：「要喊就送你們的性命！」那兩人也不知所以，只嚇得亂抖。駱熙便問道：「你等可領俺至石室內將范大人放出，饒你等性命；不然，立刻死在眼前。」那二人不敢不允，即領著駱熙、木林前去，到了石室外面，就在錢眼內將手一按，那石門大開。駱、木二人便一抬手將那兩人打死，便走進石室，高聲喚道：「范相爺在那裡？俺等特來相救。」范相正在那裡長吁短嘆，一聞人聲呼喚，即便答道：「來者何人？是否前來送老夫性命？」駱、木二人此時也不及通名道姓，只知有了范相。駱熙即

❷ 睚眦：瞪眼睛；怒目而視。

將絲帶解下，走到范相跟前，說了一聲：「相爺勿怕，俺來救你。」說著，立將范相綁好，背在身上，木林在後保護，出了石室。一聳身跳上圍牆，輕輕落下，一霎時如風馳電掣，忙奔回客店，二人復上圍牆。此時范保、范洪正在盼望不已，忽見牆頭上落下兩人，再一看背上馱著范相。范保、范洪好不歡喜，即刻上前將范相解下，扶入房內坐定下來。范相此時才算心定，即問了駱熙、木林二人姓氏。范保、范洪又將巧遇二人，如何仗義相救的話，說了一遍。范相甚是感激，當將駱、木二人認為己子。駱、木二人雖再三推卻，怎奈范相實心實意，只得拜認起來。當在客店暫住一宿，次日一早，由駱、木二人保護回船。到了船上，駱、木當即辭別，去往揚州，范相也即開船，往杭州進發。在路不過數日，即到杭州碼頭，早有府縣官員前來迎接。范相登時上岸，乘坐大轎，前面排了許多執事，這也不必細說。一會子已到行轅❸，只聽一棒鑼聲，三通炮響，范相下了轎，進入花廳。稍坐片刻，就有文武各官前來參見，范相手理長鬚，對眾說道：「本欽差大臣奉聖旨，特為那徐文炳一案，有義僕書僮徐福祿前去叩閽，奉旨欽派前來查訪提訊。但此案究竟徐文炳有無冤屈，諸位如有聞見，不妨各陳其說，俾本大臣借資見聞。」各官那裡敢說，只得唯唯。又向錢塘縣說道：「貴縣可於明日將徐文炳一案，所有一應案卷全行吊齊，送呈本大臣核閱。於後日午堂，將原被告人證、地保、四鄰一同帶至行轅，候本大臣親審。」錢塘縣一聞此言，只嚇得膽戰心驚，唯唯退下，各官也即告退。錢塘縣回到衙門，便將此事與幕友商量如何辦法。那幕友道：「不料此案竟鬧得這樣大了，放出欽差前來查辦。據晚生看來，也無法想，只得將卷宗送去，聽他核閱，後日再陪他審問一堂便了。」錢塘縣也無主意，只得吊齊全卷，次日一早即親自送去。范相

---

❸ 行轅：舊時高級官吏外出時的行館，亦指在暫駐的地方設立的辦事處所。

便細心核閱，翻來復去，足足看了一日。見那全卷中頗多疑竇，因嘆道：「問官不明，含糊了事，未免冤屈書生了。」一宿無話。次日錢塘縣前來稟道：「所有原被人證全行提到，只候相爺升堂。」欲知范丞相如何雪冤，且看下回分解。

第三十九回　縣令糊塗丞相識卓　兇人擒獲公子冤明

話說錢塘縣將原被告人證帶齊，回明范相。當下范相即升坐大堂，先帶徐文炳。差役答應，將徐文炳帶到跪在堂上。范相先將文炳一看，見他身材容貌實係是個儒生，斷不能持刀殺人。當即問道：「徐文炳，爾既是個書生，為什麼逼奸不遂，殺死梅氏？從實招來！」徐文炳見問，早知道福祿叩閽，奉旨已准，特放下欽差大臣查辦。當下回道：「犯生委實不曾提刀殺人，求丞相明察。」范相喝道：「徐文炳，爾尚膽敢狡賴麼？卻是本大人查明原卷，爾已招出因奸致殺，此時何得翻供？」徐文炳泣訴道：「丞相容稟：犯生那日因為母病重，兌換參苓，正過黃家門首，偶為梅氏誤潑面水，將犯生衣服潑濕。梅氏過意不去，當囑犯生在他家中將衣服脫下，梅氏與犯生烘曬衣服。曬乾以後，犯生就轉身去換參苓，當即回家。不知梅氏究屬何人所殺。及至次日蒙縣父台❶傳犯生到案，說是梅氏被犯生逼奸未遂，致被殺死。犯生一再申辯，怎奈縣父台不容分說，把犯生屈打不過，只得承招。」范相拍案道：「胡說，爾有摺扇為憑，尚敢狡賴麼？」文炳復又叩頭訴道：「若謂摺扇，是犯生從黃家匆匆出門遺落下的。如果有意圖奸，日間梅氏只有一人在家，何必要待至夜晚方圖奸致殺，此中之理，還仰求丞相明察。」范相點首，叫他下去。又傳原告黃貴問道：「爾妻梅氏究被何人所殺？從實招來！」黃貴道：「小人妻子委實

❶ 縣父台：讀書人對縣令的尊稱。

徐文炳殺死。他黃昏時分，來至小人家內圖奸，小人妻子不從，他便持刀將小人妻子殺死。」范相將公案一拍，厲聲喝道：「爾敢隨口胡言！本大臣問你，爾既知徐文炳黃昏時分去到你家圖奸，你為什麼躲在他處？顯係爾賣奸不遂，致將爾妻殺死，嫁禍於人。那裡有這等混賬！拖下去打。」黃貴聞言大驚失色，復連連叩頭訴道：「大人開恩，小人實在不曾殺妻。這晚因小人有事在外，未曾回家，次日天明回家來叩門，裡面無人答應。小人只得將門用腳踢開，走進房內，見妻子已經殺死，又見屍身旁邊有摺扇一把，當時奔出街坊，去喊四鄰作為見證。小人又將摺扇打開，見有徐文炳字樣，因此才知妻子被徐文炳殺死的。」范相聽罷，即傳四鄰問道：「爾等見黃貴何時回家？如何進門？從實招來！」四鄰稟道：「小人等見黃貴回來時，委實踢開大門才進去的。」范相便望錢塘縣說道：「貴縣當臨驗之時，何以不問他大門是關的，抑是開的？本大臣想來，大門既是關的，那徐文炳一個儒弱書生，如何能越牆而入？貴縣未免失於檢點了。」說罷，一聲冷笑。那縣令即嚇得戰戰兢兢，站立一旁不敢開口。范相又問四鄰：「爾等平時可知這梅氏性情是否輕狂？鄰里之間有什麼人來往他處？有無與黃貴不睦之人？快從實招來！」四鄰喊道：「大人在上，若問梅氏，生得也有幾分姿色，卻不過於輕狂。黃貴仇人，小人等卻不知道。鄰里中只有一個牛洪，平時不甚安分，梅氏死後第二日，他即不知去向了。」范相聞言，即飭原被告人證一齊退去，徐文炳仍然回監聽候復訊。眾人退下，范相當即飭令錢塘縣，限三日內將牛洪提到，如違，定即從重奏參。縣令遵諭，那敢怠慢。回衙之後，立刻傳齊通班差役，限三日內明查暗訪，務將牛洪提到歸案審問。各差役知道是欽差坐提的人犯，也就不敢延誤，分別各鄉各鎮，一體查緝。合該牛洪犯案，這日縣差訪到錢塘門外一個鄉鎮，忽聽那典當內一片鬧聲從裡面嚷出。縣差站定腳步，正要訪問閑人所為何事，只見從典內走出一人，獐頭鼠耳，鼻凹眼圓，一路嚷了出來，走到大門，復又嚷了進去。那縣差見他不是良善之輩，也就跟了進去。只見那人走至櫃臺前，拿出一支銅釵要當。那朝奉說：「方才說就是銅的，你怎麼還要當？可速拿去，不要在此混鬧了。」那人道：「你二隻眼睛一隻都未生，我這簪子是銅的呀？就便是銅的，今日也是當定了，你若再說不當，你這爿典就是我的。」說著，便要去打。那朝奉說：「牛洪，你往來不止一日，為什麼今日這等行凶？是何緣故？」牛洪正欲回答，那縣差早已聽見喚他牛洪，當即拿出鐵索，走到牛洪跟前，說道：「黃貴家的案犯了，現在欽差坐在城裡等著你呢。我們什麼地方都尋遍了，原來你還在這裡尋快活！走罷。」說著，便將鐵索向他頸上一套，又將那銅簪子帶來，拉了就走。牛洪聽說，魂魄早已飛去，卻硬著嘴說道：「好沒來由！我也不曾犯法，拉我到那裡去？」那縣差道：「你不曾犯法？黃貴妻子他在那裡告你呢！不要多言，快跟我們走。」不由分說，立刻帶了進城，先到縣裡稟報。縣令一聞此言，好生歡喜，當即將牛洪一齊帶到行轅回明。范相見牛洪已經拿到，也是歡喜無限，立刻升堂，將牛洪逮案。不一刻，原差帶上，先由原差跪在下面申訴一遍，又將那支銅簪呈送上去。范相便喝問牛洪道：「黃貴之妻梅氏，爾為什麼用刀將他殺死？快快從實招來！」牛洪聞言，只嚇得目瞪口呆，暗道：「我今日的死期到了，怎麼這位欽差大人知道梅氏是我殺死的呢？」因想即使不招，徒然皮肉受苦，前後一死，不如招罷。遂向上稟道：「只因小人平時不事生業❷，專作鼠偷狗竊之事，所偷之案，也記不清楚。對鄰梅氏頗有姿色，那日偶爾向他調戲，被他痛罵一頓，因此懷恨在心。這日小的站在門口，見黃貴手執銅錢出外沽酒買菜，一會子見他回來，到了

❷ 生業：指維持生機的產業。

傍晚，又見他出去。黃貴平日專以賭博為生，屢屢被輸，家內又是極窮，這日看他買菜沽酒，小的因動了貪心，只以為他有了錢。晚間又見他出去，那時即帶了一把刀，由他家門樓上聳身進去，只聽他妻子梅氏在房內喊道：『多情的徐公子，你怎麼到這會兒還不見來？你可知我在這裡等著你許久了！』小人聽說，便悄悄的竟跳了下去，推開房門，只見梅氏睡在床上，手搖紙扇，在那裡亂喊。那時小人便起了貪花❸的念頭，就去求合歡❹。梅氏不允，小人又要硬行，梅氏便大喊四鄰救命。小人怕四鄰知道，難以脫逃，一時氣忿，順手一刀，將梅氏殺死，即將他釵環取去，仍從門上跳出。又恐被人知道，因此逃往鄉下，不料被大人訪明，將小人拿來。實係小人殺這梅氏，小人知罪，還求開恩。」牛洪供畢，把個錢塘縣幾乎嚇死了。范相又命將黃貴帶上，當他面把銅簪擲了下去，喝道：「黃貴，爾可認得這銅釵是誰的？」黃貴拾起來一看，不覺放聲大哭道：「是小人妻子平日押髮的，不知怎落在此人之手？」范相又叫牛洪，把殺梅氏的情形向黃貴說了一遍，黃貴方才明白。范相又向黃貴喝道：「爾這無恥之徒，分明賣奸圖利，誣告好人，本應重責，姑念你妻子被殺，從寬懲責，拖下去重打二十大板。」當有差役將他拖下，打了二十板，跪在一旁。范相又命差役帶同牛洪，取出凶器存庫。牛洪先行寄監，俟秋後處斬。又將在城道府傳來申飭一番，錢塘縣革職，徐文炳復了功名。又將福祿喊出來獎勵了兩句，並著徐文炳好生另眼看待。諸事完畢，徐文炳與福祿一同坐轎回家。范相又將供詞敘明，寫了表章，先行拜發進京，過了兩日進京復命，不必細表。且說徐文炳到了家中，徐夫人一見，好不歡喜。此時李夫人、錢夫人、

❸ 貪花：指姦汙他人女子。

❹ 合歡：指發生性關係。

錢小姐及大眾家丁，都來給徐夫人與公子道喜。徐夫人便當著大家說道：「我兒今日得雪奇冤，總是福祿之力，我意欲將福祿認為己子，不知文炳兒意下如何？」文炳道：「母親，孩兒早有此意，從今以後，便叫福祿為三弟便了。」徐夫人大喜，即刻將福祿喊來，要認為己子。畢竟福祿果肯遵行否，且看下回分解。

第四十回　洪錦雲避難復罹災　沈三槐求歡反被辱

話說徐夫人因福祿叩閽，救出文炳，欲認福祿為己子，徐文炳亦欣然要認為三弟，當將福祿喊來，說明一切。福祿聽說，即跪下辭道：「念福祿感恩深重，纖芥❶微勞，何足掛齒！雖蒙夫人、公子大德，自古以來斷無奴才能認主母為母、公子為兄的道理。還求夫人、公子，萬萬不可存這個意見，而且福祿何敢僭越？自問亦不能安。與其將來因此折壽，不若仍然照常，這就是夫人、公子逾格栽培了。」徐夫人道：「我兒，你不可執意，你大哥非你捨死忘生，如何得出縲絏？我的主意已定，你不可再有推辭。」文炳也道：「三弟，你不要堅執了，母親是蓄意已久，你若再不行，反致埋滅母親的盛意，就此答應了罷。」李夫人、錢夫人也一齊勸道：「難得你幼小忠心，千古罕見，夫人既有此意，就認母子了。只要你從此盡孝，也是與親生一般的，快行了大禮罷。」福祿再辭不過，只得對著徐夫人改呼了母親，深深拜了四拜，又與文炳揖為兄弟。徐夫人大喜。福祿又與李夫人皆行過禮，也就改口呼為伯母。徐夫人、李錢二夫人甚是喜悅。徐夫人又飭令各家奴僕，改口呼為三公子，又給福祿改了名字，喚作文俊。當日就留李夫人、錢夫人在這邊飲酒，直飲至晚間方散。又命福祿即於當晚搬入書房，同文炳一起宿食。真個是一家完聚，兄弟怡怡，好不快樂。這日李夫人又接到李廣由揚州發來平安信，內云：「患病已好，

❶ 纖芥：形容極其微小。

料理數月即可回家。」又問了文炳的冤案是否清結？李夫人看後，也放心下來，即將書信拿與徐夫人觀看。徐夫人又命文炳回書與李廣，備言出獄及認福祿為子各情節，使他放心。文炳即寫了回書寄與李廣。不一日李廣接到回信，心下大悅，便與眾家兄弟說道：「去歲是雲賢弟回鄉，本約今年元宵到此，今時已過，並未見來。好在此間無事，擬與諸位賢弟同至江寧一訪，並飽覽秦淮風月何如？」大家稱善，即日就料理起來，便雇了兩號大船，擇定日期動身前來。到這日，李廣又囑咐招英館總管小心照應，不日即回。那總管自然遵照辦理。李廣就與眾兄弟同下了船，直望金陵進發。暫且按下。再說洪錦雲被費五拐去，賣到王教諭家作妾，幸虧崔氏孺人認作義女，未曾受了汙辱。無奈王清百般設想，總不甘心，崔氏孺人又瞞著王清，將他寄居對門。過了兩月，不料又被王清知覺，崔孺人沒法，只得將他送在一個平時來往的尼庵彌陀寺內住下，以避王清胡為。這彌陀寺內有兩個女尼，一喚清修，一喚玉修，皆有三十左右年紀。向來崔孺人時常送些月米燈油之類，常去做功德，崔孺人以為將洪錦雲送去，就可安心。那裡曉得這兩個女尼，平時甚不安分，一見洪錦雲到了庵內，又見他生得美貌，就存了一個混賬心。原來這兩尼姑身上有個財主，名叫沈三槐，與他最為相得。這日見了錦雲，那兩尼就去沈三槐家，將錦雲如何美貌，如何出身，告訴一遍。沈三槐大喜，即穿了衣服與兩尼一齊到了庵內，先在暗房坐下。兩尼與他調戲一番，又陪著沈三槐飲了一回酒，沈三槐便問起洪錦雲來。清修見問，即站起身來帶笑說道：「我代你去喚美人到來，讓你樂一樂。但有一句話要與你說定，你可不能學那薄倖的，有了新人，便忘了舊好。」沈三槐道：「我果能將那美人弄到手，這兩個月老，我都加意奉承便了。」清修見說，便用手指在沈三槐額角上彈了一下，又輕輕的啐了他一口，即刻扭轉身軀出來，到了錦雲房內，說道：「啊唷小姐，小尼今有一事，欲與小姐商量，我庵內有個大施主，名喚沈三槐，所有小庵一切香火祭田等類，俱是他來包定，所以庵內無論大小事件，俱要告訴與他知道。他今日方才到此，小尼便將小姐寄居在此的話告訴他。他不相信，他說我們私藏良家閨女，故此小尼前來請小姐出去說明，就可絕他疑惑。」洪錦雲道：「師父，你這話奇了，怎麼叫我出去會他面生男子？」清修道：「小姐若不肯出去對他說明，他的疑惑不得解，小姐此地可也不能住了。」洪錦雲沒法，只得隨了清修走到客堂。但見上面坐著一個少年人，旁邊玉修陪坐。洪錦雲看罷，便知不妥，轉身就要退回去。只見沈三槐見了洪錦雲已是神魂飄蕩，趕著上前，向洪錦雲深深一揖，道：「多蒙小姐光顧，我沈三槐也是個多情男子，日後斷不敢忘小姐大恩。」洪錦雲一聽，不覺柳眉倒豎，杏眼圓睜，潑口大罵。恰好玉修上前相勸，洪錦雲順手就是一掌，口裡罵道：「無恥的淫尼，膽敢狼狽為奸，誘我千金之體，你不怕汙了佛地麼？」沈三槐還嘻嘻笑道：「小姐勿怒！並不怪他二人，是我仰慕小姐姿容，特令他二人前去奉請。這也是三生有幸，我沈三槐合該與小姐共遂鸞鳳。小姐不要怒，沈三槐奉揖了。」洪錦雲愈加大怒，猛見旁邊茶几上有個茶碗，便拿在手中，一抬手便向三槐摔去，恰好正中三槐臉上，只打得鮮血直流。登時沈三槐羞惱成怒，大聲喝道：「好不識抬舉的賤人！此地那由你這賤人在此撒野，我看你進得此門，怎能出去？」說著，搶前一步，就要硬打。洪錦雲見來得切近，一抬手迎面將他一把抓。那沈三槐不曾提防，又抓了個五道血淋指痕。此時三槐越發大怒，不由得一聲大喝：「好小賤人，你望那裡走？」說著，走上前就是一把，將洪小姐抓了過來，命二尼按住。當時就尋了繩索，將洪錦雲綁縛起來，送在後廂，高高吊起，手執皮鞭，任意重打。可憐洪小姐任他怎樣打法，還是不住口大罵。沈三槐打了一頓，打得洪小姐渾身是肉綻皮開。還是兩個淫尼再三勸住，沈三槐才放下皮鞭，將門倒鎖起來，仍到暗房內去歇。兩個淫尼倍加妖精，殷勤敬酒，把個沈三槐迷惑得邪心蕩漾，慾火如焚，便勾搭著兩個淫尼，浪語花言，無所不至。那兩個淫尼也就恣情調笑，任他無所不為。三人正在樂不可支之時，忽聽一陣叩門聲響。三人大吃一驚，便急急出來問道：「誰人半夜三更前來叩門打戶？」外面答應道：「是俺，前來借宿的。」淫尼聞言，即在門裡回道：「此處是尼庵非客店，不便留宿，還請客官到別處去罷。」那外面的人又喝道：「爾這庵內不便留客，為何留著姓沈的？在裡面做什麼？」說著，一抬腿將門踢開，衝了進去。那淫尼再一細看，見有三人，內中有個極兇極惡令人害怕的一副鴛鴦臉。淫尼見了，只嚇得跪在下面哀求，說道：「求大王饒命！」你道這三人究竟是誰？原來是洪錦、左龍、左虎三個，他三人因聞李廣在揚州看打擂臺，他便離了山寨，也到揚州去會李廣，不期走錯了路，誤走到儀徵。因天色又晚，無處投宿，正悵望間，忽見柳蔭下蹲著一人，洪錦便去問他有什麼庵觀可住。那人見了他那副尊容，嚇了一跳，又不敢不告訴他，心中暗想，不如指他到彌陀寺去。就向洪錦說道：「此間只有一彌陀寺，雖是尼僧，行同娼妓，今日庵內卻有個沈三槐在那裡。這沈三槐卻是個極其霸道的人，小人平日受他欺凌，甚是不少。今日見他進去，我所以蹲在此地，預備等他出來，給他一個報復。彌陀寺就在前面不遠，客官們如有膽量便去，不然除此並無別的庵院。」洪錦等聽說，因此才一起趕來。那淫尼一見洪錦，只疑惑他是強盜前來打劫，因而跪在地下哀求。洪錦喝道：「俺等不是大王，爾快去多備酒菜給俺吃了，萬事全休，不然俺等定不饒你。」淫尼答應道：「小尼便去預備酒菜，客官且請客堂去坐。」洪錦才坐下來，忽聽後面有隱隱啼哭之聲。洪錦詫異，便走出客堂，順著聲音尋去。不知尋找得著否，如何救出洪錦雲，且看下回分解。

第四十一回　鬧尼庵兄妹喜重逢　訪秦淮友朋欣大聚

話說洪錦剛才到客堂坐下，忽聽隱隱啼哭之聲，心中大為詫異，便向左氏兄弟說道：「賢弟且待片刻，兄走走就來。」當下出了客堂，順著哭聲尋去。但覺越聽越近，好似我妹子聲音？心中更加疑惑，便大踏步尋去。但見那廂屋房門緊閉，外面繫著鐵鎖，哭聲就從那屋內出來。洪錦走近廂房，側耳細聽，只聽裡面淒淒切切，一聲母親，一聲哥哥，在那裡啼哭。洪錦聞聽確是胞妹的聲音，不禁悲喜交集，立刻踢開房門，大踏步跨了進去。只一看好不肉疼，但見妹子渾身一片鮮紅，吊在廂屋梁上。洪錦看罷，不覺淚下，忙著喊道：「妹子不要怕，愚兄特來救你。」說著，就拔出寶劍，一手托定錦雲，一手將繩索割下，把錦雲放在地下。洪錦雲睜開眼睛一看，帶哭喊道：「我的哥哥，你妹子莫不是與你夢裡重逢麼？」洪錦道：「妹子不要傷心，俺且問你，你如何遭此慘毒？」洪錦雲道：「哥哥，一言難盡，容後再說。如今且把那兩個淫尼、一個姓沈的賊子拿住，不要被他知道消息逃走去了。妹子權且這裡坐等，哥哥且請速去。」洪錦聞言，那敢怠慢，立刻出了廂房，趕到客堂裡面。此時酒菜已擺在桌上，洪錦附到左龍、左虎耳邊，大略說了兩句，也就立刻站起，拔出腰刀，一個守住大門，一個守在後門。洪錦一聲大喊：「好大膽的淫尼惡賊，膽敢害俺家的胞妹，快快出來見俺！」一面說，一面各處去找。尋了片刻，走到那暗室之內，只見上坐一人，兩手摟著兩尼，在那裡軟語溫言盡情調笑。原來那兩淫尼將酒菜擺出與洪錦等去吃，以為斷沒有事，他便又去陪沈三槐去了。那洪錦一見，不覺虎眉倒豎，豹眼圓睜，再加他那副鴛鴦臉，你看可不怕？只見沈三槐同著淫尼一見了他來，即刻跪倒哀求說道：「求天君開恩。」洪錦也不答話，便一抬手，舉起劍鋒，先向沈三槐肩下砍去。沈三槐此時心頭嚇慌，趕著用手來擋，恰好一劍下來，削去五指，只聽得「呀」的一聲，昏倒在地。洪錦又走上去，提起寶劍，在他肩膊上連刺二三刀，見鮮血直淋，歪倒在地。兩個淫尼在旁，已嚇得魂不附體，連眼睛都嚇得定了光了。洪錦便走過來，將兩個淫尼，一人先給他砍去一足，拋在那裡，三個人再也不能動彈了。洪錦即走出來，趕到廂屋內告訴了妹子，又將錦雲攙扶到客堂上面。恰好此時走進一個佛婆，洪錦便欲上前去打。那佛婆一見，慌忙跪下求道：「此不關婆子的事，總是沈三槐與那兩個淫賤貨所為，還求饒我一條狗命。」洪錦雲看見，便喊道：「哥哥把他放了，叫他給我服侍一回再說。」洪錦聞言，當即放了佛婆，命他前去服侍。那佛婆那敢怠慢，立刻把了面水，又燒了一壺好茶送到小姐面前。洪錦雲便略為淨淨臉，吃了兩口茶，只是心上疼痛得很。洪錦便叫他到尼僧床上去歇一會。錦雲道：「算了罷，那樣汙穢的床鋪，不要把我玷汙了。」就仍然坐在那裡，歇了片刻，於是才將自從費五騙拐、以至被淫尼、沈三槐羞辱，前後的話細細說了一遍。洪錦聞聽不覺聲淚俱下，說道：「這總是不肖哥哥害得你好苦。」洪錦雲又問道：「母親現在何處？」洪錦也將劫獄反監、現在登雲山暫住的話說了一遍。洪錦雲聽說母親尚在，才算轉悲為喜。洪錦又出去將左龍、左虎喊了進來，就叫洪錦雲給他二人見了禮。此時大家腹中皆餓，又把佛婆喚進，叫他把酒菜拿去廚房重新燒好，三人大吃一飽，洪錦雲也在這旁邊略為吃了少許。洪錦又把佛婆喊來，向他說道：「你好好服侍小姐，若有一點不到，即刻將你殺死。」佛婆唯唯答應。忽聽左龍一旁說道：「哥哥言之差矣！你叫他服侍令妹，說不定俺們去處置那三個狗男女，他趕空逃了，反為不美，不如將他鎖在房內，或將他綁了，俺們也可放手作事。」洪錦被左龍一句話提醒，即刻將佛婆綁了起來，抛在地上。他們三人便走進那暗室內，去處治沈三槐與那兩個淫婦。一到暗室，見他三個人已蘇醒過來，睡在那裡，哼聲不止。洪錦等三人，便一人抓一個，扯到客堂。洪錦雲一見，登時站起來，將洪錦手上的寶劍拿到手中，切齒咬牙，先向著清修罵了兩句，隨舉起寶劍刺了一下，又去玉修身上用力刺了一劍。只見兩個淫尼哀哀求饒。錦雲還欲去砍沈三槐，怎奈手內無力，已氣得只是氣喘。洪錦看見，便道：「妹子你去歇息，待我處置這三個狗男女便了。」洪錦雲將寶劍遞給洪錦，洪錦取過來，望沈三槐說道：「這兩個淫尼，是你這王八羔子的知己，待俺處置了他，再來服侍你。」說著，先將清修一劍砍死，復一劍又將玉修揮為兩段。這才走到沈三槐跟前，一連幾劍，將他剁成幾段；復將佛婆提過來，當心一劍，刺死在地。當下洪錦等好不暢快，洪小姐不忍再看，已背著站立一旁。洪錦便去尼僧房內，將所有細軟收拾起來，打在身上，又去洪錦雲從前住的那間房內取了衣服，叫他換了，脫下的衣服，打了個包袱帶在身上。諸事已畢，立刻出了庵門，洪錦抱著胞妹飛身上馬，同著左龍、左虎一齊跑到江邊，雇了船隻，登時下船，要往清江出發。洪錦等下得船來，正要叫船戶開船，忽聽鄰舟上喊道：「那邊可是洪錦洪大哥麼？」洪錦聞那聲音，好生相熟，走上船頭一看，不是旁人，正是徐文炳。你道徐文炳如何到此地？自出獄之後，記念著李廣，因此雇了船去往揚州。經過此地，適值天晚，便停泊下來。忽岸上有人叫船，好似洪錦聲音，便出來一看，果然不錯，因此才高聲喊他。洪錦見徐文炳來，彼此大喜，當即跳上文炳的船，彼此又將前後的話，細細說了一遍，二人皆是悲喜交集。洪錦道：「二弟，愚兄不能在此久延，現在趕往清江暫時託足。煩二弟寄語李大哥，准於十月親送舍妹到杭，斷不有誤，愚兄就此告別了。」說著，就跳過船來，喝令船家解纜，直望清江進發。徐文炳也就開往揚州，按下慢表。且說李廣眾人，由揚州買棹❶前往金陵，去會楚雲。這日已到，當即上岸，到了楚家門首。當有管門人問明來歷，進去通報，不一會楚雲迎接出來。大家一見，好不歡喜，彼此就談了許多闊別的話。楚雲即命人到船上，將行囊搬上。李廣又請出楚夫人見禮。當時楚雲就備了兩桌接風酒，大家歡呼暢飲，頗為高興。次日楚雲即雇了一隻大船，請李廣等泛棹遊湖，賞覽秦淮風月。大家乘馬走到桃葉渡❷下船，雙槳咿呀，一聲欸乃，慢慢的將船開去。李廣在船內，向著兩旁觀看，但見一帶綠楊，內襯著珠簾碧檻，皆是教坊❸的裝飾。碧欄杆畔，斜立著許多妓女，爭妍鬥媚，說不盡許多妖嬈風流，一派笙歌，又恍似從半空送到。大家觀看，不覺心曠神怡，嘖嘖稱羨，都道六朝❹金粉❺不減當年。大家正在談論，忽見碧欄杆畔，有一玉人望著楚雲招手。楚雲即命將船泊下，舟子答應，靠了碼頭。當有一個半老婦人，從欄杆內走出，上了船，上楚雲面前請了安，站在一旁，帶笑說道：「公子爺為甚這半月來，皆不曾到這裡走走？小紅兒

❶ 棹：此處指船。

❷ 桃葉渡：在江蘇南京城秦淮河、清溪合流處。古今樂錄：「晉王獻之之愛妾名桃葉。其妹曰桃根，獻之嘗臨渡歌以送之。」後人故因名渡曰桃葉。

❸ 教坊：古代管理宮廷音樂的官署。唐代開始設置。專管雅樂以外的音樂、歌唱、舞蹈、百戲的教習、排練、演出等事務。宋元兩代亦有教坊；明代有教坊司，隸屬禮部。至清代雍正時始廢。此處指妓院。

❹ 六朝：指三國吳、東晉、宋、齊、梁、陳等六朝。

❺ 金粉：婦女妝飾用的鉛粉。常用以形容繁華綺麗的生活。

記念得很。」楚雲道：「紅兒那裡今日有客麼？」那半老婦人道：「連日清淡得很，那裡有什麼客呢？」楚雲道：「既是沒有客，你便去招呼一桌上等酒菜，我同著諸位公子爺就來。」那婦人笑嘻嘻的去了。李廣問道：「這教坊內，賢弟是常到的？」楚雲道：「逢場作戲，不過偶爾來遊。」李廣便就正色說道：「雖然如此，卻不可以親近。」桑黛道：「大哥，你今日可不要古董。既是楚兄作東道，我們今日要痛痛快快樂一日，明日再受爾的拘束。就便吾兄古董起來，我們情願明日領罵，今日都是不遵教的。」大家皆道：「使得。」欲知李廣究竟如何，且看下回分解。

第四十二回　燕謔鶯嘲頭陀醉倒　花嬌柳媚公子魂飛

話說桑黛因楚雲欲在教坊擺酒，見李廣大有不願之意，因堵著李廣的口，不讓他說出一句不肯的話來。眾人也就隨聲附和，一齊攔阻。李廣沒法，也只得相從。大家棄船登岸，步入教坊，當有班頭站立門口伺候，給各人請了安，便大喊一聲：「裡面招呼，楚公子來了！」那小紅房內老媽子便迎接出來。接著，小紅也走出，搶走一步，到了楚雲面前請了個安，站立起來，拿著手帕掩著嘴，笑嘻嘻的問了一聲：「公子好！」楚雲也笑回道：「你好！」說著，便站下來，讓李廣等走了進去。小紅也站在門外，一個個的面貌都細看一眼，由李廣起看到張穀，都不介意，及至看到胡逵那副黑炭團的面孔，小紅就對著楚雲伸了一伸舌頭，也不過暗道：「他那樣黑法！」末後，忽見廣明是個和尚，小紅忍不住嗤的一聲笑，惹得楚雲也不覺暗笑起來。大家進了房坐下，就有領班送進手巾，各人面前送上一塊，及至送到廣明面前已是忍不住要笑。只見廣明接在手中，大聲笑道：「好一陣香氣，為何你們這手巾要放許多香料？不是分明的引人要到你家來？」說著，就臉上去擦，又拿近鼻子上面聞了一聞，只是讚道：「好香好香！」小紅也一一請了安。到了廣明面前，他卻不請安，合著掌說道：「阿彌陀佛，女弟子合十了。」一言未畢，惹得大家笑個不住，連那龜奴❶都笑起來。撤去手巾，獻上香茗，楚雲就指著小紅，一一說了姓名，

❶ 龜奴：譏稱舊時在妓院裡擔任雜務的男子。

大家笑得彎腰。廣明也覺自己好笑，便大聲說道：「難道你們許嫖，偏咱家不許嫖麼？今日咱家既然到此，也算是破戒，偏要揀一個不長不短、不肥不瘦的絕妙美人，陪咱家飲酒作樂。」只見張穀在旁說道：「你可不應帶妓女，只合配尼姑。此地梵修年少的尼僧倒也不少，等我明日給他尋幾個，同作一齣僧尼會，我包你男僧人配了女僧人，那才是一樣呢！」引得大家又都笑起來。廣明此時也覺得有些慚愧，漲紅了臉，坐在那裡一言不發。忽然門簾一掀，大家向外一看，走進兩個美人。才走進來，便復縮了出去，口中說道：「錯了！怎麼裡面有了和尚，不見雲公子？」小紅聽得清楚，趕著飛跑出來，喊道：「二位姐姐，這裡不錯。」原來那兩個一喚如雲，一喚如月。二人道：「小紅你難道接了和尚不成？雲公子現在那裡？」小紅便道：「你家雲公子現在裡面。你說我是接了和尚，那和尚倒不要我，恐怕他見了你要搶一個去給你剃了頭髮，變作尼姑，與他一樣。他便將你帶到庵內，成為和尚配尼姑，讓你好嘗他的禿腥味。」二如便拿扇子，在小紅頭上打了一下，口中罵道：「壞丫頭！狗嘴裡無象牙，不怕穢了口麼？」說著，一路笑著進來。大家一看，齊聲道好。二如便到雲璧人跟前請了安，又向各人問了尊姓。問到廣明跟前，便住了口，掉轉臉來向璧人說：「這怎麼樣問法？你指教了罷。」眾人一聽，正要大笑，只聽廣明大聲喝道：「洒家不要你問，待俺告訴你，洒家喚作廣明，綽號鐵頭和尚。你們兩個叫什麼名字？」只見桑黛一旁說道：「他們兩個，一喚銅鐘，一喚木鐘。」廣明大笑道：「怎麼喚作這等名字，可不奇怪？」二如道：「我們兩個的名，因為大和尚今日到此，才新起來的。」廣明道：「怎麼為我來，你們才起名字？洒家又不懂了。」楚雲道：「你真是個飯囊和尚，這兩人用意你都不懂，我告訴罷。他因你喚作鐵頭和尚，我們這裡有兩句俗語，叫做『鐵頭和尚撞銅鐘』，又道『鐵頭和尚撞木鐘』，你可敢撞不敢撞麼？」廣明道：「原來如此，俺便撞把你看！」說著，就一頭向如雲撞來。李廣喝道：「匹夫！你又粗莽了，誰叫你來此取樂？」廣明見喝，只得停止，口中說道：「俺明日便去養上頭髮，看還有誰笑我！」正說之間，恰好領班走進來，說道：「請諸位公子飲酒罷，酒席已擺齊了。」大家聞言，便一同出去，走到廳上，挨次坐定。先飲了兩杯，當有烏師❷送上歌扇❸，大家隨意先點了兩齣，每人各喊了一個歌妓。獨有廣明喊的那個坐在旁邊，也不飲酒，也不說話，只是愁眉苦臉，一言不發。大家看看廣明，又看看那個歌妓，忍不住好笑。卻是廣明也不顧盼，只低著頭與胡逵兩人盡量吃酒吃菜，那伺候的人，手也不停，只是代他二人斟酒。李廣雖然在飲，卻是勉強之至，心中並不快樂，惟有桑黛、張穀極其得意。一會子歌妓各唱完一齣，楚雲又叫小紅唱了一齣「魯智深醉打山門」，雲璧人也點了一齣「二龍山打店」，這二齣皆是暗指廣明。此時廣明已吃得大醉。大家散席，稍坐片刻就要下船，那知廣明已是醉倒，放下頭在那裡鼾聲如雷，大睡起來。大家好容易將他喚醒，他便半醒半醉，隨著眾人下船。到了船上，各人坐定。李廣便正色說道：「楚賢弟，非是愚兄矯情，要知宿柳尋花❹，非我輩所應為。我輩以堂堂六尺之軀，將來須要做出一番事業，所謂留得好身軀，作一個頂天立地奇男子；若恣尋花柳，不但有損精神，抑且無以對祖宗父母。今雖逢場作戲，以後奉勸急速忘情才好。」楚雲聞言答道：「弟雖如此，亦只徒有其名，毫無其實。今日以大哥等初來此處，不過欲借此以博大哥等一曠心神，俾知秦淮風

❷ 烏師：舊時妓院中為妓女教曲和伴奏的樂師。
❸ 歌扇：在扇子上寫歌曲名，供客人點唱用。
❹ 宿柳尋花：指嫖妓。

景，如此爾爾，或亦不負此遊。既蒙教誨諄諄，弟當領教便了。惟璧人兄留連甚密，弟實無法以處之，還望大哥勸一勸才好。」璧人道：「大哥，你可不要聽他亂說。弟雖不曾見他與小紅有什麼事實，卻常見他軟言溫語，綢繆甚切，弟卻不敢保。」楚雲也道：「弟縱與小紅言詞親切，卻不曾在外宿過一夜，誰似兄留戀二如，暗常在外住宿麼？」桑黛、張穀笑道：「今朝你二人互相招出實情來了。」璧人面上不覺有些慚愧。李廣復又勸了兩句，大家才算住口。此時，各人有伏窗上看游魚的，有瀏覽兩旁風景的。大家正在各適其好，忽聽張穀一聲喚道：「大哥，你看對面來的船上，那人好似劉彪賊子。」李廣聞言，注目一看，點頭稱是。桑黛等也都來看了他一回，只見廣明喚道：「楚雲，為甚你生成這樣一副面孔？你看那賊子兩隻眼，使勁兒只向你看。俺恨起來，便要跳過船去，將他捉住拋入水中才暢快呢！」李廣喝道：「少要胡說！」一面說著，一面卻凝神向劉彪看去。只見劉彪在艙內，同一人向本船上指手畫腳，李廣知道他是問這邊人的姓名。忽見迎面飛來一隻小船，船內坐著一個麗人。大家凝神一看，只見那麗人瘦盈盈瓜子面孔，柳眉淡掃，杏眼斜瞟，金押髮、鑲翠珠環，鬢旁斜插著兩枝茉莉，烏雲高挽，白雪斜拖，身穿一件藕色紗衫，外加一件無色鐵紗半背❺，素綃半掩，露出一副黃金鑲翠的手鐲，手如柔荑❻，帶著兩只金戒指，斜按欄杆，四顧凝眺。兩旁站立兩個垂髫一色的丫鬟，高盤雙髻，低簪玉綠，衫青半背，亦極楚楚可憐，貌極整齊，真不愧俊俏風流，端莊嚴肅，卻不似大家裝束，而與青樓❼打扮一般。

❺ 半背：服裝名。略相當於後世的馬甲。

❻ 柔荑：柔軟的茅草嫩芽。

❼ 青樓：指妓院。唐杜牧遣懷詩：「十年一覺揚州夢，贏得青樓薄倖名。」

此時雲璧人見了那個麗人，伏著船門，目不轉睛，只向那麗人呆望，真是出了神了。桑黛看見，便笑喊張穀道：「璧人兄今已魂銷矣！」張穀轉過臉來一看，見璧人還在那裡呆望，並不知桑黛、張穀笑他，當下即走近璧人跟前喊了一聲：「雲兄，不要將眼光被那人帶了去！」這一句才把雲璧人喚醒過來。正要調笑與他，忽見那小船麗人，一聲大喝道：「好賊子！膽敢視千金小姐為娼妓麼？」說著，一聳身飛上劉彪船上。欲知後事如何，且看下回分解。

第四十三回　義俠女賣俏辱劉彪　奸惡賊設計陷蟫玉

話說雲璧人出神看那小船上的麗人，被張穀將他喚醒，正要調笑與他，忽聽麗人一聲大喝，遂跳入劉彪船上。你道這是何故？原來劉彪在鎮江將范相送入石洞後，被范相逃脫，怕他查案回來要與他為難，故此到南京暫避暫避。這日也來遊船，先見了李廣等船上這些人，便看中了楚雲，所以在先指手畫腳在那裡訪問。當有他家丁曾見過李廣這起人的，就一一告訴他，是揚州招英館李廣的一班朋友，又盛稱李廣如何英雄，如何掃滅蒲家林大盜。正在談論，就見了小船上那個麗人。劉彪一見，便自神魂飄蕩，即叫船戶，將自己的船盪去靠近那隻小船。他便走到船頭，望那麗人說道：「卿卿尊姓芳名？家居何處？你在秦淮那一家？如卿粉黛，要算在玉人之中，推稱為第一了。即請過來與孤家同飲，這也是三生石上，早有前緣的。」那麗人一聽此言，登時杏眼圓睜，柳眉倒豎，一聲喝道：「好個無恥賊子！你大夢未醒，睡眼未開，敢把千金小姐作為娼妓！似此昏昧，也可將自己的妻女姐妹，當作娼妓。你可知我小姐金陵城內誰不知道胭脂虎聲名？你打聽打聽，我小姐豈是懼怕強徒的麼？」楚雲聽說，微微笑道：「原來他就是吳家的女郎。」李廣等問道：「賢弟如何知道，乞道其詳。」楚雲道：「且待他二人鬧完了事再說。」又聽劉彪口稱「美人」，說道：「你不可這等薄情。你說不是秦淮妓女，何以要裝束得如此輕狂？速過來陪孤家痛飲，免得孤家粗魯；倘把孤家弄翻了，管你什麼良家女子、青樓女子，便是當朝宰相的女兒，孤家看中了，也要叫他給孤家奉承奉承。」胭脂虎聽罷，冷笑一聲，說道：「好！你這惡賊，既不肯干休，定要小姐過船，小姐來陪你便了。」說著，只見他蛾眉一豎，兩頰一紅，將白羅素裙望腰間一掖，飛身一跳，好似翩翩綠蝶，飛過船來，搶一步就把劉彪當胸一把揪翻船板上面，金蓮一起，緊緊的按著惡賊身軀，即刻將袖內龍泉寶劍拔出，但見一道寒光，對定劉彪的項上一晃。劉彪此時已是魂升於天，魄降於地。眾豪奴要擁上，只見胭脂虎蛾眉直豎，便按著劍厲聲說道：「你等如要上來，看吾寶劍一揮，立刻送你等性命！」眾豪奴聞言，一齊不敢上來，站在兩旁不動。又聽胭脂虎說道：「東船西舫，士女遊人聽者：奴本千金玉體，這劉賊誤良為賊，本來罪不容誅，當一劍了此奸雄，全在奴家掌握。只因奸徒齷齪，寶劍光明，特恐斬卻奸徒，他那頸上鮮血，有汙奴家寶劍。劉賊呀，你這賊子，倚著你繼父劉瑾閹人❶，倚勢擅權，你便在鎮江殘害了幾許英雄，冤屈了多少義士，玷辱了幾多貞婦節女。個個咬牙，人人切齒，只因你倚權仗勢，無可奈何。我小姐素不畏強，爾膽敢妄言汙蔑！倘從此以後，尚知洗心革面，痛改前非，我便饒你一條狗命。若再恃強欺弱，我也說不得怕汙寶劍，只得將你這賊子斬去頭顱，代萬民除害。」說罷，寶劍一提，又向劉彪一晃，復又向眾說道：「旁觀列位，非是我閨中弱女性太剛強，只因這賊罪惡滔天，不得不痛加教誨。本應青鋒❷一起，送彼殘生，又恐不教而誅，有礙好生之德，尚望諸君鑒聽，莫笑猖狂。」此時河下岸上看的人，卻實在不少，竟沒有一個敢開言的。惟有李廣等一聞此言，齊聲喝彩道：「好一位俠氣小姐！真是情理俱盡。劉君經此一番教訓，自必感愧，痛改前非，

❶ 閹人：謂被閹割的人。後因用為太監的代稱。

❷ 青鋒：即青鋒劍。寶劍；利劍。劍身寒光閃爍，鋒芒畢露，故稱。

恪遵小姐的教誨。還望小姐姑且饒他便了。」那麗人一聞此言，便覺轉怒為喜，回轉頭來，向李廣船上一望，皆是些英雄壯士，好不暗羨起來。登時梨花面上變了個喜色，復又對劉彪說道：「既饒死命，而活罪難寬，你必須跪倒船頭，叩頭伏罪，爾可情願麼？」劉彪那裡還敢執拗，伏在底下，連連點首，口稱「遵命」。那麗人便抬起金蓮，劉彪跪倒身軀，向那麗人磕了三個頭，口中謝道：「萬分得罪，既承女英雄寬恕，自當謹遵教訓，銘感不忘，從此改邪歸正。」那麗人聽他說罷，飛起一腳將劉彪踢入艙中。他也飛身回到自己船上，嫣然一笑，忙令舟子開船，雙槳咿呀，如飛而去。這邊李廣船上胡逵、廣明兩個，還拍著手歡呼笑道：「好一個語言爽利巾幗英雄。只是難為了花花太歲，從今以後無臉見人了。」劉彪聽見，只得暗地切齒，不敢聲張，當時便呼開船而去。李廣等亦即泛棹而回，沿途便問楚雲道：「賢弟怎知他吳氏之女？」楚雲道：「他父親名鳳，曾作大將軍，為人極其忠直，因事觸怒劉瑾，死在刑部監牢；他母親又復相繼而逝。他小號又仙，綽號胭脂虎，金陵城內無人不知。不但武藝精通，且飛劍能斬人，不亞古之劍俠。弟卻不知他容貌如此秀美，真所謂色藝俱佳了。」李廣等讚嘆不已。閒談之間，船已到了桃葉渡，泊近碼頭，大家上岸。早有家丁帶著馬在碼頭伺候，大家便上馬而回。李廣等從此就在楚雲家裡盤桓了數日。這日忽見門丁送進一封書信，說是揚州寄來。李廣接過拆開一看，知道徐文炳已到揚州，當即約了楚雲同往。楚雲也甚歡喜，即刻進內稟知老母，怎奈老母楚夫人不放他行。李廣等不敢勉強，只得約了雲璧人同行。隔了一日，就雇定船隻，一齊仍回揚州而去，不必細表。再說劉彪受了一場惡氣，又惱恨李廣等肆行嘲笑，欲思報復，卻又不敢，只得隱忍了數日。這日，忽想起那天李廣船上那個妙人，因命家丁往楚家，打聽招英館的人可在這裡。家丁打聽回來，說李廣等已經去了兩日。

劉彪歡喜無限，當即整冠束帶，去拜楚雲。到了楚雲門首，著人通報進去，楚雲見報，暗道：「這奇怪，劉賊因何到此？莫非有甚奸計要來欺我？且去會他，看他如何，再作計議。」想罷，便走出來。才出屏風，已見劉彪坐在廳上，楚雲便上前請見。彼此行過禮坐下，劉彪道：「久仰大名，今幸相會，足慰平生。足下真不愧『武潘安』三字，而且才貌絕世，可羨可羨！」楚雲謙讓道：「樗櫟之材❸，敢邀謬讚。」劉彪道：「小弟到此，非為別事，只因仰慕已久，欲攀玉趾，惠顧敝寓，聊備小酌一敘，何如？本擬遣介奉邀，特恐有辱大駕，故此竭誠趨詣奉請。明日午❹刻，掃徑相迎，幸勿見卻！」楚雲暗道：「果不出吾之所料，且答應他，等到那裡，他如果有奸謀，也效吳家女郎，羞辱他一番也好。」當即答道：「既蒙寵召，敢不奉陪？小弟明日當趨候便了。」劉彪見他答應，好不歡喜，當即辭別而去。到了次日，楚雲即稟知了母親，改換一身武士裝束，帶了佩劍，便即前去，劉彪接入殷勤招待。酒過三巡，劉彪問道：「楚雲兄，弟有一事頗為疑惑，尚乞示知。聞得李廣在揚州開設招英館，那一眾英豪皆生得天姿國色，莫非明為雁序❺，暗結鸞交❻？是否，還求示我。」說著，不禁大笑不止。楚雲也就正色說道：「李廣

❸ 樗櫟之材：莊子逍遙遊：「吾有大樹，人謂之樗，其大本擁腫而不中繩墨，其小枝卷曲而不中規矩，立之塗，匠者不顧。」又人間世：「匠石之齊，至於曲轅，見櫟社樹……曰：『散木也，以為舟則沉，以為棺槨則速腐，以為器則速毀，以為門戶則液樠，以為柱則蠹。是不材之木也，無所可用。』」後因以「樗櫟」喻才能低下。也用作自謙之詞。宋蘇軾和穆父新涼：「常恐樗櫟身，坐纏冠蓋蔓。」

❹ 午：中午十一時至下午一時。

❺ 雁序：猶雁行。飛雁的行列。杜甫天池詩：「九秋驚雁序，萬里狎漁翁。」常用以比喻兄弟。

❻ 鸞交：比喻夫妻。

是一個高義的豪傑，人所共知，閣下何得以濫言戲語，汙蔑豪傑？秦淮河畔，胭脂虎凜凜數言，曾幾何時，足下得毋忘卻否？」劉彪聽說，不禁慚愧無地，復強笑說道：「你我戲言，尚乞勿罪。」楚雲便道：「既領高情，容再謝過。」說罷，便思走出。劉彪見楚雲要走，登時將酒杯一擲，忽聽屏後一聲吶喊，跳出許多惡僕豪奴，個個手執利刃，一齊擁上前來。楚雲一見，即便退了幾步，拔出佩劍，就與豪奴爭鬥起來。畢竟楚雲能否脫身牢籠，且看下回分解。

第四十四回　楚雲急計處惡賊　張穀幻術嚇劉彪

話說楚雲與眾豪奴爭鬥起來，豪奴那裡是楚雲的對手。無奈這劉彪早已設下毒計，已將廳上滿地皆設了絆腳索，楚雲只顧與他們廝殺，卻不提防腳下有了埋伏。正殺之間，忽覺兩腳被繩索牽住，心下一慌，腳下被繩索一絆，登時跌倒在地。劉彪大喜，即令眾豪奴搶上前去，將楚雲按定，一面取了繩索，立刻綁縛起來。楚雲不禁大罵，劉彪坐在上面，復帶笑說道：「非孤忍心待卿如此，怎奈卿不肯曲從，即思走脫，此亦不得已而為之。勸卿此時不必推三阻四、三心兩意，好歹隨孤家同回鎮江，孤家當另作金屋藏嬌❶便了。」楚雲聞言，更加罵不絕口，還要掙脫，無奈再掙不開，只急得兩朵桃花飛紅過頰。劉彪大笑不已，即命豪奴速去雇船，料理回去。豪奴答應，立刻飛身上馬，前去雇船。不一會回報：「船已雇定。」劉彪刻不容緩，即命帶著楚雲一齊下船，趕往鎮江進發。順風水急，不過一夜功夫，已到京口❷。船泊碼頭，登時上岸，便將楚雲一同帶回。到了本莊，豪奴將楚雲推進。楚雲心中暗想：「休把

---

❶ 金屋藏嬌：漢武故事：「(膠東王)數歲，長公主(劉)嫖抱置膝上，問曰：『兒欲得婦不？』膠東王曰：『欲得婦。』長指左右長御百餘人，皆云不用。末指其女問曰：『阿嬌好不？』於是乃笑對曰：『好！若得阿嬌作婦，當作金屋貯之也。』」漢武帝劉徹，初封膠東王。後以「金屋藏嬌」稱納妾。

❷ 京口：故城名。故址在今江蘇省鎮江市。

殘生送在此地，看他如何，再作道理。」只見劉彪問道：「孤家今已回莊，諒你斷難逃脫，倒不如好好順了孤家的意思，自然好好待你。」楚雲暗暗想道：「不如假意允許他，且飽餐一頓，尋個走脫之計。」當即含羞答應。劉彪大悅，當命眾豪奴隨將莊門閉上，又將楚雲鬆了綁，即走上前，攙著楚雲的手，一齊進入書房。此時楚雲恨不能生啖其肉。到了書房，劉彪即命擺酒，彼此坐下，劉彪調戲，他只忍著一肚皮氣，低頭不語，只管在那裡大吃。腹中吃飽，便思去拔寶劍，復一悟，道：「所帶佩劍已被賊子拿去。」只得暗恨。復又想道：「此時不走，更待何時？」當即站起身來，假推更衣，一面將外衣脫去，本思要走。怎奈劉彪早已防備，一見楚雲想走，便上來一把抓住。楚雲情急計生，暗道：「何不如此如此？」說一聲「來得好」！順手就把劉彪手腕一捏。劉彪喊一聲「啊呀」，手一鬆，楚雲就勢一掌。劉彪往後一跌便大喊道：「速來拿人！」話猶未了，楚雲已搶進一步，兩手將劉彪舉了起來，也就大聲喝道：「我把你這賊子，今日不送你狗命，也不算招英館的英雄！」說著就出了書房，準備交架。才到院前，只見眾豪奴一齊擁上，個個皆手執利刃，殺將上來。楚雲一見，哈哈大笑道：「你等越多越好，快上來讓我殺個快樂。」眾豪奴聽說，再一細看，原來楚雲兩手抓定劉彪，權當兵器，眾豪奴都存了投鼠忌器之心，不敢上前爭鬥。劉彪被楚雲抓住，再也脫不開，口中只是亂喊：「爾等能將姓楚的殺死，孤家賞銀一百兩；如能將他活捉，賞銀加倍。」眾豪奴一聞此言，也就思想爭擁上來。楚雲一見神色不妙，暗道：「任我再有本領，究竟身入險境，不如將他先開條路，讓我好走。」主意已定，一面罵道：「好賊子！你只以為重賞之下必有勇夫，要激得他們將我捉住。我先叫你這賊子，認得我便了！」話猶未已，一轉手將劉彪二隻腳抓住，即刻一個旋風窩，認定那豪奴打去了。眾豪奴登時打倒了兩個。楚雲復掉轉來，又是一個旋風窩，眾豪奴又打倒了兩個。此時劉彪已魂不附體，而且頭暈眼花，離死不遠。看官，要知道劉彪本是個色中餓鬼，家中養著無數姬妾，日日戕伐，精神久已斫喪，可經得起被楚雲抓住兩隻腳在那裡倒轉，拿他當作兵器去打旁人，你看他可受得住受不住麼？見劉彪已不動彈，即刻順了方向，帶定劉彪，一聳身飛上正屋。躥跳過幾處房屋，走到圍牆上，向外面看了一看，知有出路，才將劉彪擺在屋上，他便一彎腰，跳出圍牆之外。正思飛奔，忽見那邊柳蔭下扣繫著一匹馬，便跳到那邊，將馬解下，跨上馬飛奔而去。走到江口，雇了船隻，即望揚州去了。再說劉彪擺在屋頂，眾豪奴雖然兇猛，卻沒有一個飛檐走壁的，眼望著楚雲逃走，主人睡在屋上，動也不動的，便如死的一般。大家只得取了扶梯，爬上屋頂，好好將劉彪抬下來，送到書房。又趕緊取了薑湯，徐徐灌下，停了半刻，才算慢慢蘇醒過來，眾豪奴此時才覺內心稍定。劉彪又睜開眼四下一看，只見眾豪奴圍繞左右，他又狠狠的將眾豪奴罵了一頓，總說他這些人連一個女子都拿不住。眾豪奴只得面面相覷。劉彪也只得暗恨，另思報復而已。

再說楚家見楚雲至晚未回，楚夫人著人去接，家丁回報，說劉彪已將楚雲綁縛，一同帶往鎮江。楚夫人大驚，立刻專人連夜趕往揚州，送信給李廣，請他們去救。專差也就即刻動身，飛趕而去。且說李廣自離了金陵，不日即到招英館，徐文炳接著好不歡喜，彼此就談了許多闊別、遭冤屈的事。徐文炳又將途遇洪錦救出洪錦雲，十月間親送錦雲到杭州完姻的話說了一遍。李廣聽說，格外悲喜交集。大家也就給李廣道喜，由此就歡聚了數日。這日正在花園飲酒，忽見楚雲只穿著一件緊身短襖走了進來，大家一看，甚為詫異。李廣首先問道：「賢弟為何如此模樣？」楚雲道：「話長呢，慢慢的告訴你。」當下便坐下來，就將劉彪如何拜訪，如何請酒，如何設計報復那日船上之仇，如何被他捉住，帶往鎮江，如何劉彪被騙，借他自身當作兵器，打散眾人，越牆而出，前後的話細細說了一遍。此時大家也有讚羨的，也有嘲笑的，談論紛紛，不一而足。獨有李廣怒不可遏，急欲前去報仇。胡逵、廣明在那裡幫狠，張穀、桑黛儘管戲謔。大家正在談論，又見書僮送進一封書信，說是金陵楚府專差連夜送來的，有要緊話面稟。楚雲忽說道：「叫他進來。」書僮去後，楚雲便對李廣說道：「此非別事，一定是家母見小弟那日未回，又打聽被劉彪帶往鎮江，故此專差前來請諸位相救。」正說著，楚府家人已進來了。一見楚雲，即上前請了安，站立一旁說道：「公子原來已到這裡，老太太在家愁得了不得，特地命奴才前來請諸位公子相救。」楚雲道：「你且出去歇一會兒，我有信給你帶回去。你不要耽擱，等我信寫好了，你便趕緊回去，稟知老太太，好教他放心。」那家丁答應，出來歇息，又吃了些點心。楚雲將信寫好，交給來人，叫他趕緊回去，那來人也就去了。李廣道：「賢弟雖然到此，愚兄還有一件可慮，劉賊吃了賢弟這場大苦，說不定要去金陵，到尊府尋事報復，不可不預為防備。」當下張穀便插口說道：「大哥這一層倒可不慮，不是小弟誇口，只須聊施小計，包管他再也不敢存此報復之心。」李廣道：「計將安出？」張穀道：「只須如此如此。」大家一聽，歡喜無限，立刻催他前去。張穀也欣然應允，說著，登時就不見了。張穀借著水遁❸，不到半日，已進入劉彪宅內，隱著身軀，走到臥室，見劉彪睡在床上，劉彪有兩個姬妾，在那裡代他捶背。張穀便對著劉彪臉上，畫了一道符，又吹了一口氣，登時劉彪便爬坐起來，惡狠狠伸開巴掌，一面在嘴巴上亂打，一面說道：「這總是怪我存心不善，從今以後，再也不敢生壞心了。」就是楚

❸ 水遁：五遁之一。道教聲稱仙人有五種借物遁形的方術，謂金遁、木遁、水遁、火遁、土遁。見其物則可隱身。

雲家內也不敢想去報復了，總要求神寬恕。」忽又說道：「你這逆賊，刻刻存心害人，奸盜邪淫，無所不至，今日斷不能饒汝！」劉彪苦苦哀求，此時他的妻妾人等皆跪下來，異口同聲，代他求饒。劉彪只不住手的亂打，直打得口吐鮮血，皮開肉爛。畢竟性命如何，且看下回分解。

第四十五回　小張穀二次戲錦屏　徐文亮獨力敗郡主

話說張穀暗用法術，使劉彪自己打了一頓，直打得兩頰肉爛皮開，鮮血直冒。那些妻妾侍女，無不環跪地上，苦苦哀求。張穀才念了解咒，仍然回至招英館，說了一遍，大家極其痛快。此日是八月十五日，正是史錦屏奉旨擺擂臺，已經一年期滿，要收擂臺，大家就一齊去看收擂。到了平山堂下，進入茶棚坐定，不一會，史錦屏已上擂臺，只見他走上臺口，高抬素手，輕囀香喉，望臺下說道：「天下英雄、四方豪傑聽著：我史錦屏奉旨擺擂，現已經年❶，今當收擂之期。有本事者速來比試，有能勝得我者，便去復旨，聽候聖上錄用。」話猶未已，只見臺下一個個跳了上去，不到三四合，就被史錦屏打敗下來。那史錦屏好不得意，不免口出狂言，面有驕色。此時卻惱了一個絕世的巾幗英雄，楚雲一見，不覺嗔生玉頰，怒觸眉梢，立起身軀，罵一聲：「錦屏賤婢，你敢目下無人，藐視天下豪傑，且看你敵得我蟹卿麼？」說著，便一躍烏靴，即思跳上臺去。李廣在旁趕緊扯住，說道：「賢弟！你往那裡去？原知錦屏不是賢弟對手，你就去將他打敗，又有什麼體面？而況封官必歸奸黨，你可肯俯首下氣，與那奸人為伍麼？」楚雲道：「那只要打敗他，不去為官，他又其奈我何？」李廣道：「聖旨森嚴，如何可逆！我看多事不如少事為佳。」楚雲又不敢違逆兄命，只得切齒暗恨。只見張穀在旁笑道：「你們二位不必如此，

❶經年：一年。

還是讓小弟上去混一陣，取取笑罷。」說著，便整了衣襟，飄然大袖，出了人叢。走到臺前，一個旋風窩，飛上臺去，站立腳步，望著史錦屏深深一揖，笑道：「郡主久違了。」史錦屏抬頭一看，不覺雙眉頓蹙，暗道：「怎麼這個人又來了？」當下便道：「你今日既又來此，俺卻不能阻你不與我交手，可有一句話須要說明，不許再如從前裝妖作怪，一味的鬼混！」張穀復又笑道：「非是我那等裝妖作怪，只因暫時歇息，況且我也算全始全終。郡主開臺時我卻在此，今日郡主收臺，我特地又來了，我自問實在誠心可嘉。我們不必多講了，請交手耍一回罷。」說著就交起手來，史錦屏即忙招架。只見一個是金蓮起處，飛舞湘裙；一個是玉手抬時，飄揚大袖。這一個柳眉輕擺，恍如仙女折花；那一個兩手並推，好似猿猴獻果。彼此往來約有十數合，史錦屏忽動了嬌嗔，只見他左手隔開，舒出右手，把張穀一把抓過。才分明是提在手內，登時卻又無影無形，不見蹤跡，只氣得史錦屏面紅過頰，只得轉身向交椅上坐下。才坐下來，張穀又在頂板❷上帶笑說道：「我們不過是消遣，怎麼郡主倒又動氣？可叫我實在過意不去了。我稍息一會，郡主你也歇一會，我們再來消遣何如？」史錦屏聞言，不禁杏眼圓睜，柳眉倒豎，指著張穀大罵道：「妖人，你下次若再如此，我郡主定取一支羽箭送你歸陰。」張穀仍是嬉皮笑臉，說道：「只因熱甚，且待汗乾，再同交手。」一面說，一面搖扇，笑色盈盈，在那裡鬼混，把個史錦屏幾乎氣死，卻把茶棚內桑黛諸人笑得肚痛。李廣卻有點看不下去，只得高聲喊道：「張賢弟，你快快下來，不許鬼混了！」張穀見喚，不敢違逆，只得從梁上跳下，口中說道：「本待要同你耍一會，怎奈我大哥李廣呼喚，區區只好失陪了。」說著飛下臺去。史錦屏聞言，望臺下一看，只見茶棚內李廣帶著招英館中人在

❷ 頂板：天花板。

那裡靜看，不覺暗自讚羨，又聽李廣喝罵張穀太好嬉皮。正看之間，忽覺習習清風，一朵紅雲從西北而至，瞥眼間，擂臺上面已站立一個青年公子。此時不但史錦屏驚慌失色，暗道：「此人裝束又是蹊蹺，且比那人生得貌美，莫非我今生應該盡遇妖怪？」便是臺下看的人也甚驚異。此時楚雲眼快，早已瞧見，便喚李廣道：「大哥，你看那不是徐家二弟麼？」李廣聞言，大家抬起頭來一看，果然不錯。只見他風流如故，不減當年，頭戴一頂秀才巾，身穿大紅直裰。李廣便要去喚，桑黛忙阻道：「大哥且慢，且看他為什麼去會錦屏？」李廣點頭坐下，只見史錦屏輕抬玉手，說一聲：「呸！來者何人？速通名姓，為何從空飛下，是妖是怪，可即說明。」那人一聞此言，便笑盈盈說道：「我非別人，乃徐文亮，綽號玉美人，與卿家比鄰而住。」史錦屏也笑答道：「原來是徐家二公子。前曾聞君落水，為何今又復生？且公子平昔未曾習武，今日來到此地何為？」文亮笑道：「江心落水，確有其事，係被仙師救出，習得武藝，前來會擂。但初知拳棒，尚望郡主寬讓三分。」李廣聞言大喜，桑黛也就說道：「二弟今日可稱心了，意中人竟能睹目相會，而且大敘寒暄不止，可羨可羨！」話猶未畢，只聽臺上說一聲「請！」但見史錦屏金蓮一起，走過來在東邊；文亮忙將衣服攞脫，二人分開門戶，即刻交起手來。這一個襟袖飄揚，紅雲亂舞；那一個黃金綽約，腕鐲叮噹。這一個如擲柳黃鶯，輕輕掠水；那一個如銜泥紫燕，巧巧穿花。一個是丹鳳梳翎，將迎朝日；一個是青鸞展翅，亂落飛霞。又只見這邊的柳腰低亞靴尖起，那邊的彩袖高抬鬢影斜。只打得美貌錦屏顰添翠黛，只打得風流文亮咬碎銀牙。又見那臺下眾人齊聲喝彩，兩旁府縣極口讚揚。兩人鬥到有百十個回合，只見錦屏香汗浸肌，抵敵不住，便虛打一拳，故意將身一躍，用了仙姑斜臥的架落。徐文亮一看，暗暗笑道：「這不是班門弄斧，在我面前還要做出這等假來！」也就假意當作不知，一跳便搶了進去。史錦屏等他來得切近，便一聳身，將金蓮一舉，向文亮面上踢來。文亮急急望旁邊一閃，趁勢一抬手，就將史錦屏腰下一托。史錦屏才要擺脫，徐文亮提住紅綃❸，一隻手將他高高舉起，走到臺前，打了一轉，臺下齊聲喝彩。李廣等也是快樂非常。又聽史錦屏含羞說道：「徐公子，奴家服你了。快放下來，且到馬上再行比試。」文亮聽說，即刻鬆手將錦屏放下，便掉轉臉深深一揖，說道：「多有得罪了。」錦屏含羞答禮，一回身便去臺後更換戎裝。徐文亮也就走向臺前望空呼道：「師弟何在？速將盔甲馬匹取來！」說罷，便飛身下臺。頃刻有個童兒手牽一匹黃驃馬，送上一副盔甲，徐文亮便就茶棚來換。此時李廣便上前喚了一聲：「二弟久違了！」徐文亮答道：「恕小弟失陪了！少時再敘。」說著，就將盔甲換齊。但見頭戴黃金束髮金盔，一朵珠纓顫巍巍頂門高聳，身穿千葉魚鱗寶甲，內襯大紅繡花戰袍，護心鏡燦如明星；腰下左帶雕弓，右插羽箭，手執黃金戰桿，足登花腦頭戰靴，跨上黃驃馬。真個是威風凜凜、殺氣騰騰，比如昔日周郎❹，不愧當年呂布❺。大家看罷，一齊喝彩。一轉瞬間，又見史錦屏裝束出來，但見他頭戴鳳翅金盔，金龍抹額，兩支雉尾，腦後分明；身穿一副鎖子黃金甲，內襯盤龍蜀錦戰袍；左帶雕弓，右插羽箭；戰裙下露出一對窄窄金蓮，緊蹬著大紅繡花戰履，從臺上走了下來。當有青衣帶過桃花寶馬，遞上一桿雪白梨花槍，史錦屏提槍上馬。那一種

❸ 紅綃：紅色薄綢。常用做手帕、頭巾、衣服等。

❹ 周郎：即周瑜。三國吳國名將。字公瑾，廬江舒縣（今安徽省舒城縣）人。出身士族。三國志吳志周瑜傳：「瑜時年二十四，吳中皆呼為周郎。」

❺ 呂布：東漢末年名將。字奉先。以美貌著稱。後被曹操所殺。

風流嬌媚，一似昭君離漢苑❻，分明天女下雲霄，臺下諸人也都齊聲喝彩。只聽史錦屏在那馬上說了一聲：「徐公子請！」文亮也讓了一句：「郡主請！」但聽戰鼓咚咚，角聲嗚嗚，二人便催開戰馬，比較起來。畢竟誰負誰勝，且看下回分解。

❻ 昭君離漢苑：昭君，即王昭君。西漢南郡秭歸（今湖北省）人，名嬙，字昭君，元帝時被選入宮。竟寧元年（西元前三三年），匈奴呼韓邪單于入朝求和親，她自請嫁匈奴。入匈奴後，被稱為寧胡閼氏（皇后）。她的故事成為後來詩詞、戲曲、小說等的流行題材。

第四十六回　燒擂臺文亮見母兄　完花燭李廣畢婚姻

話說徐文亮與史錦屏二人催開坐馬比較起來，只見雙槍並舉，兩馬齊飛，一片寒光，千團瑞雪。二人一來一往，約有三四十個回合，真是棋逢敵手，將遇良材。徐文亮正在酣戰之際，忽見史錦屏架開戰桿，盈盈笑道：「呵！公子武藝精通，實深佩服，不必比試了。請上臺再試兩道策問❶，奴好去復旨。」徐文亮聞言，即便停了槍桿，二人一齊跳下馬來。史錦屏才上了臺，忽然平地狂風大作，走石飛沙，地裂山崩，林摧樹折；再看風起處，那擂臺上紅光一片，直透雲霄，烈火騰騰，飛揚跋扈，頃刻把一座雕琢精工的擂臺燒得土崩瓦解。那些看打擂的人及府縣官員，直嚇得魂散魄飛，忙忙逃走，只急得徐文亮雙足飛跳，一把抓住李廣，說道：「大哥，為什麼無端火起，把擂臺焚去？史郡主必然死於火窟之中了！」李廣聞言大笑，說道：「二弟不必著急，且請張賢弟前去一看究竟如何？」張穀也笑道：「我已探看明白，嬌憨郡主那樣體態風流，愚兄便去代你一看。」說著就借了火遁便去看瞧。不一時回來，說道：「我已探看明白，見那火光之中，有一位女仙，彷彿八洞神仙❷那何仙姑的模樣，帶著錦屏與四個婢女，五

❶ 策問：古代皇帝選拔人才，有策問一說。即皇帝提出有關經義或政事等問題，以簡策問難，徵求對答，謂之策問。對答者因其意圖而闡發議論者曰「射策」，針對問題而陳述政事者曰「對策」。起源於漢代，後世科舉考試也多採用之。

人連袂而去，二弟可以放心了！」文亮聞言，暗想：「今朝師父曾向我說，錦屏與我有姻緣之分，將來還要回朝，合力保國除奸，立功告成，再與我共結姻事。想係仙師將錦屏帶去，留為後用了。」此時已火滅煙消，大家回去。擂臺焚毀，不見錦屏及四婢，自有地方官通詳上憲，轉奏朝廷。正德皇帝覽奏，甚為嘆息。奸臣劉瑾及他父親也自悲傷。史太郡後知道來奏，更覺悲慟。只有史逵心下甚喜，總說他死得好，誰叫他平時好勝占強，徒拂人意。這且不表。且說李廣等回到招英館，與徐文亮等一番暢敘，又問了許多落水後的情形。徐文亮也告訴他幸遇仙師指示。李廣又將徐文炳如何下獄，小福祿如何叩閽，范丞相如何欽查，劉彪如何作惡，前後各節細細說了一遍。徐文亮真是悲喜交集。過了兩日，李廣就收了招英館，辭去伙伴，便欲回杭。又叫楚雲回到金陵，將楚夫人接往杭州，以防劉彪再思報復。楚雲當下也甚願意。李廣便著人雇了四號大船，隨帶箱籠物件，都一齊搬上船去。李廣又招呼胡逵等人在鎮江守候，他便與楚雲前往金陵，幫同搬取家眷。此時雲璧人道：「小弟也同大哥、楚賢弟相同一往，也好幫助楚賢弟料理。」李廣也就答應。隔了一日，大家就開船而去，胡逵等自在鎮江守候。李廣即同雲璧人、楚雲開往金陵。不一日已至楚府，當由楚雲在楚夫人前稟明一切，楚夫人也無他說，只得答應。於是就料理起來，所有笨重木器一概不帶，就留著兩個老家人在那裡照管。此時雲璧人卻有一件極大的心事，因念著那日小船上那個吳家女子，不知住在何處，幾次只是礙難出口，看看就要動身，卻是再忍不住，因向楚雲附耳說道：「前月愚兄所見那吳家女子，不知住在何處？賢弟可否著人去打聽一回，他家尚有何人？」楚雲聽說一笑，當下就著人前去打聽。不一會家人回來說道：「吳家女子已於半月前不知

❷ 八洞神仙：即民間所謂的鐵拐李、漢鍾離、張果老、何仙姑、藍采和、呂洞賓、韓湘子、曹國舅等八位神仙。

搬往何處去了。只見他家門上關鎖著，還貼著封條，雖向著鄰舍打聽，也不知底細。」聽說，不免悵悵。惟有雲璧人吁嘆不已，暗暗自悵。李廣此時才知雲璧人託楚雲著人去探聽消息，因正色說道：「雲賢弟，我輩以豪俠兩字為自己作用，萬不可在那美色上留戀。吳家女子雖然天姿絕世，卻不應賢弟前去探聽。」雲璧人聞言，不免愧形於色，不敢回答。楚雲即代他解釋了兩句，也就不談。又過了一日，即將各物搬運下船，請楚夫人前赴杭州而去。到了鎮江，便與胡逵等聚在一處，一路開行。到了秋季初一已安抵碼頭，李廣便與徐氏兄弟先行上岸。到了自家門首，當有家丁迎接出來，立刻通報進去。恰好徐夫人此時也在李府，兩位夫人及錢夫人聽說好不歡喜，正要走出去看，李廣、徐氏兄弟已走進來。錢小姐看見李廣等入內，趕著避了進去。李廣、徐氏兄弟便上前各代母親請了安，又與錢夫人見過禮。徐夫人一見文亮，不禁悲喜交集，復又抓住文亮的手，流淚說道：「我兒！莫非為娘的在夢中相見麼？」文亮道：「母親，實是孩兒回來了。」當下徐文炳便將打擂臺一事告稟徐夫人。文亮又將如何落水，如何被仙師救去教他武藝的話說了一遍。徐夫人這才放心大喜。接著徐文俊又上來與文亮行了禮，認過兄弟，又與李廣磕下頭去。李廣嘉獎了一回，文亮又拜謝了一回，文俊又謙讓了一回。李夫人見兒子回來，心中雖是喜悅，卻不能不教訓他一番，因罵道：「畜生！我道你老死揚州，何以仍要回來見為娘的面？且問你，開張酒館有多少榮耀，還算與祖宗爭光？既然燒了擂臺，便無趣味，何不與史家女子同葬火中，何必回來仍要見我！」李夫人罵了一番，李廣只嚇得跪倒在地，約有半個時辰，還是徐夫人說情，李夫人才喝令起來。李廣站在一旁，又將接取楚夫人進宅的事稟明，立刻就命家丁，將狀元橋旁邊那所房屋打掃出來，便來接楚夫人進宅。徐文炳又將沿途遇洪錦，及洪錦雲被難守貞各節先說了一遍，後又說及洪錦曾言十月親送他妹子到杭完就花燭。李夫人聽了，不覺讚嘆了錦雲一回，此時才算喜形於色。正談論間，外面家丁報進，說是諸位公子已在廳上，請兩位夫人出見。李夫人始尚推讓，徐夫人說道：「既是他們請見，便出去一會，不要拂了人家盛意。」李夫人這才答應，便同徐夫人一齊出廳。當下胡逵、廣明、甘寧、蔣豹、桑黛、張穀、雲璧人、楚雲等，都一齊拜見已畢，李夫人、徐夫人將他們看了一遍，個個皆是英雄氣概，也自暗羨。及至看到楚雲，心中暗道：「我不信難道男子竟有這等美貌？」更自暗讚了一回，然後退入後堂。當下李廣即命家丁，將諸人的行李搬取上來，分別安置。這日正是重陽佳節，恰逢鄉試開榜之期，文俊自奉徐夫人命捐監❸下場。到了晚間，雙雙的報了進來，徐文炳中了解元，文俊中了十二名經魁❹。大家這一樂，也算非常之樂了。及至拜房師❺、拜主考、赴鹿鳴宴❻，諸事已畢，已到了十月初五。這日便是洪錦與洪夫人、傅璧方親送他妹子前來，船泊碼頭，洪錦就先上岸。到了李府，李廣接見，彼此歡喜無限。洪錦便道：「路途遙遠，一概粗奩均未製備，敬折奩資五十兩，聊當釵環之費，

❸ 捐監：指明清兩代出資報捐而取得監生資格的。始於明景帝時，報捐者限於生員。後來無出身者也可捐納而成為監生，稱為例監。

❹ 經魁：明代科舉有以五經取士，每經各取一名為首，名為經魁。鄉試中每科必於五經中各中一名，列為前五名，清代習慣上亦沿稱前五名為五經魁，或五魁。

❺ 房師：科舉制度中，舉人、貢士對荐舉本人試卷的同考官尊稱為房師。因為鄉試、會試的同考官各占一房，試卷必須經過某房的同考官選荐，方能取中，故有此稱。

❻ 鹿鳴宴：唐代鄉舉考試後，州縣長官宴請得中舉子的宴會。因在宴會上歌詩小雅鹿鳴，故名。明清沿此，於鄉試放榜次日，宴請考中的舉人和內外帘官等，歌鹿鳴，作魁星舞，稱「鹿鳴宴」。

務望大哥笑納。」李廣再三謙讓，只得收下。此時李夫人早已知道，即與徐夫人商議，先將錦雲小姐及洪夫人接至徐府，俟喜事畢後，再接過來。徐夫人當即答應，又命人出來，告訴李廣轉告洪錦。一面打轎去接洪夫人、小姐到徐府暫住，一面擇取日期，卻擇定十月十五日。大家便預備裝喜房製物件，整整忙了十日。到了十五這日，男媒便是徐文炳，女媒即請了傅璧方，彩輿鼓吹，由徐府娶過李府。新人交拜天地，進入洞房，坐床撒帳❼，合巹交杯❽，那些俗語也不必細說。外面招英館眾弟兄均在外廳呼歡暢飲，裡面卻是徐夫人、楚夫人、錢夫人、錢小姐；洪夫人當日也接了過來，都是暢飲喜酒。飲至二更已近，眾弟兄又進去鬧了一會洞房，然後才送進房，共遂百年好事。李廣見了洪小姐，不免有一番閑話，這也不必瑣屑。大家席散，各歸臥寢。次日黎明，兩位新人梳洗已畢，便出來拜了母親及親友等眾。諸人也鬧了幾日，皆是歡聚非常。接著李夫人十月二十「四十」大慶，各人又鬧吃壽酒，這日雇了梨園❾，更加鬧熱。李夫人壽事已畢，洪錦便辭李廣，要回登雲山。畢竟李廣可否放行，且看下回分解。

---

❼ 撒帳：舊時婚禮，新夫婦交拜畢，並坐床沿，婦女各以金錢彩果散擲，叫「撒帳」。

❽ 合巹交杯：合巹，古代結婚儀式之一。後演變為交杯。舊俗婚禮中新婚夫婦互換酒杯飲酒。宋王得臣《麈史．風俗》：「古者婚禮合巹，今也以雙杯彩絲連足，夫婦傳飲，謂之交杯。」

❾ 梨園：本指唐玄宗時教練宮廷歌舞藝人的地方。後人因稱戲班為梨園，戲曲演員為梨園弟子。

第四十七回　洪錦告歸登雲寨　文俊入贅飛鳳山

話說洪錦過了李夫人壽事，便與李廣辭道：「小弟到府已多日，大事刻已完畢，自想不便久居，恐招耳目，有累吾兄物議。擬即偕同傅賢弟，就此拜別，仍回山寨，徐圖良策。惟小妹嬌態太甚，設有言語冒犯，作事糊塗之處，尚乞吾兄曲加教誨，格外包涵。家母既承留待，弟即遵命，但打擾尊府，心實不安，只好再圖良報。」李廣道：「賢弟說那裡話來，女婿有半子之情，岳母亦如親母，惟恐侍奉多缺，不能如賢弟周到；至於令妹想定賢淑，自能善事老親，這兩件賢弟倒可勿慮。但是賢弟來未許久，正好暢敘，忽爾匆匆便去了，未免東道未伸，且傅賢弟亦是初來，正可盤桓數日。」洪錦道：「非是小弟留戀山寨，正因在此日多，恐累吾兄，反為不美。以後吾兄如有用弟之處，弟再前來效勞。山寨寄居，本非素願，不過藉此託足，以待將來一有機緣，當即棄之而去。今當告別，後會有期。」李廣堅留不住，只得備了酒筵，替他二人送行。次日洪錦又進去辭別李夫人，說了許多客氣話，李夫人也自謙遜了一會。洪夫人又招呼洪錦，不當久戀山寨，得機便去，免致貽辱祖宗。洪錦唯唯聽命。洪錦又招呼錦雲小姐，道：「吾妹終身既幸得所，第一要孝順公婆，其次要敬重夫婿。妹婿為人非他可比，將來定可齊眉舉案，封誥❶榮身。母親在此，雖有妹丈招呼周到，愚兄恨不能親自侍奉，不孝實深，還望吾妹代兄一勞，妥

❶ 封誥：明清帝王對五品以上官員及其先代和妻室授予封典的誥命。

為服侍。其餘如徐夫人、錢夫人，皆是極賢、極有德的，吾妹亦當作自家母親看待。」洪小姐唯唯答應，不免流淚下來，也就嗚咽著說道：「哥哥此去，儘管放心，母親自有妹子服侍。哥哥所言各節，妹子當謹遵教誨，斷不敢忘，總期克全婦道。惟望哥哥早日得意，代先人報仇雪恨，不可留戀山林，終身於此。」李夫人道：「公子是夙具將才，斷非久甘人下的，媳婦倒不必過慮。」洪錦又道：「總望令郎提拔，方可脫罪。」李夫人道：「公子說甚話來！親親相顧，古之常理，況係至親，特❷恐小兒沒有這造化。」大家又謙遜了一會，只得洒淚而別。出了後堂，走至廳上，李廣便要送他下船，洪錦再三不肯，恐防外面招搖，反為不美。此時徐文俊在旁說道：「既然李大哥如此，便從洪大哥之命，待小弟代送一程，兼可出城賞覽些風景。」洪錦、傅璧方推辭不過，只得答應，當下即上馬告別而去。三人出得城來，不一會已到碼頭，洪錦、傅璧方上船，自不必說，惟有文俊將他二人送下船去，便各處觀看野景，不覺神怡心曠，策馬揚鞭，馳驟起來。正跑之間，忽迎面來了一個老人，那馬衝了過去，將老人撞倒在地。徐文俊回頭一看，見那老人已昏暈過去，只嚇得面如土色，暗道：「這便如何是好？」那馬只顧狂奔，再也收不住繮，望前跑去。那老人並未死，一會兒已爬了起來，不過罵了幾句，也就走了。徐文俊坐在馬上，不辨東西，由著馬亂跑前去，約有半日功夫，也不知走了許多路程，那馬才算停了足，慢慢的小走。徐文俊正要下馬問人是何地方，忽然迎面鸞鈴響處，見馬上坐著一個年少英雄。只聽那英雄高叫一聲：「徐郎住馬！」徐文俊聽了大吃一驚，以為撞倒的那個老人他家內得了信，前來追趕，復加一鞭，仍向前跑去。又見那馬上英雄大聲怒罵，喝道：「薄倖徐郎，亦曾念及飛鳳山中白氏麼？還不下馬，尚待何時！」

❷ 特：只是。

徐文俊聽說，再一細看，方知是白艷紅，當即近前問道：「卿卿何以如此裝束？請即示明。」白艷紅聽說，不覺流淚說道：「妾隨君到京後，探聽得君事已成，妾便回山去。以為君到杭州以後，定然有信前來，那期一別經年，毫無音信。妾誠薄命，君何無情？因此不避辛艱，尋君到此。試問你這般裝束，又復形色倉皇，卻是何故？豈以妾為飄零弱女，不念前言耶？」徐文俊道：「卿如此說，真冤屈殺人也。僕自別卿顏，何日不夢魂馳戀！及至安抵杭州，奇冤既雪，又蒙老夫人認為己子，隨又奉命鄉試，幸擷高科。那時便想於夫人前告稟一切，又奈難於啟口。方擬徐圖良策，以報卿恩，不期送客郊原，此馬誤傷人命，因又飛奔難勒，不意在此幸遇卿顏。方才卿高喚僕名，僕以為人命之事前來追趕，因此倉皇失措，仍欲思逃。僕誠負心，尚望卿可憐原宥。」白艷紅聽了這一番話，才轉愁為喜，說道：「既有前情，是妾錯怪了。然君既到此，已離杭州十餘里矣。不料此馬如此神速，殆亦神助歟？妾家已離此不遠，君不必再回杭州，即與同行，再到山寨一敘，以了前約。事畢之後，當再函達杭州，與老夫人知道便了；且此時君既傷人命，仍宜暫避為佳。君毋再疑，即請策馬而去。」徐文俊聽了這番言語，不覺大喜，即刻與白艷紅緩轡徐行，同往飛鳳山而去。走路行程，不過數日已到山寨，當有小嘍囉迎接上去。白艷紅領著徐文俊到了後堂，白夫人一見好不歡喜。白艷紅又將徐夫人已認文俊為子，及文俊中了舉人的話說了一遍。白夫人更是喜悅，當下就命人打掃了一間淨室，與徐文俊住下，即擇了仲冬❸十一日喜期。到了這日，山上懸燈結彩，掛紫懸紅，大吹大鼓，好不熱鬧。到了晚間，徐文俊重新沐浴更衣，有丫鬟送入洞房，合巹交杯，坐床撒帳。出來復又交拜天地，當即拜了岳母。接著丫鬟、僕婦、頭目、嘍囉一起

❸ 仲冬：農曆十一月。

上來道喜，徐文俊與大家回了禮。白夫人又賞了酒食，那些小嘍囉便至外面招呼暢飲起來。一對新人復又交拜，雙雙進入洞房。此時徐文俊見了美貌佳人，卻不比那次驚恐。只見房中已擺了酒席，徐文俊便讓白小姐並肩坐下，手接銀壺，滿滿斟了一杯酒送了過去，開口說道：「僕遇小姐，荷蒙辱愛，又勞跋涉風塵，關心實深。今請滿飲一樽，聊盡小生謝悃！」白艷紅聽了此言，畢竟是豪氣俠女，並不羞澀，遂接過了一飲而盡。彼此遂飲了一刻，便命撤去酒席，那丫鬟僕婦等答應，即將酒席撤去。又停了一會，閑談了些別後情形，時已三鼓初交，便著丫鬟打上房門，一對新人共遂于飛之樂❹。交頸鴛鴦眠正穩，驚心又報五更雞，於是二人趕緊起來。梳洗已畢，便雙雙齊到後堂，向岳母去請早安。白夫人一看佳兒佳婿，真如一對璧人，好生歡喜，當命坐下。自有丫鬟送上香茶，就留二人在後堂用了早點。由此夫唱婦隨，就在山寨權且住下。白艷紅到了次年，才奉命出山，按下慢表。再說李廣府中，自洪錦、傅璧方告別，徐文俊相送出門，一直等到晚間，文俊都未回來。徐夫人、徐文炳兄弟及李廣等人，好生詫異。正要著人出外尋找，忽見家丁進來稟道：「外面有個道士，他說特地來訪，也不等奴才通報，他便走了進來。奴才們擋他，他也不聽。請公子們定奪。」李廣聞言大悅道：「莫非子世前來麼？」說著，便迎出去，一見果然不錯。只見蕭子世向李廣說道：「恭喜大哥大喜！」又向徐文炳道喜，一齊進入客廳坐下，家丁獻上茶。蕭子世便道：「小弟到此，一來與李大哥、徐大弟道喜，二來有一件緊要大事，特與諸君知道，奉請諸君去立功名。」大家聽說，俱各詫異。畢竟蕭子世說出什麼事來，且看下回分解。

❹ 于飛之樂：語出詩大雅卷阿：「鳳皇于飛，翽翽其羽。」左傳莊公二十二年：「初，懿氏卜妻敬仲，其妻占之曰：『吉。是謂鳳皇于飛，和鳴鏘鏘。有媯之後，將育于姜。』」本指鳳和凰相偕而飛，後來用為夫妻和諧的比喻。

第四十八回　蕭子世條陳妙計　史洪基私議奸謀

話說蕭子世正要說出那緊要大事，只見徐文炳搶著說道：「蕭先生，你那緊要的大事，你且慢說，我且問你一件事情。」蕭子世道：「賢弟且莫言，待愚兄試猜之。君所問者，莫非為三令弟送客未回麼？」徐文炳道：「正是。」蕭子世道：「賢弟勿驚，三令弟已與飛鳳山白氏佳人艷紅小姐、綽號雲中鳳的，今已小陽春色占先梅了。」徐氏兄弟聞言，更加詫異，又道：「莫非三弟遇有災難麼？」蕭子世道：「何來災難，卻是良緣。且待春回，便是他一對玉人兒歸來之日。」大家詫異，徐文炳即將此話告知他母親，徐夫人也是半信半疑。徐文炳當下勸道：「母親，但請放心！蕭子世所說之言，卻皆是既靈且驗的。」說著便走了出來。只聽蕭子世說道：「諸位兄弟，不日朝廷有大難臨頭，必須設計去救。吾兄可飛速著人去往清江登雲山、北通州飛鳳山兩處，招取洪錦、胡逵、左龍、左虎、白艷紅，令他們率領全寨嘍兵，趕於明年元宵前馳往河南相會，切勿有誤！徐三弟即接取白夫人搬至杭州。木林、駱熙二位兄弟，先自動身，會合登雲山眾人。可如此如此，依計行事。鄭九州、甘寧、胡逵你們三人可即回到甘家寨，率同十二姑，盡起全寨嘍兵，於元宵前趕往河南天寶寺住下，聽吾號令。即日小弟自與李大哥及諸位兄弟前來，勿得有誤，要緊要緊。」大家聽畢，俱各歡喜無限。李廣即寫了書信，差人前往登雲山告知洪錦，飛鳳山招取白艷紅。木林等人也就次第分別前去。你道這蕭子世這般一陣調動，卻是什麼緊要大事呢？

原來奸臣劉瑾名雖伴駕，實早已懷了異心。又因劉彪自被秦淮之辱，范丞相私訪，及為楚雲受一場大辱後，來到他那裡，請他報仇雪恨。這日劉瑾退朝之後，便將右相史洪基、侍郎花球請來，向他二人說道：「今請二位到來，非為別事，只因今日早朝，看見聖顏見我甚為不悅，迥非昔日可比。這總是范其鸞那個匹夫從中播弄，只怕朝廷一旦變臉，你我不免難保身家；況且平時與大紅毛國❶往來已久，若再被范其鸞知道，奏上一本，你我必定滅門九族。故此奉請二位前來，怎樣思得妙計？」史洪基、花球沉吟了半會，只見史洪基說道：「千歲，小弟卻思得一計在此。現在當今皇上有一皇叔永順王❷，在河南居住，早懷異志，欲思九五之尊❸。且兼皇叔之子朱乾❹，有萬夫不當之勇，現在那裡招兵買馬，積草屯糧，頗有奪取天下之心。明年元宵佳節，為永順王六十壽辰，莫若我等先寫一封書信，通知與他，叫他前來奏請那昏君去看花燈。君性好嬉遊，必然准奏。待昏君准了奏，我等再寫信去叫他乘勢殺了昏君，便保他登位。永順王看了此信，必定見允。而且隨駕必有范其鸞那個匹夫，若他一去，朝中大權皆歸我等掌

❶ 大紅毛國：明時稱荷蘭人為紅毛番，後亦泛指西洋人。

❷ 永順王：小說虛構人物。武宗時寧王朱宸濠謀亂，自南昌起兵，攻南康、九江，浮江東下，攻安慶，將據南京。當時王守仁巡撫江西，帶兵攻南昌，朱宸濠回救，王守仁將其擒獲，誅於通州。所謂永順王，乃是小說家隱射寧王而虛構的人物。

❸ 九五之尊：九五，本易經中的卦爻位名。九，陽爻。五，第五爻。易乾：「九五，飛龍在天，利見大人。」孔穎達疏：「九五陽氣盛至於天，故飛龍在天……猶若聖人有龍德，飛騰而居天位。」後因以「九五」指帝位。

❹ 朱乾：小說虛構人物。

握，那時便扶太子登位。稍停少時，再去河南將永順王滅去。太子是我等立的，還怕他逃出我等掌握之外麼？等到那時再作良圖便了！千歲，你看這條計策尚可行麼？」劉瑾聽說，大喜道：「史兄，你這計策雖陳平❺復生，亦無過於此。孤若他時登了帝位，誓把江山與你平分。」花球在旁也是誇讚不已。當下劉瑾便留洪基、花球飲酒，三人直是歡呼暢飲，說不出那樣快樂，就同已經做了皇帝一般。席散，史洪基、花球告退出去。史洪基回到相府，在書房坐下，忽然想起老母幼子尚在杭州，若至舉事之時，忙中竟忘卻接取老母幼子，豈不帶累他祖孫二人險遭不測？不如寫信將他們接取到京，也好隨時照應。心中想定，立刻就燈下將設計各情，細細寫明在內。便使了一個心腹家將，去往杭州接取史太郡、史逵。那家將收了信，次日即便動身，曉夜兼行。不一日已至杭州私第，當令門公傳報進去，史逵即命來差進內。那家將呈上書信，史逵拆開一看，但見一大篇草字，卻不懂上面寫著什麼話，便將家信遞給萬事通去看。萬事通看畢，從頭至尾說了一遍。史逵聽說便大樂起來，立刻命人扶至後堂，見了祖母，即將父親所議各節細細稟告一遍。史太郡不聽猶可，這一聽只氣得切齒咬牙，拍案罵道：「洪基你這逆子，全不想天恩洪大，你這三臺的顯位從何而來？膽敢與賊子劉闍同謀大逆！而況你史家世代忠直，怎出了你這逆子？悖逆欺君，眼見得有滅亡之禍，我七十歲的死不足惜，只可憐史家世代忠直，一旦送與你這逆子之手。皇天呀！史家也是世代忠直，怎麼出了這種逆子？」罵不絕口。又見史逵站立一旁，左右兩人扶架著他的身軀，呆立不語。史太郡一見更加氣惱，指著史逵罵道：「總是你那不肖的老子作孽太甚，

❺ 陳平：秦末陽武（今河南原陽東南）人。曾輔佐劉邦奪取天下。劉邦死後，與周勃等人消滅諸呂集團，迎立文帝。

所以生下你這十不全的樣兒出來，也算是眼前報應。他不自思己過，還思量謀奪金鑾❻。」說著，大喝一聲：「還不與我滾了出去！要你站在這裡何為！」史逵見太郡怒罵，不敢開口，只得扶架著走了出來。史太郡便大哭一會，復又想道：我與其身在世間，眼看滿門遭戮，莫若尋個自盡，倒覺爽快。主意想定了，即刻退入內房，將房門牢牢閉上，向空跪倒，低聲泣訴道：「我那蒼天呀！今有史門劉氏，不能教訓子孫，匡扶聖主，有愧先代忠良，故而三尺紅羅以了殘喘。此身原不足惜，不過一死，聊報君恩！」又道：「我那先大人呀！妾自恨教子不嚴，辜負當日忠君報國。生兒如此，少停與君相見，問一問你前世有何冤孽，生出這不肖兒來。阿呀！我那世代先靈呀！我劉氏生長名門，粗知禮義，今既生我這不肖逆子，帶累祖宗，這總是我教子不嚴，尚有何面目再生於世！拼此一死，或者略存顏面，見史門世代先靈。」哭訴了一會，便爬起來解下身上鸞絲❼，向床柱上扣定，又打了一個雙打結，即刻將頭伸了進去，推倒腳下杌凳❽。就這一聲，卻驚動了外面丫鬟僕婦，趕著推進房門一看，但見史太郡高掛床柱上。大家嚇得魂飛膽落，又出去叫人取了薑湯來。灌了好一回，史太郡才蘇醒過來，眼睜開一看，見著許多人在這裡灌救，當下便大聲怒道：「你等為甚便來救我，在爾等是個好意，豈知道我之意已決，此時縱把我救活，不過叫我再受一番苦楚便了！」當下有個丫鬟名叫小玉，忙忙勸道：「太郡暫且息怒，你老人家是個向來極善的好人，怎麼死在十惡之類❾？婢子倒有一法，我有個年老姨娘，在城外那大悲庵住靜，

❻金鑾：代指帝位。

❼鸞絲：束腰的絲帶。

❽杌凳：小矮凳。

那庵內女尼也極好善，倒不如太郡也到那裡住些時，誦誦經，拜拜佛，懺悔懺悔。何必欲尋自盡也？」太郡聞言沉吟半會，覺得語尚可從，便道：「難得你這般相勸，只得隨了你們。」於是便命丫鬟僕婦，開箱倒篋，將所有金銀取出，傳齊僕從，每人分賞二十兩，又向眾人說道：「你們此地是不能住了，眼見我家要遭大劫。你們好好出去，再投那忠良主人，不要在此枉遭不測。」眾人聽說，無不流淚哭拜在地。史太郡叫他們起來，又將史逵喊進，說道：「爾往京城，可對你老子說，我叫他不可行那奸計，不但神明難佑，一朝事發，怎樣對得起祖宗？我卻不到京都享那種富貴，不忍見史家一門有滅族之禍，我已決計遁入空門⑩，去尼庵躲避，修修我的來世。只此數言，別無他事，你速速去罷。」史逵不敢違背，只得退出。畢竟後事如何，且看下回分解。

⑨ 十惡之類：中國古代王朝為維護其專制統治所規定的不可赦免的十種重大罪名。即謀反、謀大逆、謀叛、謀惡逆、不道、大不敬、不孝、不睦、不義、內亂。

⑩ 空門：佛教名詞，即指佛教。佛教宣揚「諸法皆空」，以悟「空」為進入涅槃之門，故稱佛教為空門。

第四十九回　史太郡懺悔入空門　范丞相章奏陳金闕

話說史太郡因史洪基欺心悖逆，不忍見滅門之禍，不肯同赴京師，願入尼庵靜修懺悔，喝令史逵獨自進京。史逵見太郡其志已決，不敢違命，只得退了出來，與萬事通說道：「祖母不肯前赴京城，要身入尼庵，誦經拜佛，叫我一人獨去。我到京師，見了我父怎麼回報？而況我父親見祖母未去，必然責備於我，這便如何是好？」萬事通道：「少君之言差矣。令祖母之命，在令尊是他兒子，尚且不敢違拗，而況少君。便是令尊責備起來，少君只說，爹爹尚不敢違拗祖母，孩兒是更加不敢的。照此一說，包管令尊不怪你了。」史逵大喜，當下即命家丁料理行裝，預備動身。再說史太郡居心自入空門，即命丫鬟小玉前去大悲庵先說。小玉遵命前去，不一會回來，稟稱大悲庵尼僧等聞婢子之言，刻已準備迎接太郡，悉聽太郡擇定日期，即可前去。史太郡道：「我這家內尚有什麼留戀？眼前滅門之禍，即將臨身，不如早離早好，便是今日就去。」當即命人雇了小轎，丫鬟、僕婦攙扶太郡出了後堂。此時史逵已經知道，趕著命人攙扶出來，迎了進去，再三攔阻，太郡那裡答應。史逵不得已，只得在廳口跪送。史太郡見了這番光景，不免流淚說道：「畜生，你進京之後，將我的話告訴你這不肖老子。他若顧著祖宗，趕緊洗心革面，或可蒙上天庇佑了；若一味執迷不悟，禍就不遠了。我言盡於此，爾等好自為之罷。」說罷，隨即上轎而去。史太郡到了尼庵，自有尼僧迎接，照應一切，不必細說。再說史逵見祖母去後，復來至書房與萬事通說道：「可笑我祖母有天大的富貴不要，偏要到尼庵去受罪，學他們念倒頭經❶，可不是他無福消受。老萬，我這話可是不是的？」萬事通道：「這也是太郡見識不到，過慮之處。既已去了，好在那尼姑知道是府中的老太太，也不敢疏忽的，我們且趕緊料理好動身，免得令尊相爺懸望。」史逵稱是。料理兩日，即率合宅家人僕婦，又帶了張千金、李八百一同下船，望京師而去。在路行程，何止一日，這天已到京師，當即進了相府，先與史洪基叩了頭。洪基命他坐下，便問道：「祖母現在那裡？」史逵便將前項的話說了一遍。史洪基便罵史逵道：「你這無用的畜生！祖母不來，爾宜勸他來才是，怎說是祖母執意呢？」史逵即照萬事通的話說道：「孩兒也曾竭力相勸，爭奈祖母決計不行。爹爹的明見：祖母之令，爹爹尚且不敢違拗，孩兒是不敢違背的。」史洪基聽了此話，也甚有理，只得說了一句：「可笑你祖母有富貴不享，卻要去尼庵修行，這也沒法，只好聽他便了。」史逵又將帶來各人稟明，史洪基便叫他們上來參見。不一刻萬事通、張千斤、李八百等人，皆進來參見已畢，史洪基便將萬事通留下，其餘一概退去。又叫史逵去到內堂，自有史洪基姬妾及丫鬟、僕婦、家丁之類，上來參見史逵。這且不表。再說劉瑾寫了書信，暗暗通知永順王，日日在那裡盼望，總不見回信，心下慮道：「難道永順王也是個忠心為主？若果如此，我就畫虎不成，反為犬了。不然，何以至今仍不回信？」又把史洪基、花球請來追問。史洪基、花球說道：「千歲儘管放心，某觀永順王斷非范其鸞一輩，且請忍耐，不日定有好音。」過了數日，果然永順王馳奏進京。這日差官到了劉瑾府外，當有門官通報進去。劉瑾便迎接出來，一齊到了內廳，那差官呈上永順王書信。劉瑾接過拆開一看，正合己謀，不覺大喜，因留差官在府飲酒。

❶ 倒頭經：舊俗人初死時，家人請僧道禱誦的經、咒。倒頭，即人死。舊俗忌諱「死」字，諱稱死為「倒頭」。

筵席之間，就問了些世子❷朱乾如何英武、王叔如何計謀，那差官又回答了一遍。席散之後，就留那差官在府居住。次日五鼓，便一同帶去上朝。各官朝參已畢，劉瑾出班奏道：「今有永順王差使馳奏進京，呈上御案候旨。」正德聞奏，即傳旨召進。只見那差官高捧表章，在丹墀❸跪下，三呼已畢，有近侍接過表章，呈上御案。正德覽表已畢，喜動天顏，便向眾說道：「朕已思皇叔一敘親情，今幸皇叔奏請觀燈，又逢皇叔千秋壽誕，朕應該親往河南祝壽，以敦倫常❹之道。」劉瑾便一旁奏道：「此皆陛下仁孝之語。」正德大悅，當即降旨：「新正❺初二起鑾，飭令沿途地方官一體知悉，隨時準備迎駕。」忽見左班中范丞相出班奏道：「臣有本求陛下俯准。」正德道：「卿有何奏，只管奏來。」范相奏道：「臣聞朝廷不可一日無君。今永順王奏請看燈，陛下欲盡倫常之道，親往祝壽，此誠陛下仁孝之意，但觀燈一事，究屬荒淫。聖駕出巡，沿途各地方官莫不窮奢極侈，以備供張。究其資財所出，明為動用國帑❻，其實還是剝削民之脂膏。若再遇有貪劣有司❼，借此為名，在百姓身上任意勒索；不必說旁事，就是沿途夫役們，莫非農務良民，到了那時，一經地方官差使，那個敢不來當這差使？即有不願來的，也經不

---

❷ 世子：古代天子、諸侯的嫡長子。後來也為他人兒子的敬稱。

❸ 丹墀：古代宮殿前的石階以紅色塗飾，故稱。

❹ 倫常：封建倫理道德。封建社會以君臣、父子、夫婦、兄弟、朋友為五倫，以為這是不可改變的常道，因稱「倫常」。

❺ 新正：農曆新年正月。

❻ 國帑：國家府庫的錢財。

❼ 有司：有關衙門機構。

起有司迫脅，差役苛求，不得已拋棄正業，廢壞田務，去當苦差。在陛下高拱鑾輿，不過一時高興；民間那些百姓，雖不致失業，亦不免荒廢田疇。勞民傷財，殊為可惜。且永順王雖為陛下皇叔，並非日事陛下，其居心究竟如何，臣不敢逆料。望陛下宜以愛國愛民為重，遊觀之樂，究非是聖君所應為者。臣一得之見，還求陛下俯如所請，收回成命，則舉國幸甚！臣等幸甚！」奏罷，俯伏金階，聽候降旨。正德聞奏，甚為不悅，因道：「據卿所奏，不宜出行。朕仔細想來，人生在世，最好及時行樂。民間百姓尚且如此，況朕身居九五，貴為天子，富有四海，即使稍費資財，亦尚不為過分；況且永順王是朕皇叔，遠處異地，朕久思一敘天倫，難得幸逢永順六十壽辰。即使王叔不奏請前來，朕尚擬前往祝壽，況係馳奏章請，正合朕心。如卿所云，未免拘執成見，不合時宜了。朕意已決，卿毋多言！但有準備行裝，隨朕前往便了。」此時劉瑾、史洪基、花球這三個奸黨，聽了范相那一番話，不免心中恐懼，恐怕正德准奏，不往河南；及見正德這一番言語，只樂得他三人不知所謂，險些兒要手舞腳蹈起來，皆在那裡暗罵：「昏君昏君，你今日也入我等的圈套了！」又暗罵道：「范相其鸞，你這匹夫！任憑你百般忠直，吐膽傾肝，極口諫止，其爭奈昏君不聽你良言。任你鯁直不阿，眼見得也要死在奸王之手了。」他三人一樣的心路。各官朝散，正德退朝，便將隨駕各臣的名氏開送出來：首相范其鸞、協辦大學士鄭丞相、翰林院殷霞仙❽、九門提督❾伍將軍，由內閣抄傳各人，大家俱預備隨駕。次日早朝，正德又當殿傳旨，所

❽ 殷霞仙：生平事跡不詳。或是小說虛構人物。

❾ 九門提督：清代步軍統領之別稱。掌管京師正陽、崇文、宣武、安定、德勝、東直、西直、朝陽、阜成九門內外的守衛巡警等職，以親信的滿族大臣兼任。

有朝內一切緊要事件俱交玉清太子管理，並著劉瑾、史洪基、花球三人協辦。這三人見了這道諭旨，更是樂不可支，暗道：「真是天命所歸，不謀而合了。」一會子退朝各散，忠奸兩黨，不免議論一番，不必細說。光陰迅速，早是臘盡春來。過了元旦，隨駕各官，俱已預備定當，初二日一早隨駕前幸河南。一路上龍鳳旗飄揚，香煙繚繞，好不威嚴。且說蕭子世在李府，到了十二月中旬，大家俱已料理清楚。這日蕭子世對李廣說道：「為時已近，我等俱要起身，好去建功立業。」李廣答應，便傳知眾人準備上路。欲知李廣何日起行，且看下回分解。

第五十回　三門街公子去勤王　天寶寺英雄議救駕

話說蕭子世促令大眾起程，前往河南救駕。李廣即傳知大眾：「擇定十二月二十起身，限正月初十馳抵河南行省❶；大家於前一日齊集李府，一齊上路。」到了十九這日，楚雲即稟明楚夫人一切。楚夫人不免戀戀不捨，只得堅囑了幾句「沿途保重」、「臨陣小心」的話。李廣也去與李夫人說明，李夫人也有一番諄囑。及至回到自己房內，與洪小姐說道：「明朝我即動身前往河南救駕，卿在家務宜珍重，毋須遠念行人。母親全仗卿卿服侍，終日無事，隨時寬慰親心。我此番前去忠義勤王，指日功名成就，定博得一付紫誥花冠❷奉贈，以償昔日為我那番辛苦。」洪錦雲聽了這番言語，意欲回答，不知從那裡說起，只覺兩頰飛紅，雙淚齊下。李廣慌忙攜住玉手，委婉說道：「卿卿不必如此！雖然是拋卻恩愛，去博功名，但丈夫志在四方，且以忠孝為本。今君王有難，正臣子盡忠之時，而且此去為日不多，不過兩

❶行省：元代除京師附近地區直隸於中書省外，又於河南、江浙、湖廣、陝西、遼陽、甘肅、嶺北、雲南等處設十一行中書省，簡稱十一行省。明代雖已改行中書省為承宣布政使司，除兩京直轄地區外，共有十三布政使司，而習慣上仍稱行省。

❷紫誥花冠：指皇帝賜予命婦的鳳冠。紫誥，指詔書。古時詔書盛以錦囊，以紫泥封口，上面蓋印，故稱。花冠，指婦女所戴的裝飾美麗的帽子。命婦，一般指官員的母、妻而言。

三月就可回來。那時夫貴妻榮，再與賢妻曲盡綢繆之樂。此時切不可煩惱，要知煩出病來，反使我在外不安，而且英雄的功名，皆從馬上得來。賢妻務聽我言，不可多慮！」洪小姐聞言長嘆一聲，說道：「妾非慮君歸期遠近，只為君衝鋒上陣，恐非經慣之身，妾所慮者在此。至於歸期之遠近，此種小事，何必深慮遠愁，且妾素來膽小，一聞君語，不免心驚。但願得馬到成功，還鄉衣錦，妾便放去一片憂心了。至於母親面前，君可不必過慮，妾自當小心侍奉，以代君勞。為著道路之遙，風塵勞頓，君家此去，所謂荒村野店，雨露風霜，俱宜格外保重，免使妾戀戀一片，隨著君行。」李廣道：「卿卿之言自當謹記。我今此去定然是衣錦還鄉的。」洪小姐道：「惟願如此，那就謝天謝地了。」此時已將三鼓，二人俱各就寢。次日五鼓，李廣便自起來，洪小姐亦不肯再睡，也就隨著起來。梳洗已畢，外面眾兄弟俱已在那裡等候。李廣趕著用了早點，便進去辭別岳母、母親。李夫人、洪夫人不免戀戀不捨，又諄囑沿途保重的話。李廣又去徐夫人那裡辭行，並託徐氏兄弟照應家中一切。徐夫人又囑他照應文亮。李廣復又回來與洪小姐私語了一番，彼此俱有些留戀。還是李廣硬著頭皮說了一聲：「我去也，卿自保重。」說著出了後堂，來到廳堂。大家一見，齊聲說道：「大哥，你怎樣捨得嫂嫂，出家恁快呀？」李廣一笑，當即一起出來，分別水陸並進。在路行程不止一日，到了正月初九，已到河南，大家俱向天寶寺而去。當有行童❸報了進去，知客師❹出外迎接，首先向大眾合著掌，說了一聲：「阿彌陀佛，貧僧問訊了。請問諸位大檀越❺，尊姓大名，從何而來，到此有何貴幹？」眾人回說道：「我等原非一起，大半不約而同，

❸ 行童：寺廟中執役的小童。

❹ 知客師：佛寺中專管接待賓客的僧人。

特來貴處賞看花燈。」那知客師便走到李廣面前，問訊了一會，李廣說出姓名。那和尚道：「久仰久仰！今幸相會，小庵增光不少！但敝處皇叔大放花燈，聖駕昨已到此，天下人民前來觀看花燈的，實在不少。小庵中還有兩位英雄，攜了家眷來此看燈。」李廣聽罷，命他收拾房屋，那知客師答應，即帶了李廣，開了一所五開間寬大房屋，外邊一個極大的院落，後面還有一片空地，盡好養馬，兩旁也有廂房，以便安住家丁。李廣看畢，甚為得意，即定了房價。此時家丁人眾已將行李紛紛搬到，當即搬入五間房內，那知客師已經退去，大家才算招呼清楚，坐了下來。忽見西牆門內走出三人，笑嘻嘻的走過來，說道：「大哥已來遲了，弟等前日即到了此地，都算不曾誤事。」李廣聞言，抬頭一看：正是胡逵、鄭九州、甘寧三人。李廣等大喜，當即坐下。只見桑黛笑向胡逵問道：「胡大哥，尊嫂十二姑可曾完姻，此番曾否帶他前來？」胡逵笑答道：「俺是去年十一月十五日已經成就花燭了。此番已將他帶來，等一會兒叫他出來相見。」大家聽說，大笑不止。甘寧又向李廣說道：「家母已送到尊府，山寨也全行焚毀。所有嘍囉統共三千，若盡帶到此間，恐怕招搖，反為不美。現紮在離寺十里竹山坡地面，聽候調度。」李廣道：「好！」此時楚雲急於要見十二姑，便向胡逵說道：「胡哥，尊嫂此時可否即請出來相見？」胡逵道：「有何不可，但見禮貌不周，還要諸位兄弟包涵是好。」說著，胡逵退出，便去招呼十二姑出來。不一時走出母夜叉，九寸長的一雙大腳，大踏步走入裡面，說一聲：「諸位伯伯叔叔，奴家母夜叉甘氏萬福了。」說著深深一揖。李廣等一面答禮，一面偷瞧，但見滿頭金絲黃髮，兩旁插著兩支黃臘梅花；一雙怪眼，兩道掃帚眉；尖鼻凸梁，血盆大口，滿嘴黃牙；身穿一件大鑲大滾玄色湖縐外襖，一付梅紅

5 檀越：佛教名詞。寺院僧人對施捨財物給僧團者的尊稱。

色袖，下穿紫腳褲。大家看畢，楚雲低聲向張穀說道：「你瞧，這不是西遊記上那個豬八戒麼？」張穀也笑著點頭。母夜叉見禮畢出去，大家與胡逵說笑一番。張穀道：「虧得小弟膽大，真真要被他嚇死了。」桑黛道：「張賢弟，你這話錯了。胡大哥還當他是西施美人，到了夜間大戰起來，真個是一對兒好殺呢。」大家大笑不止。李廣忙喝道：「休得任意胡談！」桑黛住了口。忽聽暖簾一響，走進一個少年，但見他戴一頂茜色包巾，斜著遮雨帽，身穿彩袖狐皮素襖，腰繫絲絲，斜佩一口寶劍，腳踏粉底烏靴，鳳目蛾眉，櫻唇杏臉，悄聲說：「此中誰是杭州三門街徐君文亮麼？」徐文亮見問，暗道：「好沒來由，我從來不識此人。他何以問我？」正在疑惑，忽見楚雲笑將文亮一推，低低說道：「徐二弟，你不要疑惑，你的三弟婦來問你，看他舉止形容全是婦女，而且先問你的名字。」徐文亮道：「休得胡說，他分明是個少年英雄，豈不要說差了！」楚雲道：「你如不信，且看我問他。」當下便笑問道：「尊駕莫非北通州飛鳳山白艷紅麼？」白艷紅見問，吃驚不小，便將楚雲一看，他也是亭亭玉立一位少年，而且姿容絕世。心中暗道：「曾記臨行的時候，徐郎曾說眾友中最是楚雲丰姿出眾，莫非此人就是他？」又笑問道：「楚韡卿就是足下麼？」楚雲聞言答道：「弟婦何以知之？」白艷紅面帶羞容，微笑說道：「曾聞徐郎道及，久仰大名。今得相見，果然名不虛傳。」李廣見他們二人一問一答，好生歡喜，因向徐文亮說道：「楚賢弟果然眼力不差，正是賢弟的弟婦夫人了。」大家也笑說道：「不料楚雲有這些明見，要算他第一呢。」當下白艷紅先與文亮見了禮，然後文亮指向眾人，代通名姓。白艷紅一一見禮已畢，又向文亮說道：「去臘❻底奉到來信，三少爺當與家母回去杭州，弟婦不敢遲延，奉命趕緊到此，聽候大哥差遣。

❻ 去臘：去年臘月。

所有山上嘍兵，途遇甘家寨兵馬，現在駐紮一起。」李廣聽說更是喜悅，即向甘寧說道：「賢弟，如今白小姐可同令妹居住一起，賢弟即將他領去安歇罷！」甘寧答應，帶著白艷紅出去。蕭子世即命家丁擺飯。大家用飯已畢。蕭子世又道：「諸君請安宿一宵，明日清晨即當共議救駕各事。」大家答應，便去安歇。畢竟如何救駕，且看下回分解。

第五十一回　救聖駕蕭郎初發令　扮村姑桑黛再喬妝

話說蕭子世命眾人安宿一宵，明日清晨齊集議事。到了次日天明，大家起來梳洗已畢，飽餐過早飯，蕭子世便傳命出去，將所有在事人等齊集伺候。又命僕人將門閉上，男女各位英雄分別兩旁坐定。蕭子世道：「今日事出於公，在下斗膽，卻要有僭各位，還望諸位兄弟寬容勿罪才好！」李廣首先說道：「賢弟說那裡話來，此為保駕除奸起見，總望賢弟盡心指使。倘有不遵號令者，定照軍法從事。」大家齊聲答應：「大哥此話甚是有理，我等皆遵軍令便是了。」蕭子世見說又讓了一會，當即便喚李廣道：「李大哥可率同雲賢兄、楚賢弟、徐二弟、張賢弟四人，明日清晨各領家丁，暗帶盔甲、兵器、馬匹，在行宮❶左右埋伏。到了二更時分，換齊盔甲，但聽號炮，即可越牆而進，保護聖駕，奮勇救出行宮。那時自有兵將前去接應，務宜同心合力，舉動留神，救駕之事，非同小可。賊平之後，楚賢弟要推他功勞第一。此是初次立功，諸位兄弟慎勿有誤要緊！」李廣等答應謹遵吩咐。蕭子世又喚桑黛道：「賢弟，此件功勞卻要賢弟去辦！永順王有一親生之子，名喚朱乾，十分驍勇，真是萬夫莫當；便是奸王大逆無道，也仗此子有這等膂力。他平時自稱無敵大將軍，諸位兄弟皆非敵手。李大哥、楚賢弟又皆去行宮保駕，所以要賢弟一行。只因朱乾生平好色，非用美人計不能賺他，須仗賢弟改扮女裝。你同胡逵夫婦前去，

❶ 行宮：古代京城以外供帝王出行時居住的宮室。

但叫胡達聲稱帶領妻妹觀燈，混入奸王府內，務使朱乾將賢弟讓進內宅，臨事見機而行，將他殺死才好。」眾人聽說，齊聲說道：「軍師此計妙極妙極！」桑黛見說，不覺兩頰飛紅，向子世說道：「軍師忒也奇了，何等計策不好，偏要男扮女裝？若謂要施美人計，現有白小姐在此；即不然，某之瀟洒不及文亮，風流又遠於楚雲。若是楚雲改扮起來，我恐朱乾一見，定是魂消；若再向筵前敬了他的酒，連刀也可不用，就可將朱乾那賊子媚死。不費半點氣力，將一個萬夫不當的人活活致於死地，豈不事半功倍！何用小弟呢？」子世道：「賢弟，切勿推辭！韡卿非不可任此重任，爭奈他救駕之事比賢弟更大，而且聖駕非他去救不可。」李廣在旁說道：「先生既有號令，賢弟再不可辭了。」張穀也笑道：「兄何必愧，獨不思晉家莊扮女者，獨非兄麼？彼時雖屬青衣，兄還甘心處此，況現在因公起見，更不宜一再推辭。功成之後，但將此情不必奏聞，只說朱乾為兄所殺便了。」桑黛無奈，只得答應。子世即交付號炮❷一個道：「俟將朱乾殺後，便將號炮放起，使眾人知道，好去接應。」又吩咐胡達夫婦，說：「各將暗器帶在身旁，但聽號炮一響，即搶入裡面接應。」胡達夫婦答應。又喚白艷紅道：「明日大早可到竹山坡，傳知兵卒陸續進城，分成兩隊於行宮前後埋伏，但聽號炮，齊集接應。事成之後，即刻改為官兵，使奸賊分辨不出，便好於中取事；小姐一面於王府將身藏定。奸王有一親女，名喚飛鸞，驍勇無比；但聽號炮，便入內將他敵住。務要生擒，不可將他殺死。」白艷紅答應。又喚甘寧、蔣豹：「你二人可將桑黛衣甲隨身帶定，混入王府，但聽號炮起處，搶入裡面接應。桑黛更換衣甲，合力殺出，務要小心，不可有誤。」甘寧、蔣豹答應。又喚：「廣明，你與鄭九州緊跟我走，不可暫離，明夜另有機謀用你。」復

❷ 號炮：亦作「號礮」。本指軍中用來傳達信息的火炮。此處指煙火一類的信號。

又喚雲璧人道：「到了三叉路口，雖至萬分危急，切莫丟了范相，自有夙緣❸人前來相救。」雲璧人答應。子世吩咐清楚，大家無不佩服。李廣又命家丁開了房門，登時擺進早膳。眾人用畢，光陰迅速，又是日落西山。桑黛便笑問白艷紅道：「弟婦，愚兄奉了軍師之命，不敢不遵，也顧不得什麼鬚眉巾幗了。但只一件，卻要奉借衣衫首飾一用，不知弟婦可否肯借麼？」楚雲笑道：「這倒不難，我可包你肯借，但是一雙大腳鞋子，卻到何處去尋？」白艷紅道：「這也不必慮及，可問十二姑借用便了。」大家稱是。當下白艷紅就退入自己房內，打開包裹，取出衣衫首飾送了出來。十二姑也就將一雙九寸長元青繡花鞋送出。桑黛取了鞋子、衣衫、首飾放在一旁。大家用過晚膳，便去安歇。到了次日黎明，眾人皆各起來飽餐早點。白小姐留了一個婢女給桑黛梳妝，其餘皆隨身帶往城外，傳知兩家兵卒，陸續混進城內。桑黛此時也就那婢女代他改扮起來，梳洗了一回，又將脂粉搽上了許多。梳妝已畢，換了衣衫弓鞋，又將寶劍貼身藏好，自己又看了一回，不覺好笑。只見那婢女也含笑讚道：「啊呀！這樣打扮起來，那裡認得出是個公子，分明是鄉村中一個絕色的大姑娘了。」桑黛見說，便借著這個味，步出中堂，向眾人低低說道：「哥哥在上，奴家有禮了。」說著擺了兩隻大袖，曲著腰端端正正萬福起來，引得眾人大笑不止。大家再將他一看，但見他頭挽盤龍髻，戴壓著一柄金釵，兩鬢斜插了許多紅綠梅花，耳墜一對點翠白銀環，淡淡的搽了些脂粉，淺畫蛾眉；手執紅綃，身穿一件蔥綠羊皮布襖，加一件藕色湖縐❹半背，

---

❸ 夙緣：指前世因緣。

❹ 湖縐：絲織物名。其經緯用生絲所製成的強拈絲線。經練、染後織物表面起明顯縐紋，是在浙江湖州生產，故名。多染成單色，織物堅牢，適於作服裝用。

玄色百褶裙，滿繡三藍翠花，嫩黃色絲絛束緊在腰際。行動輕盈，扭頭飄眼，裝嬌賣俏，楚楚動人，體態輕狂，真令人魂消魄蕩。楚雲在旁說道：「似此風流，也算世間絕無僅有。惟有一件，只可惜裙下雙鉤幾欲盈尺，實在不甚好看。」桑黛故意低頭掩口，揑著聲音說道：「奉請諸君休要見笑，莫說奴家鄉村女子未免輕狂，倒也是爹娘嬌養慣的。雖說一雙大腳，卻比那三寸金蓮舒服多了。」話猶未了，不覺哄堂大笑起來。最是楚雲笑得前俯後合，伏在椅背上，連人帶椅一起跌倒塵埃，幸虧徐文亮將他扶起。張穀也帶笑說道：「可怪朱乾那賊子，何以有此艷福，能這樣消受絕色的村姑。還鬧什麼花燈，救什麼駕，莫若趁此元宵佳節，與大哥兩人魚水和諧起來，豈非絕妙的美事？」李廣笑言：「胡說。」蕭子世亦正色說道：「倘再胡說，可知軍令難恕。」眾人聽說，這才住笑不言。蕭子世又命將十二姑喚出，大家一看，見那母夜叉打扮得稀奇古怪與眾人不同，那裡是個婦人，分明像妖精活鬼。此時諸人實在忍不住笑，楚雲笑得肚痛。桑黛也就起身向前，望十二姑低喚一聲：「嫂嫂，你帶我去看燈罷！」十二姑將桑黛一看，好生詫異，暗道：「此人真是個美貌裙釵❺，比我卻強得多了。」思罷，即與胡逵辭別眾人，一同出了天寶寺而去。蕭子世也就命李廣、雲璧人、楚雲三人同行。大家陸續離了天寶寺前去埋伏。眾人進了城，但見甘家寨、飛鳳山兩處兵，三五成群，已經混到城內。白艷紅帶了四婢，也打扮得村姑模樣，進得城來。大家一見，彼此會意，只待晚間行事。畢竟後事如何，且看下回分解。

❺ 裙釵：古代婦女的服飾，因用為婦女的代稱。

第五十二回　正德君加恩祝壽誕　俏哪吒故意賣風流

話說李廣等陸續進得城來，彼此見了俱各會意，大家便各處閑步一回。但見六街三市，鑼鼓喧天，寶馬香車，絡繹不絕，家家結彩，戶戶懸燈。各店鋪內，高搭彩棚，羅列名花古玩，製就各樣玲瓏燈彩，點得遍地通明，那邊十字街頭高搭著一座彩亭，兩旁柱上盤著兩條五爪金龍，點得光明徹地。亭子當中，供設著一座萬歲燈牌，四面紮著五色細絹，許多燈彩；頂上是五龍蓋頂，也點得光耀半空。大家看了一會，直望行宮走去，不一會已到，但見行宮門外，紮就一座鰲山❶，剔透玲瓏，奇巧無比。上面是八仙慶壽，王母❷開筵，孫悟空大鬧蟠桃會；一面是龍宮獻寶，水怪朝參，豬八戒誤入水晶洞，真個是千層臨風舞彩結，一片光明耀目寒。行宮頭門內外，更有許多侍衛手執紅棍，在那裡呼么喝六，把定宮門，多少官員紛紛出入。眾人正在觀看，忽聽一聲傳呼，聖駕已經排鑾親臨王府拜壽。不一會聖駕已出行宮，大家遠遠觀看，只是向奸王府內而去。大家也就跟隨前行。不一會已到奸王府前，早有永順王率領世子朱乾及各官跪接進去。正德皇帝進入府內，與永順王拜壽已畢。永順王叩謝了聖恩，當即開鑼演戲，以伸敬意。正德皇帝在王府看了一齣戲，飲了一回酒，也就起駕回鑾，仍回行宮。永順王率領世子各官，

❶ 鰲山：舊時元宵燈景的一種。把燈彩堆疊成一座山，像傳說中的巨鰲形狀。

❷ 王母：指西王母。古代傳說中的神名。

跪送如儀，這也不必細表。永順王跪送正德去後，回到內殿，便喚世子朱乾、郡主飛鸞近前，吩咐道：「少刻為父須往行宮侍宴，爾等可在府監察軍民人等到府看燈，不許他們生事。只待三更時分，可各領兵馬，前往行宮左右，先將那些隨駕各官全行誅殺，然後搶入內宮，幫同去殺昏君。左右二相，自有為父與左天雄、左天保二位將軍行事。可再傳知振天雷，帶領兵馬，在於三岔路口接應，畢天虎在行宮接應。諸事務宜小心，不可大意疏忽。如果事成，明日為父即是九五之尊了。」當下許氏王妃聽了此言，不覺兩眉雙鎖，暗暗恨道：「你這父子三人，只思謀逆，不想報恩。事成便罷，我看你王位尚不可得，還想什麼九五之尊？屢次勸他，總是執迷不悟，眼見得事起倉卒，我生不能生了。等到那時，只好拼著這條命，為國家酬報罷了。」不言許氏心內暗恨。再說永順王到了日落時分，便去行宮侍宴。此時六街三市，燈火齊明，李廣等也各處觀看，一回頭，但見桑黛、胡逵、十二姑三人走來。桑黛賣笑裝嬌，袖掩香唇，四下觀看，右手牽著胡逵的衣袖，問張問李，俏語低聲，緩緩行來，好似風前楊柳，更兼他眉眼斜飄，見人勾引。十二姑在後隨行，也甚逍遙自在。因二人一媸一妍❸，卻哄動了許多少年子弟，隨在後面議論不休。桑黛等三人見了李廣，彼此目中會意，仍各自然散去，尋了酒店，飽餐飲食。不一時已是初更時分，大家各依號令，前去埋伏。且說桑黛三人走到奸王府門首，但見府門內甚是熱鬧，人山人海，擁擠不開，一片燈光，直接銀安殿❹上；慢慢的擠了進去，只見銀安殿左右柱上，盤著兩條金龍，檐前掛著滿堂紅一幅彩幔；殿內四壁懸掛著各色花燈，中間設著一張寶案，銀臺並列，畫燭高燒，好不

❸ 一媸一妍：指一個醜陋，一個美好。媸，醜陋。妍，美好。

❹ 銀安殿：指親王府的大殿，與皇帝的金鑾殿相對。

熱鬧。正在觀望，忽聽府外鑼鼓齊喧，人聲嘈雜：多少奇燈進入府內，也有獅子滾繡球的，也有八仙上壽的，也有十二月花神的，也有昭君和番的，一起一起，各盡所長，在府內玩耍一回。桑黛仔細觀瞧，但見銀安殿接繞迴廊西廊下，低放珠簾❺，不知誰人坐在裡面，東廊下面卻坐著小奸王朱乾。再一細看，兩邊廊柱齊拴著駿馬，更有兵器架上插著刀槍。桑黛看畢，繞到東廊，走近朱乾不遠，故意賣弄風流，嬌嬌滴滴喊了一聲：「哥哥！你瞧這上面畫綠描金，是個什麼所在？」胡逵答道：「妹子你那裡知道，這就是王爺住的銀安寶殿了。」桑黛又俏聲喚道：「嫂嫂，你曾看見麼？」十二姑也道：「姑娘，你不要絮話，只管問長問短，被人家聽見，豈不要笑話？」兩人正在那裡故意問答，卻早驚動了朱乾，抬頭一看，見是個絕色的二八女郎，雖然是村姑打扮，那一段風流體態，任那紅樓美女、畫閣嬌娃，總不能比他俊俏。朱乾見了好生迷戀，早已是魂魄搖搖，當下忍不住，便喚家丁，說道：「你可將那邊那個女子喚來，孤家有話問他。」家丁答應，隨即前去帶笑喚道：「大姑娘，你的造化到了，我家小千歲喚你過去問話呢。」桑黛聞言，樂不可支，故意問道：「誰是小千歲？喚我何故？」那家丁指著朱乾，說道：「那就是王世子小千歲。真是姑娘好造化，他老人家喚你呢。」桑黛聽罷，即與胡逵、十二姑說道：「哥哥嫂嫂，那邊小千歲喚我說話，妹妹去去就來。」胡逵、十二姑點首，桑黛即邁動風流俏步，嬝嬝婷婷來到朱乾前面，輕抬翠袖，慢舉紅綃，低屈細腰，捏著嬌音緩緩說道：「千歲在上，鄉村女子萬福了。」說著深深萬福下去。朱乾見此光景，直樂得心花都開了，趕著雙手將他抱住，先把他花容細看了一遍，真個似月裡嫦娥再世。便笑問道：「姑娘，你姓甚名誰，家中尚有何人？居住何處？誰人帶你進城看燈？」

❺ 珠簾：用珠子串成的門簾。

桑黛將袖子掩著口，又將眼睛向朱乾一瞟，然後微笑說道：「奴家姓蕭，名喚沁香。父母早經亡故，家住段家橋。只因奴家從來未進過城，今日因大放花燈，奴的哥嫂帶進城來見識見識，看看熱鬧。那邊就是我哥嫂。」朱乾聽說，向胡逵、十二姑二人一看，不覺大笑說道：「孤家真不信，怎麼姑娘如此美貌，嫂嫂又那樣駭人？實在奇怪了。」桑黛道：「這也不必奇怪。一母生九子，尚且不同，而況非一母所生呢？」朱乾道：「這話也說得有理，但是孤這府內的燈彩，可熱鬧麼？」桑黛道：「怎麼不熱鬧，我們鄉村中那裡有這等燈看？」朱乾道：「這外面的還不算什麼大好，裡面的燈還要比這裡好看十倍呢！你隨孤到裡面去看一會，爽性與你見識見識。」桑黛道：「難得千歲見愛，這是小女子的造化了。」說著便回頭與胡逵說道：「哥哥！千歲帶妹子到後面看燈，你在此等我一會兒就出來。」十二姑道：「妹子慢走，帶你的嫂子一齊進去。」朱乾笑道：「罷了！孤王生平最怕的是妖怪，你還在外面看罷。」胡逵也就攔道：「你不要去，同我在此等著妹子便了。但妹子進去看一會就快些出來，好早些出城回家，不要貪戀！」桑黛道：「哥哥，老等我就是了。」胡逵答應，桑黛即隨著朱乾進去。此時看燈的人，見了桑黛隨了朱乾進內，只以為真是鄉村女子，不知內中是計，都暗自跌足替他驚心，那裡曉得朱乾死期將到，將一個活閻王惹進了門。倒是西廊內飛鸞郡主看見朱乾愛色貪花，把一件天大的大事置之度外，帶女子進去取樂，真是氣殺，卻又不好攔阻，只得暗自切齒。且不說飛鸞氣殺，暗中自恨，再說朱乾將桑黛帶入裡面，便攜手同行。來到花園書房，彼此坐下，朱乾即命使女端整酒筵。有分曉，只因愛色貪花，引進喪門弔客。畢竟後事如何，且看下回分解。

第五十三回　假村姑巧施美人計　奸世子誤戀溫柔鄉

話說朱乾將桑黛帶入花園書房，彼此坐定，即喚使女，說道：「你等即速傳知廚房，快擺筵席進來，好讓你孤王款待這美人蕭沁香，聊表孤家之意。」使女一旁答應出去，桑黛即接口謝道：「千歲此舉，萬不敢當。惟有千歲派兩位姐妹相伴奴家，各處去耍一會，看了花燈，好早些出去回家，免得奴嫂在外面久等奴家，且夜深奴不好行走。」朱乾聽說，忙攜著他手含笑說道：「芳卿今已來此，休想回家。合該孤與芳卿有緣，少停飲酒合歡，趁此佳節良宵，好與卿成就團圓好事。」桑黛聞言，假意含羞說道：「千歲此言差矣，以奴家一鄉村醜女，如何能伴玉葉金枝？況且千歲後宮俏麗佳人，芳容美女定然不少，何得顧及村女？千歲休要取笑罷。」朱乾聞言，更加喜悅，便道：「芳卿休得謙讓，後宮雖說甚多，然而獨占花魁❶，讓卿第一美女。」桑黛聞言，也就將秋波一轉，深深萬福下去：「多謝千歲抬舉，奴豈敢違命？但恐奴無福消受，要折損陽壽了。」朱乾大笑不止。桑黛又道：「既承千歲錯愛，還求千歲叫人傳知我哥知道，好叫他心中歡喜，早早回家，免得在此久等。」朱乾道：「芳卿莫急，少時還要大動干戈❷，且叫你哥嫂今夜暫在此間息宿，明日再行回家，不要出外亂行，恐有許多不便。孤與卿且飲酒

❶ 花魁：本指百花的魁首。此處指美貌第一。

❷ 干戈：指戰爭。干，盾。戈，平頭戟。干和戈是古代作戰時常用的兩種防禦和進攻的武器，亦用為兵器的通稱。

取樂，賞此良宵。」桑黛一面道謝，一面問道：「千歲，當今承平之際，如何要動干戈？況今宵大鬧花燈，正是共慶昇平，與民同樂，為何要動干戈呢？」朱乾道：「芳卿且莫問，少時自見分曉。」桑黛暗道：「蕭子世果然算得不差。今宵殺他，實非冤枉。」正自暗讚，忽見外面將酒筵擺進來，朱乾即與桑黛並肩坐下，暢飲起來。此時朱乾已是三魂少了兩魂，七魄飛去六魄，怎經得起桑黛百端獻媚，萬種裝嬌，把個朱乾引得不可收拾。自古道色不迷人人自迷，饒到一個萬夫不當的朱乾，只被桑黛這一個美人計弄得他死在頭上，尚且不知。看官，你道這個色字可厲害不厲害麼？閑話休表，且說桑黛飲了兩杯酒，便立起身軀，輕抬玉手，高舉金杯，低聲說道：「千歲在上，賤妾今宵幸沾雨露，茲有喜酒一杯，求千歲莫要推辭，看妾薄敬，當飲此杯。從今以後，鳳友鸞交，相共百年之樂。」朱乾聽說，暗道：「再不料鄉村女子有此美貌，更兼吐言絕佳，怪不得苧蘿村❸有那西施絕代呢。」暗自想罷，即笑喚說道：「芳卿，孤家今夜還有要事，只可和你先飲三杯，便去締鸞交之樂，少刻失陪，芳卿莫怪。事舉之後，一任芳卿如何取樂，孤那怕陪卿樂到天明，也是願意的。」桑黛聞言，暗暗切齒，外面故意含羞說道：「難得今宵花好月圓，人壽千歲，幸勿推辭，今宵不樂，未免辜負賤妾一片誠心了。請將這三杯酒飲了再說。」朱乾答應，接過酒來，連飲三杯。桑黛又道：「人壽幾何，對酒當歌。今賤妾幸得承恩，又蒙千歲如此寵愛，更兼良宵美景，古人云：『無歌助興，還是辜負良宵。』賤妾雖是出在鄉村，俚曲村歌，尚可一獻其醜。千歲如果不棄，妾當敬獻一歌，為千歲助興何如？不過嘈雜嘔呀，還望千歲勿笑才好。」朱乾

❸ 苧蘿村：相傳為春秋時越國美女西施的出生地。有二說：一說在今浙江省諸暨縣南；一說在今浙江省蕭山市境。

聽罷，呵呵大笑道：「難得芳卿會唱，這更好極了，願聞願聞。」當下即命使女遞上紅牙❹。桑黛又斟了三杯酒，先請朱乾飲畢，然後輕敲檀板❺，宛轉歌喉，慢慢的依著板眼❻，唱了一曲浣溪紗❼。真個是鶯語間關❽，聲音欲碎，說不盡那音堪裂帛，響遏行雲。那些侍女宮娥無不喝彩。朱乾更是樂不可支，連連稱讚道：「可愛可愛！再不料卿卿有如此妙音，孤真欲將卿卿作心肝般看待了。」桑黛即借味又斟了三杯，送到朱乾面前，說道：「既蒙錯愛，還請再飲三杯。賤妾再把玉簫吹弄一回，索性作成了聲色雙絕。」當下朱乾立將三杯飲盡。有侍女遞上玉簫，桑黛接過，朱乾聽著，便按定宮商❾吹弄起來，高下抑揚，輕柔宛轉，雖美玉再生，也不過如斯；人韻簫聲，實稱雙絕。朱乾側耳而聽，擊節嘆賞，聽到妙處，不覺又自斟自飲，連飲了數杯。一會子簫聲暫息，桑黛又假裝嬌態，佯作溫柔，翠黛含情，修眉欲語，輕抬玉手，高執銀壺，又斟了三杯送到朱乾口邊，媚眼斜飄，低聲說道：「千歲再飲三杯，便好去溫柔鄉，共敘鸞鳳之樂了。」朱乾道：「雖承卿愛，孤已經大醉，不能再飲，還望卿早歸羅帳，了卻佳期。」桑黛更加裝作媚態，掩口笑道：「奴不信你已大醉，今日若不將這三杯飲盡，誓不與你同床共

❹ 紅牙：指調節樂曲板眼的拍板或牙板。以檀木製成，色紅，故名。
❺ 檀板：檀木製成的綽板，亦稱「拍板」，演奏音樂時打拍子用。
❻ 板眼：音樂名詞。傳統唱曲時，常以鼓板按節拍，凡強拍均擊板，故稱該拍為「板」；次強拍和弱拍則以鼓籤敲鼓或用手指按拍，分別稱為「中眼」、「小眼」，合稱「板眼」。
❼ 浣溪紗：曲牌名。
❽ 鶯語間關：形容悅耳的語音或歌聲。鶯語，鶯的啼鳴聲。
❾ 宮商：中國古代五聲音階的第一、第二音階。借指音樂。

寢。」說著，即將右手搭在朱乾肩上，復道一聲：「你賞個臉罷，快些兒飲了好去睡覺，不要推辭了。」朱乾一見如此情景，真是情不能禁，便把桑黛抱上膝上，擁入懷內調戲起來。桑黛也趁勢與他胡鬧一番，又將那三杯酒與他飲畢，假意復又說道：「千歲，你能再飲三杯，看我舞一回寶劍與你觀看。」此時朱乾已有九分醉意，含糊道：「好！」桑黛便又斟了三杯，朱乾立飲而盡。那些宮娥侍女，在旁看見桑黛如此輕狂，卻暗自說道：「那裡一個鄉村女子這樣輕狂，分明是個婊子派。」朱乾被桑黛一連勸了六大杯，已是坐立不住，手扶了案，頭暈眼花，大有飄飄欲仙的光景。桑黛一見，暗道：「此時再不下手，更待何時？」立刻脫去外衣，露出一件銀紅色貼身密扣短襖，先將腰束一束，又將羅裙兩邊捉起，一撒手將一支三尺長的龍泉寶劍掣出，直見寒光四射，冷氣逼人。那些侍女宮娥無不驚心，暗道：「怎麼鄉村女子帶劍入宮？照此看來，小王多凶少吉。」欲要出外去報，爭奈桑黛此時已將寶劍舞弄起來，但見一片寒光，如同瑞雪，不見人影，只見光芒。舞了一回，朱乾還帶醉高聲喝彩。忽見桑黛就地一滾，猛然間向上一跳，只見一道寒光，向朱乾頸上飛去。可憐朱乾一個萬夫不當的王世子，連個「阿呀」卻未喊得出來，登時頭已落地，一段身軀跌倒塵埃。桑黛即刻取了首級，那宮娥侍女只嚇得亂奔亂跑，惟恨爹娘少生兩隻腳，趕快飛報進去。桑黛不忍再殺這些無辜宮女，當下就將號炮放起，忽聽響亮一聲，猶如地上發了個霹靂。此時胡逵夫婦因朱乾賜與酒食，正在偏屋吃得大飽，早已問明路徑，只待進內動手；忽聽號炮一響，當即拔出兵刃，與十二姑出了偏屋，直向花園而來，一路上大聲喊道：「桑賢弟何在？俺來接應與你！」恰好桑黛提了首級，走出園來。三人一見，欣喜無限，各持兵器，搶入中堂。滿園內太監、宮娥無不驚惶失措，誰敢前來阻擋。早有侍御報與王妃、郡主知道，王妃聞言，好不傷感。就是郡主也是傷心，跌足說道：「那裡有鄉村女子如此強梁⑩？」正在推詳，忽聞號炮一聲，知有內變，立刻提槍搶入裡面，一面吩咐眾人切切不可錯放鄉村女子，務要加意嚴行巡察。吩咐未畢，又聽連聲號炮，響聲不絕，只見府門外搶進許多年少英雄，人喊馬嘶，明盔亮甲，刀槍劍戟，搶殺進來。畢竟後事如何，且看下回分解。

⑩ 強梁：兇暴；強橫。

第五十四回　白艷紅獨力捉飛鸞　武提督拼命拒奸賊

話說飛鸞郡主忽聽連珠炮響知道有變，又見府外搶進許多英雄，正欲上前抵敵；又見燈光中閃出一員女將，頭戴鳳翅金盔，身穿鎖子黃金甲，跨下白馬，手執銀槍，搶殺進來。飛鸞正欲去戰，忽聽那女將嬌聲喝道：「飛鸞，你這賊女向那裡走！白艷紅在此，特來擒你，還不早早下馬受縛！」飛鸞聽說，也不答話，金槍一舉，認定白艷紅刺來。白艷紅一面招架，一面覷看飛鸞，原來飛鸞生得並不美貌，不過比母夜叉十二姑稍勝一籌，不覺呵呵大笑道：「這樣醜怪的賊女，也要作奸犯科，隨你父兄謀為不軌。姑太太今朝不將你擒住，誓不為人！」飛鸞一聽，直氣得怒目圓睜，雙眉倒豎，喊一聲道：「何處丫頭，敢來送死，看槍！」說著又是一槍刺來，白艷紅不敢怠慢，趕著迎住架在一旁，覺得那支槍頗為沉重，因越加小心，此往彼來，便戰個不住。只可憐那些看燈的百姓，玉石不分，登時送命，不計其數。又兼蔣豹、甘寧帶了桑黛、胡逵、十二姑三人衣甲❶，前來接應，搶進王府，不分皂白，手持兵刃，橫衝直撞，直殺進內去，找尋桑黛等三人。王府中雖有侍衛親兵，怎抵得他那一班如虎如狼的勇士。蔣豹等一直殺到後堂，遇桑黛等三人並力殺出。大家一見，歡喜無限，登時蔣豹、甘寧即將衣甲遞給桑黛、胡逵、十二姑，三人更換已畢，復行殺到前殿。此時已有嘍兵牽過馬匹，在旁侍候。桑黛不及上馬，吩咐嘍兵

❶ 衣甲：衣服盔甲。

在府門伺候。嘍兵答應，牽馬出來。桑黛等五人即在內殿左衝右突，直殺得那些宮娥太監、值殿官員，個個魂飛魄散，當即敲動聚眾鼓。一會子，王府內將士也就個個手執兵刃，搶殺進來抵敵。及至殿上，一見桑黛等五人那般驍勇，莫不膽顫心驚，喚弟呼兄，齊聲說道：「今朝如此，千歲的計謀用空了。」大家正在嘈雜，又聽大聲喊道：「飛鳳山英雄在此，特來擒爾等這一班奸賊！如早早投誠，尚可免其一死！倘再執迷不悟，有心拒敵，頃刻叫爾等盡做刀下之鬼了！」王府內那些將士，聽了此話更加駭怕，只得勉力爭戰。無奈將士雖多，總難抵那些嘍兵頭目勇猛，直殺得王府殿上鮮血淋漓，死屍滿地。銀安殿上那些古董玩器、燈彩鰲山，已是一片平陽，絕無整物。彼此正在酣戰之時，桑黛斜裡面殺出，高挑朱乾首級，大聲喝道：「爾等河南將士聽著：永順王大逆，父子欺君，謀為不軌，罪大惡極，罪不容誅！我等招英館大眾英雄，訪察真情，帶領十萬雄兵到此救駕，捉拿永順王奸賊父子，為國除奸。朱乾何等英雄，今已被我殺死，現有首級可憑。爾等如果見機❷，速速投誠，免其一死；倘若不信，難免玉石不分！」說罷，又將朱乾首級與眾將士看了一遍。那些將士聽說，無不魂飛膽破，互相說道：「久聞招英館玉面虎李廣英勇非常，更兼手下能征慣戰的人實在不少，今又帶領十萬雄兵到此，我們如何抵敵得住？」因此將士雖多，個個無心戀戰。飛鸞郡主正與白艷紅殺得難分難解，忽聽桑黛一言，說是朱乾被他殺死，現有首級號令。兄妹情重，再一看哥哥首級，一陣心酸，雙淚俱下，手中槍法一亂。白艷紅覷得真切，趁此刺進一槍，左手將飛鸞戰桿往外一撥，右手逼近飛鸞肩下，就此一提，將飛鸞輕輕提過馬來，向地下一擲，喝令：「綁了！」當有婢女上前，即刻將麻繩綁好。可憐一個金枝玉葉的郡主，只為順著父命，

❷ 見機：指識時務。

圖謀不軌，今日也就遭擒。眾將士見郡主又被擒住，料難取勝，大家復互相議論：「我等何苦枉送殘生，不如各自投生去罷。」於是一哄而散，一霎時王府兵卒也就跑得一清。桑黛此時即喚胡逵說道：「胡兄長，你可與白嫂嫂在此，好生看管飛鸞郡主，不許兵丁進擾內庭。吾去行宮接應大眾。」胡逵答應。桑黛即隨同蔣豹、甘寧直向行宮而去。且說蕭子世到了三更時分，帶了廣明、鄭九州二人，來到一個土地廟內坐下，便令二人近前，吩咐道：「你二人各帶號炮數枚，於行宮左右燃放之後，鄭九州即趨到東門旁側埋伏。將近五更時分，便有一個青衣小帽、單騎飛行的人走過，便是永順王。務要將他捉住解到王府，聽候皇上發落。廣明可在行宮左右接應李大哥兵馬。我在此等候，俟爾等成功，再行相會。」廣明、鄭九州二人答應，即刻提了兵器飛奔前去。不一會已到，當即分頭放了號炮。李廣、雲璧人、張穀、徐文亮四人，早在行宮佇立守候，正在那裡等得心焦，又見行宮內毫無動靜。忽聽號炮一聲，李廣趕緊飛身上馬，手持長槍，立馬鰲山背後。行宮內外各官，都知今宵謀逆，雖見李廣，只疑他也是河南將士，故不在意。楚雲等四人一聞炮響，即趕至行宮後面，飛身跳入牆頭，越脊躥屋，順著燈光，來到後殿對面屋上，伏在黑暗之處，望下觀瞧。但見正殿之上，一順五席華筵，紅燭高燒，毡毯貼地，一班清歌妙舞，在階下演唱戲文；正中一席，上坐正德皇帝，上首永順王相陪；其次三席，皆是三公宰相。正德皇帝笑容可掬，徐飲金樽❸，倒也歡喜無限。永順王忽聽號炮一響，便眉頭一皺，暗自說道：「怎麼外面先有炮聲？莫非其中有了什麼變卦？若果如此，那就是畫虎不成反被犬害了。莫若趁此先將昏君殺死，作一個先發制人。」主意想定，立刻將龍袍一拂，咳嗽一聲，又將一個金杯拋擲地上，立刻站起身來，

❸ 金樽：黃金做的酒杯。

飛步入內而去。正德君見此光景，知道有變，不覺天容震怒，忙喚呼道：「皇叔何得酒後無禮！向那裡去來？」那邊首相范其鸞說道：「不好！看這光景必有奸謀。」又見一班女樂全行散去，才要向正德君說話，只見兩廊下轉出左天雄、左天保二人，手執兵刃，大聲喝道：「昏君往那裡走！從今以後，休想回京都了！」說著便搶殺進來。正德皇帝一聞此言，直嚇得心膽俱裂，毫無主意，惟有守死而已。范其鸞、鄭峰、殷霞仙三人也只是面面相覷，嚇得渾身發抖。只有提督❹武忠有些膽識，雖然不甚畏懼，爭奈手無寸鐵，如何抵擋？急中生計，一面叫范相、殷翰苑❺等三人保護皇上，他將筵席上面所有杯盤拿在手中，望左天雄、左天保二人飛去。左天雄弟兄二人，見那杯盤如雨點飛到，急切不能前進，只得稍稍等他將杯盤擲完，再行殺上，不怕他飛上天去。看看杯盤將盡，武提督趕緊又折下兩根花梨❻桌腿，持在手中，飛舞盤旋，如兩條龍一上一下。左天雄兄弟見沒有杯盤亂擲，即大喊一聲，搶殺上去。武提督拼力死敵，爭奈一人抵不住兩人，看看要敗下來，又見那些兵丁紛紛擁進。范相只抱住皇上，死不放手，正德皇帝亦抱住范相大哭。正在哀痛之際，忽見左天雄一刀，向正德君砍去。畢竟正德君性命如何，且看下回分解。

---

❹提督：官名。明代駐防京師的京營設有提督，中葉後，巡撫多兼提督軍務銜，亦間有總兵加稱提督的。清制設提督軍務總兵官，簡稱提督。一般為一省的高級武官，但仍受總督或巡撫節制。沿江沿海地區則專設水師提督。

❺殷翰苑：即殷霞仙。因其任翰林學士，故稱。

❻花梨：一種產於南方的名貴木材。

第五十五回　楚顰卿有心救聖駕　吳又仙無意解郎圍

話說左天雄搶進一步，掄起大刀，便向正德皇帝砍去。武提督瞥眼看見，說聲「不好！」趕緊用手中花梨桌腿，向左天雄刀上一架。好容易將刀隔開，左天保趁此又是一刀，向正德君砍去。正在危急之際，楚雲等在對面屋檐上看得真切，便知不好，即如飛燕穿簾，四人一齊跳下，各執寶劍，一聲大喊：「奸賊，休得無禮！我等特來救駕！」說著手舞青鋒，已到殿上。左天雄兄弟一聞此言，吃驚不小，趕著撇了正德君，回身便來抵敵楚雲等四人。楚雲即搶步上前，走到正德君面前，口呼：「萬歲！臣等萬死，救駕來遲，急切不敢參見聖駕，但請聖上寬心，自有微臣保護。」一面說，一面喚：「諸位兄弟，我等同保聖上即出行宮要緊。」張穀、雲璧人、徐文亮三人答應，楚雲即先保正德君，手舞青鋒，分開眾人，直殺前去。雲璧人保定范相，徐文亮、張穀護定鄭峰、殷霞仙，左衝右突，走出殿外。只見左家兄弟又拼力殺來，一執雙刀，一執大斧，奮力喊殺。楚雲一面保駕，一面手持寶劍，迎敵二人。此時惱了楚雲，大喊一聲，劍起處紛紛倒退下去，更兼張、徐、雲三人奮勇廝殺，雖有左氏兄弟，亦難抵敵了。永順王看得真切，趕忙傳呼號令：「務宜拼力圍住，勿放君臣逃出行宮！」眾將士得令，一齊圍裹上來。楚雲等四人雖然保定正德聖駕，爭奈殺出重圍頗不容易，只見那些兵卒，一層層圍得鐵桶相似。此時君臣已嚇得魂不附體，卻大惱了楚雲一人，只見他杏眼圓睜，柳眉倒豎，咬牙切齒，喚一聲：「諸位兄弟！

不趁此奮力殺出，更待何時！務將這一起奸賊殺個盡絕，才好保護聖駕出得行宮！」徐文亮等答應一聲，一齊拼命，如砍瓜切菜一般齊殺出來。左天保見難抵敵，忽然心生一計，一緊身軀，繞到後面。張穀一見，也就回身趕了過去，一撒手寶劍揮開，直望左天保砍去。天保冷不提防，登時死於非命。左天雄一見，魂飛魄散，不敢戀戰，紛紛退讓下來。楚雲趁此機會，手舞龍泉，猶如出水蛟龍，當先殺出。那些兵卒碰著龍泉寶劍，不是頭分，便是腦裂，就此一揮，只殺得血流成溝，屍積遍地。武提督也就打死兩個兵丁，奪取兩把快刀，拋卻花梨桌腿，幫同四人拼命殺出。此時永順王也嚇得魂飛魄散，彼又密傳號令：「將外面伏兵全行喚進，務要圍住正德君，不放他逃出行宮！」外面那些伏兵，得了號令，正自搶殺進來。走到行宮門首，只見一人立馬宮門，手端金背大砍刀，一聲高喝道：「爾等細聽著：今有杭州玉面虎李廣在此救駕！奸父奸子，已被我等誅之。爾等到此，尚欲何為？莫非要與那奸王共行奸計麼？來得好，看刀！」說著金刀下攞，殺死了五六十人。各軍正在驚慌，不敢向前對敵，忽見畢天虎從後趕到。李廣看得真切，只見畢天虎大聲喝道：「好一個無知小子！膽敢任意猖狂，阻擋宮門，不放兵卒進去，卻是何故？如果投降，願歸我主，也不失封侯之位。倘執迷不悟，立刻為刀下之鬼！」李廣更不答應，等他走到切近，便將大砍刀用力一揮，直向畢天虎砍去。畢天虎趕著用叉來架，只震得他兩臂酸痲，虎口出血，金光繞目，頭暈眼花，自知抵敵不住，一帶絲繮，即思逃走。李廣一見，呵呵大笑，說一聲：「這等無名小卒，也要來上戰場？不要走，看刀！」說了又是一刀砍進，畢天虎招架不住，連人帶馬，跌倒塵埃。李廣順手一刀，結果了性命。此時甘家寨的兵卒也擁擠上來接應，正欲搶進宮門，只見裡面英雄一齊殺出。楚雲當先，一見李廣心下大悅，高聲喊道：「大哥，快來接駕！」李廣一聽，分開眾人，迎上前去。楚雲便將正德皇帝扶起，送了過去。李廣接上馬鞍，手舉金刀，遮護正德君，殺條血路望外行。雲璧人懷抱范其鸞，張穀保定鄭峰，徐文亮保定殷霞仙，也就跟隨殺出。恰好桑黛殺出，從旁殿高聲喝道：「賊子朱乾已被殺死！」大家一聽，好不歡悅，登時精神百倍。徐文亮即將殷霞仙遞與桑黛，他又殺入進去。桑黛才將殷霞仙接過，甘寧、蔣豹又殺了過來，桑黛即保著霞仙，趁勢殺出。楚雲抽個空跨上雕鞍❶，換了梨花槍，正思殺入，恰好左天雄殺到；楚雲更不打話，把槍一擺，認定天雄當胸刺來；左天雄招架不及，跌倒塵埃；楚雲復一槍，結果了性命。此時徐文亮又復殺出，但見河南兵卒，不分皂白，殺死無數。正殺得高興，忽見廣明手持雙刀，如狼如虎，殺進重圍，高聲喊道：「眾家兄弟聽著：特奉蕭大哥之命，傳知眾位速保聖駕前去王府安歇，不得有誤！」李廣等眾人一聞此言，立刻護著聖駕，殺出重圍，往王府而去。此時已是五更將近，只見殘月半彎，疏星幾點，遍地鮮紅，屍如山積，好不可慘。雲璧人保護范相，也是拍馬加鞭，如飛而去。剛去到十字街口，忽聽炮聲響處，從斜刺裡衝出一支兵來，攔阻去路。當先一員猛將，鐵甲銅盔，手執銅錘兩柄，高聲喝道：「來者何人？向那裡逃走！振天雷在此，快快下馬受縛！」雲璧人一面保定范相，一面手舞寶劍，且戰且走。振天雷那裡肯放，舞動雙錘，直逼雲璧人。雲璧人無奈，只得拚命抵敵，又見兵卒重重圍住，只是不能殺出重圍，盼望眾家弟兄，一個總不見到。正在危急之際，忽聽有人喊道：「重圍內究是何人被困？快通名來，咱來救你！」雲璧人一聞此言，即高聲應道：「我乃杭州起義救駕之人雲璧人是也。外面那位英雄前來相救？」話猶未了，只見東面角上那些兵卒一陣退讓，殺進兩個人來。雲璧人一看，見是一男一女帶了些女婢家丁，

❶ 雕鞍：雕花的馬鞍。特指奢華。

衝殺入內。雲璧人也無心細看，趁此就保定范相，殺出重圍，走到空巷以內暫且坐下，稍息片刻，喘喘氣再走。你道這一男一女卻是何人？那女子就是胭脂虎吳又仙小姐，自從秦淮羞辱劉彪後，他便帶了合家男女，避到河南，依他的舅氏。他母舅姓喻名文英，在日曾為大理寺卿❷，不幸夫妻相繼去世，只有表兄嫂二人在家。他表兄名喻昆，十分英豪，又因他善用彈子，百步之外，百發百中，因此就有了綽號，叫做神彈子喻昆。表嫂于氏，生性賢淑，又與吳又仙如同親姐妹一般。這日正賞元宵佳節，忽聽外面人聲鼎沸，號炮不斷，喻昆大驚，便令家丁出外打聽，才知原委。喻昆即與又仙換了盔甲，帶了家丁婢女，跨上馬，擕了兵器，前去救駕。不料走至十字街口，遇見振天雷圍困雲璧人，因此解了璧人之圍。這也是吳又仙與璧人向有夙緣，所以才有此巧遇。閑話休表。喻昆、吳又仙既解了璧人之圍，便與振天雷廝殺起來。振天雷看見那二人解了重圍，也就切齒大怒，由是三個戰在一處，直殺得難解難分。畢竟振天雷有無性命之虞，且看下回分解。

---

❷ 大理寺卿：官名。本秦漢之廷尉，北齊後改稱大理寺卿。歷代沿稱。主管司法審訊。

第五十六回　眾英雄盡力退奸兵　俏鞾卿積勞成惡疾

話說吳又仙、喻昆解了雲璧人之圍，振天雷不覺大怒，也不答話，便舉起銅錘，向吳又仙便打。吳又仙即舉雙刀招架，喻昆也就舉起龍虎鞭，向振天雷打來。振天雷舞動雙錘，力敵二將，毫無懼怯。三人在那裡死力廝殺，直殺得金鼓❶齊鳴，喊聲震地。正在難解難分之際，那些眾英雄俱到，刀槍並舉，劍戟齊來，將那些河南兵卒如砍瓜切菜一般，但見人頭亂滾，血濺征袍，馬足奔騰，嘶鳴不已。喻昆又將彈子如雨點般發出，亂打奸兵。吳又仙敵住振天雷，看看抵敵不住，楚雲看得清切，一聲高喊，擺動花槍，將馬一催，向振天雷刺去。振天雷撇了吳又仙，來與楚雲接戰。兩個人搭上手，一來一往，約有三十個回合，不分上下。此時卻惱了楚雲，咬碎銀牙，睜開杏眼，把梨花槍一緊，罵一聲：「奸賊無恥，何敢猖狂大逆！今日不結果你性命，誓不為人！」說著就是一槍，當胸刺去，但見一片寒光，逼人毛髮。振天雷知敵不住，趕緊撥開梨花槍，掉轉馬頭即便逃遁。楚雲一聲冷笑道：「好無恥的奸賊，向那裡走！看槍！」話猶未完，那桿梨花槍緊向振天雷後心刺來。振天雷心慌意亂，招架不及，被楚雲挑下馬來，喝令將他砍了。說時跳出廣明，手起一刀，割了首級。楚雲接過，掛在馬上，呵呵大笑道：「快哉！快哉！今天任我殺人，絕不抵命了。」說著仍自殺上前去。再說永順王在行宮內，見說正德君臣已被人救

❶ 金鼓：金屬的樂器和鼓。呂氏春秋不二：「有金鼓，所以一耳。」高誘注：「金，鐘也。擊金則退，擊鼓則進。」

出重圍，左天雄、左天保、畢天虎、振天雷四員勇將俱已被殺，嚇得魂不附體，跌足悔道：「此時如何處置？」正在懊悔，又見有人報道：「世子朱乾被殺，飛鸞郡主遭擒。」永順王痛哭不已，怨恨說道：「呵呀！蒼天呀！孤在此安享太平，何等不美！都是劉瑾匹夫遺書設計，害得孤家好苦，只落得家破人亡。但不知這一起雄兵是何處而至？悔不聽王妃之言，今日致有這場大禍，是孤家見理不明。但孤年已過花甲❷，若再遇殺戮身首異處，便不值得了，莫若就此逃生，尚可保全首領。」心中想罷，即命太監取了青衣小帽，永順王趕緊換好，即刻要走。那些太監宮娥還苦苦相勸道：「王爺此刻欲往何方？似這等冷露寒風，如何能走？此舉雖是王爺大錯，到底是劉瑾遺書致遭奸惑。勸王爺自到君前，親身請罪，諒萬歲憐憫天潢❸，或可加恩，免受誅戮。尚乞王爺三思而行。」永順王道：「爾等果如此說，爭奈孤犯大逆欺君，罪不容赦，只得微服逃走，尚可免其誅戮。爾等若苦苦不放，是使孤今日定要變作來年忌辰❹了。」說著洒脫衣巾，大踏步向外走出。到了前殿，但見屍橫滿地，血流成溝，好不傷慘。出了大門，尋了一匹馬，跨上鞍加上一鞭，直望東門如飛逃去，這且慢表。再說李廣等保著聖駕到了王府，此時已是五更，當有白小姐、胡逵、十二姑一同出來，跪接聖駕。正德皇帝也不辨頭腦，只說了聲：「免朝。」李廣等早已下馬，前來親扶聖駕下馬。惟有楚雲雖然勇猛，終究是閨中弱質，比不得男子剛強，殺了一夜，斬卻無數兵將，已是辛苦異常，又兼夜間涼氣侵入毛骨，不覺一陣眼花，登時心昏頭眩在馬

❷ 花甲：指六十花甲子。以其中干支名號錯綜參互，故稱花甲。

❸ 天潢：皇族；帝王後裔。

❹ 忌辰：也叫忌日。指家裡長輩去世的日子。古時每年逢這一天，家人忌飲酒作樂，故稱。

上坐騎不住，跌下馬來。眾兄弟回頭一看，吃驚不小，李廣趕即上前將他扶起，但見秋波緊閉，櫻口難開。再向他上下一看，銀盔素鎧，一片鮮紅，直上粉臉，張穀也就上前，輕輕的將他那根銀槍取過，放在一旁。李廣再將他兩手一摸，其冷如冰，不禁大駭，因同文亮低聲喚道：「顰卿醒來，你究竟怎麼樣了？」正德皇帝在寶座上面，忽見楚雲跌倒昏暈過去，也趕快離了寶座，走到跟前，說道：「怎樣的了？你等快將他喚醒！此是朕第一救命之人，眾卿快快先將他扶上殿去！」李廣等領旨，立刻將楚雲攙扶上殿，就地放他坐下。白艷紅取了一杯香茶，雲璧人接過茶來，屈著腰緩緩將茶灌下。大家又低喚一回，這方漸漸蘇醒過來。只見他媚眼微開，後又閉上，兩眉一皺，哇的一聲，吐出一口鮮血，復暈過去。李廣等眾只嚇得魂飛魄散，便是正德皇帝也覺痛入肝腸。大家又低低喚了一回，才算蘇醒。李廣便向前低聲問道：「顰卿，你心下究竟怎的？」楚雲搖首不答。正德皇帝當下說道：「眾卿不必煩絮他了，可將他扶入後面，好生放他坐下，讓他養一會神，安息一會，自然痊愈。這都是血戰心昏，積勞成疾，致有此病的。快些扶他後面去罷！」李廣等遵旨，立刻扶了楚雲到了後面，撿了一個軟包，將他安放睡了，又派了兩名王府家丁，妥為服侍，然後復行上殿，參見聖君。正德帝問救駕諸將名姓，李廣俯伏階下，將始末根由陳奏一遍。正德皇帝聞奏，又驚又喜，即便連聲道：「此皆是朕一時不明，致有此難。若非諸位勤王念切，朕險些兒送了殘生。但據卿所言，京中尚有干戈，雖然無妨，然國母太子也不免吃驚不小。現在蕭子世究在何處？朕亟思一見這神機妙算之人，卿等可將他領來見朕。」李廣奏道：「蕭子世曾對臣言明，尚有未完事件，須俟天明方可前來見駕。」正德點首，復又問道：「現在內宮若何光景？許氏王妃曾否受傷？飛鸞郡主現在何處？」話猶未了，白艷紅即俯伏階下，奏道：「臣妾自捉了飛鸞，當即派了隨身婢女嚴加看守，並約束兵丁不許一人輕入內庭；又恐王妃思尋自盡，並派心腹婢女嚴加防護。所幸王妃無恙，內庭雞犬不驚。」正德聞奏大喜，即命將飛鸞帶上。白艷紅一聲領旨，立刻退下，來到內庭，親將飛鸞押至殿上，跪倒階前。正德君一見，拍案大怒道：「飛鸞，朕待汝父女不薄，為何設計奸謀，騙朕看燈，圖謀大逆，卻是何故？速速奏來！」飛鸞只是磕頭，奏道：「臣該萬死，尚求聖上容奏。臣父本來原無此念，只因閹臣劉瑾遺書前來慫恿臣父，借請聖駕看燈為名，暗中行事。恨臣父一時糊塗，為劉瑾所惑，以致罪犯天條❺，大逆無道。臣女又迫於父命，不敢違背，致被擒捉。臣兄已被殺死。臣之一家，皆罪無可赦，還求萬歲念臣父年邁糊塗，所有應治之罪，悉加臣女身上，臣女在九泉❻之下，也感萬歲不罪臣父之恩。」奏罷，磕頭流血。范相聽了此言，驚疑不定。正德皇帝似信非信說道：「朕不信劉瑾有此奸謀，斷不敢生此奸計。這總是飛鸞因一朝事敗，嫁禍於人，希圖卸己之罪。」說至此，不覺天顏變色，望飛鸞大喝一聲道：「好大膽飛鸞！你敢欺瞞朕躬，嫁禍於人，矇混亂奏！」飛鸞道：「萬歲息怒。臣女何敢妄奏，現有劉瑾親筆書信可憑。萬歲如果不信，臣女可將劉瑾的書信取來呈覽。」正德聞奏，當下問道：「眾卿中誰押著飛鸞前往取書？」當下十二姑跪下奏道：「臣妾甘十二姑願領聖旨，親押飛鸞去取書信。」正德准奏，十二姑即刻押著飛鸞下了金階，一同前往取信。正德又道：「永順王尚在行宮，卿等誰去將奸王捉來見駕？」白艷紅奏道：「臣妾願往。」正德准奏，白艷紅當即領旨前去。畢竟白艷紅能否捉得奸王，且看下回分解。

❺ 天條：指國法紀綱。

❻ 九泉：指地下。猶言黃泉。

第五十七回　鄭九州奉命捉奸王　范丞相承恩慰顰玉

話說十二姑、白艷紅領了聖旨，分頭去取書信、捉拿奸王。且說永順王知事不好，換了微服，從行宮內逃遁出來，跨馬加鞭，望東門逃走。走到天明，已至東門，正欲出城，忽見斜刺裡閃出一員大將，擋住去路，高聲喝道：「好膽大的奸王，向何方逃走？俺在此等候多時了，快快下馬受縛！」永順王一見，嚇得魂不附體，在馬上叩首求道：「將軍容稟，我非奸王，實實是城中避亂的難民。還求將軍念我年邁，放我出城回去，這就感恩不盡了！」鄭九州聽說，大笑道：「你何得尚自巧辯？若要逃走，萬萬不能了。」說著伸過手去，輕輕將永順王捉下馬來，用繩索綁好，仍然縛在馬上，押著前去。到了土地廟內，同蕭子世一起押解王府而來。卻說白艷紅奉旨飛馬趕到行宮，彼時已經天亮，前後搜了一遍，不但不見永順王蹤跡，連那些宮娥內監一個都不見了。原來那些宮監，一見事變，大家皆躲入後面，四散藏身，及至聽見金鼓不鳴，人聲漸息，方才漸漸出來；打聽得永順王業已逃走，大家各自去尋生路了，行宮內只留得些死屍拋在那裡。白艷紅搜尋一遍，知奸王已經逃去，只得仍回王府復旨。回到府門，恰好正遇鄭九州、蕭子世押著奸王前來，三人一見，好不歡喜，當下同上寶殿。此時十二姑已押著飛鸞將私書取到。正德皇帝正在那裡龍目觀看，好不慚愧。忽見白艷紅回奏一遍，龍顏大喜，即傳旨宣蕭子世、鄭九州上殿。二人俯伏階下，奏道：「臣蕭子世、鄭九州願吾皇萬歲，萬萬歲！」正德欽賜平身，蕭子世、鄭九州又謝了恩，這才站立一旁，恭聽聖諭。只聽聖上問道：「朕感先生神機妙算，前來救駕，卿家是朕第一功臣。但不知先生何以知永順王有此奸計？先生可細細奏來，俾朕明白。」蕭子世便將洪基如何起意，劉瑾如何下書，細細奏了一遍。正德聞言，龍顏大怒，因道：「這總是朕任用奸人，以至於此，非先生預為算到，朕竟無以生還了。惟恨永順王係朕皇叔，膽敢大義不明，與奸黨同謀，實是可恨！」說著，即命將永順王推上審問，階上諸人答應一聲，立刻將永順王推至階前。永順王跪下，面不敢仰視，只是磕頭說道：「臣該萬死。」正德喝道：「你為朕之皇叔，應為朕去惡除奸，永保太平天下。膽敢私入奸黨，罔上欺君，同謀大逆，今朝事敗，你尚有何言？」喝令推出斬首示眾。永順王一聞言後，只嚇得魂不附體，復磕頭流血，苦苦哀求，奏道：「臣自知罪該萬死，惟恨劉瑾遺書慫恿，臣一時見理不明，致為所惑。倘蒙聖上寬以既往，格外施恩，不加誅戮，臣自此以後，當力圖報德，永不作亂為非，尚求聖上念一脈之情。」說罷，復磕頭不止。正德怒猶未息，一旁轉出蕭、鄭跪奏道：「永順王亂逆，本當罪不容誅，還求聖上念皇叔為劉瑾所惑，尚非出自本心，究與居心起意者不同；而且天潢一脈，聖上以仁孝治天下，當更以親親之誼❶，格外開恩，從寬治罪。臣等不勝待罪惶恐之至！」正德聞奏，這才息怒，說道：「本應斬首，姑念一再代懇，著加恩削去王爵，貶為庶人，遠發南京看守孝陵❷，仍著格外加恩，准其隨帶妻女。派令親近大臣，即押解前往，毋得逗留。」永順王領旨，復又磕頭謝恩退下，不

❶ 親親之誼：指愛自己親屬的情誼。孟子盡心上：「親親而仁民。」

❷ 孝陵：即明孝陵。明太祖（朱元璋）墓。在南京市紫金山（即鍾山）南麓。陵前有石人、石獸群、神功聖德碑等。

日即與許氏王妃、飛鸞郡主前赴南京，不必細表。正德又命將世子朱乾加恩，用棺封殮；又命武提督前去查點隨駕各官、御林軍馬，共計殺傷多少，並合城百姓死傷實數；暨出榜安民：所有被難之家，一概加恩賑濟。武提督領旨出外，正德又望蕭子世、李廣等說道：「朕忽遭此難，幸賴眾卿等協力保護，本應即日加封，共酬勛績，惟諸卿血戰多時，異常辛苦，且楚卿刻又抱病，卿等且暫就行宮歇息數日，所有白艷紅、甘十二姑，即著隨同吳又仙暫住，以示區別。容俟卿等稍形安適，朕再行傳旨加封。」李廣等遵旨，一齊謝恩退下。當至後面，將楚雲攙扶出來，同往行宮安歇。正德亦即出殿，就借王府暫為行宮。且說眾英雄分別去後，李廣等到了行宮，即將楚雲扶入盤龍繡帳以內讓他靜養。楚雲自覺神思恍惚，心下怔忡❸，復吐了兩口鮮紅血。李廣等驚慌無措，不知如何治法。蕭子世在旁說道：「可速取山羊血來服下，便可止紅不吐。」李廣即命人前去尋找山羊血，一面又命人燒了些茶水，做了些飲食。大家洗面漱口，用過飲食。又命人前往天寶寺內搬取行李，並查點甘家寨、飛鳳山兩處兵馬共傷了多少。眾人去後，那去取山羊血的人，已經將血取到。李廣接過，送至後面與楚雲飲下，仍令他靜心養息。這才大家坐下，稍息片時。忽見門官飛報進來，聲稱范相、殷翰苑來拜。大家聞言，一同迎接出來，將范相接入中堂。大家見禮已畢，范相即拉著李廣的手，笑道：「下官久仰大名，亟思一見，爭奈無緣相會。今幸得君救駕，立著奇功，少年英雄，建不世❹之業，實深欽佩！下官等若非諸君前來救駕保護，一定是殘喘難延了。」李廣謙遜道：「晚生何德何能，敢勞謬獎，這就總是天子的洪福。李廣等亦不過為率土

❸ 怔忡：中醫病名。患者心臟跳動劇烈的一種症狀。

❹ 不世：不是每代都有的。猶言非常、非凡。

之民，理當效力罷了。」范相尚未答言，只見徐文亮走到范相面前，鞠躬謝道：「家兄文炳，感蒙昭雪，得以再生。晚生久欲登門叩謝，奈道途遙遠，不克分身，至今猶覺抱愧耳！」范相含笑答道：「原來足下就是文炳令弟，可敬可敬！但令兄屈遭冤枉，下官理當伸冤，亦屬分內，尚勞掛齒，實是汗顏。」徐文亮又稱謝一回，一旁坐下。又有雲璧人轉至面前，口稱：「母舅在上，甥兒拜見。」范相見雲璧人叩頭下去，趕忙用手扶起，笑道：「我甥如此成長了，可喜你少年立功，更是武藝出眾。昨宵我命全虧你救，不然已是拋頭異鄉了。但是甥兒有此功勞，皆仗李君攜帶，甥兒卻不可忘卻李君提攜之恩。」李廣聽說，趕著謙遜說：「令甥天武神智，自是國家棟梁之器。晚生尚且慚愧不及，何敢辱蒙獎賞！」范相也就謙遜一回，復又問道：「李世兄，楚君偶患微痾，現在可安寧？聖上頗不放心，特差老夫前來慰問，還請李世兄帶領下官，前去一看，好去復命。」李廣起身謝道：「現在已經略好，但蒙聖上眷念，又勞相駕惠臨，實在抱罪不安之至。相爺既要親往看視，本不敢當，恐有負聖意，某當先為道命，再請相駕往顧如何？」范相道：「使得使得。」李廣即命人進去通報。楚雲一聞此言，此時已是大好，隨即起來，同著通報之人一齊出外。慢慢的走到外堂，來至范相跟前，口稱：「相爺在上，楚雲參見。」說著深深一揖，磕下頭去；雖然口中稱的是國相，目中認得是母舅，幾乎落下淚來。范相見他磕下頭來，趕緊將他扶起，一面說道：「不敢不敢！」卻一面仔細觀看，見了他那樣面目，頗為疑惑，暗道：「怎麼恰合我那甥女美貌，又與吾甥兒相似一般？實也奇怪！」范相注目凝神，不住的看望。畢竟范相是否認出來，且看下回分解。

第五十八回　作伐執柯朱陳結好　論功襲爵賞賚攸加

話說范相見了楚雲，頗為疑惑，暗道：「如此面龐，分明是那甥女，且與雲甥規模仿佛。我實不信，天下有這樣相似的人，忒也奇怪了。」因此目不轉睛向他觀看；越看越疑，欲思問他，又怕冒昧。看了一會，復又轉念想道：「我太多疑了，如果是我甥女，一個閨中弱質，如何擋得這萬馬千軍呢？」楚雲見范相看了他，這會心中好生難受，含著兩汪眼淚，不敢仰視，生怕被范相認明出來。忽聽范相說道：「老夫特奉聖諭前來看視，現在貴恙究竟如何？聖上頗深繫念。」楚雲見說，才把一個疑團打破，忙著答道：「荷蒙聖上眷顧，敢煩丞相先行代謝天恩。現在已經稍好，明日當再上朝叩謝。」范相聞言，歡喜無限。大家又與殷霞仙相敘談好一會，范相這才告辭，李廣親送出來。接著本處地方官前來拜謁，李廣又會了各官。才送出門，早有人報太監飛馬前來，是奉旨特來賜宴。李廣等接著，當即望闕謝恩。太監去後，大家便大擺筵席，又著人將喻昆請來一同赴宴，真個是歡呼暢飲。酒過數巡，雲璧人忽想起吳又仙來，即走至楚雲跟前，向著楚雲耳旁，低低的說了許多話，要求楚雲作伐❶。楚雲一笑，點了點頭，即刻站起身來，走到李廣跟前，將雲璧人求配吳又仙的意思與李廣說明，並託李廣玉成其事。李廣聽罷，不覺大聲笑道：「如此說來，真不愧為公子多情了。我當一力玉成，不然定要害得那人一萬聲長吁短嘆，五十遍搗枕搥床了。」楚雲聽了此言，也不禁大笑起來。此時雲璧人滿面通紅，好生羞愧。大家也知道

❶ 作伐：作媒。

他是要請李廣作伐，求配吳又仙的意思，因此眾兄弟也就嘲笑了一陣：有的說新人雖美，禁不得獅吼河東❷；有的說玉珮瑤枝❸，由此波興醋海。你言我語，戲謔不休。惟有喻昆不知就裡，盡著他們說笑，不敢答言，且呆呆的坐在一旁，一言不發。大家見喻昆那種模樣，更覺好笑，爽性大笑起來。喻昆見大家如此，不免頓生疑惑。大家見喻昆疑惑，只得催著李廣開言。李廣會意，即向喻昆說道：「令表妹好個英雄女將，真個是巾幗鬚眉，曾記昔在秦淮大辱劉彪，至今猶歷歷在目。但不知近年以來，曾受誰家禮聘麼？」喻昆道：「舍表妹生性剛強，不受人家挫辱，就是秦淮一事，也不免作得太甚。若問受聘，尚未許字與人。」李廣道：「如未受聘，小弟擬欲多事，為令表妹做個月下老人，不識喻兄尚可不棄否？」喻昆說道：「既承雅誼，敢不相從；但不知誰為坦腹王郎，尚乞指教。」李廣見說，便指著璧人道：「便是雲兄弟，昔在秦淮，偶與令表妹邂逅相遇，一見之後，便自思念不忘，久欲奉請冰人結朱陳之好❹，仙鄉難訪，欲去無由。今又得令表妹力解重圍，足見天緣有定，雲賢弟因此深感救命之恩，將欲借此聊酬大德。不識喻兄意下如何？」喻昆見說，復又將璧人仔細看了一遍，當下答道：「當得遵命，俟小弟

---

❷ 獅吼河東：比喻妒悍的妻子發怒，並借以嘲笑懼內的人。宋洪邁容齋三筆陳季常：「陳慥字季常……自稱『龍丘先生』。好賓客，喜畜聲妓，然其妻柳氏絕凶妒，故東坡有詩云：『龍丘居士亦可憐，談空說有夜不眠。忽聞河東獅子吼，拄杖落手心茫然。』」按，河東是柳姓的郡望，暗指陳妻柳氏。師（獅）子吼，佛家以喻威嚴，陳慥好談佛，故東坡借佛家語以戲之。

❸ 玉珮瑤枝：指兩人相配。玉珮，古人佩掛的玉製裝飾品。瑤枝，玉枝，傳說中仙樹的樹枝。

❹ 朱陳之好：謂兩姓聯姻的情誼。朱陳，古村名。唐白居易朱陳村詩：「徐州古豐縣，有村曰朱陳……一村唯兩姓，世世為婚姻。」後遂用為聯姻的代稱。

回去，與舍表妹說明，便可酌定行止。」此事見喻昆答應，俱皆歡喜，又與雲璧人說笑了一會，這才席散。喻昆就此告辭，回至家中，便將此話告知妻子于氏，說了一遍，然後始告知他的表妹。吳又仙聽說，未免羞容滿面，便沉吟了一會，暗道：「雲公子既為范相之甥，則家世固不必說。又兼他武藝出眾，相貌超群，更加昨夜救駕有功，將來定作國家棟梁，不如定此姻緣，免得飄流無定。」心中想罷，只見他眼含珠淚，粉頸低垂，輕啟朱唇，含羞說道：「念妹子生不逢辰，幼年父母早逝，既無伯叔，又無兄弟，子然一身，至親只有兄長，今兄長命敢不遵從。」說到此間，滿面通紅，忙將衣袖去揩粉面。喻昆見表妹應允，滿心歡喜。余氏亦在旁說道：「難得姑姑能明大義，你明日就代他作主便了。」喻昆答道：「這個自然，毋庸交代。」兄妹三人又談了一回家務雜事，各去安歇。到了次日，正德皇帝就下了一道諭旨，召齊救駕功臣，伺候封賞。眾英雄見綸音❺下逮，即到了王府，朝參聖駕，山呼❻已畢，侍立兩旁。早見值殿官傳道：「宣楚雲上殿。」楚雲聞宣，趨至金階，俯伏在地，稱：「臣楚雲見駕，願吾皇萬歲！」正德睜開龍目，將楚雲一看，大聲讚道：「好個少年美貌將！朕前夜誤中奸謀，險些兒誤中傷了性命，若非卿等竭力救護，朕幾至不保。卿家之功，殆非淺鮮，若不從優封贈，何以酬忠勇之功？今封卿為忠勇侯，世襲罔替，用示朕報酬公忠之至意。」楚雲聞旨，歡喜無限，當即謝恩，侍立階下。正德又傳李廣上殿。李廣山呼已畢，正德即命將家世細細奏聞。李廣遵旨，奏了一遍。正德聞奏，嘆了一聲：「原來卿即是廷珍之子，怪不得忠臣之後仍是忠心。朕感卿獨擋宮門，單刀救主，這樣功勞實也不小，權封

❺ 綸音：皇帝的詔令。

❻ 山呼：猶「嵩呼」。古代臣下祝頌皇帝的儀節。

卿為英武伯之職，俟他日再加封賞。」李廣謝恩退下。正德又降旨道：「蕭子世神機妙算，調度有方，當封為神機軍師。桑黛力殺朱乾，威能敵眾，當封為鎮國將軍。雲璧人、張穀、徐文亮保駕有功，俱封將軍之職。蔣豹血戰眾將，也封將軍。廣明封為威烈禪師。甘寧、鄭九州俱封為總兵。白艷紅捉飛鸞有功，封為將軍。甘十二姑封為總兵。喻昆、吳又仙起義救駕，忠勇可嘉，也封為總兵之職。其餘在事各官俱著加一級。武忠保駕有功，著賞加三級。陣亡各官將士，查出姓名，再行追賞。甘家寨、飛鳳山兩處兵卒，均著改為官兵。一併於偏殿賜宴，即著四大朝臣代朕親陪。所有河南忽遭兵火之災，著豁免錢糧一年。各官休息三天，隨朕回鑾。」此旨一下，諸臣無不感激，當即謝恩退下。正德皇帝也就退朝。當有四大朝臣，邀了眾英雄到偏殿筵宴。白艷紅等三員女將，不便與眾英雄同宴，先行回至喻宅。眾英雄到了偏殿，重復謝恩，各按次序坐定。酒過三巡，李廣問明喻昆作伐之事，喻昆滿口應允道：「但是高攀，未免慚愧。」雲璧人便將婚姻之事，告知范相。范相極口道好，又向喻昆道了謝，喻昆又謙遜了一回。此時桑黛又想起殷麗仙那段姻緣，也就將前項的事告知李廣，求李廣代為作伐。李廣也就與殷霞仙說明，殷霞仙亦即答應。桑黛即於筵前謝過，大家復暢飲起來，直飲到紅日半斜，方才席散告退。光陰迅速，看看已至三日，諸臣保駕回鑾。這也不必細表。再表駱熙、木林二人，自上年十二月十二日，經蕭子世授於錦囊，著他知會登雲山洪錦、傅璧方、左龍、左虎等帶領合山人馬，暗暗一齊前往京都，到元宵拆看錦囊，依計行事。這列位英雄，並合家人馬，早已到了京都，分頭住下，專等元宵之日拆看錦囊，依計而行。看看已至元宵，洪錦等即將蕭子世所授錦囊拆開觀看，以便依計行事。欲知錦囊內是何妙計，且看下回分解。

第五十九回　依密計洪錦退奸賊　慶回朝諸臣見聖君

話道洪錦等將蕭子世所授錦囊到了元宵這日拆開觀看，但見上面寫著：「洪錦、傅璧方、駱熙三人，可帶一千人馬，在午門❶左右埋伏，但聽炮聲，也照前說，可如此對敵，彼即不戰自退。木林、左龍、左虎可帶一千人馬，在後宰門❷外埋伏，但聽炮聲，也照前說行事，自能不戰而成。但宜小心謹慎，勿得有誤。」六人看罷大喜，各按密計，便埋伏去了。暫且放下。再說花球、劉瑾、史洪基三人，於元宵先二日已將所有家小及珍珠細軟，雇用大號官船安頓停當，恐怕行事之後，致遭兵火，故預先以防後路。到了元宵這日，史洪基、花球齊集劉瑾府內，議論了一回，當由劉瑾派令楊珍、馬玉隨同劉彪，並張千、李八百，共帶三千人馬，殺入午門，直入大門，務將玉清王暨太后、王妃、宮妃人等，全行誅戮罄盡。又令刁龍、鄂虎帶領一千人馬，擋住後宰門；又令心腹將士去敵五城兵馬接應之兵；又令心腹往各城門把守，恐有不測，預為歸路。調撥已畢，即與史洪基、花球說道：「孤如此調遣，還怕他飛上天去

---

❶午門：在北京市天安門北、端門之後。皇宮（今故宮）的正門，俗稱「五鳳樓」。始建於明永樂十八年（西元一四二〇年），清順治四年（西元一六四七年）重建。高八米。正中三門，左右各有掖門，城臺上是一座九間重檐廡殿頂的六樓，左右有重檐方亭四座。殿亭巍峨，廊廡相聯，莊嚴宏偉。

❷後宰門：皇宮的側門。

不成？待到五更即登了寶殿，雖有兩班文武各官，還怕那個不從？等到事定之後，再預備抵敵河南軍馬。」洪基、花球也誇讚了一回。看看已到了三更，劉彪即會同楊珍等人併三千人馬，直往午門進發。不一會已到，一聲炮響，劉彪拍馬加鞭，已先馳立午門，手提鋼刀，高聲喝道：「你等朝內各官人等聽著：我乃河南永順王差來的兵馬。只因天子駕幸河南，不數日已經駕崩，我等特奉永順王之命，前來掃清大內❸，指日永順王即來接登寶位。你等如果見機，速速開門納降，將來不乏爵賞；若執迷不悟，大兵攻破，玉石俱焚，那時悔之晚矣。」此時正是大放花燈，軍民人等正在各處觀看，一聞兵燹❹，只聽哭聲載道，各自飛奔。劉彪勒馬午門，威喊了一聲，當有把門侍衛一面飛奔入宮，一面預備拒敵。劉彪只顧在馬上耀武揚威，喝令兵將攻打。正在得意飛揚，大聲喊叫，忽聽一聲吶喊，齊道：「賊子休得猖狂！揚州招英館眾英雄在此！」劉彪聽說，吃驚不小，再兩旁一看，只見從午門左右衝出三個英雄。洪錦當先騎在馬上，指著劉彪罵道：「好大膽的賊子！朝廷不曾負你父子，膽敢心懷叛逆，暗設奸謀，國法難容，天理何在？俺等英雄早已算定，今特帶領十萬雄兵在此，捉你一起狼狽為奸，擅權竊勢，大逆欺君的賊子，好為國家除害、百姓伸冤。你等還不快快下馬受縛！」劉彪聽了這一番言語，已是魂飛膽裂，更兼張千斤、李八百認得洪錦，趕向劉彪說道：「小千歲，這一起果是招英館的人，那鴛鴦臉的便是洪錦，與李廣最是好友。曾記得上年大鬧史相府，與李廣兩人驍勇異常，真有萬夫不當之勇。今據他說招英館大眾英雄在此，更兼十萬雄兵，照此看來，恐難抵敵，還望小千歲作主方好。」劉彪聞他二人之言，更覺魂

❸ 大內：指皇宮。

❹ 兵燹：指因戰亂所遭受的焚燒破壞等災害。燹，野火。

飛魄散，正要打點主意，只見洪錦擺動雙刀，傅璧方擺動長槍，駱煕飛舞雙錘，一齊殺到。當下駱煕又指著劉彪呵呵大笑道：「你可記得鎮江石室之中私藏范相爺，欲要害他性命，後來忽然不見，就是俺將他救出。那時本來就要取你的性命，後來權且寬恕於你等，那知事有注定，今又遭見你這狗頭了。」洪錦亦大笑道：「駱賢弟不必與他答話，早早送他歸陰罷了。」說著，兩刀兩錘，直向劉彪蓋下。此時卻惱了楊珍、馬玉，一聲大喝：「休得有傷千歲，俺來會你！」一拍馬，二人飛出陣來。楊珍接住洪錦，馬玉接住駱煕，四個人戰在一團。傅璧方便擺動長槍，只望劉彪刺來，劉彪趕著用力架住，爭奈他心慌意亂，不敢戀戰，不到三合，早已虛砍一刀，提馬逃走。傅璧方也不追趕，便幫同駱煕、洪錦來戰楊珍、馬玉。此時劉瑾、史洪基、花球三人業已來到，在後面押隊。劉彪逃至後隊，見著劉瑾說明一切。劉瑾聞言十分著急，便道：「李廣這廝前在蘇州，巡撫曾上表章，奏保平定蒲家寨有功，請旨封他官職。說那時是孤王恐他們一入朝廷，我等就有許多不便，因將那道表章按下，未曾入奏。後來爾又云李廣英雄無匹，孤尚不信。豈知今日這廝果然能領兵到此，破孤好事，實在痛恨！但是他既然英雄，又兼羽黨甚多，而且他又有先見之明，孤料河南之舉亦不能如願。與其為他捉住，按了國法，不如即刻退去，再作計議；被他擒捉，後悔無及。」主意已定，立刻傳令鳴金收兵。各兵一聞金聲，正紛紛退下，忽見刁龍、鄂虎騎馬如飛而至。你道刁龍、鄂虎擋住後宰門，如何回來這等快速？原來因木林、左龍等三人擋住，他兩個不敢與戰，又聽金聲，故急趕回。大家會合一處，直如風捲殘雲，連奔帶馳，直往西門逃去。出了西門，劉瑾即傳令吩咐各兵丁全行散去，改換民裝，勿要被人捉住。他卻與劉彪、史洪基、花球、刁龍、鄂虎、楊珍、馬玉、張千斤、李八百九人並心腹家丁等眾，上得大船，率同家眷，連夜開往他處。

後來大家商議道：「此時雖然逃出，朝廷必欲擒拿，中華是斷難居住，不如投向紅毛國，說令該國國王興兵大鬧中華，奪取大明天下，以泄此恨。」因此即帶了家眷，聚集了許多金銀財寶，一齊投入紅毛國去了。後來紅毛國興兵犯境，李廣、楚雲掛帥出征，平定紅毛國，此是後話，暫且不表。再說洪錦、駱熙、傅璧方、左龍、左虎、木林六人，見各賊不戰自退，也就會合一處，好不喜悅。午門內把守各官，見他六人殺退敵兵，即刻飛奏入內，一面開了午門，將洪錦等六人暫在朝房歇息，候代政君傳旨諭話。再說玉清王子與太后、王妃，正在上宮筵宴，共敘天倫之樂，忽見內監報說，正德皇帝在河南被永順王相害，現在永順王起動大兵，前來奪取天下，刻已兵臨午門。太后與玉清王子暨王妃等眾，一聞此言放聲大哭，齊聲罵道：「永順王呀！你是天潢一派，應該共保大明江山，怎麼說騙萬歲觀燈，學那亂臣賊子大逆不道！永順王呀！你這亂臣賊子呀！」正在那裡哭罵不休，又只見內監喜氣揚揚，飛奔報道：「賀千歲王爺、太后娘娘，真是喜從天降，不知那裡來了一支救兵，從空而下，將所有賊兵概行殺退；現在午門聽候傳旨，特報王爺得知。」玉清王子一聞此言，即刻止淚，轉悲為喜，向太后皇娘奏道：「母后請自寬心，臣兒須得升殿，細問明白。」太后准奏。玉清王子即刻出宮升了寶殿，傳旨宣召方才殺退賊兵人眾，上殿諭話。當有黃門官❺傳旨下去，洪錦等六人立刻入朝，俯伏金階❻，山呼已畢。玉清王賜了平身，又問了他六人姓名，又命洪錦等將細情奏上。洪錦等遵旨，即將劉瑾、史洪基、花球三人如何設計，如何遺書永順王，謊騙看燈，就於河南謀逆；劉瑾又如何假辭要奪寶位，現在河南已有人馬前去

---

❺ 黃門官：指宦官。漢代給事內廷有黃門令、中黃門諸官，皆以宦官充任，故稱。

❻ 金階：帝王宮殿的臺階。

救駕，各情節細細奏了一遍。玉清王子聞奏大怒，立刻傳旨，捉拿劉瑾等人，以正國法。畢竟後事如何，且看下回分解。

第六十回　封官賜宅再賞功臣　下詔行文密拿奸黨

話說玉清王見洪錦等將上項各節奏了一遍，才知是劉瑾、史洪基、花球等三人奸計。當時龍顏大怒，立刻傳旨著九門提督、五城兵馬，帶領御林軍，飛速分頭前往史、劉、花三家，不論男女全行捉拿，送交刑部嚴加處治。各官領命，那敢怠慢，立刻飛奔前去。玉清王又命洪錦等暫在驛館❶安歇，俟聖駕回朝，再行封賞。洪錦等謝恩退出，又將帶來兵馬安頓妥當，才回館驛。玉清王退朝，又將以上各情，奏知國母。從此，玉清王母子及朝內各官，日望君王聖駕。這一日，飛馬報道：「聖駕已回。」玉清王即率領在朝文武各官，出城郊迎十里。正德皇帝一見玉清王帶了各官迎到，好不歡喜。玉清王及各官等跪接已畢，正德皇帝輕啟御口說道：「朕駕幸喜回朝。」不一會進了午門，聖駕登了寶殿，各官朝參已畢，聖上均賜平身，站立兩旁。正德皇帝輕啟御口說道：「朕駕幸河南，只以為觀燈祝壽，不料皇叔設下奸計，欲於元宵佳節謀害朕。若非招英館諸人，帶領兵馬前來救駕，朕竟不能回朝。後來據奏，皇叔雖大逆欺君，尚係為人誘惑；朕追問至再，方知劉瑾、史洪基居心不法，共設奸謀，遺書皇叔，想圖謀江山。該閹等一面又約定元宵在朝內舉事。似此奸謀，雖夷族不足以雪其恨！究竟元宵那日劉瑾等曾否作亂，諸卿可細細奏來。」當有玉清王出班，將以上各情節，並洪錦等殺退賊兵的話，細細奏了一遍。正德皇

❶ 驛館：古時京城中接待遞送公文的人或來京城的官員暫住的處所。

帝大怒，便問道：「王兒，劉瑾等既如此作亂，曾否立派各官，帶領兵馬，四處兜拿，並抄查他三家產業，拘拿家小呢？」玉清王奏道：「臣兒也曾立刻派令九門提督、五城兵馬司，率領羽林軍，分頭前往捉拿，並拘拿家小，查抄產業。旋據該提督復奏：劉瑾業已率領家小，預先在逃，各處兜拿，並無踪跡。臣兒又派令都察院❷前往查抄。前據都察院奏，並無細軟，只有粗笨各物，顯係該逆賊設謀已久。所幸招英館諸人有先見之明，前來保護，不然幾遭該逆賊所算。」正德皇帝聞奏，即傳旨著都察院具奏。當下都察院楊修俯伏奏道：「臣奉王旨，前往劉瑾、史洪基、花球三家抄查家產，所有金銀細軟，委係全無，為該逆賊預先攜帶逃遁，僅存粗重各物。臣當即封鎖，今有抄單❸，恭呈御覽。」天子閱單已畢，即傳旨下去，逆賊劉瑾所遺房產宅第，即著賜忠勇侯楚雲；史洪基所遺宅第，著賜英武伯李廣，各在內安住；所有一概物件，均著一併賞給其餘諸將，應著自己擇地，建設衙署，所需款項，准其核實，向工部❹具領。李廣、楚雲遵旨，出班俯伏奏道：「臣等叩謝。」俯伏已畢，仍自暫立階下。正德又傳旨，宣洪錦等六人上殿。洪錦等跪倒金階，口呼：「萬歲，臣洪錦、傅壁方、木林、駱熙、左龍、左虎見駕，願吾皇萬歲，萬萬歲！」天子閃開龍目，先將洪錦一看，不覺嚇了一跳，因暗道：「怎麼生得如此奇形可怕？劉瑾那一起逆賊，幸虧仗了他一班英雄們，方能平定。今看見他這個模樣，也有些膽寒。又想道：

❷ 都察院：官署名。漢以後歷代都有御史臺，明初改設都察院。長官為左、右都御史。又分十三道，設置監察御史，巡按州縣，考察官吏。

❸ 抄單：查抄物品的清單。

❹ 工部：官署名。為六部之一，掌管各項工程、工匠、屯田、水利、交通等政令，長官為工部尚書。歷代相沿不改。清末改為農工商部。

天下竟有如此異樣之人，倒也奇怪。朕這九五之位，與那玉清世子並母后皇娘王妃等眾，若不虧他前來保護，朕雖自能回朝，也不能見母后等一家骨肉了。他雖生得異相奇形，總是朕的極大功臣，何能以貌取人，輕視英雄豪傑，使天下臣民異心。也須封他一位大官，方可酬他的勛績。」心中想罷，即降旨傳道：「洪錦、傅璧方、駱熙，扶王逐賊，忠勇可嘉，均著封一品大將軍之職。木林、左龍、左虎護衛有功，均著封總兵，隨同保駕。」洪錦等六人聞旨，均磕頭謝恩退下。正德退朝，百官各散。聖駕退入後宮，見著太后、王妃，自有一番悲喜交集，不在話下。且說李廣等眾位兄弟出得午門，一齊上馬，按轡而行，不一會已至王府。李廣、楚雲各就欽賜宅第進去先看一遍，當即派令家丁，傳齊工匠，即日興工，隨意修飾。其餘諸兄弟，也就於兩處分別住下，一面各自擇地，飭匠建造衙署。李廣、楚雲及諸人又各修好家書，著人遞送回籍。這日聖上又賜了幾桌筵宴，李廣、楚雲又率領諸人上朝謝恩，接著在朝各官前來拜謁。李廣、楚雲又各處回拜，范相又將駱熙、木林認為己子。本來范相在鎮江時，因被劉彪困入石室，多虧木、駱二人救出。那時范相感謝他二人恩義，又因自己無子，當時即叫他二人拜認過了。後來回朝復命，范相又未去尋，便是木、駱二人也未進京。今日聚會一處，范相因他二人保護朝廷，有功聖眷，又極榮寵，俱各封了官職，自己好不喜悅，即將木、駱二人帶入相府，拜見夫人、小姐，認為母妹。范相又因拜繼義子是件喜事，復又大擺筵宴，邀請李廣等人大宴三日。李廣、楚雲也因沐邀聖眷，賜第封爵，也就各擺筵宴，邀請在朝各官。因此在朝各官，如殷霞仙、武忠、鄭峰等以及六部九卿，皆挨次請宴，足足鬧了一個多月，才算清楚。再說正德皇帝因想起劉瑾等那班逆賊，切齒痛恨，因又降旨著令各省府州縣，無論軍民人等，一體拿獲。畢竟後事如何，且看下回分解。

第六十一回　論姻緣母子談衷曲　泄言語姐妹吐真情

話說李廣等入府第，修飾的修飾，起造的起造。各人又修了家書，差人馳往本籍，迎接各位太夫人，足足忙了有一個多月。這日殷霞仙偶與太夫人談道：「驚鴻妹子雖已前由李廣作伐，匹配桑黛，今日大功告成，我想桑黛不日便要擇吉迎娶。孩兒有一事尚要與母親斟酌，吾想妹子麗仙，現在年已不小，桑黛人品出眾，武藝超群，將來尚不止於此，孩兒之意，擬將麗仙妹匹配與他。好在驚鴻妹子與麗仙妹子也極相洽，同事一夫，想他二人無甚不願之意；而且孩兒在河南時，若不虧桑黛相救，定有性命之虞。今者若以麗仙妹子匹配桑黛，正是淑女配君子，極其相宜。而況桑黛現為將軍，不必說兩房家眷，即三房也不算為僭越。未知母親意下如何？」殷夫人道：「孩兒所見甚是，為娘的亦有此意。不但為娘的亦有此意，即是駱家伯母，前會見過桑黛，也早與晉家伯母說道：『欲將秋霞小姐配與桑郎。』我看此事倒也很好，而況駱秋霞為娘也曾見過，亦復端莊賢淑，與麗仙、驚鴻不相上下，將來同事一夫，必能和諧到老的。」霞仙聽罷，便大喜道：「母親，既是駱家伯母也有此意將秋霞配與桑黛，母親可知道現在范相已認駱熙為己子？這事孩兒與范相便先說明，等候駱家伯母到京之時，只須請范相一說，駱家伯母再無不准之理。」殷夫人道：「我們雖有此意與桑郎聯姻，總不能面訂，必得還要請兩個媒人，方為合理。自古道：『伐柯如何，匪斧不克。娶妻如何，匪媒不得❶。』這兩句話，可不能少的呀！」霞仙道：

「此是古理，何可偏廢？而況婚姻大事，媒人定少不了，孩兒早已議及此，明日還是請李廣作一個男家媒人。當日驚鴻妹子允配桑黛時，晉家的媒人卻是駱熙，今駱家伯母也有意將秋霞相配桑黛，這駱熙不但不能為我家的女媒，便是晉家的女媒他也不便作了。不如改請武提督為女媒人，可借他二人的全福。」殷夫人道：「我兒所言甚合我意。你明日便去先與李賢侄言明，再去請武大人。兩人說定以後，便可請他二人向桑黛去說，還要他應允，也就可以擇良辰行聘了。」殷霞仙答應。殷夫人道：「我兒，你何日往范丞相那裡去說呢？」霞仙道：「等將我家的事定，就可以去范相那裡說合了。」殷夫人大喜。此時晉驚鴻的婢女素琴聽見這話，早進了內室，去告訴驚鴻道：「小婢子告訴小姐一件大喜事，方才殷少老爺與殷老夫人說及，因為姑老爺在河南救他，現欲將麗仙小姐匹配姑爺，老夫人現已應允。小姐，你看這件事可是天從人願麼？將來小姐過門之後，閨中也多一個知己的良友，你道可喜不可喜呢？」驚鴻聞言，亦甚歡喜，因道：「你這話可真麼？」素琴道：「誰騙小姐來，若沒有這話，婢子還敢造言麼？不但如此，而且殷家老夫人還說，駱老夫人曾經與我們家夫人說過，也欲將駱秋霞小姐匹配於我家姑爺。殷少爺也答應說是很好；又說現在范丞相已經認少爺做了兒子，等將自己的說定，便去范丞相那裡說明，等到駱夫人到京時候，再請媒人前去作合。男女家媒人已經定了，預備男家請英武伯為媒，女家請武大人為媒。本來預備請駱少爺為女媒，因為駱夫人有意將駱秋霞小姐配給姑爺，恐怕隨後不便，因此改請武大人。小姐呀！不料當日皆算是同難之人，如今同聚在一起，這也是一件美滿之事；而況駱秋霞小姐與小姐性情相投，日後同配一位姑爺，那閨房之內，真個是說不盡的風流美滿了，連婢子看著真個可羨！」

❶ 伐柯如何四句：此句出自詩經豳風伐柯。後因以「伐柯」謂作媒。稱媒人為「伐柯人」。

驚鴻聽罷，也歡喜無限，因道：「你可不許逢人亂說，你我名雖主僕，實如姐妹。但是麗仙小姐可不能如你我，須尊重些才好。」此時驚鴻卻不知道麗仙早已與桑黛私訂終身，當下便輕移蓮步，帶了素琴過去麗仙房內。麗仙迎接進去，驚鴻便笑道：「姐姐，大喜呀！」麗仙訝然道：「小妹有何喜事，勞姐姐道賀？」驚鴻笑道：「姐姐豈尚不知麼？」麗仙道：「妹子何由得知？究竟所為何事？」驚鴻道：「適才聞得哥哥與伯母言及桑郎，欲將姐姐匹配與桑郎。所以妹子一聞此言，特地過來為姐姐道喜的。姐姐豈不知道麼？」麗仙一聞此言，面上不覺一陣微紅，若有含羞之態，暗中卻是歡喜無限，因道：「小妹與姐姐名雖異姓，實似同胞，果是真有此事，又何必瞞著姐姐呢？」驚鴻於是便將前項的話說了一遍。麗仙道：「若駱家伯母也有此意，你我二人真是天假之緣了。不過鴉隨彩鳳，自顧殊赧顏耳！」驚鴻道：「以姐姐之才與貌，小妹幸與同列，這鴉隨彩鳳之語，在姐姐卻如此言，小妹尚不屑言；而況姐姐今日故作此言，使小妹更居何地呢？」素琴在旁見他們二人彼此謙遜，因插口說道：「不是婢子多言，兩位小姐皆是才貌全美，不分上下，擺在天平內一個半斤，一個八兩，還有什麼客氣呢？若如婢子，真個是鴉隨彩鳳呢。」素琴這句話才說完，只見殷麗仙說出一句大意話來。因道：「你也不必說鴉隨彩鳳，就是我們還要先讓你占一籌，不然桑郎怎麼得有今日呢？」這句話衝口說出，忽然知道大意，不覺面紅過耳，好不羞慚！驚鴻、素琴二人聽他說了這話，已經詫異，又見他面紅過耳，早已猜出八九分了。因追問：「桑郎之得有今日，照姐姐如此說法，何以又多虧素琴呢？桑郎莫非曾向姐姐言過麼？我輩深處閨中，本不當作那有玷聲名一事，然事當倉猝，聊作權宜，只有白璧無瑕，不欺暗室，也可借為補救。小妹之事，姐姐早已盡知，不然如何說出這句話來？今日姐姐既知小妹的底蘊，想姐姐亦定與小妹同情，究竟當日桑郎易弁而釵之時若何光景？尚望姐姐明白一言，好使小妹疑團得釋。」麗仙聽了這句話，料難隱瞞，只得紅著臉說道：「昔日之事，皆姐姐害我。然桑郎之不欺暗室，也實可敬！因此小妹也就作了個權宜之計，暗效姐姐之所為，如今變成同是邯鄲道上人❷了。今日小妹將以前實情悉數說出，尚乞姐姐隱瞞，謹慎所為，但可為知者道，不足為外人言。雖無外項情節，然而人之多言，亦可畏也。牆茨之詩❸，不得不格外隱秘。」驚鴻道：「姐姐便請放心！好在我輩皆是白璧無瑕，心皆可表；金人緘口❹，豈待姐姐囑咐，而在小妹始知耶？所願將來同事桑郎，勿稍訢誶。且此中人語，切不可為駱氏知之。」麗仙道：「所謂心心相印者，惟我兩人而已。」素琴在旁復又笑道：「非是婢子多言，此中人語，恐不僅心心相印只有兩人。兩位小姐所怕者人之多言，獨不怕婢子將春光漏泄麼？」驚鴻佯怒道：「非爾所為，我二人何能有昔日之事？」素琴又笑道：「非婢子所為，兩位小姐又何能有今日之事呢？如此看來，李公子與武大人不過作現成一個冰人，其所以美滿者，婢子竟要居一個月老了。」驚鴻一聽此言，正要回他的話，忽見有個小丫頭進來說道：「老夫人請二位小姐說話。」不知說些什麼話來，且看下回分解。

❷ 邯鄲道上人：比喻虛幻之路上的同行人。此典本出自唐沈既濟枕中記。枕中記載：盧生在邯鄲店中遇道士呂翁，用其所授瓷枕，睡夢中歷數十年富貴榮華。及醒，店主炊黃粱未熟。後因以「邯鄲夢」喻虛幻之事，邯鄲道比喻虛幻之路。

❸ 牆茨之詩：詩經鄘風牆有茨：「牆有茨，不可埽也。中冓之言，不可道也。所可道也，言之醜也。」意謂想掃除牆上的蒺藜，卻擔心壞牆毀家。詩序以為此詩係刺衛宣公妻宣姜氏私通公子頑之淫亂之事。後因用以喻閨門淫亂。中冓，內室，指閨門以內。

❹ 金人緘口：金人即銅人。史記秦始皇本紀：「金人十二，重各千石，置廷宮中。」孔子家語觀周：「遂入太祖后稷之廟，廟堂右階之前有金人焉，三緘其口，而銘其背曰：『此古之慎言人也。』」

第六十二回　英武伯二次作冰人　玉清王一番疑楚女

話說素琴說了兩句話，晉驚鴻正要去搶白他，忽見小丫頭進來說道：「老夫人請二位小姐。」殷麗仙與晉驚鴻二人聞言，即站起身來，同著小丫頭出去，素琴也就跟出房門。麗仙、驚鴻來到老夫人房內，坐在一旁，這殷夫人便向驚鴻說道：「方才霞仙兒言及你妹妹的姻事，竟欲與我兒同適桑公子，我意亦覺甚好。你們兩姐妹平時性情又好，又談得來，我答應霞仙兒請媒說合。雖不知桑公子允與不允，我可欲先與為兒的商量一回，萬一天假之緣，將來同事一人，你妹妹不諳事體，總要我兒體諒他些才好。」驚鴻聽了這番話，回答也不是，不回答也不是，只顧紅著個臉兒，一言不發。殷夫人看著，知道他不好回答，只得自己又對他說道：「我原知你兩姐妹平時尤勝同胞，不必過慮，我卻不得不託你一番。如果成事，惟有望你姐妹二人宜室宜家便了。」說著，恰好使女搶步而來，說請用午膳，當下老夫人便帶著兩位小姐出去吃飯。看官，你道晉驚鴻為何也在殷家？只因晉游龍自桑黛求婚之後，不到一年，他母子雙亡，只剩下醋大娘子與驚鴻小姐，還有一個小孩兒，是醋大娘子所生。驚鴻本來與殷老夫人性投意合，猶如母女一般，那時殷老夫人看他姑嫂二人帶著一個小孩兒，煢煢孑立❶，雖有些家產，也就沒人照應；兼之一個孀婦，一個處女，領著些家丁住在一起，甚不方便，因此將晉家姑嫂接了過來，一切家產代他

❶ 煢煢孑立：孤獨無依的樣子。

理問。後來殷霞仙將他母親接往京都❷侍奉，所以一起同來。此時驚鴻已拜與殷夫人為女。殷夫人待這驚鴻如同自己所生一般，麗仙與驚鴻也是如同胞一樣。閑話休表。且說殷霞仙自與他母親議論之後，次日便去尋李廣，將此話說明。李廣便告訴桑黛，又將晉驚鴻現住殷家之話說了一遍。桑黛聞言，正中心懷，暗道：「此真天假之緣，我本來要將此事說明，與大哥商量，其所以不言者，實在礙於啟齒。難得他現在來向我說，更是天衣無縫的文章了。」當下假意向李廣辭道：「雖承殷兄青眼，爭奈小弟已聘定在先，怎好再議及此事？尚望大哥善言卻之。」李廣道：「賢弟差矣！霞仙兄豈不知賢弟已聘晉氏小姐？況且晉氏小姐現在他家中，若有窒礙難行之事，他也絕不來向愚兄說及此事。今來央我為媒，可見他們慕賢弟已久，此事如何辭得？還有一件事，爽性全告訴你罷。霞仙兄還說及當日賢弟所救的那駱氏小姐，駱夫人曾與晉家太太說過，也要匹配賢弟。昨殷老伯母也曾提及此事，要使霞仙兄先向范相說明，因駱熙賢弟范相已認為己子，故宜請范相作主，霞仙兄並囑愚兄先與賢弟說明，使賢弟將他妹子應允下來，便使愚兄再與范相一說，然後等駱老伯母與駱熙到京之時，再與駱家求取年庚八字。賢弟你真好艷福，人家修也修不到，你可不要故辭了。」桑黛聽了此言，真是樂得心花都開了，當下便道：「既承大哥一再諄囑，小弟那敢不依？特恐桑黛無福消受，有負殷、駱兩家美情，那時未免徒呼負負呢！」李廣道：「你也太做作了，只要你將晉、殷、駱三家小姐一例相看，毫無輕重，這又有什麼徒呼負負呢？」桑黛無言可答，只得允從。當日即往殷家告訴，霞仙知道桑黛業已許可，便進去稟知母親，殷夫人好生歡喜。霞仙退出外堂，又陪了李廣說了些閑話，然後復向李廣道：「范相處即便仰煩兄台且去一說。好在駱將

❷京都：京城。

軍與駱家伯母早晚也可到京，等待他一經到了，就可一面說定，一面使桑黛擇日行禮。」李廣稱是，當下辭別回府。次日即整衣冠去范相之處，到了門首，投進名帖，當下門官通報進去。范相見是李廣來拜，即刻請見。李廣進入大廳，與范相行禮已畢，分賓主坐定，有人獻上茶來。李廣開言說道：「一向有疏拜候，半以俗事牽纏，半以無事不敢屢詣台府，恐勞公務，歉罪之至！」范相道：「便是某亦少往候。」李廣道：「各府家眷計算日期，月內當可安抵矣。」范相道：「連日諸位英才想皆常聚。」李廣道：「除駱、木二位往接家眷，其餘皆常聚的。便是小侄今日前來，因學士霞仙兄有一事囑小侄前來奉稟。」范相道：「殷年兄有何事見示？」李廣道：「只因霞仙兄有一胞妹，昨日挽小侄作伐，配與桑黛為妻，他們均已應允。惟駱弟有一堂妹喚秋霞，前者誤入晉家莊，為晉游龍所劫，後來是桑黛救出。駱老伯母當時即有將秋霞小姐配與桑黛的意思，曾經與殷老伯母言過。昨日殷老伯母因談及己女，便想到駱老伯母之言，囑令霞仙兄轉囑小侄至老伯前一言。為其駱賢弟既為老伯之子，則秋霞小姐亦即為老伯之子女，故囑小侄先與老伯一言。便是桑黛亦再三面囑小侄於老伯前相求。尚求鼎諾為幸。」范相聞言，大喜道：「桑賢侄為棟梁之材，殷、駱兩家既有此意，某亦何樂不為？而況成此美滿，使男有室而女有家，真是可喜可羨！一俟駱夫人到來，某即說明便了。所有妝奩，皆某備辦。但粗俗之物，尚望賢侄與桑賢侄一言，請他不必見笑。」李廣道：「老伯之言未免太存客氣了。即蒙老伯見允，桑賢弟已感激不暇，還有什麼奢望呢？」當下又說了些閑話，即便告辭而去。出了相府門來，未及回府，便走至殷家，將此話告知霞仙。殷霞仙也自歡喜，當日便留李廣午飯，飯後李廣回府，又將此話告知桑黛。此時楚雲等一班兄弟，也就與桑黛調侃了一回，皆道他何以修得這般艷福。那邊范丞相自李廣走後，也就將李廣為駱秋霞作伐配與桑黛，及殷霞仙的妹子亦願配與桑黛為妻的話告訴夫人。范夫人也覺得是一件極美的事，因也說道：「將來所有的妝奩，皆是我們這裡辦便了。好在你我又無多兒女，只當多生一個女兒，也要陪他出嫁的。」范相道：「夫人之意甚合我意，此言我已與李賢侄說過了。」范夫人也大歡喜，只等駱夫人到京，即便辦理此事。閑話休表。且說李廣一眾兄弟，終日在府毫無他事，惟有歡呼暢飲，取樂而已。這日眾位兄弟正坐在書房閑話，忽見家丁進來道：「玉清王駕到。」眾兄弟聞報，即刻迎接出去，到了大門外，一齊跪接。玉清王駕到，趕著下輦，口中嚷道：「諸君免參。」說著一抬手，將楚雲挽起，口中說道：「卿要算國家第一有功之人，孤何敢勞卿等跪接！」一面說，一面挽起楚雲，走入中堂。玉清王坐定，也命眾英雄坐下，書僮跪進香茗。玉清王恰好與楚雲並坐，一面閑談，一面凝神直觀楚雲，看來只覺得楚雲國色天香，驚人奪目，心中狐疑，暗道：「孤真不信，天下男子有如此嬌美，好不令人難解疑團。」不覺心蕩神搖，按捺不住。玉清王本是個風流王子，見了楚雲那種嬌羞情狀，那得不心蕩神搖，魂飄難定，因即帶笑問道：「孤有一事可疑，以楚卿如此嬌軀，如此艷色，人道潘安美貌，孤恐潘安再世，也不能與卿抗衡，且恐潘安終要遜卿一籌。貌之嬌美，身之柔弱，二者如卿，或者普天下容亦有之。第不信以卿之嬌之美，復以卿之柔之弱，能於百萬軍中取上將之頭，如探囊取物。孤真莫測卿之為人為神，抑為仙女之化身麼？」一面說，一面細意熨貼，只是注目凝神，評論他的品貌。不知玉清王可曾看出什麼破綻，且看下回分解。

第六十三回　甚願同盟難償本願　有心認母莫決初心

話說玉清王注目凝神直視，楚雲先被他看了一回，又被他問了一遍，真個被玉清王看得好生羞赧，不覺面泛桃花，一片淡紅直暈過耳，卻又恐為玉清王看破，只得借別事走到旁邊去了。尚幸玉清王未曾留意，當下又與李廣等言道：「孤見眾卿情同意合，實是可羨！雖為王子，其如獨居寡聞，頗無意味。孤有一事，願與眾卿熟商，從今以後，只可略分言情，不可拘執君臣之禮。孤意擬與諸君同為盟兄弟，焚香一拜，自今以後，便可以兄弟相稱，略去君臣之分了。」李廣聞聽此言，趕作鞠躬言道：「君臣之義，人之大倫，千歲❶雖可脫略，臣等萬萬不敢僭越，尚求千歲格外原諒。」玉清王嘆道：「卿等此言，孤豈不知大倫難廢？只可恨孤當日為什麼要做一個王子，以致不能與眾卿同列雁序，實是可恨之至！但現在眾卿既以孤有君臣之義，礙難允許同盟，孤也不能勉強，惟是孤與眾卿同飲一會，此事尚不知可允否？」李廣道：「臣等敢不遵命！」當下便命庖人備了二桌上等筵宴，一會子酒席擺出，當下李廣跪請入席，其餘諸人亦皆環跪兩旁。玉清王一見，跌足❷說道：「眾卿又鬧這禮節了。眾卿雖不肯與孤同盟，要存君臣之義，亦何必如此拘執？孤今要在此午飯，實欲與眾卿暢飲一會，卿等如此多禮，反令孤豪興

❶ 千歲：封建時代稱太子、王公等為千歲，常見於小說、戲曲中。
❷ 跌足：頓足。

頓掃了。可速收去此等儀文，勿使孤一再掃興！」李廣等也不敢違旨，只得起立兩旁，請玉清王上面坐定。李廣進了酒，然後大家挨次坐下，真是歡呼暢飲，直飲至日落西山，玉清王方才回輦，李廣等直至大門外跪送而去。大家復入書房嘆讚一回：「玉清王禮賢下士，真不愧為仁愛王子。」惟有楚雲在旁，暗自說道：「王子雖然仁愛，但是他舉動風流，語言近狎，於我尤甚。我不可不細心防備，切莫再如劉彪那賊子所為。」想到此間，頗深不悅，不覺斜倚几席，無言寂靜。李廣在旁見他面帶不豫之色，因向前問道：「賢弟何事不滿心意？莫非因邇來布置過勞，以致身體不爽麼？」徐文亮聽說，急用手指在茶几上連連叩道：「大哥之言，真正通極，非大哥不能道出此言。所謂人生得一知己，可以無憾，其即大哥與蠻卿之謂乎！」話猶未完，又見張穀在一旁指著楚雲說道：「楚兄切莫聽信大哥之言語，他全是一片假意殷勤，此時軟語溫存，耐人動聽，等到那洪氏嫂嫂一到，他便改變心腸，將這一種柔情，又移到他身上去了。所謂只見新人笑，那見舊人哭。楚兄何必受他籠絡呢？」楚雲正是心中不悅，一聽此言，登時怒氣交加，桃花減色，站起身來，叉手而立，向張穀說道：「難道我是與諸君解悶的麼？從今以後，若再戲言相謔，可不要怪我變了臉，認不得同盟。」楚雲正是怒不可言，齗齗❸而道，那知張穀見怪不怪，反更拍手大笑道：「蠻卿底事如此嬌嗔？平日間嬌笑怒罵，並未見稍有嗔怪，今日君猶是君，我猶是我，語言戲謔，猶如昔日情形，忽然嗔怪非常，難道你倚仗封侯，便來挾制我輩麼？」一面說，一面走近跟前，雙手扯住楚雲衣服，口中說道：「楚兄楚兄，是否是否？請兄速速明言，好令小弟遵命。」楚雲見如此嬉皮笑臉，也就止不住笑道：「天下嬉皮笑臉的人要算你第一了。」桑黛在旁也就笑道：「我有

❸ 齗齗：音ㄧㄣˊ ㄧㄣˊ。忿嫉。

兩句詩，可送楚賢弟：卿卿真可愛，宜喜更宜嗔！」說得大家笑個不住。楚雲還思發作，恰好晚膳擺上，大家便同用晚膳。一會兒膳畢，各人又說笑了一會，各去安寢。當晚無有話說。不意光陰迅速，忽報各處府第均已修造得齊整，眾兄弟各進本宅居住。惟有那張穀有府第修造完美，卻不去居住，仍與李廣相隨。這且不表。再說雲璧人這日正在府中納悶，忽見家丁報進說道：「老太太已由淮安到了。」雲璧人聞報，趕即迎接出去，早見一乘大轎抬到前廳，當下僕婦丫鬟將雲夫人扶下轎來。接著又是兩乘小轎，便是雲璧人兩個姬人，也由丫鬟僕婦扶下了轎。雲璧人就扶著雲老夫人進了內室，參拜已畢。夫人坐下便向璧人說道：「我兒久戀他鄉，不思老母。雖說今日功名成就，你終脫不了個不孝之名。你豈不知父母在，不遠遊？爾父雖已去世，尚有我老母在，爾竟違背聖言，只戀朋友，不思老母。而況我所生只有一子一女，爾妹子至今杳無消息；又不知他死活存亡，爾再遠遊不歸，怎不使為娘的有倚閭之望❹？我兒呀！你真對不起為娘了！」說罷，長嘆不已。雲璧人此時趕著跪下，說道：「孩兒久違膝下，有缺晨昏，實是罪該萬死！惟妹子的消息，雖未曾打聽實在，據蕭子世所言，將來一定可見面，母親切勿憂煩！」雲氏夫人問道：「這蕭子世果係何人？他怎麼知道你妹子尚在，將來還可與為娘的見面呢？你且站起來，可細細告訴為娘的知道。」雲璧人答應，站起身來，立在一旁，便將蕭子世所說各節，細細與雲氏夫人說了一遍。雲氏夫人道：「但願蕭君之言靈驗，為娘的雖死也可瞑目了。」雲璧人道：「蕭子世靈驗如神，毫不差謬，將來定能如他所言。」雲氏夫人道：「但願如此。」說罷，只見兩個姬人上來向璧人行禮，璧人用手扶起。雲老夫人復又說道：「我兒不在家中，為娘所有各事，還可虧他二人細心服侍，不

❹ 倚閭之望：形容父母盼望子女歸來的殷切心情。

然為娘更無所適從了。」璧人道：「這是二人應為之事，何勞母親掛齒呢？」母子談了一會，又見外面家丁將衣籠物件搬了進來，當即分別安置定妥了。光陰易過，早又是金烏❺西墜，玉兔❻東升，大家用過晚膳，先將雲夫人服侍安睡，然後璧人進房，便與那瑤枝、玉珮兩個姬人暢敘闊別情形。雲府骨肉團圓，自是一件極大喜事，合家歡樂，自不待言。卻觸惱一個百戰沙場，功高麟閣❼，易釵而弁的佳人。

這楚雲聞說雲夫人已經到京，他心中好大悲痛，便自倒入羅幃，涕泗沾襟，暗暗嘆道：「我的娘親呀！可知道兒在目前，不能面認，親顏咫尺，一似旁人，孩兒不孝之罪，莫大於此了！呀呵！吾那親娘呀！孩兒之罪，既大且極。孩兒還有一件為難之事，明日諸位盟兄盟弟來約孩兒前去參拜，那時若以親娘當作同盟伯母一般看待，怎教孩兒忍心處此？且令孩兒設身處地，怎能不痛徹心腸！萬一因傷病之餘，表裡行藏為人識破，不但為眾人嘲笑，還恐罪犯欺君，這教我如何處置呢？」復又恨道：「咳！這也顧不得許多了，且把欺君之事放在一旁，明日認了母親，再作道理。天下事盡忠難盡孝，全孝便不能全忠，我與其就不孝而全忠，何如就不忠而盡孝？而況不忠或不得盡孝之義，未有不孝而能全盡忠之名。我志已堅，我心已決，雖將來功封王位，也不能顧這勛名了。」那知才想到此，忽又動念道：「呵呀！楚卿呀！你敢是胡思亂想，在這裡做夢不成麼？既為國家棟梁之臣，何能復作閨中女子？若是一朝變易，豈

❺ 金烏：古代神話謂太陽中有三足烏，因用為太陽的別稱。

❻ 玉兔：神話傳說謂月中有白兔，因用為月的代稱。

❼ 麟閣：即「麒麟閣」。漢代閣名。在未央宮中。漢宣帝時曾圖霍光等十一功臣像於閣上，以表揚其功績。封建時代多以畫像於「麒麟閣」表示卓越功勛和最高的榮譽。

不笑殺朝中文武諸臣？雖然孝道有虧，也只好忍而處此。改變之事，是萬萬不能做的。」頃刻間萬緒千頭，毫無定見，真個是芳心一片，猶如萬箭攢來。又想了一會，才算按定心情，細細想道：「楚卿呀！你平時聰明自許，怎麼現在如此糊塗？明放著有個兩全之計，爾自做去便了。明日母親若是認不出，我便喬裝一世，了卻殘生；設若母親為我思念難忘，萬分苦惱，我便瞞著諸人暗自去認，也可差慰老人之心！如此行來，有何不可？我何必盡在此胡思亂想，徒亂心緒呢？」想到此間，方有定見。當下拭了淚痕，出了羅帳，一旁悶坐，恰好伴蘭小使送進茶來，一見主人兩眼俱是通紅，煞是疑惑。畢竟伴蘭曾問什麼話來，且看下回分解。

第六十四回　小嬌娃強忍背親娘　賢舅氏痛極思甥女

話說伴蘭小使見楚雲面帶啼痕，知道他心中定有一件淒楚之事，卻也不敢動問，只得放下茶而去。一會子擺出晚膳，楚雲勉強用了少許，即便歸寢，一宿無話。次日一早，李廣等人竟是前來約他同往雲府，拜見雲老夫人，楚雲只得相隨同去。不一刻到了雲府，璧人接進坐定。李廣備言一切，璧人便進內稟知。雲老夫人登時也就來至大廳，李廣等參見已畢，雲老夫人相謝一番，請各人坐下。李廣細看雲夫人目角眉梢，頗似楚雲模樣，又與璧人大略相同。復又將楚雲看了一遍，楚雲與雲夫人的面貌不甚相訛，心中暗暗稱奇。此時楚雲可實在忍不住「悲傷」兩字，八載相離，一朝見面，而又不能公然面認，只得暫忍悲傷，藉觀兩旁的字畫。所幸雲夫人與諸人稍敘了兩句寒溫，就進入內室。這日雲璧人便留李廣等午飯，大家直飲到紅日西墜，方才散去。過了兩日，先是駱熙與木林將駱老夫人與秋霞小姐接到，當即至范府居住。駱夫人與范夫人頗稱相得，范小姐與駱小姐亦復情投意合。李廣等眾兄弟，聞說駱夫人已到，也一同來至范府，拜見駱夫人，這也不必細表。又過了兩日，徐府、李府兩家的家眷並隨同錢老夫人、白老夫人、甘氏太太、洪老夫人，一齊都到。當下人夫轎馬，落亂紛紛，便即來李府分別安置。錢老夫人與錢小姐仍在李府住下，其餘各回新造府第。惟有徐府仍與李府並排，外面雖是兩道大門，各是各家，內裡還有門可通，與杭州府第無二。算是忙碌了兩日，粗有規模，箱籠物件，亦復安設妥當。到了次日，楚雲便先自一人到來，當下便問李廣道：「頃聞大哥與徐府兩家的家眷俱已到來，如何家母尚不見同到？小弟甚是疑惑。」李廣道：「賢弟勿慮！容愚兄一問便知。」說著，便走進去向他母親問了一遍，復又出來與楚雲說：「賢弟，因伯母執意返金陵收拾家事，是以家母先至，言不日來京，那時賢弟相會不遲。」楚雲聽罷，怏怏而去，不提。且說雲夫人既已來京，他的胞兄范其鸞聞知，特於次日同夫人至雲府相會。雲夫人聞報，即命璧人請入內廳。相見禮畢，獻茶落座，略敘別後情形，俱各嘆惜不已。范相忽道：「目下有一奇事，妹妹知道否？」雲夫人問道：「哥哥有何奇事？」范相手理長鬚，一聲長嘆道：「妹妹你可記得妹夫在日，與兵部尚書李公契好，那年元宵佳節，吾妹去李府賀節，李夫人與吾妹酒席間曾議及兒女姻事，吾妹曾將甥女韡娘允配李公子寧馨郎為室麼？」雲夫人驚訝道：「事誠有之，何以吾兄現在提及？」答道：「非因甥女有了消息，只因英武伯李廣是當日李公兵部之子，他卻就是寧馨，兄在河南曾於閑談中得其名字。現在李廣有此功勞，真為國家棟梁。吾那甥女如果在此，則一對玉人夫婦，豈不令人可羨？只可惜韡娘杳無音信，不知生死存亡，天地間竟有如此缺陷之事，豈不令人可嘆可惜！」雲夫人一聞此言，登時痛入心腸，兩目流淚，因即恨道：「前日我見李廣那一表丰姿，真乃當世英俊，那知他便是寧馨。吾卻不怪他無情，只可恨李夫人不念前言，竟爾忘卻。聞得去年十月，已另為寧馨兒花燭完姻。自古道：『君子一言，斷難更改。』今既為他兒子另娶，設若韡女歸來，難道給他作小星❶不成麼？若說不配與他，婦人從一而終，又何能另配他人？好不令我恨殺人也！」說著不禁嗚嗚咽咽哭泣起來。范相在旁帶笑道：「吾妹如此所謂，亦是婦人見識了，當日雖有此言，既未請冰

❶ 小星：詩召南小星序：「小星，惠及下也。夫人無妒忌之行，惠及賤妾。」後因以「小星」為妾的代稱。

人，又未行六禮，而況自談之後，妹夫即告病罷休，回淮安原籍，李公又遠任而去，兩邊總無音信。這許多年來，彼此均未道及，怎怪得李夫人忘卻前言。而況他家又一脈單傳，怎能不急速完娶，為續嗣之計？你真錯怪人了。況且鞏娘杳無音信，李家即使守定前言，你此時可有個鞏娘給他完娶呢？吾不恨別事，只恨鞏娘不知去向，無此造化❷，配這一個少年公子蓋世英雄。」雲夫人聽了這番言語，也覺有理，便自無言可答。惟有璧人在旁聽見，暗自驚道：原來吾妹自少配與李廣盟兄弟。一面暗想，一面上前向他母親前勸慰道：「母親切勿過慮！須知蕭子世之言斷無荒謬。將來妹子定可歸來，那時仍可合浦還珠，趙家返璧❸的。」范相聞言也道：「吾甥之言甚是有理。而且蕭子世妙算神機，吾亦欽佩，將來定可確如所言。吾妹可以不必因兄一言，便尋苦惱了。」雲夫人此時聽了哥哥、兒子之言，雖是半疑，也只得止住眼淚，勉強破涕為笑道：「但願哥哥之言應驗，原璧歸趙，以踐前言。不過名分❹之間，未免參差難定矣。」范相道：「且到那時再作議論。」雲夫人也只得答應，便留飯。范相也不推卻，午飯之後，便即告辭回府。隔了兩日，范夫人又帶了小姐，來到雲家拜見。雲夫人見著范夫人，自家姑嫂，怎不意合情投？惟有望著范小姐這內侄女，又觸起愁懷，思念到自己的女兒，不免又感傷落淚。范夫人復又勸

---

❷ 造化：謂運氣、福分。

❸ 趙家返璧：即「完璧歸趙」。戰國時，趙惠文王得楚和氏璧，秦昭王「遺書趙王，願以十五城請易璧」，時秦強而趙弱，趙王怕給了璧，得不到城。藺相如自願奉璧前往。並表示：「城入趙而璧留秦；城不入，臣請完璧歸趙。」相如入秦獻璧後，見秦王無意償趙城，乃設法復取璧，派從者送回趙國。見史記廉頗藺相如列傳。後遂用「完璧歸趙」比喻將原物完好無損地歸還原主。

❹ 名分：名位及其應守的職分。

慰一番，本日也在雲府午飯，到日落了方才回去。雲夫人見哥哥、嫂嫂均已來過，次日便是雲夫人去往哥嫂那裡，當由范夫人、小姐迎接進去。到了內室，拜見已畢，尚未坐定，只見有個小丫頭向著范夫人說道：「駱老夫人與駱小姐要出來相見。」范夫人聽說，也就笑說道：「我倒忘了，這是不可不請出來相見的。」因即一面叫請，一面與雲夫人道：「妹妹，這駱夫人便是你哥哥所認的義子駱熙兒的嬸母。」雲夫人道：「便是妹妹倒也忘記此事，不曾請見。」正說之間，駱夫人已帶著秋霞小姐出來。先是駱夫人與雲夫人行了禮，駱夫人便命秋霞給雲夫人拜見，就跟著范小姐的稱呼，也呼雲夫人為姑母。秋霞聞命，便端端正正拜了四拜。雲夫人尚要回禮，卻被駱夫人拉住，口中說道：「小孩兒家見姑母行禮，應該如此，怎敢姑母回起禮來，不要折壞了小孩兒家麼！」雲夫人見說，也只得受了。行禮已畢，這才分賓主坐下。雲夫人見秋霞也生得如花似玉，美貌非常，與著范小姐坐在一起，真是一對玉人，實在羨慕。就此一來，觸景生愁，雲夫人卻又想起自己的女兒來了。畢竟後事如何，且聽下回分解。

第六十五回 談老言姑嫂借開懷 報奇事朋友皆引恨

話說雲夫人見了駱秋霞不免觸景生愁，又思起親生之女，兩隻眼睛紅了一紅，不禁欲流下淚來，復又強忍住了。當下與駱夫人強笑說道：「姐姐，你好福氣，生得這一位如花似玉的侄女兒。但不知曾許字人家麼？」駱夫人未及答應，范夫人在旁說道：「現在雖未大定，卻已將近成功了。」雲夫人道：「是那一家的公子？」范夫人道：「便是桑黛。」說至此偶一回頭，已見駱秋霞拉著范小姐，退回房中去了。雲夫人笑道：「終是女孩兒家的心事，一聞這旁人談及代他們做媒，他們便怕羞起來。其實生個女孩兒家，終久都要配人的，這又有什麼羞愧麼？」范夫人道：「便是如此，回想起來，實也可笑。不是愚姐談你的老言，我曾記當日將你許配我們雲姑老爺的時候，才代你試這一門親事，你就終日躲在房內，再也不肯出來，連飯也不肯吃，叫丫頭請你吃飯，你還將丫頭罵個不休。其實與丫頭何干？帶累他們無辜，受你那一番痛罵。至今想起來，著實可笑！」駱夫人在旁也笑說道：「怪道雲姐姐衛護他們兩個女孩兒呢，原來他是知道這甘苦的，這真可謂推己及人了。」說罷，三人笑個不了，連那些僕婦丫鬟也笑起來。內中有兩個十五六歲的丫頭，卻也生得甚是伶俐，卻在一旁同笑。范夫人見他兩個也是笑個不止，因即借他們發揮，笑道：「你們這兩個就很大方了，我可很歡喜你兩個大方，這做媒把婆家的事，有什麼怕羞？你們兩個年紀也不小了，眼見得也要嫁人了，那時可不要像你們兩位小姐，一聞做媒的話，便羞答答的躲起來，更不要像那姑太太終日躲在房裡不出來，連飯總不肯吃。」那兩個丫頭見范夫人指著自己說了這種話，也不禁羞愧起來，面紅過耳，登時擕著手背轉臉來，一溜煙跑入小姐房裡去了。此時雲夫人、范夫人、駱夫人見那兩個丫頭跑去，都不禁一齊大笑起來。看官，你道范夫人是首相的一位德配，如何也這般風流，調笑戲謔起來？諸公有所不知，范夫人又何嘗如是性情？當時見著雲夫人看了自己的女兒及駱夫人的小姐，不禁觸起他的思女之心，恐他過於傷感，因拿著這些話代他解悶。大家笑了一回，為時已是晌午時分了，丫鬟僕婦早已擺出酒來。當下范夫人就讓駱夫人上座，駱夫人再三不肯，要讓雲夫人首座。雲夫人道：「豈有我的娘家，我反僭姐姐的座位，天下斷無此禮。」駱夫人說：「雖然如此，小妹終是常住這裡，姐姐乃是遠來，該當上座。」雲夫人道：「姐姐自然當坐，在這裡究竟是個客，小妹何能有僭呢？」駱夫人道：「非是小妹硬賴，我侄兒既為這裡的兒子，小妹也就算與這裡是一家人了。姑娘雖從這門裡出去，終久是人家的人，天下亦未有嫂嫂僭姑娘之禮的。」雲夫人還要謙讓，范夫人只得說道：「我看你們二位不必謙了，我有一言以定座次。朝廷尚爵，鄉黨❶尚齒❷，我們照鄉黨例以定座次如何？」因此才算不讓，原來駱夫人比雲夫人年長一歲，當下就坐了首座。雲夫人對面相陪，上橫頭范夫人自坐，下橫頭便留與兩位小姐。此時兩位小姐尚未出來，范夫人便叫丫頭去請，不一刻兩位小姐俱在下橫頭坐下。就有使女斟上酒，彼此便飲起酒來。酒過三巡，又談了許多已往之事，及河南救駕

❶ 鄉黨：周制以五百家為黨，一萬二千五百家為鄉，後因以「鄉黨」泛指鄉里。

❷ 尚齒：按人的年齡大小排序。齒，人的年齡。孟子公孫丑下：「天下有達尊三：爵一、齒一、德一……鄉黨莫如齒。」

之事。飲了好一會，方才吃飯，用飯已畢，梳洗又畢，仍談了一會，雲夫人便告辭回家。范夫人、駱夫人、范小姐、駱小姐直送上轎，方才退入後堂。話分兩頭。再說這日正是三月朔日❸，在京文武各官，禮宜上朝覲見。是日五鼓，李廣、楚雲等一眾功臣俱皆上朝。武宗臨朝，文武趨叩金階，山呼已畢，分班站立兩旁。忽見武宗在上宣旨道：「今年正逢壬辰❹正科❺會試❻，所有正考官即著范其鸞去，副考官著鄭峰去，同考官第一房著殷霞仙。」其餘十七房，均各各點出。當時范相與鄭峰學士、殷霞仙翰苑等，便皆俯伏金階謝恩。武宗又宣諭道：「此是掄才❼大典，卿等務各細心較閱，拔取英才。」范相等同稱遵旨。武宗說罷退朝，各官亦復散朝。范相、鄭學士、殷翰林等一班主考、同考各官，當即各回府第，料理入闈❽校士。外面也就知道他們三人，點了正副主考及第一房同考官，所有各處士子，也就預備進場考試。徐文炳、徐文俊二人知道此事，更加驚喜無限。這且不表。且說李廣等退朝之後，雲璧人便同著李廣、楚雲一起到了李府，進入書房，大家坐下，家僮送上香茗。只見雲璧人向李廣說道：「大哥，小弟告訴你一件奇事，真是奇異非常。」李廣聽說，急急問道：「賢弟有何奇事見示？」璧人未言，先將雙眉一蹙，又長嘆一聲，然後說道：「此情委實希奇，料想吾兄也不知其中究竟。舍妹顰娘，自幼

❸ 朔日：舊曆每月初一日。
❹ 壬辰：明武宗在位無壬辰年，有壬申年，即正德七年（西元一五一二年）。作者偶有筆誤而已。
❺ 正科：科舉制度每三年舉行鄉試及會試，稱為正科。若遇皇帝即位及皇室慶典加科，稱為恩科。
❻ 會試：明清兩代每三年一次在京城舉行的考試。各省的舉人皆可應考。考中者稱貢士。
❼ 掄才：選拔人才。
❽ 入闈：指科舉考試時考生或監考人員等進入考場。亦指參加科舉考試。

失落，於今八載，不知現在何方。」李廣道：「令妹走失，音信全無，是我最惱之事。但須打聽消息，或可有令妹歸來。賢弟所說希奇之事，莫非就因此麼？」璧人道：「此卻不算希奇，小弟所謂希奇者，卻另有一事。大哥切莫見怪，小弟卻有一言動問大哥。」李廣道：「但說無妨，有何見怪？」璧人道：「大哥乳名可是喚作寧馨麼？」李廣道：「愚兄乳名正是這兩字。賢弟想是聞得令舅談及的。」璧人道：「正因家母舅前日談及大哥的尊名，內中卻有一段原委，便是小弟當日也是毫不知道。昨日聽家母與家母舅談及至此，小弟方才得知。原來舍妹自幼經家母與老伯母曾於元宵佳節，在尊府酒席之上，面對伯母議定姻事，以舍妹匹配大哥。吾料大哥也絕不知道這段原委麼？」此時楚雲在旁，一聞此言，登時頰暈紅潮，心驚意亂，暗道：原來當日尚有這番事情，幸虧我前日不曾認著母親，倘若日前把母親相認，我母親一定要依禮行事，將我于歸於他，那時豈不令諸位盟兄弟笑煞？猶幸我有先見之明，不致被人笑話。正在那裡暗想，忽聽李廣一聲大叫，拍案說道：「呵呀！奇哉！愚兄竟不知有這件事情，非賢弟今日言出，真令我夢夢一生呢。家母亦未告知，那知我年幼曾聘令妹。但不知當日有何聘物？」璧人道：「據母親云及，並無聘物，也未行盤下禮，但不過有此一言便了。」李廣道：「雖未行盤過禮，但千金一諾，豈有改移？自愧荒唐，先諧鳳侶❾，這令愚兄有何面目見人呢？尚乞賢弟自今至後，除楚賢弟而外，慎勿為他人道了。說出來，在知之者可恕兄委實不知就裡之事，在不知者反要責備愚兄背禮背義，到那時愚兄豈不成了一個罪人麼？萬一有日令妹歸來，也好另締良緣，再聯佳偶，都算愚兄辜負令堂一番美意！如果良緣不散，請結再世之緣便了。」說罷長吁不已。璧人也吁嘆道：「大哥不必如此，還不

❾ 鳳侶：指結婚娶妻。

知舍妹可否歸來。萬一竟如蕭子世所言，那時再作商量便了。」李廣此時也不便回答是否，只得唯唯而已。璧人說罷，即起身告別。李廣相留不住，只得相送二門。回到書房，見楚雲斜坐金交⑩，若有所思之意，一見李廣進來，也即告別。李廣那裡肯讓他走，即便上前一把拉住他衣服，說道：「賢弟！你也要如此急迫，卻是何故？璧人雖走，你卻不可再去，務要飲酒與我消愁。」楚雲道：「飲酒自飲酒，消愁自消愁，何必定要為弟在此奉陪呢？」李廣道：「賢弟豈不知『勸君共盡一杯酒，與爾同消萬古愁』⑪這兩句詩麼？酒如獨飲，不但不能消愁，而且愁加十倍，所謂獨酒不可飲。又道，舉杯消愁愁更愁，即此之謂耳。而況賢弟在前，既朝夕不能離，以後亦須旦暮共處，方不致惱人情思。若竟或散或聚，若即若離，未免辜負愚兄一番深意了。」李廣說了這番話，雖是信口而出，並無他意，楚雲聽了，卻不能不疑惑起來。畢竟楚雲可肯留否，且聽下回分解。

---

⑩ 金交：即金交椅。用黃金裝飾的交椅。坐具。一說即古代的胡床。

⑪ 勸君共盡一杯酒二句：語出唐詩此處作者略有改動。

第六十六回　痴郎抱恨倩女離魂　士子多愁考官卓識

話說楚雲見李廣說了這一番話，心中暗道：「此人心術漸漸不正，屢次以言挑我。今日聽了哥哥之言，更覺說的話有些不倫，難道他已識破我的行藏？若不趁此杜絕，恐由漸而入，那就不可思議了。」因正色說道：「吾兄之言差矣。朋友相聚，本是個聚散無常，若據兄言，豈有常聚不散之理？不必說是朋友，就是夫妻父母，也是勉強不得，若即若離，冥冥中自有定數❶。原知歡會都是好事，若竟勉強行事，恐亦為造物所忌。而況君子之交淡如水，性淡故能常，倘過於情意濃厚，便難免因濃而淡。天下事滿則招損，復極則剝❷，此一定不移之理。惟望吾兄以坦坦處之方好。」李廣道：「非是愚兄定要留賢弟在此，弟豈不聞璧人之言？如此情形，怎不令愚兄惱悶。愚兄生性正直，無一毫缺陷，忽然惹出這一段公案❸，萬一雲娘他日回轉，那時就叫我就這一段姻緣，還是不就的好呢？若是就了，我已詩賦關雎，怎能令人屈為次室❹；若是不就，竟使雲娘守那從一而終之志，心同金石，節凜冰霜，又豈不令我徒呼

❶ 定數：猶定命。迷信者謂人世禍福都由前定。

❷ 復極則剝：指盛極則衰的意思。復、剝為周易二卦名。剝，剝落。復，來復。易雜卦：「剝，爛也；復，反也。」後合用為盛衰、消長之意。

❸ 公案：案件；有糾紛的事件。

負負？賢弟，你想想看，怎不令我煩惱不止，煞費調停麼？所以欲留賢弟在此小飲，正欲破此愁悶，何賢弟竟不見諒也？」楚雲見他向著自己說出這一番話，真個又悲又喜。悲的是這等郎才女貌，不能成就良緣，未免一生辜負；喜的是李廣是個情種，不肯有負前言，實是難得。因此一會暗想，不覺心搖神蕩，面泛桃花，一朵紅雲，直飛雙頰。自知心蕩，復趕著按定神色，強顏笑道：「據吾兄所言，原知事屬兩難；但據小弟看來，亦未免情痴太甚！雲娘自幼走失，於茲已經八載，蹤跡既無，音信亦杳，存亡死活，皆不可知。即使有日歸來，在當日既無媒妁之言，豈言今不遵父母之命？就使他靈椿❺已謝，萱室❻猶存，況且尚有胞兄，他又何能自主？尚有一說，吾兄聘彼既難預知，又安知他字君竟能得悉麼？況且雲老伯母既知吾兄已經另娶，卻又何肯使其弱女為君次妻？雲娘不歸則已，如果歸來，他母親定然代他另擇佳婿。好在當時既未行盤，又未過禮，斷不能如吾兄這樣痴情的。」李廣聽了這一番話，也不免自悔失言，紅漲於顏，因又向楚雲說道：「愚兄今日之言，只賢弟知之，卻不可為外人說及一字，不然愚兄又將為眾人戲謔不堪了。他人尚可，惟有桑、張兩弟，最是嬉皮，設若被他二人知道，嘲笑起來，那時愚兄真個是難乎為情呢！」楚雲也就笑道：「吾兄亦尚畏人之多言麼？」二人正在閑談，外面已擺進午飯，於是二人便入座用飯。此時並未飲酒，午飯既畢，恰好蔣逵到京會試，同那蔣豹齊來拜謁李廣。當

❹ 次室：二房；側室。

❺ 靈椿：古代傳說中的長壽之樹。典出莊子逍遙遊：「上古有大椿者，以八千歲為春，八千歲為秋。」後因以比喻父親。

❻ 萱室：指母親。

下李廣與他施禮已畢，分賓主坐定，正敘寒溫，又見張穀走了進來。蔣逵與張穀也就行了禮，接著徐氏兄弟也從西宅內走過，又彼此行禮一番。李廣心中甚樂，即命家丁又去將桑黛等諸人請來。是日擺筵宴，直飲到二更以後，方才散席，各自回府第而去。李廣送了各人，到了內室，見了老母，又將自幼聯姻各節，悄悄的向他母親問了一遍。李夫人也是驚嘆不已，因道：「兒呀！當日本有此事，後來因為你父親遠宦他鄉，不曾下聘，又因雲公告病回鄉，久無音信。不意雲賢侄即是蟫娘之兄，這事從那裡說起？為娘的只又以為他久無音信，必然易字他人，所以才代你聘下錦雲媳婦。又豈料蟫娘失落他鄉，已經八載，萬一他日回轉，只得再作理論便了。」李廣此時也無話說，惟有唯唯而已。李夫人又道：「兒呀，現在時候已不早了，為娘的也要安寢了，兒亦可以去睡。」恰好洪錦雲也走了進來，當時服侍李夫人安睡已畢，李廣與洪錦雲回房。話分兩頭，再說楚雲回到家中，整整胡思了一夜不曾合眼，暗自想道：「李君如此多情，真真令人可羨。只恨事已如此，挽回不來；惟有將一段良緣留之再世，與他相結罷，今生只得辜負他這一種恩情了。」輾轉反側，直至天明，方才朦朧睡去，到巳末午初❼時分才睡醒來。梳洗已畢，恰好家丁報道說是楚夫人已到了。楚雲聞言大喜，立刻迎接出來，走到前廳，太夫人已經下轎，當由丫鬟僕婦扶入後堂。楚雲拜見已畢，楚太夫人便挽著楚雲的手，欣然說道：「兒呀！可喜你少年封侯，榮宗耀祖。」正說之際，那旁走上余媽給楚雲行禮，接著又有鄉村婦人張氏，並率領著詠香來與楚雲請安。楚雲忙呼免禮，又將詠香看了一會，覺得比在劉彪家的時候，體態格外輕盈，風流俊俏得多了。當下母子二人坐定，略談了些別後的事情，外面眾家丁已將行裝物件紛紛發了進來。楚雲引了眾人分別安

---

❼ 巳末午初：指中午十一時左右。巳，十二時辰之一，九時至十一時。午，十二時辰之一，十一時至十三時。

置，足足鬧到黃昏時分才算料理妥當。又停了一刻擺出晚膳，母子兩個用畢，楚雲便請太夫人安寢。暫且不表。再說次日是三月初七，各省舉子皆進場會試。此時范相與那鄭學士、殷翰林正副主考及一眾同考官俱已入闈。各舉子進場以後，封了闈門，到了初七日夜間，題目紙發下，各舉子按題行文，凝思構想，咬文嚼字，擺尾搖頭，著意精心，將三篇文章先起了草稿，然後謄清恭楷，交卷出場。接著二場經文，三場策論，共計九日九夜。各舉子三場完畢，先休息兩日，又往各處勝景地方盤桓兩日，然後便住在客寓內等候發榜。每日在寓無事，惟有將那場中所作的文字，取出來看一回談一回，又細細咬嚼了一回。因此有自命奪魁的，有不作二人想的，有幸邀一第之榮的。更有朋友往來互相換看，你讚我淋漓滿飽，我誇你朗潤清華。還有一種自命不凡狂詐無知之輩，只誇自己文美字精，任意貶薄他人。再其次如那王孫公子，仗祖上基業父母錢財，在鄉試的時候仗孔方兄❽的勢力，請人搶替，買了個現成的舉人。到了會試之期，挾資而往，藉覽京華春色。三場已畢，倒有一層好處，不似那書痴終日在寓咬文嚼字，高誦場中所作，卻終日尋花問柳，飲酒征歌，衣服華麗，招搖過市。好在他雖厲考了三場，依舊不廢他半點心血。榜發之後，幸而得中，亦足以炫耀鄉愚；即是名落孫山❾，也不過拋卻幾個臭錢，不算什麼大事。況且有為他作牛馬的，在那裡耕田趕道兒，這樣便宜事亦何樂而不為？看榜期將近，所有這些會試的士子，個個都在那裡盼望榜文。徐文炳、徐文俊兄弟二人，也是終日煞費猜疑，自思自慮，迷離恍惚，刻不能安。卻有一件，自信文字精純，尚不至名落孫山之外。這日正是發榜之日，徐氏兄弟一早起

❽ 孔方兄：錢的別稱。舊時銅錢中有方孔，因稱錢為孔方兄，含有取笑和鄙視的意思。

❾ 名落孫山：指落榜。

來，連飲食都不耐煩下嚥，一會兒睡倒，一會兒爬起，又一會兒徘徊躑躅⑩，再一會兒相對無言，由早及晚，皆是如此。雖有李廣等在此相陪，終覺得毫無趣味。看看二鼓將近，依舊是杳無信息到人間，於是徐氏兄弟相對咨嗟，長嘆不已。這一個說：「夢醒了，醉醒了，又是一回辛苦！」那一個說道：「絕望了！絕望了！且等三年再來。」二人正在短嘆長吁，引得李廣等一班同盟諸兄弟莫不個個暗中捧腹。忽聽一片鑼響，由大門外敲進，接著喧嚷之聲不絕於耳。大家正欲跑出去看，只見門上報進，氣喘吁吁進來說道：「恭喜三公子，高中第三名進士。」這句話方才說完，徐文俊正是樂不可支，當時喜形於色。就是合府人等也莫不歡喜非常。惟有徐文炳坐在一旁，也不長吁，也不短嘆，只見他面色如紙，呆若木雞，低著頭一言不發，只是望地。大家看見又是好笑，又是代他可憐，都道：「功名得失，人孰無之，惟有他卻過於矜持了。」旁邊張穀插口說道：「這也難怪文炳兄如此。」只說得這一句，下言尚未說出，忽聽「哇」的一聲，徐文炳大哭起來。大家倒被他嚇了一跳，方欲向前勸慰，又聽得鑼聲響亮，敲進府中。畢竟徐文炳曾否中式⑪，且看下回分解。

⑩ 躑躅：徘徊不進。
⑪ 中式：指科舉考試考中。

第六十七回 徐文炳北闕點狀元 范其鸞東床擇佳婿

話說徐文炳正在大哭之際，又聽得一片鑼聲敲進門來。此時徐文炳已住口不哭，凝神側耳向外靜聽，霎時間高聲報道：「錢塘❶徐文炳高中第一名會元❷，速速出來開報。」徐文炳一聞此言，登時破涕大笑，趕著站起身向外跑。那知歡喜極了，由書房內跑了出去，一心只想著開報，卻忘記書房門口有一道門限，走到這裡，匆匆而出，不曾大跨左腳，在門限上一絆，就這一傾，早已傾出房門，足足傾出了一箭遠近，直傾到院中間，方算立定腳步，險些兒跌了個面叩地，面門上要掛紅。大家這一笑，非同小可。徐文炳也自知歡喜太過，不免漲紅了臉，當時在提塘❸手內將喜報接過來，拿在手中，這才緩步進內。開拆已畢，外面書斗❹、提塘吵鬧喜錢，嚷嚷紛紛，鬧個不已。接著兩家之人，又紛紛過來給他道喜。徐夫人即請李廣開發了喜錢。提塘、書斗走過之後，只見楚雲、桑黛、雲璧人、駱熙、木林一般兄弟也

❶ 錢塘：今浙江省杭州市。

❷ 會元：科舉制度中會試是聚集各省舉人到京會考之名，故通稱會試第一名為會元。會試之後，還有一次殿試，殿試第一名則稱狀元。

❸ 提塘：明清制度，督、撫派員駐在京城，傳遞有關本省的文書，稱為提塘官。以本省武舉人、進士或低級候補武官充任。

❹ 書斗：指報喜之人。

到此處道喜。此時桑黛開口說道：「吾就要去了，我的姐丈也中了第二名了。」大家一聽，更加歡喜。桑黛說了兩句話，即便告辭，去往蔣逵家幫忙。這裡整整忙了一夜，到了次日，所有親戚紛紛而來恭賀，真是馬龍車水，賓朋盈門。徐府也預備酒肴，大開筵宴。三日之後，就是殿試❺之期，是日五鼓，徐氏兄弟即便攜帶筆墨，上朝聽候殿試。不一刻靜鞭三響，聖主臨朝，所有中式的貢士❻一個個趨蹌❼而入。聖主點名已畢，各人席地而座，不過片刻，欽命策題頒發下來。各人屏氣斂容，悉心對策，真個是胸羅經濟，筆走龍蛇。不到半日，均皆對策已畢，恭呈御覽。武帝細細校閱，評定甲乙，那知徐文炳又點了狀元，榜眼❽便是蔣逵，探花❾即是文俊。當有傳臚❿唱名已畢，賜酒簪花，退出午門，一同上馬，有鼓樂送回府第。當下合家歡喜，自不必說。同盟眾兄弟前來道喜，還有那些京中文武官員，有從前有世誼的，有藉此來聯絡的，擾擾紛紛，尤勝於昔。次日又上朝謝恩。隔了一日，便去遊街。這日京中看新狀元的人，真個是途為之塞。遊街已畢，又去謁見座師。先到鄭學士家見後，即到范相府中，當有門官通報進去，范相知道是新科三鼎甲⓫來見，也就登時請見。徐文炳兄弟以及蔣逵趨府進內，范相迎至大

❺ 殿試：科舉制度中皇帝對會試取錄的貢士在殿廷上親發策問的考試。也叫廷試。
❻ 貢士：明清兩代每三年一次在京城舉行的考試。各省的舉人皆可應考。考中者稱貢士。
❼ 趨蹌：謂行步快慢有節奏。
❽ 榜眼：指殿試第二名。
❾ 探花：指殿試第三名。
❿ 傳臚：科舉制度中，在殿試後由皇帝宣布登第進士名次的典禮。古代以上傳語告下為臚，即唱名之意。
⓫ 三鼎甲：科舉時代殿試一甲三名，即狀元、榜眼、探花，世稱「三鼎甲」。

廳前階下，徐、蔣三人搶步上前，走入大廳，向范相行了師生之禮。范相命他三人坐下，先向蔣逵周旋了兩句，無非稱讚一番，這才向徐文炳說道：「老夫自從那年奉旨到杭之後，不久便聞賢契高中解元。老夫知道賢契是將來定有高發，今果連中三元，竟不出老夫所料，真是可喜可賀。」徐文炳當下謝道：「門生若非恩師奉命到杭，那覆盆之冤⓬何時得釋？今日得蒙僥倖，皆恩師所賜，門生銘心刻骨，永感不忘！」范相道：「賢契也未免太客氣了，當日之事，老夫本分所當為。賢契連中三元，自是賢契學養功深，老夫又何足掛齒！」文炳道：「不有恩師，門生何有今日？恩師之恩，實同再造！」范相又略謙了幾句，只見文俊見他哥哥與范相說了這些話，他又想起當日叩閽之事，因又出位向范相磕頭謝道：「前者福祿得仰天顏，皆蒙丞相垂憐之德。後來我主人蒙丞相超豁，老主母以福祿薄有微勞，便即認為己子。那時福祿亦何敢妄思僭越，又蒙老主母一再賜命，福祿不敢不遵。既而又蒙小主認為兄弟之班，又許以功名之路。今叨德庇，忝列清班，固蒙老主之恩，實皆大丞相所賜。銘心鏤骨，何日敢忘！」范相聽了此言，始則不知所謂，既把文俊仔細看了一遍，這才恍然悟道：「原來賢契就是當日之叩閽書僮福祿，實在可敬可羨！老夫昨日閱賢契之卷，頗疑筆跡與當日叩閽御狀字跡相同，卻原來內中有這段原委，老夫方才明白。然現在既已為朝廷詞臣⓭，便與老夫同殿，尊稱又何敢當？賢契切莫仍記前事，以後彼此均以師生相待便了。」徐文俊復又謝過一回，又向范相道：「門生既仰恩師栽培，敢不遵命？惟恩師府

⓬ 覆盆之冤：晉葛洪抱朴子辨問：「是責三光不照覆盆之內也。」謂陽光照不到覆盆之下，後因以喻社會黑暗或無處申訴的沉冤。

⓭ 詞臣：舊指文學侍從之臣，掌管朝廷制誥詔令撰述的官員，如學士、翰林之類。

中有兩位管家范洪、范保，當日若非此二人相救，又何能沾恩師之德？尚乞恩師賜門生一見，謝相救之恩。」正說謝他二人相救之恩，恰好范洪、范保走了進來，文俊便欲上前致謝。范相一把拉住道：「此等奴才，又何謝之有？」文俊仍執意不肯。范相便與范洪、范保說了文俊的用意，范洪、范保亦連連口稱不敢，當即退下。文俊也只得說了一聲：「遵命。」又復歸座。師生坐談片刻，徐氏兄弟便即告辭。范相遂送至大廳，徐氏兄弟再三不敢使范相遠送，范相這才退進。徐氏兄弟並蔣逵三人一齊上轎，出了府門，各回府而去。這裡范相見徐文炳丰姿流洒，骨格清奇，甚是心許。因念及自己的女兒尚未字人，若與文炳匹配良緣，真是一對金雕玉琢的佳兒佳婿。當下退至內室，便與夫人商議，說道：「下官剛才見新狀元徐文炳，生得丰神俊逸，骨格清奇，今已大魁天下，將來必不止於此。夫人，下官自想膝下只有一女，擇婿之事，頗不易易，下官想將女兒配與文炳為妻，實在是個乘龍快婿。下官之意如此，但不知夫人意下如何？」范夫人道：「相爺之言甚合妾意，甚是美滿萬全。但不知文炳曾否聘定，也要另有個商議。總之擇婿甚難，既訪著這才貌雙全的少年公子，卻不可當面錯過。若已聘有良緣，這事似宜慎重斟酌。」范相道：「此事將駱、木二位喚來一問，便知底細。夫人當亦以為然？」范夫人道：「且將兩個孩兒喚來一問，再作計議便了。」當下范相即著人去請駱熙、木林。不一刻駱、木二人進來，范相就將方才所議各節向他二人告訴一遍。駱、木二人極口讚道：「若以妹子許配文炳，真是天地生成一對賢婦賢夫。父親、母親，依孩兒的意見，竟是早定為是，不要人家捷足先得才好。」范相聽他二人這句話，知道文炳尚未聘定，因問道：「據我兒所言，徐文炳尚未聘定麼？」駱、木二人齊聲說道：「未經聘定，所以孩兒願父親及早喚媒說合。」范相夫婦聽罷大喜。請誰作冰人呢？范相道：「除卻李廣尚有何人？明日下官當去面託便了。」說罷，又談了些閑話，然後與駱熙、木林同往書房裡面。范夫人便與駱夫人閑談此事，駱夫人又觸起自己女兒這件事了，也與范夫人說及，擬將秋霞配與桑黛的話告訴范夫人。范夫人聞說，因道：「不是姐姐今日提起，小妹倒也忘卻這件事了。」因就將殷霞仙也願將妹子配與桑黛，以及殷夫人提及駱夫人曾有願把秋霞與桑黛，並請李廣先與范相說明，等駱夫人到京之時，再行議定擇日行聘，說了一遍。駱夫人也甚歡喜，當下便託范夫人道：「少停相爺進來，就煩姐姐與相爺一言。明日相爺去英武伯府中，等將侄女的事談過，請相爺提起一句，小妹是早已心許的，便請桑公子擇日下聘便了。」范夫人答應。晚間范相進內室，范夫人將所託之話與范相言明。范相道：「這也極其順便，我定託李廣去說便了。」一宿無話。次日范相用過早點，便去親拜李廣，到了李府門口，當有家丁投進名帖⓮。李府家人見是范相來拜，那敢怠慢，也就飛報進去。李廣聞報，即刻出來迎接，將范相請入書房。行禮已畢，分賓主坐定。家人獻茶已畢，范相開言說道：「老夫特來奉拜，有兩件事相懇，賢侄幸勿見卻。」李廣道：「老伯有何事見教？即請吩咐，小侄敢不遵命！」范相道：「第一為駱秋霞之事，前者賢侄本有等駱夫人到京之後，便令桑賢侄擇日行聘。昨日老夫已與駱夫人言過，駱夫人也甚以為然，特囑老夫前來與賢侄說知，就請桑賢侄擇日行聘，早定此事，免致時掛於心。想賢侄當亦以為不謬也？」欲知李廣答應什麼話來，且看下回分解。

⓮ 名帖：名片。

第六十八回　狀元郎選能中雀　丞相女喜得乘龍

話說李廣見及范相談駱家姻事，當下就說道：「便是小侄也曾思及於此，本擬早晚即去通知。今日既蒙老伯見示，小侄明日便通知桑黛便了。這才有第一件，那第二件有何見諭呢？」范相道：「只因老夫有一小女，尚未字人。昨見文炳賢契，實在丰姿磊落，器宇不凡，老夫擬將小女願奉箕帚❶。所以特來請賢侄做一個蹇修❷，想賢侄當可見允？」李廣見說，大喜道：「令小姐既未字人，與徐賢弟訂為絲蘿，正是天造地設。小侄當得遵命，願為冰人。將來兩家喜酒，可是要容小侄多吃兩杯的。」范相喜道：「那喜酒自然要請賢侄痛飲的。」李廣道：「老伯請稍坐片刻，小侄便進去與徐伯母說知便了。」范相道：「亦不必如此急急，老夫明日候信罷。」說著也就告辭。李廣送上轎，即便進去，與自己母親說一遍。李夫人也是大喜，即刻同著李廣過去西宅，進了上房，尚未見著徐夫人，李夫人即大聲喊道：「徐賢妹，恭喜你喜事連連，愚姐特來代你恭賀。」徐夫人聞言，隨即從房內走出來迎接，問道：「愚妹有何喜事，更勞姐姐道喜？」李夫人道：「恭喜你要定媳婦了，怎麼不是大喜呢？」徐夫人道：「那裡有

❶ 箕帚：借指妻妾。

❷ 蹇修：媒人。離騷：「解佩纕以結言兮，吾令蹇修以為理。」王逸注：「蹇修，伏羲之臣也。」按文選劉良注：「令蹇修為媒以通辭理也。」舊時因稱媒人為「蹇修」。

這件事，你從何處聽來？便是愚妹正為文炳兒既僥倖得中，思想請人代他將就娶一房媳婦。賢姐此時說這話，莫非有人代炳兒作伐麼？」李夫人道：「賢妹你不必請別人，只須請一請愚姐，我包代你家令郎結一門家世也好，人品亦好，性情也好，一個美貌十全的好媳婦，做一對郎才女貌何如？」徐夫人道：「既如此說，愚妹敢不遵命？但是如何請法呢？」「現在只要你請我吃一餐好好的飯食，隨後多請我吃些酒就是了。」徐夫人道：「這是極容易的事，就請你給炳兒作成了罷。現在意中果有一家在麼？」李夫人道：「如果無有人家，愚姐何能說這句冒昧話？正為有人前來代你侄兒作伐，剛才走還未有一刻呢。」徐夫人道：「究是那家？」李夫人道：「就是你家令郎的老師。」徐夫人道：「莫非就是范相麼？」李夫人道：「被你猜著了，正是范丞相。」徐夫人道：「范丞相代那家小姐作媒？」李夫人道：「他倒不是代人家小姐作伐，可是認準你令郎為乘龍快婿了。賢妹，你可允不允了？」徐夫人道：「賢姐不必將愚妹作耍罷，他一個堂堂宰相，豈肯將女兒與我作媳婦呢？」李夫人道：「你莫非不允麼？」徐夫人道：「我什麼不允？只恐我那個炳兒沒有此造化。」李夫人道：「誰叫令郎連狀元都中了，怎麼沒有造化娶宰相女兒呢？這是賢妹太謙了。」徐夫人道：「果有此事，我如何可卻？」李夫人道：「實有此事，所以愚姐來代你恭賀的。」徐夫人道：「真有此事麼？」李夫人道：「誰來哄你？」因將范相與李廣說的話，告訴徐夫人一遍。徐夫人真是喜不自勝，因又向李廣問了一遍。李廣又將范相來意言明。徐夫人自然是千願萬願，當時就答應，請李廣為媒，先至范相那裡說明，再行擇日行禮。李廣當下答應退出。李夫人又著人去喊文炳，不一刻文炳進來，向李夫人請了安，站立一旁。李夫人笑道：「賢侄，恭喜你要娶媳婦兒了。你可要代我多叩兩個頭，要謝謝我這伯母的月老。」文炳聽了此言，不知所謂，只羞得面紅過耳，低著頭一言不發。李夫人又笑道：「我看你一位狀元郎，還如小孩兒一般，聞說給你討親，你便這般羞答答的。我實告訴你罷，你家那位老師看中了你這位得意門生，選中了你做一個東床坦腹❸了。剛才特為前來使你哥哥代你們來作伐，你母親已允下這門親了。明日你哥哥就往范府回話，以便擇日行聘，你此時怎樣說？還是給我叩頭作謝禮，還是好好請我吃一頓飯食作謝禮呢？」徐文炳聽了這句話，真是又羞又喜，只見他臉上紅一陣白一陣，仍是一言不發，站在那裡。還是徐夫人代他說道：「伯母不必將他作耍了，等到他完姻的時候，再叫他多多向伯母叩頭。今日便先請了吃酒罷。」正說之間，文亮、文俊走了進來，先給李夫人道謝，復轉身給母親道喜，又給文炳道喜。原來他們二人剛才聽李廣說知，故此趕著進來。當下李夫人見了他二人，卻先與文俊說道：「賢侄，你是不必請人做媒的，眼見得要抱兒子了。倒是我這二侄兒何日才有人代他作伐呢？」文亮也被李夫人說得面紅過耳，不發一言。惟有文俊在旁說道：「伯母、母親在上，這天緣之合，實非偶然。曾記當日大哥叩閽之事，雖虧范家總管引荐，大哥得伸了覆盆之冤，後來據范保所云，范相只有此一女，視如拱璧❹，愛若掌珠❺。一聞孩兒有此叩閽之事，范相尚不肯輕准，多虧小姐從中解說，竭力成全。范相聽信弱女之言，方可允許。就此看來，豈非天假之緣麼？」說著，又向文炳說道：「哥哥得此一位賢惠嫂嫂，在小弟看來，須要將他早晚焚香

❸ 東床坦腹：代指女婿。典出南朝宋劉義慶世說新語雅量。

❹ 拱璧：大璧。左傳襄公二十八年：「與我其拱璧。吾獻其柩。」孔穎達疏：「拱，謂合兩手也，此璧兩手拱抱之，故為大璧。」後因用以喻極其珍貴之物。

❺ 掌珠：亦稱「掌上明珠」或「掌中珠」。稱極鍾愛的人。

閨房供奉，不但將他作心肝般看待呢。」文炳見說，兩頰飛紅，若作帶怒說道：「豈有此理，你也將哥哥作耍起來，好不知輕重。」說著，就借此退出外面。文亮、文俊就跟了出來，回到書房，自有一番取樂。這裡徐夫人聽了文俊這番話，又與李夫人談說了一會。李夫人道：「這也是天緣湊合，勉強不來，真個為賢妹可喜。將來三對佳兒佳媳，再添上幾個孫兒，晚景之樂，便是愚姐也修不到賢妹這樣的。」徐夫人道：「雖然如此，算起來還是虧文俊兒那一番辛苦，不然如何能有今日呢？」李夫人道：「此話倒是不錯的。」當下談談說說，徐夫人留李夫人在此午飯，直至飯後方才回府。李廣自與徐夫人說明原委，出來之後，本思明日去范府討回信，後又想道：「徐家伯母既已允許，我何必定要待到明朝。不若今日就去回信，使他早早放心，又何不可？」心中想罷，午飯之後，即便騎了馬往范府而去。不一刻到了范府，報進名帖，范府家丁見伯爺來拜，那敢怠慢，即刻就通報進去。范相見報，即刻就相請。李廣進入書房，行禮已畢，分賓主坐定。有人獻上茶來。李廣開口說道：「今朝面承尊諭，老伯去後，便與徐家伯母說知，徐家伯母心感無極。不過寒素家風，特恐仰攀不上，既蒙不棄，敢不遵命。故此先令小侄趨前報命，以報老伯厚意，改日再為擇日行聘便了。徐老夫人並囑小侄多多致謝。」范相見說，好不歡喜，當下便謝道：「此皆冰人之力也，只好隨後再謝了。」李廣道：「小侄不敢望謝，只求老伯多賞些美酒與小侄一醉，便感仰盛賜了！」范相道：「賢侄放心，屆期請賢侄在舍痛飲不算，定送二十罈到府，與尊府合家一醉何如？」李廣笑道：「有此佳釀，尚復何求呢？」說著便要告辭。范相道：「今日老夫卻要屈賢侄小飲，幸勿見卻。」李廣不便推辭，當即答應。恰好駱熙、木林走進來，彼此略敘寒溫，李廣當面又與駱熙說明秋霞之事。駱熙也道：「皆仰大哥全福。」李廣道：「愚兄從此這喜酒是飲不盡了。」大家笑了一回，好不快樂。李廣直至用過晚膳，方才回府。范相將李廣送出，便進上房與夫人說道：「今日李廣賢侄也來回過信了，徐夫人已見應允，只待擇吉先行過聘。下官將這門親結定，女兒既定終身大事，下官與夫人也就了卻一件首尾了。但是妝奩針黹，似須早為預備，看光景吉期也不過遠，年內總是要迎娶的。下官看來，爽性與秋霞小姐一齊備辦起來罷。」范夫人道：「相爺之言，正合妾意，俟一經行聘之後，便自預備妝奩了。」正說之間，只見范小姐與駱小姐一齊進來請晚安。范相一見，即向兩位小姐說道：「你兩人且坐下來，我有話講。」不知范相說什麼話來，且看下回分解。

第六十九回　顧兒思婿言語叮嚀　納采問名禮儀周到

話說范、駱兩位小姐見范相命他坐下，也不敢違背，當即坐定。只見范相先向自己的女兒說道：「我兒，為父的今已代你擇定快婿，不日就要行聘了。」此話尚未說完，只見范小姐臉上一紅，就要站起退出。范相道：「兒且坐，等為父的將話與你說完，不必學那世俗的閨娃，含羞畏醜。須知此乃人之大倫，有天地然後有夫婦，有夫婦然後有父母，這又何必害羞？兒可記得當年有一福祿到此叩閽，為其小主人徐文炳伸雪冤枉？彼時為父恐觸怒天顏，致干未便，意在不准。還是兒在為父面前，再三代他解說，勸為父准他詞狀，代他剖斷冤枉。那知這徐文炳即是兒之快婿，今科高中狀元。可見美滿姻緣，本是前生注定，人心天意，毫不自由。為父母的那時但知聽了我兒之言，不過代人家剖明冤枉，那知他即是今科的殿撰❶；又那知即是今日我兒的快婿，真是意想不到。而況那福祿自從代主鳴冤之後，徐夫人感他幼年忠義，即認為己子，今科亦中了第三名探花，且皆係為父的門生。你看看此事可奇不奇怪不怪呢？我看文炳這小孩兒，現已身入詞林❷，名聞天下，將來定為棟梁，這也是我兒終身的造化。」范相一面說，范小姐只是兩頰飛紅，羞愧難忍，低頭不語，手弄鸞綃。范相與自己女兒說過，又向秋霞說道：「侄女，

❶ 殿撰：宋有集賢殿修撰等官，簡稱殿撰。明清進士一甲第一名例授翰林院修撰，故沿稱狀元為殿撰。

❷ 詞林：翰林院的別稱。

老夫也代你擇定一個快婿了，這本是你母親看中的人。昨日我也與李廣賢侄說明，請他到桑黛家，使桑黛擇日行聘。看桑黛年少風流，功高麟閣，將來也不患無封侯之位。此亦賢侄女的造化，真是可喜。」范相說了此話，駱秋霞也是羞慚難禁，面紅不語。恰好駱夫人也走了進來，范相見駱夫人走進來，當即退出。駱夫人此時也知道范小姐許了徐文炳，係駱熙與他說知，此時進來代范夫人道喜，范夫人讓他坐下。駱夫人道：「怎麼我那女兒與侄女兒通跑了麼？」范夫人道：「方才姐姐未進來的時候，他爹爹已向他二人說一大套話，把兩個女孩說得坐也不是，站也不是，只見他們臉上紅一陣白一陣，低頭不語，如坐針氈，那種情形，煞是好笑。他爹爹要往下說，又不許他們走，還是姐姐進來，他二人才走了出去。他二人還不趁此跑了麼？」駱夫人笑道：「原來如此，這也難怪他二人，本來都是女兒家，聽說有了女婿，皆是害羞怕醜的。」范夫人道：「還有一件奇事告訴姐姐，徐文炳就是當日那個書僮福祿叩閽代他伸冤的這個人。當時我們相爺並不准他狀詞，還是你侄女兒在他爹爹面前竭力解說，後來相爺才准。又奉旨去到杭州，代徐文炳將冤判明。那知今日文炳中了狀元，就是那福祿也中了探花，你侄女兒也許了文炳。這不是一件奇事麼？古人說得好，『千里紅絲一線牽』。這句話實在不可不信。」駱夫人驚異道：「這也是五百年前早結下此姻緣的。但是愚姐有件不明白的事，如何書僮也中了探花？難道青衣也准與考麼？」范夫人道：「姐姐有所不知，原來徐夫人因福祿叩閽之事，他兒子得慶重生，念他忠義過人，就也認為己子，因此才得一齊與考的。」駱夫人道：「原來如此，這徐夫人也是個極厚道的人了，難得難得！」范夫人又道：「姐姐，你那令愛方才聽我們相爺說道：與李廣賢侄說過，大約也不過月內，可使桑家擇吉行聘便了。方才小妹還同相爺說及，妝奩一層，一俟他兩人行聘之後，就一齊備辦起來，好早些預備，免得臨時急促。並且相爺還說他二人的吉期未必過遠，年內還恐怕要娶呢。」駱夫人也道謝了一番，又閑談片刻，這才退出。李廣當日回至家中，便與那徐夫人商量一番，因擇定四月十二行聘。次日又寫了一封書給范相，通知他行聘日期。又將桑黛請來，令他擇吉行聘。桑黛便與李廣斟酌了一會，也擇了四月十五日，往殷、駱兩家行盤。李廣便通知殷、駱兩家，並囑桑黛具帖請武逢春為媒。隔了數日，桑黛便備了盛筵，恭請武逢春、李廣兩位大賓。是日眾兄弟除駱熙未到，餘皆在位歡呼暢飲，鬧了一日。接著，范相也是請武提督為女媒，李廣為男媒，也備了盛筵，請武、李兩位媒人，駱熙補請武逢春、李廣。那邊霞仙也隨著相請。隔了一日，徐夫人也備了盛筵，請武、李兩媒人。這日，徐家更是熱鬧非常，所有同盟兄弟均在座。他人尚不過鬧酒而已，惟有張穀最是嬉皮，酒過三巡，便向文炳笑說道：「徐大哥自今以後，就要刻刻思掛在心，將來娶我那嫂嫂回來，定然與別人家加一等看待。不但言聽計從，而且要屈了膝拜跪。」桑黛道：「這是何說？男兒膝下有黃金，怎麼跪起老婆來了？」張穀道：「天下人不可拜跪，惟有徐大哥斷不可少的。他若不是范氏嫂嫂在泰山❸前解說，則當日徐大哥覆盆之冤又何能明？所以這恩愛定要存一番敬重感激之意。從事敬重，尚不能以報大德，勢必要每日早晚屈膝一番，方可兼報今昔兩番大德呢！」桑黛道：「怎麼又添一件大德呢？」張穀道：「昔日之德，成全雪冤之德；今日之德，沾潤雨露之德。這不是兩件大德麼？」說罷，大家笑個不止。接著，大家又笑了一會，向文炳說，文炳也無言可答，只是紅著臉聽其嘲笑而已。直飲到日落西山，方才大家散席。范、駱、桑、殷、徐這五家，都算將媒酒請過，看看日期將近，男女家俱預備行盤回禮，無非是金銀珠寶，及彩緞花紅果

❸ 泰山：岳父的別稱。

盒。先是范、徐兩家，到了四月十二，先一日徐夫人就請了李夫人、錢夫人幫同照料，將所有行盤之物全行備齊，擺在一旁。十二日一早，就將洪錦雲接過來，同著白艷紅兩位雙全少夫人，將所有行聘之物，一件件擺入禮盤裡面。徐文俊、徐文亮分派執事家丁俱已齊備。到了巳末午初的時分，先是兩位大賓坐了大轎，去往范府；接著徐氏家人一對對捧著禮盤，將聘禮送至范府。不一會已到，范相一一收畢，命人送至後堂，就令范夫人與駱夫人將回盤❹各物安排停當，復又送至廳前，排在几案之上。當下留兩個冰人午飯，飯畢，冰人兩位仍是先乘大轎到了徐府。接著范府家丁也是一對對將回盤禮物送往徐府而來。徐夫人也是一件件點收已畢，各人發了賞號，又擺出酒饌，給范府家丁飲用。大家用畢，告辭而去。於是兩位冰人及眾親戚這才上席。是晚，大廳上張燈結彩，掛紫懸紅，並有一班清音❺吹唱，大家直吃得三更將盡，方才散席。次日無事。到了十五這日，便是桑黛行聘日期。李廣一大早即起來，盛服先到桑府，恰好武提督已到，當與桑黛到了喜廳上，眾兄弟亦均齊來。一會兒，李夫人、李少夫人、徐夫人、徐三少夫人皆來，恰好桑黛早將他姐姐桑秀英接過來料理一切，當下有桑秀英接進去，用了早點，即料理下盤。桑黛的事，卻比徐文炳的又多忙兩層，卻要預備三份：一份送往范家與駱熙，兩份送往殷家。晉驚鴻也在殷家，所以要送兩份。到了晌午時分，方才備全，由兩位大賓領著眾家丁先到范府，次到殷府行聘。又殷府領了回盤，順到范府領了回盤，方才回來。當下桑黛將一概禮物收下，發了賞號，款待

❹ 回盤：舊時婚俗。男家用托盤送衣服首飾等物給女家作為聘禮，稱「行盤」。女家回禮，把禮物放在托盤、抬盒裡，叫「回盤」。

❺ 清音：曲藝的一種。流行於四川省，用琵琶、二胡等伴奏。

兩府家丁酒肴。至晚也是大開筵宴，請兩位冰人，以及眾同盟親戚並李夫人等，不必細說。直到三更方才散了席。畢竟何日迎娶，且看下回分解。

第七十回　錢夫人錯愛東床婿　楚顰玉遍求內助人

話說徐、桑、范、殷、駱五家皆行過聘禮，卻又觸動了一人心事。你道是誰？原來是錢老夫人。只因見著人家女兒大半皆有女婿，自己的女兒卻仍未許字於人，可是心中卻暗暗賞識了一位，久存此意，因不便啟齒。這日卻忍耐不住了，便與李夫人閑談中談道：「姐姐，不知那忠勇侯賢侄楚雲，曾定下姻事麼？」這句話才說出，李夫人便知道他的意思，當下就趁他話，說道：「妹妹不提起此話，愚姐倒忘卻這件事了。楚賢侄好似仍未定親，一向來不曾聽你侄兒說及。愚姐倒有了意思，擬想將我那姨娘侄女兒匹配與楚賢侄，倒也是天生一對玉琢金雕、郎才女貌的夫婦。但不知賢妹可肯允許否？」錢夫人笑道：「姐姐，你說那裡話來？愚妹若得楚侯那樣一個女婿，真是睡著的也要笑醒了呢，那有什麼不肯？但是愚妹一貧如洗，雖承賢姐另眼看待，將我母女當作一家人，終久是依人門戶，惟恐楚侯嫌我貧窮，他不願與我家結親。而況他又是個赫赫威風的侯爺，即使仍未定親，難道將來怕沒有高大門族的小姐與他匹配麼？所以愚妹雖有此意，怎奈自顧慚愧，不敢啟齒。」李夫人道：「賢妹說那裡話來？楚賢侄倒不是這等嫌貧愛富的人。如果賢妹真有此心，我便叫我兒明日就去一問，如果定下則已，設仍未定，這件事包在愚姐身上，管教你侄兒代我侄女兒成這件美事。萬一楚賢侄已經聘下，也代賢妹擇一個美貌的郎君，為賢妹的快婿便了。」錢夫人當下謝道：「真難得姐姐如此關心，這是瓊珠兒造化了。」李夫人道：「賢妹你只管放心，包在愚姐身上。」錢夫人又謝了一回，這才另談別事。次日李夫人即問李廣：「楚雲曾否聘親？」李廣道：「楚賢弟曾經言過，非才貌雙全、德容兼備不聘。」李夫人道：「為娘意中倒有一個人，也算得是個才貌雙全、德容兼備。我兒你想想看，這個人可能配得楚賢侄麼？」李廣笑道：「母親之言差矣。你老人家也不說出個姓名來，叫孩兒怎麼知道？而況此人曾為孩兒見過與否，若是孩兒見過的，或者還想得起來；若不曾見過，叫孩兒怎麼個想法？」李夫人也笑道：「你這話卻也有理。我今告訴你這個人，你是見過的，而且你是常見的。」李廣聽了此言，便細細想了一會，只是想不出這個人來，煞費苦心，再也想不起。恰好洪錦雲也在旁邊，見李廣凝神暗想，抓耳撓腮在那裡思想，不覺的一聲笑。李廣見妻子在旁好笑，因暗道：莫非他知道這人麼？我何不問他一問呢。因問道：「你既好笑，你莫非知道此人？」錦雲掩著口笑道：「我不知道此人，母親叫你想，你還是想去罷。」李夫人在旁也是迷迷的一聲笑。李廣看看妻子，又看看母親，見他們兩個姑媳，好似一樣心思，在這裡將他作耍，心中暗道：錦雲定然知道，我再問他便了。因又問道：「你與母親如此好笑，你定知道的。你可告訴我罷，免得我在這裡搜索枯腸。」李夫人當其時就向錦雲說道：「我兒你就告訴他罷。」錦雲答應，當即說道：「虧你還做官呢，連常見面的人都想不起來，將來如遇幾十年前的事，可怎麼好呢？我實告訴你罷，母親說的這個人，就是姨媽家的妹妹。你想想可是才貌雙全、德容兼備麼？」接著李夫人道：「瓊珠侄女，可能配得上楚雲麼？」李廣聽說，方才恍然大悟，因即笑道：「孩兒真是糊塗到底了。若說瓊珠妹妹，雖不天天見面，也不過三兩日總要見一面的，怎麼就再也想不起來呢？若是瓊珠妹妹的德容才貌去配著楚雲，真是毫無差謬。母親若不提起，孩兒竟想不到這件事。母親既說出來，孩兒明日就向楚雲去說。

但不知姨母可願意麼?」李夫人道:「我兒,實告訴你,此事就是錢家姨母談起來的,他說惟恐楚雲賢侄嫌他窮,不肯與他結親。我說楚雲賢侄恰不是這等人,只要楚雲賢侄未曾聘定,總可成功。他還有什麼不願呢?我兒,你明日就去一趟,楚賢侄如面允更好,設若不然,你便去與他母親說,那怕他不答應麼?」李廣道:「孩兒明日去,大概楚賢弟也沒有什麼不允。」此時也是晚膳之後,母子姑媳又談了一會,各去安寢。次日李廣真個獨自到了楚府家內,一直來到書房,見楚雲斜倚金交,若有所思之狀,那一種半顰半笑嫵媚之狀,真令人繾綣❶不忘。李廣一見,笑道:「楚賢弟獨在此間,何事學那美人深坐顰❷蛾眉,難道有什麼心事?敢是想定一個弟夫人麼?」一面說,一面走了進來。楚雲在先並未留意,忽聽此言,趕著站起身來說道:「原來大兄到此,有失遠迎,歉甚歉甚!」李廣道:「遠迎不遠迎,倒不必拘此儀節,且愚兄也不要你遠迎。惟問你一人悶坐紗窗,學那兒女之態,何妨將賢弟的心事,告訴一二呢?」楚雲道:「這可不是笑話,我在此小坐罷了,有什麼事要告訴你。」李廣當下便坐下去,說道:「賢弟沒有心事告知愚兄,愚兄卻有一件喜事要告知賢弟,還要討吃賢弟的喜酒。」楚雲道:「有什麼喜事告訴我?又有什麼喜酒與你吃?你這一個月中,也不知吃了多少喜酒,還想什麼喜酒吃?」李廣故意說道:「恭喜你有了婆家了,就是這件喜事。你道可要請我吃喜酒麼?」楚雲一聞此言,好不驚異,暗道:他真識破我的行藏,不然怎麼說出這樣話來?因即安定心神,便即說道:「大哥,難道你連日被喜酒吃醉了麼?小弟與大哥拜盟以來,迄今沒有一件事不尊重於你,但大哥屢次謔言相戲,可是令

❶繾綣:固結不解之意。後多用來形容情意深厚,猶言纏綿。

❷顰:皺眉。

人實難為情。卻不知大哥果存何心，常將小弟作耍？」說時不覺柳眉帶怒，杏眼生嗔。李廣見他如此，自己說話大意，因轉話說道：「賢弟也未免太認真了，愚兄不過戲言，難道賢弟真個是易釵而弁，怕人相戲麼？為兄實告訴你，所為要代你作伐。現在有一位才貌雙全、德容兼備的小姐，並與愚兄有親，特奉家母之命，前來執柯，不知賢弟允許否？」楚雲聽了這句話，暗想道：「此人屢用言探我，我若不允，必格外疑心，莫若允他下來，以杜他隱念，以全我聲名。」因說道：「不知大哥所言者何人？是何親誼？其女容貌究竟如何？論理小弟也當受室❸之年，所未談及者，恐無才貌雙全、德容兼備之人耳。今大哥如此誇獎，想當不致差謬，敢即請教，以便小弟斟酌便了。如果可行，則將來的喜酒自然要請兄痛飲一醉的。」李廣道：「如論才貌，愚兄是敢信服、是毫無批駁；若論門第，當年亦復仕宦之家、書香之後。若論與愚兄是何戚誼，便是家母義妹之女，與愚兄姨表相稱。就是賢弟也知道此段原委，或者賢弟也想得起來。」楚雲聽了這番話，心中暗想道：怎麼他的姨表姐妹，我又知道？此段原委倒也難記。沉吟了半晌，忽然問道：「大哥所說這人，莫非是錢家女兒麼？」李廣大笑道：「正是錢家瓊珠。因錢家姨母久愛賢弟武藝絕倫，才貌雙全，思欲作為坦腹王郎，又因自己孤窮，恐怕高攀不上，以致遲之又遲欲言不言。昨日偶與家母談及，家母之意以瓊珠才貌雖遜賢弟，而德容兼備，亦堪為賢弟內助，故此令愚兄代為執柯。但不知賢弟以為然否？」畢竟楚雲如何回答，行與不行，且看下回分解。

❸ 受室：指結婚成家。

第七十一回　賢楚母決意結良緣　小張郎任情說戲語

話說楚雲見李廣說要代他作伐，將錢瓊珠說配與他，心中好生歡喜，卻暗暗說道：「現在大家都有些疑惑我的心，難免將來不為人識破。今既大哥前來作伐，我何不將計就計，答應下來，第一他的疑團可以盡解，而我又可不致刻刻防閑。惟不過害人家一個女兒，使他有終身之恨，然亦顧不得了。」心中想定，因即答道：「小弟亦久有此意，擬請大哥為媒，今日大哥不棄，心感之至！而況錢小姐小弟亦久聞芳名，德容言工，四者俱備，小弟豈敢方命？但須稟知家母一句，如家母以為可行，小弟決不敢卻。請吾兄稍待片刻，小弟即刻稟知家母，看家母意下如何，即來回復便了。」李廣聞言大喜。楚雲便站起身來，出了書房，去往內宅，稟知楚夫人去了。這裡李廣一人坐在書房內，暗自納悶道：「從前是我錯疑了。他如果真易釵而弁，今日又如何肯允這件事呢？這定是我的疑心，以後萬萬不可存此疑念。」又想道：「我卻不信，他實在是個女子氣度，動止一切，遇事含羞。如果真是男兒，天下那有這樣嫵媚？好令人猜詳不出。而且蕭子世曾說他的功名富貴，須要問我，這隱祕語，又叫我怎麼猜詳得出呢？」一人正疑惑，呆呆坐在一旁，暗自凝思，忽見楚雲走進書房說道：「李大哥，家母有請。」李廣聞言，即站起身來問道：「伯母現在那裡？」楚雲道：「現在廳上。」李廣道：「其事如何？」楚雲道：「已曾稟過家母，他老人家甚喜，所以要請大哥面話一回。」李廣答應，隨即到了廳上，先給楚夫人請安已畢，楚夫人還禮後，請他坐下，先問道：「賢侄，令堂太太安康？」李廣道：「家母託庇甚健。」楚夫人道：「嫂嫂安好？」李廣道：「侄媳亦託庇好。」楚夫人道：「方才聽雲兒說及承太夫人之美意，囑令賢侄作伐，擬將令姨妹瓊珠小姐匹配吾兒，老身乃感激之至！但不知錢小姐今日尊庚❶幾何？德容言工，那自然不必說了。」李廣道：「瓊珠今年比顰弟小兩歲，至於德容言工四字，小侄可保。至於容貌，卻不如顰弟如此嫵媚，如此娉婷，也尚不甚粗俗，以之匹配雲弟，實乃佳偶。所以家母令小侄前來為雲弟作伐。」楚夫人道：「既如此說，想定是才貌雙全。老身也久想替小兒定親事了，在小兒固可多一內助，即老身也可了卻首尾，早晚也可得一媳婦閑談閑談。今既承太夫人與賢侄高誼，又況錢小姐才貌雙全，老身也可了卻一事，怎敢有卻？不過有句話請賢侄與令堂太太說明，轉請太夫人與錢夫人一言，至遲不過明年四月就要迎娶的。」李廣道：「伯母放心，只要聘定下來，在後就是一家。俗語說得好，『做就如一家』。將來不問何事，總可商量得到，迎娶早遲，皆聽伯母之命，今年明年迎娶皆可。好在我家人家不比世俗有多少不在禮的過節，只要六禮不缺就是了。所忙者不過做些衣服，置些物件，此外又無什麼疑難之語，伯母盡可放心。或今年明年迎娶亦可依得。」楚夫人大喜道：「賢侄說話果真爽快，老身就遵命便了。方才聽說此言，老身就檢了一回通書❷，擇了一個吉日，本月二十二日，卻是個結婚姻、會親友，出行、上任，百事皆吉的吉日。老身擬於二十二日先行聘禮，然後或今年或明年再行擇吉迎娶。賢侄以為然否？」李廣道：「伯母之言有理。小侄回家後，當將日期告知錢府，好使備辦些回禮，以便

❶ 庚：年齡。

❷ 通書：舊時稱曆書為「通書」。

屆期應用。」說罷，李廣退出仍到書房。楚夫人也退入後面去了。李廣到了書房，又與楚雲閑談了一會，這才回去。到了自家府第，先將楚夫人的話告訴一遍。李夫人道：「你稍停片刻，我著人去請你姨媽來告訴他便了。」即著丫鬟將錢夫人請來。不一刻，錢夫人已到，李夫人讓他坐下，便與他道喜道：「恭喜妹妹，我那侄女兒姻事定了。方才寧馨兒回來，說及楚夫人甚是感激甚是歡喜，已經擇定本月二十二日先行下聘，光景明年四月就要迎娶的。」錢夫人聽了此言，也是歡喜無限，當下說道：「這倒費賢侄的心了。」李夫人又道：「這算什麼？可喜賢妹現得一個乘龍快婿，也算了卻一件心事了。」錢夫人道：「真是賢姐的明見。愚妹心又何嘗不知男大當婚，女大當嫁，這總是應做的事。今已代他定了終身，女兒固成全婚姻，就是愚妹也了卻一件首尾。」彼此又說了一會，這才散去。錢夫人回到自己房中，母女自必悄悄談了一遍。錢瓊珠也不免羞愧一番，這是閨中女子的故態，不必細表。光陰迅速，不覺已是二十二的日期了，前兩日楚夫人就命楚雲寫全帖❸，男家的媒人就請了雲璧人，女家不必說自然是李廣。楚雲又備了許多帖子，去請同盟一眾兄弟，裡間又請了兩位全福❹的太太。下盤所有的禮物，前幾日早已預備齊全。到了二十二大早，李廣會同雲璧人，兩位媒人先到楚家道喜，恰好各盟兄弟也是一早都到了。當下與楚夫人道過喜，裡面又擺出早點來，請大家用畢，方才料理下盤的事。不一會，凡有花果、首飾、綢緞等物，均擺出來，眾家丁即便上前，挨次兒一對對捧在手中，在大門外伺候。李廣、雲璧人

❸ 全帖：舊時隆重禮節時所用的禮帖。用紅紙摺成，共十面，第一面中央寫「正」字或「整肅」二字，第二面署名。因為共有十面，故稱「全帖」。

❹ 全福：民間以夫妻和諧、兒女雙全的人為全福之人。

也就上轎，領著聘儀向女家而去。錢夫人本住在李府，今日還在府裡受聘。不一刻已到，李廣首先進去，接著楚府的家丁捧著禮盤，魚貫而入，將盤排列中堂，又與錢夫人道了喜，即退出在外面，自有李府家人款待。裡面有李少夫人洪錦雲與徐三少夫人白艷紅兩位全福開盒。錢夫人又請李廣書了庚帖，又將回盤禮物安排停妥，仍擺在中堂，就命廚房開了酒席，廳上是兩位媒人並徐氏兄弟，外面就是楚府家丁。不一會午飯已畢，錢夫人又開了賞號，先令楚府家丁回去，然後由李府家丁捧了回盤禮物，交代清楚；又將庚帖取出，下盒送往楚府。兩位媒人也即上轎，仍往楚府而去。稍停，徐氏兄弟也往楚府飲酒。李廣、雲璧人到了楚府，將回盤禮物交清，又將庚帖交楚雲收執。楚夫人當即開發來人的賞號，也擺出二桌酒席，給來人飲酒。李府的家人，倒也不客氣，大家痛飲一番，吃得酩酊大醉而去。眾家丁走後，大廳上擺出二桌酒，請兩位大賓及眾同盟兄弟入席。楚雲便要來挨次送酒，李廣當下攔道：「你又要還這個禮節了，豈不鄙俗討厭！我們就便坐下痛飲一回，豈不比拘束好得多麼？」張穀在旁說道：「吾終不知道大哥處處皆要袒護矗玉。在從前他未聘親，卻也罷了，或者大哥有所眷念於他。他今已聘親，從此之後，他自有錢家小姐向他眷戀，即使大哥心下難捨，也只落得咫尺天涯，可望而不可及了。就使兩兩不忘，心心相印，遇便談兩句心腹話，說兩句機密言，萬一被錢家小姐知道了，不是將醋罐打翻，即是將冰人咒死！那怕大哥是他的中表❺，也顧不得什麼親事，終不要讓你奪他人之好。就是楚賢弟不忍相棄，要知道一聲獅吼，敢望河東？而況一入侯門，蕭郎陌生❻，一任楚賢弟是個丈夫漢子，也未必不戀

---

❺ 中表：古代稱父親的姐妹（姑母）的兒子為外兄弟，稱母親的兄弟（舅父）姐妹（姨母）的兒子為內兄弟。外為表，內為中，合稱「中表兄弟」。後稱同姑母、舅父、姨母的子女之間的親戚關係為「中表」。

紅妝，捐故得新，勢所不免。吾不解大哥計不及此，還是一味的留戀，不忘百般袒護。今日要送酒謝媒，本來是禮節不可少的，而況雲兄亦是個冰人。大哥你真是溺愛不明了。」張穀笑說了一番，把李廣、楚雲二人只說得面紅過耳，好難為情。不知李廣、楚雲回答什麼話來，且看下回分解。

❻ 蕭郎陌生：唐崔郊之姑有一婢女，後賣給連帥，崔郊十分思慕她，因贈之以詩曰：「公子王孫逐後塵，綠珠垂淚滴羅巾。侯門一入深如海，從此蕭郎是路人。」後因以「蕭郎」指美好的男子或女子愛戀的男子。

第七十二回　共慶酒筵無端受辱　名為花燭正好欺人

話說李廣、楚雲二人被張穀說了一番嬉皮笑臉的話，楚雲是面紅過耳，李廣是帶怒含嗔，各有難下之勢。還是雲璧人在旁說道：「張賢弟你不必過於戲謔，這送酒的禮節即使無味，我們大家又不是什麼初見面不相識的人，定要拘此儀。在楚賢弟此時宜盡禮文，在李大哥是要脫此俗套，兩面都不為過。在我看來，還是不拘禮節的好，就使賢弟他日聘娶之時，除非我等同盟兄弟內不為你作冰人，你卻不可少此禮節；我等不論何人自有為你作伐的，不過不許過用禮節，省得你任意戲謔。為今之計，卻有個主意在此，今日這酒席也不算什麼大賓定要坐首席，爽性將三桌酒肴並列一起，各依次序列坐，如有比主人年輕者，即坐末位。倘有不遵，罰酒三大觥❶。」胡逵在旁大聲笑道：「雲賢弟，你此話倒很好，我們就這樣行事罷。我可餓得很了，你們如再有話說，我就不能等你們，我要先吃了。」大喊大叫，鬧個不休，只聽得他一人聲音，笑個不止。李廣當下見他那樣，便喝道：「匹夫！看你這粗莽形容，可能令人入目否？尚不給我住嘴！你若再如此，便將你逐出門外，不准入座吃酒。」胡逵被李廣一喝，當下說道：「我是那裡來的運氣？別人家拿著人取笑，任他戲謔不止，連一言都發不出；咱們是特來調停的，反要討個沒趣，我也不解是什麼原故。這才是王瓜❷抱不來去抱匏子❸呢。」說著掉轉身來向張穀說道：「愚

❶ 觥：古代一種酒器。此處指酒杯。

兄實在佩服你，為什麼你說了那句話，大哥總不曾罵你一句？我才說了兩句，就被大哥訓得如此。幸虧我是個煙葫蘆，仗著自己的面孔如黑炭一般，不怕羞辱，也不曾紅；就是紅了，別人家也看不出我臉上發紅，還疑惑我豬肝吃多了，變成豬肝色呢。若生得如楚賢弟這一副雪白粉嫩吹彈得破的面孔，大哥這一頓痛罵，不但如賢弟戲謔他們的言語，楚賢弟面泛桃花，直要變成一個熱炭臉兒了。賢弟，你到底有什麼妙術？學得這舌燦蓮花，儘管戲謔於人，偏能令人不動氣。倘能教我少許，使我煙葫蘆少被人家罵兩句，我情願拜你為師。」說著又是一揖，這一番把大家真是說得哄堂大笑。此時雲璧人已令家丁將三桌酒席並在一起，於是也不送酒，也不請冰人首座，照著璧人說的話，序齒❹坐定。李廣最長，坐了首座，其餘皆挨次坐下。恰好張穀最小，坐了末位。家丁斟酒已遍，張穀舉杯在手，向大家一笑，道：「今日粗具水酒一杯，實深簡慢，尚乞包涵，不可不盡量多飲兩杯。」說罷，又復一聲「請呀！」大家齊笑不止，桑黛在一旁道：「張賢弟今日也不是聘親，要你代楚賢弟做什麼主人？這可不是怪事？」張穀道：「論理我也要占一半。曾記當日被劉彪劫去，不是小弟用豹皮囊將他盜回，今日楚兄又何能鵲巢鳩占？我不過存那兄恭弟讓的道理，情願讓與楚兄；若據理力爭，還怕錢小姐不完璧歸趙麼？況且還有一層，失之於前，不得不讓之於後，就是桑兄那晉氏嫂夫人，也要算有小弟一半。往日被趙家搶去，若非小弟也用豹皮囊盜出，送往晉莊，你又何能到手？但不過晉氏嫂嫂是與你私通在先，較之錢小姐略有區別。

❷ 王瓜：亦稱土瓜。一種多年生攀援植物。葫蘆科。果實球形至橢圓形。

❸ 匏子：即匏瓜。葫蘆。

❹ 序齒：按年齡大小。

我今日為楚兄代作主人，也不算什麼有占。諸君高明以為何如呢？」說著又用手指頭一掠鼻子。張穀裝作那種書腐的習氣，口中說道：「小弟之言，在好好先生❺新科殿撰孫舟監兒看來，可通也不通麼？」這一句話復又將在座諸人笑得捧腹叫痛，就連侍席的家丁，也是個個彎著腰掩著臉笑個不止。大家笑定，楚雲道：「張賢弟那裡像個將軍，分明是一個清音小旦。」張穀聞言，即刻站起身來，走到楚雲面前，手執金杯，扭扭捏捏的說道：「願侯爺飲此三杯，將來夫婦和諧，子孫昌盛。」一面說，一面去灌楚雲的酒。楚雲道：「你也太輕狂了。」張穀道：「若不輕狂，倒不是一個小旦。惟望侯爺將此杯酒飲乾，還要討個纏頭❻百兩呢。」李廣在旁看得實在不成話，只得喝道：「張賢弟，你若再如此，可不能怪愚兄與你絕交了。」張穀見說，便將舌頭一伸，復望李廣哀求道：「望大哥格外寬恕，饒此一回。小弟下次再不敢向蠷卿饒舌，有觸大哥暗暗傷神了。」說著，便走到李廣面前，深深一揖，轉來又望楚雲深深一揖，復說道：「二兄可以解釋其怒，不致與小弟絕交了。若再不行，小弟長跪不起，再不然我就去求兩位嫂嫂代為說情了。」李廣見他如此神情，真是無可奈何，只得喝道：「你去吃酒罷，不要再嚕嗦了。」張穀答應道：「遵大哥之命。」一面走，一面說道：「好險呀！若非仗我這神出鬼沒之計，竟是要我的

---

❺ 好好先生：語出世說新語言語：「南郡龐士元聞司馬德操在潁川。」劉孝標注引司馬徽別傳：「（徽）居荊州，知劉表性暗，必害善人，乃括囊不談議。時人有以人物問徽者，初不辨其高下，每輒言『佳』。其婦諫曰：『人質所疑，君宜辨論，而一皆言「佳」，此人所以咨君之意乎？』徽曰：『如君所言亦復「佳」。』其婉約遜遁如此。」後稱不問是非曲直、一團和氣、只求相安無事的人為「好好先生」。

❻ 纏頭：古時歌舞的人把錦帛纏在頭上作妝飾，叫「纏頭」。後亦指贈送給歌舞者的錦帛或財物。

好看了。」說著入座坐下，大家這才痛飲一回，至三鼓方息，各自散席而去。楚雲將各人送出，回至上房，楚夫人道：「那個張將軍倒也嬉皮得有趣。」楚雲道：「張轂百種刁頑，又討厭又好笑。」母子兩個稍說了兩句，便去安寢。此時惟有那個余媽好生代楚雲著急，暗道：今日雖人家小姐被你定下來，到了迎娶那日，怎麼發付人家小姐呢？獨自暗思，卻又不好動問楚雲。光陰迅速，日月如梭，不覺又是一載。到了次年二月，桑黛就擇了四月十八日，迎娶駱、殷、晉三位小姐，一起過門。徐文炳也擇了四月十五日。楚夫人代楚雲擇定四月二十八日。雲壁人也擇了四月二十四日。可巧皆是四月吉期，於是各家皆請了冰人，向女家納吉。各女家得了這個消息，大家就預備妝奩，以便陪嫁。殘春送去，首夏迎來，到了十五日，這是徐文炳獨占花魁。十八日桑黛迎娶三位新人，占盡艷福。二十四日雲壁人洞房花燭，以慰多年渴想之心。這徐、桑、雲、范、殷、楚、晉、吳男女八家，說不盡的富貴榮華，風流旖旎，這也不必細表。單說這二十八日是忠勇侯楚雲的吉日，先是楚夫人早早派人收拾了新房，十分忙碌。家丁、僕從人人喜悅，個個爭先。惟有余媽暗暗好笑，卻又煩惱，暗暗道：我看侯爺連日毫無一點憂容，他到了花燭之期，拿什麼東西發付新人？就使瞞過一宵，以後如何設法？他的用意，真個令人不解了。不說余媽暗地心驚。且說武宗也知道楚雲完姻，就賜了珍奇寶物，又命玉清王太子屆期前往賀喜。錢夫人也將妝奩一切數日前即端正妥當，真是件件皆精，先一日發了嫁妝。到了二十八日，這日楚府是賓客滿門，在朝文武諸臣沒一個不來賀喜，加之玉清王太子也來。你道如此繁華，尚有何人能及？外面乃文武百官諸貴介，內面是許多命婦、太夫人。這日除錢夫人、李夫人、徐夫人、洪少夫人未來，其餘若駱夫人、殷老夫人、范老夫人、雲夫人、殷夫人，皆由楚夫人陪來看新娘。其餘徐大少夫人、桑黛的三位少夫人、雲少夫人，尚未滿月，也未曾來。是日鼓樂齊鳴，笙歌並奏，一會子登堂已畢，由喜娘扶出新人，兩新人拜了天地，送入洞房，坐床撒帳，合巹交杯。一切俗事做完，楚雲斜飄眉眼，細看新人，真個是天上嬋娟[7]，丰姿綽約，生得好生美麗。此時楚雲不免動了一片可憐之心，暗道：如此佳人，只因錯認良緣，休怨青春誤我。正在暗暗憐念，忽聽家丁報道：「王爺與眾位大人、諸位將軍前來看新人了。」楚雲趕著站起身來迎接。不知如何大鬧新房，且看下回分解。

[7] 嬋娟：美好的樣子。

第七十三回　真戲謔跌交弟弟　假姻緣瞞過卿卿

話說楚雲進了洞房，與新人合巹已畢，正在愁思，可憐新人錯認良緣，恰好玉清王進來，楚雲當即迎接進去。玉清王進了洞房，有喜娘招呼新人站在床前，口中說道：「請王爺賞看。」玉清王看了一回，又說道：「好個美貌新人，與楚卿真是一對佳偶了。這新人真占盡人間之福了，配得如此少年封侯，丰姿絕世的郎君，真乃可羨！」說畢，究竟有礙君臣之分，不便鬧笑，也就出房門告別而去。楚雲也跟著出來，跪送玉清王上輦已畢，方才回轉內堂。恰好眾兄弟早在大廳伺候，楚雲正欲轉內堂，猛被桑黛一把拉著衣袖，說道：「老臉犟卿，你往那裡去？前日我往娶之時，你鬧得那樣狼藉，今日你就想安穩完姻，早遂魚水之樂❶？可是不能容你輕輕的去效共枕鴛鴦。」張穀在旁也連連笑道：「桑兄無須如此。好在犟兄有言在先，他的洞房花燭任我們大鬧一頓，不說是一宵，即便三五日也不妨事。他先已說過此話，還怕他不踐前言麼？犟兄你不要去了，速來陪我們大家飲酒罷！」楚雲含笑說道：「此言本是我言，今宵陪諸君痛飲，也是應當的。」說著便入座，大家金杯共舉。惟有李廣斜坐金交，一言不發，只看著燭花凝神，若有所思之狀。只聽徐文亮一聲喊道：「大哥，你怎麼頻皺眉頭，悶悶不樂？莫非因犟卿已結好逑❷，從此貪戀新人，將大兄拋撇，得新忘故，不免有秋扇之捐，因此百種愁腸，一時團結難解麼？

---

❶ 魚水之樂：指夫妻和諧相愛。

殊不知人孰無偶，怎能終身不離？而況大兄久賦河洲❸，洪氏嫂夫人也還情致纏綿，恩愛並至。今日楚兄娶了嫂嫂，自應各戀各人，又何能以戀舊之心，敵其戀新之心？就是楚兄不棄故舊，其如新嫂嫂不肯放鬆。吾勸大哥不必以此煩惱，難道『除卻巫山不是雲』麼？」此話說畢，惹眾人大笑不止。李廣、楚雲二人被徐文亮說得面紅過耳，答不出一個所以然來。還是李廣勉強說道：「二弟，切莫學張郎那種刁鑽戲謔。我分明在此看那絳燭光搖，輝生寶炬，有什麼煩惱之事？而況韡弟完姻，干我何事？你不許妄自戲謔別人。」話才說完，接著張穀說道：「天下事有許多冤枉不可解的，我今宵也不曾開口，忽然又拉到我身上來。但是我推敲本志，在大哥亦不免因楚兄今結絲蘿，以致大哥有得新捐故之嘆。不然這絳燭高燒，又有什麼好看？此不過假言以代之耳。」說到此便掉轉臉來，向楚雲說道：「楚兄你看是也不是？非是小弟多言，今雖娶了嫂嫂，那被底溫柔枕邊旖旎，自然是極樂境界。但不過舊者新之終，新者舊之始，望吾兄兼顧才好。如果得新忘舊，真是做出那一種只見新人笑，那聞舊人哭了。楚兄本來多情，或不致於如此，也未可料。不然吾大哥真有阿誰能慰相思苦，背著人兒偷彈淚的光景了。」李廣聽說，正要正言相喝，忽見楚雲啐道：「張郎張郎！你這狗口無象牙，不怕穢了口麼？」大家又笑個不止。楚雲又勸了一回酒，因與眾人說道：「鄙人可要失陪了。諸君請聽，譙樓❹鼓已打四更了。」說畢，復立

❷ 好逑：語出詩經周南關雎。原詩為「關關雎鳩，在河之洲；窈窕淑女，君子好逑。」

❸ 久賦河洲：語出詩經周南關雎。指男女相愛和諧。

❹ 譙樓：古時建築在城門上用以瞭望的樓。明周祈名義考卷三：「門上為高樓以望曰譙，……下為門，上為樓，或曰譙門，或曰譙樓也。」

起身來，便向大家說道：「明日再會。並非小弟下逐客令，諸君也可各回府第了。」一言未畢，早已見桑黛向前走來，一手扯住他的袍袖，口中說道：「怎麼大哥悶悶不樂，你實係存了個得新忘舊的心思。我今尚未告辭，你便要進房春風一度，現在定不讓你走的。」楚雲見他拉住不放，便笑說道：「你也是個王妃，怎麼扯起男兒衣服來了？那裡不知禮如此？你給我去罷，免得男女授受不親。」說著，順手一推，將桑黛跌倒塵埃。桑黛爬起要趕，楚雲早已向新房去了。桑黛恨道：「你除非永不見人，他日若見我放你過去，就不算桑黛了。」於是大家一笑而散。且說楚雲進了洞房，見錢瓊珠低了頭坐在床沿，那種媚態令人可羨。因又恨道：「卿卿，未免負你了。卿可知道，我非男子，與你同儕，你錯託聖英，當作襄王入夢。吾若對你說出真話，你必告訴你母，那時豈不令我愧對眾人？若不將真言說出，少時又何以與你同赴陽臺❺？這不是令我左右兩難麼？」想了一會，忽然觸起機來，因道：何不如此如此，便發付他了。想罷，即到錢瓊珠面前，故意低聲溫柔喚一聲：「卿卿，時候不早了，我與你共入羅幃，同付鴛鴦之樂罷。」錢瓊珠一聽此言，不覺羞慚不禁，將臉背過去。楚雲復又說道：「卿卿如此，莫非恨我來遲了，辜負春宵半刻麼？可知非我無情，只恨那眾同盟兄弟拉著飲酒胡鬧不休，以至直到此時方才脫身，望卿宥之。以後再不令卿等待便了。此時夜深四鼓，勸卿卿不必含嗔，早賦關睢之樂罷。」說著，便貼近身前，代他親解衣服，脫去外衣，解去裡間鈕扣，忽然止住不解，復正色說道：「呵呀，楚雲呀！

❺ 陽臺：宋玉高唐賦序：「昔者先王嘗遊高唐，怠而晝寢。夢見一婦人，曰：『妾巫山之女也，為高唐之客，聞君遊高唐，願荐枕席。』王因幸之。去而辭曰：『妾在巫山之陽，高丘之阻，旦為朝雲，暮為行雨，朝朝暮暮，陽臺之下。』」後遂以「陽臺」指男女歡會之所。

你真是個不孝的孽子呀！如此大事，為何見色即忘？真正豈有此理。」錢瓊珠聽了此言，亦復詫異，因也忍不住低聲問道：「郎君有何大事，如此正經？」楚雲見他一問，正中心懷，便即正色說道：「此事卻費思量，說出來未卜卿卿可能見允否？」錢瓊珠道：「妾既屬郎君，這夫唱婦隨，妾敢偶然相背？但有要事，不妨對妾一言，妾萬不敢有負君言，致郎君不孝的。」楚雲道：「既蒙見愛，宜告以實言。尚望卿卿憐我，便是某終身大幸了。」因道：「現在高堂並非生身之母，只因某年幼喪母，那時尚在髫齡❻，卻是少小之時，知什麼報恩之事？及至稍長，回思劬勞未報，痛入心肝，因於展墓❼之時，曾於墓前立誓：須待弱冠❽方可完姻。今迫於繼母之命，又不敢違，只得依從。惟誓言既立，那敢忘之？方才以卿卿楚楚可人，不覺神魂飄蕩；復念言猶在耳，敢忽前言？因此才有驚訝之語。今與卿約，此日雖為花燭，只可徒博其名，等待三年，再求實事。自今以始，但須各被同床，如小姐見憐，某以瓣香頂禮，俟三年之後，再報卿卿之恩，以償今宵有負之愆。但不知小姐肯允否？」錢小姐聽了此言，一面羞慚一面正色說道：「郎君說那裡話來！父母之恩，自當答報，豈可昵情燕婉，忘卻孝思？妾雖不才，也稍明大義，郎君既有此願，妾願共勉所為，不必說待到三年，就使終身亦甘願。請勿慮了。」楚雲聽了此言，真個幾乎樂煞，因即說道：「卿卿之言真大賢大德，某何幸得此賢妻乎！」說罷，各自解衣寬帶，共入羅幃，兩兩忘情，同床各被而已。一宵無話。次日天明起身，恰好余媽走進房來，一見兩夫婦歡喜非常，煞費

❻ 髫齡：指幼年。

❼ 展墓：省視墳墓。

❽ 弱冠：禮記曲禮上：「二十曰弱冠。」弱，年少。古代男子二十歲行冠禮，故用以指男子二十歲左右的年齡。

猜疑不定，卻又不敢現於形色，只得向前對兩夫婦施禮，卻只望著楚雲微笑。楚雲也知其意，恐怕他偶而不慎，露出機關，隨即向他說道：「媽媽也很辛苦，為何起得如此早法？此地也沒甚事，好歹也有丫頭在此伺候，你還是出去養息罷。」說著，又將秋波向余媽一轉，余媽會意，也就退出房來。畢竟後事如何，且看下回分解。

第七十四回　念嬌娃疑非疑是　專閫❶命作福作威

話說楚雲用一片花言巧話將錢瓊珠瞞過，錢小姐信以為真。次日一早，夫婦二人起來梳洗，余媽進房看視，楚雲恐他漏泄機關，將他支吾出去。一會子梳洗已畢，便雙雙進內對太夫人請安。太夫人見一對佳兒佳媳，心中頗為喜悅。光陰荏苒，又是三朝，自然大開筵宴，請親友前來飲酒。一班同盟的也趕著鬧笑了一番，這也不必細表。楚雲與錢小姐雖然是有名無實，卻也恩愛，伉儷情深，楚太夫人自然也是歡喜不盡。書中再講雲太夫人自二十八在楚家擾了喜酒，細看楚雲，回到家中，就動了一番疑念。因將璧人喊至面前，長嘆一聲，說道：「兒呀，為娘的想起一件事來。昨日在楚家一天，看見楚侯那動靜舉止，實同汝妹容貌一般，為什麼他名喚楚雲，號叫韞玉？分開來自然是不同，但將他名號合起來一想，分明是雲韞娘了。據此看來，莫非這楚雲就是你的胞妹麼？我兒，以後見著他務宜存心細看，若果是你妹子，為娘也可放心了。」雲璧人聽了此言，不覺笑說道：「母親勿疑。天下同模同樣的人甚多，楚雲現在有親娘在堂，何得便是吾妹？而況我妹子自幼嬌弱萬狀，何得知兵？又豈有女子之身尚能娶婦？母親念及此，庶可盡釋疑團了。」雲夫人聽說道：「我兒之言，亦復有理，但是為娘放心不下。就使如蕭子世所言，韞兒終有回來之日，究竟未卜何時。我兒宜隨時探其風信，不宜把此事忘卻了。為娘再告訴

❶ 閫：音ㄎㄨㄣˇ。內室。

你一個證據，你妹子左手有一塊如瓜子大小紅記。我兒切記在心，如有遇見與妹子像貌相似，你可留心看他的左手，如有瓜子大小一塊紅記，便無疑了。」璧人答應以後當細細留心，這且不表。再說那日正是端陽佳節，家家共飲幾杯。璧人這日早間同著一眾盟友上朝。朝賀已畢，回到家中，對太夫人道過喜，同著吳又仙陪了太夫人賞午。雲老夫人自然是歡喜，飲了一回酒，雲夫人命他二人退去，且到自己房中對飲，以為團圓之意。雲璧人答應，便與又仙退入內堂，來到自己房中。早見丫頭將酒席擺端正，璧人便與又仙對坐下來正要飲酒，忽見兩個姬人瑤枝、玉珮進房道喜。璧人看見，也是歡喜無限，因向又仙帶來四個丫頭心香、意香、沁香、吟香四個說道：「爾等代我端四張椅子過來。」說著，又命瑤枝、玉珮道：「你兩人也在此飲酒罷，就在我肩下坐。」瑤枝、玉珮固然不敢違命，也是得意非常，以為寵己。但不敢就坐，惟恐新主母不樂，便將雙眼去看又仙。瑤枝、玉珮正在那裡偷看新主母，只聽璧人又向又仙帶來的那四個婢女說道：「我叫你們端凳，為何不端呢？」那四個丫頭置若罔聞。璧人冷笑道：「我知道了，你們是吳府贈嫁的人，我不配使喚。也罷，我也不要你們端了。」就自去端了兩張凳子擺在兩旁，拉瑤枝、玉珮坐下。兩個姬人尚未坐下，吳又仙忽然冷笑，手指姬人說道：「將軍住了，我且問你，這兩姬女是你何人？」璧人道：「是我兩個姬人，你不知道麼？」又仙帶怒說道：「既是將軍的姬人，便是青衣之類。四香是我的婢女，怎能服侍你的姬人？我看瑤枝、玉珮兩個姬人，實在容慣得他太失了禮體了；就是將軍公然代他兩個端坐位，也輕狂的不成樣了。他既是姬人，只合抱衾裯備洒掃，誰許他如此妖嬈在前？我已寬宏大量，不與他計較，免得旁人說我好作威福。今日將軍格外把他驕縱，公然使他飲酒，豈成規矩麼？將軍可以驕縱於他，我卻不能任你們驕縱。」瑤枝、玉珮見主母說了此番話，已是珠淚暗拋，桃花上面，站立一旁，進退不得。正在難乎為情之際，忽見雲璧人兩頰飛紅，勃然大怒，也向又仙怒道：「你且住了。這兩個姬人是我母親作主，將他二人賞給與我，豈能將他作侍婢看待？而況我與你新婚甚爾已將半月，錦衾角枕何曾稍分一別？你今忽如此猖狂，也太失新人之道了。但我仔細看來，也怪不得你如此，你年幼失母，不能親受母教，那知道關雎之詩，后妃不妒眾妾，而能善事君子呢？兩個姬人原不算什麼珍重，但是夫人作威福，恐有人傳出去，不免貽笑大方。尚勸夫人以後休得如此才好。」一席話尚未說完，又見吳又仙將坐椅推開，起身站立，纖纖玉手，將桌子一拍，喝道：「雲郎，你笑我幼失母訓，不知關雎之詩；但是你令堂，兒子未曾娶妻，先代他納妾，這也是教子有方麼？我自然不能上比后妃，但你欲上比文王❷，這也是為臣之道麼？你乃朝廷的命官，竟敢以文王自命，我為你家家婦，不過辱罵姬人。將此兩事，權一權孰輕孰重？我實對你講，你莫將母命來挾制於我，別話皆不談，就是停妻娶妾的罪名，你也逃不脫了。我又仙豈是個怕人之人麼？」說著，喝令四香將瑤枝、玉珮拉出去，將他衣服、首飾全行除下，打入青衣之輩，說：「即使母親知道，這也是我整肅閨門之道，不能使這兩個賤婢狐媚惑人。」瑤枝、玉珮見了這般光景，只駭得心驚膽怯，淚如水流，向又仙跪下，口中哀求說道：「婢子無知，尚乞寬恕！只怪少老爺酒後失言，婢子決不敢存一點狐媚之心，以冀稍分雨露。」這話本來是實話，那知更觸動又仙之怒，一聲大喝道：「呔！好大膽的婢子，爾等敢仗老太太之勢，恃將軍之寵，用言取笑於我。難道我枕衾間不許他人分占麼？你可知道你主母最忌妖言從中挑撥，

❷ 文王：即周文王。商朝末年周族首領。姓姬名昌。其子周武王滅商後，尊稱其為文王。是中國歷史上有名的聖主。

生性剛勇，雖三軍不足懼，豈畏你這兩個賤婢麼？若不將你們重罰一番，以後還要出言不遜。然而我不為已甚，本宜從重責你，今姑格外寬恕，免其重責，速代我脫去衣飾，仍作青衣，若再支吾，定責不貸。」瑤枝、玉珮見又仙如此威嚴，又見璧人先尚與他計較兩句，此時坐在一旁，連口也不開，只是低頭發悶，知道主人也是個懼內之輩。主人既然退避三舍，欲仗主人之勢，諒也不能，與其辯而受責，不若退而避禍。故即站起身來，一同退出，沒奈何只得將身上服裝、首飾卸下，復由四香帶他二人進來。又仙一見，才算恕容稍斂，復又命道：「你們從此以後，只准與四香一同起坐，伺候妝臺。若再妖言惑人，定不寬恕。」二姬只得聽命，暗自傷心而已。惟有雲璧人在一旁看見如此形容，好生不忍，因也暗道：「我今才知道閨中號令尤勝於閫外之威，說什麼閫外將軍，威風八面。從今以後，我真將軍二字削去，換一個懼內頭銜，再不然將懼內二字，加在將軍以上，就算一個懼內將軍便了。雲璧人呀，你何以怯弱一至於此，連一個妻小也壓服不住，做什麼朝廷命官，豈不可恥？又還望什麼朝雲暮雨，任我所為，只落得一束柔繩，將我牢牢縛住了。河東獅吼，我今日才曉得有這般利害。可嘆呀！可嘆呀！」雲璧人在這裡自嘆，此時又仙已稍息雌威，因命丫頭撤去酒肴，他便一人進入裡面臥房，獨就牙床❸午睡。他夫婦二人鬧了這一場笑話，所有情形，早有丫頭飛報至上房，從頭至尾，去告訴雲太夫人了。不知雲太夫人聽了此話何如，且看下回分解。

❸ 牙床：飾以象牙的眠床或坐榻。亦泛指精美的床。

第七十五回　驚聞惡語老母憂思　飽受雌威良朋笑話

話說雲璧人與吳又仙鬧了一場笑話，丫頭跑到上房，告知雲老夫人，恰好迎面碰見一個書僮，也是匆匆進來。那書僮一見丫鬟如此匆忙，因問道：「你為何如此匆促？」那丫鬟道：「你不知道麼？我家將軍現在怕夫人了，我告太夫人去。」那書僮便往下追問，丫鬟便將方才爭鬧的話說了一遍，忙問書僮道：「你此時往那裡？」那書僮道：「忠勇侯、英武伯與眾位將軍皆在外面，前來道喜，命我進來請我們將軍出去。」丫鬟聽說，因道：「你去請罷，可要小心些，不要再觸了夫人之怒。」說罷，如飛的跑進去了，見了雲老夫人，細細告訴了一遍。太夫人聽說，好生詫異，因帶怒道：「果有這等事，吾哥哥有先見之明了。他原說不應先代我兒納妾，將來恐有閑言，今果不出他預料。但是又仙也太不知禮了，未及半月，就謗毀姑嫜❶，羞辱夫主，如此不能含忍。且待我出去與他理論，看他其如我何？」復又想道：「本是我往日不是，為什麼先代我兒納妾？『溺愛不明』四字，我也不能逃脫。倘若媳婦就將此四字來問我，我又何辭以對？那時更不成話了。而況不痴不聾，不作阿家翁，只得裝一個不聞，免其淘氣。屏去兩個姬妾，卻也不算大事，只願他兩人好好也就罷了。況且鬧出去，就是人家談起來，也不免說我持家不正，正是何必惹人笑話呢。」因自解自嘆了一番，便身倚床上安歇一刻，因想起女兒來，悶悶不

❶ 姑嫜：丈夫的母親與父親；公婆。

樂。且不表太夫人心中納悶。再說那書僮走入後堂，偷眼一看，果見兩個姨娘淚痕滿面，換了青衣，愁眉不展，站立一旁。小主母也是怒容可畏，坐在上面。小主人也坐在一張藤椅上納悶。將大家看了一遍，卻是心內好笑，當下走到璧人面前，低聲稟道：「現在楚侯同眾位將軍均在廳中，請將軍出去賀節。」璧人聽說，便即應道：「你先去，就說我出來的。」書僮答應，到了外面，回了楚侯等的話，便去與他同伴共說新聞。不提防張穀的書僮也雜在內，所以有的閑話被他聽見，暗暗笑道：「稍停告知我家將軍，也是一件奇事。」璧人自書僮去後，也就換了衣服去到廳堂，吳又仙就要自尋午夢。璧人在廳上與大家道喜賀節，大眾說道：「你可算是新婚燕爾，寸步不離，放著我們在此，等了兩個時辰，方才見你出來。你究竟躲在房內何事？」璧人也無言可答，惟有強作笑容，唯唯而已。眾人再一細看，見他面色無光，怒容滿臉，大家也猜不出。惟張穀在旁自言自語笑道：「莫非今日雲兄受了嫂夫人什麼委屈了麼？不然面有愁容，這是何故呢？」璧人見問，俗語說得好：「賊人膽虛」，不禁慚愧，因強解道：「偏是張賢弟鬼祟不堪，兄有什麼愁容？只因午夢初醒，故有模糊之像。」大家見話，這也無疑，因即向璧人言道：「請伯母與尊夫人出見，以便道喜。」璧人謝道：「家母亦當午夢，內子❷卻不敢當，心感謝謝罷。」楚雲在旁，卻是暗暗自恨，不能親見親母請安道賀。桑黛一旁說道：「既如此，雲兄何不同我一起往大哥那裡道賀去呢？」璧人應道：「愚兄也要前去，如此同行甚好。」說罷，一齊出了府門，各人跨馬同往李府。可巧張穀的書僮就於伺候主人上馬時，將雲家書僮告訴雲府夫妻反目情由，悉數告知一遍。張穀一聽，又惱又笑，因暗道：「怪道雲兄今日貌帶憂色，原來娶了一個雌虎，又屏退他兩個心上人，怎

❷ 內子：指妻子。

得不怒形於色。」當下恨不得與璧人並馬，嘲笑一番，只因路上不便戲謔，惟有轉臉向璧人笑了一笑。璧人看他如此情景，深怕知道，恐其在路上說出來，只佯作不知，拍馬往李府而去。不一刻已到，大家下馬進去，早有李府門下人通報去了。大家走上大廳，尚未坐下，李廣早已整冠束帶，迎出廳來了。眾人一見，便即上前行禮。李廣一一回答已畢，大家又要同進內室，給李夫人、徐夫人請安道賀。李廣堅辭不得，只得先去通報。接著，大家到了內堂，各人先向李太夫人道賀已畢，於是又請李少夫人。洪錦雲也是欲避不得，只得出來相見，先是大家施禮，後又代洪錦雲賀節。各人退出，便往徐府西宅而去。這裡楚雲又將錢老夫人請出來道喜請安。錢老夫人見著女婿如此丰姿，好生快樂，回了半個禮，又說了兩句話，楚雲才退出，便一人去到西宅與徐老夫人請安道喜，復走出來。此時大家已齊在廳上，李廣說道：「今日天氣很熱，我們何不便到後園荷亭之上，共消長夏呢？」大家稱好，隨即同往後園，在荷亭上坐下。此時張穀一肚子話，實在忍耐不住了，再不說出來，好似要在肚子內作怪一般。又見璧人斜坐竹椅，面帶愁容，張穀便嬉皮笑臉，走到面前，伸手將璧人右手捉定，笑著說道：「呵呀，雲兄！你也不必煩惱了，我勸你看破些罷。可知他本是個英雄女將，沙場獨戰尚不懼分毫，豈有這一匹有膽有力的戰馬容人共奔呢？這也難怪他一聲獅吼，頓時吳楚交鋒。而況他這胭脂虎久有大名，甚猛甚銳，今日又是個端陽佳節，正是得令之時。不怪你自不小心，有觸虎怒，怎怪得他雌威亂逞，叱撻鸞鶯？勸兄忍字為佳，不必嘔氣。況且今天你雖為虎所伏，不日定要加封風虎雲龍，此乃大吉大利之兆。這封號小弟早代你預為料定了，在君王封你這將軍之上，定加一個都元帥之名。小弟還有一個美名送兄，做個外號，名曰『可憐蟲』三字，所謂既確且當，簇簇生新。得此兩個頭銜，尚患不能榮光一世麼？」雲璧人聽了他這一番嘲笑的話，恨不得爬入地洞內，只見他面紅過耳，難以為情。大家見張、雲二人如此情由，猜想不出，因即說道：「張賢弟，你與璧人鬼鬼祟祟說些什麼？」張穀見問，便向大眾說道：「我與璧人兄痛談他的家事。」大家聽說，又道：「他的家事與你何干？」張穀道：「雖不與我相干，但既知之，豈能不加勸慰？」大家還是不解，張穀道：「我告訴你們罷，只因璧人兄與吳氏嫂夫人，如此如此。你們想想看，我既知道，可能不勸一番，以盡朋友之道麼？」話猶未完，只聽哄然一聲，荷亭上滿座之人無不拍手大笑；惟有桑黛笑得跌足曲腰，口中說道：「再不料吳娘如此忍心害理，如此厲害非凡，可枉屈雲兄了。吳娘呀，吳娘！你可知雲兄自秦淮一見，朝朝暮暮何日忘之，思念之深時縈五內❸，好容易天從人願償了相思，就應該你愛我恩方不負思慕之切！不意郎自情深女多意傲，未過半月，便將吾兄心上的一對玉人兒任情摧折，你道他可惱不可惱，可憐不可憐呢？雲兄，雖是胭脂虎任意摧折，你也惹下風流罪孽。非是小弟笑言，從此你溫柔鄉裡要算一個囚人了。一縷柔絲把你縛得個直手直腳，勿論何事情，只得唯夫人之命是從了！堂堂七尺之身，見縛於婦人之手，豈不大可嘆麼？豈不大可笑麼？」這一句話說得雲璧人越發羞愧難勝，立身不得。大家正在競相嗤之，一聲大喝道：「氣煞我也！」大家吃了一驚，卻是楚雲在那裡大怒。畢竟楚雲說出怎麼樣的話來，且看下回分解。

❸ 五內：指五臟。

第七十六回　韡卿忿怒暗護哥哥　文俊嬉皮笑談嫂嫂

話說楚雲聽說這一番事，不禁心中暗想道：「嫂嫂如此不賢，豈不累母親生氣？」想至此不由得柳眉倒豎，杏眼圓睜，手拍雕欄，忽然立起，一聲大喝道：「豈有此理，吳又仙也是官家之女，怎麼連一句『無違夫子』的話皆不知道？進門未及半月，便自反目相爭，如此行為，真是令人氣煞！就便是未娶正妻，先行納妾，此也是官家常事，不足為奇，怎麼便存妒心，任意吵鬧？而況桑兄一案齊眉，尚有三美，閨中姐妹和好無猜，爾未目睹，亦嘗耳聞，倘若像你這般妒性，豈不要鬧得個天翻地覆，人鬼不安麼？雲兄呀雲兄呀！我也可笑你太無用了。難道你眼見如斯，就可將他輕輕放過？若放著我遇到此輩，立刻將兩姬喚回內室，另眼看待，還怕他大逞雌威，將你吞下麼？今日讓了他，他不以為你免淘閑氣，反以為你真個怕他。從此之後，一再囂張，我看你怎好與他白頭相守呢？」說罷，怒猶未息，李廣在旁，忽然嗤的一聲笑說道：「這可奇了！楚賢弟，你為何這樣動氣？雲賢弟自怕弟夫人，卻又干卿甚事？且天下斷沒有個朋友管人家閨閣的私情。你又非雲賢弟公親，這真是少聞少見，如此看來，你真要算得個好管事了。」張穀復又說道：「韡卿之言，也不過是矯情之論，河東獅吼，特無人知之，你道他真個有此膽量麼？」楚雲道：「張賢弟，你倒不可有此說法，小看了愚兄。我不過毫無納妾之心，若有此心，或為錢小姐所阻，你看我將彼阿嬌藏之金屋❶，他又能奈我何？」桑黛又道：「楚兄卻莫如此說嘴，所幸我嫂嫂不在此間，尚任你唇舌如刀，津津而道；倘若被我嫂嫂知道了，亦不免風流棍一根，請君消受呢！」張穀笑道：「桑兄你是占盡人間之福了，一房三美人，其樂無涯；然在小弟看來，美滿之中免不得稍有缺憾，三美相思之債今已畢償，所憾者還有卿卿一姐姐素琴小婢不知何日才為他抱衾與裯呢？」桑黛道：「這卻不難，欲行則行，何云缺憾！我總不似別人已成之事、得意之人，一旦蕙折蘭摧忍而處此的。」大家你言我語，說個不休。獨有楚雲怒猶未息，復向喻昆說道：「呵！喻兄，令表妹所為也未免太過了。怎麼將姑嫜謗毀起來，似乎於婦道大有虧損。改日歸寧❷之際，喻兄也得要勸他一番，既然要敬重姑嫜，順從夫主，還須寬待兩姨，方是正理。今日在此，幸虧是同盟兄弟毫無嫌疑，談笑一番，不算什麼要緊；倘若遠揚出去，被局外的知道，果然嗤笑雲兄夫綱❸不振，令表妹也不免被人見議，就便喻兄似亦不能解脫的。」喻昆點頭稱是，因也說道：「舍表妹如此行為，實在令人難下，只可惜他未嫻母訓，以致有如此的性情，等到歸寧，愚兄也定要痛說他一遍。」說著，便走到雲璧人面前，深深一揖，告罪說道：「舍表妹作事荒唐，豈有此理！尚望雲兄看小弟薄面，勿過生氣。俟舍表妹歸寧之日，小弟當痛痛的教訓他一番，使他敬重姑嫜，順從兄長，優待兩姨寵姬便了。」雲璧人見喻昆如此，反不過意，因也謝道：「難得喻兄鑒此情形，一切皆仰仗鼎力，但冀室家和樂，不再猜疑，愚兄那時便感激

❶ 阿嬌藏之金屋：即「金屋藏嬌」之典。
❷ 歸寧：回娘家探親。
❸ 夫綱：即「夫為妻綱」。指封建社會中三種主要的道德關係之一，即君為臣綱，父為子綱，夫為妻綱。綱是提網的總繩。為綱，是居於主要和支配地位的意思。

不盡了！」李廣在旁拍掌笑道：「這真好看煞人也，表妹缺禮，表兄賠罪，表妹丈過意不去，表舅子竭力挽回。這也罷了，畢竟大家都有親戚之誼，惟有一個置身局外絕不相干的外人，偏要置身局中，爭大理、說綱常，動怒含嗔，津津而說，要白白的拉扯出人家一個表舅子來問罪。這等打抱不平的人，卻也罕聞罕見，真個要算得一件風流奇談。」說得眾人都大笑不止。就連楚雲也就大笑起來。大家笑定，恰好家人擺上酒肴，大家坐定，卻少了一個徐文炳。李廣便問道：「文炳賢弟那裡去了？」文亮道：「他說身上不爽，回去了。」李廣道：「幾時去的？」文亮道：「去已多時了。」張穀道：「豈是身上不爽，他又是陪嫂嫂去了。」文亮聞言，不覺嗤的一聲笑。張穀復問文亮道：「二哥何笑之有？」徐文俊在旁說道：「吾想二哥不笑旁人，只笑大哥過於情重。」張穀又問道：「三弟你何以知之？」文俊道：「我大哥自從娶了嫂嫂之後，終日躲在房內，寸步不離，即每日去往母親前請安，亦必攜手同行，刻不能離。其他如嫂嫂梳妝，大哥必代揮扇；嫂嫂理髮，大哥必代畫眉。再不然兩兩談談心，時而大笑。痴情不過，捨我大哥再沒有旁人像他了。」張穀笑道：「這是你一片胡言，大哥雖鍾於情，亦未必如此，而況兄嫂之事，你又何從得知？」文俊笑道：「我雖不曾目睹，卻因婢女告知弟婦，因弟婦告知小弟，方才知道的。卻有一件目睹之事，這日母親命我去喚大哥，我方走到嫂嫂房外，但見嫂嫂坐在窗前，手中拿著一顆明珠，不知他悄語低言說些什麼情節；又見我大哥春風滿面，向著嫂嫂左一揖右一揖不知作了許多揖，究竟不知所為何事？那時我看見煞是好笑，只得站在外邊喊了一聲。嫂嫂一聽吾言，漲得滿面通紅，趕著退步進入裡面。吾大哥也就掀簾而出，見著我言語支吾，好生羞赧。此是我親眼所見，並非捏造謠言。此時大哥什麼身體不爽，定然又是陪嫂嫂去了。」這番話說得眾人大笑不止。待大家笑定，桑黛又說道：

「我倒不知一個好好先生竟如此多情，善於事婦。但不知三弟與弟婦，這私房蕪婉又將何如呢？」文俊道：「不瞞兄長說，在先雖不如我大哥那種恩愛，卻也不薄。可惜現在已經懷孕，他又刻刻遵守胎訓，還說什麼蕪婉私情呢！」桑黛聞言已是笑個不止，又見張穀又向他用手羞道：「你這般老臉，甚是罕見罕聞，還虧你鑿鑿而談，當作一件正大光明之事，豈不可恥孰甚麼？」文俊道：「還有什麼不正大不光明，育女生男人人應為之事，而況不孝有三，無後為大，與其擔不孝之罪，何如作盡孝之人呢！」大家又笑不止，桑黛復又說道：「想著我大哥完娶已久，如何至今尚未聞夢入熊羆❹，倒是你這小娃娃，竟爭得後來居上。」一言未畢，只見張穀在背後伸出三個指頭說道：「桑兄你還在夢裡呢，大哥仲冬之月便要弄璋❺了。」桑黛聞言，便笑問張穀道：「賢弟你又從何得知？」張穀道：「吾雖不能盡知，豈能阻丫鬟小使之不說麼？既有丫鬟小使說出，則我就可以知道呢！」桑黛聞言，即出席走到李廣面前，深深一揖，口中說道：「恭喜恭喜！將有弄璋之喜了。」李廣正欲答言，恰好楚雲也說道：「可喜可喜！原來嫂嫂有喜了。但不知約在何時降生？那時可要擾喜酒蛋的。」張穀復又搶著說道：「這個自然，如何少得了的。但是湯餅筵❻開，嬌兒學語，我等自然忝為伯叔，不知將你作何稱呼？我仔細想來，惟有

❹ 夢入熊羆：即「夢熊羆」。同「夢熊」。古人以夢中見熊羆為生男的徵兆。後以「夢熊」作生男的頌語。語本詩小雅斯干：「吉夢維何？維熊維羆。」鄭玄箋：「熊羆在山，陽之祥也，故為生男。」

❺ 弄璋：璋，一種玉器。詩小雅斯干：「乃生男子，載寢之床，載衣之裳，載弄之璋。」鄭玄箋：「男子生而玩以璋者，欲其比德焉。」意謂希望兒子將來有玉一般的品德。後因稱生男為「弄璋」。

❻ 湯餅筵：舊俗，生兒三日設筵招待親友，稱「湯餅筵」。亦稱「湯餅宴」或「湯餅會」。湯餅，湯煮的麵食。

稱你作『姨娘』二字，最為切當。」楚雲不禁面上一紅，一聲啐道：「張郎！你休要嚼斷了舌根。」兩人正在謔浪笑狂之時，忽聽胡逵大笑說道：「真是有趣之至，俺家老婆也有孕了。臨盆之時，也在冬月，那時倒要與大哥比一比育女育男，看看誰強誰弱？」胡逵說至此，不覺搖頭晃腦，得意非常。眾人見了他如此情形，更是大笑不止。好容易大家住了口，正要飲酒，忽見張穀將徐文亮一扯，附耳低言，帶笑說道：「二哥，今日難得如此盛會，我們二人定要想法將他們灌醉了，莫讓他們好好回去。誰叫他們平時只戀妝臺，將我等疏落！今日將他們灌醉，一任那巫山神女久等襄王。」文亮聽了此言，含笑就說道：「這個法倒覺甚是有趣，我們就此去行。」說著，他二人便一執玉壺，一執銀盞，去向各人勸酒去了。

畢竟醉倒幾人，且看下回分解。

第七十七回　蒲綠榴紅開筵坐花　美景良辰飛觴醉月

話說張穀、徐文亮二人計議已定，各執壺盞，先從李廣起，周圍各敬三杯，然後復回坐下。文亮復又說道：「諸兄，今日既是佳節大宴，大家又相聚一起，很是有趣。小弟卻要出個酒令，上按一句詩經❶，下按一句曲牌❷，或詞牌❸或俗語，下接一句詩，這詩不必泥定成句，自撰者亦可，惟要一氣，雖帶嘲笑不妨。其有平時不能文墨者，各飲五大觥罷！」大家道：「好。」張穀說道：「內中尚缺一人，必得把好好先生尋來，方才有趣；而況他是個殿撰公，少了他，大家就沒有什麼興致了。」桑黛又道：「此言正合我意。」便令徐文俊去請。文俊究竟是個小孩子，只知鬧裡取鬧，當即離了座位，一口氣跑回家中，居然將文炳拖來。大家見了文炳，自然嘲笑一番。文炳也無言可答，只得入席而坐。桑黛又將行令的話告訴他一遍。文炳只得答應。張穀便執杯在手，酌上一杯酒，先送到李廣面前，當下說道：「這令

❶詩經：中國最早的詩歌總集。本只稱詩，儒家列為經典之一，故稱詩經。編成於春秋時代，共三百零五篇。分為「風」、「雅」、「頌」三大類。

❷曲牌：曲的調子的名稱。如點絳唇、山坡羊、掛枝兒等，名色多至幾千個。每一曲牌都有一定的曲調、唱法、字數、名法、平仄，可據以填寫詞。曲調章節，古代都寫在牌子上，故稱曲牌。

❸詞牌：填詞用的曲調名。最初的詞，都是配合音樂來歌唱，有的按詞製調，有的依調填詞，曲調的名稱即詞牌。一般根據詞的內容而定。後來主要是依調填詞，曲調和詞的內容就不一定有聯繫。

可是要即景生情，請大兄首先出令。」李廣不好推卻，只得將滿杯飲乾，想了一刻，口中說道：「憂心忡忡❹，可憐蟲！吼聲安敢望河東？」李廣方才說罷，桑黛趕著斟上一大觥，送到雲璧人面前，說道：「請君飲此巨觥，聊破煩惱！」雲璧人無奈，只得將酒飲乾，說道：「我有了。」因即說道：「君子好逑❺，上小樓，徹夜無眠話不休。」桑黛聞說，因自道：「雲兄休妒，小弟飲酒便了。」文亮道：「真爽快。」桑黛將酒飲乾，因即說道：「我心悠悠❻！好姐姐，何時鄉可入溫柔？」說罷，便又斟酒，送到璧人面前，使璧人飲。璧人道：「這是怎麼說？為何又叫我飲起來？你分明想著素琴才有此話。我若飲了此酒，這豈不是素琴要歸了我麼？」桑黛道：「不然，我自指瑤枝、玉珮而言，代你隱恨的！」李廣道：「桑賢弟，我幫著璧人。卻是你自己想扳人，反弄到自己身上了。這三句話，照語意看起來，你竟不能胡賴：『我心悠悠』，是未曾到手，但可望而不可及之意。因此思念甚深，故情急而呼姐姐。既呼之而又不能不存奢望，所以有『何時鄉可入溫柔』之句，這竟是要你吃酒的。」桑黛無詞以對，只得自斟一大觥飲畢。徐文俊也就搶著說道：「我也有了一個，這只是不大妥貼，說出來可用則用，如不可用，算罰我一小杯。」李廣道：「也好，你且說來。」文俊道：「之子于歸❼，懶畫眉，個人心事太依依！」張穀拍案叫絕道：「好一個『個人心事太依依』。」忙著斟了一大觥，送到文炳面前，令文炳立飲。文炳

❹ 憂心忡忡：憂愁不安的樣子。詩召南草蟲：「未見君子，憂心忡忡。」

❺ 君子好逑：原指君子的佳偶。語本詩周南關雎：「窈窕淑女，君子好逑。」

❻ 我心悠悠：詩邶風泉水：「思須與漕，我心悠悠。」意思是：心飛向沬與漕，綿綿相思盼重遊。

❼ 之子于歸：詩周南漢廣：「之子于歸，言秣其馬。」意思是：於是子之嫁，我願秣其馬。

道：「怎麼派我飲？」張轂道：「你且飲了，我再與你說知。」文炳便之乎者也道：「豈有如此作劇乎？我誠不知其所謂也。」張轂笑道：「到底是狀元公，脫不了個之乎者也，你也不必文了，我實告訴你的，那日不是給你家夫人做了個畫眉夫婿麼？又有一日，給我那范氏嫂嫂作揖連連，這還算不得個心事依依麼？你快飲了罷，免得誤了人家的酒。」文炳又道：「真是捏造謠言，豈有此理，我實在沒有這件事，如何令我飲此酒呢？」楚雲道：「不必爭論，我代你改一句，你可再不能推卻了。將這『個人心事太依依』，換了一句『狀元歸去馬如飛』的成語罷！」李廣道：「煞是的確，座中無第二個狀元，徐賢弟你可不能再賴了。」文炳沒法，只得立飲而盡。心中卻恨著楚雲，因道：「楚賢弟，你先飲一大觥，我便說出來，叫你無詞以對。」楚雲道：「那裡有這等酒令？你的令尚未說出，便叫人家飲酒，我知道說得是不是呢？」文炳道：「如果不是，我當罰一大觥。」張轂道：「這也是說得公平，楚兄你就先飲了酒，看他說得是也不是。如果不是，好在我們大家都在這裡，還怕他再跑了不成。」眾人也幫著道好。楚雲只得斟一觥飲盡。徐文炳這才說道：「顛倒衣裳，罵玉郎，雲雨巫山枉斷腸！」說罷，向楚雲笑道：「可是也不是麼？」楚雲道：「胡說，連一些兒都沒有對證，你敢不罰一巨觥？」文炳道：「怎麼不是，你且等我解說出來，你方肯心服。自從大哥認得你之後，朝夕相親，寸步不離，真個是如膠似漆，情致纏綿。乃至大哥娶了嫂嫂，他便去戀嫂嫂，將你拋棄下來。你想到那『顛倒衣裳』之時，豈有不罵玉郎之理？所罵玉郎何事呢？亦只恨雲雨巫山不能遂你之願，枉自斷腸耳！真正確切之至，你再說我不能深知你意，你就負了我的苦心了。」說得眾人大笑不止。再看楚雲真是頰暈紅潮，好不難受，當下向他啐了一啐，道：「你好好的一個文氣沖天的人，也要學張郎那捉狹鬼的心跡。你若再不快快罰一大觥，可不要怪我前來灌你了。」文炳笑道：「我罰一觥倒是小事，只怕你雲雨巫山枉斷腸，未免令人代你嘆息。如此一個玉郎，眼睜睜被人奪去，能不痛哭流涕長太息麼？」說罷又斟上一觥，立飲而盡。忽聽胡逵大聲喊道：「俺不懂你們這之乎者也，怎麼罵玉郎，雲咧，雨咧，俺在這裡吃這悶酒，實在不樂。你們談得津津有味，只顧自己，不顧人家厭煩，俺倒有個主意，大家可以共樂呢！俺們改個令來擊鼓催花，花落在那個手內，鼓歇住了，就是那個飲酒，也免得你們你將我作耍，我拿你取笑，弄得切切不休。」接著喻昆、甘寧、蔣豹等一齊說道：「這個辦法倒是有趣，俺們就來擊鼓催花罷。」李廣道：「也很好。」於是張穀、徐文亮也就出了席，叫小書僮取了一面鼓來，又折了一枝花，便由李廣傳起，傳了有十七八起。座中以桑黛吃得最多，楚雲次之，徐文炳又次之。此時大家俱皆大醉，惟有桑黛、徐文炳、楚雲三人醉得極厲害。三人之中，又推桑黛醉得不成話說。李廣見大家皆醉，即命撤席，將各人送轉回家。雲璧人到了家中，見吳又仙獨擁香衾，猶含怒意。他便趁著酒興，一片花言巧語，把個吳又仙哄得怒氣全消，同入羅幃，共結鴛鴦好夢。只有瑤枝、玉珮不能親近便了。桑黛飲得爛醉如泥，到了家中，恰好他三位夫人一個未睡，皆在那裡等候。一見書僮將他扶了進來，但見他醉眼朦朧，玉山傾倒，知道是醉飲歸來。便問書僮道：「將軍在那裡飲得如此醉法？」書僮答道：「是在英武伯府中，共賞端午筵宴，眾位將軍皆是醉得如此。」一面說，一面將桑黛扶在沉香榻上坐定，三夫人走上前來呼喚。但見桑黛口一張，傾盆而出，吐得滿地糊塗，頂上烏紗已落在地上，羅衫已被他吐出來的酒濺得很不堪。三位夫人皆掩鼻而笑道：「何必吃得如此，依舊是還了他。」恰好素琴見這般光景，趕著出去熬綠豆湯，與他醒酒。又一眾丫鬟打水的打水，擰手巾的擰手巾，亂亂紛紛，忙得手忙腳亂。過了一刻，素琴將綠豆湯熬好，端進房來，又用了兩個碗，次第傾倒十有數次，綠豆湯方才涼透。當由晉小姐接過，殷小姐倚著桑黛，駱小姐取了調羹，慢慢的給他灌下。不知這綠豆湯飲下，何時醒轉來，且看下回分解。

第七十八回　大醉如泥將妻作友　小星在抱納婢為姬

話說桑黛將綠豆湯飲下，三位夫人打算他必然可以立解酒意。那知飲了下去，不半刻又吐了出來，口裡還說著醉話道：「張賢弟，我和你再來飲三大杯，你，你，你看我可得醉？」三位夫人齊聲笑道：「飲得如此大醉，還要三大碗，如此貪杯，亦算是個酒痴了。」一面笑說，一面又向桑黛耳畔喚道：「將軍醒來！」喊了好幾聲，只見桑黛醉眼微睜，向三位夫人先大笑了一陣，復將麗仙的玉手挽定，口中說道：「蟫卿！這酒令陳語翻新，也不算什麼奇異。我們還是來猜單雙，那才有些意味。」又錯認驚鴻、秋霞二人說道：「徐二賢弟、張賢弟，為什麼空站在這裡，不斟酒與我吃麼？」說著站起來，那知頭重腳輕，身子一歪，恰好倒在殷麗仙身上。殷麗仙毫不防備，立腳又不穩，就此一交跌倒在地。恰好桑黛跌在麗仙身上，驚鴻與秋霞看著好不可笑。一面笑著，一面上前先將桑黛扶起，一個又將麗仙扶了起來。此時麗仙被跌了一交，不覺動怒起來，因向桑黛啐道：「你替我坐著罷！就是好吃酒，也少吃兩杯，如何吃到這步田地，真個是黃湯❶灌多了，連人都不認得了麼？」桑黛見說，還是不明白，還望著麗仙笑呵呵的說道：「大哥為什麼動怒？我也不灌蟫卿的酒，不勞你厲聲正色，動起無明火。就便是去灌蟫卿，也不須你大哥袒護。」說罷，復又大笑不止。駱秋霞在旁說道：「罷了！罷了！吃酒吃到如此，真是罕

❶ 黃湯：指酒。

聞罕見，我們可不要理他，若再理他，他的話越發多了，不如將他扶上床去睡。」殷、晉二位夫人齊聲稱是。桑黛卻在晉鸞鴻房中，於是將他扶在鸞鴻床上給他睡了。殷、駱二人也就出去，各回自己房內。這裡桑黛上了床，即刻就鼾呼大睡起來，真個是「事大如天醉亦休」，任什麼皆不知。鸞鴻小姐卻也無法，只得和衣而眠，睡在床邊上睏了一夜。直到次日天明，桑黛醒來頗為詫異。此時晉小姐尚未睡醒，桑黛將他推醒，問說道：「我昨日什麼時候回來的？」晉小姐見問，便將昨晚的醉態告訴他一遍。桑黛又好笑又慚愧。二人正在喁喁私語，笑說一回，恰好殷、駱二人也走進房來，在帳子外喊道：「桑郎曾醒來麼？」一言未畢，桑黛從帳子內鑽出下了床，即望著麗仙一揖道：「昨晚醉後，多多得罪，尚望夫人寬恕。」麗仙被他一揖，反覺不好意思起來，當下說道：「這有什麼得罪，不過吃酒也不應吃到那樣。別樣事小，酒固助興，亦復傷人，多吃了亦傷害身體。」桑黛道：「從此當得遵命。」秋霞道：「二姐姐的話，卻也不錯，可是以後再不可吃得如此。就如昨日那樣，假如你與二姐跌傷了什麼地方，也是為貪杯之故，這又何必呢？」鸞鴻此時也下了床，也就從旁說道：「酒能亂性，這句話可是實在不錯。你看昨晚那般光景，煞是令人又氣又惱又好笑。二妹妹固然吃了苦，還帶累著我一夜不曾睡安穩。」麗仙搶著說道：「罷咧，你一夜未曾安睡，總比我好多了，我還要陪著他跌一交呢！姐姐若因一夜未曾睡安穩，明日叫桑郎多補你一夜便了。」晉鸞鴻臉就一紅，當即笑罵道：「你說好了，我願桑郎再有一日吃得大醉而回，還叫你再跌一交。」桑黛不等說完，他便插言說道：「你們大家不必如此，總是我的不是。我從今夜起，一個一夜，補報你們三個便了。」三人聽了此話，不覺齊聲道：「啐！誰同你說這混話，你以後再要醉得如此，看我們三個人再也不來理你了。」正說話間，恰好素琴走進房來。桑黛一見，便大喜道：「你們不理我，理我的人來了。」殷、晉、駱三人聞說，回轉頭來一看，卻是素琴。當下驚鴻便觸起一件事來。素琴進來之後，先與桑黛請了早安，然後又向三位夫人請安已畢，又向桑黛說道：「姑老爺今日醉醒了？」桑黛道：「昨日承你不棄，代我熬綠豆湯，今日你家小姐與殷、駱二位小姐，說我以後再吃得如此大醉，他們就不理我。我萬一再醉得如此，你可肯理我麼？」素琴道：「三位小姐可以說這話，我何敢說這句話呢？」桑黛道：「你究竟願意不願意呢？」素琴道：「理所應該，有什麼不願意呢？就便不願，也只可暗自懷恨，終不能明說出來，況且也沒有什麼不願意。」殷麗仙道：「看來定是願意的。當日設法救他，還那樣願意，豈有今日公然作事，倒不願意起來？本來姑爺也是願意你的，他還是常說那救命之恩，尚未能報，我看起來，這恩是不可不報的。」說著又向桑黛說道：「你時常說要報他的恩，到底幾時才報答他？」桑黛道：「我是久要相報了，特恐你們三位夫人不能見允，我也是無可奈何，只得乾說兩句話便了。」殷麗仙、駱秋霞齊道：「我們倒沒有什麼不允，只恐大姐姐有些難於從命。」晉驚鴻本來早有此意，欲將素琴勸桑黛納為側室。今日聽桑黛方才那句話，更是觸動心懷，便要促他們二人商量這事，又覺難以啟齒。現在聽他們二人如此說法，正合心意，即湊上去說道：「我有什麼不允，惟恐二位妹妹有些不願，所以我雖有此心卻總未啟齒。兩位妹妹既說到這句話，我可就要與你們商量了：好歹讓他二人遂了初願。兩位妹妹，看是如何呢？」麗仙道：「姐姐如果寬恩，小妹斷無不允。」駱秋霞道：「妹妹也是樂從。」驚鴻道：「既是所見略同，我就代他們兩人擇日了。」殷、駱兩人齊道：「當得當得。」當下便向桑黛道：「有此一舉，你以後儘管吃酒罷，好在有人理你的。」桑黛當下便對他們三個又作了一個揖，謝道：「多謝夫人美意，特恐我這溫柔艷福，不能消受呢！」此時素琴聽他們說這話，早已跑出房外去了。不一會，素琴又特來問他們吃什麼早點，才走進房，駱秋霞便向他說道：「恭喜你大喜了！以後可是要多多理你家姑爺了。」素琴見說，不覺面紅過耳，連話也不曾問一句，掉轉身復又跑出去了。恰好小丫頭拿面水來，桑黛梳洗已畢，殷、駱兩位就在驚鴻房內一齊梳頭。桑黛也不曾出去，就去看三個人將頭梳好，又等他們抹粉塗脂修飾已畢，這才一齊出來用早點。大家用早點已畢，驚鴻便取了通書細加檢看，擇定初十良辰，桑黛自然喜不自禁。駱秋霞便立起身來，去尋素琴，將他作耍，閑話休表。當日就代素琴料理起來，三個人一齊代他收拾了新房，又趕著做了幾件簇新的衣服，以及床帳被褥，無不預備周到。前三日又叫桑黛寫了請帖，去請眾位同盟兄弟。大家得著請帖，個個也就預備禮物相送。到了初十這日，自李廣以次，凡是同盟沒有一個不來道喜，整整在家鬧了一日，直至三鼓將盡，大家才算散席而去。這日晚間，晉、殷、駱三位也在新房內擺了一桌酒席，晉驚鴻南面坐，殷、駱東西相陪，新姨坐在下面。三位夫人正在那裡傳杯弄盞其樂陶陶，忽見桑黛走進房來，三人起身說道：「將軍請坐，且待新姨敬你一觴。」桑黛謝道：「本當陪三位夫人痛飲，奈已微醉，若再貪杯，恐又蹈端節笑話，只好敬謝而已。」忽聽殷麗仙一聲喚道：「沁香，你也忒膽大了，主母之言，你竟敢違背，還不代我過來。我們每人賞你三杯，你就向素琴姐姐旁邊坐下罷。」桑黛聞說也就情不自禁，即刻走到麗仙身旁，將他玉肩一拍說道：「既如此，我陪卿卿坐下罷，就可知道我今夜不伴新娘，偏要相陪主母。」說著扶在肩下坐定，於是三妻一妾飲了一回，晉、殷、駱三位夫人便命撤去殘肴，一齊辭別而去。讓桑黛與素琴同遂于飛之樂。後事如何，且看下回分解。

第七十九回　眾英雄受室畢良姻　紅毛國興兵犯中國

話說桑黛自納素琴之後，真個嬌妻美妾，占盡溫柔鄉，較之雲璧人大有天淵之別。璧人也不免因此短嘆長吁，自恨風塵命薄，偏遇著河東獅吼決絕無情。閑話休表。光陰迅速，所有各家的新娘俱已滿月，於是次第回門，各人的泰山泰水❶，見著一對對快婿佳兒，皆是歡樂無極。當下又觸了二三家心事，范相因駱熙尚未授室，因聞得協辦大學士鄭峰有兩個女兒，一名素娥，一名湘娥，皆是才貌雙全德容俱備。因挽了武提督逢春、英武伯李廣為媒，求素娥匹配駱熙。蔣豹聽了此事，就此挽殷霞仙、桑黛執柯，求湘娥與蔣豹為室。鄭峰亦俱允諾。武提督也有兩位小姐，長名麗娟，次名秀娟，俱待字閨中，尚未許字。因見鄭學士兩位小姐俱已字人，也動了一個向平之願，因即日將李廣、殷霞仙請來作伐，以長女許配木林，次女許配傅璧方為室。李、殷兩位聞命之後，便即託他二人分頭去說。傅璧方、木林無不應允。這四家也就分頭下聘，次第行盤，擇吉迎娶，自有一番熱鬧，也不必細表。其餘如甘寧、鄭九州、左龍、左虎，也次第聘了官室之女，只有洪錦須待父親屍首埋後，方可娶親。洪夫人也無可奈何，只得如他所願。徐文亮因念著史錦屏之事，不肯另聘；張穀要親目所睹，方肯下聘，李廣雖累次相勸，怎奈他堅執不允，此時也只得由他，隨後再作計議。這數月男婚女嫁，俱已成就良緣，溫柔鄉中，流蘇帳❷裡，無

---

❶泰水：舊時對妻子母親，即丈母娘的別稱。

不快樂萬狀。那知樂極生悲，聚久必散，乃古今一定之理。你道為何說出這句話來，難道又有什麼意外之事嗎？原來只因劉瑾等篡逆未成，那時就帶了家小逃往紅毛國安身。這紅毛國王平日卻與他有些交誼，見他逃入本國，即十分優待。於是劉瑾等終日花言巧語，煽惑國王，皆謂南朝如何繁華，如何富麗。國王聽信這一班奸賊的胡言，便動了個奪取中原天下的意思。當時尚未決計，又與劉瑾等商酌了幾次，劉瑾等又慫恿了幾句，紅毛國王遂便決計興師，奪取南朝天下。這日就撥數十萬雄兵，多員猛將，即以劉瑾等為嚮導，渡過大洋，竟犯廣東境界。這廣東巡撫料難抵敵，一面閉關死守，一面寫了告急表章，申奏朝廷，請發兵剿除。這日正七月初一日，天子臨朝，各官俯伏金階，山呼已畢，站立兩旁，忽見黃門官捧進一張奏章來，走到金階以下，奏道：「啟萬歲：今有廣東巡撫奏稱紅毛國興兵犯境，特進告急表章，求旨飛速飭派雄兵前去征滅。」武宗聞奏大驚，當即命將表章呈上。黃門官當即呈上御案。武宗覽表已畢，不免大驚失色，因將這表章與范相觀看。范相接過看了一遍，當即跪下奏道：「臣啟陛下：這紅毛國素性強梁❸，久已不來入貢，加之劉瑾等這般奸賊前去依靠，難免不慫恿他興兵犯境，公報私仇。今既興兵而來，諒這小丑跳梁，不足為懼，天兵一到，指日成擒。但這朝內諸臣恐難抵敵，依臣愚見，非李廣等不足以克奏膚功❹，尚乞陛下欽奪。」武宗聞奏已畢，龍顏大悅，因道：「據卿所奏，甚合朕意。朕即派楚雲為招討正元帥，率領眾將，挑選雄兵，即日開往平番擒逆。」范相聞言，復又奏道：「臣

❷ 流蘇帳：用流蘇裝飾的帷帳。流蘇，下垂的穗子，用五彩羽毛或絲線製成。

❸ 強梁：兇暴；強橫。老子：「強梁者不得其死。」

❹ 膚功：也作「膚公」。大功。典出詩經小雅六月：「薄伐玁狁，以奏膚公。」毛傳：「膚，大；公，功也。」

聞眾人平日皆推李廣為尊，如以楚雲為帥，特恐人心不服。且以李廣素嫻韜略❺，曉暢戎機❻，若以李廣為帥，楚雲副之，藐爾番奴，定難負隅，自後大獲全勝必矣。陛下幸納臣言，天下幸甚，國家幸甚。」武宗大喜道：「足見卿代朕憂勞，經心擘劃，當依卿所奏便了。」說罷，隨即宣李廣、楚雲上殿，又遣內侍宣詔蕭子世、廣明入朝。一會子一眾英雄聞詔皆至，當即俯伏金階，山呼已畢，分班站立。武宗即將紅毛國興兵犯境的話說了一遍，當即降旨道：「朕今封李廣天下都招討平蠻大元帥，楚雲為平蠻副元帥，蕭子世為軍師，其餘先鋒隨征將士、催督糧餉，各將悉著李廣調撥。明日朕令首相親送兵符將令到教場，先付元帥收執，候著欽天監❼選擇良辰吉日出師，諸卿務各努力，克奏膚功，毋負朕意。」武宗降旨已畢，由李廣以次均各俯伏金階謝恩。武宗退朝，各官散朝。李廣等也就各自回府門，將此事告知家中父母妻子知道。各家太夫人、少夫人一聞此言，都有些驚慌之色，但係奉了君命，也無可奈何，只得暗暗傷感。而況皆值新婚之後，燕爾正篤，伉儷方濃，忽遇奉旨遠征，卻皆是悶悶不樂。就便李廣等雖然是佼佼丈夫，不以為意，究竟有些英雄氣短，兒女情長，到此亦不免暗恨當日不該學武，還是一個文官，免卻許多南征北討。這也不在話下。到了次日，便要去教場親受印信。李廣便換了戎服，只見他頭戴金盔，身穿鎖子黃金甲，內襯一件蜀錦紅袍，腰束玲瓏玉帶，背插八面繡鸞旗，左掛雕弓，右懸羽箭，腰間佩一口龍泉寶劍，足踏花腦頭戰靴，胯下一匹黃驃馬。副元帥楚雲，頭戴著鳳翅銀盔，珠抹額，

❺ 韜略：六韜、三略是古代的兵書，後因稱用兵的謀略為韜略。

❻ 戎機：指用兵的時機。

❼ 欽天監：官署名。掌管觀察天象，推算節氣曆法。

身穿柳葉銀戰鎧，內襯白綾繡蟒戰袍，八面繡鸞旗背後高插，左掛弓，右插箭，斜佩龍泉劍，腳蹬銀腦戰靴，胯下一匹白馬。蕭子世頭戴一頂金絲盤頂九綸冠，身穿一件八卦風雲紫絳道袍，羽扇輕搖，拂塵低執。兩位元帥一樣的威風凜凜，殺氣騰騰；一位軍師，生就的道骨仙風，超群脫俗，齊往教場而來。不一會到了教場，早見那一眾英雄偏裨將士兩旁迎接，正副兩元帥與著軍師一齊下馬，步上演武廳，忽聽炮響三聲，鼓樂齊奏，正副元帥、軍師在上面一排坐定。只見范相手捧黃金印，鄭協辦捧著尚方寶劍，殷翰苑手捧先鋒印，武提督手捧軍師令箭，一齊趨上演武廳，三聲炮響，鼓樂齊鳴，范相等將金印兵符送上。李廣等當即三跪九叩首拜受印信，復又望闕謝恩已畢。李廣三人便讓范相、鄭協辦、武提督、殷翰苑坐下，范相首先與李廣等三人說道：「惟願元戎❽一戰成功，早平醜虜，老夫當靜聽捷音。」李廣謝道：「想李某自愧樗材，辱蒙保荐，敢不竭力盡忠，上報君上之恩，下酬知己之德。惟願託庇早定厥功，班師有日。」范相等又叮囑了好些話，即便告別而去，上朝復命。這裡李廣等將范相送至演武廳下，復又歸座。一眾英雄偏裨牙將❾，皆上來參見聽令。李廣等三人謙讓已畢，又將三令五申吩咐了一遍，這才喊道：「桑黛、徐文亮，命你二人為左右先鋒，各領精兵一萬，俟欽命吉日一到，隨即開兵，不可有誤。」桑黛、徐文亮答應一聲「得令」退下。又喚洪錦、傅璧方：「命你二人各帶精兵五千，為隨征督糧使。軍中以糧草為本，萬萬不可有誤，如違令者，定按軍法從事！」洪錦、傅璧方答應一聲「得令」退下。其餘一眾英雄，皆為隨征將士，又將各兵冊逐細看了一遍。當即挑選了十萬雄兵，命在教場駐紮，

❽ 元戎：主將。

❾ 牙將：古代中下級軍官。

只待吉日出征。吩咐已畢，李廣等三人仍各上馬回衙，眾將士也就各回衙署。次日一早，有欽天監送了出師的吉日到元帥府內，原來擇定七月初八上吉良辰，出師征討。李廣奉到欽定日期，即刻傳各將士預備拔隊。因此各家內眷俱收拾行裝，準備初八一早隨元帥出征，誅討紅毛國。那一眾新婚燕爾之人，說不盡別鵠離鸞之慘。後事如何，且看下回分解。

第八十回　大元帥奉旨討蠻寇　兩英雄斬賊立奇功

話說英武伯李廣到了初八一早，便即全身披掛，辭了母親妻子，硬著心腸，上馬直奔教場而去，不一會已至。又見副元帥楚雲、軍師蕭子世、左先鋒桑黛、右先鋒徐文亮、督糧官洪錦、傅璧方，以及一眾英雄、隨征將士，早已先到。李廣下馬，便與楚雲、蕭子世三人同上演武廳，點名已畢，即刻祭旗❶，炮響三聲，金鼓齊作，李廣當即傳令命左右兩先鋒，即刻拔隊起行。桑黛、徐文亮答應一聲，隨即督率所部拔隊。李廣等三人見先鋒已經拔隊，也就統率大兵出城。十萬雄兵，一路上浩浩蕩蕩，直望廣東進發，所過之處，真是號令森嚴，秋毫無犯。在路行程，非止一日。這日已至廣東境界，早有探馬報至城中，廣東巡撫❷韓本忠，正是被番兵❸攻打甚急，閉關死守，日望雄師，忽聞天兵已到，即刻帶領在城文武各官出城迎接。恰好李廣安營已畢，韓巡撫便即進入大營參見，彼此行禮後，分賓主坐定。李廣即

❶ 祭旗：古代軍隊出征前的一種儀式。

❷ 巡撫：官名。明置巡撫，當以洪武二十四年（西元一三九一年）敕遣皇太子巡撫陝西為始。宣德時乃於關中、江南等處專設巡撫，以後遂與總督同為地方最高長官。清代為省級地方政府的長官，總攬一省的軍事、吏治、刑獄等，地位略次於總督。為正二品官。

❸ 番兵：外族軍隊。明時稱荷蘭人為紅毛番，後亦泛指西洋人。

首先問道：「韓大人，究竟這兩日番兵攻打如何？曾否與他交戰？有無勝敗？敵營共有多少人馬？尚乞一一示明！」韓巡撫見問，便躬身答道：「自從番兵到此，只與他戰過兩次。只因寡不敵眾，萬難爭衡，與其有敗無贏，不若閉關守之，以冀元戎來到，迅掃賊氛。至於彼國之兵，不下百萬，賊將亦有千員，所以下官因他將勇兵強，不敢與之對敵。」李廣聞言，復又問道：「韓大人，番國兵將之多固不待言，但是他主兵何人？先鋒那個？能征慣戰之士，共有幾人？尚望詳細示悉。」韓巡撫道：「下官探得敵營提兵元帥名喚薩牙叉，副元帥名仇恩贊，先鋒孫鶴麒麟凱，又有大將四名，一名喚合奇薩里東，一喚薩里西，一喚薩里南，一喚薩里北，本是弟兄四個，皆有萬夫不當之勇，其餘眾將，亦復不知其數。」李元帥聽罷，不覺冷笑了一聲，道：「諒彼小國，竟敢藐視天朝，本帥不奉命來，由他口出大言，目空一切；本帥既到了此地，管叫他轉瞬皆亡。」說罷，當即傳令，命所有三軍，即日移住城內。三軍得令，就拔隊進城，在教場安下營寨，休息一日。到了次日，便與副元帥、軍師一同升帳，打起聚將鼓來，各將士上帳參見。李廣便傳下令去，務要將營規整肅，軍令森嚴，不准戲言謔浪，如違令者，定按軍法從事。一眾弟兄隨征將士，俱各唯唯聽令。李元帥又道：「今日與番奴初次交戰，務要先挫他的銳氣，那位將軍前去討戰？」一言未畢，只聽答應一聲：「廣明願往。」說著，到了帳前，聽候發令。李元帥一見，不覺眉頭一皺說：「初次交兵，不可致敗，務要勝他一陣，方不失本帥的英名。汝既願去，萬不可粗心致敗，今付你三千人馬，好好出城，務必小心要緊。」廣明一聲「得令」，當即退下。李元帥又問道：「那位將軍願去掠陣？」一言未了，忽聽一聲應道：「末將願往。」李廣視之，乃駱熙也。當下心中大悅，因命道：「賢弟願去，本帥方才放心，廣明輕而無謀，賢弟務必與他合力取勝。」駱熙也就一聲「得令」，隨即退下，與廣明二人，帶領三千精兵，放炮出城而去。李廣此時便與楚雲、蕭子世及隨征將士，一齊上了城頭，向著番營望去。但見番營內旌旗密布，刀戟森嚴，殺氣騰騰，陰風習習。李廣看畢，笑顧左右說道：「番兵雖多，我看他隊伍不齊，多半烏合之眾，倘用奇兵以破之，獲勝必矣。」眾將稱是。

且說番營主將薩牙叉，這日探聽得天兵已到，便聚集眾番將議論禦敵。又問劉瑾、史洪基道：「日來據探子呈報，中華特派英武伯李廣為帥，帶兵前來，但不知李廣這廝平日本領何如？韜略何如？老千歲、老丞相久在中華，當可知悉？敢乞二位明白示及，以便某預備迎敵。」劉瑾一聞李廣這兩字，便有些膽寒起來，因大驚道：「原來是李廣主帥！元帥有所不知，這李帥年紀雖輕，卻是英勇無敵，他有一班結義弟兄，各人皆有萬夫不當之勇，前在河南救駕，就是他們一班弟兄。此人卻不可輕敵，元帥尚宜留意要緊。」薩牙叉聽畢，不禁大笑道：「老千歲想是驚弓之鳥，被他們一班人嚇破膽了。以本帥觀之，不過是些乳牙未脫、胎毛未乾的小娃娃，尚足為慮？老千歲何得長他人的志氣，滅卻我國的威風。請看本帥今日出馬討戰，定殺得他一個片甲不存，他才知道本帥厲害。」正在談論，忽見番兵報道：「啟元帥：今有蠻兵在營外討戰，揚威耀武，口口聲聲要令元帥出戰，還說要生擒元帥。速速請令定奪。」薩牙叉聞報，當即傳令道：「那位將軍出營會戰？」話猶未畢，只聽一聲答應，閃出一員偏將，走上前來應道：「末將願往。」薩牙叉一見，乃偏將黃虎，心中大喜。當下說道：「付汝英雄兵一千出去會戰，務要小心。」黃虎答應退出。薩牙叉也就帶領眾將出營掠陣。那黃虎到了戰場，只見一個和尚在那裡耀武揚威，高聲討戰。黃虎當下一聲喝道：「呔，禿驢❹速速通下名來，好讓本將軍結果你的性命。」廣明聞言，

❹ 禿驢：舊時對和尚的一種蔑稱。

抬頭一看，只見番將生得好生奇怪，但見他藍面紅鬚，斷鼻梁凹眼，分明是個怪獸，那裡成個人形。也就喝道：「番奴聽著，俺乃天朝都招討大元帥李麾下大將廣明是也。你叫什麼名字，也速速通過名來，俺刀下不斬無名小卒。」黃虎聽了，哈哈大笑道：「虧你這人還稱大將，不過是個酒肉頭陀，也要在本將軍前誇口。爾既問我名姓，俺乃紅毛國大元帥薩牙叉麾下偏將軍是也。」廣明一聞此言，登時大怒，遂舞動兩把牛耳潑風刀，直向黃虎砍去。黃虎一見，就也趕著舉起雙鋼鞭，前來迎敵。一來一往，約有三十餘回合，廣明殺得興起，將左手刀認定黃虎攔腰砍去，黃虎鞭一起，格在一旁，趁勢一鞭向廣明當頭擊下。廣明將右手刀向上一格，急起左手砍去番將的肩頭，當將鋼鞭砍落。廣明又起右手刀向番將左肩砍去，番將招架不及，說聲：「不好！」廣明的刀又在右肩頭上著了一刀，只聽黃虎大叫一聲，登時翻於馬下。廣明哈哈大笑道：「這樣大不中用的東西，也要前來對敵。」說著搶步上前，將番將首級取了下來，官軍吶喊一聲，不絕於耳。番元帥薩牙叉在陣前看得明白，一見黃虎落馬，知道不好，即刻傳令各番卒，一齊殺上前來。眾番卒一聲得令，也就立刻蜂擁過來，吶喊一聲，將廣明團團圍住廝殺。廣明毫不懼怕，飛舞雙刀，左衝右突，如入無人之境。番將見難以取勝，又命了一名偏將上前助戰。那番將答應一聲，即便出馬，才要衝入官軍隊裡，忽聽一聲大喝：「番將往那裡走，等俺將軍取你的狗命。」話猶未完，雙錘一起，早向番將飛舞過來，認定番將，雙錘齊下。那番將措手不及，早被駱熙一錘打死，直打的番將腦漿迸裂，倒於馬下，一命嗚呼！駱熙見那名番將已死，當下又運動錘頭，東奔西突，打死番兵有二三百人，正要殺入重圍去救廣明，忽聽城內鳴金收兵。番營裡見官軍鳴金收兵，也就鳴起金來，收兵而回。廣明、駱熙收兵回城，此時李廣已下了城頭，一見駱熙、廣明得勝而回，心中好不歡喜，當下讚道：「可喜二位賢弟與番將初次交戰，便能各殺一將，大獲全勝，挫動他的銳氣，這功勞也算是不小。」當即命軍政司❺在功勞簿上記頭功。是日軍中大排筵宴，準備明日再去出征。畢竟後來勝負如何，且看下回分解。

❺ 軍政司：管理軍中事務的機構。

第八十一回 桑先鋒飛馬斬番奴 李元帥運籌設埋伏

話說廣明、駱熙殺了兩名番將，元帥便代他二人上功勞簿。是日大排筵宴，一宿無話。次日天明，元帥升帳，諸將參見已畢。李廣便對左右先鋒說道：「二位賢弟，今可帶領二千人馬，去與番將決一勝負，本帥親自掠陣，並看敵人的虛實，好用奇兵以破之。」桑黛、徐文亮二人答應，當即帶了本部人馬，放炮三聲，衝出城門，直往番營而去。元帥也隨帶眾將親自出城。不一刻到了番營，我軍列成陣勢，桑黛首先一馬當先，馳到番營門首，大叫一聲，說道：「呔，番營士卒聽者：爾等速速報與你元帥知道，可說天朝大元帥麾下左先鋒桑將軍前來討戰，叫他速速開營對敵，若稍遲緩，本將軍就衝進營了。」番卒聞言，那敢怠慢，當即飛報進去。薩牙叉正在那裡憂慮：初次交兵，便傷了兩員戰將。忽聽番卒飛報進來，當下便大驚，喝道：「好大膽的南蠻，爾等藐視我軍，那位將軍出戰，將敵將擒來交令。」一言未了，只聽一聲應道：「末將願往。」薩牙叉視之，乃正先鋒孫鶴麒麟凱也。薩牙叉大喜，便道：「孫將軍須要小心。」孫鶴麒麟凱答應一聲，出得帳來，騎上戰駒，手執大刀，帶領番卒，一聲吶喊，衝出營來。薩牙叉也在營觀陣，孫鶴麒麟凱到了陣上，一聲喊道：「南朝來的可通過名，好使本先鋒取你首級。」桑黛聞言，見有人出來迎敵，便向敵將一看，見頭戴鐵盔，身穿鐵甲，身長丈二向外，面如獬豸❶，

❶ 獬豸：傳說中的異獸。一角，能辨曲直，見人相鬥，則以角觸邪惡無理者。古人視為祥物。

鬚髮皆藍，手提一柄鋼叉。桑黛看畢，便按戟喝道：「本將軍乃天朝元帥麾下，左先鋒桑黛是也。你也通過名來。」孫鶴麒麟凱答道：「俺乃狼主駕前掃南大元帥麾下，正先鋒孫鶴麒麟凱是也。」一面說，一面去看桑黛，但見頭戴銀盔，身穿銀甲，手按方天畫戟，坐下一匹白龍駒，相貌堂堂，風流出眾，不亞當年三國❷時周郎❸，不覺暗暗稱羨。桑黛見孫鶴麒麟凱通過名姓，便即說道：「爾等為何無故興師，想奪取中原天下？今日天兵已到，爾等不思請罪，還敢抗敵恃強，待本先鋒取你的狗命。」說著，將方天戟一擺，直望孫鶴麒麟凱刺了過來。孫鶴麒麟凱即舞起了鋼叉抵敵，兩人大戰有六十個回合，不分勝負。兩邊金鼓之聲，不絕於耳。徐文亮在旁觀看，暗道：「這番奴竟有些本領，能與桑兄接連對敵，不愧棋逢敵手，將遇良材。」一面暗說，一面看他二人又鬥了有數個回合，文亮知桑黛不能取勝，隨即抽出一支箭來，搭上雕弓，對準番將一箭射去，番將正在與桑黛並力相敵，不提防有暗箭射來，躲之不及，正中左腮。孫鶴麒麟凱一聲大吼，手一鬆，一把鋼刀拋落於地，身子在馬上晃了二晃，幾乎跌下馬來。正要敗走，桑黛手捷眼快，急將手中戟一擺，將馬一夾，飛跑過來，一戟刺中孫鶴麒麟凱的咽喉，翻身落馬。徐文亮見桑黛刺死番將，趁勢揮兵殺將過來，只殺得那些番兵，只恨少生了兩條腿，沒命的四散奔逃，只向本陣逃走。薩牙叉在營門口看見，正欲出馬助戰，忽聽官軍隊裡鳴金收兵，薩牙叉只得按兵不動，桑黛、徐文亮也就收兵回營。不說薩牙叉回至寨中，怒沖斗牛❹，定欲明日聚集合營兵卒，共與

---

❷三國：時代名。繼東漢後出現的魏、蜀（蜀漢）、吳三國鼎立的歷史時期。從西元二二〇年曹丕代漢稱帝起，到二八〇年吳亡止，共歷六十一年。一般也把赤壁之戰後魏、蜀、吳建國前的歷史劃入三國時期。

❸周郎：即周瑜。三國志吳志周瑜傳：「瑜時年二十四，吳中皆呼為周郎。」

官軍決一死戰。且說桑黛、徐文亮二人回城之後，李元帥大喜，遂即代他二人上了功勞簿，二人也自命得意非常。李元帥便又向韓巡撫問道：「大人，本帥急欲察看本省地勢，望即將地理圖賜我一觀。」韓巡撫答應，當即命人去衙門取了兩冊過來，送與李廣觀看。李廣打開細細看了一遍，便向軍師蕭子世、副元帥楚雲道：「就這地理圖而論，如某處某處，可以埋伏兵馬，愚見意欲將此數處，設奇制勝去破番營，想定可以獲勝，不知二位意下如何？」蕭、楚二人一齊道：「大哥之計，甚為精奇，若照此計行之，破敵必矣。」李廣大喜，當下便傳出令去，命眾將明早齊集大營聽令。一宿無話。次日三人升帳，各將參見已畢，正中李廣坐定，上首蕭子世，下首楚雲。李廣先與蕭、楚二人商議道：「愚見擬如此如此調撥，尚稱盡善否？」蕭子世道：「如此正合機宜。」楚雲也道：「如此必獲全勝。」李廣便傳令道：「洪錦、傅璧方、左龍、左虎，汝四人可帶兵三千，抄至番營左邊，但聽連珠炮響，便一齊出兵迎敵。」四將同聲「得令」退下。又命甘寧、鄭九州、木林、喻昆：「汝四人也帶三千兵馬，抄至番營右邊，但聽連珠炮響，便出來迎敵。」又命左先鋒桑黛、右先鋒徐文亮：「汝二人領所部精兵三千，抄至番營之後，但聽連珠炮響，你二人便由寨後殺出，會同左右兩邊埋伏的兵馬，夾擊番奴，不可有誤。」桑黛、徐文亮二人得令退下。又命駱熙、蔣豹：「汝二人各領三千精兵，離城十里雁門山左側有一谷，名曰飛雁谷，可於此谷中暗暗的埋伏，俟明日天明，必有番兵敗兵走過，可率所部攻擊，縱不能殺他片甲不歸，也可奪得些器械。」蔣、駱二將得令退下。又命廣明、胡逵、雲璧人三人：「汝三人帶領三千精銳，可於離城二十里處東海附近，在那裡紮下營寨，多帶燈球火把，以待番兵到此，斷其歸路。此係第一要緊關隘，

❹ 斗牛：二十八宿中的斗宿和牛宿。北周庾信哀江南賦：「路已分於湘漢，星猶看於斗牛。」

必須小心努力，不可任番兵逃去，切囑切囑。」三將得令退下。李廣吩咐已畢，各兵將自然遵令而行。李廣又向蕭子世道：「賢弟可與韓大人守城，愚兄與楚賢弟、張賢弟二人出城搦戰⑤。」蕭子世與韓巡撫齊聲道好。李廣當下便即挑選了五千兵卒，同著楚雲、張穀二人，一齊出了城，就在城外列成陣勢，早有番卒報入寨內。薩牙叉正在那裡納悶道：「兩次交兵，迭傷大將，這便如何是好？」忽聽番卒進來報道：「啟元帥：現有南朝元帥統率大兵已於營外列成陣勢，在外討戰。」薩牙叉聞報，「哇呀呀」一聲大叫道：「既然如此，今日不與南蠻決一死戰，誓不回營。眾將官可隨同本帥，一齊出戰會敵。」當下眾番將一聲答應，立刻跨馬發兵，一齊衝出營來。李元帥正在觀看，忽見番將出陣，便令各軍一字排開，縱馬提刀，一聲大喝道：「來者可是番營主帥薩牙叉麼？」薩牙叉聞言，也就縱馬出了旗門，大聲喝道：「你是何人？快通名來。」李廣先將薩牙叉一看，但見他身長九尺，面黑而眉黃，惡狠狠一雙碧眼，頭戴金盔，身穿鐵甲，手持狼牙棒，雖然生得貌醜不揚，卻是威風凜凜。當下答道：「你且聽了，本帥乃南朝天下都招討英武伯李廣是也。本帥現有一言，你且靜聽：我中朝與你邦狼主平時並無仇恨，亦甚和好，皆因逆賊劉瑾等逃入你邦，你狼主不免聽他的一片誣言，以致興師動眾，枉勞士卒，空費錢糧。劉瑾等不過是窮無所之，借此妖言，以惑爾邦狼主，彼卻借此公報私仇。你狼主不明，誤信詭計，公然犯境，未免失了我兩國的和好。為今之計，爾等可速速退兵，將劉瑾等這一班奸賊綑送我邦來，本帥不但不與你國尋仇，且可代你國奏明天子，說你狼主皆誤為劉瑾所惑。天子見本帥如此奏陳，斷不加罪你邦狼主，而且和好如初；若果執迷不悟，你可知本帥兵強將勇，斷不能使爾等犯我邊疆，眼見得玉石俱焚，

⑤搦戰：挑戰。

兵卒殲滅。」李廣說了這番話，只見薩牙叉兩眼圓睜，雙眉倒豎，大吼一聲，說道：「南蠻休得巧言，我國狼主久想中華天下，豈徒因劉瑾等所言。而況你邦昏君不修朝政，人員各戀聲色，人人怨恨極矣！明主代天行道，拯救萬民，我國狼主寬厚仁慈，正可為爾邦之主。代天伐罪，理所應該，你如束手投降，將來定不失封侯之位；若果妄自尊大，眼見雄兵直入，踏破你的城池。」李元帥不等他說完，立刻令張穀出馬，去會薩牙叉大戰。不知勝負如何，且看下回分解。

第八十二回　小張郎幻術戲敵將　勇楚雲美貌惑番奴

話說張穀見元帥命他出馬會戰，當即一聲答應。他卻不穿盔甲，只有手執兩柄雙尖刀，笑盈盈的飛馬而去，大聲問道：「還是你同本將合戰，還是誰人出馬？」薩牙叉一見甚為疑惑，暗道：「這樣一個年幼娃娃，怎麼也能出戰？而況他這不倫不類的樣子，既為大將，怎麼不穿甲，只穿一件大衫？」原來張穀頭戴一頂元青平頂方巾，身穿著白綾綉花直裰❶，腳穿粉底烏靴，腰束絲縧，斜掛佩劍，手內執定兩把雙尖刀，大袖子飄飄的，那裡是個大將，分明是個公子。薩牙叉看畢，先還疑惑，忽然轉念一想，不覺怒道：「這分明他藐視我邦，故不派大將出馬，著一個小孩子來與我對敵，豈不可恨！」因顧左右問道：「誰將這小孩子擒來？」一語未完，只見合奇薩里西一聲應道：「末將願往。」說著手提長槍，把馬一夾，衝出陣來，大喝道：「你這小小孩子，汝胎毛未落、乳牙未脫，敢在戰場上逞能，快通名來，好待本將軍生擒你過來。」張穀道：「你問本將軍的姓名，本將軍姓張名穀是也。汝既誇口，可放馬過來，管叫你有頭顱來沒頭顱去，你來罷！」合奇薩里西聞言大怒，當即舞動長槍，飛刺過來。張穀將手中雙尖刀向上一架，只聽噹的一聲，架在一旁，二馬過門回頭又殺。一來一往，約有十數回合，只見番將又是一槍，只望張穀分心刺來，張穀一見，暗道：「我何不將他耍一耍，使這一槍刺空，有何不可？」

❶直裰：亦作「直掇」。古人在家穿的便服。

心中想罷，即將身子一晃，早已不知去向。合奇薩里西一槍正用力刺來，恰好刺個空，又因他用力太猛，不覺身子在馬上一晃，幾乎跌下馬來。趕著勒住坐馬，按定手中槍，道一聲：「可奇怪了，分明見這小孩子坐在馬上，何以忽然不見，難道我已將他刺下馬麼？」復向地下一瞧，那裡有個人影，好不納悶。正在吃驚之時，忽聽那馬上喚道：「番奴何必驚疑，本將軍在此，你敢與我決一死戰麼？」合奇薩里西抬頭一看，果見張轂依然飄著大袖，坐在馬上。番將只急得七孔生煙，三尸❷冒火，「哇呀呀」一聲大吼道：「好大膽的妖人，敢戲弄本將軍麼？看槍罷！」說著，便惡狠狠的又是一槍刺來。張轂也不招架，便說道：「且慢！待本將軍讓你。」一言未了，倒又不知去向。番將更是著惱，連連大罵妖人。正在大罵之間，忽見張轂在番將左首，一聲喚道：「番奴，你不必罵了，本將軍來取你狗頭了。」合奇薩里西聽說此言，趕著轉過馬來，見張轂左邊拿著雙尖刀，在那裏欲下不下之勢。番將如何忍耐得住，便又分心一槍向張轂刺來。一槍方才刺出去，又不知張轂何處去了。正在氣忿填胸，又聽右首喊道：「我在這裡等你，你快將槍來刺，若慢一點，我要去了。」番將急急轉身來看，果見張轂在右首望他招手。合奇薩里西如何忍耐，復又一槍刺來，張轂等他槍到面前，又給他刺了個空，他又不知去向。就如此忽隱忽現，或左或右，把個合奇薩里西戰得汗如雨下，一槍也不曾刺中。兩國兵丁亦均詫異不止。薩牙叉更是驚詫，因命合奇薩里東出陣助戰。薩里東一聲「得令」，手舞鋼叉，飛馬出陣，一聲大喝：「小南蠻休得幻術欺人，看本將的叉罷！」說著一叉刺來，張轂正要迎敵，官軍隊裡卻惱了一人，一聲喝道：「番奴休得逞強，俺來會你。」這一聲雖不打緊，那種嬌柔滑脆，真令人魂消魄散。薩里東一聞這句嬌音，也

❷ 三尸：道教謂在人體內有作祟的神，稱為「三尸」或「三尸神」。

不舉叉往下來刺，卻微睁去看這來將，只見那馬上坐一人，頭戴一頂八寶銀盔，珠抹額，光明射目，身穿一件堆雲鎖子魚鱗甲，內襯湖色綉花戰袍，銀盔上一朵朱纓，頂門高聳，柳眉杏眼，粉面桃腮，足下穿著一雙鑌鐵鍍銀的戰靴，手執銀槍，胯下銀鬃馬，那裡是員戰將，分明是個美貌嬋娟。那邊俊俏書生，這裡是英雄美女，中華盡出許多天姿國色，真正可羨，好一個美貌將軍。因即喝道：「呔，南朝美貌將軍，你姓甚名誰？可快通過名來，本將軍好帶你回本國，做一個美貌的俊俏孌童❸。」楚雲聞言，又羞又惱，也就大喝道：「番奴，難道你連烏珠兒都沒有麼？你看這大纛旗❹上不是寫著大字麼，你何必再問，只要睜開鳥眼去看便知道了。」薩里東聽說，回頭一看，只見大纛旗上寫著一個「楚」字，旁邊又有一行小字，寫的是平番副元帥忠勇侯。薩里東看畢，大笑道：「原來你就是副元帥，本將軍不能叫你美貌將軍，竟直叫你美貌副帥了。你既為副帥，為什麼生得如此美貌呢？看你腰肢真如一捻❺，又怎能上陣交鋒呢？」楚雲不覺大怒，復又喝道：「番奴休得多言，看槍罷！」說著，爛銀槍直向薩里東迎面刺來。薩里東趕著舉叉相迎，兩個人便大戰起來。一來一往，約戰了有十多個回合，薩里東雖然是個番將，卻敵不住楚雲，漸漸汗出如雨，萬難抵敵，因而虛刺了一叉，把馬一夾，望西逃走。楚雲那裡肯捨，也就拍馬趕來，口中喝道：「番奴往那裡走，本帥來也。」正趕之際，忽見番隊中又出來一員大將，攔住去路，一聲大叫道：「犫卿別來無恙。你不必趕了，你看一看我，你可記得我是誰呢？」楚雲聞言，

❸ 孌童：美好的童子。舊時指被當作女性玩弄的美貌男子。
❹ 大纛旗：古時軍隊的大旗。
❺ 捻：通「捏」。一隻手掌大小。

急抬頭一看，原來不是別人，就是劉彪賊子，登時不覺面紅起來。又聽劉彪說道：「前者自卿走後，無日不繫念於懷，何以你當年那種無情，今日幸又相逢，真是三生有幸！年華雖隔，丰韻猶存，可羨可欣。」楚雲不等他說完，便即杏眼圓睜，柳眉倒豎，把銀槍一擺，直刺過來。劉彪本非敵手，勉強將這兵器前來招架，不到三合，早被楚雲殺得力疲筋酸，只得拍馬而逃。那裡薩里西仍與張穀在那裡死戰，張穀也不結果他的性命，只與他戲耍頑皮，把薩里西急得火高三丈，只是無法。若要逃走，又未大敗，且非抵敵不住，只是捉摸不定，不能刺中他一槍。此時卻大惱了番將薩牙叉，鞭梢一指，喝令全寨番兵番將，全行殺出。自己也舞動狼牙棒，直衝過來。李元帥一見，也就飛馬而出，上前助戰。只見兩家兵卒殺做一團，只殺得塵沙飛天，人屍倒地。李元帥一面殺，一面留意，見他番營內所有番兵番將全行出來，寨內已經空虛，便即將鞭梢往後一指，即是個暗暗的號令，便令放炮，引動番兵。不一刻只聽連珠炮響，薩牙叉驚疑：聞兩軍對敵，只聽金鼓齊鳴，此時那有炮響助戰？正在暗忖，忽聽一片喊殺之聲，如山崩地裂一般，只見洪錦、傅璧方、左龍、左虎，從寨左殺來；甘寧、鄭九州、喻昆、木林，從右寨殺到；桑黛、徐文亮從後寨殺到。十員猛將，一萬雄兵，分三路夾攻過來，大刀闊斧，大戟長槍，一任他紛紛亂砍亂挑，把那些番兵，只殺得如砍瓜切菜一般，個個爭先逃命。此時薩牙叉只得奪路而走，惟最嚇煞了史洪基、劉瑾、花球三人，幸虧逃走時帶有十數名家將保護著三人而逃。那些番兵嚎哭連天，呼爺喚母，番兵四散奔逃，番將捨命而走。這邊李廣等一眾英雄猛將，都個個奮勇當先，追趕前去，直至數十里外，李廣方才收兵回城。薩牙叉及眾番將見李元帥收兵回城，眾番才驚魂稍定，當下收領殘軍，查點兵馬，折傷何止大半！薩牙叉仰天長嘆道：「俺用兵以來未有如此大敗。今李南蠻詭計多端，令人莫測，殺敗我如此光景，怎教我回去見狼主呢？」正在自思自嘆，毫無主意，忽見煙塵陡起，炮響連天，薩牙叉嚇得大叫一聲，跌下馬來。畢竟性命如何，且看下回分解。

第八十三回　薩牙叉敗走飛雁谷　米花青援救東海邊

話說薩牙叉被李廣四路伏兵，殺得大敗落荒而走，兵將折傷何止大半。直走到二十里外飛雁谷地方，見李廣的兵退回，方才神魂驚定，便仰天嘆道：「如此大敗，何以回見狼主？」遂欲拔劍自刎。當有合奇薩里西等上前勸道：「元帥切勿如此，勝負乃兵家之常，可趕急回本國，求狼主速發兵馬，前來與他決戰，以報今日之仇，想狼主當無不允。」薩牙叉見諸將苦苦相勸，只得允從。遂即命所有敗兵殘卒暫且安營。彼時卻已二更將近，話猶未了，只聽一聲連珠炮響，見飛雁谷內煙塵陡起，燈火齊明，又殺出一彪軍來，為首二員大將，當先喊道：「番奴那裡走？我等奉元帥命令，等候多時了。俺乃大將軍駱熙、我乃大將軍蔣豹是也，快快下馬受縛。」薩牙叉毫無防備，一見駱熙、蔣豹二人殺出，真個是魂消於天，魄消於地，坐在馬上，幾乎跌下馬來。那些番兵不知谷內有多少人馬，個個拋戈棄甲，奪路而逃，自相踐踏者不計其數。薩牙叉又與眾番將奪路而走，那裡還敢對敵。駱熙、蔣豹卻也不去追趕，只奪得馬匹器械，不計其數。薩牙叉與眾番將奪路而逃，逃至五里之外，在馬上喊道：「天呀！又遇這一場截殺，不知兵將又傷了幾多？」說著便回頭查點人馬，所幸將官尚未傷折，只有兵卒又傷折了一半。薩牙叉說道：「我們可連夜趕至東海❶邊尋覓船隻，以便急急渡海。一來可早些回國，去請精兵；二來恐防官兵

❶東海：古時東海名稱，所指因時而異。先秦古籍中的東海，相當於今之黃海。秦漢以後，始以今黃海、東海

還要追來，那就更不妙了。」說畢，就催趕人馬直望東海邊而來。看看到了東海邊，薩牙叉顧左右說道：「我等到此，當可無虞了。」眾番將也說道：「元帥可以放心罷！既到此，斷不會再有蠻兵追趕前來了。」話猶未完，忽聽一聲炮響，鼓角齊鳴，喊殺之聲，驚天動地，那一派燈光火把，照得如同白日一般。為首三員大將，帶領一隊官軍，從斜刺裡攔住去路，也不打話，即便動手搶上來就刺。可憐那些番卒，真個是驚弓之鳥，到了此時，沒有一個不哀哀求饒。又聽得一片哭聲，不絕於耳。薩牙叉等一眾番卒，見此處又有大兵埋伏，齊殺出來。你道各番將可怕不可怕，只得捨命奪路而去。那裡知道衝突不出，被雲壁人、廣明、胡逵等三人率領大兵，將番眾團團圍住。他三人圍住殺裏住殺，只殺得薩牙叉膽落魂消，入地無門，上天無路。那劉瑾、史洪基、花球三人，更是心驚膽裂，坐在馬上只是亂抖。薩牙叉又見他們三人如此，也就大恨起來，口中喝道：「你等也忒膽小了，為何要現出這種醜態貽笑我邦，就此逃走不出，也不過一個死字，又算什麼要緊的事！」劉瑾、史洪基、花球三人聽了此言，無可如何，只有望著他呆若木雞而已。番兵到了此時，大半皆跪下哀求饒命。薩牙叉等捨命左衝右突，意在衝開一條血路，預備逃生，那裡衝突得出？正在危急，忽又聽得海邊炮聲連天，不一刻，只見官兵紛紛向兩邊退讓。薩牙叉道：「這裡一枝兵尚未解圍，已殺得殘骨碎屍；若再添一枝兵前來助戰，任我是個天神，也不能逃走的了。」又復嘆道：「大約我的性命要在此喪亡了。」正在暗慮，忽在燈光下，隱隱看見對面殺進一枝兵來，薩牙叉仔細一看，方才看見是本國人馬，因不禁大喜起來。你道這番邦隨後的兵怎麼來的呢？原來紅毛國狼主米花青，自那日發兵出關去犯中原，又恐不能取勝中原，正是坐臥不安，狐疑滿腹。忽

同為東海。明代以後，北部稱黃海，南部仍稱東海。

有軍師非非道人出班奏道：「狼主何須憂慮！貧道只要略施小術，立刻將中原的所有人馬，全行殺得他一個片甲不留。雖然如此，還得狼主御駕親征，方可平服。」原來這非非道人善知六丁六甲❷、左道奇門之術❸。當時奏過，米花青便深信不疑。因此傾發全國之兵，又帶了自己的女兒飛雲公主、駙馬仇里紅。這飛雲公主生得千嬌百媚，善用兩柄銅錘，真有萬夫不當之勇。仇里紅也是英雄無敵，米花青命他為催糧官。備了千號戰船，帶領全國番兵，向中原進發。這日方到東海，正要上岸，忽有敗走的番兵到了東海邊，見有無數的戰船，打著本國的旗號，知道是本國救兵來了，因此趕到了船上，報明一切。非非道人一聞此言，不禁大怒，當下令各船兵馬，齊上岸去奮力攻打。所以才把雲璧人、廣明、胡逵這三人的兵，殺得紛紛向兩旁退讓。當下胡逵、廣明二人，見有番兵前來接應，即便要去迎敵，雲璧人因不知敵人虛實，即止之曰：「萬不可，輕而無謀是取敗之道，不若權且退兵，趕回行營，稟明一切，再作道理。」廣明、胡逵只得答應。當即吶喊一聲，將所有官兵退盡，直望行營❹而回。這裡番將薩牙叉也就收拾殘兵，去見狼主與非非道人，當將致敗之由，細細稟明一切，復又請罪。米花青尚未開言，非非

❷ 六丁六甲：道教神名。道教認為六丁（丁卯、丁巳、丁未、丁酉、丁亥、丁丑）是陰（女）神，六甲（甲子、甲戌、甲申、甲午、甲辰、甲寅）是陽（男）神，為天帝所役使，能行風雷，制鬼神，道士可用符籙召請，從事祈禳驅鬼。

❸ 左道奇門之術：左道，邪門旁道。多指非正統的巫蠱、方術等。奇門，即「奇門遁甲」。術數的一種，以「乙、丙、丁」為「三奇」，以八卦的變相「休、生、傷、杜、景、死、驚、開」為「八門」，故名「奇門」。這都是旁門邪術。

❹ 行營：大軍出征時的軍營。

道人即便說道：「此非元帥與諸位將軍之失，乃誤中李南蠻之詭計。今貧道既已到此，那怕他詭計多端，只須貧道略施小術，便將他殺得個片甲不回，元帥不必憂慮，歇兵數日，再與他交戰，報復此仇便了。」當下米花青也無可說，只得向非非道人說道：「孤今喪師折將，若不報此仇，何日回國？總望軍師助孤一臂之力。」非非道人道：「萬歲放心，貧道當竭力報效，以報此仇便了。」米花青大喜，當下命合營兵卒進前十里安下營寨。這且不表。再說李廣追殺番兵，大獲全勝，回城之後，查點兵卒，也折傷了一千餘人，所幸各將無一損傷。李廣自是大喜，就為各將分別記了功勞。到了次日一早，駱熙、蔣豹也就回營交令，並獻納所獲兵器。李廣更是喜不自勝，也就上了功勞簿。此時專待雲璧人等三人回營交令。因與楚雲、蕭子世道：「雲璧人三人更能大獲全勝，將番帥擒過來，那就大功告成了。」蕭子世道：「那殺戮未免，劫數未終，何能如此爽快？雲璧人三人能不損折兵馬，好好回營，即是大幸。」李廣道：「賢弟之言，毋乃大謬。薩牙叉經某等大殺一陣，追趕二十餘里，料番兵三成已折傷兩成，再被駱、蔣二弟在飛雁谷截殺了一陣，據云殺傷番兵亦不計其數。以此看來，薩牙叉部下所餘兵馬亦甚寥寥，何能抵敵？賢弟反說雲賢弟不能大獲勝仗，能不傷損兵馬，好好回營，就是萬幸。然則番將能變出些雄兵來麼？賢弟所言，不妨請教一二，以釋愚兄之疑何如？」蕭子世道：「天有不測風雲，人有旦夕禍福，豈可逆料。但是小弟逆料番將到兵窮路盡之時，自有人來救應。此時卻未可預決，且待雲賢弟等回來，便知分曉了。」李廣向來佩服他妙算無差，也只得唯唯答應。惟有楚雲坐在一旁，不甚相信，卻也絕不開口。大家正在談論，忽見小卒到來報道：「雲將軍回來了。」李廣聞言，即刻命他們三人進來問話。雲璧人、胡逵、廣明三人一齊進來，參見已畢。李廣便問道：「賢弟等想必大勝而回，番將曾否擒獲？」雲璧人道：「小弟等三人深自慚愧，不但不曾將番將擒住，並且未曾得勝。因小弟等正將番兵團團圍住，在那裡並力廝殺，滿望一戰成功，將番將擒獲過來，免致再多一事。那知正戰之際，忽然海上到了有千餘號戰船，全是紅毛國救應之兵。當下一聞岸上番兵被困，彼等就棄船登岸，出其不意，趕殺上來。小弟又不知彼軍虛實，深恐輕入重地，致有損兵折將之虞，故此也就退兵回來報明，再作計較。」李廣聽了這番話，固佩服蕭子世有逆料❺之明，且喜雲璧人有見機而作之智，當下大喜。即命璧人等安歇，再作良圖。欲知後事如何，且看下回分解。

❺ 逆料：預料；預測。諸葛亮後出師表：「凡事如是，難可逆料。」

第八十四回　米飛雲力擒四將　蕭子世預伏先機

話說李廣聽了雲璧人一番話，知道紅毛國有救兵到來，心中頗深納悶。一宿無話，到了次日，正擬著人去探虛實，忽見探子來報道：「啟元帥：探得紅毛國續到之兵，已於城外二十里，逼近飛雁谷下寨。」李廣聞言，正欲與蕭子世商議攻營之策，忽又有一個探子報道：「啟元帥：今日探得番營內有員女將，親帶一千名女兵，已出了番營，來此討戰了，請元帥定奪。」李廣聞言，好生納悶。因想道：「凡是營內有了女將，必多邪術，須要小心禦敵方好。」正慮之間，忽見小軍進來報道：「啟元帥：有番營女將在外討戰。」李廣聞報，即顧左右問道：「那位將軍出陣？」只聽胡逵一聲答應：「末將願往。」李廣道：「此去要小心。」胡逵答應，當即提了板斧，帶了兵卒，跨上馬，一聲炮響，衝出城來。到了沙場，兩邊兵卒列成陣勢。此時李廣等也在城頭上掠陣。且說胡逵來到陣上，但見番營內那員女將，生得千嬌百媚，手執兩柄鍾頭橫壓馬鞍之上。胡逵看畢，即便一聲大喝道：「對面番女聽了，俺家問你：你既是閨中弱女，該謹守閨門，方是道理，怎麼如此不知羞恥，竟帶著兵馬前來廝殺。速速通過名來，好待俺將你捉住，劈分兩半。」那番女聞言，不覺大怒道：「呔！南蠻聽了，俺乃大紅毛國狼主之女米飛雲公主是也。你是何人？速速也通過名來，本公主鍾下不打無名之卒。」胡逵也道：「俺乃天朝都招討大元帥麾下，大將軍煙葫蘆胡逵是也。汝既逞能，看胡老爺的利斧罷！」說著舞動兩把板斧，直向米飛雲砍來。飛雲也是趕著舞起兩把銅錘前來迎敵，彼此就一來一往，大戰起來。但見這個斧如鵬鳥，雙翅騰空；那一個錘似流星，閃閃光明。兩人約戰有七八個回合，早把胡逵殺得兩膀酸麻，筋酥力疲，暗道：好一個厲害番邦女子，俺胡逵怎麼遇著的美貌佳人，俱是武藝精強，抵敵不過的？從前被那個史錦屏捉住，不虧大哥說情，俺卻要吃了大苦；今日遇著飛雲，也是美貌無比，也是英勇絕倫，看這光景，我說不定還被他捉去。若果被他捉去，可不要笑煞同營兄弟麼？卻要小心，萬萬不可被他捉去，俺不如趁早逃走罷。胡逵正待打算逃走，那知米飛雲雙錘一起，直向胡逵當頂打下來，胡逵那敢怠慢，只得用盡平生之力，將兩斧往上一架，恰好米飛雲的雙錘已到，就此兩邊一分，只聽「噹啷」兩聲，胡逵的兩把板斧早已打落在地。胡逵說聲：「不好！」急急將馬一夾，正要逃走，那知米飛雲眼尖手快，早已將右手的錘頭併在左手，就這一伸手，早將胡逵擒過馬來。胡逵被米飛雲擒住，夾在腰間。胡逵大聲喝道：「俺爺向來不喜女色，你將我捉回去，要想與你成親，卻是做不到。我勸你放俺下來，我回到大營，請一個比你還要美貌的將軍出來，好待你將他捉住，那時他又好色，你又快樂，那才真是一對郎才女貌呢。俺這煙葫蘆臉如黑炭一般，有什麼可愛？」米飛雲聽說，好不慚愧，本待將他打死，只是一心來捉活的，因此將胡逵向地下一摔，喝令番兵：「代我將這廝捆綁了。」說著，番兵早走過來，將胡逵翻轉身子，四馬倒攢蹄，捆了個結實，著人先送回番營去了。此時李廣等在城上看得真切，正欲派人出城迎敵，早有廣明大怒，起身狂吼一聲，急提牛耳潑風刀，也不請令，立刻飛下城頭，跨上馬，衝出城去。兩陣對圓，也不打話，便飛舞潑風刀，向飛雲當頭就砍。米飛雲急架相迎，兩馬來往，交鋒未及十合，廣明也有些抵敵不住，心中暗道：「好一個厲害的番女，俺若是被他擒去，這不是賣一個又添一個麼？俺可要早早逃走，不要再為他所擒。」正在暗想，米飛雲大喝一聲道：「好大膽的禿驢，待我擒過來罷。」說著一伸手，早又把廣明擒過馬來。廣明見已被擒，也是大罵不止，口中說道：「俺是出家人，最戒的是女色，你將我捉回去，俺也不能與你成親。你雖愛我，我可不能遵命。」米飛雲被辱，口中雖不答應，心下卻想道：枉是中華的人，皆生得這般油嘴，煞是可惡。當時也將廣明摔落塵埃，喝令小兵綁起。李廣在城上看見廣明又為所擒，急要自己出馬，只見旁邊走上喻昆、鄭九州二人，齊聲說道：「不須元帥出城，且待末將等將那番女擒來便了。」李廣道：「二位賢弟須要多加小心。」鄭、喻二人一面答應，一面下城，跨上馬，提了兵器，即刻衝出城來。米飛雲見城內又出來兩名小將，先把二人打量了一回，覺得比前兩位好得多了。鄭、喻二人一見米飛雲在那裡望自己，便同聲喝道：「好個不知羞恥的賤婢，戰場上面只知打仗交鋒，你這女子看我等二人，難道是你愛上我的標致臉，想我等做女婿不成？」米飛雲聽了這句話，只覺得臉上一紅，喝道：「油嘴賊，不要說口，看本公主的錘罷！」一言未了，兩把銅錘早就飛打過來。喻昆、鄭九州那敢怠慢，趕著夾攻過去，三人大戰起來。那知米飛雲的本領真是出眾超群，不上數合，喻昆早被米飛雲捉去。鄭九州正要去救，又被米飛雲伸開玉手，將鄭九州也擒過馬來，口中說道：「本公主今日回營安歇，明日再來捉你家主將便了。」說著，便令鳴金收兵，回營而去。李元帥一見，也就鳴金，各軍收兵回城。李元帥下得城來，進了中軍帳❶，好生納悶，便與蕭子世道：「番女如此厲害，今日一戰，力擒我四將。只恐他們四人到了番營，定是凶多吉少，這便如何是好？」蕭子世道：「元帥不必過慮，某已預算及此，四將雖然被擒，不致有性命之虞，且待明日一經出戰，自有人可

❶ 中軍帳：指主帥的營帳。

以解之。但其中奇情不可預泄，事後自然知道。」李廣道：「但願如先生神算，本帥也可放心了！」說罷，各人退回本帳不提。且說米飛雲回到本營交過令，紅毛國王米花青見女兒力擒四將，大獲全勝，好不喜歡，當下哈哈大笑道：「我兒真不愧為女中豪傑，閫內英雄了。王兒且歇息去罷！」米飛雲道：「孩兒捉來四將，且將他推至帳前，待孩兒問他一聲。」狼主答應，即命人將捉來四將推至帳前。胡逵一見飛雲、米花青在上，不但不跪，反而大罵不止。米花青見他等四人罵不絕口，不禁拍案大怒，喝令推出營門，斬首號令。胡逵等一聞，復大笑道：「如此甚好，我等有了恤典❷了。赤膽忠心，力圖報國，今日死於王事，必然千古留名，豈不大樂！惟患爾這番奴，明日我家大元帥親自出兵，爾不免有碎屍萬段之苦。你可速速上綁，將我等斬訖。」米花青更加大怒，喊聲不絕，只令速速開刀。米飛雲在旁忽然勸道：「父王且請息怒，諒這四個敗將有何施展，現在毀罵父王，本來應斬，但是他等既說出那李廣要親自出戰，那更好了。今日且將他四人打入囚車，俟孩兒明朝捉住李廣，一齊斬首示眾，有何不可？」米花青聞言大喜，當即答應，命人將胡逵、廣明、喻昆、鄭九州一齊打上囚車，好生看管，不可有誤。小番答應，將四人拉下帳來。接著薩牙叉等一眾番將來與公主道賀。當日大排筵宴，與飛雲慶功，至晚散席。米飛雲回歸後帳，各番將也就出大帳，各回本營去了。一宿無話，次日飛雲又到中軍，在米花青面前請了令，帶領一眾女將出了番營，又向城中討戰。到了城下，列成陣勢，向城上小兵喚道：「呔！你且聽了，可速報你主將知道，可急速著令能征慣戰之將出來迎敵，不要再如昨日那等無用的小軍，徒然被公主娘娘擒住，使你等出醜。」說罷，討戰不已。當下小軍聞聽，也就飛報元帥去了。畢竟後事如何，且看下回分解。

❷ 恤典：古代封建朝廷對去世官員分別給予輟朝示哀、賜祭、追封、賜諡、樹碑等的典例。

第八十五回　米公主有意屬情人　左先鋒無心戀番女

話說李廣聞報米飛雲又來討戰，當與蕭子世議道：「昨日先生所言，今日上陣必有解救四將之策，但不知著何人前往？」蕭子世道：「此非桑賢弟去不可解救。因他平時精習威儀，且因他就裡❶有一段良緣，是以非他不能退敵番營女將。元帥可即傳他進來，令他出去退敵便了。」李廣大喜，即命桑黛出陣，桑黛也就答應。當下蕭子世吩咐道：「將軍此去，如番營女將有什麼話與將軍說，將軍儘管答應，不必推辭。大功告成，皆將軍一人身上，切切不可有誤。」桑黛狐疑不定，只得唯唯退下，帶戟上馬，帶了一千名兵卒，衝出城來。兩陣對圓，一見番營內那員女將，生得千嬌百媚，好不可愛。但見他頭戴金冠，腦後飄著兩支雉尾，身穿鎖子連環甲，內襯水綠戰袍，雲鬢❷微鬆，耳環低掛，眉如柳葉，面似桃花，櫻桃口，柳蠻腰，玉指尖尖，掌押著兩柄銅錘，坐下一匹桃花馬，身子妖嬈，體態輕盈。桑黛看罷，暗暗叫絕，因道：「如此美貌，若比我那麗仙嬝娜似尚有餘，若比我那驚鴻端方似嫌不足，以之比秋霞，而秋霞亦不足以比其艷麗。不道如此一個絕色美貌女子，竟能力擒四將，難道以色惑人麼？」那桑黛目不轉睛在這裡打量飛雲。那知飛雲一見桑黛，早已真魂出竅，暗暗說道：「奇哉，好一個美貌將

❶ 就裡：個中；內中。

❷ 雲鬢：形容女子的美髮。

軍呀！你看他頭戴銀盔，身穿銀甲，素羅❸戰袍，手執方天畫戟，真個千般嬌態，萬種風流。無限風情，生於眼角；數重春色，偏在眉梢。這樣一個美將軍，好不令人可愛！只可恨我米飛雲生長番邦，不能匹配這種風流男子，又無端的配了一個性情暴戾、面貌粗陋的駙馬，與他相對終身，他又全不解被底溫柔、枕邊旖旎，良辰美景，辜負春光，薄命堪憐，白頭何趣？今見了這位美男子，真令我萬種愁腸，一腔幽憤，全集在一起了。我若能與這美貌將軍成其眷屬，縱然早死，不克享年，也覺稍占風流，雖死無恨！啊呀，我的皇天呀！如何不將奴家生在南朝，偏把我生於番地？據我想來，料這位美將軍在家之時，那些嬌妻美妾，也不知得到許多依翠偎紅之樂，憐香惜玉之心？我怎能夠把他帶進宮中，明為侍妾添香，暗作鸞交鳳友呢？」米飛雲他想到此處，不覺神魂飄蕩，玉肩酸麻，險些兒將一對銅鍾跌落在地。桑黛看他如此，知道他心中有事，不免也就向飛雲出神，一男一女，兩個皆生得千嬌百媚，四隻眼目不轉睛，在那裡迴環微視，脈脈相思。這征場上戰鼓鼕鼕，他二人若不曾聽見，你看我，我看你，本來是上陣打仗，倒變成了我愛你憐，兩個人竟把交戰的這件事，拋在九霄雲外。兩邊的兵卒到了此時，實在看得好笑，實在看不下去，不得不提醒他們一番。當下桑黛小軍一聲說道：「桑將軍何事尋思，還不交戰，卻待何時呢？」桑黛聞言，這才如夢初覺，臉上一紅，拍馬上前，輕搖畫戟，一聲喝道：「來者女將，你可是米飛雲麼？」飛雲也是目蕩神搖，凝神細看，忽聞一聲呼喚，這才驚悟，不覺面泛桃花，一聲應道：「然也。將軍名姓亦望通報過來。」桑黛道：「我乃南朝都招討大元帥英武伯麾下，左先鋒桑黛是也。」飛雲聞言，當下答道：「原來是桑將軍，奴家亦已久聞其名了。但是將軍曾傷我國數員大將，今日見了

❸ 素羅：白色絲羅。

奴家，作何對敵呢？尚望將軍一言，以便奴家遵依。」桑黛道：「勿得多言，看戟罷！」說著一戟刺去，卻只用三分力。米飛雲見方天戟分心刺到，暗道：「他原來不知我的用意，一些兒憐惜之情都沒有，第一戟就向我分心刺來。」一面趕著舉鍾招架，那知鍾才靠上戟上，恰好桑黛已將畫戟抽回，米飛雲暗道：「他原來是假作如此，其實也有些用意了。」於是也就將銅錘還擊過去，只用三分力。桑黛見他鍾來，趕著用戟招架，卻皆是暗暗的不曾用力，外面是尋殺樣子罷了。兩人戰了有十數回合，只見米飛雲媚眼一飄，望著桑黛一聲說道：「小南蠻，你果然厲害，本公主殺不過，你休得追趕下來。」說著虛打一錘，撥馬便走。桑黛見他撥馬敗走，暗道：「他的錘法並不曾散漫，何以遽敗？其中必然有詐，我卻不可去趕，上了他當。」遂勒馬不追。米飛雲見桑黛不追，頗深疑惑，暗道：「我如此誘他，他竟不來追趕，難道他真個無情麼？也罷，我何不再回轉去，將他引誘一番呢？」說罷又兜轉馬頭，向桑黛說道：「好一個先鋒，如此膽怯，竟不敢追下來，足見大明營內並無能征慣戰之人，皆是力怯膽弱之輩。」這兩句話一說，把個桑黛說得怒目圓睜，一聲大喝道：「賊丫頭，你打量本先鋒真個不敢追你麼？不過看你這般柔弱，經不起本先鋒一戟，本先鋒要留你多活一時。今既如此，是你自尋死路，不能怪先鋒忍心了。」說著，把馬一夾，直追下來。米飛雲見追下來，也就催動征駒，如旋風一般。米飛雲在前急走，桑黛在後追趕，約有十數里外，米飛雲回來一看，見後面並無兵卒趕來，忽將坐馬一勒，掉轉頭來，嬌滴滴的聲音向桑黛說道：「桑將軍且住，奴家有話與你說。」桑黛聞言，也就勒住馬頭說道：「公主有何話講，即請言明。」米飛雲道：「奴家無他話說，惟見將軍英勇無匹，才貌雙全，實深羨慕，但不知青春幾許？在中國所封何官？堂上椿萱❹可否在堂？閨中可曾否齊眉？尚望將軍言明，奴家另有一事與將軍商量。」

桑黛聽他這般說話，心中早已明白，暗道：「這番女如何這等無恥？雖然我生就風流，這沙場之上，斷不能惹此邪魔入彀，我何不如此如此，將他作耍一番，叫他病害相思，早早命歸地府呢。」想罷，便回答道：「既承辱問，本將軍年方十九，官封一品大將軍之職，堂上椿萱早已去世，閨中尚未結婚。公主忽問此言，莫非有意於小生麼？」米飛雲聞言，心中大喜，因又含羞答道：「將軍呀，奴家雖然生長外邦，也還薄具姿色。怎奈我父王毫無眼力，代奴家招一駙馬，既粗又俗，性情強暴、不解風流，奴家每於月夕花晨，多所暗恨，只恨錯配姻緣，薄命紅顏，竟難得一個畫眉夫婿，心傷腸斷，莫可如何！」說至此，不覺眼眶兒一紅，撲撲的流下淚來，掩面悲啼，征衣濕透。桑黛看見如此光景，暗道：「這真奇了。」因又問道：「公主何以如此傷心，莫非你駙馬真個不知公主的心意麼？有甚隱情，不妨對小生直說，或者可以商量。小生性最風流，而且是個痴情種子，公主不必如此悲泣了，可趕緊說了罷！恐防有小兵到此，看見了不成話說。」飛雲聽罷，又羞又喜，欲言不言。又停了一刻，只見他面上一紅，帶笑含羞，緩緩說道：「將軍，奴家有一句赧顏之言奉稟，不知將軍可能容納否？奴家不揣蒲柳之姿，願結鴛鴦之好。不必說將軍閨中尚無佳偶，即使有了賢淑，奴家雖屈為添香之列❺，亦所甘心；尚望將軍勿嫌陋質，即祈允從，奴家終身有幸了。」桑黛聞言，暗道：「我早料到他有此一段言詞，然未免太覺厚顏不顧了。」因即答道：「公主之言差矣，以公主之美貌，小生何嘗不想，且恐思之不得，今承公主下問，正求之不得了。奈公主既已于歸，早已招了駙馬，我雖是個痴情種子，終不能使公主拋卻原配中道

❹ 椿萱：指父母。

❺ 添香之列：指侍妾之列。

改途。況敵國不婚，小生縱即有情，公主也極有意，奈於大禮不合，我何能甘蹈罪名？即公主也有不便之處，尚祈公主三思，勿作痴情之想，還是論一番交戰情形罷了。本將軍一片良言，尚望公主勿怪本將軍薄情！」不知飛雲聽了這番話，其意如何，且看下回分解。

第八十六回　公主痴情先鋒沒法　將軍俯允駙馬何辜

話說米飛雲聽了桑黛一番言語，心中想道：「據他所說，於大禮不合，很有道理。我合當按定神情，力回邪念，怎奈無端惹下風流債，何忍君前一旦拋。我既說出這樣話，怎得回頭呢？若再與他情商，斷乎不肯，我何不如此如此，還怕他不應允麼？」心中主意打定。復又說：「將軍，休得媚語花言將奴來騙，我只問將軍一句：行，則與奴家好好商量，訂此百年之約；不行，將軍勿怪奴下毒手了。」桑黛道：「非我不行，奈有這兩件難為之事，何能屈從呢？」米飛雲道：「將軍斷斷不行！」桑黛道：「非是不行，實礙於不便。因此，實難從命。」飛雲道：「你果真不行？」桑黛道：「定然不行。」米飛雲道：「將軍既是斷斷不行，看鍾罷！」桑黛不等他鍾到，早已一戟刺過來。飛雲見他一戟刺到，也不招架，也不迎敵，只見他口中念念有詞，喝聲：「住！」桑黛拿著一枝戟，空做著一個刺人的架子，登時如泥塑木雕一般，坐在馬上，如醉如痴，動也不動。飛雲一見，好生憐惜，當即把兩柄鍾頭拋在地上，自己跳下馬，走到桑黛面前，將桑黛輕輕抱定，一跌身將桑黛抱在懷中，坐在地上。此時桑黛口中雖不能說話，心中亦甚明白，坐在飛雲懷內，只覺得一陣奇香，直撲鼻管，兩眼又向飛雲仔細一看，真個是令人魂消。若要立起身軀，只覺身軟如綿，毫無力氣。心中暗道：「這更奇了，怎麼他念了幾句鬼話，就把我弄得似夢非夢，如醉如痴，這卻怎生是好？」復又將飛雲細細看了一遍，不禁神搖心動，自持不來，心想何以自持不來？又見飛雲輕啟朱唇，在自己耳畔輕輕喚道：「我的冤家，奴家為你如此殷勤，你怎麼毫不憐惜？將軍如肯允諾，願諧燕好❶之情，奴家即刻念咒退神，請君上馬；若再不允，休怪奴下了毒手，銅錘一起，將軍命即歸陰。」桑黛聞說此言，暗道：「我若不允，萬一他竟下毒手，我又被他弄得如死人一般不能動彈，豈不是束手待斃麼？而況他如此真心，也覺撩人情意。又受蕭子世臨行囑咐，令我遇番女之言，終當允諾。難道我與飛雲真個有姻緣之分，所以才如此無端相遇，便即彼愛我憐；不然他何以又不愛別人，獨愛我桑黛呢？也罷，我何不就答應他，再作計議呢？」一面暗想，一面望著飛雲，若有不忍分離之意，飛雲卻早已看出，復又問道：「如此看來，莫非將軍已能首肯麼？」桑黛望著飛雲一笑，又把頭點了兩點。飛雲一見，好生歡喜，復又說道：「既蒙將軍允諾，奴家便念動退神咒便了。」說著，見他念念有詞，忽覺身輕如舊，因向公主說道：「多謝公主錯愛小生，想真是天緣之合。但是小生還有三件事，尚望公主允諾，若缺其一，雖將小生千刀萬剮，小生還是不從，如蒙允從，不日即可春風花燭了。」飛雲道：「將軍所事，但請言出，不要說三件，就是三十件，奴家也是要答應的。」桑黛道：「只有一件，頗不易行，所以小生礙難啟齒。」飛雲道：「且請說來，大家斟酌。」桑黛道：「第一件公主能降我國；第二件須將昨日擒去那四位將軍送還前來，不可有誤；但是這第三件，小生固不好說，即公主也不便聞，這便如何是好？」飛雲道：「且說來，好歹再行斟酌。」桑黛又停了一停，方才吞吞吐吐的說道：「小生與公主成就良緣，在公主固恰如所願，小生亦遂平生，但有一個人兒卻將他安放何處？若令他另行娶配，想定然不能遵行，眼睜睜將一個玉琢美人送往中國，心下也甘願麼？若

❶燕好：和好。後也用指夫妻和好。

將一齊帶入中國，彼此相形之下，誰願戴那一頂綠頭方巾的？公主呀，這不是一件極難之事麼？公主有何良策，能處兩全呢？」飛雲聞言，沉吟一會，暗道：「這件事實是不便，這便如何是好？」復又想道：「我何不如此如此，且待作成，再告訴與他，還怕他不肯相從，與我成就花燭麼？」因道：「那頭二件奴家先答應下來，這第三件奴家明白將軍之意，將軍但請放心，奴家自有萬全之策，不負將軍之望便了。」桑黛趕著謝道：「若蒙公主計出萬全，小生又何敢不遵芳命，一言既定，永無後悔便了。」飛雲大喜，當下說道：「到此已久，也須各奔路途，請將軍上馬，但望將軍勿負奴言，奴當有以報命。」桑黛答應，即刻提戟上馬，飛雲也就取了銅錘，跨上雕鞍。恰好兩家兵卒也飛趕到，此二人又故意大殺起來，不上數合，飛雲拍馬向本寨而去。桑黛也就收兵回營。不一刻來到城中，入營見了李廣，先將陣上情形說了一遍，下文便欲說帶愧含羞起來。李廣在上問道：「何以欲說又止，卻是何故？」蕭子世在旁笑道：「桑賢弟，你也不必含羞了，你本來命帶桃花，到處有紅絲相連，三生有幸，這也勉強不來。何妨盡吐真情，一告元戎知道呢！」桑黛聞言，更羞慚無地。李廣見說，亦頗覺狐疑。楚雲也就道：「桑賢弟，你向來口直心快，何以今日反變成一個女子之態，這是何故？既是有言，不妨說出，而況軍師也早已知道，你雖欲隱，又豈可得乎？」桑黛見他三人相逼甚緊，不得已只得將以上各節說了一遍。因道：「非小弟有心如此，怎奈那女子邪術惑人，小弟只好暫作權宜之計，且可借此將胡達等四人救出，所以才答應於他。」這一席話方才說完，早將一眾英雄笑得掩口葫蘆，幾乎捧腹。李元帥聽說，也就向桑黛一笑道：「此也算賢弟一奇功了，待彼來降，本帥當代你作主，與他完姻便了。」說罷，便令各將退下，各歸本帳安歇不表。再說米飛雲回至營中，交令已畢。米花青便問了他一番情形，見他愁鎖眉頭，悶悶不樂，因道：

「王兒，今日陣上，莫非不曾贏得敵將麼？」飛雲道：「今日陣上卻遇著南蠻桑黛，那人果然厲害，將孩兒殺得大敗而回，因此好生慚愧。」米花青道：「孩兒切莫如此，昨日力擒四將，今雖敗了一陣，終是王兒有功。若云本領高強，但須明日設計擒之，有何不可？王兒你這兩日也辛苦了，且到後帳歇息去罷。」米飛雲答應，退出帳來，便望後帳而去。來到後帳，那裡安息，只是心念著桑黛那樣風流，心中或上或下，輾轉不定，臉上或紅或白，坐立不安。一眾婢女見了如此，也不知他心中為著何事，也不敢問。恰好仇里紅駙馬由本國運糧到來，當下交令已畢，便到後營來看公主。一眾婢女，見駙馬來到，當即報進：「啟公主娘娘：駙馬運糧到此，現在進入後帳來了。」飛雲不聞此言尚好，一聞此言，不覺大怒喝道：「駙馬到來罷了，何必要進來報我，難道還要我迎接不成？」婢女不敢多言，只得唯唯退下。

仇里紅卻早進來，那飛雲一見他那種粗陋形容，又想著桑黛那樣的風流模樣，不由的怒從心上起，惡向膽邊生，望著仇里紅怒目而視。仇里紅一見，也並未與他較量，但走進來問道：「公主有何不樂，莫非因本宮運糧來遲，公主有些不悅麼？不然本宮進來，為何公主連答也不答，起身也不起身，只管怒目而視，卻是何故？」飛雲聽了這兩句話，更覺大怒，因即罵道：「好不知羞恥的東西，你也不取鏡子，自己照照你這付尊容，三分不像人，七分不像鬼，還要說這無恥的話。不必說你來遲，就便你十年不見我，我也不管。我不恨旁人，只恨我父王當日匹配與你，我這一世枉自生在人間，總算遇著一個不尷不尬的鬼罷了。我這裡沒有事，你且請出去罷，不要在此纏擾了。」仇里紅一聞此言，也就不禁大怒起來，罵不絕口。畢竟後事如何，且看下回分解。

第八十七回 不顧大義殺夫事仇 為踐前言縱囚歸國

話說仇里紅被米飛雲怒目而視，惡語相加，不禁大怒，罵道：「你這行為，敢是上陣時看中了南朝美男子了？不然向來沒有這般情形，忽然到了此地，將本宮作如此看待。須知本宮也是個堂堂丈夫，斷不能使你如此；若果生了異心，不妨與你到父王前辯論明白。」飛雲聽罷，更是大怒，便即刻起身，將所坐的一張交椅立刻推倒，推著仇里紅說道：「你無須自命不凡，須知俺是一個金枝玉葉的王姑，怎配得你粗俗不堪之輩，就便俺看中南朝蠻將，與你又不相干。好一個殺才，你能將我奈何麼？」仇里紅聽到此地，卻萬萬忍耐不住，復又罵道：「好無恥賤婢，還要自命為王姑呢！自古以來，多少公主偷漢子去的，你既公然這樣無恥，可知俺仇里紅與你有夫婦之分，這佩劍與你沒夫妻之義麼！那怕你金枝玉葉，也要試試我一劍兩段。」飛雲聽罷，更是怒不可遏，拍案罵道：「你且住口，你這話拿來嚇誰，你有寶劍，俺豈沒有龍泉麼？你如不服俺，與你試一試，決個雌雄。」仇里紅到此，更加不能下臺，便順手去掣寶劍。飛雲見他去掣寶劍。此時自己忘卻大義綱常❶，急掣腰間劍執定手中，一聲大喝：「仇里紅，俺今日與你算了罷！」一聲未完，一劍早已砍了過去，仇里紅措手不及，登時一個頭顱砍落在地，可憐一個番邦的駙馬，只因生得面目不佳，竟被乃妻所殺，豈不冤屈麼？當下飛雲將仇里紅殺死，才算泄了

❶ 綱常：「三綱五常」的簡稱。南宋朱熹認為：「綱常萬年，磨滅不得。」

心頭之恨，拔去眼中之釘。飛雲氣雖平了，可嚇慌那一班宮女。飛雲見那些宮女嚇得戰戰兢兢，不知所措。他又一聲喝道：「你等何必如此懼怕，駙馬須是我殺的，與你等並無干涉，自古道一人作事一人當，斷不帶你等受累，你等須將營門閉起，不可泄漏風聲，本公主自有主意。」那些宮女那敢違背，只得先去閉了營門。又命一班宮女將仇里紅屍身連夜的埋掩起來。復又向眾宮女說道：「你等聽著，頃間駙馬進宮，與俺爭鬥，出言無狀，本公主一時性起，將他殺死，現在屍身雖經掩埋起來，但明日天明，父王知道，定有一番見責。俺想我國興兵犯境，奪取南朝天下，本非在理之事；俺又將駙馬殺死，狼主知道豈肯干休？我欲同你等歸順南朝，你等如不應允，本公主佩劍尚在，你等不要想活命！可速速一言，願順願死？」眾宮女聞言，又驚又怕，只因平時皆知道飛雲的本領，實係英雄過人，若把他惹惱了，只有死無生；而況眼見駙馬被他殺死，若道半字不字，必然也是劍下亡身，這又何必呢？因齊聲答道：「婢子們皆願隨公主娘娘同降南朝，公主放心。我等只知有公主，不知有別人的。」飛雲聽說又道：「汝等既願隨本公主同去，可速速將前日擒來四員大將放了出來，使他等前來見俺，本公主有話與他等面議，不可有誤。」番女一聲答應，即刻到了偏帳❷囚車之外，走近囚車，將以上的話對胡逵等四人說了一遍。胡逵等四人聽了此言，好生驚訝，暗道：「好一個滅倫背義丫頭，膽敢將親夫殺死去投我邦，真是罕見罕見。」各人心中暗道：「且不管他，只要我等有了性命回去，便是好事。」因即讚道：「好一個能明大義的公主，竟肯投降我國，真是女中丈夫。既然如此，煩汝等打開囚車，放我等出來，與你一同去見公主便了。」眾婢女遂即將囚車上的鎖開下，放出四人，立刻就將四人帶進後帳，先向飛雲說道：「南

❷ 偏帳：旁邊的軍帳，以區別於中軍帳。

朝四將業已帶來了，現在帳外候示。」飛雲聞說，即令將他帶進問話。宮女復又出來將胡逵等帶進。飛雲一見四人，便起身迎接，口中說道：「四位將軍請了，前日冒犯虎威，多多得罪。只因兩國相爭，各為其主，不得不爾。今者因駙馬出言不遜，本公主一時性起，誤將他身亡劍下，恐為狼主知之，必然見罪。因思南邦元帥深明韜略，就便我國與之對敵，也不過是負隅❸之勢，終久必亡。本公主因畏罪難逃，思之再三，故決意投降大明天子，而又慮無人引荐，故此擬請四位將軍作為荐引，本公主即將駙馬首級帶去，以為進獻之禮。不知將軍等尚肯容納否？」胡逵等雖暗罵飛雲滅倫背義，口中卻竭力誇讚道：「公主大義滅親，甘心投順，真不愧女中豪傑，巾幗英雄，實深欽佩！我等何能不允作一個介紹之人？既然決計而行，尚請不可遲緩，緩則生變，反為不美，宜急速行。」飛雲道：「將軍之言正合我意，本公主也絕無留戀，就從此逝便了。」說著就帶了十數名宮女，又將仇里紅的首級用包裹包好，掛在身旁，又命宮女拉了幾匹馬來與胡逵等騎坐，自己也上馬一齊出了營門，向李元帥大營而去。且說蕭子世自桑黛說明原委之後，日間並未有甚言語，忽然到了晚間，與李元帥說道：「某方才卜得一課，算定四將與米飛雲於今夜五更時分，一同回營，元帥可令桑賢弟今夜無須安眠，並令各營兵卒也須預備迎接。米飛雲此來，不但胡逵等得以生還，且由他殺卻番營一員大將，桑黛這一件功勞，也算自風流中而得。不過此等姻緣，不能十分美滿，然亦五百年注定，勉強不來。」李廣道：「難道一段惡姻緣麼？」蕭子世道：「元帥此時且不必問，日後你自然知道，現在但請傳令桑賢弟不可安睡，各兵卒務要迎接便了。」李廣也不再問，當即傳令下去。到了五更將盡，只見小軍進帳報道：「四位將軍回來了。」李廣聞言大喜，

❸ 負隅：指憑藉險要頑抗。負，憑藉。隅，角落。

正要著小軍傳他們進帳，恰好胡逵等四人已走了進來，便與李廣參見已畢，站立一旁，將米飛雲所為各節細細說了一遍，又道現在營門候示。李廣聞言，即命桑黛出門去迎。桑黛一聽此言，好生羞慚，卻又驚詫不已，暗道：「此等不義之人，真是古今少有，我當日不過以此話相難，他竟真個殺死親夫，前來從我，那裡有如此狠心之女呢？現在倒將我難住了：若不將他接進營來，軍中無戲言，怎好違背元帥之令；若竟將他接進來，我實不忍見這無義之人。」沉吟良久，欲行不行。李廣也明知他實在為難，卻不識他的本意，故又催促道：「桑賢弟還不快去麼？」桑黛實在沒法，只得徐徐走出營門。飛雲一見桑黛出來，滿面含羞帶笑說道：「桑將軍請了，昨日將軍所約的那三件事，第一，第二，奴家早已面允，至第三件奴家也如了將軍之約，今特帶了首級來降，以穩將軍之心，以表奴家之忱。」說著便從腰間解下首級送過去。又說道：「將軍勿疑，此的是仇里紅之首，請將軍先行送入，呈與元帥驗明，以便奴家進見。」桑黛將仇里紅的首級接過，好生不忍，不覺一陣心酸，險些兒落下淚來。暗暗說道：「仇駙馬，你可不能怨我，我卻沒有謀占你妻之心，實因欲將此語難他，不料弄假成真，就是本將軍也不免後悔。」暗暗想了一番，復又勉強說道：「公主難得你愛我情深，以至如此，本將軍感激不盡了。不必先進大帳報明，就此請公主下馬，與本將軍一同進去便了。」飛雲大喜。當即跳下馬來，便與桑黛一齊進帳。先由桑黛將仇里紅首級呈送上去，李元帥驗明毋誤，當即命飛雲入見。桑黛走至帳下，向飛雲說道：「元帥傳公主入見。」飛雲聽說，即緩步上前，但見大帳兩旁排列將士，個個皆英雄無比，好生威武。飛雲走至帳上，向李廣參見。不知李元帥向他說什麼話來，且看下回分解。

第八十八回　多情子反為薄情子　好姻緣偏作惡姻緣

話說飛雲進了大帳，見李廣參見已畢，站立一旁。李廣將他打量一番，也覺甚是美貌。正欲問話，忽見楚雲在旁說道：「公主具此嬌容，竟肯降順我國，非特國家之福，亦先鋒之大幸也！但不知公主今年青春幾何？」飛雲此時站立一旁，正瞻仰李廣的容貌，威嚴整齊，一表非凡，心中羨慕不已。忽聞有人問話，即抬頭一看，見楚雲生得天姿國色，較李尤勝十倍，心中一面暗想道：「我以為桑郎天下已不多見，那知此人猶勝，我不信人間真有此美貌郎君，真正令人心醉。」一面答道：「這總是謝元帥的栽培。」只答得一句，又盡著向楚雲頻頻注目。桑黛看見這般光景，心中暗道：「你看他到處留情，隨在有意，那日在陣上見了我已是魂銷，真個要與我配為夫婦，忍心害理，將他親夫殺死，前來從我。今見楚雲又如此頻頻目送心許，若竟與他成為夫婦，豈不又殺我而從人？所謂輕薄桃花，隨波逐浪，到處皆是，我何必與彼結成孽緣？」心中正在那裡暗想。忽聽元帥喊道：「桑將軍，今公主既已矢志來歸，若不即日成就良緣，軍中諸多不便。本帥查得今日是個極好良辰，將軍可即與公主前往行轅，暫作洞房，成其美滿，本帥令人代你們陳設一切。」又與飛雲說道：「但是軍中各事潦草，尚望公主不必見怪，俟本帥班師之日，再行為公主請封便了。」飛雲聞言，又驚又喜。李廣又道：「公主且請先去，本帥囑令桑將軍即刻便來，因本帥尚有些鋪存物件，令彼帶去。」說罷，又令人引路，先護送公主前往行轅。當下有人答應，即送飛雲出帳，飛雲也就帶十數名隨侍的宮女，一同往行轅而去。桑黛見飛雲已去，乃與李廣說道：「大哥如此行來，直視小弟為滅倫背義之人了。豈不知飛雲是個大逆無恥之女，小弟如何與他為配。且小弟現有四房妻妾，若再加此女，小弟亦應接不暇。況且此女性情暴戾，今日能殺卻前夫來歸小弟，安知他日必又愛上他人而殺小弟麼？此是一件不可行之事。又況行軍婚配，大干例禁❶之事，吾兄豈不知之，而偏令小弟為此者，得毋欲假手此女以殺小弟麼？吾兄若鑒苦衷，收回前言，小弟當感之不盡。」李廣聞言大笑道：「賢弟之言差矣，良禽擇木而棲，賢臣擇主而事，女子配偶，何獨不然？今米飛雲甘心殺賊，矢志來歸，正是他能明大義。若軍中婚配，大干例禁，凡事皆宜經權互用，不可固執己見。米飛雲本非無功之人，今日婚娶，只須班師之後，愚兄申奏朝廷，不但朝廷不致見罪，恐怕還要加功。至於賢弟防慮三妻一妾，恐難相安，此事不必慮，以三夫人之賢，何慮不能相容此女，賢弟亦未免太慮。況且飛雲係賢弟面訂，又責令他約三件事。他今三事未缺其一，而賢弟忽背前言，豈非出乎爾者反乎爾者？如此之事尚不能實踐前言，還欲以信令人心服麼？勿得多言，致干未便，速去為是。本帥再飭令四將送賢弟前往公館。」說著，便顧左右道：「那四位將軍願送桑將軍前去？」話猶未完，只見雲璧人、徐文亮、蔣豹、張穀應道：「末將願往。」李廣見他四人應聲而出，復又吩咐道：「四位將軍願同前去，固是好極。但與諸君約，今夕之夕非昔日之夕，若有戲言訕笑者，定按軍法從事。」四將領命，惟有張穀將舌頭伸了兩伸，便與桑黛一同出帳，直往公館而去。李廣也就退帳。桑黛等五人到了公館，早已有人將新房鋪設得齊整，飛雲也坐在房內，是日由雲璧人等四人陪著桑黛自是酣呼暢飲。光

❶ 例禁：謂條例中所明令禁止者。

陰已過，早又燈燭輝煌，大家又復暢飲，直飲到二更將近，雲璧人等始將桑黛送入洞房。宮婢一見，便笑著迎接出來，口中說道：「駙馬爺，大喜呀！」說著讓桑黛進去。此時米飛雲早已換了艷妝坐在那裡，一見桑黛進來，起身喚了一聲。桑黛便假作殷勤，趕上前去，將飛雲玉手挽住，說道：「公主且請坐罷！」飛雲尚未坐下，雲璧人等四人也走進來，於是又鬧了一回房，說了一回笑話，便即辭去。桑黛這才陪著飛雲坐下，房中已擺了一桌酒席，桑黛擎杯在手，向飛雲說道：「某感卿錯愛之意，無以為報，請盡此酒，聊表吾心。」飛雲一笑，接過一飲而盡。桑黛見他毫不推辭，忽然想起一件事來，暗道：「我何不如此如此，既不失我英名，亦可不負大義。」心中想罷，便又春風滿面，手執金杯，向飛雲說道：「卿卿愛我，固已具見真情，若能再飲三杯，方見愛卿情真意切。」飛雲見來意殷勤，不便推卻，復又飲了三杯。桑黛見他飲下，復又斟上一杯，說道：「某再陪卿各飲三杯，芳卿如蒙見允，小生便銘感不忘。」說話之間，故意賣弄風流，引人入彀。說了，自己先立飲了三杯，便將飲乾的酒杯，又滿滿斟上，輕輕端在手中，走到飛雲面前，向飛雲身旁坐下，一手搭著香肩，一手端了酒杯，送至飛雲唇邊，殷勤笑道：「卿卿飲此三杯，便好同入鴛鴦之夢了。」飛雲此時已有半醉，見桑黛如此溫柔，竟為所惑，也就立飲三杯。方才飲下，只覺得一陣昏迷，早已玉山傾倒，秋波雙合，臉泛桃紅。桑黛一見好生快活，扶他上床睡下。飛雲橫臥牙床，早已夢入黃粱❷，不知所為了。桑黛此時又代他寬解衣服，用被給他蓋上。恰

---

❷ 黃粱：指黃粱夢。唐人沈既濟枕中記載：盧生在邯鄲客店遇道士呂翁，生自嘆窮困，翁探囊中枕授之曰：枕此當令子榮適如意。時主人正蒸黃粱，生夢入枕中，享盡富貴榮華。及醒，黃粱尚未熟，怪曰：「豈其夢寐耶？」翁笑曰：「人世之事亦猶是矣。」後因以「黃粱夢」喻虛幻的事和不能實現的欲望。

好宮女已將殘肴撤去，桑黛即命諸宮女出去，自己閉上房門，又剪了燭煤❸，走到床前一看，只見米飛雲眉凝柳黛，臉泛桃紅，無力嬌嬈，正是海棠睡足，那一種可憐可愛之態，一任他魯男子再世，柳下惠復生，也要道我見猶憐，誰能遣此，色香俱美，真個魂銷。桑黛見他的情形，也不覺神搖意蕩，殊難按耐，便思獨上陽臺，領略襄王雲夢。正去卸冠解帶，忽然自悟道：「咳！桑黛呀桑黛！念自蓬萊館創出英名，天下之人，無有不知。我若思戀此色，戀著這一個逆倫背義、無恥殺夫的女子，不但他親夫仇里紅定要冤冤相報，且令我數年英名，一旦喪盡，我為何不作懸崖勒馬之志，而橫遭此婦女之手呢？」說罷，急轉身軀，面向窗前燈下坐定，雙眉緊蹙，暗自神傷，輾轉悲思，復生出柔腸幾許。暗自沉吟說道：「以我桑黛，本是個風流種子，痴情兒郎，偏偏弄出這一段冤枉之事，使我進退維艱。若欲遂他所願，我固不肯作出背義滅倫之事；若欲作一個絕情的事，眼見如此嫵媚，千金易得，美貌難求。況且他為我而來，致使他滅倫背義，雖然可恨，卻亦可憐！我若遽下絕情，心中實有所不忍。我的飛雲呀，我的公主呀，你害得人實在神魂顛倒，左右為難呢！你讓我當此之時如何處之？」又復恨道：「我桑黛不恨別事，為什麼蒼天將我生就了這副面皮，致今惹出這一段冤家孽緣！若使我也如仇里紅那種面貌，我固不能為他所誘，他亦未必見我生憐，仇里紅也不致身首異處，就便你也不忍生此殺心。以此看來，不怪我及仇里紅，只怪我這個臉蛋兒惹出無限的事。飛雲呀，公主呀，你使我如何處置呢？」一霎間千思百慮，百感紛呈，直連自己毫無主見。猛又驚醒，說道：「呀，桑黛！你如此行為，還算什麼大丈夫、奇男子呢？這件事皆不能主決，還想作一番頂天立地之事麼？豈不可恥，豈不可笑？也罷，自古事急非君子，

❸ 燭煤：即燭花。燭芯燒焦結成的花狀物。

無毒不丈夫，憑著我這所佩之劍，捐除我意，了卻他身便了。」說著，即掣所佩的寶劍，走到床前去殺公主。畢竟如何，且看下回分解。

第八十九回　痴情斬斷血濺羅幃　首級擲還魂歸番帳

話說桑黛掣出所佩寶劍，惡狠狠走到床前，舉劍要砍。正思砍下，忽凝眸一看，但見飛雲海棠正足，酒暈紅潮，睡態嬌柔，可憐可愛。明明的一股殺氣，滿面怒容，一見至此，不知又柔腸幾許，惜玉憐香，睹此花容，難下毒手；一片狠心狠意，頓消於無有之鄉。因又嘆道：「我見你如此溫柔，花容月貌，我何信有那狠心！你一雙辣手，將仇里紅殺死，即有此事，亦足見你愛我情殷，方肯背義。我若將你摧紅碎綠，我又何忍？為我而來者，復為我而死？」想到此處，不覺手一軟，噹啷一聲，不知不覺，手中那口寶劍跌落塵埃。桑黛這一吃驚，非同小可，趕著一彎腰，將寶劍拾起來，即在那張小杌子❶上坐定，暗自沉吟，如痴如醉。又思想了一會，忽聽外面擊柝❷之聲，已交三鼓，又猛然醒悟道：「桑黛你儘管在此游移不能決斷，時已三鼓，若再遲緩，他酒醒過來，其事不成，反貽後悔。桑黛呀，你為什麼今日如此，難道真個被他所迷麼？若說他有百美千嬌，不忍下此毒手，他既能滅倫背義，忍殺親夫，我也可具此狠心，誅此淫婦。而況亂臣賊子，人人得而誅之，他雖不是賊子亂臣，與二者又有何異？吾今斬了淫婦，我想仇里紅死而有知，當亦感我代他報此冤孽。人患不能仗義，我今殺了此淫婦，也算我仗義而

❶ 小杌子：小矮凳。
❷ 柝：舊時巡夜者擊以報更的木梆。

行。而且我了卻情魔，尚可落得個名留當世，我又何樂不為呢？」說罷，復又舉起寶劍，站立身軀，搶近床前，舉劍便砍，那知一劍未下，復又臂軟酸麻，手無縛雞之力。桑黛好生納悶，復又狠一狠，咬定牙關，斬除情障，將手中劍向飛雲頭上一橫，盡力割去。可也奇怪，任他用盡平生之力，總是手軟如綿。不必說不曾砍下頭來，連一點傷痕卻都沒有。桑黛恨道：「怎麼將我弄得如此？這樣一個懦弱女子，我總不能將他一劍了卻，我不知昔日英雄，而今安在了？」正自暗恨，忽然一陣陰風，從床下刮起。桑黛一聽，趕著將身離開，那知米飛雲也被驚醒，漫吐鶯聲，頓開倦眼，口中說道：「醉煞也！」說罷，兩手將寶劍一抱，又道：「桑郎，桑郎，我和你共在鴛鴦之夢，以遂生平之願罷！」一聲未完，早血濺羅幃，命歸地府去了。可憐一片痴心，竟為桑黛而死，也算了卻平生之願罷。但是桑黛欲斬不得，忽然陰風頓起，豈是仇里紅借以報仇乎？若果如此，吾竟不能謂米飛雲死於桑黛，實死於仇里紅，不然桑黛何以欲前又卻，終不能為桑黛殺死，迨至陰風頓起，米飛雲手抱寶劍自刎而死，豈非仇里紅借桑黛之劍，而陰魂有以報之歟？也算是個天網恢恢，疏而不漏，冤冤相報了。閑話休表。且說桑黛見米飛雲抱劍自刎而亡，不覺心膽俱裂。又定了一定神，口中說道：「啊呀，公主呀！你可不要怪我，是你自己自刎的。」說著，便走上前一看，只見白羅帳子一片鮮紅，此時只得忍著心腸，拿起劍來，將飛雲首級割下，掛在劍上，大踏步直向外面走去。走到廳上，恰好雲璧人等尚未去睡，還在那裡猜拳行令，痛飲金樽。桑黛一聲說道：「諸位兄弟且止飲，可陪桑黛往大帳一行，有話與元帥面說。」雲璧人等四人，見桑黛此時出來，又要去面稟元帥話說，不免詫異道：「你此時為何要見元帥？」桑黛尚未答言，他四人瞥見桑黛手提一劍，劍上掛著一個人頭，因駭問道：「這是誰人首級？」桑黛大聲說道：「即滅倫背義的女子，被我斬了，所以要去見元帥面稟。」四人一聽，同聲讚道：「壯哉賢弟！居然有見色不迷的志氣，我等當共敬一大杯。」桑黛即接過酒來，一飲而盡。放下酒杯，即同四人往大帳而來不表。且說李廣、楚雲、蕭子世，此日晚間也在大帳飲酒閑談。楚雲說道：「大哥今日所作之事，似乎於理上說不過去，如此一個背義滅倫之女，怎麼勒令桑黛與他成親？豈非將那一個赫赫有名的先鋒，竟陷他於不義。即便桑黛有意，大哥尚須諫阻，今不但不諫，反而送他前去，這是何意？小弟竊為不取。」李廣道：「賢弟有所不知，吾觀桑黛成親，愚兄所以縱之者，正欲成桑黛之英名，並非陷他於不義。且稍待片刻，自有消息。」楚雲道：「恐未必然，即使吾兄有此心，桑賢弟不能有此事，自古至今有多少魯男子、柳下惠見色不迷？而況桑黛性本風流，何能咬定牙關毫不沾染，所以小弟卻未必敢！」李廣道：「賢弟有所不知，我看桑賢弟今日面帶殺氣，不但不致沾染，我恐飛雲竟欲身陷不測呢！」楚雲那裡肯信，只是爭辯不休。蕭子世在旁笑道：「我有一言，兩君容納。你二人不必爭辯，依我之見，各人寫下一張賭狀，如果桑黛與米飛雲竟成眷屬，大哥必須勻粉塗脂，做一個鬚眉巾幗；若果無此事，雲弟也須做巾幗鬚眉，我便與你二人作中何如呢？」李廣答道：「我當遵命，決不食言。」楚雲一聽，便又驚愧交集。暗道：「此語又係雙關，分明預算我是個女子，卻作此隱而不露，從今以後，可不能在這人面前多言，免得他道破我的行藏。」說罷，便笑道：「事之成與不成、是與不是，與我何干，我不過偶而閑話，又何必賭此輸贏呢？」正在談論之間，忽見小卒進來報道：「桑將軍與雲、徐、張、蔣四位來了。」李廣正欲開言，桑黛已走至帳上，先將以上各節說明，復將飛雲首級獻上。李廣、蕭子世讚嘆不已。楚雲不待李廣開言，便即說道：「實在佩服大哥卓識，不然如賭東道，小弟要扮一個鬚眉巾幗了。」說罷，又見李廣向桑黛說道：

「吾弟如此愛名，真不慚英雄本色。明日可將仇里紅的首級與飛雲的屍身，飭人一併送往番營，使米花青知道我等的仁慈，顯得吾弟志氣。」說著，又命桑黛等坐下飲酒。桑黛等便一同坐下痛飲一回，然後各自就寢。次日即命人將米飛雲的屍身並兩個首級，差了數名小卒送往番營，又面囑了一番話。小軍唯唯而退，抬了屍骸，直往番營而去。此時紅毛國狼主米花青，早知道仇里紅被飛雲殺害，放走擒來四將，正在那裡痛哭，大罵飛雲滅倫背義，大怒不止。忽見軍卒進帳報道：「啟狼主爺：現有南營兵卒將駙馬的首級、公主的屍身一併送到。並據來人傳說，李元帥囑令我主，速速寫成降表，即此罷兵，免得兩家干戈不息。」米花青聞言嘆道：「難得大明元帥如此仁慈仗義，全了我逆女的名節，令人可感可敬！」說罷，又命番卒將屍身抬回，用棺收殮，又對仇里紅痛哭一番、米飛雲大罵一頓。收殮已畢，又對眾人說道：「可敬李元帥仁明英武，如此行為，一則使孤逆女未致失節，二則使駙馬及逆女屍骸可得回國。孤以此想來，何必與他爭戰不息，不如修道降表，與他議和，兩不相犯便了。」米花青一言未畢，旁邊降將劉瑾、花球、史洪基這一班奸賊，只嚇得心驚膽裂，暗暗說道：「完了，完了！」正在暗道，忽見非非道人上前奏道：「狼主，何以今日出此奇言？李廣奸詐百出，詭計多端，即此一事，分明假仁假義，口出大言，羞辱我邦。大王若受其愚，墮其術中，有令我國人民恥笑大王之懦，大王請自三思。如果不想奪取中原天下，臣亦不敢屈大王之志；若思中原人民之富，物產之美，則請大王切切不可生此退意，以失眾人之心。非是臣敢誇大口，那怕李廣有三頭六臂，只須臣聊施小術，教他片甲不回便了。」花青聞言，趕著謝道：「孤不明，若非軍師指教，幾乎誤中奸計了。敢請用何妙術，可以殲滅李廣？」畢竟非非道人說出什麼話來，且看下回分解。

第九十回　妖道大擺混元陣　諸軍誤中落魂旗

話說紅毛國米花青聽了非非道人之言，大喜。當下問道：「不知軍師用何妙術可以殲滅李廣？尚乞示明。」非非道人道：「臣思之久矣，擬擺以混元❶一氣陣，此陣內按八卦❷相生相剋❸，再加六丁六甲❹、奇門遁甲之術，擺成之後，便約李廣到來打陣。吾知他雖諳韜略，無如兵書未載，雖孔明再世，亦不能識陣中的奧妙，何況李廣？此陣係臣獨出心裁，窮搜神妙，更有落魂旗一面，任他英勇無比，只要將他等誘入陣中，把那落魂旗招展一次，他等陷入陣中，十日之後，一定有死無生。臣現有一圖，請主公細看，便知其中奧妙。」說著將圖呈上。米花青逐細看了一遍，但見中設一臺，高有數丈，外分四面，按著東南西北。臺之四面皆列黃旗，按中央戊己土，其餘四面，各按方向：東門立青旗屬木，南門立紅旗屬火，西門立白旗屬金，北門立黑旗屬水。又分乾、坎、艮、震、巽、離、坤、兌八卦，實是井

❶ 混元：道家術語。謂天地。

❷ 八卦：周易中的八種基本圖形，用「⚊」和「⚋」組成。以「⚊」為陽爻，以「⚋」為陰爻。易傳作者認為八卦主要象徵天、地、雷、風、水、火、山、澤等八種自然現象。

❸ 相生相剋：此指五行相生相剋。五行，即金、木、水、火、土。這五者之間既互相促進，又互相排斥。

❹ 六丁六甲：道教神名。道教認為六丁（丁卯、丁巳、丁未、丁酉、丁亥、丁丑）是陰神，六甲（甲子、甲戌、甲申、甲午、甲辰、甲寅）是陽神，為天帝所役使，能行風雷，制鬼神，道士可用符籙召請，從事祈禳驅鬼。

井有條，奧妙莫測。米花青看罷大喜道：「依此看來，雖不知其中奧妙，想定變幻離奇，即請軍師助孤一臂之力，即日擺設起來，孤便去打戰書，約他前來破陣。」非非道人道：「主公放心，三日後便可擺成了。若連日南軍前來討戰，請主公不要使人出戰，但須將免戰牌高懸，約三日之後，再行對敵，免分將士之力。」米花青答應，當即傳令命人將免戰牌高掛出去。非非道人自去築臺擺陣。次日早有細作報入南朝大營，說番營高掛免戰牌，不知何意？李廣聞報，即與蕭子世商議道：「本帥知他斷非因今日殺了飛雲，送去屍骸，他便將免戰牌高掛，其中必有詭詐，還要使人探聽才好。」蕭子世道：「毋用探聽，三日後自有分曉。某聞番營內現有一個非非道人，係米花青的軍師，定係此妖道有什麼詭詐。自古邪不勝正，任他有百般詭計，我以正制邪，又何懼哉？且等揭曉後再作計議，元帥此時不必煩慮。」李廣只得唯唯。且說非非道人自與米花青說過擺陣之後，即便命了番卒連夜築起臺來。他便親自督率，果然三日臺已築好，即命仇恩贊為誘陣官，令合奇薩里東守東門，薩里南守南門，薩里西守西門，薩里北守北門，各帶番兵二千，四門把守，中軍自掌，令薩牙叉助之，又撥五千番兵護臺。各番將得令而去，各按把守地方駐紮下來。非非道人將這混元一氣陣擺好，便請米花青前去觀陣。米花青到了四門口看了一遍，也覺得旌旗密布，劍戟森嚴，甚是整齊嚴肅。非非道人又將他帶入陣中，先繞四門，隨後到了中央臺上。米花青在陣內看了一遍，但見殺氣騰騰，陰風颯颯，又見各將各按地方把守，毫不錯亂，心中大喜。當下向非非道人道：「如此妙陣，真亙古未有之奇，設非軍師獨具心裁，何以能使李廣輩即日殲滅。」又向著南營罵道：「李廣呀李廣！一任你跋扈非常，英雄蓋世，早晚叫你等也有個片甲不回。」說罷，哈哈大笑，復又指非非道人之背而言道：「將來孤得有南朝天下，定封軍師為開國神機妙算大法師，以酬今日之績。」說著，齊聲大笑不止。米花青看陣後，回至大帳，即命人將免戰牌收下，立刻寫了戰書，差番卒送往南營。當下小軍接了戰書，呈入大帳，李廣接書看畢，知係擺了一座混元一氣陣，約日破陣。李廣也就將戰書批回，明日破陣。番兵自然帶了戰書，回本營而去不表。且說李廣批准戰書，打發番卒去後，與蕭子世議道：「據來書所言，此混元一氣陣，自古以來，所有兵書之上，向未載此名，其中必有左道❺傷人之術。現在既批准明日打陣，不識軍師有何調度？尚請示知，以便某及早預備。」蕭子世道：「看來陣中雖不免邪術，以元帥之威福，又何足慮！但請自主調度便了。」李廣答應，回顧楚雲道：「今日前去打陣，非同小可，必須同賢弟同走一遍方好。」楚雲道：「自當隨行。」當下李廣便傳令道：「桑黛、徐文亮可帶精兵三千，從敵營東門衝入；駱照、雲璧人也帶精兵三千，從敵營西門衝入；韾卿、廣明也帶精兵三千，由敵營北門衝入；本帥與張穀自帶精兵三千，由敵營南門打入。務各同心努力，奮勇當先。一任他妖術橫行，千軍萬馬，踏為平地，其餘各位將軍，皆在營門探望著，但見那陣角一亂，即便帶領全隊出踏番營，以期一戰成功，早平番逆。」眾將得令，無不摩拳拭掌，一勇當先。惟有子世暗暗嘆息，知道他們總有七日之災，萬不能免。一日無話，到了次日一早，李廣戎裝戎服，騎馬提刀，一眾皆隨在後，但聽三聲炮響，畫角❻齊鳴。李元帥在前，眾將在後，一同出了營門，趨向番營而去。不一刻已到，各將分按四門前去攻打。且說桑黛、徐文亮二人直奔東門衝進，一聲大喝，各執兵器，衝

❺ 左道：邪道。

❻ 畫角：古管樂器。出自西羌。形如竹筒，本細末大。以竹木或皮革製成，因外加彩繪，故名。發聲哀厲高亢。古時多用於軍中。

入陣中。恰好薩里東手執鋼刀，早已迎出。桑黛、徐文亮二人更不打話，槍戟並舉，薩里東略戰數合，回馬便走。桑黛、徐文亮急急追趕，未轉兩三個彎，忽覺陰風慘慘，日色淒淒，模糊不辨路徑，也不知薩里東往那裡去了。遍地樹枝，又攔住馬頭，又聽得怪鳥悲啼，猿猴怒嘯。桑黛、徐文亮二人此時不禁心驚膽怯！再看後面兵卒，連一個影兒也看不見；急欲往外追趕，又不知陣門現在何處。桑黛、徐文亮二人心中暗道：「這明明是妖術，我們且不管他，一勇殺上前去，自古道邪不勝正，何怕之有？」二人按定心神，一聲大喝，舉動槍戟，仍然一勇當先。那知一聲大喝，果然是雲散天開，毫無奇怪之狀，兩先鋒更自抖擻精神，槍戟齊施，橫衝直撞進去。恰好薩里東由陣裡轉出，一見桑黛、徐文亮，一聲大喝：「南蠻往那裡去，認得爺爺薩里東麼？」桑黛、徐文亮見薩里東復又殺來，心中暗道：「你這狗頭不出來，我還要尋你出來，此刻你自家殺來，是你自尋死路了。」說著也大喝一聲，槍戟齊下，直向薩里東刺來。番奴本不是桑、徐二人的對手，連一個也敵不住，何況二人合力夾攻，連三合都不到，早被桑黛一戟刺中咽喉，棄叉翻身落馬。徐文亮又一槍結果了性命，二人大喜，再顧後面兵卒依然隨後跟來，便即率領兵卒，一齊衝入中央而去。非非道人在法臺上見東門法術不能擒獲明將，趕著將落魂旗向桑黛、徐文亮二人招展了兩次。可也奇怪，桑、徐二人坐在馬上，登時就覺得頭重腳輕，坐立不安，一齊跌下馬來；三千兵卒也是各各不能動彈，猶如吃醉一般，臥倒在地。再說駱熙、雲璧人二人帶領精兵，直奔西門殺入，陣中轉出薩里西。雲、駱二人一見番奴，也是更不打話，舉動兵器向番奴便打。未及數合，薩里西撥轉馬頭，走入陣中，雲、駱二人緊緊追趕到了陣內，也是茫茫不知去路，但覺陰風侵骨，一霎時又有許多冰雹打將下來。兩人也知道是妖術，卻也不放在心內，還是亂衝亂撞，二人殺得性起，大喝一聲，忽然日照當空，冷風頓息，冰雹全無。正往中央殺去，薩里西復又殺出，駱熙瞥眼看見，急舉銅鍾就此打下，早見薩里西腦漿迸裂，死於陣中。駱熙見番奴已死，隨即與雲璧人殺往中央而去。那裡知道非非道人見他二人又來，又將落魂旗招搖了兩下，雲、駱二將，又復昏迷不醒，倒在陣中。再說楚雲隨同廣明二人帶領兵卒三千，向北門殺入，走到陣門口，忽聽一聲炮響，由陣內殺出一員番將，原來是薩里北。廣明一見，即舉起潑風刀向他砍去。欲知薩里北性命如何，且看下回分解。

第九十一回　小張郎救將帥出陣　史郡主奉師命下山

話說廣明正與薩里北二人大戰，楚雲在後看得真切，暗道：「此種番奴，留他何用？不如早早送他歸陰。」說罷，便即彎弓搭箭，「颼」的一聲，認定薩里北射去。番奴毫不防備，射中肩頭，翻身落馬，恰好廣明在旁，一見番奴跌下馬，趁勢一刀，砍為二段。楚雲見番奴已死，便即揮軍衝入陣中。入得陣來，只見好一片大水，波濤滾滾，茫無際涯。正在驚惶，忽見一陣香風，將一片波濤吹得無蹤無影，心中好不歡喜，復並力殺入中央；那知也是一般被落魂旗迷倒，陷入陣內。再說李廣殺入南門，雖將薩里南砍死，但覺陣中烈焰飛騰，火勢甚大，正自心中著急，忽見所穿金甲頓起金光，將一派烈焰沖散，也就立刻衝入中央。只見法臺之上站著一個妖道，在上面燒符念咒。李廣看罷，大吼一聲，一馬當先，衝到臺口，急舉金背大砍刀，望法臺上砍了過去，只聽一聲響亮，早把法臺砍了一角。非非道人一見，好生驚慌，趕著向臺後一退，急展落魂旗，向李廣招來。李廣坐在馬上，不知不覺昏倒在地；所有兵卒，也個個迷在陣中。張穀在旁看見，真嚇得魂飛膽裂，所幸不曾被落魂旗迷倒。你道這卻為何？眾人皆被迷倒，獨張穀何以毫無妨礙？只因他帶了乾坤袋在身旁，所以不能迷惑他性。當下按定心神，即刻騰立空中，望下一看，但見陣裡黑氣沉沉，陰風慘慘，神嚎鬼哭，慘不忍聞。看了一回，心中想到：此時元帥尚且被困，他等眾人想定一起困在其內，我必須先將元帥救出來方好。又因裡面暗黑無光，看視不出，不知元帥現在何處？這便如何是好？正自著急，忽見下面頓起一道金光，直沖上來。張穀便順著金光看了下去，只見李廣頭枕金刀，昏昏沉沉睡在地上。心中喜道：我何不就借著這金光下去，用乾坤袋將他救出呢？正欲下去，又見東南上復起一道金光，張穀凝神一看，只見徐文亮也睡在那裡，旁邊還站著一匹黃驃馬，並未被他迷倒。張穀喜甚，便先自入陣打開乾坤袋，將李廣收入袋內，復又出來，向東邊走去，恰好金光並未散去，又將徐文亮收入袋內。那黃驃馬見主人救了出來，那馬也騰空而起，跟了出來。原來這匹馬是仙產，所以不能將他迷倒。張穀救出李廣、徐文亮二人，直往本營而去。將到營門，但見各將士還在營門口注目而望，預備去踏營。一見張穀回來，後面跟著一匹黃驃馬，眾人知道是徐文亮的坐騎，大家便很驚訝，問道：「張賢弟，你為何獨自回營？元帥現在那裡怎麼？徐賢弟這寶馬也是獨自回來，這卻是何故？為什麼爾又如此愁眉不展？」張穀道：「諸君不必細問，且鳴金收兵，一同退入營中，自有分曉。」眾人雖不知細底，也知大事不妙，其中必有奇情。當下即鳴金收軍，一齊退歸本寨。

張穀進了帳，先將前後話稟明蕭子世一遍。子世嘆道：「此係注定，不可挽回，應該他等有災難，賢弟速將元帥與徐家的二弟放出，使他二人早早安身。」張穀答應，隨將乾坤袋打開，放出李廣與文亮二人。當下著人將他二人扶入後帳，又用些薑湯灌下，兩人慢慢的才算蘇醒過來。只見李廣兩眼微睜，先呻了一口氣，復又閉上眼，停了一刻，這才睜開兩眼，顧左右一看，不覺驚訝異常；又見張穀在旁，因喚道：「張賢弟！我方才打陣之時，忽然一陣昏迷，神魂無主，好似倒在陣中，何以此時睡在帳內，這是何故？」張穀便將救出來的話告訴了一遍，李廣這才明白。復又問：「隨去打陣諸君，不知曾否陷入陣內？」張穀又訴明一切。李廣聞楚雲陷入陣內，便登時心中一急，大叫一聲：「天喪我也！」說著，只覺口中一陣腥鹹，好生難受，忍不住將口一張，吐出一口鮮血來。大家都吃一驚，這非同小可。蕭子世趕著上前安慰道：「元帥不必驚慌，所有那五位將軍，雖陷在陣中，卻無一個損失。只因他等均有七日災星❶，等到災難一滿，自會有人破陣，將五人救出。」李廣聞言，尚在半疑半信，此時文亮亦復醒來，當下謝過張穀。大家正在談論，忽見小軍又來報道：「營外又有番奴前來催促破陣。」李廣聞言大怒，恨不得即刻前去。蕭子世趕忙攔道：「兄長切勿如此，小不忍則亂大謀。小弟自有退兵之策，兄長還請安歇以重金軀❷。」說著，便令木林出營，知會番兵：七日之後，再行開仗。木林答應，隨即出營，將此話與番兵說明。番兵聞此大笑而去，回至番營，見了非非道人，說明原委。非非道人又悲又喜：喜的是南朝大將皆困在陣內；悲的是薩家四員大將全行身亡。非非道人感嘆一番，便下了法臺，往陣中親查被困南朝的大將。查點了一會，不覺大驚失色，暗道：「分明李廣被落魂旗陷入陣中，怎麼此時諸人俱在，獨少了李廣，並右先鋒徐文亮二人？陣中仍圍得鐵桶一般，難道他會騰空不成？若果如此，這李廣就是不凡之人，將來還有一場大戰。但是我已在狼主前說了滿話，此時被李廣逃走，如何能說出原因？不若權且瞞住，俟隨後再作定奪便了。」想罷，便命人將薩家四將用棺柩盛殮，又命番兵休動南朝五將，七日之後，自會身亡命畢，自有番兵前來料理。非非道人便去帳內奏明狼主，說薩家四將全行陣亡。米花青聞言，悲悼不已。當令先將四將棺殮掩埋，俟回國再行隨同帶回。不表。且說李廣終日在營思念陷陣諸

❶ 災星：古人以天象附會人事。認為某一星辰出現異常，人間便會有相應的災變，因稱引起災變的星體為災星。後世星命家謂人的命運亦與星辰相關，流年不利，往往由於災星照臨。亦泛指厄運、災難。

❷ 金軀：萬金之軀的簡稱。形容身體貴重。

位兄弟，卻於楚雲尤甚。看看五日，便對蕭子世道：「賢弟，算來已將七日，你說屆期自有人來破陣解救，為什麼杳無音信？到此時若未有人前來解救，這一班陷陣兄弟那就性命難保了。」蕭子世竭力勸慰道：「兄長切勿憂慮，非是小弟誇口，吾算定自有人來；今日不過才第五日，還有兩日工夫，這兩日內，必定有人來解救。」勸慰了一回，李廣也只得含糊答應，仍是半信半疑，總記念著楚雲及那四個兄弟，不能暫釋愁悶。又過了一日，這日卻是九月二十，大家正在那裡納悶，李廣與蕭子世等大家絮絮叨叨說個不了，忽見小軍進來飛報道：「啟元帥：現在營外有五個道姑❸，自稱係從仙山而來，要見元帥，有要緊話說。現在營外候示，請令定奪。」李廣尚未開言，那蕭子世在旁喜道：「解救的人來了，果然郡主下山。」又驚又喜。李廣驚道：「是那個郡主？」蕭子世道：「兄豈忘了麼？卻就是與兄比鄰而居的那個郡主。」李廣仍在疑惑，忽見文亮急急插言問道：「莫非是錦屏郡主前來麼？」子世聞言，一聲大笑道：「然也！足見二弟記念甚切，真可謂念茲在茲。既如此，就煩二弟出營迎接。」徐文亮一聲「得令」，樂不可支，此時也不知什麼含羞怕醜，轉身就往營外而走。此時大眾卻忍不住笑；李廣現在才如夢方覺，也是其樂無涯。徐文亮走到營門，遙見錦屏立於營外，雖然道姑裝束，那風流嬌媚尤勝於前，不覺滿面春風，一聲笑道：「郡主請了！某特奉元帥、軍師之令，前來迎接，敢請郡主即刻進去！」史錦屏聞言，再一細看，見是徐文亮，雖然是心上郎君，卻不免嬌羞萬狀，無奈回答了一聲：「徐二公子請了。念錦屏奉師命下山到此，何勞公子遠接。」文亮道：「有勞郡主不遠千里而來，某不能遠迓，已是抱歉之至，尚望郡主包涵。」錦屏答道：「公子說那裡話來！就煩公子進帳通報一聲，就說錦屏進見，

❸ 道姑：女道士。

代元帥請安聽令。」文亮答應，便先走進去，恰好張穀討了元帥之令出來迎接，一見史錦屏便深深一揖，說道：「小將與郡主久違，今日何緣相見！請郡主進帳罷，元帥已出帳相迓。」史錦屏一見張穀，暗道：「怎麼今日又與這兒混之人同在一起？」沒奈何只得答了個萬福，便請張穀引進。不知史錦屏法力能否救得陷陣諸人出來，且看下回分解。

第九十二回　蕭子世出令遣將　史錦屏破陣除妖

話說史錦屏進了大帳，先向李廣打了個稽首❶，口中說道：「元帥在上，錦屏參見。」李廣忙答道：「郡主少禮，請一旁坐下。」錦屏告坐已畢，便說道：「家嚴❷罪犯大逆❸，理應九族全誅，念錦屏深隱在山，不知始末。今日奉師之命，差遣錦屏下山除妖破陣，方知家嚴有此悖逆之事，犯臣之女，尚乞元帥寬恕一二！」說罷，玉容慘淡，悲不自勝。蕭子世在旁，便趕著插言，說道：「郡主不必心焦，但能仰仗大力，破了此陣，他日奏知聖上，不但郡主無罪，就便令尊也可減輕一等。今日且請偏營安息，明日待貧道調兵遣將，好同郡主破陣立此奇功。」說罷，便命人領錦屏往偏營安息。錦屏也就謝過，出了大帳，帶同煙柳、如霜、輕紅、軟翠向偏營而去。一宿無話，次日一早，李廣與蕭子世升了中軍帳，打起聚將鼓，各將皆進帳參見，站立兩旁，聽候調遣。恰好史錦屏也帶領四婢前來，參見已畢，亦復站立帳下。只聽蕭子世說道：「諸位將軍聽者：番營所擺這混元一氣陣，係按五行陰陽造化之理；向者之所以不能去破，只因郡主尚未前來，且諸將中應有七日災難，不可逆天行事。今者史郡主已到，諸將災

❶ 稽首：道士舉一手向人行禮。

❷ 家嚴：指父親。

❸ 大逆：在古代社會裡，凡犯下造反、謀害帝王等嚴重罪行的，通稱大逆。

難已滿，自當以相生相剋法破之。諸君務各努力向前，聽吾調度；若有不遵號令者，定按軍法從事，決不稍寬。其各凜遵，勿犯軍令為幸！」話才說畢，只聽一聲齊道：「末將等當謹遵軍師調遣，努力向前，不敢違令。」蕭子世便喚傅璧方、木林二人道：「汝二人可領三千人馬，都是銀盔銀甲，手執白旗，按西方庚辛金，打他的東門，以取金剋木之意。」二人得令，站立一旁。又喚左虎、胡逵道：「汝二人也帶三千人馬，都穿鐵甲鐵盔，手執皂旗，按北方壬癸水，攻打南門，以取水剋火之意。」左虎、胡逵二人得令，站立一旁。又喚左龍、鄭九州道：「汝二人也帶三千兵馬，都穿紅盔紅甲，手執紅旗，按南方丙丁火，攻打他的西門，以取火剋金之意。」又喚徐文亮、張穀道：「汝二人也帶三千兵馬，卻用金盔金甲，手執黃旗，按中央戊己土，攻打他的北門，以取土剋水之意。」二人得令，又喚史錦屏道：「郡主可帶四婢分護四門，以防番營妖法，郡主卻自向中央接應，好敵非非道人。」史錦屏得令退下。又向眾人說道：「諸位將軍入營以後，切切不可妄動，須各按地段妥為把守，俟郡主將妖道誅後，再行合兵一起，衝踏番營，那時自有元帥率同蔣豹、喻昆督兵前來接應。陣中如有妖法等事，諸位將軍亦不可大驚小怪，自有史郡主對敵，毫無妨礙。汝等其後克奏膚功，早滅番奴，班師受賞。」眾將答應已畢，各自退出，整頓雄兵，以便破陣。惟有史錦屏待眾人走後，復到帳前跪下，說道：「元帥、軍師在上，錦屏有言奉稟，尚乞容納。念家嚴大逆降番，理應碎屍萬段，但念錦屏一點誠心情願破陣除妖，為家嚴將功贖罪。若今日破陣之後，錦屏雖碎屍萬段，亦所不辭，惟求元帥、軍師大開惻隱之心，廣動仁慈之意，頻開法網，格外開恩，乞留老父殘生，不惜微軀自代。若蒙允許，錦屏當進陣衝鋒；設以老父為萬無可赦之理，錦屏當即請罪於帳下，免致他日目睹老父身首異處。況今日破陣，即為老父就擒地步，錦屏又何可忍為？與其事後抱恨終天，不若事前請以一死，雖不得一個忠字，卻可盡了孝字之名，幸元帥、軍師酌奪！」說罷，痛哭哀哀不已。李廣尚未開口，蕭子世又復讚道：「以郡主之言，真是大忠大孝！但請放心，不必悲苦，破陣之後，令尊如果為番奴所害，至於以前一切大罪，某當力保減輕，斷不致有負郡主一片實心之志。郡主請起來，不必如此！」史郡主聞言，方才收淚，站立起來，便同著四婢出營而去。這裡元帥見諸將已出，復與蕭子世說道：「軍師方才對錦屏之言，似覺未近情理。此番洪基是一個欺君首罪，如何能救？豈有因他女兒破陣，便為將功贖罪地步？如此大逆難容的亂臣，如何能依他女兒之言辦理呢？」子世道：「元帥有所不知，洪基命該當絕，斷不能再得生還。小生之所以遽允錦屏者，正欲以安其心，使彼竭力破陣。小弟豈不知洪基為首罪，而願作此事麼？」元帥聽了此言，方才大喜，當下也就與蔣豹、喻昆二人帶了兵馬，跨上征駒，出營而去，只剩下蕭子世獨守大營。且說史錦屏同著十位英雄來到敵陣，早見引陣番將仇恩贊已在陣前等候，一見眾人前來，便即回身進內，將眾將引入陣中。那知眾將恪遵軍令，皆分列前去攻打，果然相生相剋，毫不差謬。各將入陣之後，並無奇怪等事，一齊皆衝入中央，四面立定了隊伍，即有番將到來廝殺。各將亦不離守地，只與番將團團廝殺而已。非非道人在法臺上，見南朝諸將打著五方旗號，皆衝到臺前，各按部位，站立不動，便知道不妙，不是前番那種錯亂。心中一想：若不先發制人，恐貽後患。一面暗想，一面書符捏訣。只見他口中念念有詞，忽見天昏地暗，飛沙走石，從空而下。那些番將番兵齊聲呼道：「南蠻速下馬受降，若再遲延一刻，就要命歸地府了！」呼號之聲，震動山谷。各將見此光景，也就驚異起來。大家正在慌忙，忽見史錦屏一馬當先，衝至臺下，一聲道：「疾！」頃刻間沙平石淨，天朗氣清，口中大聲向非非道人喝道：「好大膽的妖道！爾這個左道旁門，只能嚇那無知之輩，你可認得仙姑麼？」非非道人一聞此言，早驚得面如土色，暗道：「我這妖法怎被他知道？此人當是不凡！」再一細看，只見史錦屏頭戴道冠，身穿八卦藕絲袍，白綾褶疊裙，腰束鵝黃絲絲，手執青銅寶劍，生得來千嬌百媚，真有出塵之概。非非道人看罷，卻又動了一片邪心，暗道：「我何不將他擒過來，帶回我本國，與他結為良緣，也不負為人一世了！」心中想罷，便將落魂旗執在手中，向史錦屏搖來。那知史錦屏並不昏迷倒地，那將士又弄得神魂不定起來，看看又欲落馬。眾人正在心昏意亂之際，又聽史錦屏一聲喝道：「好大膽的妖道！爾敢班門弄斧，欲以落魂旗擾亂眾人的魂魄麼？」說著，便在法寶囊中掏出一粒鎮魂珠，執在手中；但見那鎮魂珠萬道霞光射於空中，早將各將魂魄鎮定，一個個神智如初。非非道人見自己妖法又被人破去，只氣得三孔冒火，七竅生煙，也就喝道：「本法師若不將你這賊婢拿住碎屍萬段，誓不為人！」說著，手舞寶劍，登時跳下臺來，走到錦屏面前，舉劍就砍。錦屏一見，只氣得柳眉倒豎，杏眼圓睜，罵一聲：「無知妖道，本仙姑今日若不將你這妖道斬為兩段，也不算仙姑的厲害。不要走！」說著，伸開五指，向著非非道人一聲道：「疾！」那非非道人手中寶劍，不知不覺自落在塵埃。非非道人見手中劍被他念了解脫咒落於地下，知道不妙，也就登時將左手兩指向空中一指，說聲道：「疾！」忽見狂風捲起，飛沙走石，直向史錦屏捲了過來。錦屏一聲大笑道：「好妖道，你也是計窮術盡了，這樣些須小術，還敢在本仙姑面前賣弄麼？」說著，也將左手一伸，忽然一個霹靂平地而起，不但那些飛沙走石頓然消滅全無，就是那陷在陣中五位英雄，也被這霹靂一聲，皆震醒過來，個個魂歸於舍。非非道人見史錦屏又破了他的法術，知道萬敵不過，思想逃走，史錦屏早已料到，後又一聲喝道：「妖道，你不要夢想，欲要逃走，萬萬不能！本仙姑不能恕你了，送你歸陰去罷！」說著，又是霹靂一聲，向非非道人打來，登時非非道人已斷送了性命。欲知後事如何，且看下回分解。

第九十三回　眾英雄踏平番寨　紅毛王議進降書

話說史錦屏將非非道人一雷打倒，隨即拔出寶劍結果他性命。此時眾將見非非道人已死，大家吶喊一聲，便一齊衝殺過來，恰好陷陣諸將被史錦屏的掌中雷震醒，也就個個就地爬起，奮勇一齊去殺。可憐那些番兵，只殺得血流成河，屍橫遍野。仇恩贊見陣腳已亂，軍師已死，即便捨命逃生。走至陣前，可巧遇見蔣豹，大喝一聲，掣出雙鐧，認定仇恩贊打去。仇恩贊躲閃不及，早被蔣豹打得腦漿迸裂，死於馬下。接著，李廣也衝進陣來，巧逢楚雲等五人殺出，李廣好生歡喜；後面破陣的諸將及史錦屏也殺出陣來。李廣一見，便命合兵一處，踏踹番營，早有逃走的番卒跑入番寨。米花青在營中聞得炮響，始以為南朝各將前來打陣，正在疑慮，不知勝負如何，忽見小番前來報道：「大王速速逃命要緊，現在混元陣已破，軍師、副帥及各位將軍俱已被殺。南朝元帥率領各將前來踏營了！」米花青聞言，只嚇得魂飛天外，魄散九霄，大叫一聲，昏倒在地。那邊劉瑾、史洪基、花球等，也是嚇得死去活來，站立一旁，只是發抖。番軍見米花青昏倒在地，這一嚇也是非同小可，趕著上前喚醒。米花青醒來，嘆道：「兵窮矢盡，喪師折將，孤尚有何面目回國？不如尋個自盡，以免國人恥笑。」說著，即拔劍自刎，幸好旁邊元帥薩牙叉趕著上前抱住，奪去寶劍，說道：「主公切勿如此，勝敗乃兵家常事，軍師雖死，尚有臣等願以死力保護，主公暫避其鋒，隨後再整雄師，報仇雪恨。」正說之間，官軍已四面八方衝進，薩牙叉不敢怠慢，即刻保著番主，捨命奔逃。此時劉瑾等這一班奸賊，也就奮身逃命，從後營奔逃而去。尚未出去，只見迎面來了一人，卻是楚雲，此時卻不敢戀戰，打算從旁逃走。卻早被楚雲看見，一面喝道：「賊子劉彪，向那裡走？」一面將馬一夾，早已飛至劉彪面前，攔住去路，急起手中梨花槍刺來。劉彪趕著舉刀招架，未及數合，劉彪本非楚雲敵手，早被楚雲一槍刺中咽喉，翻身落馬，復一槍分心刺去，登時命喪黃泉。楚雲此時才算泄了當年被騙之恨！劉彪被殺，把那一個劉瑾痛入骨髓，只得急急向旁邊逃走。楚雲正要衝殺進去，迎面又來了一員番將，大喝一聲：「你係何人？敢傷吾大將，認得本帥薩牙叉麼？不要走，吃我一棒！」說著，舉起狼牙棒打來。楚雲此時只氣得怒目咬牙，急舉手中槍招架。未及數合，抽個空拔出腰間佩劍，右手的槍架過狼牙棒，左手一劍砍去。薩牙叉未及防備，正中肩窩。薩牙叉不敢戀戰，只得虛晃一棒，負痛撥馬逃走。楚雲那裡肯捨，急急趕來。正趕之間，恰好李廣迎面殺來，攔住薩牙叉去路，更不打話，手舉大砍刀，一刀將薩牙叉劈於馬下。楚雲一見心中大喜，便與李廣道：「大哥，好趁此時合兵一處，追趕下去，將番奴殺個片甲不存。」李廣終是個有仁慈心的人，一見那番兵哭聲震地，屍積如山，好生可慘，遂動了一片惻隱之心，因大聲喝道：「爾等番奴聽著：爾家狼主聽信奸言，興師動眾，犯我邊疆。爾等何辜，致遭塗炭。今日妖道已誅，妖陣已破，番主頃刻就要被擒。爾等若肯投降，尚可免其一死，放爾等歸國；若執迷不悟，眼見個個作刀下之鬼了。」那些番兵一聞此言，無不棄甲拋戈，哀聲動地，皆願投降。李廣大喜，即令已降者退立一旁。米花青好一座大營，就被李廣等一班英雄，不到半日踏為平地，降者約有三萬餘人。李廣又命鳴金收兵；各將一聞金聲，只得收隊向大營而來。一霎時回到大營，早有蕭子世在營門迎接，向李廣等眾人笑道：「恭喜今日大功已成，不日班師，即可回國。」當下李廣等一眾英雄無不喜形於色，下馬進營；惟有史錦屏臉上雖然血染花容，卻是愁眉不展。李廣升帳已畢，即向史錦屏說道：「郡主不必心憂。今日仰仗郡主大力，成此大功，豈有不設法相救令尊之理？只等令尊來營，本帥定有以報命。郡主此時且回偏營安歇便了。」史郡主聞言，又謝過李廣，便帶了四婢去往偏營。李廣又向楚雲等陷陣的五人慰勞了一遍，也就各回本帳安息。是日大排筵宴，犒賞三軍，又將功勞簿分別代諸人記上功勞。真是三軍痛飲，其樂無涯，暫且不表。

再說番王米花青及番將人等，被這一陣只殺得膽碎魂飛，直退至飛雁谷，方將殘兵聚集一處，計點數目，已折傷三股之二，只有一股餘存。所有偏裨牙將，如張千斤、李八百、刁龍、鄂虎等，死者不計其數。就連史洪基兒子史逵，也死於亂軍之中。劉瑾、史洪基、花球三人，卻跟著番王逃出性命。但是痛子情深，嚎啕大哭。番王見了他等這樣，當下怒道：「孤悔不聽妻相之言，致被爾等百端煽惑，以致今日折將喪師，敗到如此地步。爾之子不過一個十不全的廢料，尚且如此悲痛，難道三軍人馬之命，便是應該的麼？爾等速速退去，免惹孤家惱怒！」劉瑾等一聞此言，登時滿面羞慚，踉蹌而出，便往左近尋了一個僻靜的處所，自刎而亡。番王見劉瑾等退出，獨自悶坐，輾轉愁思，進退不得。忽見丞相妻英上前奏道：「主公切勿如此心焦！我國本無背叛中朝之心，只因劉瑾等一班奸賊煽惑而成，又因薩牙叉等不明大義，只知貪天之功，以致如此。今薩牙叉等已經陣前身死，自毋庸議。惟有劉瑾、史洪基、花球這三個奸賊，在中國賣國求榮，欺心篡逆，所謀敗露，逃至我邦，復又紊亂朝綱❶，百端煽惑。為今之計，只須將他三人綁付南朝，再進降表，必然見允，那時兩國不失和好。若主公猶執迷不悟，還思報復此仇，

---

❶ 朝綱：古代指朝廷的綱紀。

則我國滅亡即在旦夕。主公尚請三思！」番王聽了這番言語，大悟道：「孤不聽卿昔日之言，致有今日之敗；今若再不俯如所請，是則孤甘蹈天亡之禍了。孤豈有執迷不悟之理，即望卿傳孤旨意，飭令三軍將劉瑾、史洪基、花球三人，即刻綁縛前來，聽候獻往南營，求和修好，毋任逃脫遠颺。」米花青說罷，婁英大喜，即刻傳了聖旨，吩咐三軍捉拿劉瑾、史洪基、花球三人。那些番兵也個個恨他三人煽惑，一聞此言，便各處尋找而去。不一刻，有兩個小番兵到番王前稟告：劉瑾、史洪基、花球三人，業已自刎而亡。番王聞報，即命婁英親去驗看，果然不錯。婁英復命後，番王又命將劉瑾等三人割下首級，用木盒裝好，便好獻首投降。婁英也就命人遵旨去辦，一面寫了降表，準備明日去往南營投納。一宿無話。次日一早，婁英即帶了數名番卒抬了首級，他便輕騎前往南營。不一會，早到了南營門口，趕即下馬，向小軍說明來意。小軍不敢怠慢，也就進帳去報。恰好李元帥才升帳已畢，正要打聽探知番兵消息，預備再整大軍，前去剿滅。蕭子世笑道：「元帥不必派人探聽，某料番營內午前定有人至，獻納求降書信，元帥又何勞再動大兵呢？」李廣聞言，半信半疑，當下說道：「軍師雖料敵如神，某恐番主桀驁❷不馴。倘欲再整殘兵，一奮野蠻之性，與其待他復來，不若先發制人，較為得勢。軍師既如此說，某當待以半日，若午後不到，某定再調大兵進剿。所謂擒賊必擒王，總要將那番王擒住，然後他才肯低首下氣呢！」蕭子世道：「元帥儘管有此言，某包管斷無此事，無須擒王，自會前來降服。」一言未畢，只見小軍上前稟道：「現有紅毛國右相婁英，特奉番王之命，帶領劉瑾、史洪基、花球三人首級並降書前來納降，現在營門守候，請令定奪。」不知李廣可准予納降否，且看下回分解。

❷ 桀驁：兇暴而倔強。

第九十四回　獻首級番丞相求降　見親屍史郡主痛哭

話說李廣見說番相前來納降，即刻命將他喚進。小軍答應，出去不一刻，番相趨步而入。但見大帳內兵衛森嚴，甚是欽佩；走到帳下，又見兩旁站立諸將，個個是威神畢露，雄壯非常；再將李廣一觀，更是英武逼人，不嚴而肅。婁英走到帳前，雙膝跪下，口稱：「大元帥在上，紅毛國右丞相婁英參見元帥，冒死前來，乞大帥容稟！」又道：「小邦向服天朝，本無謀叛之志。只因逃亡奸賊劉瑾、史洪基、花球等竄入我邦，以簧鼓❶之舌，百般煽惑，狼主遂誤聽奸言；又因妖道助紂為虐，搖唇弄舌，以致我邦狼主誤信奸言，遽動大兵，冒犯中原邊境。今日以中朝❷聖主之福、元帥之威，征討頻加，興師問罪，一旦我國冰消瓦解，折將喪師，我狼主也覺後悔無及！所幸一班奸賊，皆臨陣而亡，以此狼主俯念降心，但求元帥寬恕，不再加以撻伐。故今特遣婁英將劉瑾、史洪基、花球三人首級獻於麾下，上求元帥不咎既往，俯准納降，則我國狼主當感洪恩不盡！」說罷，又復磕頭不止。李廣聽罷，故作發怒，將驚堂木❸

❶ 簧鼓：莊子駢拇：「使天下簧鼓，以奉不及之法。」成玄英疏：「如笙簧鼓吹，能感動於物。」後謂用動聽的言語迷惑人。

❷ 中朝：指中華天朝。

❸ 驚堂木：舊時官員審判案件時用以拍打桌案、嚇唬受審者的小木塊。此處是小說家編造之語。

一拍，喝道：「好大膽的番奴，膽敢以巧言蒙混，冀本帥赦爾國大逆！想爾國自恃強固，久不入貢，我主寬慈仁厚，不即問罪；爾主不自量力，擅自犯我邊疆，今既兵敗將亡，又復巧語花言，前來蒙混，難道本帥不識爾等的詭計麼？諸將官，速將他斬訖號令，以便轅門示眾！」帳下諸將一聲答應，即欲上前來拖婁英。此時番相見元帥動怒，只嚇得膽裂魂飛，磕頭不已，復又哀求。蕭子世、楚雲在旁故意勸解了一番，李廣怒猶未息。婁英復又說道：「小邦狼主如蒙元帥姑容，自此以後，定當歲歲來朝，年年入貢，斷不敢再生謀叛之意。尚乞元帥寬恕！不然則我國人民盡皆塗炭了。」說罷，又磕頭不止。李廣此時方才轉怒為喜，說道：「姑念爾一再哀求，又得軍師與副元帥竭力為爾解脫，爾可速將劉瑾等三顆首級獻上，待本帥驗明無誤，再作商量。」婁英聞言，趕著爬起來走至帳外，將三個首級獻上帳來。李廣逐個驗看，果然不錯，當又命婁英道：「爾急速回說與爾主知道，速令他即日備齊貢物，修好降書，親自前來交納。若再玩忽延誤日期，可莫怪本帥率領雄兵，即日渡洋，踏平爾邦社稷。」婁英唯唯答應，當即叩頭相謝，即刻退下出帳而去。這裡元帥即命人將史錦屏請出。不一刻錦屏來到，參見已畢，李廣命他坐下。錦屏方欲告坐，瞥見公案上擺著三個首級，心中不知何意，便向李廣問道：「元帥呼喚犯女有何見諭？尚乞示明。」李廣見問，先嘆了一聲，然後說道：「本帥請郡主前來非為別故，只因令尊懼罪，業已在番營內自刎而亡；今番相婁英割取首級，前來請罪，借以求降。本帥故請郡主到此奉告一切，請郡主將尊翁之首，看視一回，以盡孝心罷了。嗣後郡主切勿悲傷，須知令尊翁是自刎而亡，較之明正典刑❹，尚有區別。」話猶未了，只見史錦屏面如土色，立起身來，走到案前，將史洪基的首級拿在手

❹ 典刑：指國家的常刑。

內，向懷內一抱，一聲大叫道：「我的爹爹呀！」只喊了一聲，登時氣噎倒地，便不省人事。當下眾將只嚇得手忙腳亂，欲要上前去救，又覺不便；欲不去救，又覺不忍，大家都是欲前又卻。徐文亮此時心急如焚，也顧不得什麼含羞被人笑話，大踏步上前，將史錦屏一把扶坐起來，復一跌身自己盤膝向地上一坐，就將史錦屏靠在自己懷內，口中只是亂道：「郡主醒來！切勿如此傷感！」一迭連聲喚個不已。那知史錦屏因痛極氣閉，昏了過去，喊了好一會，尚未轉來。徐文亮只急得悲痛難禁，險些兒流下淚來。帳下諸人看著徐文亮煞是好笑，見著史錦屏又著實可憐。徐文亮並不知眾人竊笑，只管在那裡左「郡主」、右「郡主」，叫喊個不已。好容易喚了一會，史錦屏一口氣才醒轉來，仍然緊閉二目，口中又喊了一聲：「我的爹爹呀！你今日如此，也是算你不孝女兒害了你的性命了！」大家見史錦屏醒來，復一齊用言勸慰。史錦屏此時已是明白，自己坐在地上，好似背後有一人靠在他身上，始以為他四個婢女，再睜眼一看，見那女婢俱立在面前；復又轉過頭來，不看尚可，這一看見靠在徐文亮身上，真個是悲痛之餘，又不覺好生羞慚。當下牙關一咬，立刻聳身從地下站起，離開徐文亮身軀。那知他用力過猛，早把徐文亮跌交在地。大家見了如此，實在忍不住好笑，卻又不能，只得抿著嘴暗暗捧腹。此時徐文亮也覺羞慚無地，爬起來一溜煙退出帳外去了。這裡史錦屏立起身軀，將他父親的首級向案上一擺，順手將腰中佩劍拔出，即欲自刎。他那四個婢女一見，趕緊上前奪開。接著李廣、蕭子世、楚雲等人，又復交相勸慰，史錦屏仍是要尋死地。所幸他四個婢女不離左右護衛於他，尚不致有意外之事；但是他痛切骨髓，哭暈了幾回。還是他那四個婢女緩緩說道：「郡主呀！豈不聞仙師之言：我家太郡尚在尼庵，須待郡主前去事奉。若郡主今日痛極身死，不但太郡無人過問，郡主背仙師之言，棄太郡不顧，也未免不孝。而況郡主有此一番功勞，將來班師之後，或可奏明聖上求請聖恩。說不定聖主恩寬，准賜大人入祖塋❺安葬；若能如此，那才是郡主忠孝兩全。此時遽爾身亡，於大事有何補益？還望郡主保全大局，毋傷玉體才好。」接著李廣又道：「此話實是不錯，以叛臣而論，不但明正典刑，應該誅滅九族。今郡主有破陣之功，本帥回朝，自然奏明聖上，求聖上准予令尊入祖塋安葬。若郡主立意欲尋自盡，惟恐天子喜怒不測，彼時見郡主已死，無從念及功勞，不但令尊有應得之罪，且恐令祖母還要在所不免，這是何必呢？郡主且請三思，本帥之言是否有當？如蒙以本帥之言為不謬，本帥當令番營將令尊屍身送還，先行棺殮，暫且寄在廟內，俟班師之日，帶回京師。」史郡主聽了這番話，方才將自盡的念頭暫且拋下，只得答應。李廣便命人至番營，將史洪基屍首討回，隨即喊了個皮匠，將首級縫上，備棺盛殮，暫寄尼庵。史錦屏又哭祭一回；合營將士，因看史錦屏分上，也去祭掃了一番。徐文亮是不必說，此時雖未揭曉，史錦屏究竟是否匹配於他，他卻百折不回，心下只有史錦屏一個，因此也就不能不與史洪基祭奠。史錦屏見他這一番誠心誠意，也甚感激，所謂心心相印，兩兩關懷，此亦人之常情，不足為怪。惟有同盟諸兄弟，李廣不說戲言外，其餘有些不免，獨有桑黛、張穀二人最是嬉皮最是戲謔的，當文亮祭奠之後，他二人就嘲笑了一番。所幸者，尚礙著是軍人，不敢過於放肆。徐文亮亦只好俯首無言，聽之而已。這數日，錦屏在尼庵居住，守伴靈幃❻，聊盡孝思，亦絕不可少之事。徐文亮這日想起自己的姻緣，雖據仙師曾有前言，只有與錦屏二人知道，後來總不能我與他兩人自配。與其隨後再作計較，不若此時而求大哥作伐，

❺ 祖塋：祖墳。

❻ 靈幃：即靈帳。靈堂內設置的帳幕。

俟班師之日，面奏聖上賜婚，何等不好？心中想定，便暗地求了楚雲，請楚雲向李廣說知。楚雲當下不免取笑一回，也就答應代他轉說。李廣也就答應，只等班師之後，奏明聖上，成就良緣。徐文亮自是歡喜不已。連日軍中皆是大排筵宴，只等紅毛國王米花青親自送了降書降表，即便班師回京。李廣又恐聖上憂心，心掛此地，復又修好表章，差人馳送報捷，以慰聖衷。畢竟番王何日獻納降書，親自前來謝罪，且看下回分解。

第九十五回　番王入貢元帥班師　聖主加封英雄受職

話說李廣這數日在軍中無事，專等番王親身前來投降。這日卻是十月初十，李元帥正與諸同盟兄弟在大帳飲酒，忽見小軍報進：「紅毛國王帶領諸番臣並貢物，現在營門候令。」李廣聞報，即命大開營門，排齊隊伍，出去迎接。當下小軍答應，先將營門大開，隨後各將帶領兵卒，排列兩旁。李廣與楚雲、蕭子世整了冠帶，出營迎接。只聽三聲炮響，一棒金聲，營中奏了鼓樂。先有一個小軍飛跑到營門口，大聲喊道：「元帥有令：請紅毛國王進見。」番王聞令，即刻帶領諸臣，趨蹌而入。才進營門，李廣早已接著，口內說道：「狼主請了。」番王趕著謝罪，答道：「元帥請了！念小王犯罪之臣，何敢勞元帥大駕相接？」說著便欲下跪。李廣趕著讓道：「君侯雖為犯罪之王，亦係一國之主，何勞屈膝！」說著讓進大帳。番王重復施禮，接著便是番臣來參見。李廣均接見有差，然後分賓主坐下。番王便謝罪一番，李廣也謙遜一番，然後獻上降表貢物及犒師銀兩。元帥一一收畢，當將銀兩分別犒賞三軍。是日，軍中也擺筵宴款待番王。筵宴之間，又勉勵了番王君臣一番，然後盡歡而散。所有那些投降之卒及米飛雲帶來的宮女，是日也要番王仍然帶回。諸事已畢，當下便擇了吉日班師。到了班師這日，自然是放炮開營，拔隊進發。史錦屏又將史洪基的棺木帶往京師。在城文武各官，皆送十里而別，正是：鞭敲金蹬響，人唱凱歌還。這日走至半途，洪錦忽然遇見兩個仇人，你道是誰？原來就是謀害洪夫人、騙賣洪錦雲的那個客店費五，一車上坐著刁氏。洪錦一見，不由得怒目圓睜，即搶步上前，大聲喝道：「費五！你可認得俺麼？你有碰著俺的日子麼？」說著便聳身上前，將費五從車上拉下。刁氏坐在車上不知是洪錦，便將簾子掀開喝道：「好大膽的強盜，膽敢白日搶劫！」一言未畢，早被洪錦伸手過來，將他拖下，一手一個，挾著就跑，直奔中營而來。見了元帥，道明一切，李廣即命暫時按營，將費五、刁氏押著跪下。李廣問道：「費五、刁氏，你二人將洪夫人及小姐如何謀害，從實說來！」費五抵賴，經李廣飭令掌嘴，費五抵賴不過，一一招出。李廣便命就地正法，將費五夫婦斬了。一會子刀斧手❶獻上頭來，大家好不稱快。這也是天網恢恢，疏而不漏。費五、刁氏斬訖，元帥又命起行。這日已離京師不遠，當有探馬❷報進城內，武宗早已知道，龍心大悅，即命范其鸞、鄭峰兩位丞相出城勞師，迎接出征將帥。范、鄭二相奉旨之後，即到十里外等候。未及半日，大軍已到，早有探馬來營報知李廣。元帥一聞此言，即刻帶同楚雲、蕭子世飛馬馳到營前，只見二相拱立旁邊，李廣等三人趕著下馬，趨至范、鄭二相面前，請了聖安，然後又行了禮，口中讓道：「念李廣何德何能，敢勞二位相爺迎接！」范、鄭二相也答道：「勞師之禮，自古然也，而況係奉君命。」李廣等三人復又道謝，並望闕❸謝恩。范、鄭二相又道：「元帥，今日且請就城外安營，俟老夫復命後，再等聖旨宣召入朝復命便了。」說罷，告別而去。李廣當下就傳令三軍，即刻安營下寨。次日天明，武宗升殿已畢，即傳旨宣召李廣等一班將士

❶ 刀斧手：劊子手。

❷ 探馬：從事偵察的騎兵。

❸ 望闕：遠望宮闕，表示恭敬。

見駕。李廣不敢怠慢，也就即刻帶領各將士入朝。山呼已畢，李廣便將出征前後之事及降服紅毛國王，劉瑾等畏罪自刎身死，一切情形細細奏了一遍。又將降表及入貢清單，並將士功勞簿一一呈上。武宗大悅，隨即賜了平身，各將分班站立。武宗又將降表及貢單、功勞簿逐細看畢，便命人將所貢物檢收存庫，復降旨道：「李廣以弱冠提兵，指揮諸將，旌旗指處，烽火全消，既能降服蠻王，又取叛臣之首，豐功偉績，實冠群臣，著封世襲罔替英武王之職；其母封太王妃、妻封王妃、父追贈王爵；賜黃金千兩，彩緞百匹；元帥金印，可交兵部入庫；尚方寶劍，著仍賜佩帶，遇有不法奸臣，准予先斬後奏。楚雲掌副元帥印，血戰沙場，能討賊立功，力斬番將，著賞加封忠勇王，世襲罔替；母封太王妃、父追贈王爵、妻封王妃；並賜鐵券丹書❹，以記河南獨立救駕之績。蕭子世運籌帷幄，決勝疆場，調度有方，指揮如意，著賞加護國公軍師之職，歲支米俸，照王爵頒發；並著工部在京度地，起造軍師府第。桑黛勇冠眾將，更能見色不迷，卒成大功，襄定大亂，著加封為定國公；徐文亮著加封英國公；張穀著加封鎮國公；妻隨夫誥，一子世襲；各賜黃金五百兩，彩緞五十匹。駱熙、雲璧人、傅璧方、洪錦、蔣豹著加封列侯；木林、胡逵、左龍、左虎、甘寧、鄭九州、喻昆均著加封一品大將軍之職，子孫世襲，父母妻室，俱隨本身封誥。廣明著封保國公禪師，外賜黃金百兩，彩緞十匹。」降旨已畢，李廣等眾俱叩頭謝恩。武宗又降旨，著兵部頒發庫銀五千兩，即日賞賜兵卒；其餘偏裨牙將，俱視現職著加一級。又將劉瑾、史洪基、花球三人首級號令，以儆將來不法亂臣。武宗降旨已畢，李廣又復出班奏道：「臣李廣尚有事啟奏，

---

❹ 鐵券丹書：即丹書鐵券。古時帝王賜給功臣世代保持優遇及免罪等特權的證件。券用鐵製成，用朱砂書字，或刻字而嵌以黃金。後漢書祭遵傳：「丹書鐵券，傳於無窮。」

求吾皇俯納。」武宗道：「卿有何事，可即奏來。」李廣道：「史錦屏係史洪基之女，當未破陣之時，再三懇臣轉奏陛下，赦其父罪。彼時臣因用人之際，姑為含糊答應。及洪基畏罪自刎，由番王將首級送到臣營，彼時錦屏見乃父已經身死，當即痛哭不欲復生。後經臣一再勸慰，臣又擅專仰上天好生之德，體陛下仁慈之懷，念該錦屏既忠於國家，不得不全其孝行，因此准其當時將史洪基棺殮帶入京師。現在可否仰懇陛下，俯念史錦屏有功於國，准其入祖塋安葬。再史洪基之母劉氏，當洪基謀逆之時，曾遣人迎接劉氏來京，劉氏因此為大逆之事，痛罵洪基忘恩負義，羞見其子，遂尋短見，復為使女援救，得以不死。現居杭州尼庵，以冀懺悔，實屬深明大義，委無別項等事，此臣素所深知，可否仰懇大恩，一併赦其無罪。」武宗聞奏，龍顏大悅道：「據卿所奏，史洪基雖屬大逆無道，乃該母既知大義，該女又忠孝兩全，實屬難得。劉氏著加恩赦其無罪；史洪基應按律治罪，姑念該女錦屏破陣有功，著加恩准其入祖塋安葬。惟史錦屏既如此克忠克孝，現在何處？即著卿傳旨，即刻召來見駕。」李廣遵旨，當即出朝傳旨，宣詔史錦屏上殿；又將天恩免予史洪基一切罪名，並劉氏不再誅戮的話，告知錦屏。錦屏自是感激，當下同李廣入朝俯伏金階，口稱：「罪女史錦屏見駕，願吾皇萬歲萬萬歲！」山呼已畢，又謝了免予史洪基及劉氏一切罪名的恩。武宗在上龍目觀看，但見錦屏是個道姑打扮，卻生得百媚千嬌，端正敬肅，正要問話，又見錦屏奏道：「罪臣之父，辜負國恩，理應按律治罪，今蒙天恩格外免赦，罪臣女粉身碎骨，亦不足上報天恩。惟念國有典刑，何敢妄邀恩免，雖仰聖天子寬恕，似不足以儆將來亂法之臣；惟有仰懇陛下，速賜臣女按照臣父應得之罪，治以典刑，以重國典，臣女不勝幸甚！」奏畢俯伏金階，靜以待命。不知武宗說出什麼話來，且看下回分解。

第九十六回　史錦屏金殿賜婚姻　雲壁人書房巧試妹

話說武宗聽了錦屏這番話，不覺暗暗讚道：「不料其父甚惡，其女甚賢，倒也難得。」因說道：「卿有破陣之功、匡定之績，爾父雖作惡多端，朕何能以爾待罪？而況功罪不明，何以服天下？爾毋得如此，只要以後一心為國，便可以代爾父贖罪，朕再封爾為忠孝伯，以示鼓勵。」錦屏只得謝恩。李廣復又出班奏道：「臣尚有一事奏知陛下，乞天恩俯准！」武宗道：「卿且奏來。」李廣又奏道：「英國公徐文亮，本為杭州錢塘秀才，與臣比鄰而居，後因渡江落水，不知所之。自史錦屏擺設擂臺期滿之時，忽然徐文亮從空而降，與錦屏比試，乃為所敗，並親提錦屏拋落臺下，後來錦屏火遁❶而去。始據徐文亮所言，當日落水之後，係為終南山呂仙師救去，及至下山打擂，呂仙又堅囑徐文亮與錦屏有姻緣之分。現在徐文亮堅守仙師之言，尚未定婚。臣查男女授受本關風化❷，史錦屏既為徐文亮親手所擒，又有呂仙預囑，是文亮堅守前言，不另婚配，尚屬可嘉其志。可否仰懇天恩，著將史錦屏賜婚徐文亮為室，以維風化，而重人倫。」李廣奏罷，武宗大喜道：「原來擺擂之時，當日尚有這段原委，非卿所奏，朕何以

❶ 火遁：五遁之一。道教稱仙人有五種借物遁形的方術。即金遁，木遁，水遁，火遁，土遁。仙人見其物即可隱身。

❷ 風化：風俗教化。

知之？」因對史錦屏道：「卿當日既有此段情由，無論有無仙師之言，但以一處女既為寡男所擒，是自己玉璧之身，已為徐文亮所有，何可再適他人？況徐文亮堅守前言，其志亦屬可嘉之至。朕今權為爾等冰人，即著賜婚徐文亮為室，並加封英國夫人，卿其謝恩，無負朕意。」此時徐文亮聽了這句話，心中好不快樂，就是一眾兄弟，也是個個歡喜，惟有史錦屏羞慚無地，暗裡怪李廣多言。當下俯伏金階，帶淚含羞，重復奏道：「臣以叛臣之女，仰蒙恩赦，已是非分之邀，又何敢再冀與英國公配偶？況臣女久已無意人世，只因臣祖母年高無人侍奉，願侍祖母終年之後，即便遁跡空山❸。伏乞天恩俯念臣女之志，收回成命，則臣女感激天恩更深矣！」武宗聽罷，龍顏便覺不悅，因道：「卿以青年白璧之身，遽思遁跡，已屬荒唐之至；況又顯違朕意，更覺荒唐！本應著照逆旨論，姑念爾尚屬年輕，無甚知識，著無庸議；若再逆旨，定即與爾父一併治罪。若因爾祖母年高無人侍奉，准其完姻後，迎養來京，用副卿盡孝之義。毋再違逆聖意，致於未便。」說罷，又顧范其鸞道：「史錦屏現在無家可歸，即著賜與卿為義女；朕再賜白金五千，以為妝奩之費。史錦屏尚有婢女四人，著一併賞給徐文亮為側室。卿無負朕意，著即帶往卿第，改裝擇吉遣嫁。」范相遵旨。史錦屏此時萬分無奈，只得遵旨謝恩。徐文亮也就出班謝恩已畢，站立一旁。武宗大喜，又喚楚雲道：「朕今有一事與卿商量，日前有御弟玉清王奏朕，因愛卿現所住劉瑾故宅甚好，擬欲遷出大內，以劉瑾故宅作為行宮，不知卿可能搬讓？如可另遷，朕即命工部另外度地起造卿之府第。」楚雲見諭，即便稟道：「臣所住之宅，無論何處皆陛下所賜；臣之一身，尚屬陛下所有，何況宅第？臣敢不遵旨！」武宗大悅，當下說道：「今日諸卿且暫退朝，明日再行賜宴。」說

❸ 空山：幽靜少人的山林。

畢退朝，各位王公亦復散朝。史錦屏及四婢即為范相帶回，改換裝束，擇吉遣嫁。李廣等一班同盟兄弟，一出朝門，個個是歸心似箭，飛馬各回府第，家人團聚，自有一番樂事，不必細細敘表。英武王回至府第，母妻相聚，自有一番樂事，又將徐文亮賜婚一節，往徐府告知徐太夫人，這兩家喜樂，更比旁人尤勝。不日，英武王的洪氏王妃又生了一位小爵主，滿朝王公大臣前來道賀，更是熱鬧非常。接著徐文亮又擇了吉日，迎娶史錦屏並納煙柳、如霜、輕紅、軟翠。兩家喜事重重，頗極一時之盛，說不盡那榮華富貴，天上人間！楚雲因奉旨遷宅第，他便擇定李廣府第東首故相張聰舊宅。因張聰犯事，此宅入官，他便令工部改造一新，擇吉搬入居住。平時卻與英武王更屬咫尺，亦可朝夕過來，好不相得。這且不表。

雲璧人自封了列侯，雲夫人那有不快樂之理，他惟念女兒不知去向，仍不免顧兒思女。這日又談起蠒娘來，忽然雲璧人上前說道：「母親！孩兒卻想起一件事來。昔日母親囑令孩兒：蠒娘左手小指有瓜子大一塊紅痣。且昨與忠勇王楚蠒卿在一起宴會，無意間看見忠勇王左手小指也有一塊紅痣。孩兒頗為疑惑，又細看他的面貌，真與蠒妹無二。孩兒意欲早晚細細探他的口氣，以期水落石出。惟不信他如果蠒妹改扮，他又何能娶婦？而且聞得夫婦伉儷甚篤，煞是令人難解了。」雲太夫人聽了這番話，好不歡喜，因與璧人道：「我兒！既是楚雲左手小指有塊紅痣，這楚雲定是蠒兒改扮的了。我兒明日便即去探問，期早知消息，寬慰慈懷。」璧人唯唯答應。果然次日便往楚府探試，不一刻到了王府，他們是時常往來，家丁等也無須通報。璧人便走進書房。恰好楚雲正在那裡觀看書史，一見璧人進來，趕著起身迎接。二人分賓主坐下，楚雲先問道：「雲兄！今日何以來得恁早，且見吾兄面色不悅，頗有憂愁之像，卻是何故？」雲璧人本來故裝如此，今見他一問，正中下懷，因即說道：「賢弟有所不知，特有一事前來奉商。

只因家母思念胞妹，從前尚覺稍好，近來愚兄封了列侯，那知家母樂極生悲，更加思念不置，連日竟自不思飲食，愁病交集，息偃在床，懨懨流淚。賢弟！你試想愚兄見此光景，如何不憂？可笑家母思念胞妹之心太甚！試問：十數年來毫無消息，生死如何知道？而家母令愚兄各處尋找，這可不是件難事？即使愚兄踏破鐵鞋，不知舍妹的蹤跡，這也還是枉然。愚兄也曾將言比喻、破解給他老人家聽，爭奈他老人家不但不信，反說愚兄許多話來，更怪愚兄不念同胞之情，只戀著嬌妻美妾，忍心將妹子抛在他鄉。昨晚又說此事，愚兄不敢講話了。這番話謂：妹子十數年毫無確信，多分已是死了，母親可以把這心腸抛開了罷。好在有兒子媳婦侍奉，也可以當得女兒。而況就便將女兒尋回，也是要許字人的；既許字人的，便是人家的人，也不能朝夕在母親前晨昏定省，……愚兄以下的話尚未說完，母親就將愚兄痛罵了一頓。說我忍心害理，不要妹子，難得趁此機會，將來可以省一分大大的奩資。始則痛罵，繼且來打我。見家母那種光景，只好甘心受責，被他老人家責罰了一次，我以為可以消了夙忿。那知他老人家因此用了些力，又復獨自整整哭了半夜，愚兄皆不曾敢睡。好容易到了三更以後，方才止了淚。我只以為他老人家是睡著了，那知從此便大寒大熱起來，直至天明才算退熱，現在還睡在床上，一病懨懨❹。賢弟！愚兄受此寃枉，原不算什麼事，惟慮家母思女之心如此真切，而胞妹又不知在天之涯、在地之角，往那裡尋找？竟是胞妹一日不回，家母一日難釋。且不但一日難釋，特恐從此尚有不測之患。若家母因思胞妹致有不測，愚兄可就直恨胞妹太忍心了。雖他生死難知，我卻總要怪定胞妹。這卻又是何故呢？胞妹未死，他豈不知那裡籍貫，也可訪問回來；若胞妹已死，也可以託諸魂夢，使我母親知道他實係死了，

❹ 懨懨：精神不振貌。

也就可以將思念他的心拋去。既不回來，又不託夢，到底生死與否，令人難知。賢弟你是個大才，可有什麼善策，以解家母之疑，可以保全性命呢？」不知楚雲說出什麼話來，且看下回分解。

第九十七回 誤聽假言痛深老母 不知用意醉倒顰卿

話說楚雲聽了雲璧人這番言語，登時玉容❶慘淡，兩眼含淚，一包淚幾乎湧滴下來，暗自悲道：「我那母親呀！這都是我這不孝女兒，害得你如此呀！哥哥被屈還是小事，若竟將你老人家想死了，我這不孝女兒，直欲下十八層地獄了。娘呀！你可知道女兒也有苦衷麼？現在已封王位，如果說出喬裝的事來，這錯亂陰陽欺君的大罪，雖粉身碎骨，不足以蔽其辜。那時母親眼見得如此，豈不更要傷慘？況且自幼男裝，不能再調脂傅粉；且又自幼許配李兄，今者已與他同盟，難道同盟弟兄忽又作為夫婦，豈不要成為千古的笑談？所以你女兒有此苦衷，只好惡著心腸不能說出。我的親娘呀！女孩兒今生不孝，只好來生再投入娘胎，以補今生的不孝了。」一面暗想，一面珠淚盈盈，竟忍不住滴下幾點，璧人在旁看見，好生歡喜，暗道：「果是顰妹無疑；不然，何以聽我說了那番話，便自是感傷到如此地位？既然如此，又何為不明白說出來？」正自揣度，忽聽一片笑聲，齊齊說道：「雲兄為何來得恁早？你與顰卿在這裡談些什麼？難道也效李大哥私語聚嬌樓麼？」雲璧人與楚雲二人吃了一驚，回轉頭來一看，卻是徐文亮、張穀。楚雲便勉強笑罵道：「你這二人，到了這步地位，還是不成材，只管亂說。」此時雲璧人也就起身告辭，楚雲留他飲酒，璧人道：「改日再行奉陪，現在須往延醫為家母診治。」楚雲聽說，又是一陣

❶ 玉容：面容。

心酸，隨口說道：「敢煩為伯母問視，改日再趨府問安。」說畢，璧人自去。楚雲送出大門後，復至書房，見張、徐二人在那裡高談闊論，樂不可支。自己因有一段心事，懶於答應，只坐在一旁納悶。不過片刻，卻嫌他們絮語煩言，便託言身體不快，就書榻上側面而臥。張穀那裡肯放鬆一步，便又上前就榻沿坐下，笑道：「韡卿！今日此刻愁煩，莫非討厭我等齊來吵鬧於你，耽誤吾兄不能去陪嫂嫂麼？」問了一回，楚雲只是掩面不睬，假作不聞。張穀又復笑道：「呀！韡卿，你討厭小弟，故作不聞，這也罷了，為什麼故作嬌姿，強為媚態，作出這美人橫眼的樣子來？可曉得我是張穀，不是李大哥那般情性，與你相愛相親。」下面話猶未說完，只見楚雲立起身來，將張穀一推跌倒在地，復一聲啐道：「不管人家有心事，但知一味頑皮，你給我請罷！」張穀被他推倒一交，不但不愧，還是嘻笑亂說。當下爬起來，又欲去纏楚雲，恰好徐文亮在旁趕著過來，向張穀說道：「本來是你不見諒，你管他什麼媚人不媚人？被他推了一交，還是造化呢。」下面一句話還要說出，復又忍住口道：「我也不說了，我們就走，讓他好進去陪嫂嫂，不要耽誤了他的好光陰。」說罷，便即一同而去。楚雲見他二人已走，便獨自睡在書榻上，悶悶沉沉，思想不已。暫且不表。再說璧人回至府中，便將試楚雲的話說了一遍。又將楚雲聽了此話，如何感傷，如何全形於色，又如何忍淚不言的情形，又細細的告訴一番。雲太夫人聽了此話，好生歡喜，因道：「據此看來，這定是韡娘無疑了。他既然如此，為什麼又不肯明白說出呢？我兒，為娘的知道你心事了。想因戀著高官，不肯認母親。雖然如此，未免累了錢氏千金了。」說罷，復又恨恨不已。雲璧人道：「母親不必恨，孩兒既已識破他的行為，當再想良法，使他欲賴不能，欲不認母親不得。」這句話一說，可把雲太夫人觸起一件事來，當即喚璧人道：「我兒，你附耳過來，為娘想了個計策在此，你看可能行不能行？」雲璧人見說，便即走到雲太夫人面前，將右耳靠近。雲太夫人便對雲璧人說道：「如此如此，你看這般計策，行得行不得呢？」璧人當下也就道：「母親，如此而行，卻是好極，但必須停一二日方可行事。」雲太夫人說道：「這倒為何？」璧人道：「母親有所不知，若明日就去請他，他必然疑母親的病何以好得恁快？遲一兩日去請他，便可以無疑了。」雲太夫人道：「是！」當下母子二人又談說了一會，璧人便退出。隔了兩日，璧人便寫了一封小簡，上寫道：前日往拜，以家母適抱采薪之憂❷，未盡言所欲言；日來老母親病已痊，僕心稍慰，特具薄酌，敢請惠臨一醉，借抒抑鬱，何如？寫畢，蓋了個方印，著小使送去。楚雲接著這封信，即便向來人說道：「你回去上復你家侯爺，就說我明日準到。」小使退出，回來告訴了一番，璧人大喜。當下又告知雲太夫人，也是歡喜。次日一早，即備了酒筵，專等楚雲到來，時當晌午，楚雲果然乘輿而來。璧人迎入書房，先談了兩句閑話，楚雲便問道：「伯母想已大痊了？」璧人答應：「家母雖未大愈，光景不妨事的。」楚雲道：「尚進些飲食麼？」璧人道：「稍吃薄粥，尚未起來。」楚雲道：「如此再調理靜養數日，便可霍然大愈的。」璧人稱是。彼此正談之間，家丁已調開桌椅，擺座位，不一刻送進酒肴。璧人便邀著楚雲入座。一回首，見伴蘭在旁，便又呼喚家丁，囑令陪伴蘭到外面吃飯。家丁自然答應，即刻陪伴蘭出了書房。這裡璧人便自斟了一大杯，向楚雲說道：「今日難得家母病愈，愚兄實在暢然。我們今日不拘形跡，總要飲到大醉方止，賢弟以為何如？」楚雲本來脫略形骸，又兼聽說母親病好，心中甚是喜悅，因也答道：「小弟當奉陪一

❷ 采薪之憂：典出孟子公孫丑下：「有采薪之憂，不能造朝。」朱熹注：「言病不能采薪。」後用為自稱有病的婉辭。

醉。」說罷，便舉起大杯，一飲而盡。於是璧人同他兩人談一回，飲一回，不知不覺，楚雲已飲了十數大觴❸，已覺有些醉意。璧人見他面起紅雲，玉山將倒，已知他有了八分，故復又斟上三杯，向楚雲道：「賢弟！可再飲此三杯，愚兄也陪你三杯，我們便可吃飯了。」楚雲道：「小弟業已醉了，這三杯可是要告罪，不能飲了。」璧人道：「愚兄本來說是要不醉不休，賢弟雖有些酒意，並未大醉，就便飲了這三杯，也未必大醉起來；若此三杯不飲，未免令人掃興。賢弟請飲了，我們吃飯罷。」楚雲見他如此殷勤相勸，只得連飲三杯，一乾而盡。那知才飲下去，不覺雙眼迷離，玉山傾倒，坐立不安。璧人一見好不歡喜，即問楚雲道：「賢弟真醉了？」楚雲笑而不言，恰好伴蘭復走進來，見主人已醉得如此，便上前請道：「王爺還是回去，還是就在這裡睡一會，且等酒醒一醒再回去呢？」楚雲耳畔儘管聽見，卻不回答，仍是笑而不言。璧人就趁此說道：「伴蘭，你且將你王爺扶到那榻上睡一會兒，等醒一醒再回去罷，何必此時趕著回去？而況北風凜冽，大醉之後，也不便受風的。」楚雲心中雖不甚願意，爭奈腳軟如綿，身輕似絮，腳輕頭重，移步艱難，連話都懶於開口說。又見伴蘭向前說道：「侯爺說：請王爺就在這裡睡。王爺可怎麼說呢？在小的看來，還是睡一會再回去的好。」楚雲聽說，沒奈何只得答應，便將頭點了兩點。此時亦實在思睡非常，巴不得即刻去睡。當下伴蘭見主人首肯，隨即上前扶起主人，向那邊小沉香榻上安睡。那知楚雲真醉得厲害，看著像扶住伴蘭，其實兩條腿猶如軟癱一般，連大步都不能移動，還是伴蘭半扶半拉，好容易才將他扶到那小沉香榻上，把他放安穩了睡下，又給他蓋上一床錦被，伴蘭這才出去。楚雲也就兩眼矇矓，領略黑甜鄉味去了。這裡雲璧人好生大喜，當下出了書房，將

❸ 觴：酒杯。

房門掩上，即趕緊進了內室，告知太夫人。雲太夫人一聞此言，也就帶了玉珮、瑤枝，急急去往書房，行他的妙計。畢竟行出什麼妙計來，且看下回分解。

第九十八回　窺破行藏脫靴認母　惱人心事論醉言情

話說雲太夫人聞璧人一番話，當即帶了瑤枝、玉珮去往書房。到了書房門口，璧人將門推開，雲太夫人就令兩姬在外等候，自己與璧人進房。一見楚雲斜臥榻上，一隻腳橫在榻外，腳上著著烏靴。雲太夫人看畢，即便送目會意，使璧人前往脫靴。璧人也就會意，便悄悄走到榻前，復又低喚了兩聲，見楚雲並不答應，只是香息微呼，酣夢正熟。璧人即上前兩手執定烏靴，慢慢脫下，低頭一看，不覺驚訝異常：但見白綾錦襪，緊緊牢牢，並不見紅菱❶出來。當下將烏靴脫下，再一回頭，只見雲太夫人站在那裡，好生著急，忙將兩手連連作勢，似乎令他連襪子一齊拉下來的樣子。璧人不敢違逆親意，只得又去脫襪。脫下，只見上面裹著許多白匹，上面又繫著許多絲繩，腳面上還牢牢打著一個結。此時雲太夫人看見，知道如此定是把小腳纏將起來。忙令璧人退出，雲太夫人便親自上前去，慢慢的將牢結解開，就來代他放白匹，一層層放下，地下已堆積一堆白匹。放完，果露出一隻三寸不滿的小腳。雲太夫人這一見，好不歡喜，當將這一堆白匹拾起來，藏在榻上，心中暗想道：「這痴兒，也算真大膽了。居然以一女子竟封王位，真是千古罕有。」一面想，一面去搖楚雲，口中呼道：「韞兒醒來！爾可知你親生之母在此麼？」楚雲正在沉酣之際，忽聽有人在旁喚他的乳名，猛然驚醒，急睜眼一看時，見是自己的母親。

❶ 紅菱：指女子的小腳。

此時雖然驚醒，尚未十分清楚，還疑惑是在夢中，急忙坐起欲要下榻，忽見一隻烏靴放在地下，一堆白匹堆在榻上，這一見可嚇去了七魄三魂。按定心神，思想方才光景，因道：「原來是哥哥有意將我灌醉，欲識吾的行藏的，怪我粗心，竟誤中他的詭計。既已識破，不得不上前去認親娘。」當下便下榻向雲太夫人跪下，口中說道：「我的親娘呀！可憐孩兒八載行藏為哥哥識破。雖然如此，也是孩兒不孝，不能早認親娘，累娘親朝夕思念！」說罷，痛哭不已，卻不敢高聲，惟恐為人知道。雲太夫人此時也是悲喜交集，兩淚盈盈，趕著將楚雲挽起，問道：「我的兒呀！可憐為娘的自從你失落之後，何日不想？何日不思？我兒你也未免太狠心了。既見了為娘之面，還不相認，真可謂只認繼娘，不認親娘了。」楚雲也帶淚說道：「這總是女兒不孝；不過女孩兒有一苦衷，尚望母親寬恕女兒。自見了母親之面，恨不得即刻相認，奈因男裝已久，又為國家大臣，萬一走了風聲，聖上知道，錯亂陰陽，其罪不小。女兒雖死不足惜，恐那時更累母親傷感。與其日後有如此情節，還是男裝，儘管不認，卻沒有一刻不思母親的。」雲夫人聽了這番話，也覺有理，因又問道：「我兒！你如何身入楚門的？」楚雲見問，便將已往的事從頭細說一遍，又道：「這總是親公萬惡，以致如此。所幸繼母看待猶如己子，就是男裝，在當日亦復出於無奈。」雲太夫人道：「兒呀！據你所說，難道就這樣男裝一世麼？這也罷了，你為何又聘娶錢氏小姐？這可不是誤彼青春，忘卻自家面目麼？今既為娘識破，別話休說，兒可知道你終身自幼已許配李廣，我兒還應該于歸李姓，方是道理。」正說之間，璧人也進來說道：「妹子于歸李廣，自然毫無疑義。而況李廣奇才英武，兼而有之，以妹子于歸，真是一對奇男奇女。」楚雲此時也不回答，趕著將那些放下來的白匹，復又一層層纏在腳上，又將烏靴穿了起來，然後才向雲太夫人說道：「母親呀！承母親示以大義，孩兒豈敢不遵。惟有一言，尚求容納。若謂誤了錢小姐，這也是前生積下的冤孽，又迫於繼母之命，無奈從權。今生雖誤結絲蘿，惟願來生變一奇男子，以補報他這假姻緣便了。而況孩兒現封王位，他便是一個王妃，姻緣雖假，卻也榮耀，在女兒看來，還比嫁一個市井之徒，輕薄之輩，勝卻多多，又何事不樂？又何嘗誤他的青春？至於說『已聘李廣』這句話，更覺可笑。當年不過筵前一語，既無六禮，又乏冰人，怎能據以為實；況且他已諧佳偶，又產麟兒❷，他也未嘗念及至此。而且他是個文武雙全，襟期闊達的大丈夫，女兒又與他結為同盟，天下那有盟弟許配盟兄為室之理？須知女兒雖然是個巾幗，也算得是一個出色的英雄，又豈肯留這笑話傳之於世？這還是小事，那女作男裝，擅受王爵，陰陽錯亂，男女顛倒，這一件欺君大罪，恐怕粉身碎骨，尚不能免。母親欲留孩兒性命，雖不常依膝下，也可背著人前來省親；母親若不留孩兒性命，便使孩兒犯那欺君大罪，孩兒一死又有什麼可惜？不過使母親又要多一番傷慘！母親當請三思，孰得孰失？」雲太夫人聽了這番話，也頗有理，因道：「顰兒！看你這伶牙俐齒，越發說得不錯了，為娘也沒法，只好聽你主見罷。」楚雲聽罷大喜，當下便走近雲太夫人面前，深深一揖。雲太夫人見他如此，不禁大笑道：「痴兒！你如此作為，何曾有一點女兒情態！」那曉此時玉珮、瑤枝在書房門外聽得甚切，便嫣然笑著走進來，向著楚雲口稱「小姐」，納頭便拜。楚雲趕著將他扶起，驚問雲太夫人道：「這是誰呢？」太夫人道：「這就是你哥兩個姬人瑤枝、玉珮，只因你嫂嫂不能容納，多生妒心，現在為娘的叫他二人在我跟前服侍，免得家庭淘氣。」楚雲當下就道：「這二人果然體態輕盈，不愧這兩個名字，惟哥哥懼內太甚，竟甘心作那無情的忍人！」說著，便回首來望著雲璧

---

❷ 麟兒：對他人兒子的敬稱。

人，說道：「哥哥若是加之於妹，請看我另尋金屋，深藏阿嬌，又怕什麼雌威難伏麼？」這番話引得雲太夫人大笑起來，雲璧人卻被他說得面帶羞愧。楚雲又向雲太夫人道：「母親，孩兒也要告辭了，你老人家也可進去罷。孩兒改日再過來看視，惟有喬裝一節，務要請母親不可泄漏；尤請母親堅囑兩位姬人，萬萬謹慎要緊。」說著就喊伴蘭，雲太夫人無奈，只得扶著兩姬進去。伴蘭在外面聞喚，也趕著進來，楚雲便命傳夫役伺候回府。不一刻夫役齊集了，楚雲即辭了璧人上轎而去。回到府中，不免感嘆一回。用過晚膳，進房安歇，一宿無話。到了次日，用過早點，便在書房納悶，大慮昨日之事，惟恐泄漏出來。正在愁眉不展，忽報英武王到。當下即迎接進去，分賓主坐定。李廣尚未開言，瞥見楚雲容顏消瘦，滿面愁容，因問道：「賢弟何以今日頓形消瘦？莫非昨日在雲賢弟處飲多了酒？據愚兄看來，美酒雖可養身，但過於貪杯，也不免有傷身體。奉勸以後不可任性貪飲，方可不致傷損。聖人有云：『惟酒無量不及亂。』酒過量則足以致亂了。」楚雲聞言，實是暗暗感激！因即暗道：義重情深，捨卻此君，竟無他輩。只可惜礙於同盟的情義，這姻緣之分，只好再結來生了。想到此，不免又羞又恨，因也勉強應道：「承兄見諭，敢不祇遵，惟小弟並非中酒❸，且非感冒風寒，只覺心事惱人，禁之不得。」李廣道：「賢弟，這又奇了，想你我位列藩王，為人世榮華也算極頂，那裡還有什麼惱人心的事呢？」楚雲聞言，因又答道：「兄長你這話也奇了。怎見得作了藩王，就會沒有惱人心事？那些貧賤之輩，豈不要盡因這四字死了不成？」李廣道：「賢弟既說有惱人心事，到底是什麼心事？不妨對愚兄說明，或者可以勸慰一二。」畢竟答出什麼話來，且看下回分解。

❸ 中酒：指喝醉酒。

第九十九回　悶說無聊弟兄隱恨　筵開湯餅賓客交歡

話說李廣追問楚雲心事，楚雲怕他識破，假言說道：「弟之心事，豈兄所可能解？但實告兄長卻也不妨。只因花香、詠吟，體態輕盈，久思納為妾媵，奈內子驕傲成性，嫉妒太甚，弟不便去尋淘氣；但是小弟風流成性，見此芳姬，何能毫不動心？而況忝列藩王，連一個姬人都不能遂願，還望什麼金釵十二❶，任我所為？因此懷恨於心，不知何日方遂平生之願？兄長你看這事可惱人不惱人麼？」李廣見說，哈哈大笑道：「賢弟！你真奇極了，這等小事也可謂之心事，豈不可笑？至於說弟婦驕妒，只須慢慢解勸，賢弟何必將這件風流微事，以致憂愁，便爾消瘦如此！若欲以此事為愁悶，則愚兄更不可一日得安了。」楚雲道：「難道兄長也有什麼難忘的心事麼？」李廣說道：「怎麼沒有？若論起來，要比賢弟還要加上十倍！想愚兄自幼聘定顰娘，一自顰娘失落，於今八載有餘，杳無消息。久擬遍訪天涯，窮尋蹤跡，又因璧人向未與吾商酌，是以愚兄不便啟齒，恐惹人笑。此段衷腸，只可暗暗含愁，向未與人道破。今因賢弟在此問及，愚兄所以才傾心吐膽，實告賢弟。除賢弟的面前，他人萬不可相告，所謂此中人語，

❶ 金釵十二：南朝梁武帝河中之水歌：「頭上金釵十二行，足下絲履五文章。」「金釵十二行」本用以形容美女頭上金釵之多，後以「十二金釵」喻指眾多的妃嬪或姬妾。唐長孫佐傅古宮怨詩：「三千美貌休自誇，十二金釵獨相向。」

萬不足為外人道也。特恐他人不似賢弟知己，故不敢稍洩其詞。賢弟，這可不是吾之一段心事麼？所以我刻刻介懷，未嘗稍現於面；不似賢弟因納姬人，而余夫人之驕態，便愁悶如此的。」說罷，李廣長嘆不已。楚雲也暗暗感激：足見此君多情，時時在念。可知道當前即是，未免交臂失之。卻亦不能怪你，只恨我現在欲罷不能。此種幽情，惟有暗自心傷而已！一面想，一面手托香腮，呆呆的在那裡出神，也不答話。李廣見他那種光景，疑惑他還是難解，復又說道：「賢弟，你不要太發痴罷！我與你且著一局閑棋，聊排愁悶。」楚雲見他那種柔情，竭力排解，雖心中不願敲棋，即是著實感激他一片真誠，不好推卻，因立起身來道：「既如此，我便與你著一局。」說罷，便擺開就局。李廣執白，楚雲執黑，二人便下了一盤。楚雲因實在毫無心緒，隨手落子，終局以後，楚雲輸了。李廣還要復盤，楚雲道：「我也著不過你，何必現醜？算了罷！」李廣見他仍然無精打彩，也不必勉強，只得又談了兩句閑話，告別而去。光陰迅速，已是仲冬。這日正是十一月二十五日，英武王李廣的小爵主彌月❷。徐文俊、白氏夫人也生一個男孩，卻是三朝。一邊做彌月，一邊做三朝，在先一日，李、徐兩家會商起來，知道二十五這日，那些在朝王公大臣，都要前來道喜，兩邊也忙不開。不若將兩家的喜酒筵席併在一處，一來又覺熱鬧，二來也忙得過來。彼此皆斟酌定了，就將酒席擺在李廣家中。因為李府房屋寬大，展轉得開。到了二十五日一早，在朝文武各官、王公大臣，都來道喜。兩邊先在英武王這邊道喜，又往徐府道賀。當由李廣將兩家併在一起來告知眾人，大家也甚稱快。玉清王這日也在此擾酒，一聞此言，頗自稱讚道：「如此辦來，大家可快聚一日。」到了午刻，早已擺出酒來，共排的是一順六桌：中間一桌，自然玉清王來

❷ 彌月：胎兒足月。民間俗指嬰兒滿月。

上坐，卻以楚雲、張穀、雲璧人相陪；餘五桌皆分爵位大小、年齒高卑坐定了。李廣、文俊又親自代玉清王送了酒，然後大家暢飲起來了。酒過三巡，見玉清王向李廣、徐文俊說道：「孤今日坐擾卿家的喜酒，一個是彌月之喜，一個是湯餅之會，固是喜樂不盡。二卿二位令郎，孤尚未瞻仰，可否飭令乳娘抱出來與孤一觀麼？」李廣、文俊當下聞言，趕著說：「王爺言重，臣等飭令將犬子抱出，叩見王爺。」說罷了，令人進去招呼乳娘，將一個小爵主，一個公子抱出。不一刻，兩家齊抱出來，兩個乳娘跪送上去。玉清王已先將李廣的接在手中，看了一會，讚道：「頭角崢嶸❸，骨格奇突，如李王兄一般無二，可愛可愛！」說罷，便從腰間掏出一塊金牌，上頭刻著「富貴無極，福壽雙全」八個字，給他掛上。又向李廣道：「可曾起乳名否？」李廣道：「是臣母代起，名喚麟兒。」玉清王讚好。又道：「孤未帶寶物，聊以金牌一塊，姑作見面之禮，已代令郎掛身上了。」李廣聞說，當即跪謝賞賜。玉清王且將麟兒送給乳母抱過去，著令他仍回上房，不要給他冒風。乳娘跪接過去，站起身來，便回上房而去。在座的眾位王公大臣，大家又上來攔住，各人撫弄一回，無不稱讚，亦均有饋贈，這才由乳娘抱轉上房。這裡玉清王又將徐文俊的小孩子抱在手內撫弄一回，也是極口稱讚，也賞了一塊金牌。徐文俊也上去謝恩，乳娘跪接過來，各王公大臣也是各家撫弄一回，也均有饋送，乳娘抱轉上房而去。此時大家有羨慕的，有誇讚的，有說英武王與徐文俊二人福好的，眾口各詞，紛紛不已。張穀此時卻忍耐不住，也要說兩句嬉皮了。因望著楚雲說道：「楚兄！小弟聞各家盟嫂俱有夢熊之兆❹，何獨尊嫂不曾育麟？抑吾兄未得

❸ 崢嶸：特出；不平凡；不尋常。

❹ 夢熊之兆：即「夢熊羆」。同「夢熊」。古人以夢中見熊羆為生男的徵兆。後以「夢熊」作生男的頌語。語本

其法麼？設非兩雌相遇，斷未有不夢葉徵蘭的。小弟倒不可解，何以尊嫂寂寂無聞呢？」楚雲聽了這番話，暗自吃驚不小，心內想道：莫非我目前的行藏竟被他人識破了？我若不以言抵制，恐他等又要見疑。且座中這玉清王亦非忠厚之輩，不要被他疑心方好。主意已定，不覺面上一紅，忙對張穀道：「賢弟，你說什麼話來？誰見你嫂嫂不能生育？我實告你，紅潮❺不來已經兩月。近日來正是拈酸嘔吐，方知愚兄不惰。一病懨懨，思眠懶食，昨者延醫診視，據云：確是夢入熊羆。賢弟記取我言：明年雙星渡會之時，即是天降石麟之候。不過較諸位同盟稍遲數月，只要同一石麟下降，又何爭先後早遲？總不似吾弟閨中尚未有齊眉，空望他人垂涎嚇唾耳！」大家聽了，好不可笑。桑黛在旁也就插口說道：「呀！蟬卿，你真可謂老面皮了，自許弄璋，毫無疑義；就便尊嫂果真有孕，就不作興是弄瓦❻的麼？而況玉燕投懷❼，不過初徵吉夢，並非膝前兒女已列行，乃竟慷慨告人，全無一言含羞之態，真是天下老面皮、不知恥如你竟沒有第二個人了。」楚雲聞言，又向桑黛道：「桑兄！你這話更覺荒唐了。自古不孝有三，無後為大。傳宗接嗣，又有什麼可恥可羞？若謂因生子便是羞恥之事，尊嫂為何也弄璋的？況且諸人皆是一個生一個，你卻是一對一對的生，今年晉氏、殷氏兩位嫂嫂已是生了兩個，大概明年就要輪到駱氏夫人並

詩小雅斯干：「吉夢維何？維熊維羆。」鄭玄箋：「熊羆在山，陽之祥也，故為生男。」

❺ 紅潮：指女子月經。

❻ 弄瓦：詩小雅斯干：「乃生女子，載寢之地，載衣之裼，載弄之瓦。」瓦，紡錘。給幼女玩弄瓦，有希望她將來能任女工之意。後因稱生女兒為「弄瓦」。

❼ 玉燕投懷：後周王仁裕開元天寶遺事夢玉燕投懷：「張說母，夢一玉燕自東南飛來，投入懷中而有孕。生說，果為宰相，其至貴之祥也。」後因以「玉燕投懷」為誕生貴子的祝頌語。

那姐姐卿卿、素琴婢子如夫人了。吾不知桑兄又羞也不羞，恥也不恥呢？」這一席話說得眾人大笑不止，個個皆是捧腹。大家笑定，玉清王向楚雲說道：「原來楚王兄的王嫂，也有育麟之喜了，孤倒要早預備些洗兒錢，以便明年七月，再擾湯餅筵宴。但是方才楚王兄說桑卿什麼『姐姐卿卿、素琴婢子如夫人』這一大套的稱呼，這是什麼解說？如夫人就是如夫人便了，為什麼又要加上些姐姐卿卿？孤甚不解，倒要請教一番！」說罷，便令楚雲解說。桑黛在旁可急得面紅過耳，生怕楚雲說出原委來，趁著搶言說道：「王爺有所不知，臣妾原是個婢女，名喚素琴，那些什麼姐姐卿卿，全是楚兄腳踏人的話，楚兄向來不肯讓人，故有些戲謔之語。」一句話糊過去，玉清王也就不便再往下追問。不一會午筵已散，大家散步閑談，忽然玉清王要與楚雲談心，早已不知去向。再一查點，連雲璧人也不見了。只因楚、雲二人此一去，那知即識破行藏，鬧出一番大笑話來。畢竟後事如何，且聽下回分解。

第一〇〇回　說假孕兄妹道真言　動痴情親王設妙計

話說玉清王要尋楚雲說話，忽然不見，再一查點，連雲璧人也不見了。當下便問道：「楚王爺與雲侯爺到那裡去了？」有人回道：「方才楚王爺與雲侯爺二人一同回府去了。」玉清王聽說，暗道：「想因他們見此地人太多，且回去避一避煩擾，何不也過去楚王府內閑坐一回呢？」想罷，也不帶隨從，獨自逛了過去。你道楚雲與璧人，為何此時忽然間先走？原來雲璧人見楚雲席上自命他的妻子也有身孕，璧人聽罷，心中卻是暗道：「妹子太覺荒唐，全然失了本來面目，忘其自己為何許人！」當下卻不能見於形色，等席散之後，璧人便約同楚雲偕往東府，要切實規戒他一番，不可過於荒誕，因此才不告而別。且說楚雲同璧人來到東府，就書房坐下，楚雲便命小使道：「如有人來訪我，不可擅自放進來，須先通報。」那小使答應，站在書房門外，專守候來人。楚雲、璧人就坐在書房內兩人小語。只見璧人向楚雲低喚一聲道：「賢妹！你怎麼忘記自己是個女子，竟公然說出錢小姐已有身孕。天下那裡有兩個女人會生孩兒？賢妹說出這話，到那足月之時，無兒產出，又有什麼話說呢？以後還須謹慎些方好，切不可過於荒誕。」楚雲聽說，便將書案一拍道：「哥哥呆了，妹子豈有不知此理？你獨不聽張穀說出那句話來，妹子因他那話，恐怕已走漏消息，不得不以此言以釋其疑、以杜其口，使他不能疑惑妹子易釵而弁。至於足月無兒可產，這點更好解說，天下的人難道都是大產，就不作興小生❶的麼？到了那時無人追問則已，有人問起來，就說因平時不慎，閃動胎兒，以致小產，可不是一句就輕輕撒過去了麼？哥哥你難道連這一點聰明都沒有？不必說妹子處此進退兩難、不男不女時節，專仗三寸不爛之舌騙人；就便今日之天下，又何嘗不是一個大騙局？只要騙得人相信便了。但妹子又豈好作此騙人之語，忘卻自己本來面目，亂說亂語，殆亦不得已而為之。吾兄何以見笑若是呢？」璧人聽了這番話，也無甚言語可以駁他，只得笑道：「雖如此說，然而妹子也太覺忘形，以後尚須格外謹慎方好！」楚雲也只得唯唯而應。那知他二人在那裡喁喁而語，竟是驗了古語那「隔牆須有耳，窗外豈無人」的兩句話了。他兄妹兩個一問一答，所有的言語，全被個人兒聽去。你道為何？原來玉清王自聞楚雲與璧人兩個已過了東府，他便獨自逛過來，預備閑坐片刻，稍避喧囂。到了楚府，他便直走進來，也只因平日常來，所以看門小使，在先還要那過節兒，先通報進去，請主人出來迎接。玉清王看見鬧這過節兒，便大不以為然，當命楚雲家所有一概僕役，不准如此。又面對楚雲說過幾次，令楚雲轉飭家丁。由此一來，那些家丁固然不敢違背主言，也覺得省了許多事，以後玉清王來便不通報，玉清王也就直入書房。可巧今日玉清王方走至書房門首，只見有個十三歲的小使在那裡守門。那小使一見玉清王到，即便跪下，說道：「求王爺暫停玉步，容奴才稟告主人。」玉清王道：「毋須通報，孤是時常來的，早已令爾等不要拘此過節，怎麼今日又要行這過節呢？」那小使道：「非是奴才不遵王命，只因主人方才招呼奴才，如有人來，須要進房通報的。」玉清王道：「孤且問你，雲侯爺在這裡麼？」那小使道：「正因雲侯爺在這裡與主人談心，所以主人才招呼奴才在此把門，恐有客來，便去通報。」玉清王道：「原來如此，你且不必報，孤家自會進去，若

❶ 小生：指懷孕女子流產。

你主人見怪，自有孤家說項便了。」那小使聽了這話，也就無甚話說，只得讓玉清王進去。當下玉清王便躡足潛跡，輕輕走到書房窗戶外面，側耳靜聽。恰好雲璧人正在那裡規勸妹子，楚雲所說的話，全被玉清王聽個盡悉。此時玉清王心中好不驚喜，暗道：「楚雲原來是一個閨娃，不然，何以男子生得如此美貌呢？但即係女子，這樣的姿色天下也少有！想孤家王妃早逝，正好與他接續鸞膠❷。」想到此間，不覺喜形於色，復又暗道：「我卻不可將他說破，最好作一個迅雷不及掩耳的計策，使他萬難推辭。只須如此如此，也不怕他不從。」心中想定，便大踏步走到書房門口，將暖簾一掀，口中說道：「聾卿！你為什麼先逃走了？也還罷了，為什麼還把璧人帶來？我們去罷，且到那裡看戲，那裡已經開了鑼了。你們可實在避得好，還要叫小使把門，若非孤是常來的人，今日定見不著。」說罷，催楚雲、璧人兩個就走。楚、雲兩人也沒法，只得跟著玉清王過李府來了。恰好戲子跳過加官❸，在那裡正唱大賜福。李廣見玉清王與楚、雲二人俱到，隨即請玉清王坐定，有戲班頭拿了戲目上來，跪請王爺點戲；玉清王即便點了一齣絮閣，一齣會兄。班頭退下來，走過楚、雲面前，請楚雲點戲，楚雲點了一齣大宴，璧人點了一齣訓子。其餘人已多點過了。班頭下去，即吩咐臺上先唱會兄，接著絮閣。這因為是玉清王點的，所以把這兩齣先唱，亦復是尊王之意。先是楚雲並不知道玉清王點這兩齣，及至鑼鼓一響，袍笏登場，

❷ 鸞膠：據海內十洲記鳳麟洲載，西海中有鳳麟洲，多仙家，煮鳳喙麟角合煎作膏，能續弓弩已斷之弦，名續弦膠，亦稱「鸞膠」。後多用以比喻續娶後妻。

❸ 加官：舊時戲曲演出中，在節日或宴慶時外加的一種單人（也有多人）表演。表演者戴笑容面具（名「加官臉」），穿紅袍，手持寫有頌詞的條幅，邊跳邊向觀眾展示，故又稱「跳加官」。

見是會兄，心中就有些疑惑，接著又是絜閣，更加疑惑起來。因暗暗打聽，知此兩齣是玉清王所點，不免吃了一驚！細看玉清王面色並無不正之氣，而且注目凝神，在那裡看戲，也就把一件事丟開。唱有四五齣，已是上燈時分，家丁又擺上酒筵，大家又復入座。自然還是玉清王首座，下面還在那裡接唱戲文；玉清王於酒席之間，也未有甚戲言。直飲至二鼓將盡，方才散席。李廣、徐文俊又上來給玉清王道謝，其餘賓客皆向兩主人道謝，各回府而去。一宿無話。次日楚雲方才起來一會，正坐在書房納悶，忽見小使進來報道：「玉清王爺的內監前來，特請王爺午時赴宴。」楚雲便問小使道：「你去問來的內監，尚有何人？」那小使隨即來至外面說了兩句，復又進內說道：「奴才已問過內監，據云不甚清楚，不知道是些什麼人，想來大半皆是諸位王爺、公爺、侯爺。」楚雲聽罷，便道：「曉得了，你可快去，速傳伺候，並告訴內監，令他先回，就說我即刻前來。」小使答應出去，先將回復話告訴內監，然後便傳伺候。內監得了回話，先自出門而去。不一刻人夫也傳齊了，楚雲即乘輿親往玉清王府赴宴。到了玉清王府，當下就有人稟報進去。玉清王一聞已到，心中好不快樂，隨即迎接出來。楚雲再三申謝已畢，一同來至便殿，玉清王便命楚雲坐下，楚雲又謝坐，當有人送上茶來。楚雲又問道：「蒙王爺賞賜盛宴，但不知在座還有何人？」玉清王道：「並無他人，只因孤思欲與卿相談衷曲，孤與王兄對面談些閑話，也覺有趣，因未邀約他人。王兄今日務必不限雅量，都要不醉不休。」楚雲聽了這句話，便覺猜疑不定，暗道：「他既未約旁人，為什麼單令我到此？不約旁人，還說得過去，怎麼李盟兄也不去邀他一邀？其中必有詭詐，倒不可不加意防護。」因即辭道：「臣向來不善飲酒，既蒙王爺賞宴，楚雲又不敢辭。奈今日偶有身體不快，只好隨意陪王爺小飲罷。」原來楚雲因那日被哥哥灌醉，識破行藏，因此遇有酒筵之時，更不敢貪杯，以防又為所算。玉清王此時醉翁之意不在酒，可不能不作如此說話，當下玉清王也就答應隨便飲酒。那知楚雲雖急欲防備，怎知一個有心，一個無意，還是被玉清王所算。究竟後事如何，且看下回分解。

第一〇一回　親王強暴覊玉罵宮　武宗仁明英雄辨本

話說楚雲與玉清王飲至三巡，玉清王將他一看，只看他二分春色已上眉梢，兩頰微暈紅霞，更是嬌羞嫵媚。玉清王此時更覺耐煩不住，低低向楚雲說道：「孤有一言奉問：曾聞人說，卿家與眾同盟兄弟，外面雖有金蘭之契❶，內中實有斷袖之情❷；孤始也不甚相信，今則深信無疑。孤雖不才，亦願深締鸞交，如蒙俯允，趁此深宮無人，今宵即可訂同盟之約。」楚雲一聞此言，只嚇得魂散九霄，魄飛天外。暗恨道：「罷了罷了！八載機關，一旦為人識破。千不怪萬不怪，只怪吾兄太不近情。今日看來，這玉清王恐似劉彪的詭計。雖然如此，我必得要抵制於他方好，不然不但為同盟所笑，而且我亦無面目再生人世。」當下按定心神，正色說道：「千歲須放穩重了。以貴重親王，與臣下出此戲言，甚非千歲所宜。想楚雲與眾同盟義結金蘭，何曾稍失禮儀？千歲天潢宗派，似這等汙耳之言，何能語臣？只就是汙辱大臣，雖位屬親王，似亦不免咎戾；既千歲不以大臣相待，楚雲即就此告辭了。」說著，立起身來，即便就走。玉清王見他要走，那裡肯放？含羞帶愧，亦趕著立起來，將楚雲扯住，說道：「卿家幸勿見嗔，

❶ 金蘭之契：謂友情契合、深交。語出易繫辭上：「二人同心，其利斷金；同心之言，其臭如蘭。」臭，氣味。

❷ 斷袖之情：指男性之間的同性戀。典出漢書佞幸傳董賢。董賢是漢哀帝男寵。一天，哀帝與董賢同睡。早朝時分，董賢還沒有醒。而他把哀帝的衣袖壓在身下。哀帝為了不驚動董賢，就把衣袖割斷。

尚乞稍坐，孤有一言奉告，以見孤所說之話，並非虛語。昨者竊聽雲壁人與卿有兄妹之稱，卿亦曾云：『錢氏懷孕本無此事，不過借以欺人。』孤當時本欲進房當面道破，以礙於雲侯之面，不便冒昧而行。後來孤在李府內，所點之會兒、絮閣那兩齣戲，正使卿知之；今日孤請赴宴，亦以為心心相印，不能即辭，乃至決絕如此。卿說孤汙辱大臣，應當有罪；可知卿易釵而弁，攪亂陰陽，亦要有個大罪名。孤不作無情之人，欲為有情之舉，只因孤王妃早逝，待續鸞膠，以卿之貌之才，與孤之富之貴，正堪成為嘉偶，又何必絕情太甚，以孤為不足輕重？孤還有一說，卿如不願女裝，即仍舊是一個男裝，也不妨事。卿請三思，孤素抱憐香惜玉之心，不忍有損紅摧綠之意，卿執迷不悟，可莫怪孤翻面無情了。」楚雲也不等他說完，只見杏眼圓睜，柳眉倒豎，怒容滿面，喚一聲：「千歲你住了！何得亂言以男的作女，而且以勢力挾制。楚雲非是倚仗功高，敢干忤逆，沙場血戰，為朝廷立下功勛，不必說楚雲是一個堂堂皇皇奇男子、大丈夫，就是個女身，也是國家的棟梁，畢竟有功無罪。千歲雖以玉葉金枝之貴，俺楚雲也不能容千歲戲謔大臣，隨心所欲。如千歲定欲與楚雲為難，楚雲也不辭一死，血濺廷階！就此告辭，歸以待罪便了。」說罷，袍袖一拂，怒沖沖出了便殿。左右太監那裡阻擋得住，一直走到府外，上馬回府而去。到了家中，在書房坐定，心中暗想：「我與玉清王今日也算忘了君臣之分，將他侮辱了一番，他必不能甘心，明日定要入奏。而況明早又是朝期❸，他若陳奏上去，皇上必欲下問吾兄，那時吾兄不知就裡，必得畏罪自首，陳奏出來，如何是好？不若趕緊函知吾兄，叫他明日告疾不要上朝，縱使玉清王陳奏上去，我拼著一死，矢口不認，雖皇上其又奈我何？」想罷，便寫了一封密信，囑令伴蘭親自送往

❸ 朝期：指上朝晉見皇帝的日子。

雲府；又囑伴蘭務要面呈，不可泄漏。伴蘭也不知何意，只得持了書信，上馬加鞭，直往雲府而去。到了雲府，不敢有誤，將這封書信面呈了雲璧人。璧人拆開一看，吃驚不小，當下將書信納入懷中，向伴蘭說：「你回去上復你家王爺，就說我知道了，叫他也不可過於任性。」伴蘭答應，隨即退出上馬而回。卻不知道書信內所說何事，不免也有些動疑，不一刻回到府中，向楚雲復命。楚雲方才定了定神，只待明日早朝時辨本。到了次日五更上朝，各官山呼已畢，有值殿官喊道：「有事出班陳奏，無事退朝。」話猶未了，只見玉清王高捧奏章，出班奏道：「臣弟有事啟奏。」玉清王才說了這句話，兩邊朝臣各各驚疑不定，暗道：「玉清王有何事陳奏？」此時楚雲卻早已明白，也暗道：「我料定他必奏此事，果不出吾之所料。且看他所奏如何，再作計議便了。」不表楚雲暗自打算，當下武宗見御弟有表上奏，因問道：「御弟有何章奏，可即呈上，待朕一看。」說著，就有值殿官將表章呈上龍案。武宗看了一遍，又驚又喜，獨自說道：「這就奇了。」便問玉清王道：「御弟所奏之事是否屬實？可當殿奏來。」玉清王道：「所有情形，這表章內全是實話，並無半字是虛。如果不實，臣弟甘領重罪。尚乞吾皇作主。」武宗道：「御弟且自平身，容朕再作計議。」玉清王謝恩站立一旁，武宗便呼范其鸞道：「朕接御弟所奏表章，內中有此情形，朕實疑信參半。卿可將此表細細一看，是否確實，著即具奏。」范相聞言，趕即出班，將表章接過，從頭至尾看了一遍。范相只嚇得驚疑不定，趕著俯伏金階奏道：「臣啟陛下：據玉清王奏稱忠勇王楚雲係女扮男裝，為列侯雲璧人胞妹。臣查雲璧人本有胞妹一人，名曰顰娘，係臣甥女。只因從十歲時被匪人拐去，逃往他方，於今八載，並無消息，是否死生，亦難得知。但據玉清王所奏，究竟是否雲璧人胞妹喬裝，臣亦不敢妄斷。求陛下召雲璧人與楚雲對證，便知其虛實真假。」武宗聞奏，說道：「卿所奏甚是。」當下即命黃門官傳旨，速召雲璧人上殿。黃門官啟奏道：「雲侯現在報病，昨日已請假十日。」武宗默然。此時在朝文武諸臣，個個驚疑不定。有的代楚雲暗愁，怕他的欺君之罪難逃；有為玉清王羡慕，如果屬實，這真是個絕世的女子。惟有楚雲這班眾同盟兄弟，個個是怒目而視，暗恨玉清王侮戲朝廷大臣。獨有李廣卻暗暗歡喜，而又暗暗驚恨：喜的是韞卿即韞娘，可以無人遠天涯之嘆；驚的是恐怕武宗准奏，一個原聘的絕世名姝，竟被玉清王攘奪。楚雲此時卻是打定主意，拼著血染金階，雖死不認。大家皆各懷心事，正在你望我，我看你，面面相覷之時，忽又聽武宗降旨，喚楚雲道：「雲璧人現在請十日病假，虛實真假，無從對證，卿可將此表細看一遍，逐條從實奏來。有無為難之處，一切著從實條奏，朕可代卿作主的。」說罷，有內侍將奏章送與楚雲。楚雲接在手中看了一遍，不覺暗含怒色。隨即將奏章捧上，遞與近侍呈上龍案，他便俯伏金階，正色奏道：「臣啟陛下：玉清王所奏各節，皆屬子虛烏有之談。臣有下情，為我萬歲縷析陳之。臣祖籍江寧，雲璧人祖籍淮安，何得漫為牽混？雲璧人雖有胞妹，從十歲時已被匪人拐去，至今生死未知，存亡未卜，音信全無，又安得漫指臣為璧人胞妹？且臣生母現尚在堂，臣亦復授室，豈有臣為女子，尚能授室之理？即使瞞混外人，臣妻亦何能答應？至雲璧人戲呼臣為妹，據雲璧人言臣面貌與伊妹仿佛，是以戲呼。天下之相貌相同，而戲謔嘲笑，亦尋常之事，何得因嘲笑之語，遽引為確鑿無疑？若以此為實，雖指途人而欲加認視，又何嘗不可？此等捉影捕風之事，甚非親王所宜言。且聞雲璧人胞妹韞娘自幼受聘英武王李廣，不必說臣非女子，即使果真，君奪臣妻，亦前古未有。臣今日既為玉清王誣指，臣雖不失其為臣，究竟顯見遭汙衊，且誣以欺君之罪。以臣血戰之身，忽遭不白之冤枉，聖恩雖厚，臣亦不敢再效犬馬之勞。敢乞掛冠退歸鄉里，天恩高厚，只好來世再報了。」說罷，便雙手除下冠來，送於龍案之上。畢竟武宗見此情形，是否見罪，且看下回分解。

第一〇二回　駭奇談為顰卿辨誣　降明詔飭范相查覆

話說武宗見楚雲免冠求罷，亦覺他有些委屈，又念他實在功大，不忍加罪，當下又說道：「楚卿何必如此，縱使御弟誣陷，好在朕並不便指卿為喬裝，又何必急急免冠求罷呢！」當下便令近侍仍將原冠給楚卿加上。那知玉清王又復奏道：「陛下！楚雲自恃功高，膽敢咆哮朝廷，即非喬裝，已屬顯有欺君之罪，而況確係女扮男裝！臣知他素稱狡猾，今以免冠求罷，正是他狡猾之處。他因明知要得欺君之罪，故作此舉，借以掩飾。陛下若准他所奏，那就中了他狡猾之計了。伏求陛下明察！」武宗尚未回答，又見那一眾英雄如桑黛、徐文亮等一齊出班奏道：「臣等啟奏陛下：忠勇王楚雲與臣等結義多年，飲食居處不離，果確係女子，臣等豈不知之？今玉清王便指為喬裝，實為臣等所不解。而況有何憑據？若以屬垣之語❶，便引為確據，臣等平時聚處一起，彼此戲謔亦復時有；今指楚雲為女，及諸他日亦何嘗不可指臣等為女呢？莫非玉清王與楚雲或有微隙，欲借此陷於欺君之罪，將圖報復，亦未可知。還求天恩，念楚雲功大，詳加鑒察，勿聽誣言。若以臣等之言為不倫，臣等亦不敢效犬馬，也求了大恩，准其掛冠而去。」大眾代楚雲奏了一遍，武宗也未見罪。這金殿之上，卻氣惱了這玉清王，恨不得將眾英雄全行

❶ 屬垣之語：謂以耳附牆，竊聽人言。詩小雅小弁：「君子無易由言，耳屬於垣。」宋朱熹詩集傳：「君子不可易於其言，恐耳屬於垣者，有所觀望左右而生讒譖也。」

問了欺君之罪，方才泄恨！李廣見他們如此復奏，也是怕他們所奏不實。大家奏罷，見李廣並不出班，也個個心中含恨，都說不顧大義，因此也就怒目而視。武宗雖未見罪，卻是被他們這一陣亂奏，如是如是之話，把這心也弄得一無主意，難決是非，忽然想道：「諸人皆來保奏，獨李廣未出班，難道他知道其中情節麼？不然何以他獨不保奏呢？朕何不再問他一遍，便可了然。」主意想定，因喚李廣道：「玉清王謂楚雲係雲璧人胞妹，諸卿皆為他保奏，卿獨不贊一辭，旁觀袖手，莫非這裡根由卿皆知道麼？究竟是否喬裝，卿可據實奏來，並不得稍事隱瞞；如有排開周旋之處，朕也可依卿所奏，准照施行。」李廣見詔，也就趁著出班奏道：「臣啟陛下：臣與楚雲雖屬結義多年，究竟是否男女，事關重大，臣萬不敢妄斷，故此不敢出班，伏乞陛下聖鑒詳定。如果察得楚雲實在喬裝，還求陛下念彼功勞，免彼欺君之罪，則臣幸甚！楚雲幸甚！」武宗聽了李廣這番言語，如此依違兩可，仍舊是不能決斷；若照李廣處處帶有後步，又似楚雲真係女子，他不便為他明白說出。武宗雖覺著這個意思，卻猜疑不定。那些眾同盟兄弟卻個個怒視李廣，楚雲更是既怒且恨。李廣雖明見眾人如此，他竟若未見。大家正在各自猜忌，又聽武宗說道：「李卿且退，楚卿也不必爭執強辯，可著范卿即日去問雲璧人，究竟是否伊之胞妹？有無別項原委？著於三日後切實明白具奏，毋得稍事隱瞞。如果真是喬裝改扮，俟復奏之後，朕自有調處之法。」范其鸞不敢強辯，只得遵旨答應。武宗退朝，各官散朝。眾同盟自有一番議論，且不必細表。單說楚雲回至府中，萬種愁腸，擺脫不開，因愁生悶，因悶生急，自然那一種愁悶之像，見於形色，卻又不能不進上房，向太王妃請安問視。那知楚太王妃見了他滿面愁容，不覺吃了一驚，疑惑他得了病症，不免問了他兩句。楚雲又說不出口，因是更加作急，就此一急，不覺吐出一口鮮紅。楚太王妃這一吃驚，可實在不小，就是錢氏王妃，也被他嚇得手足無所措。正要上前去問，楚雲已是昏暈過去。此時大家皆是手忙腳亂，有煎參湯的，有去瀹茶❷的，亂了一回，將些參湯飲了下去，方才醒過來。楚太王妃便命去請醫生，楚雲忙攔道：「現在無好醫生，不吃藥還可沒事，吃錯了藥，反覺不好，而且孩兒不過因一時煩悶，並無妨礙，只須靜養數日便可好了。」楚太王妃一聽，也甚有理，只得命媳婦好生照應。暫且不表。再說玉清王回轉外宮，自思自想，好生納悶，暗道：「楚雲分明是個女子，只因他一派花言巧語，把皇兄說得半信半疑，命范其鸞三日後據實復奏。孤想范其鸞是他的娘舅，豈有不護他之理？這件事還是不成。」想來想去，毫無主意，忽然觸處機來，道：「孤何不如此如此，去求母后一番呢？」想定主意，即便入宮。恰好武宗也在內宮，與太后正談此事，忽見玉清王進來，武宗知道他定為這件事來求太后。玉清王對太后參見已畢，正要啟奏，忽見太后問道：「皇兒，你說楚雲是個女子喬裝，皇兒何以知道呢？」玉清王見問，便將隔窗竊聽的話奏了一遍。太后道：「據此說來，大概無甚不確了；但現在楚雲堅不承認卻又如何是好？」玉清王奏道：「此事雖承陛下面飭范其鸞三日後復奏，臣兒想來，范其鸞是楚雲的娘舅，豈有不偏護之理？那時還是枉然。臣兒之意，莫若求母后即召楚、雲兩位太妃進宮，母后親自究問，必得其中詳細。不知母后可俯准臣兒所奏麼？」太后見奏，倒也覺得有理，即連武宗在旁也覺甚好。太后因向武宗說道：「哀家據玉清王兒所奏，在本宮看來，將楚、雲兩太妃召入宮中，待本宮仔細察問，倒也是好，不知君家之意如何？」武宗道：「臣兒敢不遵母后之命！」太后、玉清王見說，皆是大喜，因命內監傳旨，即詔入宮。內監自然奉詔分別前往。武宗回宮，玉清王也就出來。暫且不表。

❷ 瀹茶：煮茶。

再說范相領了聖旨，並不回府第，徑自往雲府而去，尚未到上房，壁人早已迎出。范相執雲壁人之手道：「賢甥有何病症，竟自告起病假。莫非其中有假麼？」壁人見娘舅如此動問，也料著朝中八九分。因問道：「舅父今日上朝，尚有什麼奇事麼？」范相見問，也料定壁人知道此事，因說道：「我便因這事而來，想你母親與你必定知其詳細，可實對我說來；我現在奉了欽命，限三日後與賢甥一同據實復奏。我想在先已抱欺君之罪，此事若不再據實復奏，這欺君之罪更大了。」壁人道：「此事原有的，並非玉清王所誣奏。舅父既來，且同母親商量，應是奏明如何之處，須得想個善策方好。」范相道：「賢甥之言，甚合吾意。」因與壁人進了上房，見雲太夫人，便笑道：「妹子！吾不料楚雲即是顰娘改扮。天下竟有女子位冠封王，實古今所罕有。」雲太夫人一聞此言，大驚失色，因問道：「吾兄此言從那裡得來？果是顰兒，實慰我心了！」范相道：「妹子還作甚痴聾麼！」因將玉清王所奏各節說了一遍。雲太夫人聽說，知道隱瞞不住，便將脫靴一節細細說了一遍。因道：「這便如何是好？吾兄三日後復奏，無論實與不實，皆有欺君之罪，這可不是枉送了顰兒之命麼？」范相道：「吾妹放心，只要據實奏明，愚兄曾經為媒，自幼聘與李廣。吾想聖上見他二人有功，斷不至加罪。玉清王雖挾親王之貴，亦礙著君奪臣妻之嫌，聖上亦斷不能如其所願。」雲太夫人道：「吾兄所言雖甚合理，爭奈李廣已娶有正室，且生子矣。再將顰兒匹配與他，豈非成了側室了？不但顰兒不行，便是愚妹也不肯再與為室。愚妹看來，究竟不甚妥當。」范相道：「吾妹此言乃是女流之見。顰兒既復女裝，斷無再適他人之理，且斷無任他自主之理。愚兄自有主意，須將他面面都好便了。」不知范相想出什麼主意來，且看下回分解。

第一〇三回　雲太郡奉詔入奏　楚王妃推諉辭婚

話說范其鸞與雲太夫人，將楚雲喬裝之事大家商議一回。范相又道：「現在可急速寫信與韡娘，將此言明白告訴與他。俟他來信如何，我便去知會李廣，叫他三日後復奏之時，即便照我等所奏的話，再奏一遍。楚雲便萬不致再有欺君之罪，玉清王亦斷不能再圖攘奪了。」璧人稱是，隨即寫了密書，著心腹面呈楚雲而去。不一刻楚雲也寫了回信過來。范相與璧人拆開同觀，見上面寫著：「來示謹悉，請即照所言代為復奏。妹子用意，不便形諸紙墨。三日後復奏之事，當知妹意。書不盡言。」范相、璧人看罷，又與雲太夫人道：「韡娘已心許李廣矣！復奏後便可議及婚事。」雲太夫人聽罷，也甚心許。正說之間，忽見有穿宮內監❶慌忙進來稟道：「頃奉太后懿旨❷，立傳太郡與楚太王妃進宮問話。楚太王妃業已遵旨進宮了，請太郡速速遵旨前往。」說罷，穿宮太監即便退出。雲太夫人聞言，好不吃驚！璧人也是恐懼。范相道：「吾妹不必驚異，我料此必玉清王在宮內面求太后，詔吾妹與楚夫人追問喬裝一事。吾妹可即速前往，見了太后，萬勿驚懼，從實奏明，並云自幼已配李廣。若太后賜婚王子，吾妹可不必謝恩；但云臣女幼字他人，豈堪另配？其餘的當隨機應變便了。愚兄在此，專等吾妹出宮後，看是如何，

❶ 穿宮內監：指可以出入宮禁的太監。

❷ 懿旨：皇太后或皇后的詔令。

便有定議。」當下雲太夫人一面答應，一面換了冠帶❸，乘輿而去。暫且不表。楚太王妃只因楚雲患病，正自愁眉不展，忽有內監進來，也是宣奉太后懿旨，召入宮內，有要事面問。楚太王妃這一吃驚，實在不小，因去細問楚雲道：「太后宣召為娘入宮，畢竟有何事件？」楚雲聞言，早知其詳，因向楚太王妃道：「母親！現在孩兒犯了一件欺君的大罪，此時尚不能告與母親知道。太后宣召定為此事；但是母親進宮，如太后有言相問，只可推在孩兒身上，切不可別樣說話便了。母親不必耽擱，即便更衣前去罷。」楚太王妃也不知道他所犯何罪，只得答應。錢小姐在旁聽此話，也是驚疑不定。楚雲又向他母親、妻子道：「此事只要母親進宮後便知道了。雖犯欺君，倒無死罪，母親可即速去罷。」楚太王妃沒奈何，只得更換衣服，乘輿而去。那外面內監見楚太王妃已經上轎，他便飛馬去報入宮。不一會兒楚太王妃已至宮門，當有太監報道：「啟太后：楚太王妃已奉詔在宮門外候旨。」太后見奏，即降懿旨，著即宣召入宮見駕。太監遵旨出去，即刻楚太王妃跟著內監進入宮門，走到便殿，見上面盤龍椅上坐著太后，楚太王妃便就此玉階跪下，口呼：「臣妾林氏，願太后萬歲萬萬歲！」山呼已畢，當有宮女奉太后旨，喊了一聲「平身」。楚太王妃謝恩站立，太后又賜錦墩坐下，楚太王妃又謝了坐。太后見楚太王妃年約四旬，舉止安詳，儀容端雅，著實可慕。因喚道：「太妃！今日本宮召太妃入宮，有一件要事動問，太妃可從實奏來，不必隱瞞，致蹈欺君之罪。卿愛子忠勇王楚雲，是否太妃親生，抑係承嗣，卿可據實奏來。」楚太王妃大驚，暗道：為何問出這句話來？我兒所說的欺君之罪，莫非就是此麼？吾若再謊奏親生，吾兒之罪更大，莫如從實奏了罷。因跪奏道：「臣妾林氏，只因昔日先夫在京作官，並不曾隨赴任所，楚

❸ 冠帶：指冠和衣帶。即指穿戴整齊。

雲非臣妾親生，係臣夫姬人❹所出。十歲上始轉家鄉，後因臣夫與姬妾相繼而亡，臣妾即撫養此子，猶如己出。此係臣妾實在情形，仰懇皇太后明鑒。」奏罷，太后不覺喜形於色，暗道：「據此奏來，楚雲喬裝諒非虛話了。」因又說道：「卿之愛子，卿可知道他是女裝男扮麼？此中實在情形，究為何事喬裝，太妃可直向本宮重復奏來，不可稍有隱匿。」楚太王妃聽了此言，不覺又驚又詫！因急奏道：「太后所諭之言，臣妾甚屬不解，楚雲雖非臣妾親生，但自幼撫養成人，豈有將女作男之理？不必說顯犯欺君之罪，即妾亦不肯作此糊塗之事。況臣兒今秋業已婚娶，又豈有本係女子，而可婚娶之理？莫非有人與臣兒不睦，故以此等言詞妄奏朝廷，特尋誣陷。尚求太后準情度理，臣兒定非女子喬裝，仰乞聖恩明定。」說罷，又復叩頭。此時玉清王卻在殿後竊聽，欲即出來面質，又恐不便；若不出來，又怕母后為其所欺，只得心中暗道：「此必又是楚雲之計，使他母親如此說項。且等太后如何駁詰便了。」那裡知道太后聽了楚太王妃這一番話，心中想道：「據他所奏，卻也是至情至理。天下豈有自己撫養成人的兒子，不知他是女子，還代他授室婚娶？恐怕也是玉清王誤聽人言，叫本宮如何駁詰！且待雲太郡前來，看他所奏如何，再作計議便了。」正在毫無主意，又見太監報道：「雲太郡已到，現在宮外候旨。」太后即著宣進。雲太郡進入宮門，當即山呼已畢，太后賜錦墩坐定，便問道：「本宮今召太郡入宮，非為別事，只因聞得忠勇王楚雲，係太郡親生之女，不知果有此事否？卿可從實奏來，不可隱匿。」太后問罷，太郡俯伏玉階，將以上各節細細奏了一遍。復又道：「楚雲即楚公當日也不知是個女子，太妃更不知其詳；只有楚家一個余氏女僕知道。只因其事關重大，不便泄漏，以致今日楚太王妃皆不知其中原委；但臣女

❹姬人：指小妾。

雖經楚家撫養，卻是自幼經臣兄范其鸞為媒，許字李廣，後因杳無消息，李家以接續香煙，萬難再緩，故改聘他姓。求太后恕臣欺君之罪，寬其既往，大開天地之恩，臣妾幸甚！臣女幸甚！」太后聞奏大喜，因道：「楚雲既為太郡所生，以一女子而能斬將立功，雖古之木蘭❺亦不過如此，可喜可羨。但是李廣現已婚娶，既是卿女曾經許字與他，現在豈能以一個赫赫的藩王，于歸李氏作為偏室呢？本宮倒有一個絕好調停之法，現在玉清王尚未冊立正妃，本宮之意，擬將卿女賜與皇兒為配，不知卿意以為然否？」玉清王在宮後聽了此言，真是魂靈兒已飛到楚雲那裡去了。那知雲太郡聽了此話，頗不以為然。即楚太妃此時聽雲太郡奏了那番話，已是心中懊悔，嗟嘆不已！及至聽了太后這番話，也是默默無言，如痴呆一般。忽見雲太郡又奏道：「太后降諭，臣妾敢不遵旨？但臣女自幼聘與李廣，係臣妾胞兄范其鸞為媒，人所皆知，今忽改字，於理似有未合。且臣女雖為臣妾所生，如無楚太王妃撫養八年，臣女也不能有今日，仍從楚太妃作主。臣妾卻不敢欽承慈旨。」太后聞奏，即向楚太王妃道：「頃據太郡所奏，也甚有理。楚雲雖非卿所生，但撫養八年，即與己之所生無異。本宮今擬冊立王妃，卿可代楚雲作主，將楚雲婚配與皇兒為室，卿其無負本宮盛意，即速領旨。」楚太王妃也就奏道：「太后聖鑒：楚雲既非臣妾親生，不過八年撫養，雖蒙太后慈旨，爭奈雲太郡尚不敢領旨，臣妾又何可妄自作主？況臣妾尚有悲痛難言之隱，不堪為太后瀆陳，即乞太后聖鑒，仍責成雲太郡作主為是。」說罷，不禁兩淚沾襟，俯伏階前，痛哭不止。太后見了他二人彼此推諉，卻也不能遽行勉強，只得說道：「卿等且暫出宮，彼此商量，是

❺ 木蘭：典出古樂府木蘭詩。詩中歷述女子木蘭扮男裝代父從軍出征、轉戰、勝利歸來的故事。是民間傳說中女扮男裝的巾幗英雄。

否可行，著於三日後會同范其鸞復奏便了。」楚、雲兩位夫人，也即謝恩告退，出宮各回府第而去。此時玉清王聽了此言，真是急煞，卻又不能再四瀆求，只得出來向太后說道：「臣兒料定此事恐大半不能成了！」太后道：「皇兒切莫作急，等他三日復奏時，再作計議。皇兒且先退，俟為娘的與爾皇兄商量，囑令他代吾兒作主便了。」玉清王只得遵旨退出宮去。太后即命人將武宗傳來，告訴一番，著武宗於復奏時代為作主。畢竟此事能否得成，且看下回分解。

第一〇四回　機關畢露姑媳傷心　事跡難瞞舅甥復命

話說雲太郡與楚太妃自宮內出來，各自回府。且說楚太王妃到了府中，即至楚雲房內，見楚雲在窗前坐定，愁眉不展，一見太妃進來，楚雲便即站起來問道：「母親回來了！今日太后宣召母親進宮，可能問及孩兒那一件罪事麼？」楚太妃不等他說完，便即上前，將楚雲的手一把握定，兩目流淚，頓腳恨說道：「你這不孝的寃家，你累得我好苦呀！你竟是個女子，為什麼在先竟不告訴我，瞞得那樣水泄不通？這也罷了，為何又婚娶我這賢孝的媳婦，豈不誤了他的終身呢？兒呀！你也太覺糊塗了！我這八載辛勤，一朝拋去，從今以後，又倚靠誰人呢？兒呀！你真累得我好不淒悲呀！」說罷，不禁放聲大哭。楚雲見太妃如此，也不由得大哭起來，嗚嗚咽咽，便將從前的事說了一遍。又道：「母親！你老人家儘管放心，任朝廷婚配何人，孩兒雖死不應，總等母親百年之後，孩兒便削髮空門❶，以贖前愆便了。」說罷又哭。楚太妃被這一頓哭，倒也沒法，只得挽著他的手，反而勸慰他一番。那知錢氏王妃在旁聞得此話，不禁杏眼圓睜，柳眉倒豎，真是五衷❷崩裂！也顧不得什麼姑嫜在側，僕婦在旁，竟自手扯楚雲大哭一番，口中哭訴道：「妾從此永無夢醒之日了！君侯既與妾同體，又為何同妾作配呢？」一面哭，

❶ 空門：指出家為尼。

❷ 五衷：同「五中」。五臟。亦指內心。

一面恨，又一面訴說。此時合府僕婢，無不知道，也無不驚訝非常。楚雲見錢瓊珠如此痛哭，問心亦委實辜負，只得帶淚說道：「賢妃呀！這卻怪不得你，實是孤家誤你的青春。但是當日本非孤意，只為母命難違，故爾如此，孤自己又豈不恨煞？那日醉後疏防，誤遭我兄脫靴，以致泄漏消息。為今之計，孤現在只有負荊請罪，以贖前愆便了。」錢氏王妃聽了此語，更加氣惱，也不說別話，只見他頭一低，將楚雲的烏靴用力就這一扯，脫落在地，果然見內穿非鞋非襪，只是許多白匹裹纏得緊緊的。錢氏王妃復又將白匹一層層扯下，扯得滿地，末後才見一雙簇新的繡鞋，果然是三寸金蓮，又小又端整。錢氏王妃看罷，只氣得兩手如冰，雙眸直視，便就旁邊椅上坐定身子，一言不出，只是切齒痛恨！楚太妃見此等情形，反惹得大笑起來。因又問道：「小冤家！吾問你這年來所著之鞋，究是誰人代你製造呢？吾觀你現著之鞋，甚是簇新，大約未換多時，到底是誰製造？」楚雲帶愧說道：「孩兒之鞋，全是余媽代做。」楚太妃聞言，立喚余媽到來，喝問道：「呔！你好大膽，欺我太甚！王爺既是女流，為何當時不早告我？我今日弄得如此，你還有何言語可講？」此時錢氏王妃正是沒處出氣，難得余媽到來，也顧不得婆婆面上，立刻站起身，向著余媽右臉上拍的一聲，用力打了一下，口中罵道：「你這個昧心的僕婦，因你當日不言，累得我婆媳如此！」余媽此時也無計辯白，只得跪下說道：「太妃呀！只因往日先大人回鄉之日，不敢明言，惟恐大人見責。後來大人與姨娘相繼去世，僕婦又恐族中爭占財產，又不敢明言。雖然老婦誤在當先，卻是老婦一片好心，並無他意。今既如此，老婦還有一事，爽性在太妃、王妃前呈明，免致後來又蹈前轍：便是那伴蘭小使，也是個女子；只因當日小主人係女身，只恐男僮服侍不便，以此買個女使，扮作書僮，以便服侍。就是伴蘭也知道小主人是個女身。」余媽說罷，磕頭不已。楚太妃聞言，空自嘆道：「吾真是睜眼的瞎子，這許多年來兩個皆看不出。」說著便命余媽起來，又向楚雲道：「事已如此，還有什麼話說？但是我兒現在有病，倒不可過急，有傷身體，為娘的暫且回房更衣去了。」說罷，便帶著余媽出房而去。楚雲與錢瓊珠也送至房外，這才轉回。當下錢瓊珠便向著楚雲，一聲怒道：「啐！奴且問你：今日既為女子，天子必然賜婚李廣；你平時與李廣亦復情投意合，天子既然賜婚，你也必定于歸李廣了。可憐我空擔其名，好不令我飲恨呀！」楚雲此時亦是傷感不已，因撫其背，含淚說道：「卿卿之意，我豈不知？但是我到此也無法想。千不恨萬不恨，只恨我哥哥設計害我，為今之計，與卿訂約：我與卿既名為夫婦，何忍半路分飛，將賢卿拋散？就便天子賜婚，任他婚配與誰，我總是不肯承認，與卿白頭相守，俟母親百年之後，一起同往深山，作一個神仙眷屬。卿卿之意，尚以為然否？」錢氏王妃聽了這番話，才覺怒氣稍平，不言不語。楚雲又敷衍了一回，只等待三日後復奏，再作商議。

暫且按下。再說雲太夫人回到府中，見范相尚未去，因將太后之言，及自己與楚太王妃的話，告訴范相一遍。范相大喜，當時即囑璧人修好本章，預備三日後復奏。璧人答應，范相也即回府。到了府中，也將以上的話告知夫人，然後寫了一封信，密差范洪到李廣府中面投。李廣接過這封書，好不歡喜，打發范洪去後，便進上房，告知夫人。然後李王妃也是歡喜無限，只等他們復奏後，看天子聖意如何。光陰迅速，不覺已是三日。這日五更三點，所有范相、雲璧人、李廣、楚雲等，以及一眾英雄全行入朝，先在朝房坐定，只見楚雲見了眾人，好不羞愧，惟於李廣尤甚。李廣也覺有些羞愧之色。在平時，二人除非不見面，既是見面，斷無不談之理；今日二人皆是相顧而視的，默不一言。大家見了，也有些疑惑。范相看見二人如此情形，更覺疑惑不定，暗道：「據他二人如此，在老夫看來，恐其中早已有私，今日不代他二人力求皇上賜婚，恐後來不免貽人口實。」正在暗想，只見桑黛走到楚雲面前問道：「楚兄！人人皆說你是喬裝，若果真無此事，我弟兄當代你力辯！設若竟有此事，亦不妨說明，大家好自計議應如何辯理之處。」楚雲還是一言不發，只低垂粉頸，羞不自勝。正在沒法之時，忽聽靜鞭三響，武宗臨朝，各官皆趨詣金階，山呼已畢，站立兩旁。武宗便問范相道：「朕前命卿據實復奏，卿當業已查明，究竟如何，即可奏來。」范相道：「臣前奉諭旨去後，果屬不誣，雲璧人今有表章呈奏。」雲璧人聽說，隨即出班，將表章恭呈上去。武宗打開細細看了一遍，那表內寫著是胞妹韞娘，即忠勇王楚雲，如何在途中失落，音信全無，如何雲太郡見疑，密令詳定，如何脫靴，如何自幼配與李廣，懇求天恩婚配話，細細奏明在表內。武宗看罷，不覺手敲玉案，說道：「楚雲竟是個女子！如此文武雙全，忠心報國，千古以來，竟罕有其配。真可敬可愛之至！」此時楚雲也就免冠帶罪，跪了下去。兩旁眾同盟兄弟好不驚訝！個個暗道：「我等皆是有眼無珠，不如大兄神見，楚雲竟真是個女子！這事從那裡說起？」武宗見楚雲免冠跪下，也就說道：「楚雲且整冠平身，朕有話問你。」楚雲遵旨，站立一旁。武宗正要下問，只見黃門官奏道：「玉清王現在午門候旨。」武宗聞奏，暗道：「御弟也未免痴心太甚了。楚雲雖是女子，爭奈他已字李廣，如何能令他改字？而況君奪臣妻，自古以來，未曾聞言。你雖上殿，使朕也無可如何！為今之計，只有仰承母命，且賜婚於御弟。如果眾臣允許好極，否則朕亦不能偏護。」心中想罷，即命傳玉清王上殿。不一刻，玉清王到了殿上，山呼已畢，只見玉清王目不轉睛，只向楚雲看視。李廣此時也就吃驚不小，怕玉清王將楚雲奪去為妃，兩人都在這裡猜忌。忽聽武宗降旨，喚楚雲道：「卿既行藏頓露，姑念卿有功於國，這欺君之罪，朕也不必深究。惟卿自幼許字李廣，李卿現已婚娶，怎能以卿仍賜李廣作為偏房？朕代卿仔細想來，莫如仰承太后懿旨，將卿冊立為玉清王之正妃。以卿之功，配玉清王之貴，真是毫無牽掛。卿其無負朕意，可即領旨。」武宗說畢，不知楚雲究竟領旨與否，且看下回分解。

第一〇五回　奇男奇女乞守宮砂　賢舅賢甥願遵聖旨

話說楚雲聞了武宗之言，復又免冠跪下，奏道：「罪臣啟奏陛下：念自幼遭顛沛，易釵而弁，本出於無可奈何。至後來既礙於同盟，又礙於國體，所以待罪隱瞞。臣之本心，實欲盡忠一世，那管女子之身；不意偶爾疏防，行藏畢露。今既昭然若揭，何敢再事隱瞞？惟念臣雖為女子，究與玉清王何干？今承恩賜為婚，臣原不敢卻，但臣既自幼字與李廣，雖李廣曾已授室，臣又何敢忘從一而終之義？而況玉清王以天潢之貴，又何患無名門賢淑，冊立為妃？臣為今之計，只求天恩收回賜婚玉清王之命，亦求降旨允准，俟臣奉繼母過世，即歸空門修行，如此所為，既不致勞玉清王空想，又可遵從一而終之義。不然臣惟有血濺金階，上報國恩，下酬知己！伏願陛下聖鑒。」說罷，仍自俯伏階下。武宗聞奏，知事不諧，便問玉清王道：「御弟，你可聽見楚雲所奏麼？朕想來楚雲既是李廣原配，今日理合仍賜李廣為婚，以符大義。朕身為天子，何能顧及私情？御弟勿再多言，聽朕降旨。」因又喚楚雲道：「卿既不願為玉清王正妃，朕也不能只顧私情，有乖大義。著即于歸李廣，以畢良緣，所有一切處分，概行不論。卿即承旨，勿負朕意。」玉清王此時直氣得目瞪口呆，直視武宗，不敢再瀆。李廣真樂得心花怒發，暗道：「天子仁明。」楚雲雖聽綸音，卻不便遽遵聖旨，惟有一言不發，仍然俯伏金階。那知玉清王心中實在不平，復又奏道：「陛下休聽璧人與楚雲謊奏，楚雲許字李廣，無據可憑，誰實證之？雖然范相為媒，臣恐通同一氣，陛下降旨賜婚李廣，正墮其術中。而況楚雲與李廣平時情投意合，難保無私相訂約情事，今既一朝敗露，不得不假此說，上惑聖聰；若謂既無私情，又無弊竇，臣實不敢自信。尚求陛下治范相等欺君之罪，則國體幸甚！臣亦幸甚！」才說數言，只見楚雲復厲聲說道：「王爺說什麼話來？臣自幼改裝，誰人識破？便是王爺若非竊聽私語，又何能識破微臣？怎能以謗語相加，欲借此遂心中之欲？可知道三軍可以奪帥，匹夫不可奪志，一任王爺穢語汙詞，臣自信無私，頭可斷而身不可奪！王爺若再執迷不悟，臣三尺龍泉，又何嘗不可一明心跡？」說至此，又見范相出班奏道：「臣啟陛下：念微臣自叨君祿，雖無功於國，自問無一事敢於欺君。今玉清王既陷臣以欺君之罪，又汙辱臣甥女不潔之行，無端謗辱大臣，臣實不知是誰欺君？況以臣侄女賜婚李廣，乃陛下慎重人倫之意，又何敢不遵？尚求陛下再降綸音，若臣甥女再有違旨之處，即著以欺君大逆論罪。」武宗聽罷，又言道：「據卿之言，甚合朕意。」因復降旨，命李廣道：「楚雲既自幼許於卿，朕即賜卿仍為結髮❶，封為英武王妃；已娶洪氏，一般封誥，無分偏正。仍令范相代朕為媒。卿其謝恩領旨。」李廣聽罷，真是求之不得，當下便跪倒金階，山呼謝恩已畢。又見楚雲高聲奏道：「臣兩蒙恩賜李廣為室，聖恩高厚，心感難忘，臣若再違旨，是臣有意欺君，勢必顯干罪戾。但是臣顯遭謗毀，臣雖自信，恐不能取信於人，不明心跡，臣亦難自明，伏乞陛下，賜臣一點守宮砂❷，以明臣之心跡。」說罷，復又叩首。璧人在旁暗暗想道：「吾妹何以如此妄

❶結髮：文選載蘇武詩：「結髮為夫妻，恩愛兩不疑。」「結髮」本指年輕之時，後據此詩「為夫妻」語，作結婚解；也指妻子。俗稱元配為「結髮」。

❷守宮砂：用朱砂餵壁虎搗爛而成。古時認為塗於婦女手臂上可驗持其貞操。

奏，這守宮砂非尋常之物，如何輕視？萬一不然，豈非欲蓋彌彰麼？」范相在旁也是如此思慮。一眾同盟，及李廣皆暗暗稱羨！武宗聞奏，復又降旨說道：「楚卿！適才御弟之言，本出自無心，不足介意。然賢卿與李廣皆是忠心之輩，豈有什麼卑汙的心跡，須要自明？朕今既賜爾與李廣成婚，誰敢亂說義節❸！卿勿多言，不必再奏。」楚雲尚未回言，忽見李廣俯伏金階奏道：「臣自與楚雲誼結金蘭，本來不知其為女子，今仰承天恩，賜臣為室，臣可自信，楚雲亦可自信，惟恐同盟不能共信。況楚雲求賜守宮砂，正楚雲自明之處，臣亦求天恩，俯如所請，臣亦可借此自信，並且可共信。由此，臣之心跡明，楚雲之心跡亦明，及同盟之心跡亦無不共明。臣之瀆求，非惟臣立自處之地，實為楚雲立自處之地。若其不然，臣與楚雲雖可自信，仍恐不免有物議❹沸騰。仰求天恩聖鑒！」這一番話奏罷了，楚雲心中甚是感激，暗道：「他如此一奏，不但他自己心跡可明，且使我表明心跡了。」因此復又奏道：「臣仰乞天恩，准如李廣所請，既以表臣之貞，且以明李廣之志。」武宗大喜。即范相等人，亦無不暗暗稱讚，皆道：「李廣不欺暗室，實為世之奇男。」當下武宗命往宮中取出守宮砂盒，又命楚雲身臨玉案，回顧內侍道：「爾速與忠勇王點守宮砂。」內侍答應，楚雲當即將象笏❺擺在玉案之上，將左手伸出，微露素腕，輕輕擺在龍案之上。內侍近前，先取金針在守宮處刺出血來，便在宮砂盒內，挑了一點宮砂，點在刺血之處。當下宮娥又取了一盆水來，手執綃綾，代楚雲用水點在守宮砂處，揩了一回，將外面血漬

❸ 義節：指禮儀節操。

❹ 物議：指眾人的議論。多指非議。

❺ 象笏：用象牙做成的笏。笏，本指古時官員朝見天子時手中拿著的狹長板子，上面可以記事。

揩淨，果然那一點鮮紅已侵入皮膚之內。宮娥暗暗稱羨不已，當即將楚雲的玉腕擎在手中，先與武宗驗明，然後高擎與在廷諸臣看視。大家看了一遍，上自武宗，下至文武諸臣，無不稱讚，即同盟諸兄弟，更是稱讚不已。楚雲自己亦得意非常，李廣正是心花怒放，惟有玉清王在旁且羨且慚！只聽武宗忽然手拍玉案，一聲讚道：「忠勇王真是千古奇女了，朕豈能不敬佩？但現在清白分明，理合于歸李廣。而況以英武之才之貌與節之貞，真是一對忠勇的夫妻，毫無瑕疵之處。李卿與楚卿均宜仰體朕意，勿再推辭，有負朕成就美滿之至意！」李廣當下謝恩了畢，楚雲仍是推卻，當有雲璧人跪下，對著武宗向楚雲說道：「妹子，你忒也奇了！究竟是何主意？雖然繼母深恩，怎不念生母劬勞？既自幼父母將爾許配李廣，今日理合于歸，而況天語難違，你為什麼任意推三阻四？設若天恩震怒，豈不有累母兄！」言罷，復向武宗叩頭道：「臣仰感天恩，不加臣妹之罪，臣情願領臣妹于歸英武王，上承天旨。」武宗尚未開口，又見楚雲向璧人說道：「啊！兄長，你說些什麼話來？妹子若不虧繼母撫養，安有今日？況妹子死裡逃生，也算人生兩世，焉能再踐前言，即吾兄也不能干預妹事；若敢任意相迫，這眼前三尺玉階，即是妹畢命之所！」言至此，只見他花容轉變，杏眼圓睜。雲璧人見了如此，也不敢十分相強。武宗此時不但不怒，反更婉轉說道：「楚卿既如此決絕，究竟意欲何為？卿且歸班，若有什麼為難之處，不妨再詳細奏來，朕無不准。」楚雲又奏道：「臣之所願，只願奉繼母一生，並終身不改男裝。願陛下俯念臣纖芥之功，准如所請。」武宗聞言，真個弄得沒法，還是范其鸞出班奏道：「乞陛下休准臣甥女之言。如此荒唐，任意瀆奏，實在無理已極；雖蒙聖恩寬厚，不加罪戾，但臣豈容他陰陽顛倒，紊亂綱紀？乞陛下將臣甥女交臣帶回，待臣悉心勸化，使彼于歸，以重人倫，而遵聖旨。」武宗聽罷，大喜道：「卿既如此，即著卿帶回，婉轉相勸，令其于歸，毋負朕意。」范相叩頭謝恩畢，便同楚雲歸班，武宗也帶了玉清王退朝，各官朝散。且說武宗將玉清王帶至宮中，見了太后，把朝廷之上的話細細與太后說了一遍。太后道：「楚雲如此決絕，這也不便相強；但是玉清王兒現在尚虛佳妃，君家亦宜留心察訪在朝諸臣，誰家有端莊賢淑、嫵媚天生之女，當代冊立正妃，不然玉清王兒恐因此不免致疾。」武宗應道：「母后放心！臣兒當代細心訪察，一有賢淑之女，即代冊立，斷不使御弟久虛配偶了。」當下又與玉清王勸慰一回，這才回宮。玉清王也就悶悶不樂，告歸私第。欲知後事如何，且看下回分解。

第一〇六回　諸同盟聚訟紛爭　蕭子世力排眾議

話說玉清王回歸私第，自然有一番懊惱，暫且不說。再說李廣回至府中，楚雲卻獨自回去，其餘一眾兄弟均至李廣家中，大家笑說一番。皆道：「我等萬不及李大哥的眼色。」當下桑黛說道：「大哥你可記得維揚結義，發誓同盟，卻原來皆屬子虛，欺瞞我輩。既然蟹卿是女，相依三載，豈有不知之理？今雖天子賜婚，可知蟹卿是我等同盟，如何能讓吾兄獨占上林春色，也當公諸同好，方為平允。不然我等亦實不甘心。」接著，張穀說道：「桑兄之言甚是有理。今日蟹卿雖有守宮砂驗明心跡，到底大哥欺人太甚，他分明串通范相與璧人謊奏聖上，暗令聖上賜婚，以遂平時之願。即是蟹卿辭婚，也是一團假意，不過藉此掩人耳目就是了。若果真心，何以未明之先，尚與大哥那樣情投意合；既明之後，又係奉旨成婚，反如此決絕？可見皆是做作，欲欺瞞我等同盟。為今之計，桑兄你那個言語真個說得有理，一任天子主婚，首相作伐，終當公諸同好，不能大哥獨占上林❶。大哥你也休想金屋深藏，朝夕與共；況大哥已結朱陳之好，閨中尚有洪氏夫人。以情理言之，諸兄皆已畢姻，唯小弟尚虛配偶，看來蟹卿須當配我，方於情理無失。」徐文亮不等他說完，忽然喝道：「張賢弟你休得亂道，可知大哥與蟹卿形影相依，豈有不知之理？今既然遵旨，是遂平生之願，你如何欲鵲巢鳩居起來？縱使大哥可行，蟹卿亦斷難

❶ 上林：本指上林苑，古代宮苑名。西漢司馬相如有上林賦，極寫其美。

應允；而況割人之愛，即使大哥素稱慷慨，亦不肯將這時時刻刻掛在心腸的這個人，坦然轉送之於弟。吾弟可不要存了妄想，奪人之好。」徐文亮剛說至此，忽聽胡逵大聲喝道：「俺實不解楚雲有何妙處，難道他是個玉女？你也想我也愛，就將他分成許多塊，也還不敷分派。在俺看來，楚雲雖好，究竟大為沽名釣譽，若把他娶了回去，也是活遭瘟。怎似俺那十二姑性情爽直，雖不及韡卿那般嬝娜，卻與俺相親相愛，俺固寸步不能離他，他亦寸步不能離我。人家將他看作醜鬼，俺卻將他比為美人；人將俺看做黑炭，他將俺比為潘安一樣。朝夕相共，形影相依，好不快樂！怎似你們這些人，為了一個楚雲，你要爭我要奪，弄得末了，便任他是個仙子臨凡，也不過是個公共之物，還有什麼可愛？還有什麼趣味？據俺看來，煞是可笑。」正說之間，忽見徐文炳由外而來，原來徐文炳現在已升了侍讀學士，即徐文俊也升了翰林院編修，此時卻由本衙門歸來，一聞眾人在那裡嘲笑聚訟，他便止住，喝道：「諸位兄弟不必紛爭，聽我一言，有個極公極平的議論。」才說至此，又見眾同盟齊聲說：「我等怕你雖為好好先生，終不過是些之乎者也矣焉哉而已。還有什麼公平議論說出來呢？」一言未了，只看徐文炳果然是文氣沖天，首先說了一句道：「諸位真有正直之心，夫豈不知關雎之始，首重人倫！夫婦者，人倫之大道也。韡卿既為大兄原配，理合于歸，以重人倫，而維風化。你等如此紛爭，不但有失同盟之義，亦且顯背王化之厚，難道竟由你等這一陣紛爭，將他二人連理之枝、比翼之鳥❷硬行拆散麼？夫亦不盡人情之甚者矣！而況大兄不過重偕原聘，又何須爾等鳴鼓而攻？據我看來，還是各行其是罷。不然又將何以了之乎？」

---

❷ 連理之枝比翼之鳥：語出唐白居易長恨歌。其詩最後四句為「在天願作比翼鳥，在地願為連理枝。天長地久有時盡，此恨綿綿無盡期」。表示夫妻恩愛情深。

這一番之乎者也矣焉哉，說得眾人大笑不止。就便李廣聽了，也是忍不住好笑。當下張穀便走上前，向文炳連連啐道：「啐啐啐！我勸你不必說了。我說你不過是些迂腐之論，還在這裡鑿鑿而談，誰請你這好好先生來此，講這詩書大理？」正自說著，忽見家人報道：「蕭軍師與廣明禪師到了。」李廣等一聞此言，便欲同去迎接，卻早見蕭子世與廣明已走進來。李廣正欲問訊，蕭子世開口說道：「恭喜王爺大喜！可記得招英館內弟曾說過：君之正室是一位奇人。今日鞏卿已明女裝，可見弟所說言詞皆非虛語！如此姻緣本非勉強得來，奉勸諸君卻也不必爭論。」說罷竟自坐下，有人獻上香茗。只見廣明坐在那裡雙膝高盤，低垂二目，竟似打禪之狀。徐文亮一見，忍不住好笑，即去向桑黛說道：「桑兄！你可見這頭陀如此裝模作樣，其實難堪。」桑黛聞文亮之言，轉眼一看，不覺大笑起來。忙喚廣明道：「你為什麼無端學那參禪❸態，是否而今酒肉無？」廣明將雙眼微睜，低低說道：「洒家參禪，干君甚事，為什麼盡來攪擾？須知禪中境況，自有妙機，爾等俗子凡夫，怎知道此中奧妙。」眾人聽說，復又笑道：「君所參者，雖非歡喜禪，定是野狐禪❹，還說什麼其中奧妙麼？」廣明道：「名為歡喜，實非歡喜；雖非歡喜，實為歡喜。野狐之性，即禪之機；禪中之妙，皆根於性。阿彌陀佛，豈可與俗子凡夫相提並論麼？」眾人復又大笑道：「我等且不問你什麼禪機禪性，歡喜憂愁，只問你近來可食酒肉否？」廣明道：「酒

❸ 參禪：佛教名詞。佛教禪宗的修行方法。即習禪者為求開悟，向各處禪師參學之意。但一般依教坐禪或參話頭的，也叫做參禪。

❹ 野狐禪：佛教內對一些非真正坐禪辦道而妄稱開悟者的稱呼。據說從前有人解錯了禪語的一個字，就五百生投胎為野狐，後遇百丈禪師予以糾正，才得解脫。見傳燈錄。後用為外道、異端的意思。

肉本人人可吃，何獨洒家。可知道當日濟顛❺也不斷酒肉，卒能成為活佛。今日世上之和尚，動曰：我不飲酒，我不茹葷。持齋吃素，皆是欺人之談；而究其所做之事，奸盜邪淫，無惡不作。以視俺之食酒肉，相去幾何？」桑黛聞說，合掌說道：「阿彌陀佛！你們大家看看這樣的好和尚，不可小視了他。」眾人見他二人如此情形，更是大笑不止。大家笑畢，蕭子世又將張穀喚至面前說道：「張賢弟，你也不可同他們一般嬉戲，對著大哥取笑。你現在雖然尚少齊眉，不日即有個絕色佳人與弟配偶。不但為君之婦，正好報君之恩，宜靜待之，休得著急。記取吾言，留為後驗罷了。」說罷，便立起身來告辭，大家那裡肯放。蕭子世道：「後會有期，何必苦苦相逼。」說著，便帶了廣明一同而去。眾人見堅留不住，也只得相送出門，眾同盟也就各回府第。李廣獨自回來，進了上房，見太王妃斜依著薰籠❻，抱了麟兒在那裡玩耍，真個是含飴弄孫，其樂無窮。當即走至太王妃面前，低低稟道：「母親，可知今日朝中之事麼？」太王妃道：「為娘已盡皆知道。但可笑張賢佺那樣嬉皮，真是罕見罕見。」李廣道：「他究竟是年少輕狂，好為戲謔，其實並無此意；但是𩏼卿一事，雖然明降諭旨，賜兒成婚，可是孩兒反添了一慮：唯恐洪氏媳婦不免有妒忌之心。不知他在母親面前，可曾說甚言語？」太王妃道：「我兒，你也未免過慮了，媳婦賢良，世所罕有。他一聞此語，就歡喜的了不得。他還說𩏼娘是兒的原配，理合他作偏房，他方才還在這等兒回來，細問一切，因有事方回房中去。我兒可即到房內，將朝中細情告訴與他，

❺ 濟顛：即道濟和尚。本姓李，宋天臺（今屬浙江）人。在杭州靈隱寺出家，後住淨慈寺。舉止如狂，不受戒律約束，所以人們叫他濟顛，並成為小說濟公傳的主人公。

❻ 薰籠：此處指罩著籠子的薰爐，以防燙傷。薰爐是古時用來薰香或取暖的爐子。

使他放心得下。」李廣答應，當即告辭出來，來到自己房中，見洪氏王妃在窗前靜坐，一見李廣進來，便即起身迎接，笑道：「恭喜王爺呀！如此佳人，千古罕有，羨君家極品藩王配為妻室，真是一對俠女奇男，好不令人稱羨！雖然如此，卻還要謝謝玉清王之德，不是他那番遽奏朝廷，王爺也不免相思之苦了。」李廣聞言，真好不羞愧。因執定洪氏王妃之手笑道：「卿卿這般戲語，真令孤羞愧難禁。在當時不過朋友之情，有什麼相思之苦，而況與卿形影相依，諸承親愛，即孤亦斷不料有此奇事。如今既承聖旨，也是出於無奈，只得遵旨而行；所難堪者，無以對卿卿一片心耳！」洪氏王妃聽說，便將秋波向李廣一瞥，復又笑道：「王爺，看你說出笑話來了。韡卿自是王爺原配，理應如此；況且妾閨中正少知心之友。久聞韡卿賢淑過人，將來于歸，共事夫子，卻是一件極難得之事。在妾既多一良友，在王爺又可多一內助，一任王爺左宜右有，何等快樂！又有什麼負妾之事呢？惟望王爺早定良辰，以完姻好。」李廣聞言，真是歡喜無限。笑說道：「以王妃之賢，孤能不傾心佩服！但孤有慮者，恐不能遂孤之願耳。」畢竟英武王又有何慮，且看下回分解。

第一〇七回　逞嬌痴情抗旨卻婚　仗不爛舌婉言開導

話說李廣見洪氏王妃並無妒忌之心，自然歡喜無限，唯慮韞卿不肯見允，不免又引為可慮。當下洪氏王妃便問道：「王爺又有何慮呢？」李廣道：「卿卿那裡知道，只因韞娘決絕不從，卻也奈何不得。雖有范相在天子前答應，若使韞娘仍執一己之見，孤豈不要……」說至此，下言卻不好說出，只見面上一紅。少王妃一見，當下笑道：「王爺之意妾已深知，妾不笑韞娘執一之見，當笑王爺未免太痴。韞卿既為女子之身，雖有天子賜婚，當著眾人焉能遽允，難得范相有此一語，他便可順手推車。王爺若要早畢良緣，但須面求范相，包管王爺不致有相思之疾，害得你進退郎當。妾之奇謀，雖不能遠勝陳平，也可稍比諸葛，但事成之後，喜酒當請我痛飲一醉，不可稍吝的了。」李廣聞言大喜，當下笑道：「承卿之謀，感卿之賜，豈但喜酒，竟是要鴛幃長跪，以謝卿卿大德呢！」洪氏王妃聽說，不覺粉面一紅，一聲啐道：「誰要你長跪謝我，倒是多謝韞卿便了。」說罷攜手出房，去往中堂侍膳。一宿無話。次日，李廣便瞞著眾人去求范相，預備擇吉元宵前後迎娶，范相亦滿口應承。暫且按下。再說雲璧人回至府中，將朝廷之上的話細細與雲太郡說了一遍。雲太郡卻也歡喜無限。次日即令璧人去往范相府中，催促范相往勸韞娘，恰好璧人來時，正是李廣去後。當下范相也將李廣之意告知璧人，璧人也甚歡喜，當即辭退回府。這裡范相過了一日，便去楚雲府內。此時，楚雲在府，正是滿腹牢騷，無人可語，忽見書僮報進說：「范丞相來了。」楚雲一聽，趕著迎接出來。恰好范相已走了進來，當下楚雲向范相參見已畢，范相坐定，有小使送上茶來。范相端茶在手，先喝了一大口，然後將茶杯放下，向楚雲說道：「甥女，愚舅此來非為別事，但是昨日皇上將你賜婚李廣，令我為媒，今日特來相問：甥女意在何時令李廣前來納吉？我便好去復旨。」楚雲聞言，即將眉頭一蹙，說道：「母舅，甥女雖蒙天子賜婚，並未十分勉強；且皇上已允甥女自主，何待舅父復旨，就便李廣也無須擇吉前來。舅父此來，雖承垂愛，在甥女觀之，似覺吾舅也未免過於多事。」范相聽了大笑道：「你此語不通之極，怎麼說出這背理的話來？你本是個巾幗中奇女子，有此一說，反成了名教❶中的罪人。賢甥女你不可過於執一，我有一言，可聽我說來，你自然明白。男有室而女有家，古來大禮，父母之命，固不便推卻，而況君王之命，又豈可違？若謂繼母難捨，報恩心重，現在且于歸李廣，將來再報深恩，也不為遲。若竟這般顛倒陰陽，試問你有何益處？你可急速應允，好讓我往李家回復，使他擇吉前來。上既不違君親之言，下亦可成夫婦之道，賢甥女你不必猶豫了。」說罷，又笑了一回。楚雲見說，真是羞慚無地，只得勉強說道：「舅父責備之言，甥女豈不明白？但甥女有三件最疑難的事，因此不能從命。第一件，甥女從死裡逃生出來，若無繼母扶養，安有今日？一旦捨卻繼母，竟賦于歸，繼母終身靠誰侍奉？又不能使他回歸鄉里，令他乘興而來，敗興而返，此其一也。第二件是錢氏瓊珠，在當日將錯就錯，甥女忍心害理，迎娶為妻；今日甥女另適他人，難道將他拋下，亦斷無使他再行婚配之理。因此甥女理應與他白頭相伴，守此空閨，作一對有名無實的夫婦。若說第三件，卻更為難極了。念甥女平日自負英豪，與那同盟朝夕詼諧戲謔，一旦忽然于歸李廣，

❶ 名教：指以正名定分的封建禮教。

怎能抵擱得住諸同盟見嘲？況且李廣已早賦桃夭❷，閨中自有齊眉之婦，又何須甥女再去于歸？有此三件，試問舅父代甥女設身處地想想看，甥女可能于歸麼？好在聖上雖有旨賜婚，並未曾過於逼迫。而且聖旨有言，如有為難之處，著甥女奏陳，無不准許，可見皇上分明准甥女喬妝一世。今日舅父到此，莫非重受李某之託，代他作一說客？尚望舅父轉告李某，請他將這件心事及早放下，今生休想結此姻緣，以待來生再修前好便了。」楚雲說畢這番話，范相不覺怒形於色，隨口說道：「甥女你這些話皆是荒唐無理之詞，怪誕不正之理。若謂欲報繼母之恩，也應及早于歸，他日生了孩兒，便可立繼楚氏，代他接立宗祧❸；否則在楚氏族中，揀其才能之子立為宗祧，方算報恩之道。若照你言，即雖守你繼母終身，不過只顧眼前私情，卻令楚氏香煙終斷，非惟無益，卻又害之。吾不知汝所謂報恩者何在？至於錢氏女郎，你既知誤他終身，趁此之時，即應代他早覓門當戶對的匹配與人，否則即同歸李廣，也可白頭相伴。既已誤之於前，豈可再誤於後？若謂香閨共老，博一個夫婦之名，這真是誤他終身大事。吾又不知甥女所謂誤他終身者何在？至第三件，更覺可笑之至。同盟之事甚小，違旨之事甚大，昨日朝廷強辯，皇上已帶有怒意，我惟恐你直言沖撞，致觸聖怒，故此竭力轉彎，代作調停之計。今日前來相勸，也是為甥女一片好心，那裡曉得甥女不明其中之理，反說我受了李廣之託。難道李廣許了我多少謝儀，我便甘願前來代他作一說客？豈不可笑之極！你之堅執不允，我也無可如何，但我有一言不得不明白說了，以聽甥女之便。天子為一國之尊，那有臣背君言之理？況甥女欺君大罪，已蒙聖恩寬大，一概赦免。更且天

❷ 桃夭：本詩經周南篇名。研究者認為是民間祝賀新婚的詩。
❸ 宗祧：本指宗廟。後亦指世系之意。

語褒嘉，御賜于歸李廣，天恩洋溢，應如何感激涕零？甥女不思此等大事，反要泥於小節，顯背綸音，現在天子雖未嘗與你苛求，也不過念你有功，不忍遽加罪戾；若執意推三阻四，再一不允，恐天顏震怒，一經辯駁，不但甥女有罪，且要累及母兄，就便楚太王妃也不免獲一個違旨的大罪。到了彼時，試問你是遵旨的好，還是不遵旨的好？如若遵旨竟是不懷德而畏威，豈不令天下笑話？若仍不遵旨，不但身死無名，且累及你生母、繼母及胞兄人等同罪，那時你的心又忍不忍呢？我以言念及此，甥女是聰明人，你可將我這番話細細三思，究竟孰是孰非？我是去了，改日再來聽信罷。」說著立起身來，便即辭出。楚雲略一相留，范相不肯耽擱，楚雲只得相送到廳上轎而去。楚雲回至書房，細細將范相之言思想一回，忽然大悟道：「母舅金玉之言！我楚雲死不足惜，定要累及我母兄無辜了。雖然如此，這真令我左右作人難了。還是答應，還是不答應呢？」想了一回，便帶愧含羞走入上房，將范相所說之言，悉數告知楚太王妃一遍。楚太王妃聽了，當下點頭不已，忍不住一聲長嘆道：「吾兒，為娘的仔細想來，你母舅所說之言，真是仁至義盡。你不可執一己之見，顯違聖旨罷。若謂捨不得為娘，兒既與李廣偕了伉儷，為娘雖非你的生母，想李廣也不能不認我為岳母，他便是個半子，我也有了依靠；至於錢氏瓊珠，也應代他早擇良姻，免致誤他終身一世，能同歸李廣更妙，否則當另覓門當戶對，以畢良緣。兒呀，你務要聽為娘之言，不可執一至於獲罪了。」說罷流淚不已。楚雲見太妃如此模樣，也不免一陣心酸，流下淚來。當下楚太王妃便命楚雲退出，楚雲也就告退出來，回轉自己房中。錢氏王妃一見楚雲進來，忙著立起身軀，前來迎接，又見楚雲面帶愁容，當即執了楚雲的手笑問道：「方才范相到此有何事件？王爺又為什麼這般愁悶呢？」楚雲見問，因長嘆一聲，就把范相之言及太王妃之話細說一遍。因道：「如此說來，真教我心亂如麻，毫無主意，若飄然仙去，固難拋撇我繼母與卿卿；若相伴閨中，矢志不承聖旨，又恐聖威震怒，累及母兄。真令我左右兩難，那能不愁容滿面呢？」錢氏王妃見說，便嫣然一笑道：「王爺不必愁，妾有一計，可以解釋王爺之愁。」不知說出什麼計來，且看下回分解。

第一〇八回　誤會其意激惱瓊珠　只管相思病倒李廣

話說錢氏王妃見楚雲說出范相那番言語，當即勸慰道：「王爺不必憂愁，若謂耽誤妾的終身，妾倒有一計。」楚雲一聞此言，不等他說完，即搶著說道：「難道卿卿善於解勸，果能願歸李廣，我也可放心奉母回轉家鄉，不但報我盟兄之德，且可不誤卿之終身，此事正合吾之心願。就此告辭便了。」這一番話雖然說出，可是將錢氏王妃幾乎嚇煞，當下不覺大怒，急用手將楚雲一指，喝聲啐道：「薄情郎！你且住口，你說些什麼話來？奴道你一片真心，與奴家白頭相守，所以將那些一切煩惱不放心頭，那知你是一片花言將奴來騙，其實本心還念著李廣。這也罷了，還要拖奴下來，叫奴另抱琵琶❶。可知奴也是個九烈三貞❷之女，你拿著李廣當為奇貨，奴卻不能遂你私心。老實對你說，你若與奴同去修仙，作一對神仙眷屬，奴雖死而無怨；你若想去嫁李廣，當為奇貨，奴卻不能遂你私心，只恐今生不能遂你之願了。」說罷二目通紅，雙淚齊下。楚雲見此情景，也覺自慚不禁，無可奈何，只得復又勸慰道：「卿卿切勿煩惱，總是孤的不是，誤會卿卿之意。但卿卿也須代孤設想，豈有不願作良人，而願作細君之理？今與你重訂前約，白頭共守，永不分離，如有背言，尚可發誓。」錢氏王妃見楚雲認錯，又要發誓，此

❶ 另抱琵琶：語出唐白居易琵琶行：「猶抱琵琶半遮面」。後以「另抱琵琶」指婦女改嫁。

❷ 九烈三貞：形容女子無比貞節剛烈。

時不覺回心轉來，因道：「非妾故作煩惱，特恐王爺心不能堅。」楚雲不等他說完，便發誓道：「孤若背言，當不逢……」說至此，只見錢氏王妃趕急搶上前來，即代他掩口道：「只要心堅，何須發誓。王爺切莫如此，妾也知王爺前言是誤會妾意了。妾所言者，亦不過與王爺共作神仙眷屬耳。」楚雲也就笑道：「過蒙卿意，孤當永感不忘！」因此二人又復言歸於好。暫且按下。再說范相自辭了楚雲，便往李廣府中告知一切。李廣聽了此言，登時愁上眉梢，長吁不已。范相見他那種光景，也覺得暗自好笑。因又說道：「賢侄不必著急，楚雲一事，包管在老夫身上，為賢侄成就良緣，少時當有以報命。」說罷便自告別。李廣再三挽留不住，只得相送出門，上輿而去。李廣回至書房，便覺悶悶不樂，百般心事，一齊俱集胸中，短嘆長吁，不知如何是好。當日連晚飯也未吃，就在書房內和衣而寢。到了二更將盡，太妃見李廣未曾進來，當命使女去往書房相請。不一刻那婢女回報道：「稟太妃：方才婢子往書房去請王爺，有書僮言說：『王爺身體不快，連晚膳均未用，已在書房和衣而眠了。』」太妃聞言，好生放心不下，當即命丫鬟點了紅燈，親往書房相看。方至書房，見有書僮在那裡跪接。太王妃一見，便喝道：「你那裡這樣不懂事，即便是王爺身體不爽，為什麼不去稟報？就由著王爺在此睏麼？」書僮見喝，也不敢開口，只是跪在那裡，暗暗含恨道：「王爺得了相思病，也怪起我們奴才來了，這可是從那裡說起。」不言書僮暗恨。且表李太妃進了書房，李廣早已驚醒。趕著坐起身來，說道：「母親，孩兒偶然身體不爽，所以不許書僮進內稟報，猶恐勞動母親心煩。此時還是勞動母親出來，孩兒真是罪大了。」太王妃道：「我兒切莫如此，還代我睡下去。」一面說，一面在丫鬟手內取過燭臺，向李廣面上一照，只看他兩頰飛赤，二目通紅，又將左手在他頭上一摸，猶如熱炭一般，因不禁愁眉說道：「兒呀！我看你這風寒受得很重，今夜不可仍在此住宿，速速代我回房。況且明日又是除夕，這團圓佳節，你何可獨宿外間？」一面說，一面命丫鬟速往上房取風帽❸來。不一刻風帽取至，李太妃便取了過來，代李廣戴好，便命他回轉上房。李廣不敢違背，只得下床穿好烏靴，與李太妃同出書房而去。李廣先走，太妃慢慢而行，方出了書房，忽見張穀從旁走過，向李太妃說道：「伯母，你老人家可知大哥所患何症麼？」李太妃道：「想是感冒風寒所致。」張穀笑道：「伯母，你老人家那裡知道，大哥卻非感冒風寒，因念著楚雲之事，日間范相到此傳說楚雲堅不應允，所以吾大哥因此思念。范相去後，便自寒熱起來。依此看來，豈非因念著楚雲所致麼？你老人家可要速籌良策，早定此事才好；不然便有累我大哥思想不已了。」李太妃聽了此言，也就笑道：「張賢侄，你也太覺嬉皮，可知取笑盟兄與理不合麼？」說完，便扶著丫鬟，緩步進去，一直到了李廣房內。此時李廣已進了房，少王妃見夫君有病，自然服侍殷勤，不必細說。又見太妃扶了丫鬟進來，少王妃趕著迎接。太王妃便問道：「我兒睡了不曾？」少王妃答道：「睡了。」太王妃又道：「你今日不必到我那裡去了，可好生照應他。」少王妃答應，太王妃也就轉身出房。少王妃送到房外，等太王妃走遠了，始轉回來進了房中。李廣睡在床上，連連催道：「你也睡罷，時候不早了。」少王妃道：「還未三鼓，何必急急。」李廣道：「你再不睡，我就起來了。」洪氏王妃沒法，只得寬衣解帶，同上牙床。這一夜李廣直是多日相思無覓處，權將神女作湘娥❹，說不盡那軟玉溫香，鴛幃夢穩，

❸ 風帽：古代一種禦寒擋風的帽子。

❹ 湘娥：指湘妃。文選張衡西京賦：「感河馮，懷湘娥。」李善注引王逸曰：「言堯二女娥皇、女英隨舜不及，墜湘水中，因為湘夫人。」亦即湘水之神。

攜雲握雨，翡翠衾寒，好夢難留，長宵苦短，早又是雞聲喔喔，催逼大千。是日又是除夕，理應上朝。李廣因夜間出了些風流汗，也覺身體爽快了好些，只得起來梳洗已畢，有侍兒送進參湯。李廣用畢，急急換了冠帶，匆匆上馬入朝。朝罷回來，先代太王妃請安已畢，然後才進自己房中，更換便服。是日同盟兄弟皆來辭歲。李廣羞見同盟，一概託病不見。眾同盟也只得悵悵而返。是日大家守歲到了三更以後，只聽爆竹聲喧，不絕於耳，此時已交新年元旦，百官又須上朝，朝賀新禧。李廣只得命人備了車馬，自己也換了冠帶，入朝而去。朝散以後回來，代母親賀了新年，接著少王妃上來朝賀，以後便是一眾家丁僕婦、使女丫鬟，皆上來給王爺賀喜。鬧了好一會，才算沒事。太妃因係元旦，早令廚房內辦了一席上等酒筵，擺在上房內，令兒媳子孫皆在一起飲酒。祖孫夫婦兒媳四人，真是樂不可言。那知李廣因兩次上朝，不無受了些感冒，又兼心上總不把楚雲那件事放下，雖在一起兒飲團圓酒，怎奈終是不大樂，只得勉強陪坐一回，也就告退出來。太王妃與少王妃見著他面色不甚歡樂，也就胡亂吃了些酒菜，命僕婦撤去殘肴。太妃與王妃便又到李廣房內看視，只見李廣已在房內睡著。太王妃又招呼少王妃，好生照應，由此李廣便忘食廢寢，日漸奄奄。少王妃也知他的心事，雖然時時勸解，爭奈解勸不開。看看已至上元佳節❺，又要上金殿朝賀。李廣卻不能勉強而行，只得告了病假。到了元宵這日，李廣卻帶病寫了一封書，使人送至楚府。當有伴蘭接了進來，楚雲忙拆開一看，見上面寫道：「本擬趨前道賀，只因由元旦朝賀歸來，便道至賢弟處一走，未見顏色，不免悵悵！以此賤軀日漸不爽，今日亦未朝賀，只有擁抱衾裯，終日納悶而已！特修短函，聊代當面道賀，書不盡言，言不盡意。」楚雲看畢，已覺心中不快，又

❺ 上元佳節：節日名。舊以夏曆正月十五為上元節，其夜為上元夜，也叫「元宵」。

恐李廣故意如此，以驗自己心跡，當下將這封書收入懷中，也未回信，只命伴蘭出外面復來人信收到了。隔了一日，暗遣伴蘭出外打聽，是否有病。伴蘭打聽清楚，回來將范相回復後，李廣就有了病症，一直到今，如何情狀，細細說了一遍。楚雲聞言，不覺驚訝，暗暗說：「李廣多情，真是出於肺腑。他今日有病，這是我害他了。但事已如此，怎麼我那舅父並不來問信呢？他既不前來，我又何能往說呢？萬一李廣就此一病奄奄，叫我如何對得起他呢？」因此楚雲也就大有懊悔之意。畢竟後事如何，且看下回分解。

第一〇九回　慰相思蟬玉入宮　明大義太后認女

話說楚雲聞得李廣果係真病，也就自己懊悔起來，免不得時遣伴蘭暗中前去打聽。這且不表。再說李廣病勢日漸沉重，這日李太王妃萬不能再自由他，當下命人去請太醫❶，不一會太醫已來。先到書房坐了片刻，裡面知道，少王妃自然迴避，由小使將太醫請入內。那太醫先給太王妃請安已畢，然後跟著小使步入房中，就在床前杌子上坐定，這才將李廣兩手寸關尺❷六脈❸，細細按了一回。只覺脈細虛浮，並非感冒風寒所致，實是思慮過度。按脈已畢，便走至內堂，低低向太王妃說道：「方才李王爺脈細只覺六脈虛浮，並非感冒，實因一腔不遂意的事，集扼於中焦❹。我想王爺以年輕而位冠藩王，尚有什麼意思不遂？況此心病非藥所治，但得遂心，病即消除淨盡，此時於無可設法之中，只可稍用扶氣安神之品，聊固王爺正氣，此外並無可用之藥。」說罷，開了一張藥方，當即告退而去。李太妃聽了醫生這一

❶ 太醫：本官名，後泛稱皇帝的醫生為太醫或御醫。也作為對醫生的敬稱。

❷ 寸關尺：中醫學名詞。指寸口脈的分部。以掌後高骨（橈骨莖突）為關，關前為寸，關後為尺。切脈時一般先以中指端按得關部，然後用食指與無名指按寸部、尺部。

❸ 六脈：中醫指浮、沉、長、短、滑、澀六種脈象的總稱。

❹ 中焦：中醫學名詞。中醫將人的胸膈部、上腹部及臍腹部的臟器組織分為三焦。自臍以上稱中焦。

番話，因想到張穀那番言語，當下一面著人去鋪中配藥，一面來至李廣房內，先將此言告知。李廣當下說道：「母親不必聽那醫生亂語，從來做郎中❺的都有這一番鬼話，其實毫無本領，只憑些無稽之言，騙人家的錢財。母親請想，孩兒有什麼不遂意的事呢？」母子二人正在談論，外面配藥的小使已將藥配回來。少王妃親自出去將藥煎好，送給李廣服下，太王妃便命李廣安然睡下，又命媳婦好生照應，這才出來。恰好徐氏兄弟及張穀皆進來看望李廣。一見太王妃，一同請安已畢，便問了李廣今日情形。太王妃命他四人坐下，便把太醫所說之話，細細告訴了一遍，因道：「老身看吾兒之病，大半是為著楚雲，賢侄等係同盟，尚宜代為設法方好。不然恐吾兒之病，未必就輕。」徐文炳即說道：「伯母之命，侄等敢不視為己事，但楚雲辭婚甚切，恐其一時挽回不來，這便如何是好？侄等當竭力設法便了。伯母切勿憂愁，尚須保重為是。此時大哥前，侄等也不去驚動，請伯母代致一言罷。」說著，即便告退出去。到了外面，自然又議論了一番，這也不必細表。倒是楚雲那裡暗暗派人打聽，聞得李廣病勢日漸沉重，楚雲好不心煩；欲親自來看，又礙著不便，也是終日愁悶。雖不是害了相思，卻愁悶得極，也只好仍自暗中打聽而已。那裡曉得這也算是兩面害了相思。還有一個比李廣尤勝，你道是誰？原來就是玉清王。自那日出宮之後，便害起病來，也是廢寢忘食，日漸消瘦。雖經太后將他移入內宮居住，請了太醫朝夕調治，人參不知吃了多少，終久參苓難醫心病，那些醫生皆束手無策。太后也知道他是專為楚雲而起。這日玉清王病勢真是十分沉重，實在沒法，急中生出一個計來，暗道：「何不將楚雲傳入內宮，雖不能與王兒匹配良緣，或可令王兒一見，聊慰相思之苦，這也不算什麼大事。」心中想罷，即刻命內

❺郎中：南方方言。稱醫生為郎中。這種稱呼始於宋代。

侍速到忠勇王府內，立傳忠勇王進宮，有要話面問，不得遲誤。內侍那敢怠慢，當即領旨，飛馬而去。不一刻已到，傳了懿旨進去，當有人報與楚雲知道。楚雲一聞此言，便大驚道：「太后此時召我有何話說？莫非又是玉清王詭計麼？但既前來宣詔，何能不應召而往？難道太后能強逼我與玉清王成親麼？」心中想罷，便命錢氏王妃道：「可代孤將冠帶朝服取出來，以便孤更換入宮。」錢氏王妃一聽此言，不覺笑道：「王爺此言差矣。今已識破喬裝，何能再行冠帶，似這般陰陽顛倒，分外欺君，何能不改了女裝前去？」楚雲聞言，真個急煞，沒奈何只得改換衣服。當下錢氏王妃便代楚雲挽了一個盤龍高髻，又命侍女取了面水，先與楚雲洗面，然後又代他略施朱粉，裝點已畢，復又代他周身換了衣服，又將他烏靴脫去，白匹除掉，露出一雙簇新的紅菱小腳。此時楚雲實在氣不過，只得忍著一肚皮氣，由著錢瓊珠代他裝束。不一會裝束已畢，便同著錢瓊珠一齊進入上房，到楚太王妃前說明，因與太王妃說道：「兒此一去，若遭太后所逼，兒情願血濺宮廷，以了此一生便了。」說著，不免淒然下淚。楚太王妃正欲勸慰，恰好外面又進來催他上輦。楚雲沒法，只得辭別太王妃，出來上輦而去。不一刻已到宮門，當有內侍傳報進去。太后一聞楚雲已來，即刻命他進去。楚雲聞命，也就緩步金蓮，從容入內，見了太后，山呼已畢，太后賜他坐下。再將他一看，現在改了裝束，更覺與前番不同，果然是傾國傾城，姿容絕世。因暗讚道：如此芳容怎怪得吾兒不為他惹病呢？看了一回，因笑問道：「今本宮宣你入宮，非因他事；但你既說出自幼聘與李廣，前日天子當面賜婚，你又為什麼不肯承允？既不肯應允，本宮想來雖有當日之言，卻是無憑無據，依本宮之意，還是配與玉清王冊立❻正妃，也不辜負你青春年少。你可仔細想來，

❻ 冊立：古代皇帝以封爵授給異姓王、宗族、嬪妃等，都經過一種儀式，在受封者面前，宣讀授給封爵位號的

如果可行，便對本宮奏上。」楚雲一聞此言，便即跪下奏道：「太后之言差矣。臣女自幼配與李廣，現放著臣女母舅范其鸞為媒，怎說無據？縱使李廣已經娶婦，臣女終是李家之人，其所以未肯應承聖旨者，良以繼母未終，遽難拋棄。若謂玉清王冊立王妃，此乃宮廷大事，又何可因為冊立，便奪娶有夫之女？非特有礙國典，亦且見笑於天下後世。臣女不敢應承，還是上顧朝廷的大禮，不敢陷親王於不義，致遺後世之羞。尚乞太后鑒臣女之苦心，臣女不勝幸甚！」太后聞言，因道：「楚雲你雖是個女子，你這唇舌真是厲害，本宮也說你不過。為今之計，玉清王為你惹了病症，你既不肯與他為妃，你卻代本宮將玉清王病症醫好，本宮自當重謝與你。現在玉清王居於清風閣內，你可即隨宮女前往，不可延遲。」楚雲一聞此言，真是氣忿填胸，欲說不得，正是為難之處，忽見宮娥報道：「玉清王帶病來見忠勇王了。」太后聞言，趕著命宮娥扶了進來。只見玉清王骨瘦如柴，神昏顛倒，踉蹌走進。一見楚雲面貌，頓覺心曠神怡，因喚道：「楚卿！你害得孤好苦呀！」楚雲也不答應，卻還了他個君臣之禮，後又坐在一旁。玉清王目不轉睛直向楚雲望去，看了半會，長嘆一聲，說道：「孤豈不知卿為李廣自幼聘定，斷不能君奪臣妻；但孤意為卿一自于歸，便不能時相見面，為是之故，所以惹得孤一病在床，卿如有善策能令孤時常得見卿之顏色，孤王決不敢妄生邪念，但得卿語言共話，即是孤之大幸也！不知卿尚有善策以處之否？」楚雲聽罷，暗道：「我何不如此如此，即可絕彼之念，又可順彼之情，或者因此他的病全然脫體，即太后也當感我盛情，我亦可謂情義兼盡。」心中想罷，便與太后說道：「臣女啟奏太后：今思得一計，可療王爺之病，但臣女不敢妄言，倘蒙太后恕臣女無罪，臣女便冒昧瀆陳。」太后道：「卿但有療病之

冊文，連同印璽一起授給被封人，稱為冊立或冊封。

策，儘管說來，本宮決不加罪。」楚雲道：「臣女罪該萬死，前者玉清王本有欲與臣等願列同盟之意，後來臣等因君臣之分，不可紊亂，故未敢應承。今日王爺既以臣女為念，臣女又何敢置之不顧？臣女之意，可略仿同盟之意，願與王爺列作雁行，此是臣女不自分量之計，尚求太后勿罪。」楚雲說完，太后尚未答言，只見玉清王高聲說道：「既如此說，孤便為卿王兄，卿為孤王妹，一言為定，永不更改。卿若稍有疑心，孤若稍存妄想，二人均不逢好死。孤今此言，一以堅卿之意，一以表孤之心；從今以後，便以兄妹稱呼便了。」太后聞言，亦復大喜。因道：「如此言來，真可謂兩全其美。」當下楚雲見太后與玉清王均甚歡喜，也就向太后行了母女之禮，復向玉清王行了兄妹之禮。畢竟後事如何，且看下回分解。

第一一〇回　昔是藩王今為公主　擬將錢女改嫁張郎

話說楚雲與太后、玉清王二人行了母女兄妹之禮，太后便呼他為女，玉清王也就喚他為妹，太后當下喜不自禁，因即命宮娥道：「你可速請萬歲前來，說本宮已認忠勇王為公主，請萬歲速作定奪。」宮娥就飛奔前去。不一刻聞報武宗已至，楚雲聞言，當即起身跪接，武宗一見，楚雲已改了女裝，自是國色天香，世所罕有。當下便命楚雲平身，就龍榻上坐定，與太后說道：「臣兒聞聽宮娥傳報，說母后以楚雲繼為己女，臣兒想來楚雲真是當世奇才，母后認他為女，雖臣兒亦先要與母后道賀。」太后聞言，更加喜悅，因命楚雲說：「我兒可急急去拜皇兄。」楚雲答應，當即跪下，口呼：「皇兄！臣妹拜見，願皇兄萬萬歲。」武宗也含笑說道：「卿妹平身少禮罷。」楚雲謝過，仍於原處坐定。武宗再看玉清王，只見他雖然消瘦，卻是內有精神，不是前數日那種懨懨光景，心中甚喜悅。當下太后便命御宴所速備筵宴，又命宮娥將楚雲帶入後宮，更換宮裝[1]。宮娥答應，即刻將楚雲領至後宮，將宮服更換已畢，自己對著菱花寶鏡看了一番，也覺得楚楚可憐，嬌容絕世，因嘆道：「若非我生就如此，也未必惹是招非。」對鏡已畢，仍由宮娥領回，重新與太后母子三人行了禮。太后命他坐下，武宗一旁細看，見他換了宮裝，更覺光彩奪目，嫵媚動人，著實羨慕不過；玉清王更是稱羨不已，卻不敢思及半分邪念。恰好宮娥上前

[1] 宮裝：指在皇宮中的服裝打扮。

稟道：「啟太后娘娘：天廚御宴已經齊備，即請旨下，設在那宮？」太后聞言，便道擺在上宮便了。宮娥答應，前去擺宴。武宗也就告辭出宮。玉清王也就往清風閣養病而去。這裡太后便攜著楚雲的手，往上宮赴宴，說不盡山珍海味，鳳髓龍肝。賜宴已畢，太后又命他去見皇嫂，不一會見過皇后，又來皇太后前辭行。太后又賜一駕珍珠寶輦並宮女四人，楚雲又當面謝過，太后又諄囑一番，命他不時來往。楚雲唯唯答應，這才辭別出宮，上輦回府。不一刻到了王府，下輦進內，楚太王妃一見楚雲換了宮裝，不禁詫異。楚雲便將宮內情形說了一遍，楚太王妃這才放心。楚雲退出，又命宮娥不准呼喚公主，只稱千歲，宮娥也不敢卻，只得唯唯聽命。那知楚雲雖然換了宮裝，其實心中甚是不樂，到了自己房內，錢氏王妃一見他如此，卻是驚喜不定，上前動問，又見楚雲滿面不悅之意，只好呆立一旁。暗自想道：怎麼王爺現在換了此等服飾？呆看一會，忽見楚雲將頭上珠冠除了下來，卻向旁邊一摔，又趕著將身上宮裝一齊脫下，然後將宮內的情形與錢瓊珠說了一遍。錢瓊珠這才明白。楚雲還是怒氣不已，錢瓊珠也無可奈何，只得由他氣悶。這且不表。再說李廣病勢日漸沉重，服藥罔效。李太妃與洪氏王妃真個急煞，而且想不出一個良策，只得終日愁悶。這且不說。眾家弟兄又來看視，太妃又堅囑一番，同盟趕緊設法。

當下桑黛說道：「大兄之病，的是為著韇卿，如韇卿一日不允于歸，則大兄之病一日不能減輕。視韇卿所以不允于歸之故，小侄亦所深知，他與大哥情投意合，豈有不願于歸之理？只因他繼母與錢瓊珠拋棄不下，以致不肯應允；若能先將楚太王妃與錢氏之女安放停當，那時韇卿一定應承。為今之計，總要設法將楚太王妃與錢氏之女安放定當，然後再勸楚雲，其事成之必矣。小侄之見如此，不知伯母以為然否？」李太王妃未及回答，徐文亮在旁說道：「桑兄之言確中切要。但是安放錢氏之女倒不大難，只要代他覓一門當戶對的佳婿，了其終身，就可以沒事。惟有楚太妃殊難安放，老年失子，怎令他自安？」徐文俊在旁說道：「二哥之言實是有理，惟須兩面周到方可；而且小弟昨日傳聞：錢小姐並不肯放楚雲于歸大哥。若今日使瓊珠別抱琵琶，料他亦斷不肯再出楚門于歸別姓。為今之計，須要將錢小姐擇一個門當戶對之人，令其招贅楚家，然後再令韞卿出嫁，那時楚太妃或者可以無慮。但是此人難得，未免煞費躊躇。」說至此間，低頭不語。此時李太妃說道：「老身且自進去，總望諸位賢侄設一妙計，一來可安楚太王妃及錢小姐，二來可治你大哥之病，則老身當感激不忘了！」說著走了進去。這裡徐文俊思想兩面周到的善策，竟不可得。忽見張穀在旁嘻笑不已，因一觸機，忽想起一條妙計出來，但礙於張穀在旁，不便啟口，只得大家且各自回府去。徐文俊到了家中，在書房坐定，便與文炳、文亮說道：「方才大家議論迄無主見，小弟倒思得一計，如果可行，實在兩面俱到；但恐此人不願，那就沒法了。」文亮道：「既是三弟有了妙策，可說來大家商量。」文俊說：「大家總以先行擇配，其後再安置楚妃，雖是其實，在小弟看將起來，斷不可行。楚妃與錢小姐這姑媳，雖然有名無實，但是他二人相處已久，彼此皆有難捨之處。縱然楚妃可以答應，錢小姐決不肯竟出楚門，即便錢小姐也可勉強，楚雲見楚太妃膝下既虛，更不願于歸李姓。小弟思之再四，現放著張穀兄長既未授室，亦少親丁，莫若將張兄長贅入楚家，更拜楚太妃為繼母。如此辦法，則瓊珠終身既幸得所，楚太妃膝下亦不致久虛；然後再勸韞卿于歸李姓，雖韞卿堅執，到此亦無所假口了。這不是兩全其美嗎？大哥與二哥看來，此計尚可行得麼？所慮者張穀不允！」文亮道：「這件事可包在我身上，我只須憑這三寸不爛之舌，包令他心悅誠服。」文俊又道：「如張穀仍然不允，那可沒有善處之法了。」文炳、文亮二人聽了，同讚道：「此計大妙，真虧吾弟想得四面周到。」文炳道：「吾弟何以見得他就能允呢？」文亮道：「大哥有所不知，張賢弟外雖脫略❷，其實常有獨特之心，小弟聞之亦屢矣。今以錢小姐相配，他豈有不願之理？而況他曾向人言，將來授室，必須親目所睹者方可配合。錢小姐在鎮江時，本係張賢弟救出，亦常稱讚他美貌，而況蕭子世前說張賢弟尚有一位佳人，不但天緣，還欲藉此以報德。弟想來非錢小姐而誰？是以弟可包張賢弟應允，不過錢小姐那裡，仍須費一番唇舌，方可將他說允，但是難得其人耳。」文俊道：「這更不難，現在放著兩位嫂嫂與弟媳，已有三人，再將洪氏嫂嫂約了一同前去，以四人勸說一個，難道他有蘇秦❸、張儀❹之舌，竟不能抵制他麼？」文炳、文亮道：「就此說法，明日叫你嫂嫂與弟媳徑去大哥家內，告訴洪氏嫂嫂，約他同去便了。」一宿無話。到了次日，徐氏三兄弟便去東府，來至書室，見張穀斜坐金交，默默凝神，眼望青天，在那裡發怔，就如有一腔心事一般。徐氏兄弟悄悄的走至他背後，文俊嗤的一聲，笑道：「張賢弟，你為什麼在此發怔？呆想了些什麼呢？」張穀並不知道他們來，忽聽見問，不覺吃了一驚。趕著立起身來，接道：「小弟不過悶坐無聊，眼望青天而已。有什麼思想呢？兄長等何以一早來了？」徐氏兄弟道：「我等早來，為不放心大哥，今日究竟若何光景？」張穀嗤嘴道：「不妙不妙！較之昨日尤覺糊塗，看來此病必要送於蟫卿之手了。怎得一個善處之法，使蟫卿于歸過來，以救大哥這相思痼疾呢？小弟昨日想了一夜，若求其兩面俱到，既顧楚太妃，又顧錢小姐，實是籌不出這妙計來。兄長等身列詞

❷ 脫略：猶脫易。不以為意；輕慢。
❸ 蘇秦：戰國時縱橫家，著名說客。
❹ 張儀：戰國時縱橫家，著名說客。

林，一個是殿撰郎君，一個是探花及第，當定可設出一條妙計來，以慰大哥相思之苦，還得請教一二。」徐文亮便道：「三弟昨日倒想出一條妙計，賢弟試猜之，可妙不妙麼？」不知張穀可猜得出來，且看下回分解。

第一一一回 三兄弟力勸小張郎 四佳人往說嬌痴女

話說張穀聽了徐文亮那句話，因說：「我不是你肚皮內蛔蟲，知道你有什麼計呢，我怎麼猜得出？你明說了罷，免得令人在這裡打悶葫蘆。」文俊在旁邊笑道：「小弟昨日思至三更，忽想起一條妙計，真算是絕世無雙，雖不能比那陳平，也還抵之諸葛。而且與兄長大有裨益，兄長亦無不樂為允從。但事成之後，不知兄長以何物謝我？」張穀笑道：「如此說來，真個越說越有趣了。李大哥害相思病，我們大家代他想計策，這不過是為朋友道德，與小弟有何干係？忽然叫小弟謝起你們來。這般啞謎，真令人噴飯。」文炳笑道：「賢弟可莫要推乾淨了，須知此事真與賢弟有益，賢弟如能應允，吾等當明告賢弟；但恐賢弟一聞此言，不但自願相謝，還要倒頭百拜呢！」張穀道：「兄長，非小弟戲謔於你，你本來是個好好先生，怎麼也會說這俏皮話來？」文炳道：「賢弟，你說我俏皮，其實我是至誠老實，你若允了，我便告訴於你。」張穀道：「我便應允，究竟有何妙計，你說出來罷。」文炳便將文俊所說之言說了一遍。因道：「這不是一條妙計？而且兩全其美。賢弟你可擇吉準備納采罷。」張穀聽了這話大笑道：「我道是什麼妙計，原來如此。這可奇了，為著韞卿與大哥之事，你們沒有善策，偏想出這主意來，令我去娶二婚❶，果是探花的才學高出於人。小弟可不能應允，還請兄長再籌妙計，以解相思。」徐文亮道：

❶ 二婚：指女子改嫁。

「賢弟，你怎麼說出這二嫁的話來，須知錢小姐與蟿卿雖名為夫婦，其實漠不相關，毫無沾染，終不過是爾為爾、我為我。而況瓊珠至貞至節，如此佳人，亦難再得，何能以二嫁相稱！愚兄尚有一言，望吾弟容納：吾弟若娶錢氏，其利甚多，錢氏既歸吾弟，則楚雲必無可假詞；楚雲無可假詞，不怕他不歸大哥，則大哥之病立愈，其利一也。賢弟既娶錢氏，則錢氏必有所託；錢氏既歸吾弟，可不牽累楚雲，楚雲亦得以脫身，可以一心一意于歸大哥，其利二也。賢弟既娶錢氏，賢弟亦成就良緣；而況乎錢氏本為賢弟救出之人，在錢氏亦樂於匹配，藉此可以報德，賢弟亦可早免錦衾角枕之悲；而楚太妃見去了一個假兒子，又承繼一個真兒子，其心亦未嘗不樂，賢弟無有椿萱，也可借此承歡膝下，比之依人門戶，孰得孰失？其利三也。有此三利，吾弟試思之，尚不得謂之妙計麼？外面看起來，似乎處處拿著賢弟作襯子，若為大哥而設，其實一半還是為賢弟，難得此天假之緣，賢弟亦何所薄而不取麼？賢弟向來是個聰明人、有見識的人，不意此事竟不自詳察，漫然卻之，吾竊為賢弟不取焉。」接著文炳也笑著道：「賢弟不必推卻，二弟之言是也。」張穀聽了這番言語，暗自沉吟道：「此事亦復有理，也算一舉而數善焉！而況瓊珠果然嫵媚，若捨此他求，恐未必再有如此絕色，何必以矯情之論而失此麗姝，未免可惜，不如且應允了罷。」主意已定，便笑道：「前者弟與大哥紛爭，欲奪蟿卿為室，那時雖儘管有此言，可不必有此事，也不過笑嘻而已。那裡知道人事難知，天緣已定，蟿卿不曾為小弟奪了過來，小弟竟為錢氏瓊珠不奪而奪，將小弟換了蟿卿，奪了過去。這真所謂李代桃僵❷，張冠李戴了。天下事不可逆料，竟是

❷ 李代桃僵：古樂府雞鳴：「桃生露井上，李樹生桃傍。蟲來嚙桃根，李樹代桃僵。樹木身相代，兄弟還相忘。」本以桃李共患難比喻兄弟相愛相助。後轉用為互相頂替或代人受過之意。

如此奇幻，今而後小弟知之矣。」徐氏兄弟見他這番話，知道已是應允，不禁大樂道：「不日夢穩鴛鴦，情深翡翠，不知你將何物謝我等月下老人呢？」張穀也笑道：「定法不是法，且到那時再斟酌謝禮便了。」正說之間，忽見書僮報道：「啟公爺：今有各位公爺、侯爺到了。」徐氏兄弟及張穀方欲起身去迎接，早見眾同盟一起進來，彼此一見，敘了常禮，然後坐下，便問起李廣今日病勢如何？張穀說了一遍。徐文亮便在旁笑說道：「諸位兄長，不必憂慮，大哥的病不日就要好的。」各人問道：「你何以知道呢？」文俊將以上話說了一遍。大家見說，皆道此計甚妙，於是又與張穀說笑了一回。外面眾人，你談我說，戲謔不已；內面范楚翹、史錦屏、白艷紅三位夫人已到李府，即將徐文俊所設之計，一一告知李太王妃。當下太妃好不喜悅，便命丫鬟去東院請洪氏王妃。正因英武王病勢沉重，無計可施，又聞傳言說錢瓊珠不肯放蘷卿于歸，好生不樂。一聞太妃著人來請，說是徐府三位少夫人一齊在此立等，有要話相商。洪氏王妃不知何事，也就趕著出了繡房，直向中堂而去，只見徐家三位少夫人皆坐在那裡，與太王妃有談有說。又見太王妃面有喜色，心中卻暗暗稱奇，因想：莫非蘷卿現在回過心來，肯于歸王爺，他們得此消息，前來送信麼？當下趨步向前，進了中堂。徐府三位少夫人早見洪氏王妃已至，便即起身，彼此見了常禮。洪氏王妃正要動問，早有太王妃將徐文俊所設之計，並他們三人出來約洪氏王妃，一同往楚家去勸解楚雲及錢瓊珠的話說了一遍。當下洪氏王妃這才明白，因向徐府三位少夫人說道：「倒承三位賢妹費心了。如果事成，等王爺痊愈後，愚姐當再叩謝。」徐府三位少夫人同口說道：「姐姐說那裡話來！我們也不是外人，還要如此客氣。」范楚翹道：「這總怪我那表妹太為驕傲，以致如此。愚妹見了他以後，當要痛痛的說一番，問他為什麼如此？」史錦屏道：「姐姐切不可如此，這時候須要騙得他轉來方好。即使要責備於他，等他到了此處，須慢慢的再為責備卻也不遲；若此時將他弄翻了，更是不好。」白艷紅也道：「二姐之言甚合妹意。我們不要說白話❸了，就由此去罷。」范楚翘又道：「且慢著，須等一等張公爺的信，看他是行與不行；設若張公爺不肯應允，就是到了那裡，不還是空話嗎？」洪氏王妃道：「可立刻著人到前面去探聽一回，便知明白了。」正要著人到外面去打聽，恰好徐文炳進來，見洪氏王妃站在裡面，卻不便進去，望著范楚翘說了兩句話，道是：「張㲉已經應允，你們到那裡去罷。」說罷，徐文炳仍自到外面去了。這裡洪氏王妃便約同徐府三妯娌攜手同行，穿曲巷繞迴廊，不一刻到了楚府。當有楚府丫鬟報進去，楚太王妃見說他們齊來，趕著迎接出去。恰好四位佳人已進了內室。當下與楚太王妃請安已畢，楚太王妃讓他們坐下，便笑問道：「四位賢侄媳，甚風吹了過來？」洪氏王妃等四人也就回答道：「侄媳婦等一來與伯母請安，二來要見見韞卿與瓊珠妹妹說兩句話，想來他二人此時定在房內了。」楚太王妃道：「與他二人有何話說呢？」范楚翘便將以上的話說了一遍。楚太王妃道：「便是老身也是時常相勸，可怪他只是一派胡言，說什麼要待我死了，他便削髮為尼。就是瓊珠也與著痴兒一般的說不醒，不知他二人究竟存何意見？今得侄媳等前來相勸，這是好極了。但不知他二人可能應允否？」說著，便命侍兒引導，洪氏王妃等便辭別楚太王妃，隨了侍兒前去。楚太王妃又道了一句：「賢侄媳，你們請自便罷，恕老身不陪了。」四位佳人口稱：「不敢當」，即移步出了內堂，直向楚雲、錢瓊珠那裡而去。不一刻已到，早有碧梧、翠竹兩個侍兒報了進去，向錢瓊珠說道：「啟王妃：今有李少王妃與徐府三位少夫人來了。」楚雲聞言，笑說道：「奇了！他們來此何事？」說著，便與錢瓊珠立

❸ 說白話：即說廢話。

起身來迎接。有侍兒打起暖帘❹，洪氏王妃睜眼一見，只見一位藩王迎了出來，不覺嚇了一跳，因低問侍兒道：「此是何人？」那侍兒也笑答道：「這就是忠勇王爺。」洪氏王妃一聞此語，也不免好笑起來。暗道：「他今已現了女身，為什麼仍是這般打扮？」一面想，一面進了繡房，彼此見了常禮。惟是楚雲還是長揖，大家更是好笑。當下錢瓊珠讓他們四人坐下，有侍兒獻上茶來。錢瓊珠便道：「四位姐姐是難得到此的，今日甚風兒吹來的呀？」洪氏王妃便答道：「因有一言，特來請教。」不知洪錦雲能否將錢瓊珠說得回過心來，且看下回分解。

❹ 暖簾：冬天禦寒的門簾。

第一一二回　口似懸河善陳利害　心非鐵石默悟良言

話說洪錦雲見說，因道：「特有一言，前來請教。」錢瓊珠道：「有何見教？敢乞明言。」洪氏王妃道：「賢妹，只因忠勇王喬裝一事，既蒙天子賜婚與我家王爺為室，乃日後傳聞賢妹再三不肯放彼于歸，說什麼與他同守閨中百年偕老，此事實屬可笑之至！須知雲妹是我家王爺的結髮首妻，賢妹定欲霸占為夫，卻是何故？倒要請教有甚理解。」錢瓊珠不聽猶可，這一聽此言，登時杏眼圓睜，柳眉倒豎，氣不可遏，便冷笑一聲，說道：「賢姐姐，以為你是一個既賢且慧的王妃，那裡知道是個外清內濁的美婦。那個不知韡卿是我的夫君，怎說我將他霸占？如此不通之話，不能責己還要責人，真是可笑之至！賢姐，莫非因你家王爺臥病在床不能成夢，意欲奪我夫主為他細君❶麼？天下那有此等道理，真真可笑之至！」錦雲聽了這一番話，也就登時怒形於色，正欲回答，恰好范楚翹在旁說道：「錢妹妹，你也不必錯怪了洪氏嫂嫂，且聽愚姐一言。韡卿為賢妹夫君，自是人人知道；但是韡妹與賢妹同一女流，有何分別呢？天下又豈有兩個女子而成為夫婦的麼？愚姐奉勸賢妹，切切莫因小節致誤大事。」說至此，便向楚雲說道：「妹妹呀！我竟不知你究竟是何心？錢妹妹當日既為你所誤，今日你既不能隱瞞，何可再誤於彼？也當忍心相勸，勸他早結鸞鳳。即使你不肯于歸李姓，也不能再誤錢妹妹的終身，難道就空擔

❶ 細君：古稱諸侯之妻。後為妻的通稱。

個夫婦之名，便算了卻一身大事麼？吾聞表妹素性聰明，極有見識，怎麼此事反而如此糊塗？自己誤之於前，還要誤人於後，真不可解！真無道理！且真不知你究欲何為？」楚雲聞說，正欲回言，又見白艷紅插口說道：「忠勇王與錢姐姐呀！小妹亦有一言，尚請容納。你二位的心事，小妹早已盡知，其所以兩意相同者，實在忠勇王不過因楚伯母年高，一旦晚年失子，未免膝下無人照應；且於錢姐姐面上，大有愧悔之意，不能遽行將他撇下，便自于歸他人。所以願與錢姐守老閨中，作一對神仙眷屬，既可於楚伯母前克盡子職，又可於錢姐姐前聊申愧悔之心！此便是一片至孝且義的心思，難道有什麼不是？在錢姐姐既是忠勇王如此盡孝道存大義，雖然為著老母，卻處處為著自己，於是因感生憐，因憐生愛，也就願與忠勇王百年相守，情願擔一個夫婦之名，了此終身而已。如此情義兼盡，又有什麼不是？可是在小妹看來，忠勇王所以為孝為義者，皆是不孝不義；錢姐姐之所以為情為義者，亦屬不義不情；而楚伯母所靠者，在先惟忠勇王，以為有子克家，他日香煙❷必能繼續。今既知昔之所謂佳兒者，今則變為賢女，推楚伯母之意，不免大傷厥❸心。若再不急思變計，為楚氏繼續香煙，則楚伯母更覺難安，即忠勇王不孝尤甚。至於論錢姐姐之不義，在忠勇王以前出於無奈，上遵母命，無可如何，只得將計就計，上慰高堂之志。今既形跡畢露，應即為錢姐姐設想良策，借了終身，方是盡情盡義；若一味以相伴空房，白頭終老，則有誤錢姐姐青春年少，而自陷於偏僻矯情，非惟有愧於人，而且有愧於己，則不義孰甚？若錢姐姐之不情不義，則尤有說；忠勇王本屬有夫之女，當日行藏未露，自不能怪賢妹為非。今既天子賜婚

❷ 香煙：民間習俗，子孫祭祀祖宗必燒香。故稱傳宗接代為接續香煙。

❸ 厥：代詞。其。

于歸，在理急應勸其上遵聖旨，下重人倫❹，方是大情大義。若一味順著忠勇王不得已之苦衷，但謂情義兼盡，在小妹看來，彼此終身有誤，吾不知所謂情者何在？義者何在？忠勇王為今之計，急宜于歸李姓，錢姐姐亦宜招贅他人。如此辦法，方可為孝義兼盡。錢姐姐既招快婿，他日產一麟兒，可為楚氏香煙之續；楚氏香煙既續，則楚伯母心亦可放。而況錢伯母有一個半子東床，也可就近承歡膝下，較之寄身李姓，尤覺稍安。如此看來，不但楚伯母心下大安，即錢伯母亦欣然得所，兩全其美，何樂不為？錢姐姐你是個聰明人，小妹的這番話，姐姐請想想看，可錯也不錯？」白艷紅說畢，只見錢瓊珠粉頸低垂，不發一聲，沉吟暗道：此話實是有理。因暗道：「賢妹呀！你這一席話，又何嘗不是，可是叫奴怎樣轉過口來，答應於你再嫁別人呢？」因此不禁兩頰飛紅，欲言不得。楚雲在旁也是暗自讚道：「吾只道白艷紅才貌雙全，儀容絕代，那裡知道他的口才又是如此，真是個舌吐蓮花，而且出言有章，能不令人心服！」一面想，一面看錢小姐似乎低頭而坐，有三分應允之心，不禁心中暗暗歡喜。正自暗想歡喜，史錦屏向錢瓊珠說道：「錢妹妹，方才三妹妹所說的話深為有理，非是愚姐多話，勸妹妹應承了罷。若看楚伯母這慈愛的姑嫜，不忍拋撇，其中還有個絕妙的商量。」說至此，因將招贅張穀的話詳說了一遍。楚雲聽說，不禁大喜起來，暗道：如此這般，的是兩全其美。而況以張郎配錢女，亦復天地生成，毫不牽強。想至此，便含笑說道：「有勞四位盟嫂弟婦，到來破釜沉舟，痛為解說，待某明日轉稟家母，再作商量，報命便了。」洪錦雲等聽說此話，也知楚雲有些回心轉意，便起身告辭。楚雲因頗覺慚愧，並未相送。只有錢瓊珠送著四位佳人去到中堂。楚太王妃見他們一同轉來，便立起身來，問道：「諸位賢

❹ 人倫：古代社會指人與人之間的關係和應當遵守的行為準則。

侄媳向顰兒說一番，不知痴兒可曾應允否？」四位佳人含笑答道：「侄媳等細心相勸，顰卿只回了一句：從緩商量。或者他已是應允也未可知。不過還求伯母從中解勸，以期不致變更，侄媳等尚有些瑣屑之事不可久坐，只好改日再來請安罷。」說罷，便即辭出，楚太王妃送至堂口，便止步不送，錢瓊珠直送至便門，方才轉去。洪錦雲等四人當即含笑回府而去。這裡錢瓊珠送了四位佳人，仍又來到內堂，略坐片刻便又回自己房內。只見楚雲金交斜坐，默默無言，手托香腮，若有所思。錢瓊珠也就走到窗前，同楚雲並肩坐下。楚雲當下即將瓊珠手握定，含笑說道：「方才白艷紅所言，在孤想來亦頗有理，卿卻不可為此小事誤卻終身。可知岳母只生卿一人，現居李家終非長策。若得招了一快婿，也可有了半子東床，而況張穀亦復年少風流，與卿正堪匹偶。且卿當日鎮江逃難，即為張穀取救出來，可見這段姻緣早已定準，不過借孤從中作一挫頓❺。細想起來，還是一段絕好姻緣。卿如應允此婚，孤亦感情不已！繼母既有依靠，岳母亦可安心。若戀著孤，終老香閨，真個上了白艷紅的話，孤為不孝不義，卿亦不義不情了。」楚雲說了這番話，只見他紅生粉面，翠鎖蛾眉，手理衣襟，低頭不語，早已是五分應允了。楚雲也就不再下說，只得將別話閑談起來。按下不表。再說洪錦雲等四人回至府中，李太王妃一見他們四人回來，便即問道：「媳婦與賢侄媳，你四人到了那邊，所言之事究竟若何了？」當下四人答道：「顰卿早是心允口允，只不過錢家妹妹若有不允之意，最好明日請錢老伯母再去一趟，細細勸他一番，諒來無不應允的。」李太王妃道：「此言甚合吾意，我也請錢夫人親去一趟，勸他一番，諒他當可應允。不過今日倒又費三位賢侄媳的心了，只好等事成之後，再為相謝罷。」范楚翹等三人同口說道：「伯母說那裡話來，

❺ 挫頓：挫折蹉跎。

這些須小事，何足掛心！但期齎卿早早于歸，侄媳等也可多得一個閨中良友。」說罷，當即告辭而去。洪錦雲送到門外，復至內堂，李太王妃便命他回房，將此言告李廣。那知英武王聞了此言，病已減了三分之一。畢竟錢太夫人如何相勸，錢小姐如何應承，且看下回分解。

第一一三回　移花接木張穀初婚　李代桃僵瓊珠再嫁

話說李廣聞了楚雲已可應允，他的病頓時好了三分之一。次日錢太夫人一早，便往東鄰勸說自己的女兒。先至楚太夫人前問了個大略。楚太王妃道：「便是愚妹昨日自徐家三位賢侄媳走後，我那痴兒與令愛晚間進來，我也勸了他們一回。看他們二人情形似皆應允。今日親母既來，就更好了，可喚他們一同到此，等親母細細解勸他們一番。」錢太夫人道：「天下事未能預定，那裡知道今日忽有這般事，在當日總以為他們是一對好夫妻，誰知如此變局？真是意料不到的。但愚妹仔細想來，就是那張穀配我女兒，也算不差什麼！況且我女兒在鎮江被那劉彪搶去，幸而張穀將他救出，不然早已入於奸人之手；現在看起來，這冥漠❶中造化弄人，是一個一定不易之理也。」楚太王妃當下便命侍兒去喚楚雲與錢瓊珠。不一刻，二人來到中堂，見錢太夫人在此，他二人便先代錢太夫人參見，然後與楚太王妃請過早安，侍立一旁。楚太王妃與錢太夫人均命二人坐下。錢瓊珠此時卻是雙淚低垂，衣襟盡濕，錢太夫人便將他二人勸了一番。楚太王妃在旁相勸，錢太夫人又與錢瓊珠道：「兒呀！切不可錯會了意，誤了自己的終身，在為娘看來，就這樣兒罷。」楚太王妃道：「親母！你也不必諄囑了，我也不能讓楚雲執一。親母回到李府，便請他家先令張郎下聘，然後他自己行盤便了。」錢太夫人甚為喜悅，當下便即告辭，楚太妃帶

❶ 冥漠：指陰間玄妙莫測。

領痴兒痴媳，送至門外。錢太夫人便竟自回轉李府而去，見了李太王妃，便將楚雲與自己女兒俱已應允的話說了一遍。李太王妃自然更加喜悅，當下就代錢太夫人道了謝。錢太夫人也就遜謝了一番。李太王妃也即命人到徐家，告知徐氏兄弟。徐文炳等一聞此言，當即跑了進來，先代李太王妃請安，然後坐下。李太妃就同他三人代張穀商量了行盤的禮聘，又擇了本月二十八行盤，二月初二迎娶。又請了文炳去到范其鸞家及雲璧人家知會。一面又寫全帖，請徐文炳、殷霞仙二人為冰人，整整忙了好幾日，此時李廣的病已算全好，不過精神尚未復元。到了二十八日，由徐文炳、殷霞仙二人帶了一眾家丁到了楚家下聘，錢太夫人是先一日已搬過去。光陰迅速，早又是初二良辰。張穀早裝得齊齊整整，準備由二媒人送往楚家招贅。是日李府大擺筵宴，百官道賀者紛紛，不必細表。且說楚府自二十八日張穀納采之後，便在後一進收拾洞房，更有錢太夫人幫同料理。爭奈錢瓊珠一自行盤之後，未免愧恨非常，不是短嘆長吁，即是低頭落淚。楚雲見他如此情形，也無可奈何，雖也百般勸慰，也不免自顧傷心。到了初二，自然是張燈結彩，掛紫懸紅，好不熱鬧。時將正午，張穀已由徐、殷二位冰人送了過來。早有徐文俊迎出，向張穀笑道：「張兄長，小弟今日代你作一個贊禮❷如何？」張穀笑而不答。二人行至中堂，只見堂上點著通宵，紅毯貼地。張穀站立當中，便請楚太妃出見。那旁自有人即刻將楚太妃請出。徐文俊在旁向楚太妃說道：「現在先行拜認繼母之禮。」說著，扶了楚太妃在上面坐下，卻早設了座位，張穀恭恭敬敬口中稱道：「母親在上，孩兒叩拜。」楚太妃答道：「我兒罷了。」張穀拜叩已畢，又請錢太夫人相見，

❷ 贊禮：本官名。即贊禮郎。明清太常寺均設有贊禮郎，掌祀典贊導之事。民間也指舉行結婚典禮時導行儀節的人。

行了翁婿的禮節。錢太夫人看見張穀也甚為喜悅，暗道：「此郎雖然不及韡卿，卻也一表非俗，也算我女兒終身有靠了。」張穀行禮已畢，即退至外堂，已設了酒席，當請新人入座飲酒。不一會席散，便大家散席，不免談笑一番。過了一會，又是夕陽西下，只聽笙簫不斷，鼓樂齊鳴，到裡面催妝。當下由范楚翹、史錦屏二位全福代錢瓊珠梳妝已畢，只見儐相至外堂，向張穀三請已畢，當有人引至後堂。錢瓊珠早有侍兒扶出，隨即參拜已畢，雙雙送入新房。自然是合巹交杯、坐床撒帳，這也不必細說。不一刻大禮已畢，張郎偷看新人，實在心滿意足。正要細細領略，恰好一眾同盟都哄進房來，趨至床前，見新娘同口讚道：「這位新人真是不凡之品，真個是沉魚落雁，閉月羞花，張兄弟真修的好艷福也。」大家正在紛紛調笑，只見桑黛上前向張穀說道：「張兄弟，你可記得我們娶親時，你不准我們坐床，要刪除俗例，今日臨到你頭上，我們也要刪除俗例，不准你在這裡坐床，要陪我到廳上飲酒。」說著，便去扯張穀的袍袖。張穀若有羞愧之色，故意延挨。桑黛又笑道：「張兄弟，你但快些罷，我們也不作已甚之事。只要陪我們飲到席散之後，自然放你進來陪伴新娘。」說著，便又去扯張穀。徐文俊笑道：「桑兄此言，正合公論。張兄你就應承了罷，不必延挨了。」文亮道：「你們也太斯文了。何必同他商議，最好一齊上前，將他拖了就走，還怕他賴在房內不成麼？」說著便一齊上前，拖的拖，扯的扯，便簇擁著張穀出了房門。到了大廳，大家依次坐定。桑黛先斟一杯酒，送到李廣面前，帶笑說道：「大哥，貴恙今已痊可。雖然張賢弟花燭之喜，在本人固是樂不可支，今大哥躬逢此盛，小弟代大哥設想，應比新郎更樂。不有張兄弟移花接木，楚雲不能于歸，大哥只有息偃在床，應那五千遍搗枕搥床，千萬聲長吁短嘆的故事，那能在此飲喜酒？所以小弟先要敬大哥一杯，聊作賀喜；但小弟還有一句話，將來韡卿于歸之日，試問兄長如何酬謝媒人？」英武王見說，不覺面紅過耳，羞愧難當，接杯在手，向桑黛喝道：「桑賢弟，這杯酒愚兄便飲了，可是不准你任意胡言，須要莊重些才好。」文亮道：「桑兄，你也不識時務，今日是張賢弟的洞房喜酒，你為何敬起大哥的酒來？我勸吾兄不必性急，等到大哥的吉日，那時自有安排，我們現在且勸張郎的喜酒。」桑黛便答道：「既如此，我可有一酒令，每人各敬新郎三杯，如有不遵令者，罰酒一大碗。」文亮道：「我等都遵令，沒有一個不遵令者。」說著，桑黛已斟滿一杯，送至張穀面前。張穀接杯在手，帶笑說道：「今日本應小弟滿敬諸兄，何勞兄長先來敬我！待小弟敬各位三杯，然後小弟再承雅意。」桑黛道：「張賢弟，你不必推讓，等我們各敬你三杯之後，然後你再轉敬我們；若再故意為難，可是要先罰一大杯，再飲各人的三杯。」張穀沒法，只得將桑黛三杯酒一口氣飲乾。接著，眾同盟各人三杯，一個不缺。此時張穀已是飲得醉眼糊塗，四肢無力，面上放出霞光。眾人仍要再勸，只聽李廣說道：「諸位兄弟，你們且聽著：已打四更了，不必再鬧，好讓張賢弟進房罷！況且張賢弟已是醉了，如若再飲，他可要醉得不成樣，便是他不能見怪我們，那新弟媳定要怪我們不作人情，耽誤他良宵美景！我們明日再來，好好的叫他陪我們再飲一天罷。」眾同盟聽說此言，大家把眉頭一皺，同道：「大哥，你真會做人情，小弟等雖不敢不遵，可是太便宜張賢弟這位新郎了。也罷，且放過他今夜，明日再與他算算酒賬。」說著，大家起身，一哄而散。張穀送至門外，這才回來。復又進入上房，代楚太妃請了晚安，略說了兩句話，楚太妃便命退出。張穀也答道：「母親，你老人家也辛苦了，也可早些兒安歇罷。」說著，退了出來，便向新房內而去。到了新房，自有侍兒迎入。但見畫燭雙輝，洞房春暖，當中排著一桌酒筵，早有侍兒將新娘扶至筵前，與新郎對坐下來。此時張穀便面對玉人，說不盡那魂銷真個！循例略飲了片刻，便命撤去殘肴，侍女退出房外，將房門掩起來。張穀便走至瓊珠面前，親代卸去冠帶，只見瓊珠低垂粉頸，羞不自勝。張穀實意殷勤，略說了兩句，無非是久慕渴想的話，便攜了瓊珠的手，共入床幃，一度春風，遂訂百年之好。正是：交頸鴛鴦眠正穩，莫教啼徹五更雞。畢竟後事如何，且看下回分解。

第一一四回　林巡撫奉旨升官　英武王承恩賜喜

卻說張穀招贅楚雲家，張、李、錢、楚四姓也就了了一件心事。如今要說李廣擇吉迎娶楚雲，恰好擇了二月二十二的吉日。當下李太妃便請了徐文炳，先到了范相那裡告知吉日，先於十八日行盤，范相算是個原媒。李廣又請鄭峰丞相為媒，好成一對。向來人家作喜事，俗例俱要成雙，所以要兩個媒人。范相知道有了日期，便去雲璧人家內告知他胞妹。雲太夫人自是大喜，當下范相與雲璧人也就合詞奏了一本，大略云：楚雲刻已遵旨于歸，並奏知吉日。范相要奏這一本，卻有個道理，固以楚雲是奉旨賜婚，不能不奏陳明白；且以楚雲已繼太后為公主，尤不能不奏陳。武宗見了奏章，亦大為喜悅，並告知太后，太后亦頗歡喜。那裡李廣也拜了奏章奏明，擇吉迎娶，於是雲、楚、李三家又忙起來。且說張穀自入贅以來，倒也是夫婦相得，楚太妃與錢太夫人也就放心。恰好楚家又到了一名親戚，你道是誰？原來是新升刑部尚書楚太王妃之胞兄林梅芳。這林梅芳本是兩榜❶出身，歷官外任❷至湖北巡撫，因太后五十萬壽，各官加級，武宗因林梅芳居官清正，故越級超升，擢用刑部尚書。林梅芳奉旨之後，便帶了妻女，星夜進京供職。這林梅芳夫人連氏生下一位小姐，名喚夢月，因林夫人受娠之時，夢月入懷，故取名林

❶ 兩榜：科舉制度中由舉人而中進士的俗稱。以舉人、進士各為一榜而合言之。

❷ 外任：指在京城以外的地方任官。

夢月。小姐生就得天姿國色，今歲年方二八，真個是沉魚落雁，閉月羞花。林梅芳因初到京師，尚未陞見，不敢先見私親，故打發夫人、小姐到楚府拜見。當下楚太王妃知連氏嫂嫂與內侄女來見，這一喜悅自不必說，當即請入中堂。林夫人先與楚太王妃參見已畢，便命夢月小姐代太妃見禮。又將楚雲喚來，楚太妃便向楚雲說道：「這就是你的舅母。」楚雲當下也就拜了下去。林夫人驚道：「這就是顰卿麼？」楚太妃道：「正是。」林夫人道：「愚嫂聞知他奉旨賜婚，于歸英武王李廣，他為什麼現在還是男裝？」太王妃道：「他就是這嬌痴性格，再說也說不來。」林夫人只得笑了一回，卻心中暗暗稱羨他美貌。林小姐聽了此話，也是暗暗稱異。當下楚雲又與林小姐二人行了禮，林小姐卻深深萬福，楚雲還是作揖還禮，林小姐實在好笑。楚太王妃此時又將過繼張穀為子及錢瓊珠招贅的話說了一遍。林夫人也道極好。楚太王妃又命將瓊珠二人一起喚來見了禮。大家坐定之後，那瓊珠見了林夢月的這般姿色，暗暗稱羨不已。林夢月細看瓊珠，也是暗羨不已，真個是惺惺惜惺惺。張穀見了林小姐，更是暗暗稱羨。林夫人又問了錢瓊珠一番，無非讚美，及至聞及錢夫人也在這裡，便要請見。楚太王妃也就趕著使人去請錢夫人出來。彼此見過，均以姐妹呼喚，早有侍兒送上香茶。楚太王妃便說：「我與嫂嫂相隔多年，那日不想嫂嫂。」林夫人道：「便是愚妹也是如此，只以路途迢遙，以致會面不易，現在可以時常見面了。」楚太王妃又向夢月道：「侄女呀！我十年不見你，你倒長成這大了。而且出落得如此娉婷，真是年華逝水，可愛可嘆！」因顧林夫人笑道：「侄女有如此才貌，曾有乘龍佳婿麼？」林夫人道：「尚在待字，仍望姑母代他留意。」楚太王妃道：「那個自然，不消說得。」又向林小姐說道：「侄女呀！你可知姑母專喜代人家作伐麼？」這一句話，把個林小姐說得羞顏欲絕，恨不能立刻躲避起來。楚雲聽了此言，見他尚未許字，心中便打了個主意，擬欲代玉清王成就好事，卻不曾明說出來。林夫人又把楚雲如何喬裝，如何被人識破的話問了一遍。楚太王妃也就從頭至尾細細的告知了一回。林夫人讚道：「甥女真不愧是閨中豪傑、巾幗完人了。」又將張穀讚嘆了一番，此時張穀早已退至外面。是日大排筵宴，並將徐太夫人及三位少夫人請了陪宴，彼此見面，也不免相讚了一番。李太王妃及少王妃，因楚雲吉期近在指日，不便前來相會。是日俱各盡歡而散。次日林梅芳也來見過妹子並楚雲、張穀、錢氏瓊珠，只不過共敘離情，或讚或嘆，這也不必細表。回頭英武王府內見行盤吉期已近，李太王妃與洪氏王妃打點了許多聘禮，這邊楚府也就將雲太夫人與吳氏少夫人接了過來。到了十八這日，李府行盤過來，楚府回盤過去。無非是繁華富貴，門第爭炫，兩下雇班演戲，馬龍車水，賓客盈門，這也不在話下。看看又早是二十一日，錢夫人先在楚府幫同楚太王妃與雲太夫人料理，到了午後，楚府派了家丁，將所有妝奩全行送往李府。此時李太王妃已早命人在洪氏王妃東院西首門牆裡面，揀了那一進一順七間樓上下的房屋為楚雲的臥室。就在樓下上首三間，作為新房，真個是鋪設一新，不愧王妃臥室。楚家妝奩一到，當由李太妃及洪氏王妃親自檢點，率領僕婦，將所有妝奩粗細物件、陳設玩器，一件件安置妥貼。又命賬房內加倍發了賞號，並留楚府家丁在此飲酒。楚府家丁個個無不稱羨。接著有喜娘帶領四名宮女，過來給李太妃與洪氏王妃請安。李太妃便問喜娘道：「這四個中，那個是伴蘭女使？」當有宮娥鳴鳳回道：「啟上太妃：伴蘭連日陪伴公主尚未改裝，今日還未過來。想必伴同公主一齊過來了。」李太妃因笑道：「真個是有其主必有其僕了。」說罷，喜娘便又把四位宮女領去與英武王請安。英武王一見，便急問道：「伴蘭為什麼此時還不過來？」喜娘也照著鳴鳳宮娥的話說了一遍。英武王也覺好笑。當下宮娥退立一旁，英武王便至新房內看視，洪氏王妃笑著說道：「王爺你看如此鋪張尚合意麼？」李廣笑道：「多勞費心，改日當於鴛幃長跪奉謝。」洪氏王妃正欲啐他，忽聞靴聲響處，徐氏兄弟走進房內。洪氏王妃當即退避。恰好李太妃又走進來，徐氏兄弟將妝奩看了一回，互相誇讚了一回。文亮便向李太王妃笑道：「伯母，可知小侄等要算是第一有功之人，若非張賢弟肯婚錢女，韡卿又何能應允于歸？然侄亦殊自可笑，空設奇謀，枉費無益，連一個媒人都巴結不上。」文俊在旁笑道：「哥哥，你不必懊悔，伯母有言在先，須謝我一千紋銀，以作謝媒之禮。我等媒人雖沒有做得，這一千銀子是少不了的。望哥哥與伯母送了出來，我與哥哥平分便了。」說罷，又向李太王妃道：「伯母，你老人家要踐前言譁，切切不可圖賴呀！」李太王妃笑道：「賢侄放心，改日當加倍奉上。」文炳也笑道：「罷了，罷了，二弟與三弟不過做這一件些小的事情，還這般互相論功，又要討起謝媒的銀子來了。算來算去，不怪旁人，仍要怪韡卿，他若早應允了，那裡有這些功論呢？」說罷，李太王妃也是大笑起來。徐氏兄弟當下又將李廣取笑了一番，這才出去。光陰似箭，早又是廿二良辰，是日一早，就有那文武百官前來道賀，李府裡鼓樂齊鳴，好不熱鬧。接著范、鄭兩相也來，當下由李太王妃飭家丁擋駕，由李廣謝過，又代二位大賓行了禮。范、鄭二相分次序坐下，家丁獻上茶來，由一眾同盟兄弟相陪。坐未移時，有家丁飛報進來，說皇上差內侍❸賜了許多禮物，內侍已到門口。李廣聞言，趕即恭設香案，跪接御賜之物，當由內侍呈上。原來上宮太后御賜楚雲一條鮫珠犀帶❹，一對翡翠鳳凰釵。武宗也賜李廣許多珍品。李廣一一領下，擺設中堂，敬謹供奉。

❸ 內侍：皇宮裡的太監。

❹ 犀帶：即犀角帶。飾有犀角的腰帶。沒有品級的官員不能用。

當下有人款待內侍，看茶已畢，內侍起身告別，回宮復命。李廣親送內侍出去，這才回來。後事如何，且看下回分解。

第一一五回　有心捉弄桑黛使刁　任意留難楚雲懶嫁

話說李廣謝了天子之賜，此時已是將交日中。外面的戲班已上來請示開戲，大廳上的酒席已排了下來，當由李廣邀請兩位大媒入席，自己又送了酒，各席的賓客皆已坐定，下面的戲房內已裝扮齊全，只等示下即便開演。當下英武王便令開演戲。班子裡頭的領班，一面吩咐內班的人上臺打了鬧臺鑼鼓，然後跳加官；一面復拿了戲目，到各席上請各位王公大臣點戲。范相點了一齣全家福，鄭相點了一齣佳期會，以次均各點畢，頃刻就唱起戲來。好一會席散，就料理奠雁❶親迎的禮節。不一刻，英武王便坐轎過楚府奠雁親迎。不必細說。且表桑黛見李廣去楚府奠雁，當下忽然想起一件捉弄的事來，必須要請兩位少年雙全、福德俱備的夫人攙親才好。李太妃笑道：「這又是個難題了，叫我這時候急切到那裡去請兩位福德雙全的少夫人呢？」桑黛道：「伯母不必煩了，小侄卻思得兩位，不但年少雙全，而且武藝足備，且與韗卿是一流人物，再沒有比這兩位好的人了。」李太妃道：「果是何人呢？」桑黛道：「一位是文俊賢弟的白氏弟媳，一位是胡逵兄長的甘氏嫂嫂。這兩位可不是福德俱備，武藝雙全，而且都是女中豪傑，平時又與韗卿共事一方，極其交好，伯母看這不是頂好麼？難得有此湊巧的了。」李太妃笑道：「賢侄你這計較好是好極了，但不知胡賢侄可能應許否？」桑黛道：「只須伯母將胡兄長請來，與他一

---

❶奠雁：古代婚禮，新郎到女家迎親，用雁作贄（見面的禮物），叫「奠雁」。

說，料他也絕不好推卻。」李太王妃道：「既如此，敢煩賢侄即傳老身的話，同胡賢侄說罷。」桑黛道：「小侄去說，恐兄長尚不能答應，不若將胡兄長請進來，還是伯母當面與他說的好。」李太妃答應，桑黛退出來。徐文俊一旁聽了此言，已是暗中笑得腹痛，見桑黛出來，便扯著桑黛的袍袖，說道：「桑兄長！你也太作孽了，何以無端捉弄甘家十二姑呢？便是弟媳尚在年輕，又何能代人家攙親？」桑黛道：「你且不要管他。」說著，走出來將胡逵喚了進去，李太王妃便向他說道：「胡賢侄！老身今日要借重侄媳的全福與徐家三侄白氏侄媳，給韡卿攙一攙親，不知賢侄尚不棄否？」胡逵道：「只怕伯母嫌他貌醜不喚他，既承伯母見愛，小侄那敢不允？便就去使他打扮起來，專等與白氏弟婦攙親便了。」胡逵不說出這許多絮絮叨叨的話，李太王妃並想不到甘十二姑貌醜；今聽胡逵說出甘十二姑貌醜的話，倒觸起機來，暗道：「原來是桑黛有意捉弄胡逵。」想至此忍不住嗤的一聲笑：若要不請他，話已說出，怎好出爾反爾？說真個請他，委實甘十二姑面貌醜陋，與白艷紅站立一起，定要為大家笑話，因此沉吟未及回答。桑黛、徐文俊見李太妃沉吟不語，早已料定他的心事，當下也就忍不住好笑。李太妃見他們二人笑起來，恐怕胡逵在旁邊生疑，只得說道：「胡賢侄承你答應，老身就心感了。」文俊在旁復又嚷道：「侄媳尚在年輕，恐不能當此重任。」李太妃尚未及回答，只見胡逵大聲喊道：「三賢弟你也太做作了，這有什麼年輕重任？我知道你的意思了，倒不是因他年輕，惟恐你那弟婦生得嬌美，生怕被人家看了去，肥了人家的眼睛。其實倒不必慮得，當日在河南廝殺於千軍萬馬中，都不曾怕人看他，獨有今日，又怕起這件事來了。雖然廳上賓客眾多，難道比河南殺賊的時分人多麼？愚兄就沒有這等意思，俺那十二姑貌是最歹了，人家要比他為夜叉，換了旁人，今日斷不肯答應這攙親的事：以為一個嬌容，一個醜貌站在一起，必然自形慚愧。俺卻有個話說，即使十二姑面貌醜陋，難道不是個人麼？只好有福，又怕誰看來？」這一番話，說得桑黛、徐文俊、李太王妃都是大笑不止；就連內裡的女眷們，聽他這大聲說了許多，也是大笑不止。當下李太妃又向胡逵說道：「胡賢侄，你是答應了，可不要改齒❷麼？」胡逵道：「伯母，這有什麼改齒？好在十二姑現在這裡，只須招呼他一聲就是了。」胡逵話未說完，只見十二姑從後面走了出來，向胡逵道：「你不要招呼了，俺也早聽見了，俺與白氏妹妹攙親便了。」說罷，桑黛與徐文俊更是笑得腹痛，卻也不好聲張，只得暗暗的捧腹。當下就拖著胡逵一齊到外面來，大家看戲。不一會李廣已奠雁回來，眾同盟自然取笑一番，不必細表。再說楚雲自行盤之後，每日長吁短嘆，愁眉不展。雲太郡與吳又仙終日向他說，就是錢瓊珠、林夢月也是寸步不離，相陪於他。到了吉日，更覺萬刀割心，寸腸欲斷，也說不盡他那些苦楚！李廣奠雁之後，不一刻喜轎過來，登堂已畢，便有喜娘❸請楚雲來梳妝。那知楚雲一聞此言，登時怒不可遏，只聽一聲響亮，將床上的床袍兒玻璃擊得個粉碎，夢月、瓊珠二人不禁嚇了一跳，喜娘只嚇得站立一旁，一言不發。暗道：「我做了一世喜娘，從來不曾見過這樣子的性格，現在家做女兒就是如此，以後嫁到婆家，那可不要更厲害麼？」當下錢瓊珠知道他的心事，便走近床前執著楚雲的手，低低叫道：「我的姐姐！你也不要過於悲傷了，現在為時已是不早的了，請起來吃點飲食好去梳妝。你的心事，妹子那裡不知道，總之千不恨萬不恨，只恨出娘胎時為何化作個女身？姐姐如此悲傷，這叫伯母與母親他兩位老人家何以為情呢？況且英武王也是姐姐的舊日同盟，

❷ 改齒：改口反悔。

❸ 喜娘：舊時婚禮時照料新娘的婦女。

此時過去正好敘敘金蘭之誼，有什麼想不開的呢？」楚雲聽了此話，便一時爬坐起來，也執著瓊珠的手，含淚說道：「呵呀妹妹呀！你叫我怎生好呢？若提這『金蘭』二字，此時我更加難以為情。妹妹你代我想想看，你叫我將這些玉帶牙笏，蟒服❹金冠，一時怎拋捨得去？而況我平時慣穿烏靴，忽然改穿弓鞋❺，叫我兩隻腳如何站得牢穩？這還罷了，最難不過衣服要兩截穿，每日還要梳頭掠鬢。妹妹呀！我向來是絕不會的，這不是更令我為難麼？而且于歸過去到了那裡，那些同盟兄弟如何能放得過去？定要百般嘲笑，惡語相加，我向來又是不肯饒人，那時怎叫我容納得下？妹妹呀！我與你雙雙栖宿，已有數月之久，一旦拋卻怎叫我割得下來？母親雖有妹妹與張兄弟侍奉，我總不能朝夕相見，這叫我又何以為情！妹妹呀！你是我的知心，有什麼法兒教我呢？慮來慮去，只怕眾同盟兄弟嘲笑，我將什麼話去回答他人？」瓊珠聽了，也不免悲喜交集，卻也煞是好笑。因道：「姐姐，你怎說出笑話來了？豈有做新娘子的人與人家答起話來呢？就便眾人取笑，也只有聽而不聞，這是做新娘子的方法；若謂婆婆在家，自有小妹侍奉，伯母也有嫂嫂與雲侯承歡，又何以為難？以後就可歸寧兩家省視，這倒可以不必過慮。至於其餘一切瑣事，自有侍女僕婦伺候，姐姐又何必混想，請起來快吃些點心，好去梳妝了。」楚雲聽罷，也不回答，只嘆了一口氣，復又咕咚一聲，倒身重復睡下，面朝床裡，任你千言萬語，百般解說，他總是一言不答。當下雲太郡、錢太夫人、吳又仙看著實在發急不過，林夢月在旁只是低著頭好笑，喜娘卻呆立在一旁，也不開口、也不相勸；惟伴蘭站在旁邊，錢夫人一見，祇得拿他發話道：「伴蘭你不去改裝，站

---

❹ 蟒服：亦叫「蟒袍」。古代官服，袍服上繡蟒，故稱。

❺ 弓鞋：舊時纏足婦女所穿的鞋子。

在這裡，難道也等人來勸你麼?」說著，令碧梧、翠竹領帶伴蘭前去改裝，復又過來解勸楚雲。畢竟楚雲要到何時梳妝，且看下回分解。

第一一六回　香車寶馬韉玉于歸　燕謔鶯嘲佳人調笑

話說錢太夫人將伴蘭呼飭出去，叫碧梧、翠竹代他改裝，一會兒伴蘭已改換了，一起又走進房來。吳又仙一見，首先說道：「好伴蘭呀！你先裝男子，全無女子之態；今改裝為女子，又無男子之形，真是雙絕了。」楚雲睡在床上，一聞此言，急翻身坐起，將伴蘭一看，不覺暗暗心酸，瓊珠又趁勢去相勸。恰好楚太王妃從外面進來，一見伴蘭，不覺失笑。因向雲太郡說道：「太郡呀！他主婢二人竟是兩個翻天宮的猴子，我被他們顛倒夠了，這八年之中，竟是如同做夢。雲太郡，這總是韉兒太覺忘形了。」楚太妃又喚瓊珠道：「你為什麼這時節還不給你姐梳妝呢？」瓊珠道：「正是！媳婦勸了有一會，怎奈千言萬語，姐姐總是不聽。」楚太妃便走向床前，挽著楚雲的手，說道：「兒呀！事到其間也是無法，任你怎樣還有什麼法兒想麼？快些兒起來梳洗罷。」不禁兩淚交流。楚雲見這個光景，爽性放聲大哭起來，倒在楚太妃懷內，哭個不住。楚太妃真個急煞，好容易才算勸轉，由瓊珠同著楚太妃將他扶下床來，又代他將靴子脫下，然後硬將他扯在套房內，代他沐浴更衣。此時已黃昏時分，只聽外面鼓樂頻催，已是先進了些飲食，可笑楚雲是不動聲色，只坐在那裡抄著手，動也不動。瓊珠硬向前將他穿的那件袍脫了下來，催促新人裝束，好一會楚雲裝扮完了，頭戴七鳳珠冠，身穿金線衫裙，一色的似王妃打扮。此時楚太妃、雲太郡、錢夫人、林夫人、林夢月、吳又仙個個皆有淒惶之色。楚雲將他們一看，不覺心酸起來，登時痛哭不已。楚太王妃等見楚雲一哭，也就大家嚎啕，那一片哭泣之聲，實鬧得不成話說。張穀在房外聽見如此，直急得兩耳頻搔，雙腳亂頓，不覺急壞：以此看來，那裡是什麼香房❶，分明是一座孝堂❷了。顰卿今日是出嫁，又不是發配到黑龍江❸去，為何要哭得如此傷感？實在不可理解。因敲著房叫楚太妃與雲太郡道：「母親！伯母！你們究竟作什麼來？難道這般哭法，就留得下顰卿了麼？勸你們不必如此了，人家喜轎已打在房門口了。」說著，那鼓樂又吹打起來，喜娘進房請新人上轎。楚太妃等不得已只得叮囑了幾句話，由喜娘扶了上轎。早有喜樂前行，外面又放了三個大炮，這才喜轎出門。轎前一對對的執事❹不可勝計，街坊上看的人更是擁擠異常。不一刻已至李府，只聽三聲炮響，鼓樂齊鳴，喜轎進了大門，一直至中堂，將轎子放下，由喜娘請了白艷紅、甘十二姑二位攙親全福的夫人，儐相贊福已畢，白氏夫人挑簾，甘氏夫人接了寶瓶❺，共扶新人出轎。喜娘退出，儐相復又贊道：「請英武王交拜。」英武王聞言，也就出來就上首站定，此時中堂上人已站滿，直擁擠得連立足之地都沒有。李廣好生著急，那些看新娘的人，此時並不看新娘，都是先看看白艷紅，復又看看十二姑，看一回笑一回。白艷紅卻是被人看的實在有些羞愧，那知甘十二姑不因人看他動了怒，實是被擠不過，不免焦躁起

❶ 香房：指青年女子的內室。

❷ 孝堂：治喪時停放靈床或靈柩的廳堂。

❸ 黑龍江：此指中國東北邊疆地區。按明代不可能將犯人發配至黑龍江。而清代犯人常被流放黑龍江，故而足以證明此書成於清代。

❹ 執事：舊時婚喪喜慶等事所用的牌傘等物。

❺ 寶瓶：即新娘懷抱寶瓶，取招財進寶之意。舊時民間婚姻習俗。

來，登時將袍袖往上捲了一捲，向眾人說道：「你們這些人擠得這樣，還是看新人，還是要看俺們？如要看新人，少時揭了方巾，進新房內自然看得見；如要看俺們，等將新人送入新房，俺們再出來請你們細看一回。若盡在這裡不散，可不要怪俺甘十二姑就要動粗了。」大眾閑人以及一眾同盟聽了此言，不覺哈哈大笑起來。恰好徐文炳走上前，將眾人解散開了，然後白艷紅、甘十二姑才將一對新人送入洞房而去。自然是坐床撒帳、合巹交杯已畢，喜娘便先去請李太王妃及徐太夫人、洪少王妃來看新娘。太王妃一見媳婦如此美貌，豈有不樂之理，便是洪氏王妃也是歡喜無限，以為閨中得一良友。錢太夫人心中暗道：我竟不料為我之乘龍快婿，今日忽變為如此嬌娥。白艷紅暗道：我以菱鏡自觀，覺得我的容顏已算絕世，那知見了他如此美貌，頓使我慚愧何至。甘十二姑暗道：我真不信此人裝男子漢的時節，竟有那種本領殺人如草，所向無敵；今改女裝，這般美貌動人。我怕他不是人，竟是花月妖魔。李廣偷眼觀瞧，更不必說，早已魂銷真個，心中暗想道：他為何這般憔悴，難道真是他為郎憔悴怕羞郎麼？正在暗想，忽見一班命婦❻珮環風動，走進房來。先是范楚翹上前輕輕的將繡幃挑開，把新人玉體搖了兩下，口中喚道：「表妹呀！你把眼睜開來看看你表姐，難道今日做了王妃，就這般不認表姐麼？可記得瓊珠吉日，你躲在裡面不見我，在那裡暗地相思，今日恭喜你完了相思宿願；但是此後，須感愚姐的恩德，不是愚姐苦苦的勸你，你如何得此美貌郎君，完你宿願呢？」范楚翹才住了口，那邊史錦屏呼道：「元帥！大姐所說之話絲毫未錯，你怎麼連響也不響，一言不發。難道你又裝元帥樣子來麼？當日那種威嚴

---

❻命婦：古代婦女有封號者之稱。宮廷中妃嬪等稱為內命婦，宮廷外臣下之母、妻稱為外命婦。命婦享有各種儀節上的待遇。一般多指官員之母、妻而言。

而今何在？莫非因與盟兄敘談舊好，便使威嚴之氣，消磨於無有之鄉麼？」接著白艷紅又說道：「王爺！可知道今日攙親是臣之任。但是方才臣受盡諸人之氣，不便發泄，此刻卻要與王爺評論評論。為王爺出嫁同盟，而使臣攙親受氣，在王爺意下，究竟過意得去麼？」殷麗仙也上前分開眾美，將頭低下，仰面而視，忽大驚道：「呵呀！好一個美貌新人，那裡是凡間出來，分明是來從上天，怪不得桑郎常說韡卿麗色，為世所無。始以為言過其實，今日見面，方知果不虛言，真個是絕世佳人美丈夫，使我對鏡以觀，真欲愧煞！英武王得此，真艷福哉！所以無怪乎未得之日，先要得相思的症；但不知你於英武王致病之時，也曾一動相思之念否？」恰好晉驚鴻、駱秋霞二人齊聲說：「韡卿怎麼不動相思，你不必猜度他的心事，但看他形容憔悴，據說已減了昔日的腰肢。前人有詩句說得好，『為郎憔悴卻羞郎』，正是韡卿的本領，何以今日這修短合度、穠纖得中呢？」范楚翹道：「你們二人又鬧起文撰來了。可知韡卿是軍功出身，長槍大戟，殺人如麻，這是他的慣技。若與他分黑論黃，雖學富五車，他仍說你腐氣太重。不必與他論文事，還是與他講些武功罷。」白艷紅道：「大姐姐這話可實說的對王爺心境呢。到底你們是表姐妹，究竟比別人家知心得多，我們究竟隔靴搔癢。」史錦屏道：「三妹妹！你不要說這隔靴搔癢的話了，元帥現在已經沒有靴子，你如果知道他那裡癢，你便去代他搔兩下。」殷麗仙道：「錦屏姐姐，你這話又誤了。縱使身上有癢處，也無須白艷紅妹妹與他搔癢；他果真癢了，還怕沒有與他搔癢之人麼？不必說是韡卿不要艷紅妹妹代他搔，即使艷紅妹妹有心強要代他搔兩下，他還要嫌艷紅妹妹不如那人搔得爽快呢！」晉驚鴻又道：「這話可算知心之論了。」駱秋霞又道：「在我看來還不算知心，為他害相思的，那才算得是第一知心的人呢！」大家正在你嘲我謔，忽然聽房外一片聲喧亂道：「大哥快出來陪我們飲酒去。」忽又有兩三個人說道：「我們叫他將酒席擺在喜房裏來，大家聚談，不要把顰卿抛撇了。今日雖為大哥的新嫂嫂，那裡不是我們舊同盟麼？」說著，大家要進房來，眾家姐妹一聞此言，嚇得個個要去躲避。惟有十二姑怒道：「諸位姐妹，你們為什麼恁膽小？怕他們作什麼，無端要躲避起來卻是何故？」說著，又將白艷紅扯住，道：「你我方才受盡他們的氣，第一張穀話多，我們倒要在這裡看看他們有何話說？若再有半言不遜，就叫他們試試俺的手段。」白艷紅見說，實在忍不住好笑，只得說道：「姐姐理他們作甚！我們還是到後廳吃酒看戲去罷。」說著扯了就走。不知一眾同盟進房來又鬧得如何光景，且看下回分解。

第一一七回　翩翩公子同鬧洞房　赫赫藩王強忍避席

話說眾家命婦避去後，李廣知道眾家弟兄進房必有一番嘲笑，欲待躲避，也是不能，只能站在妝臺之下。大家進來道：「大哥，你為何獨立妝臺，不去陪伴新人繡榻呢？真是豈有此理。」李廣未及回答，桑黛即上前向楚雲笑說道：「犟卿！你不要如此做作，在這裡裝那些斯文。張賢弟，你快去將他扯下來，問他為什麼同盟來到，他不起身迎接，卻是何故，只管低眉垂目，驕甚人來？」當下便走近新人面前，指著說道：「犟卿呀！你本是素鎧銀盔，向稱副帥，為什麼金冠紫帔，甘作新娘？向來作賦吟詩，上欺曹植❶，何事調朱弄粉，又效洛神❷？犟卿呀！據我看來，你本想李白乘舟，親身捉月，也只好巫娥❸荐枕，永自為雲。不必學那獻賦長門❹，宛如司馬❺，也只好作一個當壚賣酒的文君❻。且問你為什麼

❶ 曹植：三國魏人。曹操子。封陳王，諡思，故又稱陳思王。著名詩人。

❷ 洛神：即洛水的女神洛嬪。曹植曾作有洛神賦。

❸ 巫娥：指巫山神女。

❹ 長門：本漢宮名。典出西漢司馬相如撰長門賦。其序稱：「孝武皇帝陳皇后時得幸，頗妒，別在長門宮，愁悶悲思。聞蜀郡成都司馬相如天下工為文，奉黃金百斤，為相如、文君取酒，因於解悲愁之辭。而相如為文以悟主上，陳皇后復得親幸。」

❺ 司馬：即司馬相如。西漢著名文學家、辭賦家。

不作雄飛，甘作雌伏？你那嬌妻愛妾，又向何處去了？最可笑的玉燕投懷，自命有麟兒下降，至今以往，我恐怕你代人家也要降一個麟兒了。藩王爵位，不顧親為，遂把一個美貌王妃送把他人消受，我真殊屬不解。昔者諸葛亮說周瑜的話，周郎妙計安天下，賠了夫人又折兵。我卻要代他換一句，卻是楚王計與同盟好，賠了夫人又折身。你而今尚有什麼唇舌尖利的話說麼？快快下來陪我等飲了三杯，好讓你與大哥早成花燭，再故意裝妖作怪，可不要怪我等不能遂你相思之願了。」這一句話，說得眾人大笑不止。只見張穀在旁故意怒道：「桑郎！你可不能任意如此作踐，可知蠻卿昔為小弟盟兄，今為小弟家姐，你若再如此，小弟可實不能遂你之意了。」桑黛笑道：「這奇了！蠻卿如此托大，見我等到此，連迎接也不迎接，你不說幫著我拒絕他，反而去庇護他。難道你真要做了大哥舅子，便忘卻了我等同盟之人，一心要護你令姐麼？」文亮道：「依小弟看來，張賢弟護衛一蠻卿卻是正理。天下豈有自己的姐姐被人家調笑，兄弟見了不去護衛姐姐，反去幫助同盟之理？而況張賢弟平步登天，既得家資，又得美婦，縱不護衛，也須感激蠻卿的。」桑黛道：「據此說，我看不必感激蠻卿，還是要感激大哥才是。為什麼呢？大哥若不得相思病，蠻卿何肯不作良人來作細君？蠻卿不改初志，張兄弟也不能得家財得美婦，可不是要感激大哥的恩德麼？」張穀笑道：「桑兄，你此言差矣。小弟為什麼要感激大哥，應該大哥要感激小弟；若非小弟甘收二嫁，雖大哥被那相思病害倒，也是莫可如何，那裡能夠將這一位忠勇王攘為己有，竟做了一位英武王妃呢？依此看來，第一功還是要算小弟呢。大哥如何能不感激於我麼？」徐文俊笑道：

❻ 文君：即卓文君。西漢臨邛（今四川省邛崍縣）人。卓王孫女。善鼓琴。喪夫後家居。與司馬相如相戀，一同逃往成都。不久又同返臨邛，自己當壚賣酒。她的故事在民間廣為流傳。

「張兄長，你如何說錢小姐是個二嫁，難道不怕鞶卿發惱麼？你也不必爭功，若非小弟設出這妙計來，錢小姐何能與君為婚，大哥今日完婚，第一功還算我。君固要感我之德，即大哥亦要感我之情。」張轂大笑說道：「三弟，你這話荒唐悖謬之極了。你休要爭這妙計，要知此事若非玉清王陳奏，鞶卿怎得現出喬裝？若非上宮設宴，他又怎肯應允？算來算去，玉清王殊不上算，代人家做了多少粗活，終久不得到手，反被他人奪去，到沒法想這地步，只得拜為兄妹而已。依此看來，玉清王要算是第一有功之人，而且是第一個氤氳使者❼，如何不感他的恩德，而反你們爭起功來？別話不說，只說玉清王那相思病害得骨瘦如柴，終為他人作嫁，也覺可憐！如此可憐情形，也該感激於他才是道理。」蔣豹又笑道：「桑兄！你這話還是大錯。你說玉清王為第一有功之臣，在我看來，究竟不能算他第一呢，還有一個在那裡。」桑黛道：「除卻玉清王，還有何人？」蔣豹道：「若非璧人與他窗前私語，玉清王又何由得知呢？玉清王不知，怎麼能奏陳萬歲？大哥與鞶卿又何能共結鸞鳳？」張轂道：「此話真是不錯，第一有功之人還要推璧人了。」洪錦此時也就走近楚雲面前深深一揖，道：「楚賢弟我們久違了。曾記當日朝夕相依，情同手足，那裡知道昔日是雌化雄，今日是雄化為雌，真是意料不到。但今日既為大哥之德配，便是兄弟嫂嫂，從今以後，斷不能如當日賢弟嫂嫂雄辯高談了。唯愚兄小叔尚有一事奉託，舍妹為人殊多懦弱，如有不到不周之處，正望賢弟嫂嫂海涵，不但舍妹感激，便是愚兄小叔也是感激不忘的！」李廣在旁見說，不覺有些愧色。桑黛恰好在旁，說道：「洪賢兄，你無須過慮，鞶卿瀟洒風流，非局量❽偏淺者可

❼ 氤氳使者：即氤氳大使。傳說中掌婚姻的神。

❽ 局量：猶言器量。

比，斷不致與令妹吃醋爭風。」眾人聽這句話，真是笑不住口。李廣與洪錦二人都有些愧色，正欲答話，又見胡達大聲大笑如半虛空一個霹靂一般，放大喉嚨，大聲笑道：「楚顰卿，你還不下來與俺們飲酒，儘管呆呆的坐在床上作什麼呢？你本是人間一個大丈夫，今日為何又嫁大哥為室？但是看你這嬌模樣兒，怪不得從前說俺與廣明是兩個粗貨、蠢漢、匹夫。這二字不知被你罵了多少了，真個是受盡了你這丫頭的氣，論理今日要報復一番，卻又礙著大哥的面皮，不好與你爭論。總之，俺的人情都算做足了，俺家老婆十二姑還代你攙親，俺與你說了這半會的話，你為什麼一言不發？恨起來俺將你拖下床來，給你一頓拳頭，問你可裝腔作勢，惹得人家一種相思。」甘寧笑道：「你休莫胡說了。顰卿聽了你胡言，雖然不開口，卻是暗暗懷恨，你不過聽不見。你可知道在那裡罵你匹夫蠢漢。」鄭九州道：「真個奇怪，諸君如此嘲笑，怎麼顰卿一言不發？這涵養的工夫從那裡學得來的？難道真個改了當初的性情不成？」木林與駱熙在旁同笑道：「爾我兩人雖也算得渭陽親誼❾，也算是兩個媒人。表妹呀！你為什麼連一字都不肯道謝呢？」左龍、左虎也笑道：「顰卿呀！你這兩位表兄之言，並非錯怪於你，你到底聽見了不曾？」傅璧方道：「顰卿，你不要聽他等的胡言，我知道你本是英雄性格，怎能受得住他們言三語四，今日不過做新娘，難道還有什麼怕他們的事情麼？快下床來取了寶劍，將他們一個個逐出，只留大哥與你在房內敘談相思。」對面喻昆也道：「傅兄你不必說了，你該看顰卿已隱有怒色，而況李大哥也是暗地生嗔；若再不知進退，將他二人鬧急了，可知他二人是一條心。縱然大哥帥印不在手中，那欽賜尚方寶劍仍在掌握，你不怕大哥先斬後奏？一來泄自己的忿，二來藉此以報顰卿。你們在此儘管胡說，但說大哥還不

❾ 渭陽親誼：典出詩經秦風渭陽。舊時以為表示甥對舅的情誼。

見得怎麼樣發惱，唯有韞卿，大哥是最為肉痛的呢！你們大家皆不知此中的道理，但顧一味取笑，還是省兩句罷！」桑黛復又搖首說道：「不怕不怕！喻兄，你這話來嚇誰人？大哥縱有那尚方寶劍，卻是斬的那賊子奸臣，我等在此鬧新房，還是厚愛同盟好友。我料大哥也決不會在新房內斬我同盟之理。」看官，你道他們這些人你一言我一語，鬧得個不休不已，任楚雲再有涵養，再不合新娘子與人家答話，卻也是十分忍不下去，聽不下去這番舌劍唇槍。試問楚雲平日又是個絕無涵養，半句話不能受人委曲的，今聽了這些惡語相加，怎得不動怒，始則乃自忍耐，既則就有些忍耐不住，便要對答出來，又勉強忍耐了，到了此時，實在不能忍耐了。只見他柳眉倒豎，粉面通紅，大有躍躍欲試之意。畢竟楚雲能否與眾人答話，且聽下回分解。

第一一八回　鞶卿發怒文炳解圍　新娘未婚王妃設計

話說楚雲實在忍耐不住，心中暗道：可知我生性急躁，平時從不肯讓人，今日受他們這番凌辱，什麼新人須要遵禮？我便大聲疾呼，誰又管得我來？最討厭是桑黛等，我親與辯論一番，看他又將奈我何！想至此處，不覺將袍袖甩開，欲抬起頭來與眾人辯論。伴蘭在旁看見這般光景，真個急煞，趕著扯定宮袍，低聲勸道：「公主！今日萬萬要忍耐些方好。可知眾位公爺、侯爺，皆是故意要激公主，將公主激惱了，他們便好拿作話柄，向各處宣傳，那可不是成了話柄？公主呀！切不可墮了他們的詭計。」楚雲聞言，萬分無奈，只得又低下頭去。那知張穀早看出情形來，忙喚桑黛問道：「桑兄，不可再說了，鞶卿果真發怒了。你不看見他方才甩袖嗎？若非伴蘭在旁按住了，我們早被他打腫兩腮了。此時還是蛾眉倒豎，粉頰通紅呢。」桑黛道：「你這所言全是鬼話，我決不信。」張穀道：「你如不信，且試試看，我說的話，可真也不真？」桑黛一面聽，一面走近床前，向伴蘭說道：「你且過去，不許坐在這裡。」說著，便笑喚鞶卿道：「勸盟兄不必動怒，須知桑黛實在戲言。若盟兄真以桑黛為可惱，不妨重重的打我一頓，消消怒氣；若儘管放在心中暗惱，萬一因此氣損腰軀，不但我大哥心愛心憐，便是我也萬分對不起足下。而況愚弟面上為君敲慣，何妨打幾拳呢？」說著連連稱道：「請打請打！」李廣見了，也著實可惡，不禁兩眉頻蹙，滿面怒容。徐文亮在旁窺見，急急走到床前，手扯桑黛道：「不要任意絮絮叨叨，可知蟫卿實是煩惱了，我們走罷。」桑黛道：「你休要來哄我，蟫卿此時正是極樂世界，相思之債一旦能還，還有什麼煩惱呢？」文亮道：「正惟因此煩惱，你不聽譙樓已打了三更麼？春宵苦短，何必作此不情之人呢？」桑黛道：「你這話未免太不知蟫卿心事的了。他平生不肯同人相睡，今日裡怎能與大哥同眠？既如此說，你卻不能不信，也不能全信，等我明日問蟫卿一番。只要得他一語，我們便即各散，讓他們雲雨巫山；設若不說真情，還是一言不發，不到天明，我們決不退出。」張穀聞言，又向蟫卿說道：「蟫卿呀！你何必如此礙口失羞，何妨正大光明說個三言兩句；而況新婚之義，本周公❶所定，這有什麼羞愧，又何苦忍耐不言，誤卻春宵若干時刻？且看你低頭盤膝，縱使腿不畏弱，粉頸也要酸了。」說至此處，雲璧人真看不下去了，只得怒容上前，將張穀、桑黛二人拖開，說道：「你們二位賢弟，到底要鬧到什麼時候為止？洞房取笑，也是人情之常，如此鬧去也覺太過了。若再不休，我便要去請伯母出來了。」桑黛聞言，便一口啐道：「你將伯母請來嚇誰？蟫卿本是我之盟弟，平日攜手依肩，亦復常事。今日你既如此說法，為什麼你不早將閨範❷告他，使他知道，弟也不合結交同盟，河南救駕，異地平番，不合同起同臥。往日既那樣，今日又這樣，從此以後，我還怕什麼？盟兄長尚且不怕，你這個怕老婆的都元帥，請你不必開聲罷。你若再戚戚❸不休，我便去告訴吳氏嫂嫂，詐稱你外面遇識了兩個美婦，終日在那裡飛觴醉月，悅性怡情。我恐吳氏嫂嫂聽了我這番言詞，免不得你又要下跪討饒求恕了。」

❶ 周公：周文王子，周武王弟。姬姓，名旦。相傳他制禮作樂，建立典章制度。
❷ 閨範：指婦女所應遵守的道德規範。晉書列女傳序：「具宣閨範，有裨陰訓。」
❸ 戚戚：憂懼的樣子。

這番話把雲璧人說得頓口無言，只得怒容滿面而已。那些眾同盟聽了桑黛的言詞，又見了璧人面色，無不大笑不止。此時徐文炳怕他兩人果真翻轉臉來，羞惱成怒，那可真不成事體了。只得走上前來，先將楚雲一看，便謬讚道：「好個蟫卿，真個裝男像男，扮女像女，若說不得妙絕千古，吾不信也。桑、張兩賢弟，不必再鬧了，豈不聞孔子有言，過猶不及乎？且待愚兄為諸君解圍何如？」桑黛道：「大哥既如此說，我等卻不敢不遵。但小弟尚有一言，如大哥允許，我等當從命，否則不敢請耳。」徐文炳道：「賢弟你且說來，如果可行，李大哥又何必不允？」桑黛道：「只要大哥排桌盛宴，我等各敬大哥三杯，讓他乘此酒興，好去陽臺赴會何如？」徐文炳道：「就這說法，賢弟你可不能再鬧了。」說著，便命人立刻排上兩桌盛筵，一併邀了李廣同眾兄弟出外入席。真個是每人各敬三杯，李廣沒法，只得杯到酒乾，飲了一會，卻已時交五鼓，大家才算散席，李廣已是玉山傾倒矣。這才進入洞房，楚雲一見李廣進來，便立起身來迎接道：「大哥久違了！相別尊容，已將兩月，真個無日不馳左右；但覷兄之貌，何以瘦得如此？有何心煩，何妨對小弟一剖衷曲呢？」李廣聞言，真是喜不自禁，便上前執手答道：「孤之所以如此，非他故，為卿耳！今日幸睹芳澤，庶可慰昔日相思了。」此時已交五鼓，侍兒便將房門掩起，讓他二人好雲雨巫山。那知楚雲無心如此，一任李廣百般殷勤，他終究是百折不回，所以一夜私語喁喁❹。這也不必細表。兩人到了天明，正欲和衣而睡，恰好侍兒已推進門來，便命去打面水。梳洗已畢，兩人就去後堂參見李太王妃，並一眾親戚。三朝已罷，上至李太王妃，下至侍兒人眾，皆不知道他二人並未和諧。直至過了十日之久，這日洪氏王妃偶見楚雲那手腕之上一點守宮砂依然鮮明，因暗想道：「王爺

❹ 喁喁：低聲細語。

與他成婚十日，怎麼這守宮砂依然如故？難道未合歡麼？」當時也未說明，到了晚間，李廣打從洪氏王妃房內經過。洪氏王妃便即將李廣喊住，問道：「妾有一句閑話動問，日間偶見鞶卿那守宮砂依然鮮明光耀，難道王爺尚未與他成婚，抑此守宮砂毫無應驗麼？妾甚疑焉。」李廣見問，便嘆道：「卿有所不知，他那執一之性，實在令人強他不得。孤本欲告卿，奈不便啟齒，竊恐為卿所笑耳。」洪氏王妃道：「真有此事麼？」李廣道：「孤又何必騙卿呢？」洪氏王妃道：「既如此，妾卻有一計，可以如此如此，管叫王爺可遂昔日相思何如？」李廣聞言大喜：「若得卿如此周旋，孤當感激不盡了！」說罷，便思不走。洪氏王妃道：「王爺！今日何可留戀在此呢？若不去，明日便不諧。」李廣無奈，只得退出，仍至楚雲那邊。一宿無語，到了次日，洪氏王妃一早便即走了過來，向楚雲說道：「妹妹，今日愚姐特備一樽，我們二人對飲一回，不知妹妹可能賞臉否？」楚雲趕著答道：「姐姐言差了。既蒙姐姐過愛，妹子又何敢故推？不過有勞費事，心不安耳。」洪氏王妃道：「什麼費事不費事，今日愚姐奉約小酌，不過小敘而已，改日愚姐未嘗不可再擾妹妹盛筵。所謂南阡北陌，互為主客。此亦常情，何必如此客氣？」楚雲道：「既如此，今日叨擾賢姐，改日小妹再當作個東道主人罷。」於是一齊去到後堂，參見李太王妃。到了晚間，洪氏王妃又將以上情形並設計的話，暗暗稟知李太王妃。太王妃也甚歡喜，不一會就在洪氏王妃房內擺了一桌盛席，將楚雲請了過來，彼此對坐，滿斟低飲。尚未三巡，李廣已走進房來。洪氏王妃一見，便起身迎接，復又笑道：「王爺你此刻來作什麼的？」李廣道：「你們二人好樂呀！怎麼連我都不請，便自對飲起來，豈有此理。」洪氏王妃道：「王爺你說什麼？妾今日專為與鞶卿小酌，為什麼要請你來？王爺不說請我，反要叫我請你起來，真是好笑了。」李廣道：「孤要請你作甚？」洪氏王妃道：「韃卿不嫁，惹得王爺病害相思；若非妾冒昧前往東宮，效蘇秦不爛之舌，韃卿又何能今歸李姓？特恐王爺那相思病要害得不起了。以如此看來，不應該請一請大媒麼？不但不謝媒，還要妾請你，真所謂作了媒人反把酒陪了。」李廣尚未答言，韃卿一抬手將李廣一推，口中說道：「你與我坐下了罷，那裡來的這許多閑話。」李廣趁此就坐下來。未知後事如何，且看下回分解。

第一一九回　楚䕫卿因醉偕鴛侶　玉清王無意得賢妃

話說李廣被楚雲推他坐下，洪氏王妃趁勢斟了一杯酒，送到李廣面前，復斟了一杯與楚雲，他三個人便暢飲起來。李太王妃又故意命丫鬟到此說道：「啟王爺、王妃：太王妃命婢子前來，知道王爺與王妃在此飲酒，請王爺與王妃不必進去定省❶了。太王妃說是連日辛苦，今日要早些安歇，並請王爺與王妃飲了酒即睏罷。」說罷，退了出來。李廣此時更是大喜，當下便假意向洪氏王妃說道：「孤連日在西院住宿，心甚不安，今日擬與卿暫住一宿，明日再去西院，望勿見卻！」洪氏王妃知道他的意思，也就說道：「王爺此話實屬無因，妾想王爺與楚妹妹才新婚十日，便思來到妾處，妾固不能如此，就便楚妹妹心內未必不嗔。王爺還是在楚妹妹那裡住的好，等至滿月之後，再作商量。」忠勇王妃一聞此言，便趕著說道：「姐姐說那裡話來。王爺此言，正合小妹心路，待小妹借花獻佛，轉敬姐姐三杯，然後小妹再當奉陪，今日不醉酩酊斷不回去。」洪氏聞言，心中大喜，當喚丫鬟換了大杯暢飲力勸，自己先飲了三杯，然後頻頻向䕫卿力勸，李廣也在旁邊輪流把盞。那知䕫卿略有醉意，便自故態又萌，登時雄辯高談，忘卻閨中儀節。不一會只見他玉面生紅，玉山已頹，洪氏王妃又斟了三杯送上。䕫卿道：「妹醉矣！不能再飲了。」洪氏王妃道：「賢妹再飲三杯，便著人送回西院。」䕫卿道：「既如此，王爺定要住在

❶ 定省：「昏定晨省」的略語。指子女早晚向父母問安。語出禮記曲禮上。

這裡了。姐姐若不應承，妹斷不飲此酒。」洪氏王妃道：「非愚姐不留王爺在此，特恐賢妹見怪；今賢妹既這樣說，愚姐只得遵命，明日再請王爺到賢妹那裡去住罷。」楚雲不知是計，登時立飲三杯。那知三杯酒飲下，萬萬不能動彈了，便伏在桌上矇矓睡去。洪氏王妃一見大悅，趕著上前喚道：「賢妹醒來！」喚了兩聲，便向李廣說道：「王爺！蟫卿果醉了，可令侍兒扶他回房去安歇罷。」李廣含笑，先走了出去。這邊洪氏王妃即命伴蘭、小鳳，扶著蟫卿，慢慢的扶著出了房門，洪氏王妃又隨後相送，轉彎抹角，不一刻已到西院，將楚雲送轉房，洪氏王妃便代他寬衣解帶，送入羅帳，然後向李廣笑道：「今夕何夕，這一朵嬌媚花枝，交付東君，勿可孟浪，須好好護持便了。」說罷，嫣然一笑，便退身而去。李廣送至迴廊，笑道：「卿卿慢慢走，改日再謝了。」洪氏王妃回頭一笑而去。李廣也就進房，自然鴛枕錦衾，去尋好夢。三載相思，於今始畢。此時楚雲也知中計，怎奈四肢無力，主張全無，一任他倒鳳顛鸞，偎香倚玉，惟有銀牙咬碎，暗恨粉郎❷而已。正是春宵苦短，永晝偏長，曾幾何時，早又是紗窗曙色。蟫卿此時已是夢覺，見那並頭鴛枕，好不自羞，但木已成舟，只付之無可如何而已。李廣又軟語殷勤，慰藉了一番。又將他玉腕握在手中，那知一點守宮砂，早已消於烏有矣。停了一會，兩人便起來梳洗，一同去到上房請安。恰好洪氏王妃早已於太王妃那裡定省，楚雲一見洪氏王妃，好不羞愧，洪氏王妃也就望他嫣然一笑，楚雲更覺難以為情。李太妃當時就問了些閑話，三人也就退出。從此夫唱婦隨，好不快樂！明年楚雲又生了一位小爵主，喚名麟兒，趁此交代，以後便不再表。到了滿月便往母家歸寧，這也

❷粉郎：傅粉郎君。三國魏何晏美儀容，面如傅粉，人稱粉郎。語出三國志魏志何晏傳。後用作心愛郎君的愛稱。

不必細表了。這日楚雲想起表妹林夢月來，便擬與玉清王作伐，好遂他昔日痴情。本來滿月之後，也應進宮看視太后，代太后請請安。打算稍停一二日，便進宮請安，並將此言先與太后說知，然後再向林梅芳家中說合。恰好這日太后有旨宣召楚雲進宮，楚雲正合心意，當下就備了寶輦，領了宮娥侍女，稟知李太王妃進宮謝恩。不一刻已到，早有內侍飛報進去。太后即便傳宣入宮。楚雲到了宮內，先與太后朝參已畢，太后賜坐，便開言問道：「皇兒！你自于歸李廣，堂上姑嫜，閨中洪氏，尚優待汝否？」韡卿斂袵答道：「承母后下問，臣女姑嫜極其慈善，洪氏王妃亦極謙和，凡臣女之如此遭逢，皆母后天恩所賜，臣女清夜自思，實深感激不盡！」說話間早有宮娥獻上茶來。楚雲飲了兩口茶，又復奏道：「臣女啟上母后：只因臣女繼母有一侄女，現刑部尚書林梅芳之女，名喚夢月，今歲年方二八，生得極是端莊賢淑，才德兼全，現尚待字閨中，臣女擬代玉清王立為正妃，不知母后意下如何？」太后聞言大喜道：「既據皇兒所說，這林夢月的人品想定不差了。」楚雲道：「若有德無貌，或有貌無德，二者少一，女斷不敢奏。聞林夢月是才德兼備，且貌亦絕倫，正可與皇兄冊立為妃。」太后道：「既如此則就妙極了！待明日即命皇帝下詔冊立為妃，想林梅芳當亦應允。」楚雲道：「如蒙皇上下詔，林梅芳斷不敢違旨不遵的。」太后大喜。楚雲又奏道：「臣女現欲往見皇后，少停再來母后這裡。」太后答應。當下楚雲暫為告別，便由宮女內侍帶領前往正宮，見了皇后，自然也是參拜。是日皇后設宴正宮款待公主，直至夕陽西下，方才散席。楚雲別了正宮皇后，又至太后前告辭，這才乘輦出宮，回轉王府。到了次日，楚雲便到東鄰，將此話告知楚太王妃。此時林夢月已經回府。楚太王妃聞言，也是歡喜無限，便即日到了母家，告知兄長。恰好林梅芳已接到聖旨，也是合家歡悅。不一日朝廷擇於清和月❸念四日成婚。於是合家大小忙起來，足足忙了兩個月，早到冊立之期。這日百官朝賀，自不必說。少時夢月小姐宮裝已畢，送上寶輦，合家不免有一番傷感。不一會到了王府，方巾挑去，玉清王一見，真個是如願以償。這王府大排筵宴，比之英武王喜期更覺繁華十倍。筵散之後，玉清王也就入宮安寢。春風一度，說不盡真個魂銷。到了三朝，便雙雙入宮朝見太后並皇兄皇嫂。太后與武宗及皇后一見，也是甚為歡喜。當下太后向武宗說道：「官家！你看這夢月雖不及楚雲的丰姿，靜逸端莊似覺比楚雲尤勝。」武宗道：「母后所見甚是。」是日，武宗亦復賜宴，待到日暮，方才告退而回。由此玉清王整日溫香伴玉，不是那終日相思了。這日，楚雲又想起花詠香年已及笄❹，雖然是小家碧玉，卻也端莊靜好，擬欲代他匹配與人。忽然想起范相年已半百，尚未有子，雖然駱熙、木林過繼，終久是為他人父，為他人子，不若將花詠香送了過去，勸他納妾，將來尚可望生一麟兒，為范氏傳宗接代。主意已定，過了一日，又去范相家中將此言與范太夫人說明。范太夫人道：「賢甥女，我久已要代舅舅納妾，怎奈你舅舅執一不化，我也無可奈何，今既承你這樣說，我便與你舅舅說明，著人去接他回來便了。」楚雲道：「舅母須要善言勸說，務令舅舅納此姬人，非甥女偏見，這花詠香果真端莊賢淑，舅母也曾看見過的。而且此女大有福相，將來可育麟兒，望舅母勉力為之，勿使舅舅仍執前說方好。」范太夫人應道稱是。楚雲說罷，仍舊告辭回府。當日，范太夫人果將此言細細與范相說明，又切實解了一遍。恰好范相並未推卻，也就答應。范夫人大喜，

---

❸ 清和月：本謂天氣清明和暖。唐白居易初夏閑吟兼呈韋賓客詩：「孟夏清和月，東都閑散官。」後因以為農曆四月的別稱。

❹ 及笄：禮記內則：「女子……十有五年而笄。」舊時因稱女子年達十五歲為「及笄」。

於是擇了個吉日，便到楚家，將花詠香接回，就令范相納為姬妾。這也是天緣湊巧，不但詠香深得主人歡心，至第二年就生了一位公子，從此范相也就有了親生的兒郎。再說史錦屏自于歸徐氏，雖夫婦諧和，姑媳相待，怎奈他終日思念祖母，要往杭州去見一面。不知史錦屏究於何日回杭，且看下回分解。

第一二〇回　贈金圖報義女酬恩　衣錦還鄉功臣祭祖

話說史錦屏思念祖母史太郡尚在杭州尼庵，終日思想。這日與徐文亮說明，要回杭省祖母，並且安葬史洪基的靈柩，使文亮於徐太夫人前轉稟。文亮見錦屏思念他祖母，實屬情真念切，當即向徐太夫人說明一切，並云趁此可以回杭祭祖。徐太夫人聞言，笑道：「二媳思念祖母，固是孝行可嘉；惟現在懷孕在身，何能跋涉長途，舟車勞頓呢？」文亮復躬身說道：「孩兒也知此事似有未便，但媳婦與其在家愁悶傷胎，不若俯從其志，此去又是舟船前往，似尚不致過於勞頓，乞母親允從。」正說之間，正好文炳也走進來，一聽此言，便向徐太夫人說道：「便是孩兒也是思念回鄉祭祖，明日就與二弟上本乞假，家中留三弟與媳婦，三弟媳，侍奉母親大人，料李大兄也想回鄉祭祖的，我們一同前往，豈不是好？」當下徐太夫人見兩個兒子皆如此說項，也只得答應。文炳、文亮大喜，當時退出，即刻往李廣府中商議一切。李廣也甚喜悅，即將此言告知李太王妃，太王妃也就答應。徐氏兄弟便辭回家中，文亮將此言告知錦屏，自然也是歡悅。次日李廣、徐文炳、文亮三人，即合詞奏請賞假，並申明史錦屏安葬史洪基靈柩。當下武宗見奏已畢，便批准徐文炳、文亮著賞假三個月，率同史錦屏祭祖安葬；李廣所請祭祖，著徐文炳親代往祭，無須請假回籍。奏章批准，徐氏兄弟自然歡悅，李廣卻也無甚愁煩。當日各回府中，李廣便將聖意不准請假，著徐文炳代往祭祖的話說了一遍，李太王妃也就罷了。惟有洪氏王妃聽了此言，不覺皺眉向李廣說道：「妾指望聖上准假，妾便可同王爺回杭州，順至儀徵將王清的孺人崔氏繼母迎接來京，共享富貴，聊報他救命之恩。此事雖未稟知婆婆，怎奈聖上又不准請假，妾只可空抱一片心了。」說罷，長嘆不已。忠勇王妃楚雲在旁見說，即答道：「賢姐，這又煩他什麼？此事在妹看來是極好商量的，明日就託徐家賢弟，便道將儀徵王孺人接來便了。」李太王妃聽說道：「這也倒便當，你又免得跋涉長途。」復向李廣道：「我兒，這件事你就託了文炳、文亮二位賢侄，想他們也定要答應的。」李廣唯唯稱是，當即退出，便至西鄰與徐文炳、文亮說明後，回至府中，便修好書信，又備了二千銀子與文炳、文亮說道：「這二千兩銀子，賢弟卻帶至儀徵，交與王清夫婦。以一千兩與王清，說明這是內子昔日的身價；這一千兩如崔氏孺人不肯來，便交他為酬德之報。」文炳、文亮收下，李廣又叫人回去搬了許多禮物，託文炳帶至杭州，轉送各家親友。文炳也一一收畢。過了兩日，卻是五月初一日，文炳、文亮、史錦屏帶領許多家丁僕婦人眾，一齊上船動身。在路上行程非止一日，這日至儀徵，當有文亮帶了二名家丁，先去往訪王清。到了王清家門首，著家丁通報進去。王清只說是英武王家丁差人前來請他說話，當下嚇得魂飛魄散，對他妻子崔氏說道：「恐是李廣訪知洪小姐是我所買，現在前來娶討，但使我拿什麼洪小姐還他？我的好孺人，畢竟這洪小姐被你藏在何處，可速說明，好打轎去接他來，交還與他，我也可稍減些罪名。」崔氏大驚道：「洪小姐當日我將他送彌陀寺，交與靜修兩個尼姑，後聞庵中尼姑被強盜殺死，就不知洪小姐的下落了。」王清見說，更是著急道：「如此說來，怎麼是好？不如就道我得了瘋病，已經臥病年餘，人事不知，如同畜類，不能出見。孺人你可設一妙計，以答來人罷。」崔氏見說，又驚又惱，當下罵道：「你今日嚇得如此，為什麼當日不聽吾言呢！真個是神仙老虎豹，你就裝病去罷，待我出去回答來人便了。」王清聽了，即刻躲在房中臥在床上，以被蒙頭而睡。崔氏下得樓來，見自家司閽❶在那裡，便叫他照著王清的話回復文亮。文亮聽了此言，又說明來意，當下便將二千兩銀子交了下來，又面請崔氏到京。崔氏辭不肯往，文亮也不相強，只得告辭而去。崔氏平白得了二千兩銀子。王清在樓上聽了此言，等文亮走後，便下樓來將二千兩銀子收好，兩夫婦自然歡喜無限。文亮到了船中，當即開船直往杭州進發。不一日已抵杭州，捨舟登岸，早有府中的家丁前來迎接。當下各坐了大轎，先至三門街府第住下。李府的家丁，也就過來請安，問了一番京中情況，徐氏兄弟又命李府家丁，預備祭禮。過了一日，便著人去到大悲庵通報史太郡。史太郡聞言，真是悲喜交集，接著徐文亮、史錦屏，煙柳、如霜、輕紅、軟翠四個姬人，一齊前來庵中。史太郡一見孫女，便止不住二目流淚，大放悲聲，史錦屏也是如此。大家哭了一會，這才看見徐文亮拜過太岳母，坐在一旁。史太郡便細問史錦屏，史洪基如何悖逆身死的話。史錦屏便將以上所有情形，直至天子加恩減罪，並請入祖塋安葬的話細細的說了一遍。史太郡更是悲痛，不免又哭了一回。好容易勸住了口，恰好徐府的家將進來稟道：「啟公爺：外面兩具靈柩已到。」徐文亮聽說，便命抬進庵來，當由尼姑擇了空房，將靈柩安放下來，大家便祭奠一番；史太郡又復扶棺痛哭，眾人勸了一回。至日暮，徐文亮先自回府第，留錦屏在庵陪伴祖母。過了兩日，文亮便擇吉將史洪基父子靈柩，抬入祖塋安葬。事畢之後，這才將史錦屏接回府中，便擇日自己祭墓，並帶了李府總管，親往李氏祖塋祭掃一番。足足忙了一個多月，方才事完。史錦屏又至大悲庵請太郡回府過夏，俟秋涼一同進京，以便侍奉。史太郡看破紅塵，只願懺悔❷，不願再去回轉家門。史錦

❶ 司閽：看門人。

屏沒法，只得撥了一千兩銀子，將大悲庵重新修整，以便史太郡在內靜修。看看夏去秋來，徐氏兄弟欽期❸已迫，便欲進京銷假。史錦屏亦萬萬不可強留，只得又至庵中，請史太郡同往京中。史太郡仍不肯行，史錦屏也無可如何，於是抱頭痛哭，相別而去。徐文炳、文亮見諸事已畢，即擇日進京，不日到京，自然仍舊供職。不必細表。再說洪錦自封列侯後，即遣家將將毛小山夫婦接至京中，以報昔日之德。這日，見文亮奏請展墓❹，他也想起父親靈柩尚在雁門，也就差人前去搬取，自己也請了三個月假，回河北滄州安葬。武宗也就准奏。洪錦自回滄州，假滿之後，仍然回京供職。武宗因念洪錦逐劉瑾之功，便將太后萬萬歲逢恩赦之飛鸞公主賜與洪錦為室。洪錦也就遵旨擇吉迎娶。恰好飛鸞公主自歸洪錦之後，倒也善事姑嫜，夫婦也稱相得，洪太夫人也極歡喜。所有一眾功臣，均已授室有家，均是後代綿長，子孫昌盛，所以這部書自李廣救洪錦雲起，其中皆是勸人為善，為臣者當盡忠，為子者當盡孝。雖在先或有命途多舛，時運不濟；一自發達，無不官高極品，千古留名。那些作奸犯科之徒，只留個臭名萬世，好不可嘆！奉勸世上之君子，當以忠孝二字為立身之本，至於行俠好義，亦生人不可少之事，宜就其力量之可耳。

詩曰：

❷ 懺悔：佛教名詞。原為對人發露自己的過錯，求容忍寬恕之意。佛教制度規定，出家人每半個月集合舉行誦戒，給犯戒者以說過悔改的機會。此處指在廟裡修行悔過。

❸ 欽期：指皇帝欽准的假期。

❹ 展墓：指掃墓。展，察看；檢查。

自古興衰本不同，安危都在笑談中。
鬚眉應有匡時❺志，巾幗寧無撥亂功？
莫謂鼓鼙思將帥，居然粉黛❻亦英雄。
大明天子書勛後，好乘雲車❼駕六龍❽。

---

❺ 匡時：挽救艱險危急的時勢。
❻ 粉黛：本指搽臉的白粉和畫眉的黛墨。此借指美女。唐白居易長恨歌：「回眸一笑百媚生，六宮粉黛無顏色。」
❼ 雲車：傳說中仙人所乘之車。
❽ 六龍：古代天子之車駕六馬，因用為天子車駕的代稱。

拍案驚奇

凌濛初／撰　劉本棟／校注　繆天華／校閱

《拍案驚奇》是十七世紀初由中國文人獨力創作的短篇小說集。書中除了寓有勸善懲惡的意義外，還可明瞭當時社會的概況。本書文本根據明崇禎元年尚友堂原刊四十卷本，詳為校注，堪稱完璧。書前附有一篇加註標點的〈空觀主人序〉，方便讀者與原序對照，每回並附有詞語注釋，有助於讀者閱讀。

二刻拍案驚奇

凌濛初／原著　徐文助／校注　繆天華／校閱

《二刻拍案驚奇》為凌濛初另一力作，共收錄四十篇白話短篇小說。本書承襲《拍案驚奇》的風格，對明代風土民俗、社會各階層生活、官場內幕等，都相當具有研究價值，寫作技巧也有值得重視之處。本書綜合各種《二刻拍案驚奇》版本之優劣，取長補短，同時將冷僻的俗字、古字改為正體字，文後所附註解簡潔扼要，讀者可免去查考之煩，方便閱讀。

警世通言

馮夢龍／編撰　徐文助／校注　繆天華／校閱

晚明通俗文學大師馮夢龍收錄宋元舊篇和明代新作，一一加以增刪、潤飾，輯為「三言」，其中有對愛情的歌頌、對市井生活的描寫、對封建官僚的譴責和對正直官吏的讚揚。表現技巧高妙，人物刻劃細緻，富含當時中國短篇小說通俗淺明的風格及特色。其中《警世通言》極具小說之社會教育功能，對人物塑造之深刻細微，更叫人讀後久久難忘。